金 學 叢 書
第一輯 11

吳 敢
胡衍南 霍現俊
主編

《金瓶梅》之身體感知與性別辯證
：一個漢字閱讀觀點的建構

李欣倫 著

臺灣 學生書局 印行

李欣倫

中央大學中國文學博士，現為靜宜大學臺灣文學系助理教授。學術研究與寫作關懷多以藥、醫病、受苦肉身為主，研究著作包括《戰後臺灣疾病書寫研究》、《《金瓶梅》之身體感知與性別辯證：一個漢字閱讀觀點的建構》，散文集則有《藥罐子》、《有病》、《重來》與《此身》，作品曾入選年度散文選及數種大學國文選本。

本書簡介

本書討論十七世紀的男性讀者張竹坡和丁耀亢，以及二十世紀八〇、九〇年代的男女讀者蒲安迪與田曉菲，探討他們如何看《金瓶梅》的身體及閱讀時的身體感知。張竹坡示範了「明眼人」的閱讀法，留心《金瓶》中多層次的身體；自稱「盲史」的丁耀亢則以「作注之法」讀寫《金瓶》，其《續金瓶梅》更藉由「冷」、「熱」、「酸」、「癢」的技法，將閱讀視為修行。蒲安迪的儒式研讀法更實踐了閱讀即修身的理想途徑，田曉菲則示範了慈悲讀法，並從潘金蓮殘酷的「纖手」中讀出有別於古典詩詞的立體佳人。從張竹坡、丁耀亢到蒲安迪、田曉菲，讀寫者從「我為《金瓶梅》作注」演變為「《金瓶梅》為我（的觀點、說法）作注」，整體體現了遊戲的歷程。

金學叢書第一輯序

2012 年 8 月下旬,「2012 臺灣《金瓶梅》國際學術研討會」在臺北、嘉義、臺南三個場地隆重召開,大會同時紀念辭世七年、在海峽兩岸備受推崇的「金學」先驅魏子雲先生。

會議落幕之後,臺灣學生書局基於「辨彰學術,考鏡源流」的信念,認為很有必要出版一套「金學叢書」,將 1980 年以後逐漸豐饒起來的《金瓶梅》成果一次性展現出來,於是找了胡衍南商議此事。經過協商,臺灣學生書局接受胡衍南的兩點提議:一,此一事業理當結合海峽兩岸金學專家共同合作;二,為了紀念魏子雲先生,擬將先生在臺灣學生書局的版權書,搭配臺灣近來年輕研究者的金學著作,先以「金學叢書」第一輯的名義出版,藉此向先生獻上敬禮。因此,2013 年 5 月「第九屆(五蓮)國際《金瓶梅》學術研討會」期間,霍現俊答應共襄盛舉;同年 7 月,胡衍南代表書局親赴徐州邀請吳敢加入主編行列,確定此套叢書由吳敢、胡衍南、霍現俊共同主編。在此同時,胡衍南開始蒐集「金學叢書」第一輯的書稿,吳敢、霍現俊逐步展開「金學叢書」第二輯的規劃。

不同於「金學叢書」第二輯,主要為中國大陸 20 世紀 80 年代以來學人的《金瓶梅》研究精選集;「金學叢書」第一輯由魏子雲領軍,麾下俱是臺灣年輕學者專書性質的金學著作。

第一輯共收十六本書,魏子雲在臺灣學生書局的三本版權書《小說金瓶梅》、《金瓶梅原貌探索》、《金瓶梅的幽隱探照》,足以反映魏先生治學精神及金學見解;且因魏先生後人及學生刻正籌劃全集出版,本套叢書也就不另外爭取先生其他專著。至於其他青年學者專書,如果把金學事業分成文獻研究、文本研究、文化研究,文獻研究明顯最為匱乏,事實上臺灣除魏子雲外興趣多不在作者、成書、版本等考證方面。叢書中具綜述性質的李梁淑《金瓶梅詮評史研究》權屈於此。

文本研究稍好,其中又以借鑒西方敘事學理論者較有成績,鄭媛元《金瓶梅敘事藝術》可視為全面性初探,林偉淑《金瓶梅的時間敘事與空間隱喻》意在時空設計的隱喻性格,李志宏《金瓶梅演義——儒學視野下的寓言闡釋》則從敘事特色探討「奇書體」小說之政治寄託。此外,關於《金瓶梅》詩詞的研究也頗見特色,傅想容《金瓶梅詞話

之詩詞研究》、林玉惠《崇禎本金瓶梅回首詩詞功能研究》，一從詞話本、一據崇禎本，前者宏大、後者聚焦，都是考慮詩詞在小說中的美學任務。另外值得一提的是曾鈺婷《說圖——崇禎本金瓶梅繡像研究》，近年頗時興圖像與文字的辯證研究，此書透過對小說插圖的考察，從側面支持了崇禎本《金瓶梅》的文人化、藝術化傾向。

至於文化研究，不可免地都集中在性／別文化研究，此係因為臺灣極易取得未經刪節的全本《金瓶梅》，加上 20 世紀 90 年代中期以來對性／別議題特別熱衷，故影響了《金瓶梅》文化研究的「挑食」傾向。收在叢書中的此類著作，有胡衍南《金瓶梅飲食男女》、李欣倫《金瓶梅之身體感知與性別辯證：一個漢字閱讀觀點的建構》、李曉萍《金瓶梅鞋腳情色與文化研究》、張金蘭《金瓶梅女性服飾文化研究》、沈心潔《金瓶梅詞話女性身體書寫析論——以西門慶妻妾為論述中心》等五部，其中胡衍南、張金蘭的著作都曾公開出版，此次收入叢書都作了程度不一的增添及修改。尤需一提的是，臺灣近年來對於小說的續書研究很感興趣，特別是從解構主義的後設立場重新反思續衍現象，嚴格來講也是一種文化批評，叢書中鄭淑梅《後設現象：金瓶梅續書書寫研究》即為個中佳作。

「金學叢書」第一輯集結近年臺灣青年學者《金瓶梅》研究專著，有意宣示「哲人日已遠，典型在宿昔」——魏子雲先生逝世十周年前夕，金學事業薪火相傳，生生不息。綜上所述，本輯作者胡衍南、李志宏的著述較為金學界所熟識，其他多數則嶄露頭角，正見其成長茁壯。相較之下，稍晚亦將問世之「金學叢書」第二輯，收入了徐朔方、甯宗一、劉輝、王汝梅、黃霖、吳敢、周中明、張遠芬、周鈞韜等三十一位名家之《金瓶梅》研究精選集，收錄純熟之作，代表當代金學最高成就，敬請拭目以待。

吳敢、胡衍南、霍現俊（胡衍南執筆）

2014 年元旦

門外漢之眼：代誌謝

2013 年，應胡衍南教授之邀，我開始著手重閱並修改 2009 年的博士論文〈《金瓶梅》之身體感知與性別辯證：一個跨文本與漢字閱讀觀的建構〉，修改過程中，於博士班最後一兩年日日研讀《金瓶梅》相關史料的回憶又浮現眼前，尤其是在寫作上不斷指引方向、提供諸多參考資料的指導老師康來新教授對我的鼓勵和策勉，在中央大學的美好回憶接續湧上心頭。博士畢業後，我進入靜宜大學臺灣文學系，研究領域轉向臺灣文學，對《金瓶梅》相關研究不免逐漸生疏，重讀舊稿，喜憂交雜：歡喜重溫博士班階段專心閱讀明清小說、史料和論述的回憶，另一方面則擔憂無法提供更多關於此議題的新觀點，想必其中一定有諸多問題有待未來更多研究者補全。修改論文的同時，我也著手整理 2010 到 2011 年以眾生之身為主題的創作稿，後集結成 2014 年初出版的散文集《此身》，由此因緣遂開始重新整理自己過去十年的書寫關懷。

從碩士時代開始，無論是創作還是學術論文，始終對疾病、醫療、身體議題感興趣，這反映在過去的散文書寫──《藥罐子》、《有病》、《重來》──以及碩士論文《戰後臺灣疾病書寫研究》。到了博士班階段，我持續關注此議題，從疾病擴延至身體乃至於更為細緻的身體感知經驗，同時將目光從戰後臺灣轉向明清小說經典，試圖擴充自己的視野。在明清小說裡，我發現《金瓶梅》對我產生很強的吸引力與衝擊力，吸引之處在於裡頭的婦人是那樣生猛鮮活；衝擊之處則在於故事本身具有的戲劇張力與警世意涵，掩卷總覺顫動不已、悲哀不已，只不過那時還不確知令我顫動、悲哀的究竟是什麼。

某回，在康來新教授的建議下，同時閱讀了張竹坡的評點與田曉菲的《秋水堂論金瓶梅》，埋首於時而古典時而當代、時而道學時而慈悲、時而男性時而女性的閱讀氛圍中。看完張竹坡與田曉菲的「再創作」，才猛然發現令我顫動的、無法命名的什麼，早已被田曉菲精準且詩意地表達了出來，當時只知道要研究讀者閱讀《金瓶梅》時的身體感知，處理評點、續書及當時的幾部小說，對確切的論文主旨完全沒有概念。擬定了一份研究計畫，內心忐忑不安，總覺題目太大、要閱讀的相關文本太多，實在沒自信完成。給康老師看過大綱並稍做討論的當晚，她打了通長長的電話告訴我，何不以跨古跨今及個案的處理方式，來討論四個《金瓶梅》的讀者──張竹坡、丁耀亢、蒲安迪與田曉菲？回想起來，康老師正如張竹坡所謂的「明眼人」，深知我的特質和關懷議題，同時一眼

看穿我對蒲安迪、田曉菲論著的高度喜愛，在讀完研究計畫後開始為我思考論文方向，剔除龐雜的部分，勾勒出明確與可行的主軸，真正為我量身打造一個能盡情發揮閱讀、書寫與研究特質的論文。確實，對沒有累積太多古典文學研讀經驗的我而言，跨古跨今的處理方式是條捷徑，在閱讀與書寫論文的過程中也頗為愉快，因此口試委員徐志平教授立即指出行文中頻繁使用「有趣的是……」，點出我寫論文時的「快意」，這種快意幾乎接近寫散文時的自由感受，也許是因為我一直以當代的、女性的、有距離的眼光來閱讀《金瓶梅》及其跨文本使然。

在這種有距離的、門外漢的——得坦承，在研究功夫紮實的明清小說論者眼裡，我確實是十足的門外漢——凝視與觀照中，不免發現《金瓶梅》及其跨文本好「有趣」：張竹坡讀《金瓶梅》時的眼淚與身體實踐；丁耀亢用書寫來限制讀者的歡愉；蒲安迪將金蓮騎坐西門慶的姿勢看作吸血鬼；田曉菲則從「麻辣蓮藕」的攝影照中讀出金蓮身影……套一句張竹坡說的話，門外漢如我看到此處，往往是「滿身痛快，要跳要舞」。是的，閱讀與書寫的過程常不禁令人「要跳要舞」：思緒在跳、手指在舞（拍打鍵盤的聲音宛若即興節奏）。正因是明清小說的門外漢；也是喜以文字舞蹈的書寫者，在明眼的口考委員們看來，我的思緒跳躍得十分厲害，這刻還在古典小說的輪迴因果裡，下一刻卻跳到王家衛的電影；此廂是十七世紀文人的書寫治療，彼廂卻是西西的《哀悼乳房》，因為在寫作的過程中（無論是創作抑或論文），我耳聽的是 Explosion In the Sky 的後搖滾，桌上層層堆疊的是莒哈絲、波赫士、維吉尼亞·吳爾芙，宇文所安、周作人、大江健三郎等人的作品；看李漁的小說、《聊齋》的同時，也斷斷續續地看了 Michael Haneke 不動聲色的驚悚與暴力，於是，那些詩行、那些片刻、那些靈光、那些影像壅塞在混亂的腦袋裡，進而構築我的書寫，我的閱讀，我的凝視，形塑成跨古跨今跨文本的交響。

因此，寫出來論文難免予人閱讀散文之感，不太符合學術規範的結果便是不夠嚴謹，不過我倒想起宇文所安曾將論文與散文進行一番比較，他心目中好的論文應具備散文樣貌，這樣的文體「歡迎一種對於文學進行思考的方式和對於文學進行評論的方式，使得一個作者可以既提出新問題，也以新方法和新角度重提一個老問題。」（宇文所安《他山的石頭記·序》）即便門外漢的凝視遠不及享譽國際的宇文所安之洞見，畢竟我也無可救藥、浪漫地相信散文／論文具有治療作者心靈、浸潤讀者生命的功能，更執著於所謂的書寫即自由，書寫即創造，在我淺薄的目光中，散文與學術研究都該流暢易讀，都該偶爾保有詩人靈光，都該在某個片刻喚醒讀者細緻的身體感知。

於是，特別感謝康來新老師對我書寫特質的欣賞與寬容，除了為我量身訂作適合嬉遊的題目之外，總在我遇到瓶頸時提供深具啟發性的書籍與觀點，深深感恩康老師從我碩論到博論的溫暖支持、鼓勵與體知。感謝口試委員高桂惠教授提供的寶貴建議，高教

授從這幾位跨古今讀者的閱讀中找到「作文之法」、「作注之法」及拼貼遊戲之法的脈絡，並提供諸多參照文本，讓我從較大的時代脈絡中窺見張竹坡、丁耀亢的書寫位置與特質，此外，高教授也協助我更清楚界定「身體感知」的三重意涵，使之眉目更加清楚。感謝徐志平教授明眼細讀，協助修訂、共同斟酌論文的細節，同時提供不少文本作為論述上的依據與參照。感謝陳翌教授提供更多《金瓶梅》與明清小說漢學家的重要著作，並鼓勵我從身體感知邁向物質文化研究，可作為未來研究的方向。感謝另一位明眼細讀的楊玉成教授，一向欽佩於楊教授紮實而豐碩的研究成果，楊教授在口考時提供了很多關於小說評點、文學理論、索隱派、本草學、醫案、宗教「轉身」概念等寶貴意見，並一針見血地指出論述上不夠精確與嚴謹之處，有些問題即使現在仍無法全盤處理，但確實給我許多未來研究的諸多可能。

感謝許多師長、友伴陪我一同學習，如果說門外漢的凝視有一點點可觀之處，那都是與您們談話與切磋琢磨的結果。

《金瓶梅》之身體感知與性別辯證
：一個漢字閱讀觀點的建構

目 次

緒論：以讀寫經典定義自「身」

然則我自做我之《金瓶梅》，我何暇與人批《金瓶梅》也哉？

——張竹坡〈竹坡閒話〉

閱讀比之於觀看，是一個更為持久、複雜的過程。也許要理解一位小說家的創作過程，最便捷的方法不是閱讀而是寫作，親自品嚐一下遣詞造句的危險與艱難。

——吳爾芙（Virginia Woolf）〈我們應當怎樣讀書？〉

即便張竹坡（1670-1698）不識吳爾芙（Virginia Woolf, 1882-1941），當筆者閱讀張竹坡讀寫（評點）《金瓶梅》時，不免揣測喜愛遊戲文字、遊戲身體隱喻的張氏實際上乃透過「最便捷的方式」——「寫作」來親身品嚐了身為創作者「遣詞造句的危險與艱難」。無論是十七世紀的張竹坡還是當下的筆者，身為《金瓶梅》的誤讀者、讀寫者、再創造者，筆者的確面臨不同時代背景下閱讀者的「遊戲規則」，於是似乎是為了理解一位小說家的創作過程，筆者得親自體會寫作的危險與艱難，當然，同時這個過程也給筆者無窮的歡快和愉悅。當筆者「自做我之《金瓶梅》」的時候，是以身體感知（body experience）為切入角度，更正確地說，是讀寫時的身體感知。

一、研究背景及目的

(一)研究背景：從「身體感知」（body experience）的研究成果中思索閱讀身體感的可能

「身體」始終是各領域論者熱衷探索的議題，中研院民族所過去數年聚焦於「文化身體感」的研究（cultural categories of body experience），為研究者開啟新的視野。[1]簡單來說，

1　中研院民族所之研究計畫「感同『身』受：日常生活與身體感的文化研究」（2005-2007），其下的分項計畫包括熊秉真〈陰陽混成與男女雙修：近世中國的身體觀與身體感〉、張珣〈「虛驚」與「實驚」：驚嚇的身體感研究〉、羅正心〈恐怖感：以喪葬工作人員日常經驗為例〉、蔡璧名〈「如屍」與「如槁木」：傳統文化中的坐像、坐法與身體感〉、余舜德〈舒適感：家、傢俱與家屋〉、顏學誠〈品茶的身體感：從知覺分辨到價值判斷〉以及蔡怡佳〈「靈感」的研究：以宗教靈療者與修行者之體知為例〉等七項分項計畫。資料來源：http://www.sinica.edu.tw/~yusd5644/2006newweb/intro.html。

「文化身體感」是指人們經驗身體內在與外在的感知項目（categories），也就是形成身體經驗的各種項目，牽涉到數種知覺與感官的結合，因此不同文化、時代所形成或強調的項目可能不同，對相同的項目也可能有不同的定義與感受。[2]論者更清楚地辯析身體觀和身體感的不同之處，鼓勵研究者從較為抽象、整合性的身體觀研究，轉而探索更細緻、分殊而主體的身體感。[3]從身體觀到身體感的研究轉向，我們看到獨特而不易被化約、歸納的細緻身體感知成為身體研究的新趨勢，這新的研究取向促使筆者思索文學場域裡；也就是文學最顯著的兩件事——閱讀和寫作——來看，身體感如何被表述？

　　研究者注意到當身體感知成為凝視焦點，語言表述便扮演關鍵性的角色，因為感受程度的紛雜與細膩最後仍須具體化為文字，進一步被跨時空的讀者所體會、感知，在其心中重建具同情共感的感知系譜。更進一步地，倘若閱讀者同時身兼具審美及論述能力的書寫者，他們如何獨具慧眼地閱讀；又如何發揮個人長處、利用敘說技巧將看似抽象而流動的閱讀的身體感固定下來，便成為富有趣味的多層次議題。換言之，不同時代的讀者在閱讀同一本書時或許具有不同的閱讀身體感知——快樂或悲哀，憤怒或同情——而諸種不同的身體感知反映出讀者（也是書寫者）究竟是批判控訴抑或同情慈悲，但從另一個角度來看，跨時空的讀者也可能具有默契，交流著同「情」（情感與情緒）共「感」（身體感），因個人的文化信仰而產生認同，或更根源、也更神秘地，因漢字本身具有的普遍意義而觀點趨於一致。

　　當身體感知議題蔚為風潮、而接受美學已內化成文學研究者的基本功時，筆者嘗試結合文學研究（閱讀觀點）與人類學研究（身體感知）之成果，選定一本跨時代的經典，從

2　余舜德以為，身體感乃「指身體經驗的項目（categories），諸如冷／熱、軟／硬、明／暗、香／臭、骯髒／清潔、好吃／噁心等，都是我們日常生活中感受內在與外在環境的「焦點」，身體感的項目繁多，舉凡日常生活中人們用來 make sense of 外在及在內在環境的觀念（如潔淨、正式、莊嚴、神聖、秩序）或分類項目（如新鮮／腐敗、陰／陽、華麗／儉樸），都有其體現於身體經驗的一面；這些身體感項目之間具有體系性關係。」見余舜德〈物與身體感的歷史：一個研究取向之探索〉（《思與言》44:1，2006年3月），頁23。此外，在同樣收錄於《思與言》44卷1期「身體研究」專輯中的數篇論文中，也試圖釐清身體感之界義，又如龔卓軍以為，「身體感」對應著外在對象時產生的知覺活動經驗，也涉及身體在運行這些知覺活動時從身體內部產生的自體覺知迴路；從時間的角度來說，「身體感」來自過去經驗的積澱並指向對於未來情境的投射。見龔卓軍〈身體感與時間性：以梅洛龐蒂解讀柏格森為線索〉（《思與言》44:1，2006年3月），頁52。
3　蔡璧名以為「身體觀」屬於認識論，是對「具體」的存在物——身體——作抽象的理解，也就是把原初的「經驗」加以「觀念」化。「然而觀念指向『真實』，身體觀所要指涉的依舊是實實在在的具體的身體。……如果說『身體觀』是一種理論性、概括性的『認識』，則『身體感』所指涉的是『現象』。」（67）見蔡璧名〈疾病場域與知覺現象：《傷寒論》中「煩」證的身體感〉（《臺大中文學報》，23期，2005年12月），頁61-104。

不同時空、不同性別讀者的閱讀觀點，進行跨學科的整合與建構。

(二)研究目的

1.建構跨文本的閱讀觀點和身體感知

為了展現多層次的閱讀模式，筆者較感興趣的經典文本必須歷經不同時代讀者的接受與再生，其成果記錄了閱讀的軌跡；換言之，建立在閱讀經驗而再生出來的各種文本——評點、續書及批評——是筆者關注的焦點[4]，而這些再生的文本彼此之間形成跨文本的交響與奏鳴，讓我們看見經典如何因各種閱讀觀點而一再地「輪迴」於文學場域，一再地重現於讀者心中；也一而再再而三地喚起了閱讀時的身體感知，激發了性別辯證。因而，筆者選擇了一部關乎疾病、身體、醫藥的經典《金瓶梅》，不僅因為《金瓶》是筆者——一位（女性）讀者，同時也將展現個人期待視野的、女性的閱讀觀點——接受美學與期待視域下的交會，也是因為能藉此關注於跨文本（評點、續書）並置下的閱讀觀點之異同：評點以張竹坡（1670-1698）評點的竹坡本《金瓶梅》（1695）為核心，續書則以丁耀亢（1599—1669）《續金瓶梅》（1653）為核心，前者具現了傳統中國文學的審美、鑑賞與批評等閱讀軌跡，後者則示範了經典如何再生，無論是評點或續書，兩者皆可視為閱讀經典後的再創作，最終皆成為「他們」的經典，而他們也在無意中展現了如卡爾維諾（Italo Calvino, 1924-1985）所謂的「我的」經典：「『你的』經典是你無法漠視的書籍，你透過自己與它的關係來定義自己，甚至是以與它對立的關係來定義自己。」[5]這和丁乃非在論析張竹坡評點《金瓶》時的觀點一致，丁氏強調張竹坡的閱讀變成了重寫（rewriting）的模式，以致最終產生了另一種版本的文本，由此可見讀寫邊界的相互逾越：讀產生了另一種寫——如評點、續書，而這種新的寫作方式造就了張竹坡「他的」《金瓶梅》。[6]

同時身為《金瓶》的讀者和「再生產者」；更準確地說，同時身為《金瓶》竹坡本和丁耀亢《續金瓶梅》的讀者和「再生產者」，筆者不斷地思索《金瓶》如何透過跨時空與跨文本的建構，逐漸成為「我的」經典。然在建構之前，筆者欲先說明為何選擇《金瓶》作為單一經典。首先，不僅可藉由《金瓶》管窺跨文本的經典詮釋和再生，更因《金

4　跨文本的概念從「互文」（inter-textuality）而來，克莉絲蒂娃從巴赫汀的狂歡詩學獲得靈感，發展成所謂的「互文」概念，意指一個文本與其餘文本相互連結，無論是語言還是敘事，此文本之創發過程，使用了一個或幾個先前文本的素材。見 Julia Kristeva "Revolution in Poetic Language" (New York: Columbia University Press, 1984), p.59-60。

5　見伊塔羅・卡爾維諾（Italo Calvino）著，李桂蜜譯《為什麼讀經典》（臺北：時報文化出版公司，2005），頁 6。

6　見丁乃非 *Obscene Thing: Sexual Politics In Jin Ping Mei* (Durham and London: Duke University, 2002), 118, 131。

瓶》在身體感知議題上形成了有趣的交鋒。以身體感知而言,正因《金瓶》形成了眾多
文人體知文本中身體——和「修身」目標乖離且暴露過多下半身——的輻輳;且張竹坡
指肉身為道場的辯護(〈第一奇書非淫書論〉)更有趣地形塑了理想的「閱讀身體感」,而
比張竹坡更早期的丁耀亢則在《續金》中表達了類似的閱讀身體感知:「這《金瓶梅》
一部小說,原是替世人說法;畫出那貪色圖財、縱欲喪身、宣淫現報的一幅行樂圖。」[7]
在兩者的閱讀觀點下,閱讀時的身體感知如同修煉中的身體感,得將自然的生理反應加
以琢磨與降服。然而,為什麼閱讀形同修煉,其身體感需要加以規範並指導?是否因為
閱讀所帶來的身體感——包含歡愉感、興奮感、滿足感等諸種感受——令人不安、焦慮
甚至產生罪惡感?此種混合諸種強烈並分別涉及閱讀、評點和續書各種閱讀模式的身體
感,是身兼讀者和書寫者試圖約束讀者的,也是筆者試圖透過《金瓶》加以建構的重點
所在。

　　簡單來說,《金瓶》作為具有指標性、意義豐足的經典,尤其「以淫止淫」的弔詭
彰顯了原始本能的身體與道德規範的身體之間微妙的平衡與角力,而張竹坡的評點和丁
耀亢的續書不僅是探討這「閱讀之身體感知」重要的切入點,更重要的是這兩位十七世
紀男性文人的視角,成為身為女性讀者的筆者閱讀《金瓶》之關鍵稜鏡,套用卡爾維諾
的說法就是:「『你』的經典(《金瓶》竹坡本、丁耀亢《續金》)是你無法漠視的書籍,
你透過自己與它的關係來定義自己,甚至是以與它對立的關係來定義自己。」。正因兩
位十七世紀男性文人的閱讀觀點,身為二十一世紀的女性讀者「我」以自身的期待視野、
性別角色為核心,透過自己與《金瓶》竹坡本和《續金》相同或對立的關係來定義自己,
閱讀他們眼中的《金瓶》如何走向我正在閱讀的當下。

2.建構跨時空的閱讀觀點和性別辯證

　　二十世紀的重要書寫者(當然也是讀者)伊塔羅‧卡爾維諾(Italo Calvino, 1923-1985)顯
然也是經典的愛讀者,在他對經典的眾多定義中,其中一項凸顯了經典的跨時空性和個
人性:「經典是頭上戴著先前的詮釋所形成的光環、身後拖著它們在所經過的文化(或
者只是語言與習俗)中所留下的痕跡、向我們走來的作品。」(3)「向我們走來」這樣動
態的形容細緻而傳神地摹寫出經典的跨時空性,同時突顯了經典專屬於「我」、唯有「我」
能讀出經典的神秘默契。在這個文學性的定義下,或可容我們浪漫地敘說:出版於萬曆
年間的《金瓶梅詞話》(序言為1618)向崇禎年間《新刻繡像金瓶梅》(又稱繡像本或崇禎
本)的無名評點者走來,《金瓶梅》繡像本又朝著張竹坡走來,而這兩大版本(詞話本、
繡像本)繼續朝著不同時空的讀者和批評者、評點者走來,例如蒲安迪(Andrew H. Plaks,

1945-），例如田曉菲（1971-）。

　　蒲安迪的《中國敘事學》雖為演講稿的結集，然其批評、審美經典的方法和觀點，仍影響其後廣大的讀者和文學研究者。在此書中，蒲安迪特別關注《金瓶》「如何藉『對位』的手法營造出一種框架性的寓意結構」，例如官哥兒的命運和西門慶命運的緊密連結[8]，其「對位」的分析或可與張竹坡的「兩對章法」、「反襯」相互參看，而蒲氏對《金瓶》中冷熱的關注，亦頗得張竹坡〈冷熱金針〉一文之精髓，由此可見即便兩位距離兩百多年的讀者，在閱讀觀點上仍有類似之處。然而從閱讀的身體感知的角度觀之，蒲安迪顯然更具當代的審美觀和胸襟，例如據蒲氏觀察《金瓶》作者常以幽默筆法描寫性行為，尤其是遭到中斷的性行為，從其閱讀觀點來看，這是作者試圖挫折讀者對性的熱衷和熱情所為；相同地，性場景出現之後往往連結著暴力與敗德亦屬書寫策略，足以讓讀者產生消極聯想，抵銷閱讀的娛樂，蒲氏稱此為「橫雲斷山」的遮斷性技巧。（《中國敘事學》，135-136）相較於張竹坡矛盾的閱讀情緒與情感，蒲安迪因距《金瓶》時代更遠；同時也積累較豐富的期待視野，因而更有助於他從抽離的讀者視角來讀《金瓶》的「色」、「空」概念，讀包括張竹坡在內的文人創作自覺及文學創作手法。蒲氏也明言：「我在闡述自己對小說的看法過程中，勢將著重依賴張竹坡的幫助。」[9]然而，有賴於張竹坡的幫助不等於依循或贊同張氏的評點，例如他以為張氏在〈寓意說〉「援引園藝花卉的比喻上過了頭。」（103）

　　將蒲安迪納入本書的主因不僅因為蒲氏的閱讀觀點對現當代《金瓶》的專業讀者、批評者產生的影響力，更因為蒲氏的研究方法主要以傳統小說評注家的讀法為解釋框架，更有助於我們閱讀張竹坡，並從與之相同或對立的立場來理解張竹坡閱讀《金瓶》的長處和破綻。更重要的是，當我們談及閱讀的身體感知時，蒲氏讀法中隱含的身體感知及其對身體議題的獨特眼力確實不容忽視，正如研究身體感之論者試圖挖掘長期以來被視為理所當然、甚至被忽略的日常生活之文化身體感脈絡，筆者也發現蒲安迪之所以能看出隱藏於《金瓶》中精心架構的意義模式，正源自於他不將小說中反覆出現的、已被我們文化慣習所制約的「身」視為理所當然；即便當張竹坡以為《金瓶》中的永福寺乃「湧於腹下」、「二重殿後一重側門」乃玉皇廟象徵「心」的身體隱喻，蒲氏頗不以為然，批評張氏的過度詮釋「顯然是幾於幻想了」（124），不過蒲氏也認為這些原屬於四大奇書刊刻流傳的看官聽眾之讀法，即使「在最牽強離譜的地方，都可以給我們一個非常大的啟發。」（作者弁言，《明代小說四大奇書》，頁2）總之，以上討論皆可見蒲氏對

8　蒲安迪《中國敘事學》（北京：北京大學出版社，1995），頁132。

9　蒲安迪《明代小說四大奇書》（沈亨壽譯，北京：生活・讀書・新知三聯書店，2006），頁69。

《金瓶》身體隱喻之關照，以及對張竹坡評點的身體感知之注目，兩兩形成了雙重的閱讀視野，彼此或契合或乖違，最終也形成了蒲安迪的《金瓶梅》。

然而，我們不能不注意到一件事實，即張竹坡、丁耀亢皆為十七世紀的男性讀者，而蒲安迪則為二十世紀的男性讀者，可是偏偏他們閱讀的正是以婦女為要角的《金瓶》，即便《金瓶》脫胎於寫英雄豪傑的《水滸傳》；然而「此書之半，大約模寫兒女情態具備……所云『金』者，即金蓮也；『瓶者』，李瓶兒也；『梅者』，春梅婢也。」[10]《金瓶梅》的命名來意原出於三位婦人之名，從跨時代的女性讀者視角來看她們的命運，或許金、瓶、梅皆懷有女性不得以的苦衷和悲哀。因此我們不能否認，就連男性讀者無法意識到的性別意識似乎也影響其閱讀觀點，換言之，他們選擇看到或忽略的部分，皆隱藏著性別如何操作、影響閱讀之案例。在此，筆者不得不引述二十世紀一位有名的英國女作家、評論者維吉尼亞·吳爾芙（Virginia Woolf, 1882-1941）的閱讀隨筆，就她對十九世紀以前西方文學的觀察，她發現「饒舌多嘴的不是女人，而是男人」，因為女人是他們的許多猜測和遐想的對象，她以為文本中的女人反映出大多數男人在思考人類的悲哀處境時所感受的不滿和絕望，更進一步地，是將我們所缺乏的、所需求的以及所厭惡的一切都形塑在異性身上，「但是儘管它使我們得到發洩，它卻不能引我們走向理解。」[11]

對照於張竹坡強調《金瓶》的作者乃「上不能問諸天，下不能告諸人，悲憤嗚唈，而作穢言以洩其憤也」[12]，不正符合吳爾芙「儘管它使我們得到發洩，它卻不能引我們走向理解」的論點嗎？即便吳爾芙是以十九世紀的英國文學為檢視對象，然以其跨時空、跨文本、跨性別的角度來看十七世紀的中國文人似乎也頗為貼切，吳爾芙的閱讀促使筆者注意到性別如何決定、作用於閱讀觀點之產生。此外，再套一句吳爾芙的說法：「女人並不是到了1860年時才第一次創造出來的。」[13]我們當然也可以這麼說，婦女並不是在張竹坡評點《金瓶》的1695年才第一次被創造出來，婦女在歷經不同時空或仍具有類似而神秘難解的身體感，因此張氏的觀點必有瑕疵，他的「誤讀」和忽略必是性別觀點可以發揮和著力之處；也正因婦人並不是侷限、囚禁於1695的時空，後世的女性讀者以同樣的婦女「身」來理解，或許更能貼近於金、瓶、梅三美人。

與其尋找和張竹坡同時代的《金瓶》之婦女讀者，筆者傾向尋找跨時空的女性讀者，

---

10 袁中道〈遊居柿錄〉，見《金瓶梅資料彙編》，同註7，頁229。
11 見維吉尼亞·吳爾芙〈男人和女人〉，《書與畫像：吳爾芙談書說人》（臺北：遠流出版事業公司，2005），頁56。
12 張竹坡〈竹坡閒話〉，見《金瓶梅資料彙編》，同註7，頁56。
13 這裡吳爾夫指的1860年，是對應於她在上文提到的維拉爾女士講述了1860年到1914年間英國女性的發展史。同註11，頁58。

一方面當然是相較於十七世紀「饒舌多嘴」的男性文人，婦女讀者著實鳳毛麟角、知音難覓，此外則是跨時空的女性讀者由於擁有「自己的房間」[14]，有更多發聲的自由和權利。由是，筆者欲加入二十世紀八〇年代以降《金瓶》女性讀者的視角，作為「男（張竹坡）讀女（金、瓶、梅）」的性別平衡與辯證。另外，筆者也從孫康宜對美國漢學家探論「古典」與「現代」的觀察中獲得靈感，同意不應偏重於古典經典而忽略現代經典，因此方才加入正在形成「經典」的當代批評作為平衡。[15]

　　相較於蒲安迪在國際漢學界資深履歷和深厚影響，田曉菲顯得資淺許多，且後者並非以明清小說為研究專業，然筆者對其《秋水堂論金瓶梅》卻頗具同「情」共「感」，以田曉菲論《金瓶》為當代女性學者的代表，實出於筆者的接受觀點和期待視野。首先，出版於 2002 年的《秋水堂論金瓶梅》在論述形式和章節安排上並非學術界對專書論文的期待，反而較貼近張竹坡評點中的「回評」，不僅逐回地「評點」，且不時呼應著張氏評點；尤其田曉菲在前言表明其較鍾愛繡像本——即是張竹坡評點的底本——又，其目錄完全是按照繡像本的回目依次展開，同時附上詞話本的回目，令人不禁有閱讀上的錯置和懷舊。再者，田氏特別在「出版說明」表示，在她論析過程中大量引用《金瓶》原文，其文字皆出於早期版本，「為保持其原有風貌，引文照錄原版文字，不以現行漢語文字規範為準」。[16]田曉菲大量引用文本原文，又在其後表達個人知感交融的意見，頗類似當時評點者的夾批。此外，「不以現行漢語文字規範為準」則表明了她欲直接與古人對話的意圖，或說她似乎是將自己置於《金瓶》出版的氛圍和情境裡，這點與此書的結構和形式相當一致。巧妙的是，她在序言最末提到此書「初稿始於 2000 年 1 月 16 日，終於 4 月 25 日，前後共歷百日，足成百回之數」又因其專業範疇是魏晉南北朝文學，對《金瓶》的議論可謂「業之餘」（13），這不禁令筆者想及張竹坡在〈批評第一奇書金瓶梅凡例〉中提到：「此書非有意刊行，偶因一時文興，借此一試目力。且成於十數天之內，又非十年精思。」（《金瓶梅資料彙編》，55）無論是成於「百日」還是「十數天」，乍看之下皆是讀寫者對其論述的輕描淡寫；「業之餘」和「因一時文興」似乎也都帶著

14　「自己的房間」的觀點來自於維吉尼亞·吳爾芙，她以為「一個女性假如要想寫小說，她一定得有點錢，並有屬於她自己的房間。」見維吉尼亞·吳爾芙著，張秀亞譯《自己的房間》（臺北：天培文化出版社，2000），頁 19。

15　孫康宜以為美國漢學家偏重於古典研究之真正關鍵，可能在於文學研究本身所強調的「經典」（Canon）準則問題：「當現代文學的批評準則正在形成、尚未定型之際，早期的漢學家只能研究傳統的『經典之作』（Classics）。」見孫康宜〈古典與現代——美國漢學家如何看中國文學〉，收入《文學的聲音》（臺北：三民書局，2001），頁 213-214。

16　田曉菲《秋水堂論金瓶梅》（天津：天津人民出版社，2002），書內第一頁，未編頁碼。

遊戲的趣味，然細觀其「評點」，不難發現內容卻不可不稱之為「大手筆」。

再者，細究其內文，亦發現田曉菲的敘事有張竹坡評點的色彩，例如在九十三回中，作者描寫金寶與敬濟相見時，特用「情人見情人不覺淚下」為言，「但描寫金寶，全為下文的韓愛姐做陪襯，讀者不可被瞞過。」（279）無論是「做陪襯」的閱讀觀點抑或「讀者不可被瞞過」中隱含對理想讀者的叮嚀，依稀可見田氏敘事風格與張竹坡評點之遙相呼應——張竹坡屢次使用「不知作者又瞞了看官也」之評點——無形中也形塑了「評點者」之姿態。更有趣的是，以佛道思想為框架的《金瓶》之「理想讀者」張竹坡，卻不自覺地流露出男性文人的傲慢；以及潛在的「厭女」（misogyny）傾向，在讀法第八十一條中堅持《金瓶》「不可不看」的同時卻主張此書為「婦人必不可看之書」，似乎忘了佛教教義中的平等與慈悲，而身為在張竹坡名單之外的、「必不可看」的「非理想讀者」，田曉菲反而看出了繡像本要求讀者閱讀時的慈悲——「《金瓶梅》裡面的生與旦，卻往往充滿驚心動魄的明與暗，他們所需要的，不是一般讀者所習慣給予的涇渭分明的價值判斷，甚至不是同情，而是強而有力的理解與慈悲。」（3）

簡言之，正因田曉菲的整體結構、章節安排不符合學術規範，反而更接近張竹坡評點的模式，因此成為筆者選擇當代女性評點者之首選。再者，因《秋水堂論金瓶梅》內使用多幅近現代的圖片和攝影，頗有映照《新刻繡像批評金瓶梅》插畫之意味，即便兩者使用插畫的量以及在文本中的意義與價值不同；但也正因兩者如此相似又如此不同，我們可藉此比較田曉菲在「擬仿」的同時，特意照出當代和性別視角，兼具了跨時空、跨文本、跨性別的多重視域，「我自作我的《金瓶梅》」（張竹坡〈第一奇書非淫論〉）。最後，更讓筆者產生同「情」共「感」的則是田氏在序言裡解釋書中使用的插圖多半是歷代名畫以及近現代的照片之段落：

> 我以為《金瓶梅》裡面的男男女女是存在於任何時代的，不必一定穿著明朝或者宋朝的衣服……如果莎士比亞的戲劇，常常以現代裝束、現代背景、現代語言重現於世界螢幕，我們怎麼不可以有一部現代的《金瓶梅》呢？我們的生活中，原不缺少西門慶、蔡太師、應伯爵、李瓶兒、龐春梅、潘金蓮。他們鮮衣亮衫地活躍在中國的土地上，出沒於香港與紐約的豪華酒店。我曾經親眼見到過他們。（13）

「我曾親眼見到過他們」這般文學性的敘說，不正是卡爾維諾所謂的「經典向我們走來」；以及當他閱讀屠格涅夫的《父與子》或是杜思妥也夫斯基的《惡魔》時，常不禁思索這些書裡的人物「繼續化身轉世，直到我們的時代」（出處同註5）？這難道不也是丁耀亢在《續金》中讓金蓮「繼續化身轉世」為金桂的潛在動因？正因讀者身處的時空、性別和期待視野，《金瓶》穿越時空，「點亮了千家萬戶這樣的房子，向我們展現了大千世

界的眾生相」。[17]正因《金瓶》的角色不斷地「繼續化身轉世，直到我們的時代」，「頭上戴著先前的詮釋所形成的光環、身後拖著它們在所經過的文化（或者只是語言與習俗）中所留下的痕跡、向我們走來……」由是，《金瓶》經過了十七世紀男性文人丁耀亢、張竹坡之手，進而朝著我們站立的二十、二十一世紀走來，再次經過漢學家蒲安迪、田曉菲和眾多閱讀者、批評者、評點者之接受與詮釋，這些跨時空、跨性別的評點者、續書者和論者之跨文本無形中形塑了筆者閱讀《金瓶》的觀點，將之納入論文，無非亦有「我自作我的《金瓶梅》」之況味。

3.建構跨時空的漢字閱讀觀與普世價值

　　以上已約略地解釋了此書題目之《金瓶梅》、身體感知、性別辯證與閱讀觀點之研究動機與字詞內蘊，最後筆者欲稍微說明題目中加入「漢字」兩字的目的。加入「漢字」兩字，表面上看似縮小了筆者定義的《金瓶》之讀者群和跨文本，畢竟除了蒲安迪、田曉菲之外，以非漢字發表、或沒有譯成漢字的《金瓶梅》論文質量不僅相當豐富，在金學研究發展上頗具關鍵地位，即便如此，筆者對漢字兩字之使用實有研究上的動因。首先就「身體感知」來論，對於身體感的海內外研究者來說，漢字的形、音、義與身體感知之間的聯繫是他們試圖探問和解決的問題，最著名者莫過於日本學者栗山茂久在《身體的語言——從中西文化看身體之謎》（*The Expressive of the Body and the Divergence of Greek and Chinese Medicine*）中，從中國傳統醫書形象化的漢字詞彙使用解釋漢字特殊結構背後的普遍認同和接受[18]，足見漢字因特殊結構為身體感研究上開拓了獨有的層次。既然身體感為筆者論述的關鍵詞，筆者不得不將漢字的獨特性考慮在內，尤其當筆者研讀明清醫典時，不時發現身體感知和文學評點之間由「意」之層面所共享的默契，最顯著的例子是

---

17 見維吉尼亞・吳爾芙〈我們應當怎樣讀書？〉，《普通讀者》（臺北：遠流出版事業公司，2004），頁 607。

18 栗山茂久以為，古希臘和中國醫者皆以手腕為診斷的部位，最後卻發展出可測得數據的脈搏測量，和中國醫者的經絡、脈象學全然不同，影響這兩者的文字表現，前者強調的文字精確度和數據顯示皆是科學精神的闡發，而後者卻習用比喻的方式呈現，例如中醫至今仍在使用王叔和《脈經》以來的脈象說法，例如浮、沈、緊、弦、滑、澀等，脈位則有尺、關、寸，各部位皆主導五臟六腑之運作情況，這對西方醫者來說是陌生且難以參透的概念，更令十八世紀西方研究者困惑的是，中醫古籍中大量地使用比喻，例如王叔和便以「流利展轉替替然」形容滑脈，以「如雨沾沙」形容澀脈，李杲亦以「如空中浮雲」形容浮脈，由此可見中西方醫學延伸出的表現語言的歧異性。栗山茂久從大量的中西醫學史料中，發展出極微細緻、精彩之陳述。栗山茂久《身體的語言——從中西文化看身體之謎》（臺北：究竟出版社，2001），頁 83-89、106-107。此外，栗山茂久、費俠莉便是著眼於符號表徵與身體感知，蔡璧名亦以《傷寒論》為例，試圖建立「火」這一外部符號的表達活動，如何在提供作者和歷代讀者「記憶輔助物」的同時，「使意義永存於外部符號、或整個符號系統，使得載錄於《傷寒論》知覺體驗得以重生於讀者心中。」同註 3，頁 90。

醫學的「躁」、「熱」觀念和此漢字結構上予人的身體感如何潛在地轉化為明清之際文人如張竹坡的「冷熱金針」。

再者，無論是通曉十幾種語言的東亞系和比較文學系教授蒲安迪，還是獲得哈佛比較文學博士學位、任教於東亞系的田曉菲，兩位漢學家皆在閱讀《金瓶》時顯露其深厚的漢學底蘊及對漢字的鍾情，尤其兩人在琢磨與詮釋《金瓶》過程中所引用的詩、詞、曲之意境時更是如此。即便蒲安迪以英文撰寫論文，然當我們讀到蒲氏對《金瓶》中譯者沈亨壽之稱美，便知經過中譯的轉化並不減損其論述之精彩，反而更為增色：「沈先生的翻譯不僅確切流暢，而且更使人敬佩的是他處處在英語拙作文理不明的地方竟窺透了原文未能講通的本義。」（作者弁言，《明代小說四大奇書》，頁 2）在表面上看似自謙之詞之背後，筆者不斷地思索這句話難道不也暗示著譯文過程中譯者另一層次的閱讀、接受與重讀？還是說當蒲安迪在「世界各地漢籍圖書館」裡「馳騁在這些（《金瓶梅》）批評本」之際──理應是原典而非譯本──並使用英文作為傳達工具時，其中所引用的詩詞、戲文、話本無法穩妥地「貼合」於英語的表述結構，反而當其論述轉譯為漢字時，其《金瓶》論述與經典中的引文更能適切地自成系統？在仔細參就「在英語拙作文理不明的地方竟窺透了原文未能講通的本義」這句話之後，筆者以為在題目上增添「漢字」兩字更能符合筆者之研究目的。

譯文──也是另一種形式的跨文本──尚且如此，何況是田曉菲以漢字書寫的《秋水堂評論金瓶梅》便處處顯見她玩味、品鑑、鍾愛漢字的痕跡，最有趣的乃田氏細究《金瓶》第六回王婆遇雨時作者用「雲飛」來形容其腳步，而先前武大捉姦時卻用「飛雲」，田氏以為前者「優美而靈動」，後者卻「凝滯而固定」，田曉菲也不諱言這種對漢字組成結構的體察，乃受到宇文所安分別「花紅」、「紅花」之影響（22-23）。事實上，國際知名的漢學者對漢字的琢磨似乎已深化於個人之閱讀本能裡，被康士林（Nicholas Koss）譽為「現代唐僧」的余國藩，即便「負笈西方」，「隨身而備的是他對中國文學和宗教的淵博知識」[19]，在翻譯《西遊記》的過程中，也隨處可見他關注於漢字結構如何影響讀者的閱讀。據余國藩的說法，我們在閱讀這些漢字詩詞時，應要像小說中的要角那般，「親身」體驗「自然在呈現自身所表現出來的那種圓滿、繁複與多變。」[20]而在更多《西遊》的詩例中，更展現出余氏對漢字的鍾情。[21]余國藩的翻譯個案展現了漢字的特殊性

---

19 見康士林著，謝蕙英譯〈唐三藏和余國藩──評余國藩英譯本《西遊記》〉，收入《中國文哲研究通訊》15:4（2005 年 12 月），頁 55。

20 余國藩著，李奭學譯《余國藩西遊記論集》（臺北：聯經出版事業公司，1989），頁 89。

21 在這篇余國藩以英文、為英譯本《西遊記》撰寫的導論裡，卻處處顯見余氏對漢字結構如何影響讀者閱讀感受，例如討論到十七回一首寫詩的景致時，作者用「松柏森森青遠戶」來描摩，因為「先

與奧妙，在其「把玩」、「撫摩」漢字的過程中，彷彿暗示了他試圖回到作者落筆的瞬間，親身體驗作者文筆之美，跨時空的讀者亦可藉由體知漢字之形音而對經典心領神會。在筆者看來，田曉菲對漢字的細膩觀照似乎也映照著琢磨漢字形、音、義趣味的明清文人，這不啻為另一個觀看田曉菲閱讀、「評點」與張竹坡是否異同之重要線索，同時也是論者討論「漢字」使用時特別強調語言和書寫乃歷史積累之產物，不僅透過長期使用而更加豐富，更能窺探出今昔之感。[22]據此，筆者強調「漢字」閱讀觀點有研究上的必要，不僅在身體感知議題、兩位漢學家的評點上有跡可尋，似乎也更貼合筆者的研究背景，然而筆者亦要強調：研究漢字的形、音、義構成這類文字語言學之研究並非筆者的重點，也不是像部分論者以《金瓶》為素材所進行的語法分析。[23]

綜上所述，筆者欲以《金瓶》跨時空讀者之跨文本為核心，分作上下兩編，上編以十七世紀《金瓶》兩位男性讀者——評點者張竹坡、續書者丁耀亢——為核心，下編則以二十世紀兩位男、女讀者——蒲安迪、田曉菲——為核心，從身為女性讀者的筆者之閱讀觀點，審視張竹坡和丁耀亢如何「男讀女」、「男讀男」；又蒲安迪如何「男讀男讀女／男」、田曉菲如何「女讀男讀女／男」，由此看來，相當充分地展現出三重的閱讀層次，再加上筆者女性讀者之觀點，便是四重的閱讀交響，進而再藉由多層次的閱讀觀點探討跨時空、跨文本的閱讀之身體感知與性別辯證，以蒲安迪、田曉菲之漢字專書（或已譯成漢字專書）為探討核心，目的在於藉此觀照漢字之內在結構對讀、寫的身體感知之影響。不過比起閱讀之身體感知，性別辯證乃較為次要和隱性，用以展現筆者身為當代女讀者的觀點，因此在整體架構上以閱讀的身體感知為主，性別辯證為輔。

二、文獻回顧與評述

《金瓶梅》的海內外研究豐富，從最早的考證成書年代、作者為何等傳統研究路徑，到結合當代視野的審美趣味和多元議題，顯示著《金瓶》跨時空的經典價值。關於《金瓶》的國際研究，吳敢有詳細且完整的研究彙編，吳氏詳列二十世紀《金瓶》海內外之研究動態，以時間斷代和各相關組織的研究作為整體架構，有利於讀者清楚掌握《金瓶》

寫松柏，然後再重複一遍和樹木有關的特殊景觀……詩的動作馬上延緩下來，常態下簡潔明快的詩律因此就放緩腳步了。」此外，他也主張疊句可以吸引注意力，強化詩行內容的廣度，由此我們可從側面探知他對漢字的鍾情，或也因為在翻譯的過程中，是「親身」、「親手」地撫摩每個漢字肌理以便於他精準地從英文中找到可對應的字彙。同上註，頁91。

22 柯慶明〈98高中國文課綱修訂要點及其理念〉（精簡版），收入《文訊》266期（2007年11月）。
23 例如許仰民便以《金瓶梅詞話》為例，討論小說中的名詞、動詞、數詞、物量詞。見許仰民《《金瓶梅詞話》語法研究》（北京：中華書局，2006）。

在二十世紀的研究發展及變化，尤其是 1979-2000 年期間著實為《金瓶》研究之盛況，顯示海內外研究者從「對《金瓶梅》的作者、成書過程、著作年代、版本、人物及史料」的關注，逐漸轉向「金瓶文化」與金學傳播所形成的新熱點，包括社會風俗、時代精神、文化層面、士人心態等多元議題。[24]由於考證《金瓶》之作者、成書年代、版本已有不少專書論文[25]，同時也並非此書的重心所在，故僅就《金瓶》的研究轉向簡要說明之。首先從時代風尚的角度來看，關於《金瓶》所帶動的晚明文人情調之討論，以及《金瓶》評點之關懷面向已相當豐富，前者多以晚明文人之審美風尚為探論焦點[26]，後者則多半依循著「書寫——閱讀——批評」之模式及接受美學的觀點來剖析[27]，因此關於閱讀《金

---

[24] 有關 20 世紀的《金瓶梅》研究史略，因資料多且紛雜，故詳參吳敢《20 世紀金瓶梅研究史長編》（上海：文匯出版社，2003），其中對於 20 世紀的金學研究有詳細的彙整。國際漢學者之《金瓶梅》研究論文，見徐朔方《金瓶梅西方論文集》（上海：上海古籍出版社，1987）；黃霖、王國安《日本研究《金瓶梅》論文集》（濟南：齊魯書社，1989）。

[25] 舉例如長期致力於金學研究的魏子雲亦從版本及作者考證、編年記事、時代精神等角度切入，其著作仍是今日《金瓶梅》研究之重要參考文獻，其作如《金瓶梅探源》（臺北：巨流圖書公司，1979）、《金瓶梅的問世與演變》（臺北：時報文化出版事業公司，1983）、《金瓶梅原貌探索》（臺北：臺灣學生書局，1985）、《金瓶梅散論》（臺北：臺灣商務印書館，1990）、《金瓶梅研究二十年》（臺北：臺灣商務印書館，1993）、《金瓶梅的作者是誰：中國文學史公案試解》（臺北：臺灣商務印書館，1998）等。又如張遠芬在《金瓶梅新證》中考證作者為賈三近，見張遠芬《金瓶梅新證》（濟南：齊魯書社，1984）。再者如胡文彬、張慶善選編之《論金瓶梅》便從時代作者、思想藝術、版本評點、語詞史料四個角度規劃出《金瓶梅》四種研究取徑，其中選入的論文包括鄭振鐸、黃霖、王汝梅、徐朔方等重要的金學論者。見胡文彬、張慶善選編《論金瓶梅》（北京：文化藝術出版社，1984）。

[26] 專書舉要者如胡文彬、張慶善選編《論金瓶梅》（北京：文化藝術出版社，1984）中「時代作者」及「思想藝術」之論文；孫遜、詹丹《金瓶梅概說》（上海：上海古籍出版社，1994）；尹恭弘《金瓶梅與晚明文化：金瓶梅作為笑書的文化考察》（北京：華文出版社，1997）；吳存存《明清社會性愛風氣》（北京：人民出版社，2000）等。學位論文以楊晉綺《晚明文化論述中「倫理」與「審美」論題之交涉及審美意識之開展》（國立臺灣師範大學，國文學系博士論文，2005）為例。

[27] 舉要者如蒲安迪〈瑕中之瑜——論崇禎本《金瓶梅》的評注〉，收入徐朔方《金瓶梅西方論文集》（上海：上海古籍出版社，1987）；蔡國梁〈明人清人今人評《金瓶梅》〉，收入《明清小說探幽》（臺北：木鐸出版社，1987），頁 270-290；鄭慶山〈《金瓶梅詞話》與張竹坡評本〉，收入《金瓶梅論稿》（瀋陽：遼寧人民出版社，1987）；劉勇強，〈《金瓶梅》文本與接受分析〉，《北京大學學報》（哲學社會科學版），1996 年第 4 期，頁 68-76；楊玉成〈閱讀世情：崇禎本《金瓶梅》評點〉，《國文學誌》第 5 期（2001 年 12 月），頁 115-157；陳翠英〈今昔相映：《金瓶梅》評點的情色關懷〉，收入《情欲明清——遂欲篇》（臺北：麥田出版社，2004），頁 67-103。有關《金瓶梅》的閱讀與批評之臺灣學位論文則有單德興《自許的理想讀者：三位小說評點家的研究》（國立臺灣大學，外國語文學研究所論士論文，1985）、李梁淑《金瓶梅詮評史研究——以萬曆到民初為範圍》（國立臺灣大學，中國文學研究所博士論文，2002）、游千慧《張竹坡評點《金瓶梅》

瓶》之身體感知和性別辯證議題，仍留有許多發揮空間。再者，品評或析論《金瓶》中的角色人物之相關論文亦累積了豐富的研究成果，有助於筆者從更符合現當代視野、也更為寬容的胸襟來理解《金瓶》之人物。[28]從《金瓶》詞話本、崇禎本內蘊之多元議題研究，到崇禎本無名評點者以及張竹坡之研究，近十年也加入了對《續金瓶梅》及作者丁耀亢之探論[29]，尤其是中州古籍出版社於 1999 出版了由李增坡主編、張清吉點校之《丁耀亢全集》之後，研究《續金》與丁耀亢更蔚為金學研究的新風潮。[30]

　　由此可見，《金瓶》的研究愈加多元化和議題性，同時也契合於當代視野及風潮，包括食色交歡、女性服飾、女性身體和情緒、敘事藝術等[31]，其中不乏以女性讀者的立場及眼光來看女性身體和情緒，目的在於反觀以男性為中心之社會框架下女性情緒之獨特性，[32]而上述提及研究《續金瓶梅》，亦有臺灣女性論者高桂惠與胡曉真提供其閱讀

脂硯齋評點《紅樓夢》之比較研究》（國立成功大學，中國文學研究所碩士論文，2005）。

28　專書舉要者如孫述宇《金瓶梅的藝術》（臺北：時報文化出版公司，1978）；高越峰《金瓶梅人物藝術論》（濟南：齊魯書社，1988）；周中明《金瓶梅藝術論》（臺北：里仁書局，2001）；衣若蘭《三姑六婆──明代婦女與社會的探索》（臺北：稻鄉出版社，2002）；程自信《金瓶梅人物新論》（合肥：黃山書社，2001）；曾慶雨、許建平等著《商風俗韻──金瓶梅中的女人們》（昆明：雲南大學出版社，2000）；葉桂桐《論金瓶梅》（鄭州：中州古籍出版社，2005）。

29　有關丁耀亢《續金瓶梅》之研究如胡曉真〈《續金瓶梅》──丁耀亢閱讀《金瓶梅》〉，《中外文學》23:10，頁 84-101；高桂惠〈情慾變色──試論丁耀亢《續金瓶梅》的德色問題〉，《中國古典文學研究》第一期（1999 年 6 月），頁 163-184；胡衍南〈世情小說大不同──論《續金瓶梅》對原書的悖離〉，《淡江人文社會學刊》15 期（2003 年 12 月），頁 1-26。

30　專書如黃瓊慧《世變中的記憶與編寫：以丁耀亢為例的考察》（臺北：大安出版社，2009）；期刊如張振國〈《續金瓶梅》的人物塑造藝術〉，《太原師範學院學報》4:2（2004 年 6 月），頁 90-93；王君澤〈《續金瓶梅》的主體精神探析〉，《赤峰學院學報》27:3，頁 42-44；張振國〈《續金瓶梅》續書研究世紀回眸〉，《徐州師範大學學報》30:5（2004 年 9 月），頁 24-28；王瑾〈《續金瓶梅》主旨解讀〉，《廣州大學學報》3:2（2004 年 2 月），頁 11-13。

31　舉要者如張金蘭《金瓶梅女性服飾文化》（臺北：萬卷樓圖書公司，2001）、胡衍南《飲食情色金瓶梅》（臺北：里仁書局，2004）；期刊如林慈君、何兆華、鄭靜宜〈《金瓶梅》中書寫服裝的時代性探討〉，《輔仁民生學誌》（2011 年 3 月），頁 65-81；沈心潔〈《金瓶梅》中西門慶妻妾的服飾表現〉，《問學集》17 期（2010 年 5 月），頁 39-68。以臺灣學位論文為例，如討論《金瓶梅》中情、義和性別文化的林淑慧《從「性別文化」看《金瓶梅》中的「情」與「義」》（臺北市立教育大學，應用語言文學研究所碩士論文，2005）；討論《金瓶梅》鞋腳文化的李曉萍《《金瓶梅》鞋腳情色與文化研究》（靜宜大學，中國文學研究所碩士論文，2002）；探析《金瓶梅》園林空間的王佩琴《說園──從《金瓶梅》到《紅樓夢》》（國立清華大學，中國文學系博士論文，2004）；討論《金瓶梅》笑話的陳克嫻《明清長篇世情小說中的笑話研究──以《金瓶梅》、《姑妄言》、《紅樓夢》為中心之考察》（國立花蓮師範學院，民間文學研究所碩士論文，2002）等。

32　例如馬琇芬《從婚姻、嫉妒、性慾看《金瓶梅》中的女性》（國立中山大學，中國文學系研究所碩士論文，1996），其後類似的碩博論文如郭美玲《《金瓶梅》女性研究──以婚姻和性慾考察》（國

觀點，可見無論是《金瓶》抑或《續金》，皆有不少女性讀者陸續加入研究行列。既然筆者在討論田曉菲時牽涉到女性讀者如何讀《金瓶》，筆者又如何閱讀《金瓶》；以及更重要的是如何閱讀張竹坡讀《金瓶》，金學研究的女性學者陳翠英、丁乃非的論點便相當重要，陳氏以中文系的角度窺探了《金瓶》重要的三家評點（前後包括崇禎本的無名評點者、張竹坡、文龍），後者則細究張竹坡評點背後的「憤恨之淚」與複雜心理，這兩位女性讀者皆看出了張竹坡評點時不穩定及不安的情緒，以及男性文人筆下流露之厭女性格。[33]有趣的是，丁乃非無論是在析論《金瓶》或張竹坡的評點時，背後似乎皆有「身體」隱喻匿藏其中[34]，同時也可見她對身體——無論是李瓶兒身為孕母及淫母的身體、盜鞦韆及穿紅鞋的女體——之注視，此論述之方式或策略又更貼近筆者設定之「身體感」主題，是故皆成為筆者論述之重要研究。[35]此外，高彥頤遵循其師曼素恩（Susan Mann）的（女性）人文學者視野，在《纏足：「金蓮崇拜」盛極而衰的演變》引用《金瓶梅詞話》第四回西門慶以捏弄潘金蓮小腳為挑逗引子；第二十三回潘金蓮、宋蕙蓮的鞋腳競逐，以及二十九回金蓮、瓶兒、玉樓討論繡鞋樣式[36]，其觀點皆可見女性漢學家早已從「被壓迫」的觀點放逸出來，從更細微的心理關照和歷史證據中找尋女子（當然也可能是潘金蓮）的身體感知。這些從女性讀者「切身」體知到的閱讀觀點，提供（同樣身為女性讀者的）筆者關乎性別的觀照視角，無論是「女讀女」（如高彥頤讀潘金蓮）或是「女讀男讀女」（如陳翠英讀文龍、丁乃非讀張竹坡），皆可作為此書的重要論述依據。

相對地，現當代男性學者閱讀《金瓶》及書中角色，也成為筆者「性別辯證」讀法之重要參照，正因我們不能武斷地說女性學者閱讀婦女絕對更貼近於男性學者閱讀婦

立中山大學，中國語文學系研究所碩士論文，2005）；楊晉綺《晚明文化論述中「倫理」與「審美」論題之交涉及審美意識之開展》（國立臺灣師範大學，國文學系博士論文，2005）。

33 見陳翠英〈今昔相映：《金瓶梅》評點的情色關懷〉，收入《情欲明清——遂欲篇》（臺北：麥田出版社，2004），頁84。以及丁乃非 "Tears of Ressentiment: Zhang Zhupo's (1670-1698) *Jin Ping Mei*", *Obscene Thing: Sexual Politics In Jin Ping Mei* (Durham and London: Duke University, 2002), 118.

34 例如丁乃非將文本中的「淫慾世界」和「深省」的兩極擺動，視為文本所鼓勵、為張竹坡所導引的「標準讀法」和佛道結尾，而讓讀者「清淨（嘔吐出）他所閱讀的淫穢敘述。」在丁看來，「這種將讀者清淨化、道德化的過程，同時強化與否定了被嘔吐出來這些污物所具有的力量。」「是一種理想中會造成性厭食（sexual anorexia）的文學性狂食症（literary bulimia）。」見丁乃非〈鞦韆、腳帶、紅睡鞋〉（《中外文學》22:6，1993年11月），頁45；丁乃非作，沃璟伶譯〈非常貼近淫婦及惡女——如何閱讀《金瓶梅》（1695）和《惡女書》（1995）〉（《中外文學》26:3，1997年8月）頁49-67。

35 除上註引用之論文外，尚有丁乃非〈淫母血崩——「金瓶梅」的慾望閱讀〉（《聯合文學》，15:4，1999年2月）頁50-51。

36 高彥頤《纏足：「金蓮崇拜」盛極而衰的演變》（臺北：左岸文化事業公司，2007），頁305-309。

女，注入「性別」觀點更凸顯了社會而非生理層次的「辯證」之必要，畢竟當性別也納入政治正確的探討時，男性學者的閱讀似乎更顯得細膩和細心，夏志清的〈《金瓶梅》新論〉對瓶兒的同情、以及從詩詞中窺探金蓮的複雜心理便是一例[37]；田曉菲喜愛的《金瓶》論者孫述宇亦從同情、寬容的角度看待潘金蓮和宋蕙蓮，尤其讚美宋蕙蓮的青春與熱情，甚至將之與比擬於西方愛與美的女神阿芙羅黛蒂[38]，在析論潘金蓮時，則推舉此人物是中國文學史上的里程碑，因為作者細膩地刻畫出婦女旺盛的精力、「是個有心思有慾望有自己生活的人」（84）；相同地，也有論者持相反意見，如孫遜、詹丹在《金瓶梅概說》形容潘金蓮「殘暴兇殘」、對秋菊犯錯的懲戒更證明其為「變態的虐待狂」[39]；李建中的《瓶中審醜：金瓶梅「色」之批判》，從性學觀點審視「性學教科書」《金瓶》，然而用「性變態」之症狀衡量書中要角，多少也忽略了男女細膩複雜的情感。[40]不過李氏也特別注意到另一層次的閱讀心理，他以潘光旦翻譯 Havelock Eill《性心理學》時使用大量註釋引證中國關乎「性」之事例和見解；卻獨缺《金瓶梅》一事，揣度其「值得商榷」的心理。（65-66）另外，較貼近於筆者「身體經驗」的則是李志宏的觀察，他以為《金瓶梅》敘事是一種「源於女性的身體與經驗並終結於女性的身體與經驗的表達」，而這「女體言語化」體現了敘事所具有的隱喻意涵和修辭意義，李氏便舉出在小說中，敘事者對金蓮身體有三次重要的展示，皆各有其意蘊表現。[41]總之，人人皆有其獨特之《金瓶》讀法，即便來自於男性讀者之批判，亦可側面探知男性論者的社會「性別」和「身體感」如何融入其閱讀觀點；有趣的是，「淫婦」潘金蓮、宋蕙蓮、王六兒三個彼此為「替身」、「分身」的女人似乎可作為檢驗讀者寬容度的潛在指標，因此當今男女論者如何讀這群「淫婦」們，也是筆者隱藏的閱讀層次之一。

從今人的觀點和視野來讀《金瓶》，能讓經典長存並廣為當今讀者所接受、認同，正如鄭振鐸所言：

---

37 見夏志清〈《金瓶梅》新論〉，收入徐朔方《金瓶梅西方論文集》（上海：上海古籍出版社，1987），頁148-149。即便夏志清對瓶兒有所同情，不過在第五章中，筆者會更加詳細地「辯證」夏志清與田曉菲對中年婦女的「體知」。

38 見孫述宇《金瓶梅的藝術》（臺北：時報文化出版公司，1985），頁46。

39 孫遜、詹丹在《金瓶梅概說》（上海：上海古籍出版社，1994），頁49-50。

40 李建中以為西門慶和金、瓶、梅的性亢進是種變態，而月娘的性冷漠也是種變態，尤其以「性角色錯位」來定義潘金蓮，顯得忽略了潘金蓮一類婦人的幽微而複雜情感。見李建中的《瓶中審醜：金瓶梅「色」之批判》（臺北：文史哲出版社，1992），頁67。

41 李志宏〈論金瓶梅的情色書寫及其文化意味——以潘金蓮的情慾表現為論述中心〉，《臺北師院語文集刊》第7期（2002年6月），頁1-54。

> 《金瓶梅》的社會是並不曾僵死的；《金瓶梅》的人物們是至今還活躍於人間的，《金瓶梅》的時代，是至今還頑強的在生存著。我們讀了這部被號稱為「穢書」的《金瓶梅》，將有怎樣的感想與刺激。[42]

正因《金瓶》看似遙遠實則貼近我們的日常瑣碎，因而不斷地經由當代讀者的詮釋更加豐富，其研究從作者及版本系統的考證，到晚明的文人風尚、文化情調以及《金瓶》的人物品評、評點及續書等研究，我們看到《金瓶》研究議題之豐足多元。據張翠麗、張進德在 2008 年的觀察，目前《金瓶》研究確實累積不少成就，就文本研究來看，人物形象的探究仍有相當多新的觀點與見解（其中多半以西門慶和潘金蓮為主）。此外，也不少探究藝術結構、敘事美學的論著，以及對張竹坡評點的研究[43]，然而筆者發現在這些多重的研究當中，卻不見「身體」或「身體感知」的相關研究，因此若能注入「身體感知」這類新的身體研究趨勢，同時嘗試以閱讀之身體感知和性別辯證之概念重新看待《金瓶》，或許會有不同於以往研究者之視野。再者，從閱讀觀點來讀《金瓶》或張竹坡等人的評點，若能一併討論丁耀亢《續金瓶梅》，更能看出評點、續書之跨文本形式之間的異同；若再進一步納入當代海內外研究者之觀點，相信更能開拓跨時空、跨文本的身體感知與性別辯證向度，即便筆者因能力有限僅以蒲安迪、田曉菲為論述核心，然則二十世紀《金瓶》研究發展、轉向之學術研究成果，不僅是本書研究之基石，也為筆者提供了重要的參考座標和依據，由此方能凸顯蒲氏與田氏閱讀觀點的影響力與獨特性。簡單來說，在《金瓶》已形塑成豐富而多元的「金學」之際，筆者希冀能整合十七世紀及二十世紀八〇年代幾位「專業讀者」的觀點，透過身體感知和性別辯證的角度閱讀跨古跨今之《金瓶》閱讀。

三、研究方法與章節安排

(一)研究方法

1.本書撰寫依據的《金瓶梅》版本為：

雖以《金瓶》為題，然而張竹坡的評點才是筆者論述的核心之一，因此筆者選擇張氏批評的底本崇禎本系統，來取代較早的《金瓶梅詞話》詞話系統，也正因筆者的目的之一並不在追尋《金瓶》的原作，因此選擇張竹坡本。[44]筆者所使用的張竹坡評點本之

42　鄭振鐸〈談《金瓶梅》詞話〉，收入胡文彬、張慶善選編《論金瓶梅》，頁 50。

43　張翠麗、張進德〈《金瓶梅》研究的現況與面臨的問題〉，收入黃霖、杜明德編《《金瓶梅》與臨清──第六屆國際《金瓶梅》學術討論會論文集》（濟南：齊魯書社，2008），頁 37-44。

44　這裡的主要是對照魏子雲所謂的「我們如要追尋《金瓶梅》的原作，『張竹坡本』誠無甚參考價值」

現當代版本有二，兩者相互參看，其一為王汝梅、李昭恂、于鳳樹點校之《張竹坡批評金瓶梅》（分上下兩冊）[45]，此書由山東齊魯書社於 1987 年初版、1991 年再版，然此書因「淫話穢語……亦產生消極影響」而被刪去了性愛場景[46]，據王汝梅所言，「一共刪除了一萬零三百八十五字」，當然也一併刪除了張竹坡對性愛情景的評點，無法窺知張氏評點全貌，故又參酌臺北里仁書局於 1981 年出版之《第一奇書——竹坡本《金瓶梅》》，此書乃依據康熙乙亥年（1695）「在茲堂」初刻原版本重印，由於保留了初刻本的原始風貌，因此相較於現當代的印刷排版格式，更能「體知」並揣想當時的閱讀感，對於跨時空的讀者如筆者來說，彷彿更「化身」為當時讀者，「偷窺」、「觸摸」並「嗅聞」當時的閱讀氛圍。倘若文本中提及《金瓶梅詞話》，筆者所使用的當代版本為梅節校訂；陳昭、黃霖註釋之《金瓶梅詞話重校本》，由香港啟文書局有限公司於 1993 年出版。至於丁耀亢的《續金瓶梅》，所使用的當代版本乃 1995 年由陳慶浩、王秋桂博士共同主編、臺灣大英百科股份有限公司出版的《思無邪匯寶》第三十一到三十三冊為依據。

2.本書撰寫時採用的研究方法為：

本書寫作藉助於兩種方法：新批評式的文學文本的細讀，以及具跨學科視野的理論支援，使用兩者方法的原因是前者非但為十七世紀的讀者張竹坡、丁耀亢所倚重，同時也是當代讀者蒲安迪、田曉菲分析文本的基本功；後者則是影響筆者閱讀他們的閱讀的期待視野；換句話說，從閱讀張竹坡的評點到田曉菲的「評點」之際，讓筆者體知並理解的則是這些跨學科的知識構成。首先，傳統的文學研究細讀法有助於我們回頭審視那些已被視為理所當然、且已內化為身體慣習的身體敘事，包括現當代讀者閱讀《金瓶》透露的身體感知，皆可透過重新細讀而有所發現，論者甯宗一便建議當今閱讀和研究《金瓶》可以首先考慮選擇回歸和細讀文本，從新的層面擁抱經典、走進名著[47]，而在第六屆國際《金瓶梅》學術討論會上，論者也提出一個觀察：「學界也普遍認為，在外圍研究很難取得突破的情況下，研究應當回歸文本。」

其次是具跨學科視野的觀點支援。事實上，在新歷史主義的觀點下，身體即文本，

這段話而發。見魏子雲《金瓶梅探原》（臺北：巨流圖書公司，1979），頁 184。

45 根據王汝梅〈校點後記〉，參校繡像崇禎本與《第一奇書》的幾種主要版本，前者包括《新刻繡像批評金瓶梅》（北京大學圖書館藏本）、《新刻繡像批評金瓶梅》（天津市圖書館藏本、上海市圖書館藏本）、《新繡像批評原本金瓶梅》（殘存十一冊四十七回本）、《新刻繡像批評金瓶梅》（首都圖書館藏本）；後者包括《全像金瓶梅、彭城張竹坡批評第一奇書》（本衙藏版本）、《彭城張竹坡批評金瓶梅第一奇書》（影松軒藏版本）、《四大奇書第四種》（清乾隆丁卯本）、《李笠翁先生著第一奇書》（在茲堂本），《彭城張竹坡批點第一奇書金瓶梅》（皋鶴草堂梓行本）。

46 王汝梅〈校點後記〉，《張竹坡批評金瓶梅》（濟南：齊魯書社，1991），頁 1585。

47 甯宗一《甯宗一講金瓶梅》（天津：天津古籍出版社，2008），頁 181。

文本亦須身體來「體現」，將社會身體內的政治潛意識潛存於文本內，進而發揮影響，塑造個人的身體和行為，故兩者骨肉相連，實難分割。[48]羅蘭巴特（Roland Barthes）對語言、身體、文本之交織構成體有相當大的迷戀，無論是隨筆或論述，常見身體以各種隱喻、象徵閃現其中，不僅認為「寫作乃發自身體」，並鼓勵研究者從研究對象構成體（corpus）讀出身體。[49]首先是「身體感」的研究原屬於感官人類學和歷史學者共同挖掘的新興議題，並非文學研究者所創發和獨有，因此藉助於跨學科的研究成果和理論支援遂成為必然。首先，「身體經驗」是另一位晚年受食道癌折磨的艾莉斯・馬利雍・楊（Iris Marion Young, 1949-2006）早期的研究主題，她相當贊同莫伊（Tori Moi）所提出的「活生生的身體」之概念：「活生生的身體是一個統合觀念，指在特定社會文化脈絡中行動、經驗的肉體；它是一種處境中的身體（body-in-situation）。」[50]這種個體與處境之間的互動與存在，在筆者揣測、「誤讀」張竹坡的閱讀身體感知與姿態時提供了資源，而這種細緻而殊異的個體經驗正給了筆者相當大的想像空間，想像距離筆者三個多世紀的男性評點者讀寫《金瓶》的「處境」。此外，經驗、體驗（experience）也是德希達喜歡的詞彙。[51]

再者，談及文字如何「體現」身體，栗山茂久的《身體的語言——從中西文化看身體之謎》（*The Expressive of the Body and the Divergence of Greek and Chinese Medicine*）的觀點是筆者的重要參考背景資料，即便栗山茂久的著重點在於考證中國傳統醫學和西方醫學的語言表徵身體之歷史源流，然而根據他對醫書如何「體現」身體的觀察和觀點，在筆者探索「閱讀及詮釋之身體感」和「漢字修辭形塑身體感」的層面上有相當大的幫助。相同地，對「身體經驗」研究也相當有貢獻的費俠莉將身體史視為再現與感知的歷史，換言之，在建構身體史的過程中，正因語言表述而令身體能被理解、被感知。事實上，文學傳統和醫學傳統的交會點之一似乎就在於象徵性、聯想性的語言文字，尤其是身體、疾

48　關於身體和文本的換喻和交通，可參見廖炳蕙〈兩種「體」現〉，收入楊儒賓主編《中國古代思想中的氣論和身體觀》，（臺北：巨流圖書公司，1993），頁218。

49　根據巴特的說法，從「研究對象構成體（corpus）讀出身體」有兩層意涵，其一是研究文本之體裁結構，其二則將文本置入身體範疇立體化、具象化：「和此研究體裁保持一種戀愛關係。」在筆者看來，後者的說法竟和「隱喻」具有高度的疊合性：戀愛關係意味著科學式的文學研究的倒返，那似乎是種美學衝動的原始回歸。羅蘭巴特（Roland Barthes）著，劉森堯譯《羅蘭巴特論羅蘭巴特》（臺北：桂冠圖書公司，2002），頁206。

50　艾莉斯・馬利雍・楊著，何定照譯《像女孩那樣丟球》（臺北：商周出版社，2006），頁23。

51　「我很喜歡體驗（experience）這個詞，它的原意帶有貫穿的意思，指一種對身體的貫穿的意思，它激發出一種事先不存在，但當人前行時就敞開的空間。體驗這個詞，曾經被丟棄然後有點被重新採用的味道，也許它就是我要挑選的詞。」見德里達（Jacques Derrida）、何佩群譯《一種瘋狂守護著的思想——德里達訪談錄》（上海：上海人民出版社，1997），頁14。

病隱喻更是文學和中國傳統醫學傳達與溝通的媒介，這點有助於筆者從更廣泛的文化氛圍來看小說中的身體描述，除此之外，費俠莉讓筆者意識到醫案和醫典的重要性，透過閱讀醫案，我們更能貼近地感受醫病關係、婦科疾病等出現在明清小說中的主題，尤其更能讀出身體、疾病、藥石、醫療的普遍化和象徵性。總之，費氏重視醫學史中的感知和語言，促使筆者閱讀醫案，並從中發現可以理解整個社會、文化氛圍的線索，進一步對照於小說中不全然虛擬的場景和情節。

　　當然，這種身體的象徵性表述不僅可見於中國醫療史中，事實上，凱博文（Arthur Kleinman）在梳理西方醫病關係時也注意到這點，因此才會說出「診斷完全成為語義學的活動」這種看似偏向語言學的話語，[52]難怪費俠莉的研究才試圖建構一套象徵性、符號學式的身體系統，其中遂充滿了靈活的身體隱喻。[53]談及譬喻、隱喻，雷可夫（George Lakoff）、詹森（Mark Johnson）合著的《我們賴以生存的譬喻》對筆者有不少啟發，他們以為空間化譬喻植根於肉體性與文化性經驗，並非隨意產生，例如英語中的「上」（up）具有「好、健康、理性、道德」之含意，而「下」（down）則相對的具有「壞、病、感性、墮落」之譬喻，因此，「up」不僅單純以其本身來理解，而是「由我們在重力場中的直立姿勢持續從事的肌動功能集合（the collection of constantly performed motor function）中湧現衍生的。」[54]雷可夫（George Lakoff）和詹森（Mark Johnson）仔細地分析了英語中譬喻確實植基於我們的肉體和文化經驗，可見肉體確實與修辭息息相關。此外，安德魯・斯特拉桑（Andrew Strathern）的《身體思想》（Body Thought）亦有助於筆者思索這一議題，他

---

[52] 「症狀的意義成為診斷的語義學。醫生必須將患者的怨訴（病痛的症狀）翻譯成疾病的跡象（sign）（譬如，患者的胸痛變成心絞痛——對醫生而言是一種冠狀動脈疾病的跡象）。診斷完全成為語義學的活動：在一種象徵系統（symbol system）的分析之後緊接著是將它轉譯成另一系統。」見凱博文（Arthur Kleinman）著，陳新綠譯《談病說痛——人類的受苦經驗與痊癒之道》（臺北：桂冠圖書公司，1997），頁 14。

[53] 費氏提及身體隱喻、醫學語言的部分相當多，例如：「當談到疾病的語言時，我們不能簡單地把它當作『外部的』存在：我們也必須讀懂自己的身體所能感知的領域，並且設想身體的經驗可以構造出超越我們自己以外的其他詞彙。」又如「案例敘述將醫學語言的每一種維度——正常的、經驗的和隱喻的——用在故事的描述中。這些故事揭示了疾病作為傳記碎片而體現的社會性。在此文化概念上的身體分類和性別的社會關係作為個人史的部分可匯聚到一起」「『黃帝的身體』是一種隱喻，藉以喚起我們的注意」見《繁盛之陰：中國醫學史中的性（960-1665）》，頁 14、15、18。另如〈再現與感知〉中亦提及：「我們看到人體在許多層面上作為隱喻（metaphor）的強大力量。在這些歷史中，身體成為符號，闡明了原來隱晦及不易見的宗教、政治、性別歷史的特點。」見費俠莉〈再現與感知——身體史研究的兩種取向〉（《新史學》十卷四期，1999 年 12 月），頁 132。

[54] 雷可夫（George Lakoff）、詹森（Mark Johnson）著，周世箴譯《我們賴以生存的譬喻》（臺北：聯經出版事業公司，2006），頁 27-28、114。

活用八○年代醫學人類學發展出來的「精神性的身體」的方法和觀點，深入研究歐洲人和其餘民族如何看待自己的身體，並以詹森（M. Johnson）所謂的「隱喻性的投射」探索我們如何從一個語境擴大到另一個基於身體的語境上。[55]安德魯綜合各家說法所開展的「體現」──瓦解精神和肉體二元對立的術語──概念，及擴充「隱喻性的投射」之觀點，也是筆者探索張竹坡、丁耀亢如何以修辭體現閱讀之身體感之徑路。

除了以上與身體感知相關的跨學科理論和方法學，在分析文本的過程中，筆者亦適度參酌、援用西方文學批評及社會、歷史學觀點，例如接受美學、敘事學等，皆已內化成筆者的「身體技藝（technique）／記憶（memory）」，因這部分的論述屬於輔助性參照，在此不一一列舉，僅在論文章節中以附註簡要說明之。不過，筆者在實際的理論支援及參酌上會盡量謹慎，即便我們不可否認某些文化研究的普世性，但正如社會學研究者黃金麟所言：「我們必須小心，避免以西方的歷史經驗，和建立在這種經驗上的身體理論來直接解釋中國的身體生成。」[56]因此，以上所提僅是筆者閱讀及分析文本的背景資料，相比之下仍以細讀文本──同樣是張竹坡、蒲安迪、田曉菲的閱讀法──為主。然而談及閱讀，有時候我們不得不承認，「遊戲式的旅行的託寓（an allegory of the traveling of theory）」的美好國度卻也值得讀者冒險[57]──想想看，張竹坡和丁耀亢和部分明清文人不也喜歡遊戲文本、遊戲文字？這種讀法所內蘊的隨機與遊戲難道不也應是閱讀《金瓶》、「自做我的《金瓶梅》」所必要的條件？而我們也幸運地不用再去爭辯詮釋的限度，因為早已有論者為我們辯證了詮釋與過度詮釋的可能、示範了「誤讀」之讀寫自由。[58]

---

55 安德魯·斯特拉桑（Andrew J. Strathern）著，王業偉、趙國新譯《身體思想》（瀋陽：春風文藝出版社，1999），頁 238。

56 黃金麟《歷史、身體、國家──近代中國的身體形成 1895-1937》（臺北：聯經出版事業公司，2001），頁 3。

57 「遊戲式的旅行的託寓（an allegory of the traveling of theory）」的說法來自於米樂（J. Hillis Miller），他以為閱讀的彈性與遊戲在於「理論從一個文化場域旅行到另一個文化場域，從一種語言旅行到另一種語言。」之所以提出這個託寓式的讀法，目的是在以往所有的讀法和翻譯上又加了一個讀法。又更「即興」地說：「在新的地方，理論被運用的方式是它從未有意或允許的，雖然它也轉變了所進入的文化。當理論跨越邊界時，它被翻譯了……當理論旅行時，它就被易容、變形、『翻譯』。」見米樂（J. Hillis Miller）著〈跨越邊界：理論之翻譯〉，收入單德興編譯《跨越邊界──翻譯·文學·批評》（臺北：書林出版公司，1995），頁 11、20。

58 關於詮釋限度的討論，劍橋大學丹納講座（Tanner Lectures）於 1990 年由義大利波洛尼亞大學符號學教授安伯托·艾可（Umberto Eco）主持，邀請了美國維珍尼亞大學人文學教授理查德羅蒂（Richard Rorty）美康乃爾大學文學教授喬納森卡勒（Jonathan culler）法國巴黎第三大學文學教授克里斯蒂那布魯克羅斯（Christine brook-rose）三人，針對「詮釋與過度詮釋」（interpretation and over interpretation）議題進行辯證。詳參艾柯等著、柯里尼編、王宇根譯《詮釋與過度詮釋》（北京：

(二) 章節安排

為了「自做我的《金瓶梅》」，本書在章節安排上分為上、下兩編，分別討論十七世紀的男性讀者張竹坡和丁耀亢，以及二十世紀八○年代的男女讀者蒲安迪與田曉菲，探看他們如何看《金瓶》的身體、閱讀時的身體感知，以及透過身體這個議題，他們「看」到的究竟是什麼。基本上，每章的前一或二節分別聚焦於四位讀者讀寫《金瓶》之特色，最後一節則是本著張竹坡評點中的「映」、「照」法則及經典對照之特色，藉由分析幾個與主要論述對象相互呼應的文本，呈現此閱讀特色並非孤立現象，而是有所承繼或「前掩後映」。此外，上下兩編的最後一章亦扮演著呼應前兩章的角色，欲藉由較廣的跨文本脈絡及文化現象，映照出四位閱讀者之異同。

在上編部分，「看官聽說」四字讓我們遙想《金瓶》被創發出來的「說故事」之時代氛圍，即便《金瓶》後來經由文人之手的潤飾與結構，「看官聽說」這四字仍舊帶著呼告的口吻而不時穿插於小說中。作為《金瓶》的讀者、看官與再創作者，張竹坡的「看」與丁耀亢的「看」各有其專注點，年輕力盛的張竹坡示範了明眼人的閱讀方法，而「體衰齒搖」、晚年自稱為「盲史」的丁耀亢則在《續金》被焚後切身地「體認」並省思疾病與書寫之間的關係，無論他們所見為何，藉由評點和續書的形式，他們或留心於《金瓶》中多層次的身體——分身、隱身、安身、化身及轉身，同時將「手」、「眼」這般身體隱喻凝鑄至批評術語裡；或在因果輪迴的框架與自身的生命歷程中，釐清書寫與身體的關係。無論是哪種選擇，他們皆在再創作的當下將閱讀視為修行，彷彿將閱讀看作滌淨身心的過程，藉文字「現身說法」，意欲清楚指點「看者瞇目」之所在。然而，他們卻不自覺地在書寫的當下遊戲起舞，無論是張竹坡「亦步亦趨」的評點，試圖將西門慶和諸「淫婦」的感官「色色歷遍」，進而不自覺地藉由「插入」性的評點來「仿擬」性愛過程，操作起他的身體，暗中「化身」為西門慶；還是丁耀亢也藉由「遊戲品」中的滑稽的、最終失效的性描寫來暫時滿足屬於創作者的嬉遊本色，或者說這中斷讀者慾望的敘事技巧最終也變成了丁耀亢巨大的書寫遊戲？而這種耗費精神的遊戲卻又成為丁氏晚年思考的重點，於是他便徘徊在寫與不寫、病與不病的掙扎中？以上便是第一章、第二章所關切的問題，為了對照張竹坡的「看」，筆者以張氏所師法的金聖歎批《水滸》作為參照系，留心於「讀者不快」與「文之快」的金氏特別著意於小說人物中的聽覺，因此，金氏評點的「聽」似乎與張氏關注的「看」交互作用，成就了「看官聽說」年代

三聯書店，1997）。至於「誤讀」更正確的說法是藉由創造性的讀而再次詮釋、重寫、改寫文本，賦予文本新生命，而這也是安伯托・艾可在《誤讀》所示範的，見安伯托・艾可（Umberto Eco）《誤讀》（臺北：皇冠文化出版公司，2001）。

的讀寫之身體感知。

第三章則試圖從較大的框架和幾個文本來看閱讀的身體感知及書寫與疾病的關係，用以對照張竹坡與丁耀亢的「看」，畢竟張竹坡在《金瓶》讀法中鼓勵讀者「放開眼光」。由於這個議題牽涉到文學與傳統漢醫的交會，因此李漁的《笠翁本草》或可作為一個好的切入點，他主張閱讀有益於身心，即便是過度的情緒和情感在某種情況下皆可視為良方，達成漢醫所無法治療的功效，這種「濫情」與閱讀「癮」可放在晚明文人由「癖」、「癮」所發展出來的疾病隱喻裡，同時亦可作為張竹坡「閱讀即修行」的反面參照。事實上，我們可以找到更多閱讀即修行的例子，男性文人藉由高聲誦讀與肢體勞作的過程達到身心平衡，張竹坡不過是用類似的觀點加以擴充實踐，並應用在閱讀小說上，然而不同的是張氏評點仍具有濃厚的文人遊戲筆墨，可見閱讀小說同時兼容著修行和遊戲兩種身心活動，正如丁耀亢所陷入的書寫兩難，《聊齋》的評點也擺盪於「以謔為戒」和嬉戲聲音之間，袁枚「借病好吟」和「宜小病」之書寫哲學也同樣辯證了書寫與身體的複雜互動。

既然張竹坡鼓勵讀者「放開眼光」、「不可零星看」，那麼僅觀照於十七世紀文人顯然顯得過於「無目」和「盲目」，於是筆者在下編試圖處理當代《金瓶》讀者的閱讀。與其對《金瓶》浩瀚的閱讀接受史作全面的回顧與地毯式的蒐羅，筆者傾向以特殊個案來映照上編提及的兩位再創作者，因此，很早便留意於明代小說評點、同時也倚重於張竹坡評點的蒲安迪便是第四章所試圖探索的焦點。在探討蒲安迪對「身體」、「修身」的關注以及當代讀者對「情緒」、「情感」的討論之前，筆者先將從魯迅對《金瓶》「世情」的定義開始，接著轉向早期研究者對書中性場景及大量身體的批判，在許多論者眼中，小說裡的性場景有傷眼、傷身之嫌，可見論者的目光仍膠著於身體最初淺的表面，逐漸地，讀者方能從較為專業——醫學與文學——的角度來析論《金瓶》中的人物，於是相較於表面上危險而誘惑的身體，醫者王溢嘉及論者李建中將《金瓶》病理化，書中的角色也變成病案之範例，然因背景不同，王、李也各有所重。如此建立於最具像到最抽象、最表面到最深層之架構，目的便在於試圖將蒲氏的《金瓶》閱讀置入這個較大的、以「身體感知」為名的框架，進而析論蒲氏的儒學研讀法如何建立起獨特的「閱讀——修身」架構，並遙遙對照著張竹坡的閱讀。

上述的古今讀者皆是男性，於是筆者在第五章選擇了當代女性讀者田曉菲作為性別上的平衡，作為一個「懂得欣賞女人好處」的田曉菲提出與夏志清不同的觀點，由於她的感同身受與體知，那些在夏志清眼中不好看、充滿缺陷的婦人，卻成為田氏鍾情的對象，她以跨文本的方式與《金瓶》形成雙重對照：不但以當代回評的形式對照著張竹坡的評點，進而以現當代圖像與攝影照遙對著她所喜愛的《金瓶》繡像，而為了對照並凸

顯出田氏的好處，筆者以香港女作家西西的拼圖遊戲、《金瓶》的男性讀者陳平原的看圖說書作為田氏的參照，進而更大膽地替田氏尋覓「再創作」上的知音：張愛玲筆下的靈喜、李昂筆下的女鬼以及高彥頤專注的「金蓮」（既是女身又是物質），試圖將田曉菲的「我的《金瓶梅》」放在更廣也更有彈性的互文脈絡中。

比起十七世紀「看官聽說」這種有距離的閱讀，當代的《金瓶》讀者較能「感同身受」書中人物的情緒及感情，尤其以「淫婦」潘金蓮為主，這便是下編以「感同身受」為主標題的意涵。為了對照蒲安迪的儒式研讀以及田曉菲對金蓮的體知，孫述宇的慈悲閱讀和閱讀淨化適足對照了兩者的閱讀方法，藉由閱讀喚醒讀者的同情慈悲也許正是修身的最佳途徑。此外，魏明倫、南宮搏、光泰這幾位當代男性讀寫者也基於對金蓮的同情慈悲，而對金蓮有不同程度的「修身」，他們或利用劇場、劇本的形式影響當代的看官聽眾，或利用小說中詩意的身體感知描寫來擴充《金瓶》的文字表述庫，雖然皆身為男性，然而他們的視角多半傾向於「女性」觀點，可見性別辯證中不僅限於男與女，更是跨時空的辯證。

最後，筆者欲稍加定義本書所提及的身體感知概念。由於身體感知是個較為抽象、較難以明確定義的詞彙，因此筆者試圖從三個途徑來加以定義、廓清本文所使用的身體感知之概念：首先是從最粗淺的經驗（experience）層次來看讀者如何「體驗」文本，讀者對於文本中的情節有何感受與情緒波動，如張竹坡、丁耀亢讀《金瓶》不禁大哭或痛快；張竹坡所謂的「洩憤說」及其在閱讀過程中操作起自己的身體，最後則是田曉菲深感閱讀《金瓶》彷彿過了一生一世……皆屬於這個層次。其次則是體驗之後，當讀者成為再創作者，身體經驗如何透過語言系統被有效地具體化（embody）起來、如何再現身體經驗；又如何建構起一套與身體相關的修辭，並將此修辭有效地傳達給讀者，進而讓他們體會與感同身受，在此，「漢字」便扮演著至關重要的角色，例如張竹坡藉由「影」、「冷熱」、「寓意說」建立起一套與身體及漢字聲訓、拆字有關的詮釋系統，丁耀亢則透過「冷、熱、疼、癢」這套轉化身體感知的詞彙作為續寫《金瓶》的指標，藉此掌控讀者閱讀歡愉，進而適度地限制讀者的身體感知（experience）；又如蒲安迪亦從關乎身體細節處著眼，從敘事美學的基礎上建構起修身的語言系統等。最後一個層次則是以身體作為基礎、然而較為超越性的身體感知（beyond the body experience），如張竹坡以評點召喚讀者的記憶、丁耀亢從焚《續金》後的眼病經驗中對生命的體悟及書寫與身體間的省思；又如蒲安迪儒式研讀法的「修身說」與田曉菲的同情慈悲。當然，筆者也必須坦承因身體感知概念所具有的多重性、細緻性與流動性，以致筆者無法完全精確地把握其完整意涵，而這種不可確定性與無法精確性，或許正說明了「身體感知」之特質。此外，也必須先加以說明的是筆者身為女性所具有的讀寫之身體感知如何具像化，無論是跨古跨今的建

構方式、具跳躍性的思維邏輯，以及跨時空、跨文本的表述方式（例如將明清小說與當代電影放置同一脈絡中討論），或也充分地表現了筆者作為女性讀寫者對閱讀經典的身體感知。

　　整體而言，透過上下兩編跨時空、跨文本的對照及映現，筆者欲探索閱讀《金瓶》時的身體感知如何呈現，而不同時代背景的讀者又如何體知與感受。總之，本書藉由《金瓶梅》這一極具「身體性」的經典，探討文本內的身體、**身體感知**與閱讀者的身體感知，以及不同性別讀者對角色的**性別辯證**，相較於身體感知的抽象、感性（因此須藉由漢字來體現）和不可言說，性別辯證相對之下則是具體、理性及容易言說的，在這兩個層面上，藉由**跨文本**——評點、續書及批評——與漢字**閱讀觀**（同時也展現了微觀與細讀的模式）的**建構**，試圖完成《金瓶梅》之身體感知與性別辯證之探究。

上　編
看官聽說：十七世紀男性讀者
張竹坡與丁耀亢讀寫《金瓶梅》

如何用身體感知理解《金瓶》傳抄和流布的年代？身體感知看似抽象，然而幾個世紀後的讀者如我們或許能藉由《金瓶》被「說故事的人」不斷述說的各種方式中提煉、萃取出來，例如雷威安在提到《金瓶》的版本時，用了生動的筆法寫到：「（《金瓶》）補寫者至少有兩手，改寫者也不會只有一手，有開（改）寫者，難道不會有續寫者？算起來已經有了六手！」[1]「手」是身體的部分，但在此處更形象化地將我們喚回那個抄寫、改寫、續寫、補寫的過程；以及充滿身體實踐、交涉和互動的讀者創作氛圍裡。版本與考證研究表面上看來是傳統的文學研究方法，但是從身體感知的角度觀之，這段話著實給予當代讀者一個遙想參與當時讀者（改寫者、抄寫者、續寫者）「文字手工藝」的可能，尤其是當時的《金瓶》讀者的「再創作」之機會。

然而，早在抄寫、改寫、續寫的故事編織之手工藝前，《金瓶》詞話本指示了一個熱鬧喧嘩的、身體挨著身體、身體摩擦著身體的說故事的勾欄場所，「說」與「唱」這兩個具有身體實踐指標的關鍵字便成為《金瓶梅詞話》中的養分，夏志清亦頗為贊同潘開沛之假設——《金瓶》是從許多說書人的演唱腳本所演化出來的——即便韓南並不贊同此一假設；然而基本上夏志清仍以為《金瓶》的作者至少很熟悉當時流行的、各式各樣的大眾娛樂。[2]雖然蒲安迪透過仔細觀察小說中的結構對襯和平行模式；說明《金瓶》

1　雷威安〈《金瓶梅詞話》第五十三、五十四回的秘密〉，收入王利器主編《國際金瓶梅研究集刊》（成都：成都出版社，1991），頁 122。

2　夏志清〈《金瓶梅》新論〉，收入徐朔方編選，沈亨壽譯《金瓶梅西方論文集》（上海：上海古籍出版社，1987），頁 139。

另一系統繡像本（崇禎本）精心設置的敘事手法顯示了這絕非說書人「信手拈來的口頭藝術」[3]，然而在另一方面蒲氏仍以為張竹坡等評點者至少可稱為《金瓶梅》刊刻行世時的看官聽眾。[4]

「看官聽眾」四個字基本上鮮明而傳神地描繪出兩個關鍵人物：聽故事的人，以及說故事的人，當筆者在遙想當時說故事的人時，「看官聽說」這四個字無疑地宣示了說故事者的權威性，藉由這句話的呼告，他們具有絕對的發言權和故事參與權，他們不僅是讓故事通過、被動地敘說故事的載體，相對也更能清楚地掌握聽眾的情緒，「看官聽說」由提醒、暗示、呼告等種種語氣所構成，聽故事的人知道這是該豎起耳朵或睜大眼睛的時候了，「看官聽說」具有魔法般的效用，難怪即便經過文人潤飾的作品仍部分地保留了「看官聽說」。[5]此外，「看官聽說」象徵而概括地點出了他們當下的身體感官運作——主要是由「看」和「聽」所構成，這兩種感官卻召喚了看官聽眾特殊的身心感受：歡愉或哀痛，在看故事與聽故事的過程中感受到輕盈或沈重的身體感，原是件再自然不過的事了，然而看在兩個十七世紀「看官聽眾」——評點者張竹坡和續書者丁耀亢——的眼中，「看」和「聽」需要加以節制和約束，尤其是令他們深感恐懼的身體歡愉。因為《金瓶》作為一部爭議性的經典，讀者經由「眼」與「耳」所接觸到的「色」與「聲」太容易動火，也太容易致使讀者「腎虧陽萎」（丁耀亢語），因此必須透過評點和續寫的方式，加以規範讀者——應該也包含他們兩位在內——的慾望。

善於以「身體」詮釋《金瓶》潛在意涵的張竹坡，相當留意於文本中顯性及隱性的身體，這可從張氏〈雜錄〉中以「哥口、和尚耳、春梅秋波、貓兒眼中、鐵棍舌畔」等身體器官為著眼點；並映照諸多文本細節中窺知一二，而能像他這般窺出其中堂奧者，便是張氏心目中的理想讀者——所謂「明眼人」是也，因為張氏認定《金瓶》的作者之所以用如此細密的敘事手法，目的便在於使看者目迷，因此這絕非「無目者」可以深得箇中滋味的，然而正在張氏頻頻呼告「不知作者又瞞了看官（即一般讀者、無目者）也」、「先生（即一般讀者、無目者）又錯看了」之際，同時凸顯自己作為獨具眼光的明目者；並

3　蒲安迪〈《金瓶梅》敘事美學特徵〉，收入王利器主編《國際金瓶梅研究集刊（第一集）》（成都：成都出版社，1991），頁105。

4　蒲安迪《明代小說四大奇書》（沈亨壽譯，北京：生活・讀書・新知三聯書店，2006），頁2。

5　寺村政男以為「看官聽說」一詞，具有「直接向讀者呼喚」的效用，他從「看官聽說」的數量來看，發現《金瓶梅詞話》中以「看官聽說」開始的部分有四十五處，繡像本則僅有二十九處，《水滸傳》一百回本僅有四處，一百二十回本亦僅有八處，遠遠少於詞話本。因此，作者推測詞話本的作者意識到當時口說故事的興盛而有意模仿。見寺村政男〈《金瓶梅詞話》中的作者介入文——「看官聽說」考〉，收入黃霖、王國安編譯《日本研究《金瓶梅》論文集》（濟南：齊魯書社，1989），頁244-261。

與無目者區分開來，進而表示《金瓶》「不可不看」之原由。基本上，這位眼尖心細的看官張竹坡所標舉的「明眼人／無目者」之說，正是他試圖約束《金瓶》中令讀者歡愉的起點與核心，而這仍舊回歸到身體的議題，聯繫著「體似酥」、「骨髓枯」的警示，最終以「作孽的病根」來戒世、勸世。然而，倘若我們也夠「明眼」，「細讀／戲讀」看官張竹坡對小說中性描寫之細微關照和評點，遂發現他在評點時彷彿「仿擬」並揣摩肢體動作間的曖昧性，而他愈是清晰地點出人物細微的身體動作，我們愈是高度懷疑他評點這些段落的用意何在，對張氏評點性場景的細讀／戲讀，應該與張氏嚴肅的聲音並置同觀。

　　事實上，早張竹坡半個多世紀的丁耀亢，已經透過《續金瓶梅》之續書形式塑造《金瓶》的理想讀者，丁氏彷彿重新擴充了崇禎本評點者提示的「冷熱」說，以「熱一回、冷一回、癢一陣、酸一陣」為書寫策略，無形中將文本的「冷」、「熱」巧妙地對應至「癢」與「酸」的身體感，因此其敘事基本上是為「冷」、「熱」、「酸」、「癢」這四個關鍵字而設計，然而以閱讀享受為前提、以《金瓶》為期待視野的當代讀者，便不難發現這種破壞敘事流暢度或犧牲美學價值的方式確實打壞了閱讀的慾望和胃口，然這便是有自覺的創作者丁耀亢企圖規範讀者的；他的目的在於「使人動起火來」之餘「使人動心而生悔懼」，讓讀者有這般確切的閱讀之身體感知。相較於《金瓶》的長篇醞釀和冷熱暗示；讓讀者在最終體認「體似酥」與「骨髓枯」等「真理」，丁耀亢蓄意破壞敘事流暢和犧牲美學的最終目標，則是為他的「當頭棒喝」觀念所服務，傳統小說的因果輪迴框架因敘事時間的跳躍和兩個敘事支線的參差行進而有所修正，成就了所謂的「當下證悟」，倘若從閱讀即修行的觀點來看，敘事的破碎便是為了教導「證悟」所進行的權衡。論者以為，文評家在讀者閱讀行為「之前」或「之中」影響讀者，而不是像一般批評是在閱讀行為「之後」[6]，從此一評點的出現形式來看，張竹坡的評點似乎具有當頭棒喝的作用，提醒讀者莫陷入「體似酥」與「骨髓枯」的陷阱當中，而丁耀亢則是以再創作的方式，將這種「當頭棒喝」的警醒話語鎔鑄於小說文本中──即便他是續寫而非評點，然而他似乎同樣是用了評點這種「插入性」的、干擾讀者的方式，期盼能給讀者當頭棒喝與當下醒悟。

　　雖即都選擇了為《金瓶》作注的形式或態度，但張竹坡和丁耀亢的「再創作」具有不同的層次，張竹坡從《金瓶》看到的是像金聖歎所見的「文法生起」；即「作文之法」，教導弟子如何作得好文章，而丁耀亢則是採取「作注」的態度──「今上聖名頒行〈太

6　單德興〈試論小說評點與美學反應理論〉，《中外文學》，12:3，頁91。

上感應篇〉，以《金瓶梅》為之註腳。」[7]——將《金瓶》視為「太上感應篇」之註腳，同時藉此鋪演《續金》裡一段「後身」故事。也許正因採取了「作注」的態度，不難理解小說中不斷被中止的敘事方式了；換言之，不流暢的敘事恰好體現了「作注」的形式，而這種隨處被「插入」的形式亦表現於正文之前的「借用書目」裡，書目中包含儒釋道三家經典、詩文集及小說等，這種直接將書目植入寫作的方式相當「當代」，類似於當今的「參考書目」和「延伸閱讀」，一方面和張竹坡評點《金瓶》時對照經典可謂相互合拍；同時相映著《金瓶》事實上也由各種文學類型匯聚而成的特質[8]，另一方面則具有「跨文本」及「作注」的雙重意涵：它告訴讀者《續金》與這些典籍彼此具有「跨文本」之連結，同時也暗示讀者這些典籍和《續金》曖昧的主從關係——究竟是這些典籍為《續金》作注，抑或《續金》為這些典籍作注？無論為何者，丁耀亢已淋漓盡致地發揮了創作的遊戲本質。

遊戲之外，筆者試圖將丁耀亢的生命歷程及其詩作一併觀之，獲得更全面的理解：《續金》的重點似乎不像《金瓶》那般，要求讀者專注地「看」與「聽」，從閱讀的感受來看，相較於《金瓶》，《續金》顯得相當不好看、不好聽，但無形之中彷彿更貼近了張竹坡「閱讀即修行」的本意，同時也適足以映照著「盲史」丁耀亢的眼病，對於不再是「明眼人」的丁耀亢來說，他對「看」的定義應該不會是「明眼人」張竹坡的「看」，他們兩人看到的應是不同的風景。倘若將盲史丁耀亢眼病前後的「看」置入《續金》的脈絡裡，我們原先認定他對情慾、婦人的恐懼或許能加入宗教的體知，這體知中包含了蒲安迪的修身說以及田曉菲的慈悲說；換言之，藉由這雙重的「看」——第一層是「明眼人」張竹坡的「看」與「盲史」丁耀亢的「看」，第二層則是當代讀者「看」他們的「看」；當代看官如我們或許更能體知與揣摩他們「說」法的初衷和心理。綜上所述，從「看官聽說」這說故事的人對聽故事的人的宣告和指導，筆者試圖以聽（看）故事的人的當代讀者的角度，重看這群「看」官如何「說」法。

7　〈《續金瓶梅》集序〉，紫陽道人《續金瓶梅》，收入陳慶浩、王秋桂主編《思無邪匯寶》（臺北：臺灣大英百科公司，1997）31-33冊，頁209-210。

8　據韓南的探查，《金瓶》的「來源」不僅包括《水滸》，還包括了多篇白話小說、公案小說及《如意君傳》、宋史、戲曲、清曲、說唱文學等，由此角度來看，《金瓶》本身也鎔鑄了許多經典。見韓南〈《金瓶梅》探原〉，收入徐朔方編選、沈亨壽譯《金瓶梅西方論文集》（上海：上海古籍出版社，1987），頁1-48。

第一章　明眼人之手眼：
張竹坡讀《金瓶梅》之身體感知

作《金瓶梅》，苦果必待色色歷遍，才有此書，則《金瓶梅》又必作不成也。何則？即如諸淫婦偷漢，種種不同，若必待親身歷而後知之，將何以經歷哉？故知才子無所不通，專在一心也。

——張竹坡讀法六十

弗朗索瓦・拉伯雷發明了許多新詞，它們後來進入了法蘭西語言和其它語言，但是這些詞中有一個被遺忘了，這是令人遺憾的。這個詞是不快活的人，它來自於希臘文，意思指不笑和沒有幽默感的人。拉伯雷討厭不快活的人們。他害怕他們。他抱怨那些不快活的人「對它如此殘忍」，使他差一點停止寫作，並永遠不再寫。在小說家與不快活的人中間，不可能有和平。不快活的人從沒有聽過上帝的笑，他們堅信：真理是明白的，所有人都應思考同樣的東西，他們自己就是他們所想的那樣。然而，人之成為個人，恰恰在於他失去對真理的肯定和別人的一致同意。小說，是個人想像的天堂。在這塊土地上，沒有人是真理的佔有者，不是安娜，也不是卡列寧，但所有的人在那裡都有權被理解，包括安娜，也包括卡列寧。

——米蘭・昆德拉〈耶路撒冷講話：小說與歐洲〉[1]

　　米蘭昆德拉在閱讀拉伯雷時發現他遺漏了「不快活的人」這個詞，而這個概念似乎可以用來看待張竹坡的評點，張氏將所有《金瓶》中活色生香的身體皆視為象徵符號，目的或許在於限制讀者不當的閱讀歡愉，讓他們不會產生逾越而過度的「快活」，然而，若從他所鼓勵讀者成為「明眼人」的細讀／過度詮釋之角度來看，他卻也透過評點性場景時「色色歷遍」、「親身歷而後知之」，成就了可能的快活的閱讀片刻，因為作為個

1　米蘭・昆德拉〈耶路撒冷講話：小說與歐洲〉，《小說的藝術》（香港：牛津大學出版社，1993），頁 129。

人想像的天堂，《金瓶》滿足了張竹坡身為讀寫者的最大快活：對文本空隙所「插入」的話語、藉由漢字特質進行的詮釋遊戲，以及擴大身體隱喻和敘事技巧之間的互涉性。當然，在這詮釋土地上，即便張竹坡不是真理的發言人（即便他以為他是），但他有權利被理解、被體知、被誤讀。

第一節　另出手眼：身體與書寫之關係

一、細看文情，方能通身「痛」「快」

　　張竹坡閱讀《金瓶梅》的方法以及身體感知可以用一句話概括：「細看文情，方能通身痛快」（七十四回夾批），這句話透露出讀者或因角色而痛，或因故事發展而快，總之，細讀是方法，「痛」、「快」兩字則簡要而生動地描繪了張竹坡作為《金瓶》讀者的身體感知，其餘又如最末一回當冤魂四處散去，張竹坡夾批到「如此總結，真令觀者通身痛快。」[2]然而在某些時刻，「痛」、「快」兩字還不足以形容其感受，當薛嫂為西門慶說媒時，她伶俐的口齒和好記性讓張竹坡不禁讚嘆「看到此處，滿身痛快，要跳要舞」（七回夾），因而讚賞作者文字之妙乃張氏「批不出也」。「要跳要舞」相當鮮活地勾勒出讀者閱讀時的反應，同時也是「情緒發散」的一部分[3]，而會令張竹坡痛快進而想跳舞那樣強烈的身體動作和身體感知，不僅說明了作者文字之妙，更間接地暗示了讀者眼力的重要性。

　　眼力和眼光是張竹坡批《金瓶》的重點，他不時在小說中提醒讀者「切莫被作者瞞過」便是最顯著的例子。事實上，早在金聖歎批《西廂》、《水滸》時便揭示了讀者眼光的重要性，正因細讀與讀者眼光——事實上這兩者關係緊密——在閱讀過程中發揮的作用，經典成為經典，而《西廂》、《水滸》、《金瓶》也得以與《左傳》、《史記》等更古老的經典並駕齊驅。總之，閱讀；尤其是專業讀者的閱讀牽涉到眼力，尤其在張

2　在最後一回裡，張竹坡多次展現了閱讀者的閱讀情緒，例如：「回照子虛化官哥，直令觀者滿身痛快。」又如「此處直使王婆入來，寫得報應分明，令人怕甚。」「一路寫王婆，令人怕甚。」「又是一部言孝、言悌，哀哀餘音，令人不能終讀也。」此處「痛」、「快」情緒兼有之。本章所使用的《金瓶》乃《第一奇書 竹坡本《金瓶梅》》（臺北：里仁書局，1981），其後引文不註明頁碼，僅註明出自回數。

3　陳翠英分析《金瓶梅》「崇禎本」、張竹坡和文龍三家評點時，論及張竹坡「情緒發散」的評點特質，以及張氏一旦自覺情慾流動，便立刻自我抽離的心思起伏。關於張竹坡評點的情緒與情慾，詳參陳翠英〈今昔相映：《金瓶梅》評點的情色關懷〉，收入《情欲明清——遂欲篇》，頁80-83。

竹坡眼中，《金瓶》「瑣瑣處皆是異樣紋錦，千萬休匆匆看過」（第二回總評），要避免匆匆看過的方式不僅在於細讀，也牽涉到讀者的眼力，在張竹坡批《金瓶》的過程中，以「眼」為核心的隱喻隨處可見，這是擴大的、包圍讀者的身體隱喻，「眼力」的內涵似乎是廣泛而具有彈性的，一再為張竹坡所強調而其餘讀者忽略的便是眼力，這識破一切敘事機關的眼力便成為張竹坡評點《金瓶》的主軸。

　　既然細看文情是張竹坡的閱讀法則，作為張竹坡的讀者，我們理應細看他的文理脈絡，從中看出令讀者耳目一新之痛快處。因此，筆者嘗試細看張竹坡評點，看其批語中隱藏的目光及身體，並以「另出手眼」這既屬身體感官又屬文學批評範疇的常見批語，概括張竹坡批語中所隱含的身體、書寫、閱讀三者之關係，在筆者的重新定義下，「另出手眼」的「手」可用來描摩作者的敘事功力，「眼」則精要地點出讀者的鑑賞功力，無論是敘事抑或鑑賞，兩者行為當中皆有一隱含的身體存在，因此筆者欲以「另出手眼」這飽含身體意味的批語來概述書寫、閱讀中的身體隱喻。

二、手眼：作者與讀者

(一)手：「影」、「映」、「照」之敘事

　　如何鑑定眼力，從張竹坡評點的脈絡中，筆者以為「影」是其中一個切入點。張氏在第一回便提及花子虛為小說中的「影子中人」，以為花子虛雖有錢有勢，但在十兄弟排行中卻在應伯爵和謝希大之後，形容他「財必至為他人之財，妻必至為他人之妻」，並提醒讀者「文字妙處，全要在不言處見」。再度提到「影子中人」則在七十八回總評描述王三官娘子與藍氏，張氏稱許作者寫一人是二人，由藍氏隱隱帶出王三官娘子之美「令人神往」，重點仍是作者不直接言述後者之容貌，可見「不言」之重要性。但既然「不言」，如何「見得」？這便是張竹坡評點最核心之處，也是他用以炫示自我獨具慧眼的指標之一。事實上，「不言處」反而提供了更大的想像空間，足以讓張竹坡這樣眼尖的讀者將細微線索加以串連，因此，「不言處」中仍存有細微線索。從這個角度來看，我們似乎可以將「不言處」與張竹坡所提出的「影」之概念一併觀之。「影」在第一回介紹人物出場時著實發揮了重要的功用，就張竹坡看來，小說中的人物彼此順勢帶出，例如玉蕭上場時便點出其功用在於「影出春梅」，在第八回夾批中則從西門慶的言說「到晚拉朋友往院子裡去了」提到「影出桂姐」[4]，由眾多例子可見張竹坡在批《金瓶》寫作

4　張竹坡常使用「影」來提點作者筆法，例如第十回總評：「蓋他是順手要出春梅，卻恐平平無生動趣，乃又借平兒處繡春一影，下又借迎春一影，使春梅得寵一事，便如水光鏡影。」又如第十五回眉批：「以銀兒影瓶兒，是作者寫銀兒本意。」二十一回金蓮摸李瓶兒薰被中的銀香球說了一句話，

手法時，常用「影」字強調作者的用心之處：不讓讀者立即辨識出其用意何在，唯有善於細讀的讀者方能窺得所以，這便是作者與讀者間的默契，然而另一方面又讓彼此的人物角色相互輝映，彼此的映照也讓反諷更具力度。

「影」除了是書寫筆法和寫作策略，更是塑造故事角色人物的重要利器，目的除了避免單調之外，更讓書中角色的面目產生混同難辨現象，增添反諷嘲弄的力度，這點既是張竹坡的評點要點之一，也是蒲安迪注目的焦點之一，這類例子不勝枚舉，尤其是故事一開始接連帶出各色要角時，便常見張竹坡有此類批語，例如當李嬌兒送桂姐出門首、而桂姐親到金蓮花園門首欲相見時，張竹坡便夾批：「桂姐身分中有嬌兒也。」（十二回）；為了表現李瓶兒與西門慶彼此有情，作者讓瓶兒「影身在門裡」偷看，同時也隱隱映照著「影子中人」花子虛（十三回）。「影」除了作為敘事手法之動詞使用（「影」出春梅、迎春一「影」、作「影」）之外，作為「名詞」的「影」也不時出現於文本裡，以「幢幢黑影」的表現方式對映著敘事手法之「影」，如作者似乎特別鍾愛將金蓮置於黑影裡，小說中有多次描寫到金蓮姿態或金蓮出現的場景皆連帶著黑影，例如金蓮對春梅說「獨自一個兒，黑影子裡一步高，一步低，不知怎的走來了。」（五十一回）潘金蓮慣於竊聽以及她所發展出來的感官敏銳度，多已為論者所討論，而黑影與竊聽似乎又可放在一處聯想[5]；而描寫西門慶和瓶兒計畫偷情歡會的場景時，也屢次出現丫鬟的身影，用來暗示兩人不見光的行事。[6]張竹坡特別注意到金蓮的感官敏銳度和在小說中可以發揮的效用，在張氏的審視下，金蓮不僅愛逞口舌之快，她的眼、耳感知能力確實特別犀利，例如五十七回當月娘、瓶兒、西門慶與官哥說話時，妒忌的潘金蓮正好在外邊聽得一清二楚，張竹坡便批到「偏與他聽見」；而當如意兒獲西門慶寵愛而打扮較昔日不同時，張竹坡也在潘金蓮留心的視角後批到「偏是他」（六十五回）；更有趣的描述是當瓶兒死後、月娘時刻注意瓶兒的家財時，張竹坡以「斜視者」形容金蓮將月娘舉止、瓶兒之財瞅在眼中的模樣，因此張氏幽默地說：「吾知其（金蓮）曾看了千百眼也。」（七十四回）

另外，「影」也漸漸發展成不祥的序曲，例如清明節上墳後，官哥回到家裡打冷顫，張竹坡便旁批「與西門死黑影一映」（四十八回）；又如五十四總評提到此回「既影瓶兒死，復遙影蓮摧梅謝。」（五十四回）；瓶兒死後，當西門慶對著瓶兒生動的傳影大哭不止時，張竹坡也特別在大影後批一「大影」兩字，接下來則在瓶兒遺留的金蓮後加一批

張批：「又為『生子』作影。」

5　潘金蓮站在黑影下張望、竊聽的例子不勝枚舉，例如七十三回便有兩次立在黑影中，其中一次還有玉簫作伴；八十回和敬濟奸耍，作者也描寫「婦人黑影裡」的景況。

6　作者描寫李瓶兒偷窺西門慶解手、之後不意撞個滿懷時，瓶兒使繡春「黑影裡走到西門慶眼前」（十三回），之後兩人約定的牆頭密約，「只見丫鬟迎春黑影裡扒著牆」。

語，似乎隱約強調著過去的美麗魂靈如今安在哉[7]。這幽幽奏著死亡序曲的黑影發展到最末回，卻由普靜師在佛海燈影下薦拔冤魂做結，張竹坡顯然注意到此，故言「又一部繁華富貴，以燈影描之，以夢境結之，大是做人痴念處。」在此，「影」似乎可以和批語中常出現的「照」字一併討論，兩者充分表現出作者善於「寫此言彼」的技法。就角色之間的關係來說，「影」相當能彰顯出彼此的關係，這一類的例子相當多，例如西門慶向月娘解釋瓶兒送禮之由時，便有竹坡「獨照瓶兒」的夾批（十三回）[8]，有時則用類似的詞彙「映」來表現，例如十三回金蓮發現西門慶與瓶兒私會，張竹坡在金蓮的話語後夾批道：「又映出。」[9]當然，無論是「影」或「照」或「映」，皆是張竹坡眼中重要的敘事機關，它們共同為作者的「不言」提供了可依循的線索。由此可見，「影」是書寫者與專業讀者間的溝通橋樑。從作者描摩人物、讀者追想人物的層面來看，「影」亦生動地傳達了讀者對作者的致敬，如張竹坡在第二十九回總評便彰顯作者善畫人物，「為之描神追影，讀之固不必再畫。」《金瓶》作者善於描畫人物與場景多次為張竹坡所稱讚，這類讚揚同時強調了作者知曉書寫的收與放、寫與不寫之學問，讓讀者在閱讀時既能參與其中，又能保持閱讀的距離，例如在四十回描寫西門慶和金蓮的歡愛時，張氏批道：「寫出固妙，不寫又有不寫的妙處。」又五十二回西門慶去玉樓房中歇息時，張竹坡則夾批「梵僧藥，又以不寫寫之。」張竹坡的寓意說之所以成立；且在他的批評方法中自成一意義錯綜關連之小宇宙，便在於他總在不言處下功夫，他特別注意那些未被說出的祕密，例如在第四十四回總評提到「瓶兒心事，既不一言，何由寫出？」張竹坡暗示透過瓶兒與銀姐下棋之舉動，緩緩道出不言之恨；又如李桂姐和保兒低聲說話時，張竹坡夾批「三官情事俱於無字中出」之後又說「不明說，妙。」（四十五回）

從當代的、身體的角度來看，「影」是身體物質或身體的延伸，然而從漢字詞義衍伸至文本敘事的立場觀之，「影」是擴大的身體隱喻，它既關涉角色的感官，更間接成為作者敘事／讀者眼力的產物：「影」既與不言、無字這等敘事曖昧關連，同時似乎又

7　類似的用法還有六十一回「亦是不知，皆是寫瓶兒病甚，一時諸人倉皇之態，為下文請醫算命等一影也。」

8　又如第十二回總評：「寫琴童一事，既為受辱作由，又將武大的心事，提到西門慶心中一照。」又如第二十八九回總評：「下文皆照此結果此數人也。」又如六十二回夾批：「一句直照牆頭寄物，深深埋恨。」

9　十二回張勸玉樓而被搶白，張夾批「此處寫玉樓執迷，卻反映瓶兒待竹山之淺」。又如十八回馮媽媽向西門慶描述瓶兒嫁竹山一節，張夾批道：「幾個『怎的』又與說打虎遙映。」（十八回）第二十九回眉批：「此處以小事一映，正是『冰鑒』影子。」第六十五回夾批：「隔壁有活金蓮，而乃對瓶兒之遺鞋，又與蕙蓮遺鞋一映。」六十七回夾批：「映後文卻是映掃雪前文，將此回文字真與掃雪一回對針一攏，可知此書上半部全是照下，下半部全是映上也。」

能與「照」、「映」等評點者的閱讀利器並讀對照，這些用以彰顯作者敘事功力的讀者眼力，皆可用「影」作為關鍵字，它一方面讚揚了作者敘事之妙，同時更凸顯專業讀者張竹坡眼力之妙。「影」僅是閱讀張竹坡讀法的切入點，目的是引出筆者欲闡釋的核心：眼力。

（二）眼：明眼人與無目者

正因「文字不肯直直便出，使人看出也。」（五十二回眉批）張竹坡暗示讀者應從「寫與不寫」的書寫技巧中讀出角色彼此輝映的線索，換言之，這種書寫技巧與每個角色的彼此映照不謀而合[10]，張竹坡在第八回夾批時說到：「手寫此處，眼照彼處」，這是就書寫一端而言；倘若從閱讀一端來看，和這種書寫技巧相互照應的是張竹坡提及的「明眼人」，這可從隨處可見的夾批得知：例如「非寫金蓮這邊一月，卻寫玉樓那邊一月，明眼人自知。」（第八回夾批）；三十四回批道「映書童，明眼人自知。」又如第四十三回旁批：「卻是為避馬房留空，明眼者自知。」又「此回特為玉簫結文，不為瓶兒，明眼人自知。」（七十三回回評）[11]，簡單來看，不難發現「明眼人」通常與「映照」字眼或是角色之間的對照同時出現，因此談明眼人得先從「影」、「照」、「映」之類的批語說起，因為是否能識破「影」中的照映處，著實須具備一雙明眼。相對於明眼人的則是「無目者」，專指進行錯誤閱讀的非專業讀者，如第九回總批：「明是作者恐人冤他第一回內，不曾在『大丫頭』三字中出春梅也，又恐無目者猶然不知，下又云另一買一個小丫頭云云。」雖然「無目者」的出現頻率不似「明眼人」那麼高，然而從部分較為間接、含蓄的慣用批語中，亦可看出兩種不同讀者的高下優劣，最常見也最顯著的莫過於「不知作者又瞞了看官也」（九回總評）、「用筆如此，早瞞過千古看官。」（七十回回評）這裡所謂的千古看官意義類同於無目者，更直接的說法則是「盲人哪得知？」（五十二回）[12]。有趣的是，相應於閱讀者的明眼和無目，書中角色亦有局外局內的洞察明識之別，例如當金蓮掉了一只鞋而秋菊說不曾看她穿鞋進屋時，張竹坡便夾批到「局外人眼目明」；過後又批到「可見秋菊昨日眼明」，趁機反諷金蓮當局者迷、不知覺察的昏昧。無論是無目者抑或盲人，兩者昏濁目光所倒映出的無非是張竹坡強調的「此書其來脈真

---

10 張竹坡的讀法當中有相當多的例子足以說明這種情狀，例如第七回寫到西門慶相孟玉樓時，接連四個旁批皆是將金蓮和玉樓相互對照；第八回總評：「今看他竟不寫玉樓，而只寫金蓮時，卻句句是玉樓文字，何巧滑也。」

11 其餘例子如六十七回夾批：「可知與山洞一戲，特特對針，明眼人自知。」七十二回夾批：「收李銘，蓋為收桂姐也，明眼人自知。」七十五回總評：「況瓶兒之財，人爭利之，玉樓亦幾幾乎續之矣，明眼人豈不自知？」

12 全句為：「如此寫壬子日，盲人哪得知？」

令粗心人摸頭不著也」（六十七回），以此看來，重點不在於眼，而更在於細讀和細心，「粗心人」或許是無目者另一種說法，唯有細心留神地將散佈於各回目當中的瑣碎線索串連起來，同時瞭解作者「言在此而意在彼」的慣用筆法，方能真正讀懂《金瓶》；更正確地說，是像張竹坡這種「明眼人」，方能讀懂《金瓶》。順著「眼」這一擴大的隱喻脈絡，我們被期待讀懂出現於九十六回眼瞎的葉頭陀，這個不會看經只會唸佛、經常替人看相的小角色看起來僅是曇花一現，對於故事發展並沒有太大的影響力和推進力，但張竹坡卻以為作者藉此人諷刺「世人雙眼不能識人，反不若瞎子能風鑒也」；以「明眼」瞎子對照出有眼無珠的世人。

像張竹坡這樣的「明眼人」相當關注於角色如何「看」，當然也留心於小說人物彼此的視線和眼神，例如第十三回回評：「寫瓶兒春意，一用迎春眼中，再用金蓮口中，再用手卷一影，再用金蓮看手卷效尤一影。」張竹坡稱之為「烘雲托月法」，用以取代純用正筆書寫。這則批語除了再度出現張竹坡慣用的「影」字，還包含了眼與口兩個身體器官，其中似乎隱含了張竹坡對身體的敏銳感知；而當迎春窺探西門慶與瓶兒的交歡場景，張竹坡補上一句「俱是迎春耳中照出也。」（十三回）[13]透過張氏的評點，我們看到感官運作喧嘩與交錯的層面，這便是「身體感知」的當代意義，論者主張身體感知是交響運作而非單一作用的，而在張竹坡眼裡，《金瓶》的作者透過眾多角色的感官交錯，讓讀者有「臨場」的體知感，筆者則以為從「迎春眼中、金蓮口中、手卷一影」相當具有當代影像感：彷彿瓶兒的交歡場景是由不同的攝影機（迎春眼中、金蓮口中、手卷一影）所拼組而成，而每一種感官（眼、口）彷彿代表了一個鏡頭，共同捕捉瓶兒歡愉的當下，同時讓讀者從不同的感官再次經驗、體知。另外一個例子是翟管家領著西門慶進入太師府時，無論是所見之景、所聞之聲及所嗅之味，張竹坡一連用了數個「是西門眼中」、「是西門耳中」、「是西門鼻中」批之，甚連當翟管家提醒西門慶腳步放鬆時，張氏亦夾批到「是西門慶腳步。」（五十五回）張竹坡提醒讀者，當我們凝視太師府的華麗時，別忘了這皆是西門慶所感知到的場景，是他的眼、耳、鼻與腳步帶領讀者穿越太師府，當然，我們大可將此歸納於當代敘事學的範疇，然而張氏「亦步亦趨」——張竹坡也透過西門慶的感官將「色色歷遍」（讀法六十），而讀者又透過張竹坡之眼去感受西門慶的「色色歷遍」——的；以西門慶的感官、知覺來展現多層次的太師府景致之評點，或許正暗

13　黃霖也注意到張竹坡特別留意於「身體」，因而有〈寫「在眼中、耳中、口中」〉一文，他於此文中提到：「用『眼中』、『口中』、『耳中』來表述『影寫法』的基本特點，明明白白，形象具體，使人一看就懂。這或許就是中國古代文學理論批評的一種特點吧！」見黃霖《說金瓶梅圖文本》（北京：中華書局，2005），頁253。

合了張竹坡每每諷刺西門的世俗言說和舉止相合之處；又如西門慶初訪林太太所見家中景象，張竹坡的批語甚為詳細清楚：「是市井暴發人初至勛銘家者景象」。其餘如六十七回應伯爵見來安拿來幾碟果食，在作者一一點明之後，張夾批「是伯爵眼中」，可見張確實細膩地觀照何人正凝視著何種物事，有趣的是，在張竹坡明眼審視下，西門慶與應伯爵著實為「一對瞎子，妙絕！」（五十六回夾批）

在張竹坡眼中，西門慶確實是昏昧不辨事實者的頭號人物。在三十三回回評中，張竹坡從小處著眼——事實上也是作者未言處而張竹坡留意到的其中一點，從月娘和瓶兒懷孕的身體來凸顯西門慶的昏昧：迷戀於婦人身體的西門慶僅從女身中享受歡愉，對月娘、瓶兒這般孕婦的肚子大小、小產或即將臨盆毫無觀照，映照於他總是聚焦女體所帶來的片刻高潮，他完全忽視了孕婦的身體，因此張竹坡才形容西門慶「不知其孕，固屬愚甚，知其有孕而並不問其何以不生出，天下人處家之昏昏者，孰有如此？」前者是針對在翡翠軒私語那回、西門慶不知瓶兒已懷孕七八月；後者則針對月娘懷孕七個月而小產，西門慶不聞不問的確顯得可疑，在張竹坡的讀法中，這點足以作為西門慶昏昏然於醉夢中的證據。然而，這有可能是作者忽略或因沒有太大必要而未加以著墨，但在張竹坡眼中，這種解釋正足以解決西門慶何以未嘗察覺到有孕婦人身的矛盾，雖然有論者仍舊將瓶兒的懷孕視為《金瓶》的破綻。[14]從另一個角度來看，張竹坡對婦人的觀照不可謂之多元獨到，至少他察覺到被忽視的孕婦身體，並藉力使力地將此再度映證西門慶修身的失敗和昏昏然。和此可相提並論的是他特別留心於角色之間的身體行為和語言，例如韓道國將趙太醫推薦給西門慶時提及媳婦月經，張竹坡便夾批到「對財東說房下月經，妙絕！」（六十一回）

由此可見，「眼」擴大為一種隱喻，滲透進文本細節當中，明眼與瞎子的區別不在於生理上的「看」，更在於抽象的識別度，眼力標誌著身分，或是文本細微處的映照，例如當林太太透過門簾觀看打量西門慶，張竹坡在此提點讀者這番凝視「又映瓶兒」，不僅讓觀看充滿著重複的回憶性質，同時又再度強調讀者透視文本照映處的眼力。這種

---

14 魏子雲以為李瓶兒的突然懷孕，就《金瓶梅詞話》的小說藝術上來說，是一大缺失，魏氏以為倘若李瓶兒六月時已「臨月孕」，那麼就表示在花園打鞦韆時已有七個月的身孕，倘若已懷孕七個月，是不應該還去打鞦韆的，而當時陳敬濟在推送李瓶兒時露出了大紅底衣，作者卻未曾寫及有身孕一事，因此不同於張竹坡將此視為西門慶「無目」、「無知」的表徵，魏氏將此「缺失」視為眾人分回各自寫作的錯誤，因而他在寫《潘金蓮——金瓶梅的娘兒們》時，特別將此缺失加以修改，改成西門慶向李瓶兒求歡之餘，「忘了」（而非不知道）她已有孕在身一事。見魏子雲《金瓶梅箚記》（臺北：巨流圖書公司，1983），頁 148；魏子雲《潘金蓮——金瓶梅的娘兒們》（臺北：皇冠文化出版公司，1991），頁 149。

觀看無疑是雙重的：在不同小說人物眼中，事物所呈現的面貌各不相同，事物通常被描寫的樣態多少映照出主人公的身分或特色；另一層次的觀看則發生在文本之外，這些被提點、被註記的細緻的人物感官，同樣折射出張竹坡讀者的形象，更精準的說，是目光，是眼力。這幾個例子捕捉了張竹坡的閱讀視線，他始終細讀人物的眼神，關注於誰來看、誰的眼中映照誰的面孔與姿態，例如金蓮與月娘初次見面時的描述[15]，便讓金蓮和月娘個人之惡相互對照。其餘又如張竹坡評點竹山此一人物時云：「竹山必開藥店，蓋特特刺入西門慶眼內也。」（十七回）由此看來，古典傳統的敘事觀點及限制觀點事實上皆隱含著「身體」的元素。

　　張竹坡示範了明眼人的閱讀方法，從彼此角色的眼中、口中烘托出主題人物，再由物來映照人物之間的關係和張力。此外，張氏多次讚嘆作者文字深刻的功力令讀者眼花撩亂，尤其是在李瓶兒奢華的葬禮鋪排中，張氏冷眼跟隨著熱鬧紛亂的場景以及一一登場的事件人物，從中揣摩出瓶兒葬禮的過度誇耀和不合禮儀，而當宋御史差人送一桌賀禮時，張氏夾批「不知作者手腕有許多力，只覺看者已迷離，照耀金花燦爛，反覺眼倦不能直視矣。」（六十五回）此處，張竹坡以迷離之眼神、「眼倦不能直視」來形容作者的寫作功力和讀者閱讀時的感受。又同一回中，當作者一一細數筵席預備的情況，張竹坡夾批「將桌席預為縣官眼中一描」，目的在於下文陳述時不至累手，這種詮釋方法無疑將看似普通平凡的「看」和可能被（無目者）視為瑣碎堆疊的所見之物，悉數納入精心設計過的寫作步驟中，這麼一來，不僅可為表面上瑣碎、枝蔓且千篇一律的家常風景找到合理的理由，同時也暗暗呼應著他獨到的閱讀方法，共同拼貼出「明眼人」的理想讀者形象。即便在此脈絡下，視覺和眼睛僅作為讚譽作者功力的隱喻或套語，但我們亦可從中得知一側面訊息：即視覺的重要性，張竹坡反覆以「眼」延伸出的閱讀理論，充分表示了理想的閱讀型態、作者的書寫技巧以及閱讀的感知能力；換言之，無論從作者還是讀者這端來看，張竹坡的閱讀、批評是建構在「眼」所涵蓋的意義叢裡，在這樣的大框架下，他特殊而富於身體隱喻的閱讀方法方能成立且具說服力。

三、張看：「不可不看」與「不可看」之辯證

　　更廣泛地說，「眼力」涵蓋了閱讀、鑑賞、批評的功力，顯示出評點者是否真能見人之所未見，明眼洞悉一切可能被作者瞞去了、被花團錦簇的文字所掩蓋的真正涵意，關於此，張竹坡似乎有感而發：「作文固難，看文猶難也。」（二十一回總評）看文之所以比作文難，便在於必須具有足夠的眼力，張氏自認為不同於一般世俗讀者，他能一眼

15　第九回總評：「內將月娘眾人俱在金蓮眼中描出，而金蓮又重新在月娘眼中描出。」

識破作者本意，例如他在一百回回評裡強調的：

> 一篇淫慾之書，不知卻句句是性理之談，真正道書也。世人自見為淫慾耳。今經
> 予批後，再看，便不是真正道學，不喜看之也，淫書云乎哉！

此處便凸顯了「世人自見」和經張氏評點後「再看」之間的差距，不同的審視目光正是
形成淫書和道書的差別所在。事實上這種凸顯明眼人與世人、俗人、無目者不同的閱讀
眼光，在張竹坡的批語中隨處可見，當他提及此書「金鑰」之「冷、熱」說時，仍不忘
強調：

> 前半處處冷，令人不耐看；後半處處熱，而人又看不出。前半冷，當在寫最熱處
> 玩之即知。後半熱，看孟玉樓上墳放筆描清明春色便知。（讀法第十）

其中，「不耐看」和「看不出」《金瓶》的大關鍵——冷熱交錯、冷熱互倚，便是無目
者的閱讀方法，而後張氏再次示範明眼人的冷熱閱讀方針，即冷中求熱、熱中求冷，由
此可見，這種對冷熱的閱讀感知也是判斷明眼人和無目者的方法之一。談及張氏讀《金
瓶》的一百零七條讀法中，由「眼」延伸出的作用「看」的確為關鍵字，它幾乎遍布於
每條讀法當中，無論是直接點明「看何處」，抑或間接地用例子暗示「如何看」，皆可
視為理想讀者的現身說法。既然「看」是張竹坡讀《金瓶》的關鍵字，筆者欲以跨時空
也較能具象化筆者作為女性讀者視野的詞彙「張看」來概括，「張看」這個詞乃借用於
張愛玲的書名「張看」，張看一方面既可從字面上解釋為張望看視，另一方面又是（借
用張愛玲的話）套用「我看□□」——「『張看』就是張的見解與管窺」[16]；即便在此處
的張看是張愛玲的張看，但筆者難道不能用來詮釋張竹坡的張看嗎？既然張愛玲因閱讀
《紅樓》而將其細膩的張看寫入《紅樓夢魘》裡，張竹坡閱讀的《金瓶》乃《紅樓》之源
頭，況且這當然是張（竹坡）的見解與管窺，故小標名為「張看」。

　　在此不妨舉幾個例子稍加說明所謂的「張看」。例如談及小說中錯落的時間，張氏
以為這不但不是作者的失誤，反而是作者精心設計的結果，換言之，在張氏眼中，這著
實為書寫策略的一環，目的在於參差的時間感能讓日常生活的點點滴滴更為生動，同時
喚醒讀者身歷其境之感，尤其能使「看者五色瞇目，真有如捱著一日日過去也」，最末
一句話隱含了小說的擬真性，讓讀者不辨虛實，完全浸入小說羅織的世界當中。「看者

---

16 「『張看』不過是套用常見的『我看□□』，填入題材或人名。『張看』就是張的見解與管窺——
往裡面張望——最淺薄的雙關語。」見張愛玲《紅樓夢魘》（臺北：皇冠文化出版公司，1994），
頁7。

瞇目」四字形象化了閱讀者的感受，透露出看者由「看」這個視覺作用進入了文本的世界裡[17]。除了文本裡的時間，張竹坡的讀法也強調寫作和閱讀的時間，例如讀法第三十八則強調「一百回是一回，必須放開眼光做一回讀，乃知其起盡處。」這裡隱含著張竹坡所關注的閱讀時間感，其中要求讀者「放開眼光」[18]，不僅暗示理想讀者必須具備的洞察力，同時也說明讀者應有縱觀全局的能力，因此，讀者所體驗的時間感受並非是線性、單向的，相反地，應該是跳躍、曲折而濃縮的，此外，「放開眼光」正是對應著文本中處處的「影」、「映」、「照」之讀者閱讀法，當眼光放開，方能將散置的線索串連在一起。第三十九條讀法則針對寫作的時間感，其中檢視了創作的醞釀過程：「不是一日做出，卻是一日一刻創成」，前者是成品的展現，後者則是構思的過程；前者必費工夫，後者則可一日成就，否則無法觀照全局，也無法指出小說的核心價值所在，由此可見，「非一日做出」的時間指的是創作所耗費的真正時間，後者「一日一刻創成成就」的時間感則和上述「放開眼光」的讀者所閱讀的時間感是類似的、相應的。與其說張竹坡真正關注於閱讀和創作的實際時間，不如說他比較關心書寫和閱讀的時間感受，由主觀意識主導而非客觀實際的時間流動。無論是「放開眼光」還是「一日一刻創成」，皆扣合了張氏強調《金瓶》不可零星看，否則「便止看其淫處也，故必盡數日之間，一氣看完，方知作者起伏層次，貫通氣脈，為一線穿下來也。」（五十二）

以上是從文本中的時間感為切入點，試圖析論張竹坡的閱讀法之特點，進而細究作者的書寫與讀者閱讀之間的相映。接著，張竹坡進一步討論何種人方能讀、方能看《金瓶》，這種觀點相當有趣，因為雖然張氏並非作者，但是自認為明眼的理想讀者「隨我眼力批去」（第二回總評），他為作者擬出一套嚴格的讀者甄選，例如他以為必須身為「真正和尚」和「真正讀者」，方允許他們讀《金瓶》（讀法五十五、五十六）。在此先來看何謂「真正讀者」，張氏對「真正讀者」所開出的測試條件不少，而這個讀者必須要先具備書寫者的眼光和功力，方能讀出精髓，例如第四十及四十二條讀法所揭示的：

> 看《金瓶》，把他當事實看，便被他瞞過。必把他當自己的文章讀，方不被他瞞過。（四十）

17　讀法第三十七：「若再將三五年間，甲子次序排得一絲不亂，是真個與西門計帳簿，有如世之無目者所云者也。故特將錯亂其年譜，大約三五年間，其繁華如此。則內云某日某節，皆歷歷生動，不是死板。一串鈴可以排頭數去而偏又能使看者五色瞇目，真有如捱著一日日過去也。」

18　張竹坡一直提醒讀者必須放眼閱讀，例如第二十回總評中，張氏以為一百顆胡珠照應一百回的解釋，便是提醒讀者放眼閱讀乃理想的閱讀方法：「（作者）不能放眼將一百回通前徹後看其照應，乃用一百顆明珠剌入看者心目。」

　　　　將他當自己的文章讀，是矣。然又不如將他當自己才去經營的文章，我先將心與
　　　　之曲折算出，夫而後謂之不能瞞我，方是不能瞞我。（四十二）

細究此二則批語，可知張竹坡所謂的理想讀者有兩個層次，一者是「把他當自己的文章
讀」，其次是「將他自己才去經營的文章」，兩者皆暗示了把自身看成作者，然而後者
又比前者更進一步，後者之所以優於前者的原因在於前者是從既有的成品中凝視作品佈
下的機關，後者則更進一步，是在思維醞釀、尚未成篇的過程中，仔細揣摩創作的可能
路徑，如此一來，方能「不被作品瞞過」；換言之，張竹坡鼓勵讀者「化身」為作者，
以作者的眼光與感知去揣摩和閱讀，這等於是將讀者也視為作者，讓兩者混同一體，因
此方能說「不能瞞我」。在此，我們已經可以隱約感受張竹坡的閱讀事實上不僅涉及「眼
光」，更要求讀者全身進入／浸入作者的思維脈絡，以作者之眼凝視，以作者之身感受，
以諸種感官感受並體知《金瓶》。這兩條讀法更值得玩味之處便在於若讀者「把他當事
實看，便被他瞞過」，這究竟是什麼意思？就筆者的理解，這個事實可以指涉為語言表
象和故事表象，尤其是小說中最顯而易見的荒淫之處，當讀者以淫窺淫，置身於肉身歡
場之際，便是被作者瞞過，而張竹坡設定理想讀者是不會被表面的文字語言所瞞過，不
會將小說世界看成真實的映照，因此「把他當事實看，便被他瞞過」是針對一般讀者（尤
其是「止看其淫處」）而言的，真正的讀者必須看作者不寫之處與不言之處，必須從「影」、
「映」、「照」中揣摩出聯繫的線索，在不寫與不言之處則與作者化身為一，要「將心與
之（作者）曲折算出」方能成就。

　　　在張氏設定的一套「正確讀法」中，「如何看」、「誰能看」確實是他關心且一再
重申的，就他的觀點審之，這「如何看」非同小可，不是只看文字、看故事、看角色，
更將「看」提升到超越肉體感官的精神、道德和宗教層次，甚至在「看」之前，必先做
好十足的心靈準備工夫[19]，否則眼光模糊渙散，或是心粗氣浮，皆無法看出《金瓶》的
絕妙好處，因此，這些「看」勢必源自於「真正讀者」之眼。事實上，將閱讀與靜坐相
提並論，便可見張竹坡的「看」已超越感官與肉體，是心靈的鏡照與張望，如此一來，
便能輕易地分判別出「止看其淫處」的一般讀者，以及純粹讀出「史公文字」的典型讀
者（也是張竹坡本人）之差異。順著「如何看」的脈絡，張氏界定了理想中「誰能看」的
代表，例如上文舉出的真正讀者，而他們的正牌和王牌身分正好能對應著作者身為真正
作者的身分。除此之外，讀法第八十一條更詳細說明哪些族群不可看或容易誤讀《金瓶》，

19　例如讀法七十一條：「讀《金瓶》，必須靜坐三月方可。否則，眼光模糊，不能激射得到。」七十
　　二條也主張心粗氣浮則「看不出好文，遇此等人，切不可將《金瓶梅》與他讀。」

包括婦女、看而喜其淫與看而怪其淫之男子，這段關於「不可看」和「不可不看」的辯證尤其有趣：

> 然則《金瓶梅》是不可看之書也，我又何以批之以誤世哉？不知我正以《金瓶》為不可不看之妙文，特為婦人必不可看之書也，恐人自不知戒，而反以是咎《金瓶梅》，故先言之，不肯使《金瓶》受過也。

張氏以為《金瓶》「不可不看」，但婦女「不可看」的正原因在於「不知戒」，而張氏在這條讀法開頭便解釋了男子已經很少知勸誡之人，何況是女子，因此為了避免產生誤解，這些「不知戒」的人不該讀此書。在此，我們看到張竹坡這位專業又霸道的讀者正在一步步地塑造典型讀者（或自己）的形象[20]，他使用排除、區隔的手勢將「知勸誡」的典型讀者和「不知戒」的一般讀者區分開來，前者如張竹坡本人；能讀出精髓而以為《金瓶》不可不看，後者則是張氏先入為主地以為那些不知戒、或因淫逸處而喜、而怪的男子婦人則必不可看，總而言之，「不可不看」與「必不可看」之劃分所透露的便是關乎「明眼」、「無目」的眼光問題，而最能立即判別讀者眼光的便在於他是看其淫還是識其妙。

接著，這則讀法仍圍繞著「看」字大書特書，張氏屢次提及有眼無珠的讀者只看到或只觀照到什麼，藉此重申明眼的讀者方能見人之所未見：

> 今只因自己目無雙珠，遂悉令世間將此妙文目為淫書，置之高閣。

> 常見一人批《金瓶梅》曰：此西門之大帳簿。其兩眼無珠，可發一笑。夫伊於甚年月日，見作者催工於西門慶家寫帳簿哉？更有讀至敬濟弄一得雙，乃為西門慶大憤曰：何其剖其雙珠。不知先生又錯看了也。

> 予因不揣乃急欲批以請教，雖不敢謂能探作者之底裡，然正因作者叫屈不歇，故不擇狂瞽，代為爭之。且欲使有志作文者，同醒一醒長日睡魔，少補文家之法律也，誰曰不宜？

筆者之所以條列、引述八十一條讀法，正因為其中的「看」足以說明張竹坡的眼光，以

---

20 艾柯以為（Umberto Eco）「典型讀者」（Model reader）和「經驗讀者」（empirical reader）不同，前者為文本設定的機制，是典型作者在創作過程中對話與想像的對象，典型讀者詮釋文本，而經驗讀者則是利用文本。見 Umberto Eco 著，黃寤蘭譯《悠遊小說林》（臺北：時報文化出版公司，2000），頁 14、16。

及辯證《金瓶》是否為淫書的關鍵，「目無雙珠」、「兩眼無珠」、「何其剖其雙珠」
的評論皆是出自於張氏對典型讀者的捍衛心態，以及急於為《金瓶》辯證的熱衷心腸，
而「不知先生又錯看了」可以和上述提及的「不知作者又瞞了看官」一併理解，且兩者
有相當密切的關係，讀者的錯看與誤讀正因作者的隱瞞，如第二回總評提及作者「每恐
為人看出，必用一筆遮蓋之」；又如第二十回總評提及作者「手寫此處卻心覷彼處」的
慣用技巧。此外，讀者如何看、看到什麼則對《金瓶》的評價造成很大的影響，至於看
的方式，張氏用建造房屋作為隱喻，必須讓樑柱、筍眼「皆一一散開在我眼中」（第二回
回評）。總之，張氏一直關注的理想讀者便是他是否具有獨到眼光，那些不善閱讀的「俗
人」（「乃為俗人所掩」），「止看西門慶如何如何」而不知作者的苦心，確實是錯看、
誤讀了《金瓶》，張氏之所以大張旗鼓、費一番苦心盡可能為作者傳達「真正」旨意之
目的，或許便在於「先生（大多數的讀者）又錯看了」。

第二節　現身說法：讀者與角色之關係

一、現身

　　明眼人張竹坡示範了理想讀者應如何「看」《金瓶梅》，方能看出作者如何另出手
眼。在仔細分析了張竹坡如何看之後，不妨深入張竹坡如何評點《金瓶》，在他（同時也
在筆者）眼中，《金瓶》中數種隱性的「身體」——「現身」，它們可簡要地概括成分身、
隱身、安身、化身及轉身，這些身體填補了文本細節，充滿了意義，它們本身便是隱喻，
便是文本，大量地分佈於讀者閱讀的許多當下，無論是何種性質的身體，它們無不共同
圍繞著修身的主題，同時指向身體的虛無性；它們既為道德教訓所服務，同時又充滿了
書寫與文字的嬉遊本質，因此，為了顯示張竹坡不將「身」視為理所當然，以及由「身」
所延伸出來的諸種修辭，本節不直接跳至結論——僅處理「修身」此一課題；而是透過
不同身體修辭的關注，層層逼近「修身」之主軸與核心，由此顯示張竹坡如何以「作文
之法」這般修辭的角度來展讀《金瓶》。這位聰明又眼明的十七世紀讀者張竹坡，藉由
評點此一形式——這何嘗不是另種「另出手眼」——讓隱匿在《金瓶》中的身體分別現
身，這些現身不僅是為了說法，同時也滿足了文人細究情節、斟酌漢字的歡愉。因此，
本文欲藉由一一點出——筆者何嘗不是張竹坡批語的「評點者」——閃現於文本中的、
尤其被視為理所當然的諸種身體，探討讀者與文本、讀者與角色間的關係。

二、分身：「諸人與諸妓皆是同聲同氣」之身體隱喻

　　蒲安迪在討論《金瓶》中的角色時，提出彼此面目輝映、混同的觀點，認為這種筆法展現了作者反諷的力道，目的是讓每個婦人週身皆縈繞著淫婦的氣味，最明顯的便是以院裡的婊子來暗諷金、瓶二人的行為舉止[21]；又如當月娘收李桂姐為義女時，張竹坡則譏之「其去娼家幾何哉？」（三十一回）。正如評點者和論者皆注意到蕙蓮與金蓮彼此的相似度，其相似表現在名字、舉止神態與小腳上，早在蕙蓮正式登場前，張竹坡就已於第七回總評中強調蕙蓮、王六兒與金蓮的相似度，讓金蓮來來去去擾人耳目，目的在於凸顯「眼前淫婦人，必必皆同，不特一潘氏為可殺也」。其次，張竹坡則將蕙蓮視作瓶兒的前車，如意兒視作補瓶兒之後，足見蕙蓮與金、瓶相互映照、疊合，而在二十六回的總評裡，張竹坡便提到「本意不在此人」、「本意只謂要寫金蓮之惡」，由此看來蕙蓮似乎也形成了「影子中人」，成為金蓮和瓶兒的影子，在彰顯金蓮之惡的同時，也映照出瓶兒生子後的悲慘命運[22]。而張竹坡在六十八回夾批則直接稱呼如意為「瓶兒後身」，因為潘金蓮害怕如意為西門慶生下孩子，成了李瓶兒第二。另外，王六兒的身體也和金、瓶具有高度的關聯性，因此甚連居住地點的安排也十分雷同，例如西門慶替王六兒購屋之地必在「獅子街」，張竹坡則夾批「必於獅子街，明為金、瓶之續」，而四十二回總評也說到「門前煙火，卻在獅子街寫。月娘眾妾看煙火，卻挪在王六兒身上寫，奇橫至此！」[23]由此看來，張竹坡嘖嘖稱奇的則是作者將眾女子聚攏在一處——或也可以視為為張竹坡令人讚嘆之處，張氏讓他們彼此的身體和身分模糊難辨，藉以諷刺裡頭不同身分的婦人[24]，正如六十八回總評提到用溫秀才數語點明書內寫諸娼妓的源由，在於藉此羞辱西門慶、月娘與娼妓、老鴇、王八「皆聲應氣同」；同回中則直接點明「西門

21　尤其是第十五回中，張竹坡總評：「處處以娼妓暗描瓶兒，作者之意可想。」又如當作者寫到「哥如今新續的這個婊子，不是裡面的，是外面的婊子。」張竹坡夾批到：「此作者待金、瓶二人之本意也。」又「步步相形，故知作者特特置金、瓶二人於娼妓不如之地也。」又十九回總評：「西門打瓶兒處，真是如老鴇打娼妓者。」

22　張竹坡看出瓶兒與蕙蓮之間的相關性：「看其寫來旺中計，而蕙蓮云：『只當中了人拖刀之計』與瓶兒見官哥被驚之言一樣，不改一字。然則寫蕙蓮為瓶兒前車，為的確不易，非予強評也。」

23　張竹坡於讀法第三十二則提到：「獅子街，乃武松報仇之地，西門幾死其處。曾不數日，而子虛又受其害，西門徜徉往來，伺候王六兒偏又為之移居此地，賞燈偏令金蓮兩遍身歷其處。」

24　王六兒的打扮和身分似乎成為作者諷刺眾婦人的焦點，在四十二回中，作者寫到「小鐵棍拿茶來，王六兒陪著吃了。兩個唱的，上上下下把眼只看他身上。看一回，兩個笑一回，更不知是什麼人。」張竹坡夾批到「寫出王六兒並寫出唱的。」金蓮與六兒的相關則可見五十二回眉批：「必寫潘六兒後庭，特與王六兒一映，總是見後文兩人用藥以死西門，同出一手也。」

與十弟兄、金、瓶、梅、月樓諸人與諸妓皆是同聲同氣也」[25]。例如張竹坡識破金蓮失「金蓮」一段的趣味性，道出「數人呼吸相通，一鼻孔中出氣」（三十回回評），這是以身體的感官知覺比擬眾婦人的類同行徑。事實上，不僅女子皆具淫婦面孔，在張竹坡的評點裡，男性似乎也具有類似的基因，例如當西門慶使喚琴童將伯爵抹一臉粉時，張竹坡旁批到：「書童、伯爵一樣矣。」（三十六回）而這群人在張竹坡眼中無非皆是「舔癰吮痣者」（七十五回總評）在此，醜惡身體的行為亦清晰可見。

　　無論是「聲應氣同」還是「同聲同氣」，皆鮮活地說明諸角色彼此之間緊密的關係，雖為眾人，實則為一人。張竹坡更利用「前身」、「後身」等身體的形容來彰顯眾人的一致性，例如七十二回金蓮打如意時說了一番話後，張夾批到：

> 可知蕙蓮為瓶兒前身，如意為瓶兒之後身。此蓋將前後文氣一齊串入，使看者放如箕眼孔，一齊看去，方知作者通身氣脈，不是老婆舌頭而已也。

如果我們也能效法張竹坡那般明眼地仔細觀察，不難發現他在批語中經常使用身體感知或意象來傳達要旨，而這些已成慣語的批評語彙，皆指向「明眼人」的閱讀方法。筆者之所以引述這個段落，乃因此段包含數個身體及感知訊息，既可從作者書寫這端來看，亦可從讀者這端來看。前面提及的蕙蓮、如意為瓶兒前後身，正是因為這兩人影子般的閃現適足以補綴或擴充瓶兒的身體和身分；而之後提及藍氏時也再次用「瓶兒後身」為其定位（七十八回夾批），這種機關布置在張竹坡眼中正是作者書寫技巧之一，即「文氣前後串入」，然而倘若沒有明眼的閱讀者提示必得一齊看去，這種文學性的身體隱喻（前身、後身）和作者隱藏的寫作功力（通身氣脈）是不可能被理解的，若將此讀成純粹的「老婆舌頭」——何嘗不是另一種身體隱喻——則是無目者的表象閱讀。這數十字批語展現了張竹坡批語的特色，其中的身體是文學隱喻式的，包括角色之間的關係，以及讀者與作者個別的鑑識力及書寫底子，而理想讀者和專業作者所溝通的平臺便是角色隱喻般的；同時也作為書寫技巧展演的身體。

　　張竹坡在同一回的另一段夾批中也表達了相似的觀點。當金蓮數落西門慶，語中夾罵著蕙蓮、瓶兒和如意，張氏則夾批「見所寫三人，原一意貫通」，「令看官一氣看去，勿分作三人看也。」唯有將身體視為文學性的隱喻，方能將瓶兒與蕙蓮、如意的身體視為一體，雖然她們皆各自處心積慮地想得到西門慶的寵愛，然事實上在張竹坡的評點裡，

25　張竹坡評點《金瓶》時，常將眾人與諸妓的形象相提並論，例如十九回西門打瓶兒，張調侃到「真是如老鴇打娼妓者。」更巧妙的暗示則如四十二回回評：「門前煙火，卻在獅子街寫，月娘眾妾看煙火，卻挪在王六兒身上寫，奇橫至此。」

這三人所匯聚的無非是同一個意念，為「作文」所服務，同時陪襯出金蓮確實可惡。從這個角度來看，蕙蓮和如意既是前、後身，或是替身、分身；似乎又像是花子虛般的「影子中人」，她們的展演無非是襯托、點綴金蓮的可惡之處，而張竹坡建議的「一氣看去」而勿作「三人看也」，則是再清楚不過的閱讀導引，凸顯明眼人之「看」絕非泛泛之輩之「看」，也非無目者之「看」。這種「一氣看去」的方法確實將眾女子串成一氣，而這正是張竹坡以為作者文筆巧滑、容易瞞了看官之關鍵處，例如讀法第二十二條提及金、瓶二人「其氣味聲息，已全通娼家」；又賁四嫂自陳奶媽出身時，張竹坡不忘夾批「又是如意同類」（七十八回）。張竹坡對書中隱喻性的身體相當著迷，試圖在花團錦簇的眾婦人穿梭中找出彼此的關係，讓金蓮、瓶兒產生多層次的疊影效應，例如七十八回夾批提到「藍氏為今日瓶兒，惠元為今日蕙蓮，而惠元為藍氏替身，蕙蓮豈非瓶兒前車？」在此，眾婦人彼此的生命和身體緊密相連。又潘金蓮的名字本身便令人想及挑逗性濃厚的「金蓮」，因此在第三十回總評中，張氏試圖勾連眾婦人之足下金蓮與金蓮角色的關係，尤其是金蓮、蕙蓮足下金蓮的纏繞；以及透過新製金蓮的舉動，得出「數人呼吸相通，一鼻孔中出氣」的結論。

　　因此，不妨將金蓮所代表的婦人身體概念視為集合名詞，無論是她本身的淫狂行為抑或她名字所暗示的身體歡愉，皆是身體隱喻的一環，這點尤其為張竹坡所重視並加以發揮。在王六兒也加入文本後，張氏仔細地分析了潘六兒與王六兒所象徵的禍患，他觀察到月娘小產必在王六兒粉墨登場之際，因為王六兒和金蓮名字裡的「六」字乃陰數，「重陰凝結，生意盡矣」，兩人的姓名便包含了亡命的不祥徵兆，因而西門喪命必死此兩六兒（第三十三回回評）。觀察張竹坡的分析脈絡，或多或少可探知張氏善從極隱微、極不起眼的小處理出錯綜複雜的關係，尤其專注於她們名字所寓意的身體象徵之上，讓婦人的一舉一動皆提醒著讀者「縱慾」身體的存在，同時讓眾婦人的眉眼濃縮成幾個重要的角色，即便已死，張氏的評點仍讓這群淫婦以替身、後身的方式頻頻登場，而談及文學式的身體隱喻，化身亦可囊括在內，這也是讓已死之人以另一種形式不斷再現於文本當中的技法，例如當他評點官哥和孝哥的投胎時，便以「化身」二字點明[26]。無論是「化身」、「分身」還是「後身」，張竹坡似乎一直藉由不斷重複的身體意象——此重複正和因果輪迴的重複性合拍——試圖召喚讀者的閱讀記憶，這可以和他不斷要讀者「記清」的批語一併觀之[27]，同時也可和「影」、「映」之敘事手法相互參看，這不斷地透過各

26　這類評點散見於各回目中，在此僅以七十九回簡要舉例：「一字緊接，所以必孝哥為西門化身，所以分明官哥為子虛化身也。」

27　例如：「看官記清，後文看月娘如何送法。」（第七回夾）當西門慶承諾蓋三間樓與李瓶兒居住、

種方式要求讀者「記清」的字眼，讓我們看到張竹坡時刻不忘召喚並提醒讀者記憶，而記憶，不也是身體感知（body experience）的一部分；是外於身體（body）的、較為抽象而不易表述的經驗（experience）嗎？這種超越性的身體感知（beyond the body experience）正是筆者所界定的身體感知之最後一環。

除了人物成為彼此的化身之外，物質也是身體的分身，它是另一種存在於文本中的「身體」，它們的存在不僅豐富了敘事、展現了作者技法，同時要讓讀者目眩神迷，唯有明眼讀者如張竹坡方能細細地從物質中讀出身體的訊息。張竹坡從細微的「金扇」之出沒，點出西門慶的重要性（第三回），即便作者在敘述武大、武松、金蓮或帘子之事，看似雜蕪，但事實上「作者心頭固有一西門慶在內」，讓讀者感覺「朦朧雙眼，疑帘外現身之西門」（三回），因此這只閃現於不同場景的金扇似乎也代替了西門慶的角色，成為他的身分證明，或說成為他另一個分身或替身，它們代表了主角的存在，可視為主角另一個身體。和金扇可以相提並論的便是一直為張竹坡所關切的簪子，尤其是玉樓的髮簪宛如絲線般時時閃現、穿梭於故事中，這些註記主人身分、或成為主人分身的物品，似乎不僅具備這項功能，從張竹坡的夾批裡我們理解物質／身體揭示出《金瓶》的關目：眼前所見無非虛幻，無論是物質還是身體；尤其是披蓋在身上、用以妝點身體的服飾——當西門慶看藍氏換了大紅遍地金貂鼠皮襖時，張竹坡將藍氏皮襖與瓶兒皮襖對比，表示「瓶實藍虛，同一幻影耳」，在此，「幻影」似乎是西門慶無知縱慾的死前註腳，預示讀者西門慶的身體將同於瓶兒的身體、皮襖或是藍氏的皮襖，一切皆如夢幻泡影。物質之所以能代表身體；甚至成為分身或替身，或許是因為它們「貼身」的特質，因此明眼人張竹坡便能一眼看穿物質中隱含的身體，甚至恍惚置身於文本中，故「朦朧雙眼」，疑似窺見角色形影幢幢，魅影昏昏。

西門慶送宋喬年（在張竹坡的詮釋下，此名也與西門慶的命運相連）一只爐鼎，則被張竹坡解釋為此物乃「身之外腎」，暗示西門慶死期將近（七十六回總評），在此，物直接比喻身體器官，於是與其說西門慶送宋喬年一只爐鼎，不如說他送出的是自己的腎。此外，多次為張竹坡加以擴充並大肆發揮的一盆紅梅與一盆白梅，也成了春梅表情和境遇的預言，因為張氏將之解釋為春梅臉上一紅一白的對照（七十二回夾批），之後又更擴充為金蓮處境的映照：當金蓮被月娘數落，「羞得臉上紅一塊白一塊」，張夾批：「此處又當云紅蓮花對白蓮花。」（八十五回）從物質窺見身體的另一種表現方法，或許可見張氏在

並安兩角門出入時，張氏夾批：「記清」（十六回），類似批語不勝枚舉，在此僅舉兩例簡要說明之。另外類似的批語則是直接告訴讀者回過頭去翻尋第幾回，例如當雪裡送炭於五十九回登場時，張氏夾批：「找品玉一回」，要讀者自行翻閱五十一回的「打貓兒金蓮品玉」一段。

〈雜錄〉中提及之「藏春芙蓉鏡」，在張氏眼中，以下這些物事皆能藏春，包括：哥口、春梅秋波、貓兒眼中、鐵棍舌畔、秋菊夢內，另外還附上「潘金蓮品的簫」和「西門慶投的壺」，這些映照或折射濃情春意的事物基本上便是身體，「簫」和「壺」又和物質聯繫起來，然而無論是身體還是飽含春意的容器，它們皆虛幻而不可依恃。

三、隱身：寓意說及其他

(一)字裡行間的「身」

　　和張竹坡多次提及的身體隱喻——替身、後身、分身——可一併閱讀的或許是類似的身體狀況與所在情境的疊合，這種「放眼觀去」的閱讀模式不斷地帶領讀者重返小說中幾個重要的慾望現場，藉著今昔之異讓讀者「看透」身體的本然面目：虛幻。例如早在第五回總評便指引讀者正確的閱讀法：「勾情處，要與花園調婿一回對讀」，而西門、金蓮的奸情以及藥死武大則須與「貪欲喪命」對讀，暗示讀者必須冷熱對讀方能琢磨出作者深意。這種敘述節奏在西門慶臨死前有加快趨勢，例如金蓮餵西門慶梵僧藥時，張夾批「與武大吃藥時一般也」；當西門慶昏迷而精盡出血、血盡出冷氣時，張則冷眼描述「看其翡翠軒葡萄架諸樣，亦須看此等樣子。」（七十九回）；當西門慶腎囊腫大、溺尿如刀割時，張氏亦冷眼瞪視：「比奢稜露腦何如？比一泄如注何如？」（七十九回）其餘又如敬濟為金蓮求墮胎方，張氏夾批：「點明為武大砒石一映。」（八十五回）疊合類似的場景讓人有強烈的今昔之感與不寒而慄之感，從另一個治療的角度來看，這種「以寒解熱」的警醒方法似乎也和冷熱說的穿插相互呼應，這種冷熱之對比也出於張氏「明眼」閱讀模式的框架下，有趣的是，以上所舉的今昔對照與冷熱對照之例子皆和身體相關，這些多半是縱欲的身體與死亡的身體之對照，當然也可以說是熱的身體與冷的身體之對照，由此可見，冷熱說事實上也可以用身體的「熱」（慾望）與「冷」（死亡）概括。

　　除了角色、物質之外，另一個容易被忽略的身體則隱藏在文字當中，即張竹坡的寓意批評。寓意說容易被當代讀者視為理所當然或牽強附會[28]，然而筆者特再加以檢視的原因在於：這些隱性的、屬於文本／文學式的身體亦「藏身」於寓意當中，尤其是婦人

---

28 例如徐朔方在討論張竹坡評點時常以儒家經典相互對照，這原是漢儒讀經典時的重要作法，然而「求之過深，牽強附會是評點派與生俱來的不治之症。」另外，徐氏也批評張竹坡利用漢字同音諧聲之特質的詮釋有些雖不無道理，但將永福寺解釋為「湧於腹下」則是將這種「不完全正確的說法……濫加擴大。」見徐朔方《論金瓶梅的成書及其它》（濟南：齊魯書社，1988），頁 45、48。此外，又如蔡國梁以為張竹坡的「冷熱說」有所矛盾，其「觀點平庸陳舊，令人生厭，其穿鑿附會，墮入惡趣，均有礙於作品的客觀意義的揭示。」見蔡國梁《金瓶梅考證與研究》（西安：陝西人民出版社，1984），頁 31。

們名字、形象和身體的植物化，這點在他仔細分析月娘、玉樓、金蓮、瓶兒、春梅與眾妓女的關係、權力消長可見[29]，在他眼中，《金瓶》乃《群芳譜》之寓言（七十回回評），其中最饒富興味的莫過於對王六兒的分析，張氏以為王六兒乃「王蘆兒」之別音，而蘆莖葉後空，足以解釋王六兒喜好耍後庭之樂，這種將文字語音、植物「身體構造」與女性身體聯想在一起的方式，或許易被視為天馬行空，然而我們或可從這聯想中窺見身體潛在於張竹坡的評點裡，即便他不自覺。由王六兒而植物，由植物而身體，植物不僅作為解釋婦人命運之關鍵物，更彰顯了女體之幽微，從王六兒的「身體」中，我們透過張竹坡之眼窺見字音、字意這些屬於文學／文本的元素。

相較於王六兒身體——無論是文字上的寓意還是故事中的敘述——飽含情色，張竹坡偏愛韓愛姐身體予人的治療寓意：「作者著此一書，以為好色貪財之病，下一大大火艾也。」（九十九回回評），同一回中當愛姐決心為陳敬濟守節時，張竹坡亦多次以夾批強化愛姐以艾炙眾生病的大關鍵[30]，在此，愛姐扮演著療癒的角色。由「愛」到「艾」，可見張氏確實擅長賞玩文字字音而賦予具身體隱喻的新詮，這是筆者特別要提出的地方：在角色姓名字音上玩文字遊戲並不新鮮，然而從身體的抽象角度來看，這些被作者遊戲的漢字排列組合裡，皆隱隱存在著一個隱性且隱喻的身體。除了王六兒和韓愛姐之外，類似的解釋尚有溫必古即溫屁股，「其水性就下宜乎與夏龍溪走漏消息」；倪秀才與溫秀才的相知也暗示了同流合污（七十六回總評）。除了這類與身體緊密關涉的名字之外，張竹坡也利用角色名字予人的身體感知聯想，作為解釋故事進展的關鍵，例如他對申二姐與郁大姊的解釋便如是：「申者，伸也，欲者，鬱也。」兩者的出現用來說明累積的鬱悶終得舒展，即便這樣的解釋恐怕過於牽強，但由此可見張竹坡在評點中所隱含的身體感知是浸潤、遍布於字裡行間的。

倘若不一一點出，「身」便隱藏在漢字的排列組合與敘事情節中，因為「身」早已成為慣用語，成為我們日常生活慣習的一部分，然而若我們換一雙眼睛與視角，不難發現無論是日常生活還是小說裡，不時可見身體的意象閃現其間，例如西門慶對王婆表示對金蓮的思念時，便說「吃他那日叉帘子時見了一面，恰是收了我三魂六魄的一般」（二

---

29 在此以金蓮之下場為例，張竹坡分析金蓮慘局必與陳經濟（莖芰）相關：「蓮花飄蓼，莖芰用事矣。」又如「梅雪不相下，故春梅寵而雪娥辱，春梅正位而雪娥愈辱。」（〈《金瓶梅》寓意說〉）

30 第九十九回夾批到「此等艾火可炙金蓮燒靈、辭靈、瓶兒燒靈等病」、「此等艾火可炙一部淫婦、淫聲等病」、「此等艾火，可炙一部送物事等病」、「此等艾火，可炙一部淫婦紊亂綱常等病」、「此等艾火，可炙一切奸夫淫婦亂臣賊子，盜殺邪淫等病」等。又如一百回再次強調：「艾能炙病，故用之針灸奸夫淫婦也。一部奸淫，須如此針灸。」

回）此外，作者在富有道德教訓的詩和批語中也一再地讓讀者思考「身」為何物[31]，這大量而零散至文本細節處的身體，讓上述筆者所聚焦的身體顯得更有跡可尋，換言之，在筆者眼中，這些充斥於文本中的大量「身體」不該被忽視，即便這些「身」帶著文字遊戲的性質或陳腔濫調的口吻，然而這些眾多的、涉及敘事亦屬漢字特質的「身」，目的或許是為了圍繞並彰顯出「修身」的主題，因為在張竹坡眼中，主角西門慶正因不能修身，故不能齊家[32]。如果說修身的主題是《金瓶》的核心——蒲安迪不正以「修身的反面教材」來形容《金瓶》嗎——那麼那些帶著隱喻與遊戲性質的「身」，便共同指向、對映著這嚴肅的修身主題，讓道德題旨與書寫技法相互映照。

　　除了人名之外，在張竹坡眼中，地名也和角色身體「同聲同氣」，有著難以劃分的緊密關係，例如七十一回總評提到黃龍寺奏出了西門慶身體衰弱的悲音，因此廟宇所具有的「起風」寓言，暗示「西門精髓將枯，腎水已竭，不能生此肝水，血不聚而風生黃龍之府，四肢百骸，將枯朽不起矣」，用以解釋西門「相火燒身變出風來」的根由，而相國寺則是「相火」的擬似，永福寺則喻「湧於腹下」。在張竹坡想像力豐富的詮釋系統裡，這些地名皆和身體相關，同時皆可用來解釋角色的身體狀況，或者反過來說，明眼的他是如此看待作者的寫作系統；並且藉由這些名字來包裹身體及慾望的變化和消長，因此與其說西門慶和眾婦人的身體直接展現了盛衰，不如說「明眼人」張竹坡看穿了「不直說」背後所羅織的整個身體符號系統，那是由人名、地名、角色彼此的照映、張望、偷窺所細膩編織成的身體隱喻。

（二）表情動作中的「身」

　　除了將身體視為構成敘事美學的元素之外，張竹坡亦留心於文本中身體的各種姿態，包括動態與靜態，尤其是身體動作的細微之處，例如點出定挨光時金蓮多次不動身（三回），又如在描寫金蓮狂淫之態時，我們彷彿看見張竹坡專注凝望的視線和神情，這首見於第四回總評中，張竹坡數算金蓮低頭、笑及斜瞅的次數，更進一步地，張氏分析淫婦的「笑」此一表情動作所蘊含的不同暗示，第四回回評細膩地分析不同笑法的身體感知：

　　「帶笑」者，臉上熱極也，「笑著」者，內心百不是也；「臉紅了微笑」者，帶三

31　例如：「舞群歌板逐時新，散盡黃金只此身，寄與富兒休暴殄，儉如良醫可醫貧。」（第十一回）又如六十二回夾批：「一旦身死，諸色皆空」八十回末尾以詩為證：「今日西門身死後，紛紛謀妾伴人眠。」又如九十回末以詩為例：「饒你化身千百億，一身還有一身愁。」

32　例如七十五回總評：「不修其身，無以齊其家，月娘無以服金蓮，西門亦無以服月娘，皆不修身之謂也。」

> 分慚愧也；「一面笑著低聲」者，更忍不得癢極了也；「一低聲笑」者，心頭小
> 鹿跳也；「笑著不理他」者，火已打眼內出也；「踢著笑」者，半日兩腿夾緊，
> 至此略鬆一鬆也；「笑將起來」者，則到此真個忍不得也。

對婦人笑的數算和關注，不禁讓我們想及金聖歎評點《水滸》時，特別留心於金蓮和孫二娘的笑容。[33]在上述段落中，我們看見原來「笑」有不同的層次和暗示，同樣是「笑」，張氏卻能看出其中的深淺之分，當張氏一一探究「笑」的不同處，我們讀到的不僅是淫婦體內逐漸轉濃的情感波濤，更是閱讀行為完全身體感知化的段落，尤其是從「臉上熱極」到「兩腿夾緊」再到「真個忍不得也」之變化，我們不妨將這由淺到深的情慾發展視為是金蓮、同時也是讀者的身體感知，彷彿淫婦的情慾流動正疊合著讀者的閱讀反應。

接著，更有趣的是張氏將焦點放在讀者的閱讀身體感知上，例如讀到「咬得衫袖格格駁駁的響」時，若能平心靜氣，不廢書而起，「不聖賢，即木石」，張氏用這個舉止來「測試」讀者的心理狀態與生理反應，而與讀者的身體反應相提並論的則是作者「作怪至此」的筆力。張氏對於身體動作瑣碎之處的細讀，不僅凸顯作者描寫淫婦之功力，同時又兼顧了讀者閱讀時的心理狀態和身體感知，作者與讀者之間牽引出了微妙的關係，尤其是對讀者閱讀反應的揣摩，彷彿透露了此淫婦描摩正是種「試煉」，而這種試煉不僅是對讀者的；也似乎是對作者的考驗（否則他如何能「轉身」？）再者，又如七十三回總評裡，當作者描述金蓮「一舉一坐」的歡快模樣，張便從此動作中感受到「狂淫人已活現」。又如敬濟與金蓮勾搭時，張竹坡特別強調是金蓮解開褲子、也是她主動叫喚敬濟奸耍（八十回）；又如敬濟弄一得雙時，張氏也特別夾批春梅自解褲子（八十一回），在這種細膩的凝視中似乎很難準確地猜度出閱讀當下湧動的情緒：熱情或淡漠？投入情感或置身事外？但張氏從解褲子的動作判斷春梅「素心如畫」，又從他「現淫婦身而說法」的說法中，我們不難想像張氏閱讀時「投身」於各角色、「化身」為作者「替身」的情感狀態。

此外，光是觀察人物細微的動作舉止，張竹坡便能一眼窺探出作者的諷刺意涵，例如同樣是七十三回，金蓮聞知西門慶往自己臥房走去，趕緊往外慌亂走去，沒想到西門慶進了儀門，婦人便「藏在影壁邊黑影兒裡」偷聽——在此我們又看見金蓮偷聽、以及她與黑影的連結；張竹坡也再度發揮「明眼人」「放眼觀之」的本領，「識破」此一站

33　金聖歎在《水滸》第二十三回中仔細數算王婆、西門慶、潘金蓮的笑，最後夾批道：「以上通計三十八『笑』字，至此『笑』字結穴。」金聖歎批《水滸》第二十六回夾批：「前寫潘氏用許多『笑』字，此寫二娘復用許多『笑』字，閃耀為奇。」本文所使用的版本為《金聖歎全集》第一二冊《水滸》（臺北：長安出版社，1986）。

立的動作有其深意，不僅呼應著眾婦人的站立，且從站立的時間、時機推測出「每逢此等人當路而立，使我幾乎不生」的「深層意涵」。[34]為了證明自己明察秋毫，張竹坡建議讀者需將金蓮的站立姿勢與玉樓生日併讀連看，方能深究作者深意，而後又補充一句：「此書豈可使粗心人看也。」張竹坡的意思顯然是倘若讀者忽略兩者之間的關聯，那麼無異於粗心人、無目者，藉此宣示著明眼人示範的閱讀權威，由此可見，張竹坡似乎無時無刻不在強化這個明眼人的閱讀楷模；也就是理想的、最貼近作者意涵的閱讀模式。

　　另一個在西門慶死後屢次被張竹坡「明眼注視」的細微舉止則是春梅的「不垂別淚」（八十五回），當春梅聽見打發她而「一滴眼淚都沒有」時，張夾批此為「大關目處」，張氏彷彿置身現場的「明眼」旁觀者，一直緊盯著春梅何時不垂別淚、又何時灑淚而別，用以頻頻映照下文月娘與春梅於永福寺相遇時的炎涼之態，以及更重要地；以此來醜盡月娘，「將一部隱筆所寫之月娘，至此方放手一醜」（八十九回夾批）。再者，張亦從玉樓大哭金蓮一景上點明玉樓乃哭自己而非哭金蓮，這些再自然不過的、符合敘事要求的細微動作在張竹坡眼裡似乎都有深意或嘲諷目的，也似乎都烘托出角色彼此之間如畫的心事。在這回中，張竹坡除了注目於兩人的對話之外，亦包含兩人細微的身體動作，例如當春梅於清明節為金蓮上墳時，張竹坡從轎夫走得汗流浹背中窺見「春梅性急」；而後當玉樓欲為金蓮燒紙，張氏從月娘的「不動身」看出此乃「醜絕月娘」之筆。張竹坡常從側面而隱微的層面凝視金蓮與月娘的身體，他對兩人不珍視身體尤其是不為家族香火考量而加以撻伐——在張氏眼中，婦人的身體當然是延續子嗣的工具——張氏對金蓮的批評不過是她「自棄其身」以及讓春梅也跟著玷污，但對月娘的批評之一則是她遠行燒香，「遠奔走餘數百里之外」，後又讓孝哥遁入空門且「兼其身幾乎不保」；相較於金蓮直接地濫用自己的身體，月娘的身體行動、間接性地讓自身受辱以及象徵性地斷宗絕祀似乎更令人痛恨，因而張氏憎恨金蓮之身或許在於那不過是淫慾氾濫的機器，而月娘則因更隱微也更抽象的身體舉止——無論是雪夜燒香求子、亦或「遠奔數百里之外」燒香——則令張竹坡厭惡至極，頻呼此生不願見到此人[35]。由此可見，為張竹坡所痛惡的婦人水性或可凝縮成金蓮的婦人身，而對婦人行為、動作、語言等抽象的身體語言則

34　張竹坡這段夾批為：「一影壁，月娘燒香，西門站立，蕙蓮蒙愛，又站立；獨玉樓兩次生日，卻用金蓮兩次站立此處。夫西門站立，所以醜月娘也；蕙蓮站立，所以警瓶兒。言蕙蓮如此老道周密，猶為潛蹤者所察，況瓶兒之疏略乎！至金蓮兩次立此，皆是玉樓生日，作者蓋言生也不辰。每逢此等人當路而立，使我幾乎不生。」類似注意細微動作的夾批亦見於七十八回林太太掀帳、關窗、剔燈等。

35　張竹坡對月娘燒香求子一直抱持著懷疑的觀點，判斷月娘燒香與信佛之虛假，這點不斷地出現在之後的回目當中，例如：八十五回夾批「月娘燒香之罪，可勝言哉？」

以月娘「現身說法」，她們渴望色與利的身體動作是男主人公及整個家族逐漸衰弱、敗亡的重要原因。又如當任醫官看視月娘、而月娘在任醫官對面坐下時，張竹坡將此場景與病中瓶兒從帳棚中伸手對照，一一凸顯其身體動作之不合禮法，說明作者細筆描畫月娘之不堪。（七十六回）

　　然而，張竹坡在凝視身體與身體動作時，若有似無地透露出他飽含情色的雙眸，在此筆者欲以二十七回為例。在這回裡，張竹坡留心到西門慶與潘金蓮對話時，當潘金蓮「連忙吐舌頭在他口裡」，西門慶只說話，張竹坡在此夾批「卻不啞他舌頭，心事如畫」，張竹坡彷彿身入／深入其境，幾乎能「貼身」地感知到西門慶（或正常男人）的身體反應；或者說，此刻他彷彿「化身」為西門慶，方能留心到西門慶不伸舌頭所傳達對潘金蓮的複雜心緒（難道他有類似的經驗？）文本中隱藏著的細微身體動作似乎因評點者的夾批而一再地被提醒，似乎也一再地被讀者揣想、進而感知虛構的角色如何立體地「活現」於文字之間，再現於讀者眼前，例如二十七回當西門慶與潘金蓮「並肩而行，須臾轉過碧池，抹過木香亭，從翡翠軒前穿過來，到葡萄下觀看」，張竹坡依序批到「轉過」、「抹過」、「穿過幾折轉出葡萄架」，這幾個動作正因有張竹坡的提醒，讀者似乎更貼近當時場景，彷彿伸手可觸、可玩碧池、木香亭和翡翠軒的景致。

　　即便以道學為閱讀取徑的嚴肅評點者張竹坡，不時也稍微鬆懈了道德的手勢，卸下說教的面具，以生理／身體本能浸入了文本的遊樂園，亦步亦趨地開始賞玩起來了，例如二十七回春梅再度回到葡萄架，當西門慶揭開細巧果菜盒、看見桌上的葡萄酒、金蓮杯盞和牙箸時，張竹坡夾批到「寫盡春梅，可兒！可兒！」隱約透露了張氏對春梅「垂涎」或賞玩的模樣——更奇妙的是，張竹坡在春梅和秋菊放下食物果盤；西門慶揭開盒蓋的當下插入對春梅的讚美——然而，在總回評先說「春梅又為作者特地留為後半部之主腦，故寫其寵，而亦不寫其淫。」張竹坡當然也（理應）痛恨春梅這樣的淫婦，但在春梅現出十足的淫婦樣之前，張氏的這一夾批給予我們奇妙的身體感：難道說正因春梅此時仍不淫，所以尚可以文字品鑑、玩味之；正如西門此時對春梅的寵愛，因此張氏無意間的讚美（可兒！可兒！）是可以理解或原諒的？或許正因偶爾的身體鬆懈，當西門慶投壺所顯現的各樣姿態（過橋翎花、楊妃春睡、烏龍入洞），張竹坡也跟隨著「現場氣氛」和身體韻律而夾批到「各色皆趣」。

(三)藥病觀點下的「身」

　　以上種種例子可見張竹坡對身體的凝神關注，接著，筆者想從與身體緊密相關的疾病，來看張竹坡觀看身體的角度。當作者介紹西門慶出場時，張竹坡便一一點出西門慶的「病根」，包括生得壯碩魁梧、性情瀟灑、有幾貫家資，又另批出他「不讀書的病根」。最有趣之處則是總結出此書乃「大書特書一部作孽的病根」。「作孽的病根」清晰點出

了西門慶的核心問題和全書的旨要，丁耀亢的續書基本上亦圍繞著這個觀點予以發揮，因此書中的疾病便因此具有普遍性和廣泛性：無論所患病症為何，惡業則是致病和致命的最主要因素；也無論書中的主角犯了哪一項惡行，皆可以「病」來加以概括。除了點出西門慶的病根之外，金蓮的身體顯然潛在地讓人生病，因為據作者描述大戶自從收用金蓮後，身上便添了四五件病症，張竹坡在此批到「大戶五件病，西門五件事，遙遙相對，然有事不愁無病也。」（一回）西門慶的五個病根與張大戶的五件病事相互輝映，前者為虛，後者為實，但在張竹坡眼中，這虛實的病事實上是相同的，尤其是「有事不愁無病」更強化了西門慶的「虛病」正是致病之由，同時預言了西門慶因作孽的病根最終導致死亡，而致他於死地的人正是令大戶患陰寒病症而死的金蓮。金蓮是令人生病、致人死地的代表，當大戶死去，張竹坡夾批：「金蓮起手試手段處，已斬了一個愚夫。」（一回）似乎正映照到首回的色箴：「二八佳人體似酥，腰間仗劍斬愚夫，雖然不見人頭落，暗裡教君骨髓枯」，首句的「體似酥」遙對最末的「骨髓枯」，彼此間形成強烈的對比和反諷，清楚地揭示了婦人看似可口誘人的身體實際上卻是導致男子衰弱和死亡的罪魁禍首。

由此看來，「體似酥」和「骨髓枯」之間的關聯正符合作者、批者和眾多讀者遵從的因果框架，然而，所謂作孽的病根既是身體的，更是文學隱喻的，讀者不難發現，張竹坡常將「作孽病根」的概念化入許多批語中，凸顯角色的作孽舉止，用以提醒、警示讀者，例如第十三回花子虛於重陽節宴請西門慶賞菊，張竹坡夾批到：「知後帶病之宴，為必於重陽者。」此處點出瓶兒重病宴重陽的因便於此時種下；又如蔣竹山為李瓶兒看診時所描述的症狀，張竹坡則批到「官哥結胎在此，子虛投胎在此」（十七回）此外，在十九回中當敬濟調戲金蓮之後，便有西門慶央張勝等人整治蔣竹山，張竹坡則夾批到：「敬濟才動念，張勝之名早出，淫近殺，可畏哉！」從張竹坡眼中，這正是敬濟作孽的病根，而敬濟之所以造孽、與金蓮有染則是月娘之罪，這可由張竹坡多次批月娘見得[36]。又如西門試藥於王六兒和瓶兒時，張氏便批此乃瓶兒「伏病死之由」；而西門「伏死於王六兒之由」（五十回總評），金蓮挑唆月娘和瓶兒、瓶兒對著大姊掉淚時，張竹坡則旁批「病根伏此」（五十一回）。

無論是「作孽的根由」還是「伏病死之由」，這種藉由評點而探求病根的方式讓張氏評點增添了不少疾病與治療色彩，經由張竹坡的解釋，最後這批人各有各的下場，正如張氏強調的「結果之人出，而冤孽之人該算帳矣」（五十三回總評），配合著「其出必有因」的則是精打細算的書寫策略。這種「其出必有因」的觀念主導了角色的生死存亡，

---

36 尤其是第十八回月娘引敬濟入花園，張竹坡多次對月娘行徑言語、夾批到「可殺」。

同時讓每個角色彼此的身體動作、看似無關緊要的決定變成必然。從詮釋的這一端來看，這種細微動作皆釀成悲慘下場的觀點適足以讓張竹坡解釋角色之間環環相扣的複雜關係，讓他的解釋看起來似乎不無道理，尤其是在八十七回總評裡，張氏費了一番工夫試圖釐清重要角色的依存關係，在他仔細追蹤每個人的下場和「造業」的源頭時，張竹坡導出月娘死金蓮、或事實上乃金蓮自殺的結論，由此再以「危機相倚，如層波疊起，不可窮止」作為總結，這也展現了張氏閱讀模式的特色之一，尤其是從細微處——無論是地點、對話、動作之間——關涉到個人的命運結局。

除了疾病之外，張竹坡也特別注意到小說中的「藥」，例如第五十二回回評中，張氏便提及「西門吃梵僧藥而死其身，月娘服薛姑子藥而亡其嗣」，關注於藥不僅在於它對於角色悲慘下場的影響，也在於藥對於角色、讀者的解救與啟發，正如上文所提，經由張竹坡的「明眼」點化，讀者方知作者以愛姐做結的重要性。從第一百回張竹坡總評此書以「解冤」一結，可知張氏認為這些冤孽之病皆有藥可治，他替讀者或書中角色尋求「解藥」的跡象還表現在對月娘的批語上，他以為官哥必幻化其子，「方使月娘貪癖、刻癖、陰毒無恥之癖乃去也。」（八十九回）這其中亦可見疾病的隱喻（包括疾病和治療）。如果疾病是造孽的主要結果，無怪乎瓶兒之病與醫療行為必須無效：張竹坡以「藥瓶」稱呼瓶兒，因而無論是蔣竹山以藥投之，或是眾醫人以藥治之，張竹坡以為瓶兒「宜乎喪身黃土」，而那些看來插科打諢的醫人不過是讓小說更加趣味精彩，「故以諸醫人相亂成趣。」（六十一回總評）

從文學創作的角度來看，我們不妨將這些「身體」視為文本式的，作者以西門慶和眾婦人的身體作為美學展演與道德訓斥，以身體為核心所幻化出來的諸種隱喻（替身、分身、化身、前身、後身）消弭了角色之間的差異，即便作者確實塑造了眾多具有獨立性格和鮮活眉眼的人物，然而由於貪戀身體歡愉以及忽略身體隱含的死亡真理，這些人確實是呼吸相通、同聲同氣，因此眾多角色皆可凝聚為一，無論男女，他們多少都有妓者的骨和血；換言之，這種諸角色「分身」的概念是文本式的設計，同時多少呼應著前述提及的「影」、「照」、「映」——尤其「影」確實是身體的一部分。如此看來，無論是潘金蓮還是西門慶的身體，他們不僅作為訓斥意義而存在，在明眼人張竹坡的「創發」下，他們更服務著敘事技法，服務著巧滑而巧妙的心靈思維，他們的身體存在於文本中，同時也是錯綜複雜的文本本身。

四、安身：作穢言以洩其憤

以上筆者試圖用放大的視角重新檢視字裡行間隱藏的身體，目的在於將張竹坡的觀看化約為對身體的關注，同時也是對文字趣味的鑑賞，除了凝視文本中的、字裡行間的

身體，張竹坡更將視線放在書寫過程中的身體，尤其是書寫過程中的情緒及心理狀態。筆者以為，細看張竹坡所有包含身體意義的批語——即便多麼隱微不明顯——或許更有助於我們理解當時讀者（以張竹坡為核心）閱讀《金瓶》的身體感知，畢竟相較於角色的身體、身體動作，寫作時的情緒和情感更為抽象流動；廣義地說，這些流動的身體知覺也是我們討論《金瓶》身體議題時應重視的一環。在討論讀者的身體感之前，筆者欲先討論作者書寫的身體感，畢竟閱讀和書寫是一體之兩面，這樣或許更有助於我們理解《金瓶》的身體感知。

張竹坡以為倘若「作者無感慨，亦必不著書」（讀法第三十六），而能概括這種感慨的便是「憤」，例如讀法第七十六描述《金瓶》「有一種憤懣的氣象。」簡單來說，即書寫作為宣洩抑鬱的管道，因此「憤」是張氏認為作者創作的出發點，不過許多評論者咸以為張竹坡的憤怒說事實上受到當時普遍認為作者王世貞以此報父仇之影響，這確實是一種可能性，另一種為論者所關注的則是張竹坡充滿曲折的人生悲劇——喪父之痛、抑鬱不得志等[37]，無論如何，論者也以為張竹坡並不執意於考究作者真實姓名、身分，也不猜測書中影射之人，他關心的是作者的身世、經歷、思想感情，以及寫就鉅作的心路歷程，因此，倘若硬要坐實作者的姓名顯得相當不厚道（李梁淑，164），他畢竟也從作者為王世貞的傳說中獲得靈感，然而若排除這層影響不提，單就書寫本身，從這種植基於文學心理學的詮釋裡有不少值得再三玩味之處，因此論者在討論「作穢言以洩其憤」時多半將此追溯到司馬遷的「發憤著書」理論，以及李卓吾將「不憤不作」、「發憤著書」引入小說戲曲的創舉。[38]讓我們重新來看這段話：

此仁人志士、孝子悌弟不得於時，上不能問諸天，下不能告諸人，悲憤鳴唈，而作穢言以泄其憤也。雖然，上既不可問諸天，下亦不能告諸人，雖做穢言以醜其仇，而吾所謂悲憤鳴唈者，未嘗便慊然於心，解頤而自快也。夫終不能一暢吾志，是其言愈毒，而心愈悲，所謂含酸抱阢以此，故知玉樓一人，作者自喻也。（〈竹

37 李梁淑將張竹坡的「憤」、「酸」情緒歸納為三個因素，包括人倫巨變之痛、身污途窮牢騷滿腹，以及對黑暗現實的憤滿，然而李氏以為「發憤著書」的說法恐怕也是自己情感投射其中的結果，在藉此抬高《金瓶》地位價值的同時，發洩自己未能盡孝道的憾恨，進而寄託生平飽嘗世態炎涼、抑鬱不得時的怨憤。李梁淑《金瓶梅詮評史研究——以萬曆到民初為範圍》（國立臺灣大學，中國文學研究所博士論文，2002），頁168-169。而有關張竹坡的生平述略、包括他如何屢次科舉不第、對說部的高度喜愛、極欲用世卻受困的心理狀態、貧病交加、寄人籬下的悲慘命運，可見吳敢《張竹坡與金瓶梅》（天津：百花文藝出版社，1987），頁13-26。
38 朴炫玶《張竹坡評點《金瓶梅》之小說理論》（國立政治大學，中國文學研究所碩士論文，1995），頁153-154。李梁淑《金瓶梅詮評史研究——以萬曆到民初為範圍》，頁165。

· 55 ·

坡閒話〉）

這段話包含了幾個可以進一步討論的重點。首先是書寫與身心狀態有關，尤其「作穢言以泄其憤」暗示了書寫作為自我治療的工具，因為那些淫穢之語可以發洩內心不滿，尤其是針對那些無法告諸天地、無法與他人言說之「仁人志士」和「孝子」而言，「作穢言」乃疏通的管道。然而，這裡便產生一個顯而易見的矛盾，既然身為仁人志士或孝子，怎麼會、為什麼必須以「作穢言」的方式「泄其憤」？

因此，張氏進一步闡明這種方法事實上仍無法真正暢心自快，無法真正解憂，因而又進一步產生了看起來更為矛盾的「其言愈毒，而心愈悲」，由此可見，書寫和真正的心境之間產生了扭曲與斷裂，讀者當然無法對作者的真正想法一目了然，必須揭開表面的重重掩飾與障礙，讀到真正「仁人志士」或「孝子」的想法──張氏確定作者必為此類人是因為全書以「孝」結。有趣的是，張竹坡的詮釋系統之有效性便是建立在張竹坡設立的「其言愈毒，其心愈悲」，在毒舌的書寫策略與悲心的書寫動機之間有太多可供讀者「過度詮釋」之處，難怪論者會以「不倫不類」來形容張竹坡的「苦孝說」[39]，但也有論者以為張竹坡為了要「洗淫亂存孝悌」、為了洗刷世人對《金瓶》的壞印象，方才特意採用了解釋作者創作意圖「作穢言以洩其憤」、「醜其仇」──事實上也就是「發憤著書」的美學傳統──藉此表明作者亦在批判和譴責。（李梁淑，255）筆者以為，張竹坡將書寫視為發洩的管道，其發洩的內容可能正是書寫者所欲拋棄的，在表面上看來矛盾而誇大的「其言愈毒，其心愈悲」，事實上是否也暗示了我們必須誇張地表現情緒，方能達到真正釋放的效果，換言之，張竹坡藉由細緻而誇大地剖析與辯證這種「其言愈毒，其心愈悲」的矛盾情感，將鬱結的情緒方能一股腦地釋放，而他也從這過度的修辭與情感表達中獲得解脫。

緊接著這段引文之後，作者繼續為仁人志士的作者辯護，在這種矛盾、糾結而沒有出口的情緒之間；在這種寫與不寫之間，他主張作者必須借用西門慶一角色「少泄吾憤」。更微妙的是，在上述的引文中，通過張竹坡之眼，我們看到情緒由「憤」轉「酸」，其後更表明作者「是憤已百二十分，酸又百二十分」，因此不做《金瓶》是無從消解的。同樣在〈竹坡閒話〉裡，張竹坡再度揣測作者的創作困境及心緒：

> 作者不幸，身遭其難，吐之不能，吞之不可，搔抓不得，悲號無益，借此以自泄，其志可悲，其心可憫矣。

---

39 樂蘅軍以為張竹坡的評點，必得要苦心地「勉強加上不倫不類的『苦孝說』」，才敢公諸於世。見樂蘅軍〈從水滸潘金蓮故事到金瓶梅的風格變易〉，《純文學》，7:3（1970年3月），頁11。

「吐之不能，吞之不可」一句以身體感知形象化了「憤」的情緒以及寫與不寫的困境，「搔抓不得，悲號無益」更生動地讓讀者彷彿親眼見到這「身遭其難」的作者如何為這種心緒所折磨，雖然我們不能像張竹坡那樣果斷地肯定作者必為仁人志士，但他如此貼身的逼視讓我們對「其言愈毒，其心愈悲」的書寫者確實有種置身其中的臨場感。再者，張竹坡對受委屈的作者表現了「悲」和「憫」的同情共感，彷彿巧妙地暗示讀者閱讀《金瓶》應有的「正確心態」，如此一來方能消除舉目皆為淫聲淫辭的表象；倘若能悲憫作者暗指某人而作《金瓶》的心態，讀者著實無須「刻薄為懷」（讀法第三十六）。順著張竹坡的悲憫，我們不妨將他評點《金瓶》的心理狀態與作者的「憤」、「酸」、「泄憤」一併閱讀，他認為自己乃「為窮愁所迫，炎涼所激」，因而藉由書寫以「排遣悶懷」，或許兩人的心境相通、處境類似，因此他才能如此理直氣壯地宣示自己的閱讀方法。

　　張竹坡不時著重於「憤」的情緒，當他讀到來保欺主背恩時不禁感嘆：「吾不知作者有何忠憤，摹此恨事如畫。」（八十一回）這種隱伏在敘事當中的作者悲憤在最末一回有更深入的剖析：

> 一部言盜、言淫、言殺、言孽，乃忽結以解冤、結冤。然則作者固自有沈冤莫伸，
> 上及其父母，下及其昆弟，有千秋莫解之冤而提筆作此，以仇其所仇之人也。

這段可以分成兩個層次來看，第一是前述提及的文學隱喻性質的疾病與治療，由張竹坡歸納出的盜、淫、殺、孽或許正是角色之所以死亡的「病根」，這可從張氏每每追蹤角色並以「病根伏此」窺知一二，可知張氏疾病化的不僅僅是生理症狀，更將錯亂顛倒關係視為病源，獲得療癒的方法便是解冤一途。第二層次則是張竹坡再度強調作者提筆的根由在於「千秋莫解之冤」及「有沈冤莫伸」，因而這種鬱積之冤便是病根，非得提筆暗諷所仇之人方得解除，如此簡單地理解，張竹坡似乎暗示了書寫也是一種治療與救贖，然而張氏的解讀似乎不太一致，同時也稍微偏離了作者在詩中提及的「照見本來心，冤愆自然雪」，若按照整首詩和這句話來理解——當然也可能是種「誤讀」——也許書寫正是「我今此懺悔，各把性悟徹」及「照見本來心」的過程，而張氏所謂「以仇其所仇之人」恰好落到詩中所提「若將冤解冤，如湯去潑雪」的造孽舊途裡。

　　然而大致上來看，無論是憤恨奸邪等輩或自傷困境，張氏便將這種情緒或身體感知視為寫作的動機和理由，但正因這種情緒必須以變造、轉化的方式出現，必須投射在角色的處境、舉止言語之上，因此必須藉由文本中到處存在的「空隙」或「巧合」，方能讓張氏的論點得以成立。不過從另一個角度來看，張氏對促成寫作的情緒感知相當關切，他注目的不僅是角色中的身體動作及隱喻，更從字裡行間揣摩出一個作者的血肉之軀，那飽含仇恨、悲憤、自憐等諸種情緒的創作主體，因此從張竹坡的角度來看，《金瓶》

可作為一本治療病根的良方，這或可從諸多線索中約略窺見，例如他常在評點時有意無意地以這種層次來分析人物，例如第七回總評：「玉樓為處此炎涼之方，春梅為翻此炎涼之案，是以二人結果獨佳。」[40]張竹坡在評點人物時特別關注玉樓的重要性及她在小說中所發揮的關鍵效用，他從玉樓的身上看出作者的受辱情緒[41]，不時從細微處將作者受辱、憤怒的情緒點出，例如緊接在玉樓生日後為金蓮生日，張氏則以為此筆法乃「作者恨與奸邪共生。」（七十八回）更進一步地，張氏細膩地揣想作者描寫玉樓與讀者閱讀玉樓時的身體感：「偶因玉樓一名，打透元關，逐勢如破竹，觸處接通，不特作者精神俱出，及批者亦肺腑皆暢也。」（七回回評）這裡，「精神俱出」寫的是作者的身體感，「肺腑皆暢」則是讀者的身體感，兩兩相互映照。

除了「憤」之外，「酸」當然是另一個為張竹坡所注意的情緒，在此以〈苦孝說〉為例。在〈苦孝說〉裡，作者細緻而鮮活地描摩了「酸」令人無處安身的狀態：

> 痛之不已，釀成奇酸，海枯石爛，其味深長。是故含此酸者，不敢獨立默坐，苟獨立默坐，則不知吾之身、吾之心、吾之骨肉，何以慄慄焉如刀斯割，如蟲斯噬也。悲夫！天下尚有一境焉，能使斯人悅耳目、娛心志，一安其身也哉？

此處張竹坡將書寫前的情思細緻地刻畫出來，即便他在〈苦孝說〉開頭便提及為親報仇這類符合王世貞撰《金瓶梅》的假說，然而我們亦可將之獨立出來，仔細審視關於推進書寫的情緒醞釀。在上述引文中的最末一句，張竹坡拋出一個問題：要如何處理心中的冤仇之酸、之恨呢？是否有一種可以「安身」的方式呢？緊接著這個疑問，張氏自己提出可能的解答：在這蒼茫天地中，「無一可安其身，必死乃庶幾矣。」然而他聽聞即便死亡，仍有知覺，因此「奇痛尚在，是死亦無益於酸也。」隨後，張竹坡引入一段玄秘難解的幻化之說，強調作《金瓶》者亦可名之為「奇酸志」或「苦孝說」，無論為何者，其中的「酸」或「苦」事實上便是作者情緒的轉化，就筆者看來，即便張竹坡並未直接地強調書寫乃有效地解決「奇酸」或「苦孝」的情緒，然而在整個書寫的過程中——「含酸」、「抱阮」及「幻化」——作者的酸苦心緒獲得了舒緩，因此書寫似乎不失為安身的方式之一。

與作者情緒相映的或許是張竹坡對書中角色情緒的關注，例如在幾個章回的總評

---

40 張竹坡在第十一回夾批再度提到：「寫玉樓、每於金、梅鬥氣處，便入相形。信乎玉樓為作者特地寫一處炎涼之方也。」

41 張竹坡第七回回評：「言身已辱矣，為存此牢騷不平之言於世，以為後有知心，當悲我之辱身屈志，而負才淪落於污泥也。」

裡，張氏便緊跟隨著金蓮的憤怒[42]，以為「金蓮心事，每於憤怒處寫之」，暗指西門、月娘、瓶兒之後的關係和下場絕非偶然。作為讀者，他的閱讀情緒總是為書中人物所牽引，除了先前提及他對薛嫂媒婆嘴臉的夾批之外，又如「瓶兒與月娘入門不合，至此方完。作者放筆，想其滿身痛快也。」（二十一回夾）即便在此張竹坡主要想像作者書寫放筆時的滿身痛快，但這種想像多少也折射了讀者本身閱讀時的情緒。當然這種痛快躍動的情緒有時也會轉成痛苦情緒，最常見的乃為角色痛哭，如最後一則讀法所言：「作者滿肚皮倡狂之類，沒處灑落，故以《金瓶梅》為大哭地也」[43]。

又如第三十四回回評寫到西門慶用提刑之職為幫閒、淫婦和倖童遮掩，不禁感嘆作者提筆寫此回時，「必放聲大哭」；七十三回回評則提到作者將金蓮暢快心意、極度驕、滿、輕、浮的樣態摹畫得淋漓盡致，尤其是費心刻畫撒潑之態，讓金蓮「和身皆出，活跳出來也。」因此張竹坡不禁感嘆文人用筆如此，讓他不自覺地「為之大哭十日百千日不歇，然而又大笑不歇也。」張竹坡多次評點到為角色落淚，可見其澎湃的閱讀情緒[44]，不過，關於這種閱讀時的「大哭」，論者也提出不同的解釋。[45]當張竹坡提及「不忍批」、「不耐批」、「不能批」時（第五回回評）、「批不出」，所透露出的不僅是讀者身陷文本的情感起伏，同時也說明了閱讀的魔力。以下引述的段落出自第二回回評的批語，在這則批語中，我們不僅窺見張竹坡自認為作者知音，同時將作者創作的心緒、創作的技巧娓娓道出；而之所以讓作者與讀者心靈相通，獲得情感認同，正是因為透過細讀方能「看

---

[42] 例如四十回總評提及金蓮深憤和瓶兒、官哥有關，「抱孩兒時，月娘之言、西門之愛俱如針刺眼。」又見四十一回：「上文生子後，至此方使金蓮醋甕開破泥頭，瓶兒氣包打開線口。」

[43] 類似的情緒感知不少，又如第二回總評：「寫武二、武大分手，只平平數語，何以便使我再不敢讀，再忍不住哭也？文字至此，真化工矣。」

[44] 例子不勝枚舉，舉簡要者如第十六回總評提及花子由云：「直令人失聲大哭，願萬萬世不見此等人一面。」七十四回「意中又為瓶兒一哭。」

[45] 我們可以周蕾分析林紓和王壽閱讀、合譯《茶花女》的過程中、幾度為情節而大哭為例，他們在閱讀過程中哭聲大作，屋外可聞，表示一向被視為弱者的哭泣行為，卻隱然為他們帶來了快感，他們替補了文本場景中預設的、明瞭女主角瑪格麗特苦衷的角色空缺，他們的被感動和女主角的自我犧牲有關，而周蕾將這種情緒命名為「被虐狂」的心理，並從佛洛伊德到迪里茲的理論中，尋找林、王同情瑪格麗特的原因，於是在周氏眼中，王、林兩人在閱讀的過程中，事實上一方面將瑪格麗特與「母親形象」疊合，另一方面則扮演著母親的角色，藉由雙重的置換以及游移於「母親」和「嬰兒」身分的互易運作，將「母親」予以理想化，而從中掀動出「快感來自痛苦」之機制，亦是被虐癖產生的基礎：「當哭泣時，讀者並不單只是個衝著母親哭的嬰孩，而亦是一個將母親的痛苦反應內在化了的嬰兒；那就是說，讀者（嬰兒）也就同時成了母親。」見周蕾〈愛人的（女人）——被虐狂、狂想和母親的理想化〉，《婦女與中國現代性：東西方之間閱讀記》（臺北：麥田出版社，1995），頁 235-248。

破」金扇等隱藏人事。以下這段描述可謂總結了張竹坡的閱讀身體感知：

> 此是作者異樣心力寫出來，而寫完放筆，仰天問世，不覺失聲大哭曰：我此等心
> 力，上問千古，下問百世，又安敢望有一人知我心者哉？故金扇兒必是卜志道送
> 來，而挑簾時金扇一照，成衣時金扇又一照，躍躍動人心目。作者恐又真個被人
> 知道，乃又插入第八回內，使金蓮扯之，一者收拾金扇了當，二者將看官瞞過，
> 俱令在卜志道家合夥算帳。今卻被我一眼覷見，九原之下，作者必大哭大笑。今
> 夜五更燈花影裡，我亦眼淚盈把，笑聲驚動妻孥兒子輩夢魂也。

在這段話的一開始，張竹坡便想像、揣摩作者創作時的心理狀態，「失聲大哭」隱約透
露的是作者對知音的渴求。接著，金扇的點綴和閃現可作為作者「異樣心力」的證明，
但作者不想令人立即看出，必得使用一些閃躲的、「不說」的寫作技巧來表現，連接上
下文一併閱讀，其中或有「試探」並尋覓知音之意味。事實上，金扇只是其中一例，在
張竹坡自成系統的寓意說裡，不乏作者佈設密碼而仰賴讀者一一解碼的關鍵；倘若能看
出金扇的作用而仔細思量者便是知音，於是，「一眼覷見」便是典型讀者和知音的自我
表明，張氏在此也用了「大哭大笑」來揣摩作者覓得知音的感受，最後的筆觸則更溫柔、
更形象化地道出作者與讀者之間的默契，尤其用了「眼淚盈把」和「笑聲驚動」，細膩
地表述了讀者閱讀後的身體感知。更細緻而隱約展現閱讀時的情緒，則可參照讀法第九
十三到九十六則，張竹坡建議讀者不妨置唾壺、寶劍、酒杯在身旁，隨時痛快洩憤，一
來可見作者「為眾角色摹神」功力，一來則表達了閱讀《金瓶》置身其中的真實感受。

五、化身：各現淫婦人身為人說法

張竹坡多次讚嘆作者描述之細筆細工，因此身為張氏評點的讀者怎能粗心大意；怎
能不眼尖心細？正如前面引述張竹坡的「細看文情，方能通身痛快」，若細細地品究、
玩味這句話，便不難發現這是張氏閱讀的基本工，同時也顯示出這樣紮實的基本工能喚
起什麼樣的閱讀感受和閱讀享受。那麼，如何細看文情呢？除了我們一般理解的字字斟
酌、句句玩味之類的細讀法外，張氏似乎將「看」這個視野擴大到整個身心的參與，例
如他在〈雜錄〉中所言：

> 故云寫其房屋，是其間架處。猶欲耍獅子先立一場，而唱戲先設一臺。恐看官混
> 混看過，故為之明白開出，使看官如身入其中，然後好看書內有名人數進進出出，
> 穿穿走走，做這些故事也。

如何「看」這些穿梭於文本中的眾人而不至於眼花撩亂？張竹坡的閱讀法之一便是從空

間著手，因為空間是身體的容器，所有的身體隱喻和身體感知都在空間的籠罩下一一閃現；換言之，身體互動與身體語言在空間的強調下便能展現更深層的向度，無論是暴露或隱蔽、窺視或竊聽、嫉妒或猜忌、真誠或虛偽等諸種行徑、諸種心緒，皆能透過空間為身體感定錨。張竹坡對空間感的掌握同時表現在實體空間和抽象空間上，從實體空間來看，張氏於此文開頭便提及：「既要寫他六房妻小，不得不派他六房居住。」抽象空間則如張氏分析金、瓶、梅彼此之間的角力互動：「分者，理勢必然；必緊鄰一牆者，為妒寵相爭地步。」空間的安排著實為張竹坡所著重，例如在此文最末，張氏特寫西門慶房屋即為一例。此外，筆者要強調的便是上述引文裡的「身入其中」，「身入其中」不僅稱讚作者的書寫功力及其善於營造使讀者感同身受之場景與氛圍，同時也或多或少暗示了「明眼」的讀者應適切地置身於字裡行間，彷彿化身為書中角色，穿穿走走於故事迴廊，體驗其所經歷。這種置身於另一個角色「身體」的方式，不妨姑且稱之為「化身」，無論是讀者有身臨其境之感，抑或作者化入角色形象當中——張竹坡讚嘆作者能適時地化入各個角色裡，即便描寫淫婦，亦能「現淫婦身說法。」（五十回夾批）[46]

　　事實上，筆者以為這種不僅侷限於宗教觀點的「現身說法」頗值得進一步玩味，倘若我們也細看文情，多少也能看出張竹坡「痛」「快」之情色曖昧處，在此舉二例稍加說明之。第七十五回玉樓抱恙含酸時，當西門慶上床安慰玉樓時，有這麼一段描述：

> 西門慶在被窩內，替他手撤撲著酥胸，揣摸香乳，一手攬其粉項，作枕頭也。卻為那一只手，下掐這一只腿兒也。問道：「我的親親，你心口這回吃下藥覺得好些？」……西門慶道：「我的兒，常言道：『當家三年狗也嫌』。」說著，一面慢慢掐起這一只腿兒，這一只妙。是欲行事而不便即入，故借說話時掐腿。然必先掐這一只，已有行事之勢，下文說著便入，庶不費手。跨在肐膊上，摟抱在懷裡，攥著他白生生的小腿兒，穿著大紅綾子的繡鞋兒，說道：「我的兒，你達不愛別的，只愛你兩只白腿兒。就是普天下婦人選遍了，也沒你這等仍柔嫩可愛。」是不好即入意。

在此，作者的敘述與張竹坡的評點（以小字代表）形成饒富興味的交響，當西門慶又摸又攥之際，張竹坡彷彿化身為西門慶；或至少過於熱切地投身、置身於兩人纏綿的當下，以自己的身體動作去揣摩著西門慶應有的舉止，身為讀者看官，我們不也看見張竹坡相當細心留神於西門慶的動作，並以自己的身體姿態（「作枕頭也。卻為那一只手，下掐這一只腿兒也」）去「填補」未被作者敘說的、西門慶身體動作之間的空白與空隙，不僅身體動作，彷彿親臨現場或有親身經驗的張竹坡清楚地知曉此時西門慶的言語事實上是為掐

46　相似描寫如第三十回當金蓮得知瓶兒順利產子，張竹坡則夾批「總是現妒婦身說法」（457）。

腿、最終進入的暖身，藉由無關緊要的言語順勢地讓西門慶／張竹坡的身體順利地進入玉樓的體內，張竹坡「親身」的揣摩動作果然貼合文本，因為下文玉樓便說「不說俺們皮肉兒粗糙，你拿左話兒右說著哩！」倘若將「左話兒右說」換算成身體語言，或許正是張竹坡所謂的「借說話時掐腿」，而這一連串的語言與動作之最終目的便在於進入玉樓的身體，果然，西門慶隨即便「把那話帶上銀托子插放入他（玉樓）牝中」，張竹坡如此細看文情的批語，無意間也給予筆者想像他閱讀此段文字、親身揣摩、最終「痛」「快」地插放入玉樓牝中／敘事核心的模樣，他之所以說「不費手」或許不是就敘事的費手或犯手而言，而是從西門慶／張竹坡本人或普天下男子的身體動作而言。

　　以上是就張竹坡隱身／化身為奸夫西門慶之例子，那麼，張竹坡是否也真「現淫婦身說法」？五十一回裡金蓮打貓品玉，張竹坡似乎也樂於參一腳或湊一手，當金蓮將燈臺挪近旁邊桌上放著，「一手放下半邊紗帳子來，褪去紅褲，露出玉體，燈下一往一來」之際，張竹坡眉批稱讚作者用「一手」的確「妙絕」，因作者僅用「一手」兩字，卻能讓讀者想像或揣摩淫婦「一手下帳，一手脫褲，一面兩腳早已上床」之「情景如畫」。更令人遐想的動作揣摩或技術解說可見七十三回西門慶新試白綾帶，張竹坡不厭其煩地細看、細說金蓮扒在西門慶身上擺弄的細部動作，由於這段著實精彩有趣，故全段引述之：

> 婦人扒在身上婦人在上，龜頭昂大，兩手搧著牝戶，往裡頭放，須臾突入牝中所云突者半日而忽然入去之辭，又婦人在上，一入而直坐下，突然到地之辭，蓋難進易入之謂也，婦人兩手摟著西門慶脖項，令西門慶亦扳抱其腰，在上只顧揉搓上云突入，蓋已到地，此云揉搓，即金蓮所云被括子隔著之處，今雖綾帶可進，亦須揉搓也，只顧揉搓者，蓋不至一絲不進不止也那話漸沒至根，婦人叫西門慶達達，你取我的拄腰子，墊在你腰底下正在只顧揉搓之時，這西門慶便向床頭取過他大紅綾抹胸兒，四摺疊起墊著腰，婦人在他身上馬伏著所云搓揉之勢在此，那消幾揉，那話盡入。

在這段相當「養眼」的段落裡，我們看到張竹坡彷彿又置身性愛現場，甚至化身為金蓮，因此他能細膩地感受到陽物突進體內的過程與感受，以及一直為他所關注的「搓揉之勢」。張竹坡費了一番口舌解釋陽具「難進易入」的過程，以及搓揉動作所具有的效果和「妙用」，很難不讓讀者遐想他閱讀此段時的身體動作和身體感知，這種愈是快節奏（作者沒說幾句，張竹坡便急著「插入」他的解說）與愈接近解剖式的插話，愈能加強讀者高漲的慾望。接著，金蓮「一舉一坐，抽撤至首復送至根」時，淫話情不自禁流洩嘴邊：「親心肝，罷了，六兒，的，死了」，張竹坡彷彿也化身為這一舉一坐的潘六兒，知曉話之所以說得斷斷續續，「皆抽送時語也」，張竹坡在淫話的每個斷句後批點，似乎要再現

那個高潮狂歡的片刻，讓讀者的閱讀脈動與金蓮的嬌喘合拍共鳴，這種隨即的「插入」只會讓讀者更心跳加速或大量地分泌腎上腺素，當張竹坡在金蓮「淫水泄下」後反問「作者何處得知」時，筆者亦想反問張竹坡何處得知，彷彿他真現身、化身為淫婦，與金蓮一同按著西門慶的肩膊、馬在他身上，與之一舉一坐。是的，張竹坡相當留心於淫婦們的身體動作，當林太太去摸西門慶陽物時，張氏批道：「反是婦人先摸」（六十九回）；當金蓮鑽入西門慶腹中「將那話兒品弄了一夜，再不離口」時，張氏「讚嘆」到：「美哉佳品。」（七十二回）倘若我們也細看文情，不難發現看似扳著道學面孔的張竹坡仍有意無意展現他的「痛快」之處。

不知張竹坡是否也發現自己無意之間透露出來的痛快，為了彌補這種令人「不快」的錯誤，他在金蓮品玉時稍加修正一番，將金蓮品玉的快感（不論是金蓮的還是張竹坡的）歸納於作者技法與文本的成功處，尤其是作者用字之快、狠、準，例如五十一回中當金蓮「或舌尖挑弄蛙口」、「或用口嚵著往來喃捽」、「或在粉臉上擂晃」，「百般搏弄那話……」，張竹坡夾批到「三或字下加一百般字描畫矣」，此時，張氏的眼光與其說是跟隨著金蓮誘人的唇舌動作，不如說緊咬著作者的用詞遣字。同樣的例子也發生於同一回裡當金蓮與西門慶歡愛正濃，張氏特別圈點出作者僅使用「吊過身子」與「轉過身子」這樣的句子「將淫態淫情」描畫得淋漓盡致。又如在他隨同金蓮一舉一坐之後的下一回，當西門慶用手按住金蓮粉頸，看那話兒在口裡吞吐不絕時，張氏於「婦人口邊白沫橫流，殘脂在莖」之後，插話說到雖是一樣品法（何以知之？）但卻是從西門慶這端寫來，於是此品非彼品，讚嘆作者轉移敘事觀點及身體感知的方式甚為巧滑，目的在於「不犯」；隨即金蓮又在同回之內品玉，張氏同樣又注意到這次的敘事觀點／身體感知又移轉至金蓮身上，同回內兩番品玉卻不犯手，更不犯五十一回打貓品玉之敘事，在張竹坡眼中，同樣是品玉，看似也都「沒稜露腦」、「挑弄蛙口」，然而這些有限的文字皆蘊含著不同的敘事觀點與身體感知，換言之，金蓮品玉之所以有細緻的不同以致於張氏得費一番「唇舌」再次解說，是因為這甚至超越、非關金蓮還是批者的身體感知，而是用以凸顯作者敘事之「巧滑」。

然而，筆者還是無法忽略那細看文情（還是身體？）的眼神，且看張竹坡在金蓮兩番品玉時的批點：

> 婦人……又吞在口裡挑弄挑蛙口一回，又用舌尖底其琴絃底，攪其龜稜攪，然後將朱唇裹著，只顧動動的。

評點者喜愛在角色人物的身體動作後強調其動作，例如金聖歎批《水滸》時，透過強調人物的踢打、揮拳、飛腿、殺砍，讓閱讀也充滿了臨場感，然而相較於血性男兒的踢打

動作，張竹坡著眼於金蓮「手口並用」之妙處，他「插入」的「唇舌」隨著金蓮顫動的唇舌與手勢合而為一，兩者相互精彩，也讓閱讀的讀者更加「痛快」。再舉一例以示張竹坡之痛快處，七十八回西門慶與林太太駕幃再戰時，那床事譬喻為戰事的例子容易吸引讀者目光，但筆者發現張竹坡對林太太準備房事的一連串身體動作之評點更為有趣：

> 酒酣之際，兩個共入裡間房內裡間房，掀開繡帳先掀帳，關上窗戶後關窗，輕剔銀釭再剔燈，忙掩朱戶。方掩門四句，情事妙絕，看他入裡間房內，已情不能禁，及掀開繡帳，因適間情事不堪，未曾洗牝，故又下床。則見窗猶未關，順手關窗，去剔殘燈，乃又想起未曾關門，於是關門洗牝，匆匆上床。而男子則先已解衣上床也，一時情景如畫。男子則解衣就寢，婦人即洗牝上床，枕設寶花，被翻紅浪。……在被窩中架起婦人兩股，縱麈柄入牝中，舉腰展力，一陣掀騰鼓搗，連聲響亮，婦人在下，沒口叫達達如流水。沒口兩字從在下兩字出，在下沒口四字又在一陣連聲中出，而連聲又在一陣中出，一陣又在舉腰展力中出也。

如果僅看作者敘述，讀者被召喚起的慾望可能較為原始，然而張竹坡煞有其事的批語，讓整起床事變得既召喚慾望又壓抑慾望這般矛盾曖昧，他先是跟隨著林太太的動作，從中推敲、揣摩出關窗、掀帳、剔燈、關門、洗牝、上床之間的關連，事實上，張竹坡無須這般親臨現場並摸索動作之間的關係；畢竟這並非敘事的重點，然而他卻從洗牝這個動作回過頭去一一檢視那些瑣碎的身體動作，彷彿身臨現場或真化身為淫婦，知曉每個動作的順序和關連（張竹坡又如何知之？），讓我們看到了那雙關注於身體的眼睛，或是跟隨故事要角移動的閱讀當下的身體。接著，張竹坡卻又彷彿將焦點轉向敘事技法，並「抽身」於被翻紅浪的歡愉片刻，將「在下」、「沒口」、「在下沒口」、「一陣連聲」與「舉腰展力」這些表面上形容兩人歡愛的身體動作視為作者筆力刻意安排的技法，這種混合著敘事章法與身體感知的批語著實耐人尋味、令人遐想。事實上，李梁淑也留意到張竹坡專注於金蓮品玉時的用詞，用以解釋張氏所謂《金瓶》應當「文章」讀的意義，但李氏並沒有進一步發揮，並從身體的角度觀之，因此提及張竹坡的「化身」時，李氏舉出第二回總評「身既做金蓮」來解釋「化身」的概念，但其所使用的是「想像與移情」這樣較為「抽象」的說法（178、181）。[47]

　　由此可見，道學與情色之間似乎存在著曖昧關係，表面上作為道學的權威者卻往往對情色表現出高度的興趣，並以此作為辯證工具之，例如朱熹的「淫詩說」。事實上，

---

[47] 提及「化身」，朴炫珇則用了莫伯桑的說法做為對照，然而並未從情緒或身體的角度進一步發揮，仍從「接受」的觀點來衡量。同註38，頁155。

朱熹之前的儒者多以刺淫言詩，但朱熹不以為然，他將《詩經》中的二十三篇淫詩視為編詩者的別具用心，明確主張淫詩肇因於在位者失於教化，以致風俗敗壞，使庶民情欲動盪而生淫亂，而古人未刪淫詩則是要讓讀者觀詩而知其弊害，進而引以為戒，具有詩教功能[48]，例如他曾言道：「聖人存之，以見風俗如此不好，至於做出此詩來，使讀者有所愧恥而以為戒耳。」[49]又說：「若變風，又多是淫亂之詩，故班固言『男女相與歌詠以言其傷』，是也。聖人存此，亦以見上失其教，則民欲動情勝，其弊至此，故曰『詩可以觀』也。」[50]由此看來，張竹坡似乎也受到朱熹「淫詩說」之影響，試圖為淫詩、淫書的存在找到正當性及合理性。

　　綜上所述，筆者以為倘若要細緻地討論身體感知，不能不去仔細玩味張竹坡讀法關於「現身說法」的主張，尤其是這種「現身說法」的觀點涉及作者的心理狀態：

> 作《金瓶梅》，若果必待色色歷遍，才有此書，則《金瓶梅》又必做不成也。何則？即如諸淫婦偷漢，種種不同，若必待身親歷而後知之，將何以經歷哉？故知才子無所不通，專在一心也。（一心所通，實又真個現身一番，方說得一番。然則其寫諸淫婦，真乃各現淫婦人身，為人說法也。）（讀法六十）

> 然則真千百化身，現各色人等，為之說法者也。（讀法六十一）

張竹坡以為作者之所以能詳細刻畫眾生相便在於他「現各色人等」，而此終極目的便在於為人說法，然而在「現淫婦身」和為人說法之間產生了極大的反差和矛盾，張竹坡似乎以為作者之所以能「摩神肖影，追魂取魄」；且相信作者若作忠臣孝子之文，必能「另出手眼」，便是從其描寫奸夫淫婦處得知。從奸夫淫婦到忠臣孝子之間存在著相當大的落差與反差，然而愈是將兩者放置一起，愈是凸顯了張竹坡為了崇揚《金瓶》的價值，他為了證明奸夫淫婦實乃不得不然的書寫策略，必須費盡口舌盡可能地將表面上看似反差大的項目——淫書筆墨和史公文字；奸夫淫婦和忠臣孝子——編織在同一脈絡；倘若從另一個角度來理解，筆者以為張竹坡似乎正透露著作者本身蓄積的功力足以讓他超脫於表象文字，因此即便行走於大千世界、各現眾生相和淫婦身也能無所染污，反而能成就功德，這種從情色獲得頓悟的「由色入空」觀念，正表現了閱歷及體驗的過程，正如《紅樓夢》中警幻仙子雖即讓寶玉在太虛幻鏡中有身體歡愉之經驗，欲藉此將他「導入正途」，然而事實上寶玉仍得經過一番與姊妹們從熟悉到分離的過程，方能醒悟，而作為

48　見彭維杰〈朱熹「淫詩說」理學釋義〉，《彰化師大國文學誌》第 11 期（2005 年 12 月），頁 2。
49　黎靖德編《朱子語類》（臺北：文津出版社，1986），卷 23，頁 539。
50　黎靖德編《朱子語類》（臺北：文津出版社，1986），卷 80，頁 2067。

閱讀西門慶肉身之旅的讀者也必須「親身經歷而後知之」，方能由色入空，從體證中生起「俱入空色之悟」。（張竹坡一百回回評）

如此一來，「以淫止淫」似乎是可能達成的，但是正如張竹坡所言世人能「讀懂」（他所理解的）《金瓶》的典型讀者畢竟不多，因此真能閱讀書中的肉身淫場、但又能超脫而無所染污的人確實難得。此外，仔細觀察張氏對作者臉譜的描繪，多半是強調其超脫不凡的人格，簡單來說是「得天道」者（讀法第六十二），審視張氏推導出的脈絡和思維邏輯，會發現張氏隱約將寫作的過程視為求道、證道的過程，最終能超脫書寫的層次甚至肉身的羈絆，「必能轉身，證菩薩果」（讀法第五十八）。這種說法顯然過於誇大《金瓶》的價值和作者的功力，但將整個創作過程提升至宗教層次，似乎真能為淫婦的舉止或現淫婦身而為說法找到看似合理的理由，而在「現淫婦身」、「待身經歷」和「為人說法」、「證菩薩果」之間存在的斷層，似乎適足以提供張竹坡這類讀者一個盡情發揮的舞臺，尤其最終能「轉身」，離開受苦難所羈縛的肉身及輪迴，沒有身體的綑綁而獲得永恆的寧靜。

六、轉身

「現身說法」乃張竹坡借用宗教話語的文學批評，筆者以為此乃相當巧滑的敘事機制，因為「現身說法」讓「各現淫婦身而說法」這原帶有淫穢之事獲得滌淨，他讓我們明白作者的目的在於說法，而非現身，現身僅是一個不得不然的工具，目的仍在於傳達真理，因此讀者應要能理解借「淫婦身」來傳達真理乃不得已之事，他們的身體看起來是淫穢的，然而透過明眼人點出諸種書寫技巧，淫婦的身體漸漸消解了，她們即便盡幹些淫蕩勾當，她們的身體卻被鼓勵讀成文本式的，因此她們能夠幻化為分身、替身、前身、後身，更重要地是；圍繞著修身甚至轉身的核心，盡可能地利用妖嬈的身姿魅影讓看官瞇目，唯有明眼的讀者能識破這些身體的虛妄性，她們的身體是作者「現身」及「說法」的媒介；換言之，她們的身體以及淫行不過都是某種促人醒悟的敘事機制，是虛幻的，而有德行的作者並不會因此而覺得污穢——「本來無一物，何處惹塵埃」——因此便回過頭來消解了作者「現淫婦身而說法」這樣看似矛盾的舉動。

第三節　一副手眼：張竹坡如何師法金聖歎

一、步步學之，相互映照：從張竹坡回溯金聖歎

透過張竹坡的另出手眼和現身說法，身體這個當代的概念由實轉虛地潛入《金瓶梅》

的字裡行間，它們豐富了閱讀，讓閱讀不僅是閱讀，更映照著身體的主題，讓書寫與修行、閱讀與修行有所關連。然而，作為張竹坡所期待的明眼人，我們不應滿足於張竹坡閱讀觀點下的身體與身體感知，而應將眼光向前回溯，試探為張竹坡立下典範的金聖歎（1608-1661）如何閱讀《水滸傳》[51]。金聖歎批六才子書為張竹坡的閱讀及評點立下良好典範，我們也不難發現事實上張竹坡的眼力乃承繼金聖歎而來[52]，金不也曾言：「看書要有眼力，非可隨文發放也。」（第三回回評）即便張竹坡表示批《金瓶》乃「隨他眼力批去」，但也坦言若有與《水滸》批者相同之處，他則不會刻意避開，因此看官讀者勢必能從中找到兩者相似的跡影，最常見的莫過於小說與經典的對照。金聖歎表示他批六部才子書實際上是以「一副手眼讀得」，在同一副手眼的觀照之下，《西廂記》實是用《莊子》、《史記》手眼讀得（《西廂》讀法第九）[53]，這種閱讀、評點小說的方法，確實預先為張竹坡讀《金瓶》示範了一個審美的高度。張竹坡繼承金聖歎的慧眼，總能在錯綜複雜、線索繁多的敘事中窺見前後相映與對照之處，這是兩人或許多當時的小說評點者擅長之處，金聖歎與張竹坡之所以能將小說中的無數線頭歸納成無數章法，重點便在於「映」、「照」之功夫，無論小說中出現多少角色、多少人物，這種化零為整的功夫有助於收束看似散漫無序的小說，同時也凸顯作者對敘事結構的理解與掌握，然而，這種對照模式多少支持了意義流動與詮釋充滿空隙的前提，它在無意中示範了詮釋功夫乃貼近於現實人生，我們可以從每個臉譜中映照出別的臉譜，可以從此刻當下的這部佳作——可能是《水滸》、《金瓶》——映照到更悠遠的經典——也許是《詩》、《左傳》或《史記》，無論是臉譜或經典，這是映照的結果；換言之，正因映照，張竹坡和金聖歎示範了貼近於現實人生的寫照，他們告訴讀者閱讀的不僅是《水滸》與《金瓶》，更是超乎於這兩本經典之上的歷史與人生；以及，筆者特別要強調的——身體。

51　本節所使用的金聖歎批《水滸》的來源有二，一者為《金聖歎全集》第一二冊《水滸》（臺北：長安出版社，1986），其二《金批水滸傳》（西安：三秦出版社，1998），至於金聖歎批《西廂》則使用《金聖歎全集》第三冊《西廂等十種》（臺北：長安出版社，1986）。本章引用不另註頁碼，僅註明回數。

52　討論張竹坡受金聖歎的相關論文不少，以最貼近本書「現身說法」的層面來看，王先霈引述張竹坡《金瓶梅》讀法中的第六十則，說明這種「現身說法」與「專在一心」的觀點乃承繼於金聖歎，此乃作家通過想像和聯想「現身一番」，進入人物的內心深處，把握人物的精神面貌。見王先霈《明清小說理論批評史》（廣州：花城出版社，1988），頁 399。

53　當武松搬進武大家，處理各色各樣的瑣碎事情時，金氏批道：「零星拉雜，敘事真與史公無二」（二十三回）；當武松訓斥金蓮時，金氏搬出君子修《春秋》以正名的典故；當武松餞別武大，金蓮有所埋怨時，金氏感嘆「世人讀《詩》而不廢《棠棣》之篇，彼固無所或於中也，豈不痛哉！」「提刀躊躇四字，自《莊子》寫庖丁後，忽於此處再見。」（二十九回）

因此,對於張竹坡這個強調「作文之法」的讀者而言,金聖歎批《水滸》與《西廂》時所注重的文法生起處,恰好給予了張竹坡「步步學之」的絕佳示範[54],我們不妨可以這麼說;用身體的修辭這麼說:張竹坡批《金瓶》和金聖歎批《水滸》正是「一副手眼」,而這四字適足以體現兩人的評點相互映照,為了達到彼此「映」、「照」之功效;同時將張竹坡的眼力及身體感知特為一影,本節將焦點放在金聖歎批《水滸》與《西廂》,而這種分析閱讀同時亦有助於我們瞭解張竹坡如何從金聖歎的評點中學習到「作文之法」。

二、耳顛目倒,靈心妙筆:閱讀與身體

談及作文之法,金聖歎的描述中含有隱藏的身體:

> 文章最妙,是此一刻被靈眼覷見,便於此一刻放靈手捉住。(《西廂記》讀法第十八)

> 僕今言靈眼覷見,靈手捉住,卻思人家子弟何曾不覷見,只是不捉住。蓋覷見是天付(賦),捉住須人工也。今《西廂記》實是又會覷見,又會捉住,然子弟讀時,不必又學其覷見,一味只學其捉住。(《西廂記》讀法第二十)

即便「手眼」是當時批點者的共用語言,然仔細地察看,「手眼」著實是隱性的身體「化身」入書寫領域中的詞彙。正如張竹坡的「手眼」可看作作者之手與讀者之(明)眼,金聖歎所謂的「手眼」也凸顯了作者作文之妙與讀者鑑賞之獨特,他進而將「手眼」細緻並分殊化為「靈手」與「靈眼」,其所使用的兩個動詞「覷」與「捉」生動而形象化地描摩出靈光乍現與書寫技巧。金氏以為「覷」是與生俱來的天賦,在此,「覷」或可理解為寫作者天生的體質與敏感度,這點因人而異、難移子弟,然而有志於寫作的讀寫者卻可以學會「捉」的功夫──寫作技巧,這當然也就是金聖歎批書的重點之一:讓子弟及讀寫者透過閱讀《西廂》來掌握寫作技巧,「必能自放異樣手眼,另去讀出別部奇書」,雖名為「讀」,然事實上包含了「寫」。我們似乎亦能將金聖歎置入這種「寫」的脈絡中,因為他的評點基本上不僅是讀,更是寫,而張竹坡似乎也接受了金聖歎批書所示範的作文教育,正如他所言:「《金瓶》獨擅此能,我願作文者步步學之也。」(七回夾)以為《金瓶》不能讓不會作文的人讀,因此,張氏在示範正確閱讀法的過程中不時順帶教導正確的寫作方法,因為兩者關係密切,讀者可從閱讀的方法中回過頭來思索

54　張竹坡七回夾批:「《金瓶》獨擅此能,我願作文者步步學之也。」

妙文、佳文的寫作方針。[55]對金聖歎而言，批書的重點之一亦在教導子弟作文章法，他每每不全然著重於情節發展，反而覷看作者細膩的敘事手法，在許多教導子弟作文的批語當中，我們看到不少涉及身體項目的敘事技法，一如張竹坡的批語裡隱藏許多隱性而容易被忽略的身體細節。

　　在筆者眼中，金聖歎的「靈眼」讓他更留意於細節處的身體感官，換言之，金聖歎的細讀是以身體感官為形式的，這種細讀在許多時候「體現」於人物角色的身體感官上，同時透過文字加以輝耀之，正如張竹坡注意到角色的眼神一般，金聖歎留心於另一個重要感官──聽覺。金氏在第九回中特別點出小說人物的聽覺，更有趣的是，不單是一般的聽覺，而是利用小說技巧、與視覺描寫互為相映的身體感知，當李小二要老婆在門外偷聽陸虞候與管營、差撥商議暗算林沖時，老婆聽了一個時辰聽不清個所以然來，金聖歎批到：「去了一個時辰，卻不聽得，可云不快，然不快者事，快者文也。」金聖歎以為當讀者看到老婆「出來說道」時，預想會聽見他們商議的大事，然而老婆卻聽不清楚，這情節多少會令讀者不快，然而，這不快之事卻反而凸顯出「文之快」者，可見金聖歎鼓勵讀者與其放入情感、置身文本而不快，不如換成作者作文的高度──這難道不是金聖歎始終對讀者的教化麼？──去想像文之快或作文者之快，這種痛快、歡愉之類的情緒是屬於文而非屬於事，屬於作者而非讀者；換言之，這種可以稱得上是快感或歡愉的情緒是文本敘事的機關，也是創造這一切的作者的感知。

　　接著，金聖歎要讀者留意「只見」一個軍官模樣的人從懷中取出帕子等物事，遞與管營與差撥，在此金不禁讚嘆：

　　　　聽了一個時辰，卻是看見，耳顛目倒，靈心妙筆。

上述李小二老婆仔細聽了一個時辰的事物竟聽不出，反而卻無意「看見」，無論作者是否真正靈心妙筆地將這種錯綜的身體感織入敘事裡，至少我們讀者得明眼地看出金聖歎的「靈眼」：他始終注目於角色的視聽言行，且留心於視覺與聽覺的錯置，在他眼中，這絕非作者無意為之，而是故意令讀者耳顛目倒的敘事策略，因此能做到令讀者耳顛目倒，確實需要歸功於作者的靈心妙筆。金氏還特別指出，為了要李小二及老婆在簾外偷聽，須得在第九回開始編造出林沖有恩於李小二情節，金對此不禁歎到「作文真是苦事」，

55　作者選擇的讀者，以及作者創作觀的展現，盡表現在讀法第六十四至六十九當中：「讀《金瓶》，當看其脫卸處。子弟看其脫卸處，必能字出手眼作過節文字也。」（六十四）「讀《金瓶》，當看其避難處。子弟看其避難就易處，必能放重筆，拿輕筆，異樣使乖脫滑也。」（六十五）「讀《金瓶》，當看其手閒事忙處。子弟會得，便許作繁衍文字也。」（六十六）「讀《金瓶》，當看其穿插處。子弟會得，便許他作花團錦簇、五色眯人的文字也。」（六十七）

由此可見，金聖歎的細讀法之一便是著眼於人物角色的身體感知，尤其是互補的、交錯的身體感，當他如此細讀時，又彰顯出他細緻的閱讀身體感——令他著眼的不僅是粗糙而具體的身體，而是細微而精妙的身體感知；換言之，角色的身體感之所以被注目，當然和讀者的眼光有關，金聖歎似乎在若有似無之間要讀者／作文者亦去「親身」領略並體知細緻的「耳顛目倒」及作者筆下的風景，由此可見，閱讀確實是一種「體會」和「體認」，若能字字句句加以琢磨體知，便能瞭解作者的靈心妙筆。

這種體知最常見但也最被忽略的在於對筆下世界的感受，例如冷熱，金聖歎在第九回回評以「瘧疾文字」這般與身體緊密關連的譬喻來描述文字「寒時寒殺讀者，熱時熱殺讀者」之妙：當讀者閱讀林沖面對火燒草料場時彷彿也化身為林沖或至少親臨現場，感受火場灼熱，因而金聖歎以為妙筆確實有瘧疾的感染力，能從紙頁燒向讀者閱讀的當下。金氏似乎鼓勵讀者要適時「設身處地」地融入情節中，相對地，金氏也讚嘆作者文筆之妙，彷彿其親臨現場、「設身處地」：當王倫以藉口推卸晁蓋等七人久住梁山泊時，「只見林沖，雙眉剔起，兩眼圓睜，坐在交椅上大喝道……」金聖歎讀到此句，特於「坐在交椅上大喝道」後批道：

> 此處若便立起，卻起得沒聲勢，若便踢倒桌子立起，又踢得沒節次，故特地寫個「坐在交椅上」罵，直等罵到分際性發，然後一腳踢開桌子，搶起身來，刀亦就勢掣出，有節次，有聲勢，作者實有設身處地之勞也。（十八回夾）

從這段批語裡的身體動作對行文之影響來看，真正能設身處地者乃金聖歎也，他揣想林沖的身體動作及其對林沖之塑造、對文句之影響，彷彿是個親臨現場、親身示範的導演，從眾多林沖可能的動作中篩選出最佳且最有力者，因此在一般人眼中無須特別留意的「坐在交椅上大喝」卻被金聖歎覷在眼裡，並將此視為作者文筆之妙，由此可見，金聖歎確實著眼於看似平凡的身體感官與身體動作，因為這些細微處皆可能是一部書之大關鍵處。

於是，當金聖歎圈點書中角色的「先聽後看」或「先看後聽」，著實不是閒話閒筆，他要讀者細膩地置身於作者筆下的現場，同時又要讀者留心於作者有層次、善於變幻的文筆，例如何濤率千軍萬馬殺入石村時，先聽後見阮小五，接著又先見後聽阮小七，兩者所給予何濤軍隊與讀者的身體感知相互錯落而有所不同。再者，金氏特別圈點眾人「只聽得蘆葦中有人嘲歌」之「只聽得」三字，「紙上如有一人直閃出來」；而後「住了船，聽時」五字，「紙上如有一人復閃入去，寫得變詭之極」（十七回），雖兩者皆為「聽」，但金聖歎卻彷彿身歷其境，「看／聽」出兩種「聽」之差別。[56]又以孫二娘欲毒害武松

---

56 同樣是「看」，在金氏眼中卻別有不同趣味的例子可見十五、十六回，十五回楊志看十四個人——

的情節為例，當武松假裝暈倒時，金聖歎緊跟著故事情節，要讀者注意武松的聽覺，尤其是雙眼緊閉的武松「聽」出孫二娘的一舉一動：「聽他把兩個公人先扛了進去」、「聽得他把包裹纏袋提入去了」、「聽得他出來看著這兩個漢子扛攪武松」等，原應是視覺性的畫面和敘述，作者卻從武松聽覺的角度描述，這又照出後頭武松壓在婦人身上時「見他殺豬也似叫將起來」，對身體感官敏銳的金聖歎因此批到「上文許多事情，偏在耳中聽出，此處殺豬也似一聲，卻於眼中看見，奇文繡錯入妙。」原是視覺的畫面卻從聽覺處描寫；而原該是聽覺的畫面卻從視覺處補出，這是金聖歎以為作者功力獨特之處，但筆者以為這應是注重身體感官細節的金聖歎的閱讀功夫，這種對繡入文本中的「聽」字之細膩關注，同時也成為金氏判別版本優劣之準則，他以為《水滸》俗本無八個聽字，由此可知古本之妙。（二十六回）再者，又可以第六回林沖跑到陸虞候家救其娘子為例，當林沖急忙地「搶到胡梯上，卻關著樓門」，金聖歎提醒讀者關上的樓門是個關鍵，正因如此，方有下文兩個「聽」字：

> 只聽得娘子叫道：「清平世界，如何把我良人妻子關在這裡！」「只聽得」，妙妙，急殺！○此時賴是聽得，若不聽得，便一發急殺矣。又聽得「又聽得」，妙妙，急殺！高衙內道：「娘子，可憐見救俺！便是鐵石人，也告得回轉！」

在此，側重於聽覺的妙用在於凸顯讀者的緊張情緒，林沖的聽覺與讀者的視覺合而為一，讀者所見完全依賴於林沖的聽覺；或更準確地說是金聖歎的聽覺，倘若沒有金聖歎如此細膩地點出聽覺的作用，讀者恐怕也不知其特殊所在。

　　再者，能凸顯作者靈心妙筆之處亦在於字詞的使用，既然批書的目的之一在於教導作文，金聖歎在《西廂》讀法二十七中便充分表現出他對字、句的細細玩味與觀照，他以教授兒子寫作的經驗為例：從連字為句、布句為章的功夫，再一一回歸到「布一句為一章」的精鍊功夫，然後意味深長地告知讀者，經由這累進與拆解的訓練之後，方能予此人讀《西廂》，因為「《西廂》只是一字」（讀法三十一），更精確地說，「是一『無』字」。事實上，在《水滸》中常可見金聖歎玩味作者用字之妙，在此亦以角色的身體動作為例，如第三回吃了酒的魯智深要和尚開門，金氏特別留意於在整個過程中，作者用哪些字去描述身體動作與角色互動：「一路拽字、鑽字、塞字、鑿字，皆以一字為景」（三回眉），「一字為景」似乎正為金聖歎所稱讚，仔細分析，這些字無不與魯智深的動作相關。又如楊志與周謹比箭時，金聖歎專注地凝視作者用字，他以為周謹搭弓弦「扣

喝下混有蒙汗藥的酒，十六回倒地不起的眾人眼睜睜地看楊志，金氏批道：「兩『看』，寫得睜睜可笑。」（十六回夾）

得滿滿的」、「儘平生氣力」，再加上「眼睜睜地」、「窩上」等字，著實「妙絕」，這些描述身體細節的文字之作用在於「故意嚇人」（十二回夾）。因此，我們可從這兩則簡短的批語中想像金聖歎閱讀《水滸》時的專注焦點為何，進而從中提煉出他閱讀目光中的身體，這些關涉身體的一切又與文學技法相關，由此可見，張竹坡閱讀《金瓶》的「作文之法」，事實上是從金聖歎而來。

三、轉身回刀，轉筆回墨：刀法與筆法

在金聖歎眼中，除了文本中抽象的感知可作為作文章法之示範，身體更足以轉譯為筆力，彷彿可從金聖歎評點下的角色身體中看出一枝巨大的筆；換言之，與其是故事與身體吸引金氏的目光，不如說結構著、形塑著身體的筆始終挑逗著金氏的眼瞳。第六回描寫高太尉設計林沖，先派了兩個承局入林沖家伴稱試刀比武，隨後林沖跟此二人進府、來到廳前，林沖兩次立住了腳，金聖歎特別留意到林沖停下腳步，並批道「筆法奇險」，這一住腳的動作不僅在金聖歎眼中似乎別有意味，看在筆者眼中，著實可大大發揮一番，而對立腳停駐的留心觀察，也影響了張竹坡，他也從《金瓶》中眾人的立腳停駐，看出文法結構組成之妙與嚴。筆者發現，在這看似平常的批語中，事實上隱藏著金聖歎對身體動作的敏感，況且這並非一般的身體動作，透過金聖歎的轉譯，我們看到林沖停下腳的普通動作被視為奇險的敘事技巧，其目的在於頓挫讀者閱讀的慾望，換言之，林沖的動作不應僅被視為一般的身體動作，在金聖歎眼中，此身體動作包含了敘事機關，用以凸顯作者筆力。

筆者以為最有趣也最貼切的例子莫過於武松的身體，當武松殺張都監時，金氏評點到「不惟轉身回刀甚疾，其轉筆回墨亦甚疾」（三十回），「轉身回刀」乃武松的身體動作，而「轉筆回墨」則關乎作者的文思與筆力，兩者相互映照。金氏以為武松的身體動作及殺人態勢不應僅視為故事來讀，更應從鍛鍊筆力的層次讀之：

> 此文妙處，不在寫武松心粗手辣，逢人便砍，須要細細看他筆致閒處，筆尖細處，筆法嚴處，筆力大處，筆路別處。（三十回回評，底線為筆者所強調）

金聖歎一一解釋所謂「筆致閒處」乃馬槽聽得聲音方才知武松句、丫鬟罵客人一段酒器皆不曾收句、夫人兀自問誰句等；「筆尖之細」則如吹滅馬燈火句、開角門便撥過門扇句、走出中門拴前門句；「筆法之嚴」則如「前書一更四點，後書四更三點，前插出施恩所送錦衣與碎銀，後插出麻鞋」；至於「門扇上爬入角門，卻又開出角門撥過門扇，搶入樓中殺了三人，卻又退出樓梯讓過兩人……」等十數個轉身則見筆力之大；這麼看來，武松的身體動態不僅為推進敘事所需，更重要的是展現了作者的筆致、筆尖、筆法、

筆力及筆路；換言之，對專業讀書人金聖歎而言，武松的身體動作可以轉譯成文筆和佈局，與其說作者或金聖歎強調的是武松一路無情地見人便砍，不如將這段與身體平行、類比的文筆視作關鍵。又如武松醉打蔣門神那段：「武松先把兩個拳頭去蔣門神臉上虛影一影，忽地轉身便走」，金聖歎則批到「筆翻墨舞，其捷如風」，金氏的批語將文筆身體化，也是擴大的身體隱喻，而接下來的批語「看他打虎有打虎法，殺嫂有殺嫂法，殺西門慶有殺西門慶法，打蔣門神有打蔣門神法，胸中有此許多解數」（二十八回）這裡的「解數」與方法表面上是指武松打鬥的動作，事實上是讚許作者筆法多端，不重蹈覆轍。當施恩和武松離開平安寨，望見官道旁的酒肆時寫到「筆筆欲舞，字字能飛」；而後當武松在酒店連喝兩三碗酒後「起身便走」，僕人急急收拾傢伙什物時，金氏評點到「飛舞而下，筆尖不得稍定」（二十八回），筆尖的飛舞與武松的動作之間存在著緊密連結，由此可見，武松的肢體動作適足以淋漓地展現作者的文筆——包含筆致、筆尖、筆法、筆力、筆路，換言之，若純粹從寫作技法的角度來看，武松的身體體現了優質的文筆，他活躍而飽滿的軀體動作輝映著一個極有才氣、極富文采的作者在案前疾筆振書的模樣，當武松醉打蔣門神或一路殺向張團練等人時，事實上具像化為塑造這一切的作者馳騁思路、揮毫下筆的書寫當下。

其次更細緻的則是作文的方法，既然金聖歎評點《水滸》不全然稱讚作者功力，同時也著眼於子弟作文，武松的動作當然也不僅直照作者下筆的瞬間，更凝鑄成教導作文的手勢：

> 武松再把右手去地裡一提，提將起來，望空只一擲，擲起去離地一丈來高，武松雙手只一接，接來輕輕放在原舊安處。此方是後一半，然尚有一半在後，奇絕之筆。（眉）看他「提」字與「提」字頂針，「擲」字與「擲」字頂針，「接」字與「接」字頂針，又看他兩段，一段用「輕輕地」三字起，一段用「輕輕地」三字止。回過身來看著施恩並眾囚徒，面上不紅，心頭不跳，口裡不喘。此又是一半，合一提、一擲、一接，不紅、不跳、不喘，始表全副武松也。（二十七回）

武松的動作、金聖歎評點及教導作文的手勢適切地融合，文本內武松的提、擲、接等動作皆成為金聖歎圈點並視為作文技法（頂針）的關鍵字，接著，金聖歎又分析武松的面部表情和身體反應，示範摹寫人物入微（「全副武松」）的技法。《水滸》以描寫眾英雄豪傑的「身段」為焦點之一，在金聖歎眼中，無論是英雄的身體還是行文皆有章法可循，這些英雄豪傑的身體與身段皆鍛鑄成文章的章法，以顯示作者文筆了得，在此，金氏也用了軍事隱喻強調作者的文筆：「行文如行兵，遣筆如遣將，非可草草無紀也。」（十八回夾）

武松的身體一方面充滿力量，一方面亦具有情色的想像，無論是他對金蓮的細微的身體動作，抑或對賣人肉的孫二娘、蔣門神的妾皆然，當武松強行要蔣門神的妾陪酒時，金聖歎不禁批到「到此處，不惟酒保、婦人不堪，雖讀者亦不堪矣。」（二十八回）最細緻的應屬孫二娘欲「剝」武松這廝時的描寫，當婦人脫了衣裙、赤裸地將武松提起時，武松趁勢「胸前摟住」婦人，而後又雙腳夾住婦人、壓在婦人身上時，金聖歎評點到「胸前摟住，壓在身上，皆故作醜語以成奇文」，這似乎淡化了武松的意圖和身體動作，而將焦點轉向「醜語以成奇文」，彷彿是告訴讀者武松這一「妙人」的身體動作可化約為表面文字（醜語），目的在於成就「奇文」，因此武松的身體彷彿是具有高度彈性和穿透性的載體，依情境需要而變幻，因此金聖歎說道「上文武二活是景陽岡上大蟲，此處武二活是暮雪房中嫂嫂」（二十六回總評），忽而為大蟲，忽而為嫂嫂，忽為男忽為女，他的身體彷彿跨越了血肉之軀的界線，因為他是文本式的，他身體的變幻用以凸顯筆力的變幻；換言之，他的身體是為了敘事技巧而塑造的。這麼看來，早在金聖歎時便已識破了表面的文字故事，直視敘事本質或作文本領，武松的身體不僅被視為暴力和情色，更重要的是作文的、文學的、技法的身體。論者也觀察到不僅金聖歎，《水滸傳》的批評家群似乎不大重視水滸故事本身，相對而言，他們對《水滸》的文學藝術成就更有興趣，可見當時的部分文人不見得愛好故事的通俗性，而是喜愛以通俗素材發揮文學底蘊的《水滸》之文字。[57]這麼看來，金聖歎似乎鼓勵讀者層層剝去暴力與殺伐的身體動作，凝望那筆法的走向。為了故事情節或文字節省而設計殺人，是金聖歎評《水滸》的關鍵之一，例如魯智深殺李吉和都頭時，金聖歎批到「此處殺李吉，不殺都頭可也，只是不殺，便要來趕，便費周旋，不若殺即，令文字乾淨。」（二回）殺人這一動作已超越了心理或情節，為了「文字乾淨」之故，殺盡兩人是最好的方式。

如果說武松的「轉身回刀」體現了「轉筆回墨」，金聖歎注目下的鶯鶯的側轉身，則體現了《西廂》作者的「偏有本事」，更準確地說；體現了金聖歎「偏有本事」。《西廂》作者不過以「偏」一字描述鶯鶯轉身的動作，然而在金氏的靈眼細讀下，鶯鶯的轉身被強調、被放慢，同時被賦予超越具像身體的抽象意義：當金氏讀到「宜貼翠花鈿」時便強調此乃「側轉來所見」；讀到「宮樣眉兒新月偃，侵入鬢雲邊」時又再度強調此容貌亦「側轉來所見」，他看鶯鶯側轉身來，「遂於紙上親見其翩若驚鴻」，更重要的是，他透過批語將如此妙文持贈普天下才子，「願一齊於紙上同見雙文翩若驚鴻也」，進而要讓普天下才子因為閱讀他的批語而注意到鶯鶯側轉身來的特別之處：

---

57 劉承炫〈金聖歎《水滸傳》評點之敘事話語的探究〉，《中國文化大學中文學報》（2006），頁116。

此方是活雙文，非死雙文也。儯乃不解，遂謂面是面、鈿是鈿、眉是眉、髻是髻，
則是泥塑雙文。

「活雙文」和「死雙文」或「泥塑雙文」的差別正好在於讀者是否看到了不同於表面（面
是面、眉是眉）的身體，倘若讀者僅看作者筆下的花容月貌，那麼便只能見「泥塑雙文」，
相較於此，金聖歎特別點出要看鶯鶯的「側轉」，進而從鶯鶯的轉身窺見作者「如許章
法」：事實上，此數句不過僅描寫鶯鶯側轉身說「我看母親去」，然而金聖歎卻從中讀
出作者的筆力與章法，並間接地暗示著他「靈眼」之奧妙，適足以作為普天下才子之典
範：「普天下才子讀至此處，愛殺雙文，安能不愛殺聖嘆耶！」由此可見，鶯鶯的轉身
之可看度遠勝於表面上的花容月貌，因為她的轉身包含了作者的「錦心繡手」，她的身
體應被細讀成文學技法式的。

　　除了鶯鶯的轉身之外，她的腳蹤亦被視為章法之一。金聖歎仔細琢磨「你看襪殘紅，
芳徑軟，步香塵底印兒淺」，以為這是為了照映後面「只將腳踪兒將心事傳」這句透露
鶯鶯留情的舉動，因此先將芳徑淺印特別描畫一番，為了強調自己的靈眼覷見，金氏還
特別將世俗人的「看」提筆一照：「儯父強作解事，多添襪字，謂是嘆其小，嘆其輕，
彼豈知文法生起哉？」金氏以為一般讀者多半從「襪」字上著墨，並賞玩其腳小、腳輕，
相比之下，鶯鶯的腳小腳輕較為情色而膚淺，而腳踪腳印則較為精神而抽象，尤其蘊含
了作者的「文法」在內，因此，金聖歎看穿了鶯鶯腳小而輕的誘人可愛表面，直透作者
的筆法文法。接著，為了繼續強調這腳踪腳印的關鍵處，金聖歎以為作者先「從眼角留
情處」掉謊，進而導入「腳踪心事傳」的正題，對此他不禁歎到：「行文可謂千伶百俐，
七穿八跳矣！」緊接著腳踪的描述則是形容鶯鶯慢步的姿態，金聖歎以為這更證實了應
看腳踪底印而不看腳小腳輕的證據：「慢俄延」便是腳踪之所以能將心事傳的證據了。
總之，金聖歎看的是不僅是腳，而是藉由小腳所步出來的章法筆力。

　　再進一步來說，金聖歎鼓勵讀者深入閱讀，不僅看鶯鶯、看情節，更要看作者如何
「以文為戲」，以文字細細地撫摩文字。例如張生在夜裡等鶯鶯時，為了襯托映照出「側
著耳朵聽，躡著腳步兒行」，作者連用十數疊字倒襯於「姊姊鶯鶯」這一疊字之上，包
括「悄悄冥冥」、「潛潛等等」、「齊齊整整」、「嬝嬝婷婷」，因此金聖歎看到的不
僅是齊整而嬝婷的鶯鶯；也不僅是側耳聽、躡腳行的動作，而是漢字、疊字與連音的妙
文美文：「累累然如線貫珠垂，看他妙文，只是隨手拈得」，以上這些具像體現身體感
知的形容詞，展現了不可言說的身體之美，同時也是文情之美，因為「身」與「文」合
而為一，金氏的閱讀更為貼切地詮解了漢字閱讀的微觀性，讓我們彷彿看到一個慢速細
讀的讀者身影，相同地，作為金聖歎讀者或也被期待從這漢字之形、音、義之幽微妙處

自行理會、體解鶯鶯的身體動作，由此看來，「身體感知」既是作者利用漢字所展現的，同時也是讀者藉由漢字所「貼身」感應的，而要細緻地體會，首要條件便是放慢閱讀的速度，一字一字地微觀閱讀。

從武松的轉身回刀看出轉筆回墨；從鶯鶯的腳踪腳步看出文法生起，以上皆是金聖歎看破身體表象、直透作者筆力的示範，對他來說，這些動作身體既非殘忍亦非誘人，無論是武松還是鶯鶯，他們的身體著實超越了讀者的情緒或想像，而是作者展演筆法的平臺，正如張竹坡從潘金蓮、李瓶兒身上窺見文本構成的身體般，武松的轉身和鶯鶯的轉身皆飽含深度或詩意，他們應被視為文本構成物來理解，他們的動作皆指向作者的筆力和文法，而身為靈眼或明眼的讀者，便要從這些人物的身體內讀到更偏向文本與文學的本質。

四、轉我後身，世間之書：書寫與身體

不僅如此，靈眼金聖歎甚至從作者的筆法與用字中揣摩角色的身體動作，對於書寫者而言，為了能靈動而鮮活地展現各色人物，適時地浸入角色，化身或現身為書中人物是必然的，因而張竹坡才以為《金瓶》的作者（同時也是他個人的）「現淫婦身而為說法」；相同地，金氏也揣想了作者書寫時的身體，不僅是人物的身體，更有趣的是老虎的身體。金氏以為施耐庵極為成功地描畫了活虎、怒虎的動態，而在這細膩的摹畫背後，多少也在讀者心中投影了作者書寫時的身體姿態：

> 傳聞趙松雪好畫馬，晚更入妙，每欲構思，便於密室解衣踞地，先學為馬，然後命筆。一日管夫人來，見趙宛然馬也。今耐庵為此文，想亦復解衣踞地，做一撲、一掀、一剪勢耶？……我真不知耐庵何處有此一副虎食人方法在胸中也。

金氏以畫家趙松雪畫馬的例子，對照於施耐庵畫虎的片刻，尤其有趣的是金氏暗示讀者聚焦於怒虎的身體動作（同時也是用字），藉此回到作者操筆揣摩的當下，其中「解衣踞地做一撲、一掀、一剪」之形容相當精準地捕捉到作者書寫時的身體，接著，當武松往老虎的眼睛猛亂踢去時，金氏讚嘆耐庵如何得知「踢虎者必踢其眼」；而「虎被人踢便爬起一個泥坑」？其中似乎暗示了作者書寫這段打虎動作時，揣摩並想像打虎與被踢之虎之身體動作及身體感知。倘若我們接受金氏的說法，書寫確實是「現身說法」，作者必須暫時將自身假想為角色中的身體——即便他是一隻吊睛白額大蟲亦然——以彼身去轉筆回墨，透過金氏對隱藏於文本中的各種身體之注視，讓我們明瞭書寫確實也是某種身體力行，書寫與身體密切相關。

金聖歎初讀《水滸》乃十一歲病中所得，雖然並非他批《水滸》的年紀，然而生病

這事件或許多少影響、形塑了閱讀《水滸》的感受，又或許成為他評點時留意身體的契機，筆者之所以有此大膽的推測，乃是從許多古今中外生病的藝術家身上獲得靈感[58]，這些特殊的生命經驗多少灌溉其閱讀視角，而這閱讀經驗又終匯流成他生命的一部分。總之，閱讀與身體兩者息息相關，而書寫亦與身體緊密連結。相較於從作者筆下看出刀法與筆法之貼合，筆者進一步想探究讀者／評點者／書寫者金聖歎透過評點所欲追求的另一種轉身：在此，轉身不再是純粹的身體動作，而更涉及宗教觀點與身體本質的某種超越解脫，換言之，「轉身」脫離了一世的軀體限制，達到某種形而上的、精神的永生。金氏評點《西廂》之序二〈留贈後人〉提到：

> 後人既好讀書，又好友生，則必好彼名山大河，奇樹妙花。名山大河，奇樹妙花者，其胸中所讀之萬卷之書之副本也。於讀書之時，如入名山，如泛大河，如對奇樹，如拈妙花焉。於入名山、泛大河、對奇樹、拈妙花之時，如又讀其胸中之書焉。後之人既好讀書，又好友生，則必好於好香、好茶、好酒、好藥。好香、好茶、好酒、好藥者，讀書之暇隨意消息，用以宣導沈滯、發越清明、鼓蕩中和、補助榮華之必資也。我請得化身百億，既為名山大河，奇樹妙花，又為好香、好茶、好酒、好藥，而以為贈之，則如我自化身於後人之前，而後人乃初不知此為我之所化也，可奈何？後之人既好讀書，必又好其知心青衣。知心青衣者，所以霜晨雨夜侍立於側，異身同室，並興齊住者也。我請得轉我後身便為知心青衣，霜晨雨夜侍立於側而以為贈之。則如可以鼠肝，又可以蟲臂。偉哉造化！

如果不加留意，便會忽略這個段落中的、隱藏而隱喻性質的身體。首先，金聖歎將讀書、身體動作（「入」名山、「泛」大河、「對」奇樹、「拈」妙花）緊密地結合與映照，進而願自己能「化身」為有助於讀書的物質或知心青衣，陪伴後世愛讀書者，然而，金聖歎注意到這裡存在著一個問題，即轉身、化身後的「我」如何讓後世讀者知曉？畢竟身體會因死亡而消逝，轉身後已非原來面目，於是金聖歎發現「世間之一物，其力必能至於後世者，則必書也」。

更有趣的是金聖歎在這種身體／書寫相互轉化的過程中所扮演的角色及被記憶的方式：

58　例如凱‧傑米森（Key Redfield Jamison）曾提到：「有許多證據指出，藝術家、作家和一般較有創造力的人，心理上比「正常」人更容易「生病」（也就是說，他們在各種精神病理的測量上得到較高的分數），也比一般人更健康（比如他們在自信和自我力量的測量上，分數明顯升高）。」凱‧傑米森（Key Redfield Jamison）著，王雅茵、易之新譯《瘋狂天才——藝術家的躁鬱之心》（臺北：心靈工坊文化事業公司，2002），頁143。

> 夫世間之書，其力必能至於後世，而世至今猶未能以知之，則必書中之《西廂記》
> 也。夫世間之書，其力必能至於後世，而世至今猶未能以知之，而我適能盡智竭
> 力，絲毫可以得當於其間者，則必我此日所批之《西廂記》也。夫我此日所批之
> 《西廂記》，我則真為後之人思我而我無以贈之，故不得已而出於斯也。

身體短暫而不可依恃，它終會轉變與消逝，這是金聖歎意識並加以闡述的真理（見序一〈慟哭古人〉），然而，「我」之主體對此真理卻難免恐懼，希望能「化身」為超越身體與時間的永恆存在，因此便欲化身、附身於書籍中；或更精準地說，化身於書寫當中，透過「批」的書寫動作，讓自身得以不斷地側立於今後的眾多讀者身旁，據此，金聖歎將自身化身、轉身為書／書寫，以此方式「輪迴」至後世讀者的案前燈下；換言之，批、讀僅不過是瞬間而短暫的身體動作，然而卻能超越身體，進而取代真實的身體，鑄成永恆的肉身。

正如金氏在《水滸》第十四回回評中對生命、身體及書寫的省思，他以為若人生以七十歲為限，前十五歲以及五十歲以後皆因某些原因而擲棄之，而中間可用的三十五年「風雨占之，疾病占之，憂慮占之，飢寒又占之」，真正可享受的日子實在少之又少，進而以為「生死迅疾，人命無常，富貴難求，從吾所好，則不著書，其又何以為活也。」由此可見，對金聖歎或是許多當時文人而言，著書確實是存在的證據，書是另一種生命與身體。張竹坡的弟弟在回憶兄長張竹坡的文章裡，也有類似說法，表明「著書立說」讓張竹坡雖死猶存：「然著書立說，以留身後之名，千百世後，憑弔之者，咸知有竹坡其人，是兄雖死，而有不死者再也。」[59]張竹坡和金聖歎皆從閱讀與評點的過程中發現所有有形事物（當然也包含肉身）的虛渺不可恃，角色人物的身體如此，自己的身體更如是，金氏則從批《西廂》兩篇序文中領悟到自己茫渺之存在——在「慟哭古人」與「留贈後人」之間曖昧地摸索並以彰顯自身的位置與價值——似乎唯一能達成「轉身」並超越時間限制的便是書、批書、文字，然而這種轉身並不完全貼合宗教觀點下的轉身，而是經過文人浪漫化的轉身，然而，這也給予我們另一種文人式的解脫與出口，正因清楚瞭解身體的虛幻，文人將自身想像成傳於後世之書，將短暫的身體轉化為永恆的身體，物質的身體轉化為精神的身體——書。

---

59 張道淵〈仲兄竹坡傳〉，收入侯忠義、王汝梅編《《金瓶梅》資料彙編》（北京：北京大學出版社，1985），頁211。

五、掃地讀之，翱翔讀之

　　相較於轉身為書這種過於浪漫而神秘的想望，閱讀確實是一種身體鍛鍊，這點張竹坡在批《金瓶》時便隱約可見，例如擊唾壺、劃寶劍等，然事實上，這似乎也承繼金聖歎批《西廂》以為必須掃地讀之、焚香讀之，因為「掃地讀之者，不得存一點塵於胸中也。」（讀法六十一），又「焚香讀之者，致其恭敬，以期鬼神之通之也。」（讀法六十二）掃地是個再簡單不過的身體動作，金氏將閱讀與掃地合而為一，不僅是比喻「不得存一點塵於胸中」，同時也將閱讀動態化，也許掃地與讀書僅是其中一種讀法，此種將身體與閱讀結合的方法不禁讓我們聯想到無時無刻皆須注重的修養與鍛鍊功夫，所鍛鍊的不僅是身體，更是「靈心」與「靈眼」。

　　因而，金氏不斷地透過評點提醒讀者那些作者因敘事需要而編撰的情節，那些出現於《水滸》中的各色人物之身體、動作、音聲常是為了敘事而存在，讀者切莫因情節而感受悲喜衝擊，例如當林沖聽聞娘子自縊身死時，金氏批到：

> 頗有人讀至此處，潛然落淚者，錯也。此只是做書者隨手架出，隨手抹倒之法，當時且實無林沖，又焉得有娘子乎哉？不寧惟是而已，今夫人之生死，亦都是隨業架出、隨業抹倒之事也。豈真有人昔日曾作此書，亦豈真有我今日方讀此書乎哉！

以上的質問仿若是對不時批到「大哭」的張竹坡之調侃，這種詰問之目的在讓讀者認清敘事／身體（敘事如同身體）的本質——虛幻與虛無，而人之生死、身體之構成乃「隨業架出」、「隨業抹倒」，因此無論是作者、作者筆下的林沖及其娘子或包含正在讀書的「我」，皆須看透事物的本然面目，方能不落淚，同時亦方知閱讀著實為修行與鍛鍊。

　　這麼看來，對於讀／寫者金聖歎和張竹坡來說，他們的評點——用身體的譬喻來說，不可不謂「筆頭有舌」，從筆者的眼光和體知來看，他們為其餘讀寫者所示範的不僅僅是眼光，而是超越眼光、耳顛目倒的整個身體的浸入與體知，他們透過凝視並強調那些字裡行間的、容易被忽略的身體隱喻與細節，來顯示他們獨到的眼光及更重要的；敏銳的感官，一一喚醒隱身於字裡行間的身體，讓文字身體化，讓文字隨同角色身體律動而「回環踢跳」[60]、同時也讓整個閱讀過程身體化，他們彷彿間接地告訴讀者，閱讀讓身體存在，書寫讓身體存在，更進一步地，閱讀和書寫甚至可以成為身體本身，超越有形而

60　金聖歎批語中不時可見文字本身的身體化、踢跳感，例如第八回夾批「待月是柴進一頓，月上仍是柴進一接，一頓一接，便令筆勢踢跳之極。」當武松走蜈蚣嶺落難之際，聽聞某婦人叫「叔叔」時，寫到「妙絕，一篇十來卷文字，回環踢跳，無句不鉤，無字不鎖。」（三十回）

短暫的肉身，或許這是文人如金聖歎抗拒肉身衰敗終歸疾滅的浪漫形式。是的，閱讀與書寫本是自由的，即便金聖歎與張竹坡以為理想讀者應該從眾人物的生命與身體中看出某種文本式的章法結構，然而閱讀與書寫應在此框架下享受某種自由，正如金氏於二十五回回評中提及的「翱翔讀之」[61]，這種超越／飛躍的自由自在，不僅是金聖歎所想像的，同時也為筆者的閱讀下一註腳。

---

[61] 二十五回回評：「我既得以想見其人，因更迴讀其文，為之徐讀之，疾讀之，翱翔讀之，歇續讀之，為楚聲讀之，為豺聲讀之。嗚呼！是其一篇一節一句一字，實杳非儒生心之所構，目之所遇，手之所摛，筆之所觸矣。是真所謂雲質龍章，日姿月彩，分外絕筆矣。」

第二章　盲史之手眼：
丁耀亢寫《續金瓶梅》及焚書後之身體感

予小子憫作者之苦心，新同志之耳目，批此一書，其寓意說內，將其一部奸夫淫婦，悉批作草木幻影；一部淫詞豔語，悉批作起伏奇文。

——張竹坡〈第一奇書非淫書論〉

「寫作」這帖藥無助於好的、真正的回憶，它對於壞的記憶倒是具有幫助記憶的輔助性作用。……這劑藥使精神愚鈍，它不是增進記憶，而是使記憶淡漠。正是憑著真正的、活生生的記憶和真實，才能指控寫作這劑壞藥是一劑不僅引向遺忘，而且引向不負責任的藥。寫作本身就是不負責任，是漫遊和玩耍跡象的孤兒狀態。

——德里達（Jacques Derrida）〈毒品的修辭學〉[1]

　　即便丁耀亢在《續金瓶梅》裡振振有詞地為《金瓶》辯護，同時也利用「冷」、「熱」筆法製造「酸」、「癢」交雜的感受，限制讀者的閱讀歡愉，像張竹坡那樣將《金瓶》讀寫成「草木幻影」、「奇文起伏」，然而在《續金》被焚後，經歷了老、病等諸多困境的他卻認定這是自己書寫《續金》、造口業的後果——「快書焚後成盲史」，當年寫作所湧發的「快」與「盲」之間竟也產生了神秘的因果，於是他終於醒悟了閱讀、書寫（因遊戲而造口業）對身心可能造成的戕害，決心「閉目觀山」，卻也活躍了新的身體感：「聽」山、「聽」書與「聽」史。即便決意「戒吟」以養生，他仍舊無法抗拒繆斯的召喚，始終徘徊在寫與不寫、病與不病之間，對丁耀亢來說，寫作或許便是毒藥，當毒癮發作，沈澱下來的身心又開始「漫遊」、「玩耍」與遊戲了。

1　見德里達（Jacques Derrida）〈毒品的修辭學〉，此篇乃《異議》雜誌編輯埃爾維厄 J.-M Hervieu 訪談德里達的採訪稿，收入德里達著、何佩群譯《一種瘋狂守護著的思想——德里達訪談錄》（上海：上海人民出版社，1997），頁182。

第一節 冷熱酸癢：《續金瓶梅》裡的身體感知計算

一、熱一回、冷一回，癢一陣、酸一陣：作者量「身」打造的書寫策略

> ……兩人（潘金蓮、龐春梅）公案甚明，爭奈後人不看這後半截，反把前半樂事垂涎不盡，如不說明來生報應，這點淫心如何冰冷得，如今又要說起二人托生來世因緣，有多少美處，有多少不美處，如不粧點得活現，人不肯看，如粧點得活現，使人動起火來，又說我續《金瓶梅》的依舊導慾宣淫，不是借世說法了，只得熱一回，冷一回，著看官們癢一陣，酸一陣。（三十一回）

　　丁耀亢（1599-1669）在《續金瓶梅》第三十一回中如是說[2]，這個段落說明了幾件事。首先說明了一般人閱讀《金瓶梅》的錯誤讀法，也就是以淫心閱讀前半截的樂事，其次則點出了書寫的難題，也就是該如何書寫托生後的金蓮與春梅？粧點不粧點，對書寫者的考驗在於道德說教與修辭美學間的拉距，也會牽涉到讀者愛看或不看的問題，其中的「動起火來」則貼切地描摩出讀者的閱讀「慾望」，不僅是對故事的著迷，更直指身體的生理反應；再者，「熱一回、冷一回」則是考量讀者閱讀感知的「癢一陣、酸一陣」而量「身」打造的書寫「詭計」。從這個段落來看，我們看到無論是其後的張竹坡（1670-1698）還是丁耀亢皆關注的難題：那就是「借世說法」的企圖如何藉由文學書寫來包裝？從閱讀的角度來看，如何有效地達成「法音宣揚」而非「導慾宣淫」？從《續金》中的諸種寫作技巧來看，丁耀亢確實注意到了讀者的閱讀感知，並且想盡辦法避免讓其中的性愛描寫成為讀者「導慾宣淫」的助興用品，正如他在首回便指出不正確的閱讀方法——「少年文人家家要買一部，還有傳之於閨房，唸到淫聲邪語，助起性來，只恨那胡僧藥不得到手。」接著表示自己正負擔著「為眾生說法」的大責任（第一回）。事實上，丁耀亢在「凡例」中便清楚說明此書的用意在於「戒淫」，由此可見，丁氏不僅關注於讀者的閱讀感知，同時更以類似禪師指點的方式幫助讀者醒悟、戒掉貪嗔癡等習氣，然而他所選用的則是文學書寫的規格和方式，這理當有難度，尤其丁耀亢試圖將讀者的閱讀慾望考量在其中（「如不粧點得活現，人不肯看」），結果正如他首先假設的問題，如「遊戲品」常不免犯了淫語之病，原因在於全是法語與前集不合，「故借金蓮春梅後身說法」，略做

2　本文所使用的《續金瓶梅》為陳慶浩、王秋桂主編之《思無邪匯寶》（臺北：臺灣大英百科公司，1995）第三十一至三十三冊，共分上、中、下三集。編者校勘所參照的版本為傳藏本、影抄本、物本堂本及嘉慶刊本，並附有署名「湖上釣史」之評點。下文所引文不再另加註解，僅於引文後附加回目。

文章，仍亦正論收結，「使人動心而生悔懼」。

從「使人動起火來」到「使人動心而生悔懼」所透露的正是丁耀亢撰《續金》的出發點，同時更體現了像丁耀亢、張竹坡這類男性文人對於文學「實用」功能的期待，從「動火」到「動心生悔懼」的讀者閱讀感知之轉變，是張竹坡示範的正確讀法，以及丁耀亢遵循《金瓶》之冷熱筆法的實際效益，這點相當值得探索，因為這不僅展現了寫作者細膩的創作心理，同時也反映了讀者閱讀的具體感知，順著「熱一回、冷一回」的巧妙引領，以及讀者被正確誘導所產生「酸一陣、癢一陣」之間，筆者想繼續探索將閱讀感知計算在書寫策略中的丁耀亢，究竟還透過何種敘事技巧有效地「控制」讀者生理反應？

二、這看的婦女們著實動火，險不把個褲襠兒都濕透：讀者（生理）反應

讀者生理反應何須控制？因為即便《續金瓶梅》不像《金瓶梅》中有許多性愛描寫，但是仍有少數的片段仍挑逗、撩撥著讀者慾望，例如《續金》第三十九回鮮活地描摩了百花姑演教的經過；讀者隨著香客的眼光，目睹了整個身體亂舞及狂歡的過程，在此，奇異的宗教儀式與性姿勢的結合，帶給讀者新的感官刺激，這種感官刺激不同於純粹描寫男女交媾的畫面，其筆法似乎既蘊含了作者對閱讀感知的新的冒險嘗試，同時也與作者念茲在茲的課題聯繫在一起。在這狂歡的儀典中，讀者感受到聽覺與視覺的震撼，男女的對舞和齊舞不僅給予讀者宗教儀式般的神秘感，同時也因其中的性聯想而帶來些微的興奮，讀者恐怕會像這圍觀的婦人們一般地動起火來，甚至像丁耀亢描述的孔、黎二寡婦和姊妹那般，看到迷處，「險不把個褲襠兒都濕透了，熱一回，癢一回」。值得討論的是這段描述中並沒有直指性行為發生現場那般過於露骨的身體描寫，不過就是擬似男女交歡前的身體律動，但這彷彿造成了某種閱讀上的前戲，同時也彷彿是書寫設計中的一環，成功地喚醒了讀者的期待和慾望。

這段暗示了、結合了性行為的宗教儀式書寫，在筆者看來是個狡猾但成功的書寫策略，一方面作者擬性愛的描述令讀者想入非非，但一方面這個詭異的宗教儀式令讀者的想像力受到限制，因為它採用間接、曲折的方式讓讀者觀看他人享樂的慾望停留在某個高度；換個方式說，這種一面喚醒慾望又壓制慾望的書寫策略，或許反映出丁耀亢的心理層面：害怕此書成為子弟們宣洩慾望的情趣工具。但作為書寫者，那種幾乎可以說是本能的引發閱讀慾望的念頭是強烈的，因此才會有「冷一回、熱一回；癢一回、酸一回」的設計。事實上，我們可以說這種細微的身體感知是經過設計及經過計算的，如同小說中王朝對金兵輸金的數字那般可計算，身體感知正如同因果報應，兩者皆在算計的行列，正如胡曉真所觀察的，《續金》的因果報應例子皆指向了一個主題，即「因果報應的精

確性」[3]。然而即便丁耀亢善於數算，同時藉由因果報應的精算機制來體現之，例如《續金》首回的輪迴判官手執大簿，根據《金瓶》中眾鬼魂生前作為，一一「算」出今生去處，這種輪迴的數算隱隱閃現於文本中，例如第六十二回裡被玉皇大帝召為五殿閻羅的佛舍所斷的四十二案，每案皆是案主人生中關鍵數字與定數換算的結果，然而「精打細算」到最後卻發現事實上人生無法也無從數算，因果報應的真正運作遠超乎人類妙筆所能計算的範圍，「心思雖巧，到底打不出這天地的輪迴。」（六十四回）

回到上述引文中的「動火」兩字，不僅形容受到擬性儀式吸引的婦人的生理反應，即便是不斷以因果報應著眼的評點者似乎也不禁「動」起「火」來，例如當錦屏小姐邀了空（也就是孝哥的法名）進入閨房；而丁耀亢放筆描述繡床枕上的美貌嬌娥時，評點者批到「迷人動火」（五十一回），此處的「動火」兩字依稀讓我們窺見了當時的讀者（生理）反應，但同時也側面得知丁耀亢敘說的功力，尤其當了空面對如此美貌嬌娥時，卻能「一葉不沾身」般地和錦屏說禪談法，讀者懸置的慾望或許也在丁耀亢的掌握之中。此外，在評點者「動火」的片段之前，丁耀亢才娓娓道來玳安如何領著孝哥「孤身南走」，且又穿插了易子而食、以人為糧的人吃人例子（五十回），將亂離下孤伶伶的身體、大亂中人爭食的「美味」身體（「不叫做人肉，叫做『雙腳羊』」），以及「迷人動火」的身體串成一氣，這樣的書寫策略致使讀者一路讀下來，便不自覺地會興起身體虛無之感。

將不同處境和狀態的身體並列，目的就是為了讓讀者在閱讀的短時間內感受無常與虛幻，最好的方式便是將「財」、「色」並置，凸顯兩者最終虛幻的本質。此書第二回的重要物品一百零八顆胡珠「現身」，作者表明這胡珠的來歷（「西門慶得花子虛家過世老公的」）以及為了悄悄收藏而「縫入貼身衣內」，無論是胡珠的易主還是胡珠與「身」的緊密或疏離，皆暗示了身與財之間的暫時關係。身與財之間的關係隱微而細密地表現於金哥出身之描述以及常姐打鞦韆之敘述中。第十回裡，作者先描述西門慶抱著金磚投胎，成了金哥，然後被打扮成金娃娃的模樣，讀者於是感受到金光奪目的身體裝飾，但接著敘事立刻轉向金兵大亂，朝廷命富戶捐金，必須繳納一萬兩金子的沈越愁眉不展。接下來，敘事又轉向常姐於清明節打鞦韆的模樣，作者費了一番筆墨工筆描繪出常姐出眾的容貌：

穿了一件賽榴花滴胭脂的絳色紗衫，卻襯著淡柳黃染輕粉的比甲，繫一條轉鏡面

3　胡曉真從小說中的許多例子來說明作者對「算」字以及「計算性」的強調，最明顯的尤其是沈花子胎裡帶來的金磚，因此這類對計算性的強調之共通特點便在於「金錢與貨物總是用來當作計算的象徵基礎。」胡曉真〈《續金瓶梅》──丁耀亢閱讀《金瓶梅》〉，《中外文學》第23卷第10期（1995年3月），頁91。

矸雲影的雪光素練，斜映著點翡翠織細錦的裙拖，身子兒不長不短，恰似步月飛
瓊，眉頰兒不白不紅，疑是凌波洛女。

在此，筆者之所以引述這段工筆描繪，是著眼於這樣的美人圖描繪在《續金》中似乎不
多見，不像《金瓶》那般隨手拈來便是美人圖景，這點不難理解，正如論者已經指出了
《續金》是《金瓶》的「悖離」[4]。此外，這段看似美人圖套式的描繪中，確實能讓讀者
透過文字隱約窺見美人身體，雖然僅有「不長不短」、「不白不紅」兩句直接和身體相
關，但開頭對服飾的細緻描繪，從現代的觀點來看，即便只是單純地描述織品的料子、
顏色和材質，我們隱隱感受的無非是包裹於裡面的身體。我們甚至可以如此說，正是這
些層層疊疊、相互搭配且相互輝映的衣裝，提供讀者一個想像美人身體的路徑，正如那
些宮體詩或明清豔詞中所表現的，這種層層的遮蔽所映照出的恰恰是凝視者的渴望。

　　在這段喚出讀者想望（還是妄想？）的美人圖景之後，我們透過遊幸李師師府的黃帝
之眼，再度聚焦於常姐的青春肉身：

　　常姐正打鞦韆，真是身輕如燕舞，細腰似鶯流，一個小小紅妝，打得風飄裙帶，
　　汗濕鮫銷，高高撮在那垂楊枝上，一上一下，正對著閣上。

如果說上一段引文所描畫的美人圖為靜態，那麼這段則給我們動態的視覺畫面，尤其打
鞦韆的姿態很難不讓人聯想起「性」，這裡更清楚地以「一上一下」來興動讀者的慾望。
其實這還不是筆者要強調的重點，重點是接連在這青春、慾望肉身之後的則是「憑空裡
天掉下這個禍來」：常姐被遴選入宮、繼而被騙入李師師府開始其賣笑生涯，這「福禍
相倚」的觀念在《金瓶》中隨處可見，尤其透過張竹坡的詮釋，無論是人物的去來或是
景物的更迭皆隱藏著福禍相倚、冷熱相隨的訊息，連結著前面金哥被打扮成金娃娃和沈
越被徵收萬兩的段落，便不難發現丁耀亢似乎也遵從著《金瓶》中福禍相倚的節奏，尤
其是當財、身鮮明地展演之後，時常接續著壞消息或隱藏的禍根，而這小段落的起伏所
表達的觀念正和作者安排「遊戲品」與「正法品」的結構相互配合。

　　就筆者檢視，「一冷一熱」的感知算計不僅反映在篇章之安排上；更隱藏在《續金》
中的詩文當中，尤其是藉由物質的堆疊和細緻描寫，讓讀者感受到身體與物質的虛假與
虛無性，例如第十回袁家替常姐打扮的場景，即便「香熏了髮面，沐浴了身體」，還用
仙藥透骨香強調下體異香，但在讀者為此感到歡愉之前，作者已將敘事轉到骨肉分離、

4　如胡衍南〈世情小說大不同——論《續金瓶梅》對原書的悖離〉，《淡江人文社會學刊》15 期（2003
　年 12 月），頁 1-26。

「淚眼簌簌」的畫面，讓熏香的身體線索中斷，同時也中斷了閱讀的高潮。緊接著的一段雖看似老生常談，或也強調了身體虛無、受苦（尤其因為美貌而受苦）的本質：

> 世間好物不堅牢，象為牙傷香自燒，籠鎖鸚哥因巧語，網羅翡翠借奇毛。

這裡提及的物質、香、象牙及鸚哥，似乎是女子閨房中會出現的「飾品」，尤其「鸚哥」可說是標準配備[5]，其出現原是旁襯了女子的高貴和美艷，但在此處，作者用此說明首句「好物不堅牢」的真理，和香、象牙、鸚哥同樣可視為被「賞玩」客體的絕色女體同為「好物」，因此其本質猶是虛幻而不可恃的。和身體同樣不可依恃的虛幻之物則是「不義之財」，作者於小說第十一回裡費了一番筆墨描述西門慶被盜走的財物牽連了多少貪財之人，透過預示的手法，作者用以告誡讀者「總是虛花照眼，何曾沾得分毫」，因此身、財皆是作者點出的虛幻之物，用來克制讀者對此「實體」之執著。

　　此外，在第五十三回中，丁耀亢讓讀者經歷了不同的身體，體驗了不同的身體感知。這回中首先描述了揚州「養瘦馬」——也就是調養才色兼備的妓女——之風俗[6]，讓讀者細細品嚐「春心自動」的婦人如何「試試這點荳蔻花心兒」，「體會」女教師如何嚴防女兒走小水的本領。這些在閨房中細心打造的身體，搭配作者近距離的「逼視」，似乎很能讓讀者「癢一陣、熱一回」，但正當讀者開始享受或貪戀時，敘述很快地轉向金兵攻下揚州的殺戮場景——「見了金兵上城，滾的滾，爬的爬，一個價走投沒命……但見好殺」——丁耀亢給讀者「刀過處似宰雞豚」的血腥畫面，且用婦女為了自保而塗黑臉、蓬頭破襖的例子來說明「鳥因翠損毛」這般美色坑人的道理。這樣還不夠（不過癮？），丁耀亢穿插了一個殘酷的故事，故事中王相公和愛妾情深義重，但後來卻失身於番兵，故事本身似為老生常談，但值得一提的是，丁耀亢透過王相公的視角目睹了整個歡愛的過程，似乎要讓讀者從王相公的視角去感受愛妾如何荒淫、又如何主動獻身、逢迎番兵的模樣，因此當讀者完整地讀罷這段性愛描述時，應不會像西門慶兩次私通林太太那般「快活殺我了」——因為後者並沒有安置一雙丈夫的、道德的眼睛偷窺——反而會像評點

5　曼素恩（Susan Mann）在《蘭閨寶錄》中，對名妓閨房中的鸚鵡特別注目，她引用 Clunas 的說法表示鸚鵡「純屬閨房擺設的飾物」，且奇特的反差是，愛嚼舌根的鸚鵡之作用在於舉發不守婦道的妻子，故其存在代表著「女主人的貞潔」。總之，曼素恩以為鸚鵡、鸚哥是屬於婦女閨房之飾品。見曼素恩（Susan Mann）著，楊雅婷譯《蘭閨寶錄：晚明至盛清時的中國婦女》（臺北：左岸文化事業公司，2005），頁 285。

6　在「養瘦馬」的過程中，丁耀亢指出《如意君傳》等「淫書」如同春宮圖兒，是枕上風月的指導書，由此可側面猜想此類「淫書」確實會影響讀者（生理）反應，使男女動火，另一方面或許也隱約道出丁耀亢這類男性文人作者的隱憂：害怕苦口婆心勸世之書淪為性教學指南。

者眉批「王相公如何受」那般不忍卒睹。換言之，這裡的性愛場景由於受到敘述視角的道德約束，讀者感受不到如魚水之歡的閱讀樂趣，反而是「如何受」──當批者批到「王相公如何受」時，其觀點便示範了當時讀者的目光──而這正符合丁耀亢為傳達「枕邊恩愛風中露」之真理。

再者，丁耀亢採取不同的敘事視角來觀看這群考選的美婦女子，一開始透過蔣竹山的凝視時，讀者或許也會有和蔣竹山「化酥了半邊，連骨髓都流出來」那般奇妙感受，但諷刺的是，中頭榜的女子之詩文中盡暗示了身體之虛無、美色之害人之真理[7]，著實與金兵、奸細貪圖美色而大張旗鼓之舉形成強烈的反差和反諷，倘若蔣竹山的視角令讀者又癢又熱，那麼女狀元的詩文則令人又酸又冷了；換言之，兩人的視角相當不同，這多少也展現了性別辯證的可能。筆者之所以詳細地描述五十三回的內容，便是用來說明丁耀亢如何在一回中讓讀者既熱又冷、先癢後酸，其細緻地安插、盤算程度，顯示了丁耀亢確實透過文本中身體感知的變異，來影響讀者閱讀時的感受。從「中斷讀者閱讀歡愉」這點來看，事實上《續金》並沒有太過厲害地「悖離」《金瓶》，因為蒲安迪也指出了《金瓶》作者試圖透過「遮斷性行為」的敘事手法，不盡情地滿足讀者的窺視慾望，不過比起尺度較大的《金瓶》，《續金》的「遮斷性行為」顯然進行得更為徹底，因此敘事更顯得不流暢，也不這麼「好看」可讀了。因此，從讀者閱讀這端來看，這種冷、熱交替筆法也形塑了閱讀感受，在閱讀的過程中，慾望或妄想一直是被謹慎地監視的，評點者直接點出「妄想」和「著眼」兩字無非也表明了這種隱形的監視，似乎是想藉此來有效地節制讀者閱讀的歡愉，在進入感官的高潮之前撤去刺激的客體，讓閱讀主體能迅速地回歸於創作者建構出來的虛幻風景，以及荒謬寂寥感。

為了防範讀者太容易動火的體質，丁耀亢以身體疾病來「預告」錯誤閱讀的下場。在二十三回中，作者重申《金瓶》裡李瓶兒轉世的淫樂光景，其作用在於妝點並引誘世人參悟，然唯恐落入了「宣淫導欲」的穢書標籤，因此非得講一番道學提醒讀者：「雖然為少年所笑，他到了六十歲，腎枯陽痿，自然要說我講得不迂。」此處更點明了淫書導致身體衰敗的下場，似乎暗中警示那些「錯誤閱讀」的讀者，莫因錯誤「使用」閱讀的歡愉而傷身。在此，我們看到閱讀與身體的另一個交會點：錯誤的閱讀真令人「腎枯陽痿」？這裡似已無關乎曲解作者苦心、寫作初衷等審美學上的錯誤，反而直指讀者的身體，直指讀者錯誤的身體感知和身體悅樂；換言之，這彷彿是另一種技術面的指導，

7　例如文中宋娟之文提到：「玉質朱顏，轉眼而雞皮鶴髮，好醜原同一味。」「玉碎香殘，前日之珠翠也。羯鼓征塵，前日之歌舞也。」最後的結論也應和丁耀亢對身體的觀感：「君子土木形骸，電光富貴，性不以情移，而識不以愛亂，蓋審於濃淡久暫之間，不以彼易此也。」

既然閱讀對身體健康的影響如此巨大，那麼讀者的閱讀「眼光」佔了相當關鍵的地位。從創作者這端的心理來看，這種近乎威脅的警告口吻著實值得關注，他們似乎不以創作之美學觀為主要考量，更多時候，他們願意因道德再教育而有所犧牲，但筆者揣摩，身為創作者，對文字修辭、對人物情節的編織仍舊懷著本能式的熱愛，因此，我們看到丁耀亢仍不忘以修辭妝點銀瓶的容貌，仍舊費筆墨描寫男女交歡的場景（即便點到為止或以「一冷一熱」處理），這些只出現在「遊戲品」中的歡愛場景和郎才女貌不僅為讀者產生冷熱之感所精心設計的，或許我們也應將這些嬉戲的篇章視為作者的本真展現，以及創作遊戲的最後領土。

那麼，相較於看到迷處而「腎枯陽痿」的閱讀方法，是否有丁耀亢屬意的閱讀方式呢？當丁耀亢費了一番筆墨辯證邪魔與正道時（三十九回），評點者批到「看到此處魔道同參自然恩怨平等」，暗示了以參悟、修行的方式來閱讀的讀者確實存在。當然，這裡也存在著猶待商榷的游移可能，畢竟當我們考慮到文人書寫的策略時，許多遊戲性質、擬仿性質的筆調確實會令人摸不透底細。然而，回到「魔道同參」的線索中，我們不禁發現這和「以淫止淫」似乎可一併討論，表面上兩者具有互斥和對立的本質，但有趣（或狡猾聰明）的是，若站在張竹坡「淫者只見淫」的維護（或詭辯）之立場來看，這些為《金瓶》辯護的書寫者和評點者似乎皆將閱讀看成修行的過程，正因如此，那些淫處、魔處正是考驗道行的最佳方式。由此看來，這些淫亂的描寫（即便只有一丁點）基本上已經消解了本身的罪惡，因為我們可以說這完全是閱讀者心念所折射出來的「幻象」，更淺顯地說，這就是心魔。

丁耀亢在葡萄架的描述似乎也透露了這個可能性。和閱讀所引起的心魔一致，早在虛設葡萄架幻境前，丁耀亢已明確地指出金桂動念、動火，因而招來了「自己的淫邪魔」（四十二回），而當金桂看見葡萄架風流人物齊聚與笙樂齊奏，評點者在此點出「心花所到變成世界」（四十四），提醒讀者這一切不過是金桂心相的折射，換言之，這也是金桂心魔所招致的。因此在描寫這個段落時，丁耀亢似乎刻意將此寫得似夢非夢，似幻似真，彷彿刻意混淆了現實與夢境的邊界，而讓一切如虛還實的場景變成是金桂內心折射出的海市蜃樓。倘若用佛教的說法來看，這是金桂自身心的作用重現了葡萄架與翡翠軒家宴，但本質上，這些溫存和美景皆屬虛幻。更有趣的是從閱讀這端來看，閱讀過《金瓶》的讀者當然知道金桂重回葡萄架的感受不是虛妄的，因為那是「確實」發生於金桂前世的記憶中，作為金蓮托身的金桂角色的記憶當然是有限的，她理應失去前世的記憶，但這段風流往事卻深植於讀者的閱讀記憶或期待視野中，因此倘若讀者帶著前世葡萄架的「邪念」去期待今生葡萄架，就會清楚體驗出蒼涼的況味。重點是當讀者帶著前世葡萄架的記憶來看這段被金桂遺忘的風流往事時，不免會有似夢非夢的感覺，因為此生的金桂已

非前世的金蓮了，她的現實世界被苦難相逼，沒有西門慶和陳經濟這般風流人物，反倒是身子不全的劉瘸子，她的慾望隨著隔壁書生的逃離、梅玉的出嫁和劉瘸子的相逼而沒有宣洩的出口，唯有在似夢非夢的葡萄架下才暫且一晌貪歡，前世葡萄架的荒淫世界變成此生苦難現實的荒涼夢境，讀者讀到這裡，或許真不禁懷疑葡萄架的「真實」「性」了。

　　順著金桂心魔和讀者心魔的路徑，到了四十七回果然有了更明確的對照。丁耀亢於此回開頭先引了《金剛經》中的一段，用來強調「無相」兩字的重要性，而後開展了一番簡短但精要的論述：

> 要知此相原從心生，還從心滅，相從心起，於何能無，這一回要從淫女心中滅度色中形相，到了無相，自然無心，即潘金蓮可以立地成佛，當下指點，藉此笑林化為禪棒。

丁耀亢讓淫女變成佛門子弟的文學方法，便是讓她成為石女，先滅去其色相，而後滅其心。然而，這段話似乎也指出了《續金》導正人心的「方法論」，即是從「無相」著眼，尤其是「相原從心生，還從心滅」這句話更巧妙地為備受爭議的「以淫止淫」之筆法解套，因為這彷彿道盡了只看其淫處的讀者的心魔，同時認知到此為淫書的本身便落了有相的執著，更清楚地說，是讀者內心的「淫魔狂」讓此書淪為情色指南，難怪批評者也不禁讚嘆：「此回從情字色字結入滅度色相，真是天花亂墜，從來理學禪宗無此辯才。」情色和滅情色原是相反的概念，但是在「無相」的保護框架下，去爭辯兩者的差異反而顯示了辯者落入有相的圈套，而丁耀亢似乎巧妙地用了這一點，讓他人的質疑反而顯得修養不足、道行不深。不過，事實上在實際的書寫操作上，丁耀亢並沒有以此詭辯來反擊，金桂變成石女可說是具過渡效用且能被接受、甚至更能引發閱讀趣味的聰明設計——評點者以為那篇形容女陰緊閉的奇文確實「令人絕倒」——因為正如丁耀亢所強調的，需先從淫女心中滅度色相，無了色相，色心自然無由升起；這當然是過於理想但確實經濟有趣的安排，讀者也從「逼視」金桂的女陰奇文、劉瘸子向金桂求歡的不堪中，體會到既趣味、又悲涼的感受，至於淫念，早就像金桂遇到劉瘸子那般灰冷了，但這段令讀者捧腹但不給讀者性快感的描述，似乎正中丁耀亢的下懷；無法行人道的劉瘸子早洩的畫面，也「豈不省了多少邪態」；而評點者似乎也來「幫腔」一番，不僅戲謔劉瘸子為「大善知識」，還表示精簡的性行為體現了「簡便是正覺」，透過雙重的幽默調侃，讀者應該感受到了另一種閱讀的歡愉，那就是評點者所指出的：「笑得斷腸」。

　　由此看來，標明為「遊戲品」的這回，事實上沒有滿足讀者在淫慾世界裡嬉遊的

渴念，反倒是遊戲文字的歡樂。值得注意的是，和金桂不容一指的陰戶對照的是王雷公如「剝兔懸驢」的陽具，以及劉瘸子「腎縮卵枯」的殘缺下體，在此，丁耀亢展示了很多尺寸不正常的生殖器，這似乎亦可視為冷處理的書寫策略，當這些人動火時，讀者看到的不再是銀瓶與玉卿、梅玉與金二官人郎才女貌的組合——事實上，他們的歡愛也極短暫、極早天——而是充滿趣味性但不斷受挫的性慾，再者，讀者並不會在這生殖器展示的畫面中不禁動起火來，尤其是透過戲謔的口吻和近距離的逼視，讀者的「淫邪魔」早在「笑得斷腸」和「令人絕倒」的過程中被消解了，這是文字的力量，也是書寫策略所發揮的功效，而這一切應該都在丁耀亢的算計之中。正如前所述，這種性愛場景的中斷以及幽默反諷的書寫策略，也和蒲安迪所提出的、《金瓶》作者的書寫策略相一致。相較於《續金》另一支線月娘等人不斷移動的、逃離與受折磨的身體，這群在遊戲品中沈浮的身體也始終無法安身，他們所經歷的是另一種無常與流離，是永遠無法被滿足的、虛幻且受病苦折磨的肉身。銀瓶的天亡顯示了因果的必然，而金桂和梅玉的出家懺悔則是丁耀亢示現的正途，她們不斷受挫且令人發笑、同情的性遊戲所招引的不是讀者的慾望，反而是為了導正讀者而做的書寫「前戲」，而讀者，似乎永遠都等不到最後的高潮。

三、看官著眼，切記眾人去路：為眾生說法的文學實踐

（西門慶）托身在東京沈越為子，作失目乞丐，再轉作一內監，割去陽物，三轉作一犬，善終，三案方結。潘金蓮的陰魂，問成刀山第九層地獄，他陽魂一轉，托生黎家為女，名喚金桂，終身無配偶，閉陰而死，兩案方結。春梅陰魂，問成屎臭第六層地獄，陽魂托生京北孔家為女，嫁與宦門為妾而亡，再轉一女，生醜疾，終身不嫁而死……那東嶽帝君總彙一冊，申報昊天玉帝天尊，以結眾生冤債，比陽世刑名更是精詳，誰敢有分毫私曲。看官至此，切記眾人去路。（第七回）

在這段敘述中，我們看見在《金瓶》裡淫樂的角色都遭致了不好的下場：或病、或苦或慘死，尤其是這群眾生的身體都遭受了磨難，不僅在陰間受苦，托身後還得繼續還債，這種身體的病痛、亂離和缺陷形成《續金》中眾生身體的主調，若從佛教醫學的觀點來看，這種轉世後的西門等人身體苦難，則是因「業」導致的病痛，這惡業與冤債便成為發展《續金》西門慶、金、瓶、梅等人「來生故事」的關鍵字。當丁耀亢在第七回以預示的方式告知眾人下場，我們不僅看到他為眾生說法的文學實踐，更巧妙地是，他彷彿「化身」為上述引文中的東嶽帝君，精準地以文字計算眾人還債的方式，當作者提

醒讀者「切記眾人去路」；而評點者亦以一連串「切記」兩字提醒讀者時，我們看到了精心打造的書寫策略。在此，筆者想要透過更細緻的敘事技巧，來剖析丁耀亢隱藏在書中的身體和疾病觀，同時看他如何仔細而有效地控制讀者動火的邪念。

（一）為眾生說法：傳達「業病」的觀念

　　首先談「業病」。黃醫官為袁常姐（此乃瓶兒托身）看病的那一段，充分表現出「業」乃「病」的根源。[8]據丁耀亢描述，黃醫官是御前有名的老醫，精通脈理，同時藉由診脈，判斷出常姐之病乃「業鬼追冤」，因此不需額外開藥，只須將抱龍丸用薑湯服下，養其元神即可，更重要的是在「這房裡燒香念經，方可懺悔」（第六回）。藉由誦經懺悔的宗教儀式來拔除疾病苦難，是宗教與醫學的共同實踐，而通書縈繞著「業病」主旋律的《續金》，則藉由精通脈理的老醫者這位可靠的敘述者，讓讀者信服果報觀念。在《續金》中，丁耀亢不僅透過主要角色的轉世、還債敘說業病，更藉由「奇聞」的形式來加強業病的觀點，例如提及宋徽宗宣和年間，有女子生髭鬚、男孕生子等「妖事」（十三回）；又有一富翁愛吃牛舌，後來生子皆無舌、夭折，生女則無法言語，「臨終嚼至舌根，牛吼一日方亡」（十四回）；京師大老寵妾病危，原是過去被殺的雞鴨前來索命（十七回）；這類因果報應於人身的寫法也頻頻見於《醒世姻緣傳》。尤其有趣的是，丁耀亢在十三回的例子之後特別說明這些妖事載於《玉堂綱鑑》上，「難道是我做書的編的不成」，酌用「事例」來增加小說的「真實性」，目的在於讓讀者信服並知曉輪迴因果。此外，另一處陰陽倒置的描寫雖是小說者言，但卻也類似《醒世》中陰陽失調象徵著人造惡業而觸怒於天[9]，此段見於四十三回描寫金二官人白面朱唇似女兒，其妻醜惡剛勇反似男子，丁耀亢說「分明有陰陽倒置的光景」，雖然他沒有特別強調，但這種陰陽倒置或許也間接地暗示了「業」強大的作用力。

　　即便《續金》的內容和敘說方式和《金瓶》有不小的差異，但丁耀亢在寫作時仍不能全然拋棄《金瓶》原先設定的線索，尤其他如此計較、算計著因果輪迴，《續金》中的某些安排似乎必須呼應《金瓶》的佈局，由此更能凸顯因果報應絲毫不爽，例如二十五回銀瓶私會鄭玉卿，便命女使櫻桃喚貓為號，丁耀亢在此又回顧了李瓶兒接引西門慶

8　將「業」視為「病」乃佛教的觀點，川田洋一認為這是佛法的核心，也是佛法具醫學特質的原因，他的主要論點即將佛法視為療病除苦的醫學，見川田洋一著、許洋主譯《佛法與醫學》（臺北：東大圖書公司，2002）。

9　《醒世姻緣傳》二十七回中敘述了許多奇症怪病，而這些怪病皆來自於凡人作惡多端所致，例如聽見打銀打鐵聲便舉身戰慄、幾乎致死的孟夫人；患了走陽的張南軒入殮時全身通透，臟腑筋骨歷歷可數，如水晶一般，戲子刁俊朝美麗妻子的頸項生出鵝蛋大、後如漏斗大的瘤，「裡邊有琴瑟笙磬之聲」，某日竟跳出一隻猴來，說明自己的來由並且告知頸項痊癒方法。

成姦，亦以喚貓為訊息，故「又犯了前病」，此病乃業病，也是人們難以革除的習性和自我毀滅的傾向，趁機教育讀者業病之難除以及害人不淺之觀念，正如批者在此眉批到此敘述「出題」，可見「業病」一直是丁耀亢編織情節的關鍵字。而從敘事的角度來看，這種頻頻呼應《金瓶》的書寫機制，正是張竹坡這位評點者所強調的「補襯」及呼應，這種書寫機制似乎正應和著以輪迴轉世為主軸的《續金》，它用角色重蹈覆轍的悲慘經驗暗示著讀者業力的可怕。隨著故事發展，我們看到類似的情景又再度發生，不但銀瓶和李瓶兒皆在牆頭與情人密約，兩人手頭都有別人的大錢（銀瓶收著翟員外給的首飾珠寶，李瓶兒則是留有花子虛家豐厚的資財），且致命的是銀瓶又願意為了愛而將錢和性命一併交付給情人，那段牆頭接送的場景雖然沒有月娘、金蓮等人應和，但是一連串出現的「牆」字也不禁讓讀者想及李瓶兒致命的開端。

　　讓我們回到著名的葡萄架場景。丁耀亢在四十四回照應了《金瓶》的葡萄架歡愉與荒淫，並透過唱詞回顧當時歡愛縱慾的情事，但在此處，讀者不見「原版」葡萄架的淫狂，反而是在淒楚的唱詞和男女的眼淚中醒悟今非昔比，這種心酸的感受似乎比較接近潘金蓮受冷落時的唱詞。筆者以為，葡萄架和那個穿月白羅衣人的再現是丁耀亢精心設計的佈局，他在描寫這段美景時彷彿是小心翼翼的，對比於原先大肆描繪淫態的行樂圖，丁耀亢僅用了類似投肉壺、束白綾帶等行為及物件，草草地描述了金桂與月白羅衣人的性愛，畢竟重現葡萄架不是為了讓讀者「熱一回、癢一陣」，而是從人事已非的荒涼境地中「冷一回、酸一陣」，因此與其說投肉壺、束白綾帶的行為及物件喚醒慾望，不如說這只是作為喚醒讀者記憶的「對應前集」之書寫設計。尤其在金桂夢醒後，丁耀亢再次扮演說因果的角色，告誡讀者潘金蓮再度犯了「葡萄架的淫根」，隨即描寫金桂不淨的身體，以及劉瘸子帶官人告黎寡婦等事，企圖讓讀者如夢初醒。同樣地，梅玉與金二官人的姻緣也套入了類似的公式，無論是關乎業病的說法，還是讀者的感受皆然。在梅玉愛嫁金二官人時（四十二回），讀者已預先被告知金二官人的正室乃一妒婦與悍婦，因此即便描寫兩人顛鸞倒鳳時——丁耀亢仍是極有節制地書寫，且以性愛場景套語一筆帶過——讀者並不會熱一回、癢一陣，因為丁耀亢藉由時間預示同時給予讀者全知的觀點，降低了讀者「動火」的可能性，果然讀者很快便目睹了梅玉慘痛的教訓，且藉由粘太太處罰梅玉的場景，喚醒讀者類似的感受，那就是《金瓶》裡春梅對待雪娥的殘酷手段，透過夢中因果解說，讀者得知粘太太原來是孫雪娥的「後身」與「今生」，這便是前世春梅激打雪娥的下場。另外，應伯爵被狗咬去腿肉、化為人面瘡而死的結局（四十五回），也是套入這個「業病」的公式裡。總之，《續金》中不少角色的殘缺和病痛，都和前世所造的惡業有關，由此可見作者確實以「病即業」、「業即病」的觀點不斷地提點讀者。

　　在三十二回中寫到貪色的李守備即便已逾七十歲，仍在色字上鑽研煩惱，因而添上

了「四件寶」——事實上是四件病——令我們不禁想起金蓮讓張大戶添上的四五件病症，即便這次的罪魁禍首乃金蓮托生後的母親和「假姨」孔千戶娘子，但病狀的高度類似彷彿也在提醒讀者老年貪色的下場。貪色的李守備和張大戶類似的發病經過和症狀雖然不是個人「業病」的例子，但病狀的相似性和最終的死亡皆說明了「病」在這兩個文本中的意義，即發病的因緣絕非偶然，病的出現指向了人們起惑造業行為，在這兩個案例中，貪色便是致病的主因。

(二)文學實踐：運用敘事技巧予以強化和治療

然而，若完全以說教的方式來傳達「業病」的觀點，則不免乾燥乏味，因此丁耀亢透過文學家的彩筆滋潤，進而讓讀者對身體本質有更透徹的認識。順著上面提及的今昔對照，讀者在一開始便感受到續書和《金瓶》很大的不同，除了第一回的眾鬼「現身」，還有許多「身經離亂」、「身亡家破」的敘述，尤其作者赤裸地寫出殺戮場景：「一堆堆白骨露屍骸」、「後園花下見人頭」（第二回）更有助於讓讀者產生今昔對照之感。正如《續金》批者常提點的「照應前集」，《續金》的前幾回不斷地讓讀者置身於此時彼時的今昔之感，主要是將現今的受苦磨難對比於昔日的放縱淫逸，例如第七回一干犯人在酆都城衙門前等候時，作者便又讓讀者在閱讀當下體驗今昔之時間感：「鐵鎖盤腰幾路，粗似那葡萄架下繫足赤繩，長板扣脖周遭，緊於那淫器包中束陽綾帶」，在此，今昔之感是在空間（葡萄架）與器物（束陽綾帶）中體認的；當金蓮、春梅與經濟在油鍋中受苦時，作者亦凸顯當日如何受用的雪嫩的皮膚、粉團般的屁股如何化為白骨；這種寫法頗類似張竹坡在西門慶臨終時之不堪處加以評點，這種苦難的敘事事實上也具有文學治療之意味。

事實上，今昔對照便是敘事時間的運用，而預示的方式似乎可以有效地強化因果報應的觀念，例如在第六回袁常姐生病那段，丁耀亢便先回溯此業病之因，然後預示讀者花子虛托生為鄭千戶子，日後要找瓶兒算帳；此外，又如第七回中，讀者在很短的閱讀時間內感受了作者所安排的個人托身、受苦結果，同時預先知道這批人接下來的下場，例如西門慶從失目乞丐、太監再到動物；又如第十一回應伯爵巧舌貪贓，作者在應伯爵奇巧手段之後預先告示了伯爵「飢死道旁，並無子女，天報在後」的下場。像這種流動、反覆、跳躍的時間序列，不僅在某種程度上削減了閱讀的悅樂感——預知的苦難讓其後的歡愉場景顯得虛無可笑——或許也影響了讀者對時間的感受，讀者所感受到的不會再是像「西門家大帳簿」那般的日常瑣碎，而是虛幻的時間流動，讀者時而被置於西門慶這世的風花雪月，時而處於銀瓶、黎家等人的風流情債，藉由不同的篇章設計、架構（遊戲品、正法品的相互穿插），以及故事中兩世的跳躍與穿梭擾動讀者線性的時間感受，讓讀者警醒時間之短暫、漫長實乃無一座標及度量。從筆者的角度來看，這似乎隱含了治療

的契機，作者彷彿有意讓讀者自己去體驗虛幻的時間感受，看能否從中醒悟，繼而拔除個人苦難。

談及時間敘事技巧，筆者發現有一點也值得討論，那就是轉世前的世界和轉世後世界的對照，「轉世」本身便關涉乎時間的命題。在《續金》結構的安排上，讀者一回隨同月娘感受金兵肆虐的荒涼，一回跟隨再度投胎後的金、瓶、梅嬉遊人間，正如前述所言，由於讀者總被預先告知縱欲的下場，因此這三個女子的貪歡彷彿不過是在有限的時間內泅游。然而，這兩世的時間和身體感知似乎是不平行、不對襯的；當然，因為丁耀亢設計讓讀者在淨行品（也就是月娘遭逢苦難）的回目中清醒，在遊戲品（也就是銀瓶、李師師「世外桃源」般的享樂）的回目中沈醉。在此，筆者欲以翟雲峰施恩於月娘（二十二回）、銀瓶嫁給翟員外（二十三回）兩回來討論。當讀者看完月娘受惠於翟雲峰之後，看到鄭玉卿耍弄翟員外時，或許會有似曾相見的感覺，首先是兩人都很巧合的姓「翟」，而經由翟雲峰夫人的透露，我們知道韓道國私下捲走銀子、帶著愛姐離開（二十二回）；而鄭玉卿姦耍了銀瓶，同時也耍弄了翟員外（二十三回），後來鄭玉卿和銀瓶私奔，失金又失人的翟員外彷彿呼應著同樣失金又失人的翟雲峰。更細緻的是，當初買通西門慶因而逍遙法外的苗青，在接下來的換船事件中，間接促成了銀瓶（西門慶的愛妾李瓶兒的前身）的死亡。這兩件事當然發生在不同的時空，但藉由結構上的接續安排以及事件的巧合和相似性，讀者似乎能「預知」翟員外的下場，同時再被告知鄭玉卿乃花子虛藉轉世來尋仇，這些巧妙的線索和佈局彷彿不斷地引導讀者，從這重複的輪迴和重複的悲涼下場中醒悟。這種不同時空的接續安排，不禁讓筆者想及王家衛的《阿飛正傳》[10]，在看完了張國榮飾演的阿飛華麗但蒼涼的演出之後，我們以為苦難終將結束，但另一個阿飛（梁朝偉所飾）正要出發，即便他在阿飛的「正傳」人生裡未曾出現，然而他難道不會是另一個阿飛嗎？難道他也不會重蹈覆轍嗎？梁朝偉所飾演的另一個阿飛的出現，彷彿預示了他也即將經歷另一場飛揚的青春叛逆，但讀者已經有某種哀愁的預感，預感這也許會是另一場華麗的毀滅和送葬，是另一場令人嘆息的重蹈覆轍。

其次，從敘事的全知觀點來看，常姐（銀瓶、瓶兒）發病時口中喃喃不止的便是李瓶兒和花子虛那段未解的公案，身在故事裡的常姐家屬當然不知所以然，但是透過敘述者冷眼的觀察——「改頭換面知誰是，空使爺娘淚眼穿」、或是「舊債未還新債起，前冤又惹後冤來」之類的觀點——讀者也開始思索身體的虛無及不可依恃。更明顯的例子是西門慶投胎為沈越的兒子，在西門慶托身為金哥之前，讀者已先知悉西門慶在地獄受苦、

10　王家衛的《阿飛正傳》由 1990 年影之傑電影公司發行，演員有張曼玉、劉嘉玲、劉德華、張國榮、梁朝偉，以 1960 年代初期的香港為背景。

被挖去雙目、最後抱著金磚落魄投胎的模樣，同時也知曉沈越為人貪吝，因此年過半百仍膝下無子，到了第十回作者安排讓這兩個冤親債主相見，西門慶托身為沈越的兒子金哥，雙眼不開卻不住流紅淚，雖然故事的主角莫知所以，但以全知觀點審視、並知來龍去脈的讀者早已能預料兩人悽慘的下場，並從這特殊的閱讀距離——身在其中又置身事外的角度，去省思作者在當回開端強調的輪迴果報觀念。

讓我們再度回到三十九回。緊接著百花姑演教那段性儀式的描述之後，丁耀亢得讓讀者冷一回、酸一回了。金桂從小媒妁的對象突然出現，而且他偏偏是個瘸子，讓讀者從剛剛身體的狂歡遊戲中突然受挫，他又窮又瘸的形象果真不堪，尤其透過丁耀亢仔細的描述——就像他描述銀瓶美艷動人那般地從頭到腳觀照，讀者不禁開始同情起金桂的命運了，然而，這彷彿也在他的計算當中，因為金桂不值得同情，所以丁耀亢適時點出這是金蓮的因果報應，「不得夫星之命，使他折算前世縱欲的罪過」。無論是劉瘸子殘缺的身體，還是金蓮的石女之身，不僅體現了「業病」的觀念，同時也頓挫了讀者的閱讀慾望，此外，百花姑演教過程所展示的身體嘉年華之後，緊跟著劉瘸子和金蓮的殘缺之身，這無非讓讀者感受了身體無常、虛幻的本質，更巧妙地，筆者以為正因這種冷與熱、癢與酸的設計能確切地反映在讀者身上，或許更能讓讀者切實地感受到身體的瞬息變化，進而從中醒悟身體的健全和殘缺皆是生生滅滅，不可執著貪戀。倘若這一切皆在丁耀亢的設計當中——藉由閱讀產生的冷熱感受來警醒身體與慾望的虛空——那麼筆者以為，作者確實用心良苦，而小說似乎也確實發揮了它「真實不虛」的功能。

由此可見，將讀者的閱讀感受精密地納入考量並量「身」打造的書寫策略，正是丁耀亢在《續金》中相當重視的關鍵點，更進一步地，透過這樣的成品讓讀者進一步去玩索、逐而醒悟身體的變化和虛無。當讀者讀完李瓶兒的轉世和還債公案，會發現所有的細節似乎全都在計算之中，當角色重蹈覆轍，從一個角度來看是還債，從另一個角度來看則是自取毀滅。從書寫者的這端來看，因果輪迴是個容易自成邏輯、自成道理的方便手法，而從讀者的閱讀感知來理解，這種接近「宿命論」的結局似乎減低了讀者「置身其中」且投射太多情感的危險性，就像他們在閱讀歡愛場合所受到的保護那樣，當我們一步步看著銀瓶自取敗亡、而銀瓶受騙而胡亂地被打死的情節（二十六回），丁耀亢告訴讀者這段因果來自於上輩子李瓶兒欠花子虛的情債，這似乎減低了讀者對銀瓶處境的同情，比擬於為眾生說法形式的因果解說，讀者的諸種情緒和情感狀態——無論是激情、同情——最終似乎都被因果報應的設計所暫時凝止住了。筆者以為，這或可視為文學治療化的形式；也就是說一個讀者明知前因後果的故事，然後盡可能地在其中感受情感和情緒的變化（仍舊是符合某種保護的規格），最後的結局即便離散敗亡，但是若從整個已被設定好的因果框架來理解，便不會有太大的情緒起伏，而這正是作者所運用的技法（一

冷一熱、時間預示）、框架（因果報應）所發揮的實際效用。從另一個角度來說，這種輪迴果報的文學表現手法——藉由換取另一個時空、另一個身體去演繹另一段還宿債的風流公案——讓讀者既身在其中又能適時地抽離出來，彷彿總是以一雙超越世間的眼神去凝視、去醒悟。從這個角度來看，作者似乎是期待讀者扮演自我療癒者的角色，藉由「身在其中」同時又「置身事外」的角度，思辨輪迴、業病又同時觀照自身。

　　簡言之，敘事（如敘事時間的預示）似乎能讓讀者有「身在其中」又「置身世外」的「是真是幻」感受[11]，配合著《續金》裡相當快速的時間感，從修辭的角度來看，譬喻的使用能提醒讀者以另一雙超現實的眼，來閱讀字裡行間的虛擬現實；換言之，譬喻的使用似乎具有雙重且看似相互矛盾的功能，它不僅增添閱讀的趣味，同時似乎也有效地阻斷讀者陷入真實情境中，若以豔情小說為例，我們常見作者將男女性交的場合比擬成戰場，在陽具插入陰戶化為刀劍交鋒的場景下，讀者的性慾似乎部分被阻擋於有趣的文字之外。在此，筆者觀察的不是《續金》中的性交場景，而是丁耀亢不斷重複敘說的因果輪迴，從閱讀歡愉的層面來看，重複地談因果輪迴容易造成反高潮、卻也令人清醒（亦或不耐？）。倘若換用某些修辭譬喻的手法代之，或許便能繼續召喚讀者的閱讀慾望，例如十五回作者放眼歷朝更迭，便用了穿衣、燒窯、打鐵製銅、下棋等日常生活之動作，闡釋天地運數和因果輪迴大道：

> 原來天運一南一北，一治一亂，俱是自北元魏，至五代六朝，唐遼金元，更迭承統，好似一件衣服，這個穿破了，那一個又來縫補拆洗一番，才去這些灰塵蝨蟣，又似一件窯器，這個使污了，那一個又來洗濯磨刷一番。

衣服與窯器是生活裡再尋常不過的物件，使用與更換的日常風景也是讀者所熟悉的，作者首先選用這類和身體相關、和生活相繫的事物來譬喻，也許便是讓讀者能快速地進入這樣的情境裡。此外，在上述的敘說方式裡頭，我們看不到太多的執著，反而是理所當然的、不帶情感的例行公事，用此來詮釋並試圖概括歷朝的治亂，讓讀者在短時間內清醒地掌握這無情卻本然的變化，相對於文本中金兵大肆屠殺的人間煉獄景象，此種以修辭技巧轉化後的敘說方式，似乎也適度冷卻了讀者的閱讀情緒。更進一步地，即便這些譬喻是用來闡釋天地運數和朝代更迭，筆者以為這種更換、棄置衣服窯器的狀態，也很貼合小說中人物輪迴用以還債的觀點，那些影影綽綽的新名字、來來去去的新身體不過是新的衣服與窯器，倘若金、瓶、梅的業未了，終究要不斷輪迴以清還前債，即便穿破了仍再來、使污了亦再來，而讀者也再聽了一個受苦的故事。然而，正如修行是條長久

的道路，閱讀也是另一種長久修煉的過程，讀者仍容易浸入故事氛圍，且看二十七回寫到月娘與玉樓的相逢，評點者連連批到「鐵人淚來」、「我也要哭」、「淚來」等，尤其「我也要哭」更針對月娘的放聲大哭，這種閱讀感知的具體化其實正說明了文學難以說法的現實面。然而，從另一個角度來看，這不也側面地顯現出作者收服讀者的功力：他們確實能夠令讀者動火與動心，而這種情感波動或許反而更顯示了文學可貴和獨特的一面。

此外，敘事的方式和角度也會阻斷閱讀的慾望，同樣是描述兩性交合場景，在二十三回中這段文字中，讀者所感受到的直覺式的慾望，似乎被過於生理性與病理性的描繪所遏阻：

> 凡夫無知，憑著那一時快樂，兩物交合，從一竅至膀胱，從膀胱至命門，傍有一小孔，透入夾脊關，直接玄元精腦之府，搖蕩鼓摩，相火燒動，一身精腦，直慣尾閭，不覺真水浸淫，自上而下，精出眼閉，火烈水騰，分明是個死界。

這種對身體的逼視、或是對身體感知的細緻描繪，似乎伴隨著濃厚的解剖學成分，對於一個即將高潮、射精、淫水直流的身體，作者彷彿用透視的雙眼去消解身體表相予人的色情想像和興奮可能，更直接地說，原本可能煽動讀者慾望的身體器官和動作——陽具、陰戶、插入等字眼，被膀胱、命門、夾脊關、相火、尾閭等專業的傳統醫學字眼所取代，唯一能讓讀者有情色幻想的只剩下「真水浸淫」或「搖蕩鼓摩」，然而，緊接著「火烈水騰」這般更形象化且有距離的描述之後，作者警示讀者：「分明是個死界」。以上這段描述所預防的恰恰是讀者可能置身其中的危險，同時製造出閱讀的距離，而這種描述方式似乎類似房中術嚴肅的指導口吻，讓讀者在下意識阻斷了強烈的性慾，最後那警告性濃厚的結論更顯著地表現出這樣的企圖。

於是敏感的現代讀者也許會覺得閱讀《續金》和《金瓶》的感覺大不相同，同時也隱隱感受到歡愉不斷地受阻，不斷地被道學的再教育所干擾，彷彿已經失去了閱讀小說最原始的趣味[12]，因為這是將讀者的身體感知計算在其中的小說。從敘事的流暢度這點來看確實如此，然而若體會作者的書寫初衷則不然，事實上後者回歸到一個丁耀亢和張竹坡都念茲在茲的課題：為眾生說法，不過是以文學的筆法。評點《續金》的評點者也

---

12 胡衍南便以為《續金瓶梅》的整個敘事過程中，丁耀亢基於各種原因不斷地破壞敘事的流暢性，破壞故事的整體感，同時由於閱讀過程不斷地受干擾，「致使閱讀經驗淪為一種不愉快的經驗」。見胡衍南〈「世情小說」大不同——論《續金瓶梅》對原書的悖離〉，收入《淡江人文社會學刊》15期（2003年6月），頁8。

遵從著丁耀亢「說法」的精神，以此點醒讀者該如何看、該看什麼，於是，「著眼」兩字便可看出評點者的關心所在，例如批者在第六回花子虛與瓶兒公案中批到「看官著眼」；第七回寫到西門慶被挖去雙目、成為瞎鬼時，批者也提醒到「著眼」，提醒讀者應該在此讀出果報輪迴的深意；在第十回寫到袁銀瓶被李師師騙入樂戶時，批者則批到「出題」，附和作者「註定的因果，以報前冤」之寫作命題。[13]第八回來安還妻子商議偷來的西門慶家贓物時，評點者便批到「妄想如見」、「又一妄想」、「好妄想」，彷彿一直提示讀者正確的閱讀視角；當張氏父子成功地謀殺來安、盜走財物時，作者描寫眼前一陣旋風將兩人帶往土賊頻繁的地方，評點者便在此提醒此乃「來安冤魂」（八回）；而李嬌兒為月娘雪中送炭，評點者也再度指明此乃「月娘仁德之報」（十八回）。由此可見評點者也接受了因果報應的觀念。此外，十三回裡評點者更以「慈悲說法」來稱讚作者在小說的敘事框架下不斷為眾生說法的精神[14]；在十四回則直接應和著作者「清晨持誦」的建議，提醒讀者閱讀「至此焚香禮誦」，這也類似於張竹坡評點《金瓶》時的建議——「讀《金瓶》，必須靜坐三月方可。否則，眼光模糊，不能激射得到。」由此可見，在這些評點者的眼中，閱讀確實如同修鍊，而在此行為的背後皆有一個隱藏的、需要鍛鍊的身體存在。若將評點者的眉批和作者的故事編織一併閱讀，不難發現評點者更著重於教化與警醒的功效，例如當鄭玉卿一直想要賣弄個人出眾的才藝而不知苗青底細時（二十六回），評點者不斷地以「禍機到了」、「世上無此快事可常之理」、「賣弄生事」、「才人著眼」來提醒賣弄文才的禍害匪淺。

然而，論起「說法」，比起佛典和聖賢書，小說是個彈性很大同時也有諸多曖昧空間的文類，它可以虛實寫來，可以引經據典，而在娓娓道來那些如真似幻的過程中，同時樹立了書寫者的地位，彷彿真是為讀者說法、指引明燈的大師。然而，文學的筆法如何讓大眾得到些許趣味，又能讓大眾信服？上述提及的敘事技巧便是很好的例子，不時再以「置入性行銷」的手法讓讀者接受道德教育。從文學的角度和現代的觀點出發，比起作者苦口婆心的勸說，這些隱藏的提醒和文學性的治療方式，應能發揮更大的效用，但若回歸到當時道德和本真拉拒的大框架下，以及丁耀亢的個人處境，便能理解這長篇大論的說教適足以反映出作者的書寫心理。

13　大體上，批者特別著眼於因果報應之說，提醒讀者正確的閱讀方法，這類例子不少，例如第十一回月娘落難，敘述者說到此乃「天理循環，一還一報」，且透過月娘口說「這也是他爹傷了天理」，批者批到「出題」、「看官著眼」。

14　評點者以「說法」來題點作者敘事的段落不少，例如第三十回鄭玉卿受騙而失魂落魄時，評點者眉批「為少年人說法」；第三十一回要開始描述金蓮、春梅托身後的故事時，先提及「先為看書者說法」；又三十二回作者提到老年貪色的下場時，有眉批「此回專為老人說法，真是當頭一棒」。

四、看官聽說，這等輪迴不是杜撰

> 看官聽說，這金蓮化了石女兒，西門慶變作內監，你道是我做小說的幻想，才人
> 的戲筆，不知這等輪迴，是一定之案，不是杜撰的。（四十九回）

四十九回的這段話，適足以說明丁耀亢「虛構」金、瓶、梅及西門慶托身後的慘境
的書寫動機，乃是本著因果輪迴命題所演繹的，在《續金》中多次強調「不是杜撰」的
說詞與其說是針對故事本身，不如看作對「一定之案」因果報應的忠實服從，換言之，
因果報應規範了書寫路徑，同時也讓那些散落於各遊戲品中、不連貫的性歡愉可以被理
解，因為在這「不是杜撰」的因果報應框架下，那些曾經風流曾經狂歡的身體都是「業」
與習氣種子的再萌發，而且狂歡的身體都會以不同的形式被處罰（業導致病、下場悽慘、暫
時且不斷中輟的性遊戲），從閱讀的角度來審視，當狂歡的身體因「業」而顛鸞倒鳳時，讀
者或許稍微動火、同時也享受了片刻的歡愉；但就算真因閱讀而「險不把個褲襠兒都濕
透了」以及恐有「腎枯陽痿」危險的讀者，也逃不出聰明的丁耀亢之手心，因為作者透
過引經據典、敘事策略等半說法半威嚇的方式，讓身體的虛幻本質不斷地閃現於文本之
間，尤其是給讀者閱讀大量殘缺的肉身（包括亂離中的屍骨不全、金蓮成了石女兒、西門慶再次
轉世後被閹割），並提供淨化身體、跳脫輪迴的方式（金桂和梅玉的案例），讓讀者從眾生、
眾身的不同際遇中醒悟身體的本質。

我們不妨將《續金瓶梅》視為丁耀亢閱讀經典（即便可能是一知半解和斷章取義）後的
文學轉化，從這個角度來說，他是經典的閱讀者與再詮釋者，且以文學的手段藉機「說
法」，因此，在小說中不時可見作者跳出來說教，即便在敘述故事時，作者也一再地說
明安排這些人的下場絕非杜撰，例如第七回便言明：「今說這閻羅發放西門慶眾鬼一案，
不是杜撰」；又在引述《華嚴經》某段落後便加以闡述：「看官細看華嚴經中所傳佛語
講的業因，便知業果，今日不過就此指出個人冤報來，不是妄添口業。」而評點者在十
九回也眉批到「此文專講君臣大義，豈可做小說看過」，也同樣附和了作者的言論，以
為此作具有更深層的意蘊。作者一再強調「不是杜撰」、「不是妄添口業」事實上非常
弔詭，按理說這些轉世托身故事本為作者杜撰，但作者的強調適足以說明他欲以故事點
醒顛倒眾生的苦心，因此他只給讀者極少的感官享樂，大多仍是在地獄接受報應的受苦
眾生、以及在烽火戰亂受苦的平民肉身。

丁耀亢透過梅玉的懺悔，發出「此身雖異舊冤存」之感嘆（四十三回），同時也透過
金桂失魂失精於幻相葡萄架，提醒讀者「此身雖異性常存」（四十四回），身體的更換是
輪迴說法的文學體現，透過金、瓶、梅托身後之華麗與毀滅的過程，丁耀亢藉由「熱一
回、冷一回」之書寫設計讓讀者親身體會「癢一陣、酸一陣」的感受，換言之，「此身

雖異」是續寫金（蓮）、瓶（兒）、（春）梅的出發點，也創造了再說一個故事的契機，然而「舊冤存」和「性常存」則托身後的金（桂）、（銀）瓶、梅（玉）再一次著迷於色，因此也再一次為此受苦，只要他們不懺悔、不從色界跳脫，他們會再一次的輪迴，而讀者也有再一次地諦聽金、瓶、梅故事的可能。丁耀亢藉由她們的故事來詮釋因果輪迴，藉由她們初始豐美、最終乾燥的青春肉身訴說無常虛幻，讓讀者一一領受與細參，閱讀仿若修行。從書寫的形式和題旨來看，似乎皆扣和著輪迴此一關鍵字。浪漫地來理解，續書彷彿故事的輪迴，無論是冷熱錯置，還是將「為眾生說法」視為書寫的原點皆然，丁耀亢所要揭示的也正是因果輪迴的真理，由此可謂形式和題旨一致。

因此，當丁耀亢說「看官聽說」時，憑著他善於說法也善於說故事的一張嘴，他所要考量的已非關美學，但是透過他敘說的方式和策略，以及精準地計算著讀者（生理）反應，我們還是從中獲得了閱讀的樂趣，也許非關生理反應，而是道德與遊戲、說法與戲筆之間的流動與混同，讓我們閱讀到作者為節制讀者歡愉而量「身」打造的藍圖。

第二節　病眼看花：丁耀亢晚年的身體感知與創作心理

一、快書焚後成盲史：《續金瓶梅》後的丁耀亢身體觀

目前所見，研究《續金瓶梅》的論者多半從文本的內容、續書的體裁或是丁耀亢及當時文人的身分和立場作為研究的核心，例如高桂惠以較為寬廣的時代角度──小說話語困境中的「續書」、創作文化氛圍等──探討《續金》的德色問題。[15]而自從《丁耀亢全集》出版後，從其生命史出發、並擴及《續金》之外的詩作之論文也相當豐富[16]，這些研究皆有助於筆者將《續金》放置於丁耀亢的生命歷程中；並窺知其文及其人之間的關聯性，因此，本節試圖將焦點轉向丁耀亢離亂的生命歷程。仔細探究，不難發現《續金》中傳達的業病觀點以及他為了節制讀者閱讀（生理）反應所打造的書寫策略，似乎並非偶然。觀察《續金》創作歷程前後丁耀亢的詩作，似乎可以發現些許端倪，因此，跳脫《續金》的作者敘說和給予讀者的閱讀感知之外，筆者想試圖從他晚年的詩作中找出思維的相關性，尤其是他對疾病、治療的思考，是否成為其書寫《續金》過程中的重要

15　見高桂惠〈情慾變色──試論丁耀亢《續金瓶梅》的德色問題〉，《中國古典文學研究》第 1 期（1999 年 6 月），頁 163-184。

16　舉要者如張振國〈《續金瓶梅》的人物塑造藝術〉，《太原師範學院學報》3:2（2004 年 6 月），頁 91-93。王瑾，〈丁耀亢思想略論〉，《廣州大學師範學院學報》2:5（2003 年 5 月），頁 20-23。趙華錫〈談《續金瓶梅作者丁耀亢》〉，《濱州師專學報》18:3（2002 年 9 月），頁 29-30。

元素；同時也反映其創作心理？

　　從《丁野鶴遺稿》中不難發現在病中書寫、或描寫個人老病的筆墨增加了不少，尤其是在《聽山亭草》中，不時可見他寫眼疾的文字，事實上，「聽山」而非「看山」兩字便多少反映了此時丁耀亢的身體感知：著重於聽覺更甚於視覺；或者是想像的視野遠大於實際的視野，這不禁讓筆者好奇丁耀亢的眼疾對他書寫的影響。丁耀亢的眼病給予筆者某種對比式的聯想，相較於年輕的、三十歲以前便死亡的張竹坡所具有的「明眼」，老病的丁耀亢經年受眼疾所折磨，從他晚年的詩作中，不難看見他對眼疾一事的省思以及對書寫《續金瓶梅》的懊悔，於是在〈寄懷巴山孫健之〉一詩中，他不免感嘆「快書焚後成盲史，請室歸來罷苦吟」，筆者以為，「快書」《續金》已多為論者所探討，然而快書焚後的「盲史」似乎較少被關注，尤其在丁耀亢晚年的反思中，兩者之間確實存在著因果律，因此，在探討《續金》中的業病主軸後，筆者擬以《續金瓶梅》（順治十七年，1660）創作時間前後的詩集《椒丘詩》（順治十一年，1654）及《丁野鶴遺稿》——包括《江干草》、《歸山草》、《聽山亭草》——來加以檢視丁耀亢的疾病與《續金》之間的關聯[17]，由此或更能看出丁耀亢藉由書寫所欲完成的整個書寫歷程／療程，同時更能以另一角度看待《續金瓶梅》中「不好看」的、隨時被道德勸說所干擾的部分。

二、閉目觀山不見山：眼疾之隱喻與感悟

　　首先看《江干草》，在這冊詩集中，我們看到丁耀亢似乎因病得福，因為生病而創造了許多遊山玩水的機會，在〈泊江山縣抵清湖鎮度嶺率成十八韻〉中，有「吾生老釣竿，簡書防臥病，衰疾勉加餐」（271）的詩句，「簡書防臥病」和他走出書房、徜徉山水或許有關。另外，在創作《續金》同年的年初，丁耀亢切身地感受到自身的衰敗：「自憐白髮依孺慕，漸覺形衰老不堪」（262）（〈元旦旅祭先柱史於虎丘　佛庵中〉），更明顯地是在遊歷昭慶寺一詩提到「臥病已經旬」（〈昭慶寺逢陸鶴田內召還都〉），顯示他在創作《續金》時身體已不適。〈告病閒居因自浦城往遊武夷日紀山行由麿嶺始較霞嶺險秀百倍矣為庚子十一月初旬〉一詩的詩題中，亦可看出丁耀亢「告病閒居」的遊歷經驗，而庚子十一月初旬則是《續金》創作後幾個月，此時期，我們看到不少以「遊」為題的詩，表示其雖病仍不妨礙其遊玩興致，而此番遊歷似乎不完全是身體的移動，更多的是精神、心靈的漫遊，尤其是丁耀亢遊歷寺廟、遇僧看佛的部分，則是《續金》中說教部分的文學延伸，倘若能將兩者並讀，或許能產生既有禪機又不失修辭粧點的互補感受。〈問藥〉

17　關於丁耀亢詩作，筆者參閱丁耀亢著《逍遙遊二卷陸舫詩草五卷椒丘詩兩卷丁野鶴先生遺稿三卷家政須知一卷》，收入《四庫全書存目叢書・集部235》（臺南：莊嚴文化事業公司，1995）。

一詩裡的「自惜殘年難續斷，誰未久客覓當歸」兩句，則是將藥材融入詩行的筆法，這種筆法不禁令人想及《金瓶梅詞話》第八十二回潘金蓮與陳經濟在堆放生藥材的閣樓歡愛時，敘事者以一首嵌入藥名的詩來形容其性愛場景，多少有遊戲筆墨的戲耍特質[18]，相較於此，丁耀亢的詩作想當然爾絲毫沒有情色的想像，〈問藥〉以藥入詩，主要表現出生命曠達的情境。

最接近《續金》創作時間點的《江干草》，已見作者病中心情：「薄俗依人病轉深，自擁孤衾愁達旦」（〈久客浦城上臺屢 不放夜作達旦〉，278）、「久病得休如放赦」（〈提參後放歸北還唐祖命崔濤山吳子文陳止庵潘僧雪林宜子翁壽如僧秀初偕諸友作南浦圖詩餞別綠波亭〉，278），尤其是〈舟中初度對雨自酌口占二十四韻〉一詩中，更細膩地描摹出此身苦難的圖景，包含亂離、動盪中的身體（「奔走二十年，齒朽髮已皓，罹亂自壬午，家園兵燹擾」），以及病苦相逼的身體（「甲子六十三，倏忽成衰老……風濕及肝脾，抽身悔不蚤」，282）這種經歷和《續金》中烽火不斷、業病逼迫的描述略有關聯，再加上這個時期丁耀亢訪寺問僧等經歷，或許更促使他思索身體這個命題，同時將疾病的概念擴大，將佛法認定的貪、嗔、痴等失衡心緒也納入疾病的範圍，這些詩作皆可和《續金》中的身體感知、業病等命題一併觀之。

丁耀亢更細膩地描述這一生經歷的詩作收入了《歸山草》中的〈自述年譜以代輓歌〉（292-294），除了亂離顛沛的經驗之外，也談及了自己多病的晚年（「己亥十月……自吳而越，借居湖舫，衰病日增」、「至於壬寅……黎丘幻鬼，病疾在心」）、因兒子的病故而傷感（「仲子病殞，哀樂何多」）以及因他人搆陷而憂憤的心緒。值得注意的是，在《歸山草》中，丁耀亢開始敘說自己的眼疾，例如「經年病眼悲春色」（〈大風臥病〉，298）、「六十年來病眼昏」（〈水月庵參禪〉，299）、「病眼開金蓖」（〈答淡公〉，299）、「多難增衰病，雙眸暗於前」（〈題薛仲蒨詩畫並及舊遊〉，304）[19]；同時也道出眼疾的因由（「四年經暑瀉，雙眼竟昏瞽」，328），即便如此，訪寺參禪仍舊是此時他熱衷的活動之一（「病裡參禪聊慰

---

18 《金瓶梅詞話》第八十二回〈水仙子〉：「當歸半夏紫紅石，可意檳榔招做女婿。浪蕩根插入菟麻內，母丁香左右偎。大麻花一陣昏迷，白水銀撲簌簌下，紅娘子心內喜，快活殺兩片陳皮。」這段話則不見於《金瓶梅》繡像本。

19 這類詩作不少，其餘有「日長避客惟耽臥，眼病經旬不起關」（〈衛輝詩人孟二青過訪是夜夢賈島因以為贈〉，307）、「衰病空憐丘壑心……眼昏何處覓金針」（〈問馬習仲〉，311）、「眼昏未覺吟詩苦」（〈暨大司寇招同閻古古白仲調紀伯紫夜集即席分韻〉，316）、「眼昏拋卻遠遊筇」（〈思歸〉，328）、「堪憐病眼望還迷」（〈九日同慎行慎謀僑孫登東山頂〉，329）。談到自己生病的詩也不少，如「去年憐余病，臨岐感贈書」、「善病憐司馬」（〈答馬習仲病中寄問，312〉）、「老病易忘眠」（〈張杞園枉道就別復回渠丘〉，314）、「冒暑成衰疾，經旬不下床」（〈病臥張光祿齋中〉，326）、「憂患與疾病，一氣相尋來」（〈天運〉，326）。

老」，〈三月三日〉，299；「禪禮亦堪娛」，〈答淡公〉，299），也是他病老之身的寄託方式，這可從《歸山草》裡大量的參禪訪寺詩中窺知。或許正因參禪之故，他似乎也能以疾病為師（「聰明生障礙，貧病近清虛」，〈病中贈高昭華〉，327），以正面的心態來看待病眼，同時將病眼視為另類的生命價值（「老去參禪好，愁多借病閒，眼昏因絕筆，天意教頑癡」，〈贈道子時攜幼子已十六齡矣即京中生〉，309），在〈病中口號〉一詩中，丁耀亢甚至從參禪習佛之事獲得形而上的解藥：「千經萬偈言何事，只為胸中一無物，大藥本來無可說，掃除盡處是工夫。」（326）此外，現實中的眼病在丁耀亢筆下，也成為疾病的隱喻，描繪出處於亂世的心境：「風波滿目滄桑暗，雲霧迷空障翳深」，藉此讚揚醫者醫術精湛：「一撥頓開銀海水，雙瞳透出玉壺心」（〈贈趙公瑤精金鍼術〉，327）。在〈病中贈高昭華〉一詩中，也可見類似的寫法：「感贈靈符藥，雙眸一掃除」。

　　丁耀亢在〈眼病〉一詩中，更細緻地描摹眼疾的情況：

　　　　永日如長夜，茫茫昧所終。洗心求罔象，閉目入無窮。雲月成虛照，山川隔太空。
　　　　天心不可問，仙藥乞壺公。

前兩句是形容眼疾所見昏茫，第三、四句則由現實轉向精神與心靈層面，尤其「閉目入無窮」不僅表現出正面看待眼病，同時將眼病轉化為形而上的、更高境界的追求，因此萬事萬物在丁耀亢的「閉目」中，有了超越表象的狀態，然而，即便丁耀亢看起來已經接受了眼病，能以天意、天心等自我詮解，但最後一句仍稍微透露出渴求療癒的心理，這種心理在《聽山亭草》中有更為清晰的刻畫。《聽山亭草》其中一首詩便透露了結合療癒心理與宗教信仰的狀態，從詩題便可窺出端倪：「三月十九日午夢謁上帝，眼疾頓愈光明如常，得一書有治眼方，當用紅白鳳仙花搗汁點之，予異其夢記之以詩，以為後驗」，詩中不僅充滿了遊仙境的神秘氣息，同時也將眼病化為更深層的疾病隱喻：

　　　　午夢赴昊天，玄穹謁清廟。肅然對冕旒，雙眸炯開照。障翳豁然消，方書得秘要。
　　　　紅白鳳仙花，點汁可通竅。去我愚痴暗，抉我精光耀。安得化方瞳，登高恣遠眺。

在這首詩中，最前面和最後一句都是「遊」的展現，只不過前者是遊往虛幻仙境、夢境，後者則是恢復視力後的逍遙馳目，顯示了無病痛的形體逍遙（或逍遙於形體之外）是丁耀亢的嚮往，這亦可見於〈問勞山道士說崖蜜出石竹澗〉一詩：「何方覓雪乳，眼障得消除」（366）。此外，這首詩值得注意的除了作者對痊癒的渴望，還有痊癒的方式，尤其是超自然的痊癒過程（獲得方書而得秘要）充分地展現了宗教具有的療效；或者我們也可以如此理解：當療癒的盼望在現實生活中無法被實現，超現實的宗教經驗補足了、圓滿了這個缺憾，而從「雙眸炯開照，障翳豁然消」到「去我愚痴暗，抉我精光耀」的過程

中，我們接收到的不僅是眼病被治癒的結果，彷彿更能感受到「愚痴暗」等舊習氣一併被消除了，因此，眼病象徵的可能是更微妙也更廣義的疾病，它直指生命的昏昧愚痴，而這也是佛教醫學試圖對抗的眾生業病。事實上，透過夢境神遊仙境並獲得治癒本身，便蘊含了宗教色彩，而丁耀亢晚年的詩作中，亦不乏這類藉由夢為媒介與仙或與古人同遊、對話的作品。

再來看另一首〈黜明〉：

> 萬古如長夜，如遊混沌春，山川成罔象，花鳥幻前身，到口方知味，聞聲始識人，韜光還太始，無用累浮塵。（353）

相較於「眼病」，「黜明」是較為含蓄的說法，然而筆者以為這首詩的文學境界較高，因為不像〈眼病〉直接提及求仙方的渴望，〈黜明〉是以文學彩筆細細繡出幽微而曖昧的視覺影像，然而卻同時隱含了宗教意蘊，然而相同的是，在此我們也看到「遊」的超越性（如遊混沌春）：不全然是現實世界的遊，更多的是精神心靈的暢遊。其次，第五、六句充分表現出眼病讓丁耀亢不得不仰仗其餘的感知能力，然而這卻不會打擊他的信心，從最末兩句可窺知他放達閒適的心理。視覺的損耗改變了他的生活形態，例如他原先從讀書到後來的聽書，以及請他人為他讀史（「眼暗貪書求醒睡，倩人高誦苦音訛」，〈春日聽人讀史〉，362），進而促使他開發、深掘出更細緻且敏銳的聽覺，這可從《聽山亭草》中數首以「聽」為名的詩作中窺知一二，例如在山中聽春鳥、夏泉、秋聲、冬雪、梵聲、笛聲、雞聲等記錄，這些從實入虛的身體感知和心境轉化，皆促成他領悟的新機（「洗耳非忘物，尋聲豈有心」，362）。從身體感知的研究角度來看，視覺之外的其餘感官（包括聽覺、嗅覺等）應重新被挖掘和開發，丁耀亢一系列聚焦於「聽覺」的詩作便是很好的例子，眼疾彷彿為他帶來了意外的收穫，他的另一種感官和感知有機會被放大，他不僅聆聽自然景物間的聲音，甚連「讀書」都必須仰賴耳朵來「聽書」，或是「談書」——〈超然臺下西園欲開館招延多士講學以娛殘年予雖眼病而口談未倦以詩寄渭清〉的詩題便點明了「眼病」不妨礙於「口談」，因此詩中便有「閉目尚能談古史」一句，這不禁令人聯想起勾欄瓦舍所營造出的「看官聽說」那個「說／聽故事」的氛圍，那時，故事不是以書面文本的形式深植人心，而是以聽覺的、口耳的方式傳播，以「聽／說」的古老形式蠱惑著在場的所有「看官」。

在此，筆者試圖強調的便是丁耀亢的眼病彷彿為他開啟了另一窗扇，這個新鑿開的、形而上的出口不僅通往宗教聖境，更開啟書寫藝術新的想像國度。因此，丁耀亢除了在夢中獲得仙藥，「閉目觀山」在現實上也成為可能，在〈閉目觀山〉這首詩中，「不從眼底開天地，只在胸中列畫圖，海色嵐光收沆瀣，花香雲影入虛無」（347）便展現了「虛

眼」的效用，這雙存在於胸中、或開闊於思維的「虛眼」更能將世間風光甚至虛無景象盡收眼底，最末一句「年來五岳遊將遍，免向人間問道途」則再度地展現了逍遙遊的氣魄，不過他的遊是閉目的遊，是沒有地圖座標的遊；是以藝術為翼、以宗教為錨的遊。這不禁令筆者想及丁耀亢的《化人遊》中的何生，何與眾仙同舟而遊的快意旅途上，不幸連人帶船地被吞入魚腹，「流落此國，不知是何地方」的何生失了迷津，在魚腹中不見天日的他只好靜心潛修，接著在魚腹國內探訪屈原，悟虛實後方能再晤仙源、前繼舊遊。[20]在此，「遊」與「迷」兩個不同的意象彼此穿插，象徵了人類生存的困境，而「迷」亦可照應至《續金》中流離失所、不斷逃難的吳月娘尋子的歷程，以及金蓮、春梅轉世後的後身之旅，唯有當他們從「情」、「淫」中有所「頓悟」，方能超脫外在環境的侷限，也才能真正地「遊」，找到安身立命之所。因此，「遊」與「悟」在這個層面上有所聯繫，適足以體現論者所謂的「稍迷而頓悟」的歷史心境，以及「主悟」的歷史痕跡[21]，此外，《化人遊》的「化」則蘊含了佛教的度化、感化、感悟之意涵，而「感」、「悟」不也是由身體衍生出的、較為精神而深層結構的身體經驗？我們再來看一首〈孟夏入山即事〉，在此詩中，丁耀亢提到「病眼看花日，回頭種樹時」（347），筆者欲藉「病眼看花」來為晚年丁耀亢的病眼生活下一註腳，在這首詩中，他再度提到參禪、求仙、採藥等生活例行公事，因此從這些宗教行為回頭過來看「病眼看花」，也能有「閉目觀山不見山」[22]的超越感官的、難以言詮的身體感知。

　　從《江干草》到《聽山亭草》，我們可以看出丁耀亢患病的歷程和病中心境的轉換，所謂「久病成良醫」在此指的並不是丁耀亢治癒個人病痛的本領，而是他由實入虛，將眼疾轉化成書寫資源和宗教力量，從疾病書寫的角度觀之，這是珍貴且值得進一步關注的議題，也就是當病者久病後的心境轉向，以及宗教醫療在其中扮演的角色。在〈村居臥病寄候邑侯蔣明府〉的其中一首詩中，丁耀亢甚至能以因果的角度來看焚《續金》及眼病：「帝命焚書許放還，天教閉目不開關」（344）；又如「天將廢疾消多難，佛以因緣度劫磨」（〈七十老人自壽排律〉，364）；「一自焚書惟閉目」（〈歲暮懷孫健之兼寄松酒海錯〉，387）這皆隱約透露了他將眼病視為天命或因果報應的心理狀態，然而這樣的接受並沒有充滿怨懟，相反地，他似乎漸能從眼病「窺見」更寬廣的生命，琢磨更為練達的處世哲學，或如上文所言更為無盡的身體感官。例如他在〈四月初一日壽宋孺人七十〉

20　丁耀亢《化人遊詞曲》，收入《丁耀亢全集》（鄭州：中州古籍出版社，1999），頁705-737。

21　高桂惠《追蹤躡跡——中國小說的文化闡釋》（臺北：大安出版社，2005），頁202。

22　見於另一首收入《聽山亭草》的〈閉目觀山〉：「閉目觀山不見山，松聲泉韻兩珊珊」（339），在這首詩中，我們也看到了丁耀亢關閉視覺但開啟其餘身體感知的跡象，例如聽覺（松聲泉韻兩珊珊）。

一詩中，甚至能用自嘲的口吻來看待眼病：「我病眼昏君病足，兩條拄杖笑成堆」（345），照理說，枴杖和病眼有礙於行動（「老人眼病無遊興」，〈過柳柳村新居復數舊事有感〉，353），但丁耀亢反而將此化為靈感來源，病眼看花，閉目觀山，參禪去。

三、性癖酷吟戒不休：書寫、疾病與養生

在丁耀亢晚年的詩作中，還有一點值得注意的便是焚《續金》對他的影響，因為這不僅是討論《續金》時應注意的後續效應之外，更是反觀丁耀亢對於書寫、宗教經驗對他影響最佳的例證。從他晚年的詩作中，不難看見書寫對他的重要性，即便焚書讓他興起停筆或被迫絕筆的念頭（「文章累我當投筆」，〈漫成次友人韻〉，317）；而他也從中醒悟遊戲文章對於生命、對於信仰的破壞（「遊戲詼諧口業多」，〈漫成〉，317）[23]，然而他還是抵抗不了書寫的慾望，尤其是愈苦愈能激發靈感的藝術家宿命（「奉命當絕筆，新詩難後多」，〈病中贈高昭華〉，327）。筆者覺得有趣的部分便是古今中外藝術家皆會面臨的困境：愈寫愈病，但卻愈病愈寫，尤其是對於像丁耀亢有患病體驗、參禪經驗的書寫者而言，他顯然知道養身的方法，因而才有〈戒吟〉這首詩：

> 性癖酷吟戒不休，少年至老苦相求，得詩夢覺呼妻起，鍊句燈荒任客愁，招謗承恩開詔獄，焚書奉盡遍神州，年來眼病煩抄寫，地下應從李杜遊。（《聽山亭草》，340）

在《聽山亭草》中，不乏這種既想寫又覺得不該寫、想戒吟又戒不掉的詩作，如「性癖耽佳老不除，雕蟲小技未能虛」（〈柳村新墾雜詩俳體效元白〉，344）；又即便已老眼昏花，夜半三更，他仍會「呼童取火披衣起，夜半抄詩直到明」（〈枕上吟〉，366）對照於他寫〈五戒〉的詩，〈戒吟〉彷彿為書寫者另定出一條「清規戒律」。如果說「吟」確實成為丁耀亢生命中不可承受之重，他理應戒除這個少年至老年的癖好，然而，事情並不如此順利簡單，這正是〈戒吟〉所體現出的難題：疾病的、患難的書寫者徘徊在寫與不寫、病與養身的困境，從這個角度反觀《續金》中的冷熱模式，我們便能有效地猜想那些量

---

23 這類詩作相當多，在此僅舉幾例說明之：「焚書始信文章賤」（〈丁未中秋月〉，352）、「自憐多口業，綺語累浮生」（〈贈淡如禪師〉，298）、「癖好題詩易忘言」（〈水月庵參禪〉，299）、「久悔著書多，患難到門戶，文章竟網羅」（〈懷芝麓龔大司寇〉，309）、「瓶梅成舊懺」（〈詩誌感〉，314）、「瓶梅落盡歎枯魚，松作龍麟悔著書」（〈暨大司寇招同閻古古白仲調紀伯紫夜集即席分韻〉，316）、「新詩縱就悔多言」（〈柳村新墾雜詩俳體效元白〉，344）、「著書取謗身自災」（〈昔張有四愁杜有七哀或困阨而抒抑鬱之情或流離而述窮愁之感年逾古稀老而多難學道未堅習氣不脫靜中生動妄想紛飛因作七戒聊以自警云〉，389）。

身打造的書寫技巧之可能性，因為對他而言，創作（即便是遊戲詼諧式的）是他生命中難以戒除的癮頭，而我們也不妨將這種「癮」與明清之際男性文人對物的癖與癮相互參看，無論是對物品的賞玩抑或對文字的貪溺，皆是建築在這龐大的「癮」、「病」的隱喻基礎上，這正是晚明文化研究中常被論者注目的一環。

在這脈絡下，「癮」、「病」的概念變得中性，它不見得是負面意涵，反而多少具有激勵人心、激發情緒的正面可能，正因兼具正反面意義，文人多少在放縱與道德的邊界徘徊掙扎，丁耀亢一方面感恩眼病為他帶來人生新契機，一方面又害怕書寫的癮頭終究會再度毀滅他，正如《續金》可能讓錯誤閱讀的讀者興陽動火和腎枯陽痿，丁耀亢不斷地反思書寫致病招禍的可能，一方面是對消耗精神對身體的傷害（「詠花作賦恐傷神」，〈漫興〉，338）；另一方面則是容易引來殺身之禍（「奇文衰世無平等，幽憤多才有是非」，〈和王無竟石門寺詩有感〉，346），由此提供書寫者「顧性命」為本的寫作建議（「文莫求工詩莫吟，眼昏鬢斷如嘔心」，〈小技〉，318），以及一切應先以修身、消業為先（「消除口業先絕慮，三日不吟舌本強」，〈小技〉，319），而這些都是在《續金》的出版和遭焚後所產生的反思，於是在驚心動魄的經驗之後，他感慨道出：「快書焚後成盲史，請室歸來罷苦吟」（〈寄懷巴山孫健之〉，349）「盲史」說明了他病眼的處境，但似乎也隱藏了某些因果關係，暗示著「快書」與「盲史」相關聯的可能；而盲史也從文字灰飛湮滅、視覺被褫奪的過程中領悟出了養身的終極目標：「罷苦吟」，由此我們或假設，眼病與焚書影響了他的書寫觀和身體觀，而此一訊息也指向丁耀亢確實不斷地思索身體與書寫、病痛與書寫之間的微妙關係。更進一步地，我們亦可從他《歸山草》、《聽山亭草》時期詩作中大量的「悔多言」和「消口業」等字詞[24]，回過頭去揣度他寫作《續金》與焚書後的心理狀態，當時那些為讀者設計的文字現在已成為「多言」和「口業」的證據，而那些看似強詞奪理或似是而非的書寫動機，在此期丁耀亢重參禪而非書寫、重身體而非文字的傾向性中，我們可以看到疾病與焚書在他此期所扮演的關鍵角色。

在此讓我們暫且回過頭去看正值青年竟吐血暴斃身亡的張竹坡，吳敢對於張氏評點《金瓶》的後續效應有概略性的描述，當張氏第五次秋圍點額，正是他在南京推銷《第一奇書》鬧得滿城風雨之後不久，他人生中最後一次陷入困境，「自然和他評點《金瓶》不無關係」，例如他評張潮《幽夢影》中的「凡事不宜刻，若為讀書則不可不刻」時則云「我為刻書累，請並去一不字」[25]，由此可見張竹坡對評點《金瓶》似乎也稍有悔意。

24　又如〈焚書〉：「弟命焚書未可存，堂前一炬代招魂，心花已化成焦土，口債全消淨業根，奇字恐招山鬼哭，劫灰不滅聖王恩，人間腹笥多藏草，隔代安知悔立言。」收入《歸山草》，329。

25　吳敢《張竹坡與金瓶梅》（天津：百花文藝出版社，1987），頁85。

筆者以為，在寫作《續金》期的丁耀亢雖然以書寫作為治療「業」病的主軸，但在更晚年，眼病與焚書這些具有天啟象徵的悲慘遭遇，不僅開啟了丁耀亢其餘的身體感知，同時令其思索身體本質和書寫本質之間的關係，以及更重要的：治療與解脫的方法，即便書寫仍舊誘惑著他，但此時他更高的目標是「老來閉目學逃形」（〈廣文康孝廉代淄川高少宰索詩刻〉，348），因為「佳句空傳終滅沒」（〈和王無竟石門寺詩有感〉，346），不如逃出這禁錮他的老病形軀，逃出他多災多難的一生。

事實上，丁耀亢由眼病到文字、由閉目到逃形的一番省思，示範了自古以來文人對「讀書」與「做學問」這件事的身體式的省思，讀書與做學問不僅僅是視覺接受文字這般簡單的過程，更重要的是身心的全面配合和運作，從罹患眼疾經驗中對身體本質、文字本質和書寫本質的領悟，丁耀亢並非古來第一人。在王陽明編匯朱熹晚年的著述中，我們得知朱熹晚年同樣為眼疾所苦，然而在病苦之餘，朱熹卻忽然領略了聖學之道，同時後悔中年的論述誤己誤人——雖然丁氏與朱子的著述類型如此不同，然而兩者的這種心境轉換竟也如此相似——王陽明特別輯錄之，因「喜朱子之先得我心之同」。[26]在這些朱熹晚年的語錄裡，病目確實讓朱熹「內觀」到更深層的世界，這可從許多則他描述眼疾與靜坐之關連的語錄中窺見：

> 熹以目昏，不敢著力讀書。閒中靜坐，收斂身心，頗覺有力。間起看書，聊復遮眼，遇有會心處，時一喟然耳！（〈答潘叔昌〉）

> 熹衰病，今歲幸不至劇，但精力益衰，目力全短，看文字不得；冥目靜坐，卻得收拾放心，覺得日前外面走作不少，頗恨盲廢之不早也。（〈答潘叔度〉）[27]

「頗恨盲廢之不早」更體現了大徹大悟之人對疾病的接受與感恩，朱子同樣因目昏而無法奮力讀書，逐漸將重心轉移至靜坐和身體鍛鍊，他也建議做學問之人不應執著拘泥於文字，致使身心俱疲：

> 今一向耽著文字，令此心全體都奔在冊子上，更不知有己；便是個無知覺不識痛癢之人，雖讀得書，亦何益於吾事邪？（〈與呂子約〉，132）

26　《王陽明全集・卷三 語錄三・附錄》之〈朱子晚年定論〉前，王陽明的學生特別加註：「朱子病目靜久，忽悟聖學之淵藪，乃大悔中年註述悟己誤人，遍告同志。」王陽明於〈朱子晚年定論〉則言：「予既自幸其說之不謬於朱子，又喜朱子之先得我心之同，然且慨夫世之學者徒守朱子中年未定之說，而不復知求其晚歲既悟之論。」見《王陽明全集》（上海：上海古籍出版社，1992），頁128。

27　同上註，頁130。

> 學者墮在語言，心實無得，固為大病；然於語言中，罕見有究竟得徹頭徹尾者。蓋資質已是不及古人，而工夫又草草，所以終身於此，若存若亡，未有卓然可恃之實。近因病後，不敢極力讀書，閒中卻覺有進步處。大抵孟子論求其放心，是要訣爾！（〈答楊子直〉，138）

因此，眼病也同樣為朱子帶來了意外的收穫，因為眼睛接觸了外在事物（包含文字）便容易拘泥而執著，耽於文字的下場便是「此心全體都奔在冊子上」而不知有個主體自己存在，如今因眼病而不敢極力讀書，此心全體不再「耽」和「墮」於文字語言，反而覺得有所進步。在另一則〈與周叔謹〉中，朱子亦覺察自己說話「有大支離處」，仔細地檢討，方才發現自己用功未嘗切實，當他「減去文字工夫」，便覺「閒中氣象甚適」，因而他奉勸學者且閱讀孟子〈道性善〉、〈求放心〉兩章，並以「體察收拾為要」，其餘的文字則大多同樣強調涵養，勿須太著力地考索鑽研，因為「為學之要，只在著實操存，密切體認，自己身上理會。」（〈答竇文卿〉）朱子藉由受眼病所苦的身體，向我們示現了做學問須從「身上理會」，套一句當代日本小說家吉本芭娜娜的《身體都知道》，身體當然知道，身體啟示我們一切虛無之道，病痛告知我們一切真理，正如晚年的丁耀亢「病眼因書暗」，於是他也如同朱子盡量拋棄了文字，透過昏黯的眼瞳照見了身體與生命之奧義，即便目昏眼閉，他的身體和心靈卻因此而自在遨翔。

四、眼暗常觀空外色

於是，即便丁耀亢和張竹坡皆作為《金瓶》的「再創作者」，然而若從筆者所試圖建構的「眼」之身體隱喻這點來看，張氏的「明眼」或可饒有興味地與丁耀亢的「病眼」對照，然而，目力短小的後者雖比不上目光如炬的前者，然而後者卻也在創作《續金》後發現了「病眼」所帶來的更寬廣無礙的視野；明眼人張竹坡執溺在文字中現身、轉身、操作其身體，「頭童齒落眼生翳」的盲史丁耀亢或因更為長壽、也更因為病痛所折磨而意外地深掘了身體的本質。相較於張竹坡仍曖昧地聚焦於書中之色、將身體形塑成文本血肉，丁耀亢卻「眼暗常觀空外色，神遊如見夢中開」（〈眼病後覓牡丹栽〉，382）。

讀罷《續金瓶》，再續讀《丁耀亢遺稿》，我們更能看清整個「閱讀療程」以及丁耀亢對於書寫、養身的反思，雖然《續金》在先，大量記述眼病的詩作在後，然而我們確實可從中看到丁耀亢對身體（不僅是因果報應）的獨特觀照，尤其是晚年的眼疾本身正如同一個意義飽滿的隱喻，眼疾對身體和生命所造成的破壞和缺憾，讓晚年的丁氏書寫有了哲學的深度，比起《續金》中直接借用〈太上感應篇〉、並「借《金瓶梅》為戲談」（〈《續金瓶梅》後集凡例〉）的寫作態度，他描述眼疾的詩作又因飽含生命歷練而更具有

「現身說法」的況味了。

第三節　殘缺與淨化：映照《續金瓶梅》的幾個文本

一、因果計算

　　為了能從較全面的角度理解丁耀亢在《續金》中呈現的身體感知——無論是加以限制讀者的身體感受抑或作者的創作心理——筆者於上一節對照了丁氏晚年的身體狀況，以及眼疾和《續金》遭焚對他造成的深刻影響。接續著丁耀亢小說創作《續金》以及描述個人生活與身體感受之詩作之後，筆者欲將視角稍微擴及當時的幾位文人及其小說，例如李漁（1611-1680）的《無聲戲》（1656）、《十二樓》以及蒲松齡（1640-1715）的《聊齋誌異》（1680），並從兩個角度切入之：其一是第一節所探討的；在因果報應框架下、經過計算的身體感知，進而呼應著《續金瓶梅》中的殘缺身體如金桂的石女之身，這些看來殘缺衰敗的身體在小說家筆下，卻也扣合著因果報應的主題，同時也反映了當時文人的身體觀。其次則是討論身體之殘缺、「眼病」、「口業」與身體健全之關係，用以對映丁耀亢所謂的眼病隱喻。

二、石女現身：定數與身體的演算

　　當丁耀亢為金、瓶、梅續寫來生；同時將自己也寫進了《續金》的末尾之際，他應該沒想到自己的後代也被寫入了小說之中。《聊齋》卷八有一則短篇〈紫花和尚〉[28]，內容乃描述丁耀亢之孫，少年得病暴死，然隔夜復生，說道：「我悟道矣」，心中清楚若要病痊，必須要找到邑中精岐黃術的某生相助，經由此人診療之後不久便痊癒了，然而病癒之後，一名自稱是董尚書府中的侍女前來告知某生這麼一件事：丁的前世乃紫花和尚，她和紫花和尚曾有夙怨，罹病便是償還的方式，倘若某生再繼續治療丁氏，自己便會遭殃，某生醒後畏懼不已，不敢再去為丁治病，丁得知此事不禁歎道：「孽自前生，死吾分耳。」不久丁便亡故了。

　　這不過只是蒲松齡筆下的一則短篇，照說讀者無須追索其真偽，不過這則故事也呼應著《續金》「因果報應，絲毫不爽」的主題，金桂、銀瓶、梅香之所以遭受身心苦難，便是前世的冤債未了，因此必須分明償還，她們的身體皆活在輪迴的算計（其實也是作者

28　本節《聊齋誌異》所使用版本為蒲松齡《聊齋誌異會校會注會評本（二）》（臺北：里仁書局，1983），頁 1066。後提及僅註明卷數、頁碼，不再另外註明出處。

的敘事機關）中，前世種下的惡因，這世須以身體受難的方式悉數償還。當筆者談及《續金》時聚焦著「數」這一關鍵字，而這種福禍定數絲毫不差的觀念亦成為當時文人小說的敘事基調。《聊齋》卷七〈祿數〉便以「數」為題，強調因果報應有序分明，這則故事描述某人行為不符合道德規範，而能相人並知人祿數的方士見了他便說：「君再食米二十石、麵四十石，天祿乃終」（970），此人估計了一下尚有二十餘年可活，因此依舊我行我素，但沒想到隔年便患了消渴之疾「除中」之病，「食甚多而旋飢，一晝夜十餘餐」，因此一年內便死了。更細緻的敘事可見卷七的〈邵女〉一篇，柴亭賓的大老婆金氏因嫉妒妾邵氏而狠下毒手，不僅用燒紅的鐵烙燙印邵氏如花的容顏，更以針刺其臂膀二十餘下才肯罷手。其後金氏生了場大病，延請許多醫者診視皆無效，瀕臨死亡之際，邵氏全不記恨，頗通醫理的她反而為金氏換藥，治癒了金氏，然而金氏的苦難並不因此結束，後來金氏又罹患了心痛，痛苦不堪，邵氏緊急買了銀針數枚，就穴道刺之，方才止住金氏的疼痛，接連幾天，時而復發，邵氏陸續為她針灸三次，表面上看來病情暫獲控制，然而金氏仍舊害怕會復發。某夜，金氏夢見廟中神明前來告訴她此疾乃往昔殺害柴氏兩妾的宿報，更關鍵的是，金氏曾對邵氏鞭打、烙針，必須償還，「所欠一烙二十三針，今三針，止當零數，便望病根除耶？明日又當作矣！」（892）夢醒後的金氏終於悔悟，並要求邵氏「不必論穴，但凡十九刺」，隨即金氏果然痊癒了，在受苦的當下，金氏亦能懺悔而無戾色，方償還了這場業債。在此值得注意的是幾個數字：十九刺、二十三針、三針、零數與金氏疾病的關係，這些計算題皆圍繞著金氏的奇症怪病，可見金氏的發病和治療方式完全來自於因果報應的概念，尤其凸顯了計算的課題，因而評點者但氏對此評道：「一毫不錯，一絲不差，一點不讓。」這一毫、一絲、一點則符合的因果報應中的計算原理，身體則是使「一毫、一絲、一點」具體化的平臺。

由此可見，這些文人在創作小說人物、形塑其身體之際，這種算計構成了人物身體的血肉以及敘事情節的脈絡，因此，金桂的石女兒身便可謂因果算計，是小說家套入「業」之方程式的結果。金桂因動了邪念而被鬼魅狐妖引誘失精，胡言亂語，染成大病，和李瓶兒一般，不時排出黃水紫血（四十四回），最後竟然成了女陰緊閉的石女（四十七回），丁耀亢特別提到女陰緊閉的金桂碰上了半身殘疾、無法人道的劉瘸子，是金桂「前生冤孽，折算他當日縱慾宣淫迷惑愚夫之過」。「石女」本出自於佛典，此身體缺陷乃由業所致，而在明清小說中，金桂並非「石女」的個案，李漁《十二樓》中的〈十卺樓〉敘說了另一個石女屠氏；而《無聲戲》的第九回〈變女為兒菩薩巧〉則描述了另一個石女，李漁所「產下」的這兩個石女著實有助於筆者參照金桂的身體。

〈十卺樓〉的背景設定在明朝永樂年間浙江溫州府永嘉縣，料事如神的郭酒癡替姚氏秀才新造的三間大樓命名為「十卺樓」，當時眾人皆難以理解。及至姚氏秀才兒子姚子

穀娶新婦時，才知道這名溫州城的第一美人屠氏原來是個石女，李漁形容：

> 好事太稀奇，望巫山，路便迷，遍尋沒塊攜雲地。雙峰太巍，玉溝欠低，五丁惜
> 卻些兒費。漫驚疑，摩盤山好，何事不生臍！[29]

在此，我們看到女體與地理景觀的重疊，「迷津」出自於無法盡情享樂之男性旅遊者之口。屠氏見狀也感嘆生來如此，「只是前生種下的冤孽，叫我也沒奈何！」在丁耀亢筆下，金桂因此決心遁入空門，李漁卻不依循著「殘缺——懺悔」的公式，反而如同造物者般再度給予屠氏嶄新的身體。當姚子穀將石女退回屠家、接連娶了她的姊妹及眾女子後，還是因緣使然，他與屠氏再度相遇，不過當時屠氏慾火焚身，將全身的慾火積聚於兩胯之間，不料竟生出大毒「騎馬癰」，腫了幾日後開始潰爛，後來兩夫妻歡愛時竟然因此圓房，於是他們便祈求此瘡不要收口，李漁形容此瘡乃「情興變成的膿血」，讓石女有破身的機會，和丁耀亢石女因閉戶而看破紅塵的結局、以此女性缺陷警醒世人的寫作策略大不相同。然而，李漁仍藉由屠氏原先的石女之身以及後來的破身，傳達了延遲享樂之必要性。在故事末尾，我們才知道原來屠氏因孽障未消，理當經過多年的磨難，多次嫁人而多次被賣走，而姚氏九次娶妻皆得不到好下場——醜陋的她們不是病死便是捲入糾紛——更說明了兩人必先歷經磨難，才能獲得甜美的魚水之歡，由此觀之，屠氏的身體缺陷最終也成為道德說教的利器。

　　另一個石女則出現於《無聲戲》的第九回〈變女為兒菩薩巧〉中，這則故事瀰漫著因果報應的氛圍，「數」的觀念亦於其中運作，這種因果報應由於具體化為某種協商關係而更加強化。故事的主角是一個富戶施達卿，老年膝下無子，娶了妾後仍不見子嗣消息，某日聞人得知拜禱准提菩薩極有應驗，因此每到齋期清晨便結拳印、持念珠誦禱，李漁將誦禱諸句真言的次數一一寫下——先是淨法界真言二十一遍、其次是護身真言二十一遍、再其次是大明真言一百零八遍等等——一一寫下真言和應誦念的字數，一方面有導引讀者誦念之動機，而這又和李漁、丁耀亢等人以小說形式說法、以小說比擬於經書的策略相類；一方面似乎又遙遙呼應著小說中可以折兌的天命定數。接著，李漁又告知讀者更多關鍵數字：施達卿從四十歲於齋期不碰葷酒，直到六十歲，二十年間皆是如此，不敢或忘，藉此凸顯施氏的誠心；換言之，以上這些包含誦念數、守齋歲數和年數等數字彷彿皆可用來兌現於他是否有子嗣的命運定數，因此這類出現於小說中的數字似乎皆隱含深意，不可等閒視之。然而即便如此虔誠，施達清仍舊無子，某日在夢中大哭之後看見菩薩前來開示：「凡人『妻財子祿』四個字，是前生分定的」，即便「有二十

29　李漁《十二樓》（臺北：長歌出版社，1975），頁232。

年好善之功，還准折不得四十載貪刻之罪」，然而菩薩仍舊是慈悲的，不忍弟子為子嗣所苦，便指引他一條可以折兌的方法：由於罪業乃財上所生，倘若能將家私散到七、八分以上，便能得子。

在此，李漁彷彿轉化商業交易的概念，其中可見「數」的運作方式，更進一步地，以「數」、「業」為開端的敘事設計，相當程度地影響了人物的身體形塑。然而施達卿畢竟是有私心的，眼見散了二分家產後有個通房便懷孕了，為了後代的家業著想，他開始吝嗇不捨，誰知這討價還價的方式竟然影響到孩子的身體，讓孩子成了「逃於陰陽之外，介乎男女之間」的半雌不雄的石女，更有趣的是，這個石女的身體竟是彈性而具有高度可塑性，隨著達清事後的懺悔與施食賑災，石女下體屬於女子的部分漸漸長平、愈顯出男子的生殖器來，達卿在又驚又喜之餘所說的一番言詞，清楚展現了這個由「數」、「業」兌換殘缺／健全身體的奇觀：

> 這等看起來，分明是菩薩的神通了。想當初降生的時節，他原做個兩可的道理，試我好善之心誠與不誠，男也由得他，不男不女也由得他。如今見我的家私捨去一半，所以也拿一半來安慰我。這等看來，將來還不止於此。只是這一半也還是拿不穩的。我若照以前中止了善心，焉知伸得出來的縮不進去？如今沒得說，只是發狠施捨就是了。[30]

施達卿膝下的這個「半男半女」之性別確認，乃建基於他散財之半數或全數，施捨的數目之多寡牽涉到孩子變男變女、化陰為陽的程度，即便李漁筆下的石女似乎最終都有個較為幸福的結局——不是石女破身（屠氏）就是轉身成男（施達卿的兒子）——隱隱之中讓我們窺見了因果報應所遵循的「兌換律」，而此種兌換律皆反映在身體的健全或殘疾上，這不僅是丁耀亢形塑《續金》裡的要角身體所仰賴的方式，更可見於李漁、蒲松齡的作品中，這提供了我們從某種「宗教／算數」的經濟方式來看待身體，當小說中的身體皆是套入因果公式所得的演算結果時，無形中也形成了一道安全防線，避免讀者太過於「設身處地」，跟隨著小說中的身體而舞動，或是不慎「把褲襠都濕透」了。

不過若從佛教的角度來看，業果的法則乃極隱晦法，雖然可謂絲毫不差，但絕非如這些文人所想像的；等數、等量償還的簡單「數學習題」，業果會增長廣大，其中的造作緣起和受報歷程和結果，唯有遍知的佛方能看得透徹，絕非這些文人（即便自詡為明眼人亦然）能看得清楚明白的，因此若從嚴觀之，這些文人對業果法則的認識極為片面而淺薄，不過，筆者以為這些文人並不在意業果的真正法理與內涵，他們只想借用表面上認

---

30 李漁《無聲戲》，收入《李漁全集》（杭州：浙江古籍出版社，1991）第八卷，頁187。

知的「絲毫不差」的數學邏輯來為小說找個冠冕堂皇的說教框架，但若要為這樣的「換算」找到正面的意義還是有的，至少在上述所提及的明清文人的想法裡，身體與身體感知是個細緻且多層次的概念，身體不再只是被閱讀／悅讀，反而因為「數」的應用，讓閱讀小說成為驚心動魄且不太舒適的歷程，而這種閱讀感知亦可與《續金》中不斷被干擾的敘事一併觀之，這些惱人的情節和敘事方式似乎本身便是對讀者所進行的再教育，利用這種方式讓讀者從遊戲品中的肉身歡愉中醒悟，進而凝視自己的身體：無論是閱讀當下的身體，還是日常生活中不斷移動的身體，從這個角度來看，筆者對於文人筆下的奇書有了現當代的、身體性的詮釋：奇書中的奇症不僅令人稱奇，它也中和了書中佳人或淫婦身體之危險性，同時將讀者的慾望隔離在安全的距離內，換言之，無論是讀者所「觸摸」到的身體或是本身所興起的身體感知，皆因奇症而得到了理性的平衡。回到李漁〈變女為兒菩薩巧〉中的那個半雌不雄的身體，由於施達卿最後慷慨捨金，孩子「不但人道又長了許多，連腎囊腎子都褪出來了」，原先不辨男女時，達卿不知該如何取名，後來則因生得奇異，故名奇生。奇生那奇異怪誕的身體是功德數目所成就的，也是文人欲教化讀者的載體。

三、去病之藥：直視不淨身之本質

《續金》裡充斥著殘疾之人：石女、瘸子、瞎眼者……在丁耀亢的書寫策略下，這些帶著殘缺的人必須懺悔或行道——如石女金桂出家為尼，或如劉瘸子跟隨道人求道——方是解脫之道，從佛家的觀點來看，無論是行善悔過還是遁入空門，其終極目的便是從輪迴中解脫，不再有令我們狂喜或受難的身體，相反地，倘若仍「愛根生重慾」，最後依舊墮入「不淨身」的循環中（《續金》五十七回引詩）。以〈太上感應篇〉為框架所織就出來的《續金》裡，殘疾身體的出口不是幡然醒悟便是再度受苦，可見悔悟與修行這個念頭是解脫輪迴——更身體式的說法便是逃離這個身體以及再次獲得形形色色眾生之身體——不二法門，因此，無論是張竹坡抑或丁耀亢，他們在評點和續書的過程中不時對讀者耳提面命：讀書便是修行，讀書當然是修行，即便他們讀的是《金瓶》，或正因他們讀的是《金瓶》。

即便這其中不無可說服人之處，然而在另一方面當然亦可視為表面說詞，事實上書寫與出版一般人印象中的「淫書」多少予人恐懼之感，尤其是在瀰漫著宗教氛圍和因果報應思想的社會裡，如沈德符當初說道：「此等書必遂有人板行，但一刻則家傳戶到，壞人心術，他日閻羅究詰始禍，何辭置對？吾豈以刀錐博泥犁哉？」[31]光是刻印出版便

31　沈德符《萬曆野獲編》（臺北：新興書局，1976）卷二十五，頁652。

畏懼死後報應，何況是書寫而「造口業」呢？不斷懺悔自己造口業的丁耀亢，多少將眼疾視為《續金》的罪與罰，因此方有一系列省思與悔悟書寫的詩作，當然，丁耀亢的眼疾與書寫所造的罪業不能直接畫上等號，但丁氏對焚書、眼疾等種種苦難的自我詮解或也提供讀者思索「業——身體——懺悔」之間的關連。

懺悔的確是良方，善於使用疾病隱喻啟發弟子的王陽明便嘗言：「悔悟是去病之藥，然以改之為貴。若留滯於中，則又因藥發病。」（《王陽明全集》，〈卷一·語錄一〉）即便丁耀亢的眼疾最終沒有因為懺悔而真正重獲光明——然而他不也遊於形外，獲得另一種靈性的光明了嗎？——《聊齋誌異》中的〈瞳人語〉似乎不應僅作為一則奇談來看，其中蘊含了啟發意義。〈瞳人語〉描述一名長安士方棟的奇遇與身心的轉變，方氏頗有文采，然而常不守儀節，清明節前一日散步於城郊，突然遇見一輛載著容光絕美、紅妝豔麗的二八佳人，不禁令方氏目眩神奪，沒多久，這名妙齡女子發現方氏的偷窺，要求婢女垂下簾幔，婢女放下布幔的同時，憤怒地看著方氏並警告他：「這位佳人乃芙蓉城七郎子的新婦，適逢歸寧，不是一般田舍娘子，豈容你這秀才胡亂戲看！」言畢，擲一把土在方棟臉上，於是方棟眼睛便張不開了，回到家後始終覺得眼睛不太舒服，請人察看，發現眼睛上生小翳，「經宿益劇，淚簌簌不得止」，漸漸地，「翳漸大，數日厚如錢」，不僅如此，「右睛起旋螺，百藥無效」，這時，方棟的一個念頭改變了他今後的身心狀態，他「懊悶欲絕，頗思自懺悔」，聽說光明經能解厄，於是請人教誦，從今而後漸漸收斂身心，早晚無事便靜坐捻珠。此時，便發生了異事，他聽見左右眼中各有一個小人在對話，他們更以鼻子做為進出管道，某日，左眼中的小人抓破翳障，讓右眼中的小人進駐，從此雖然右眼仍不見物，然而重瞳的左眼讓他比具雙目者看得更遠，方棟的舉止也更為莊重，鄉里皆稱讚之。

《聊齋》所誌之異不僅是事，更是異人和奇異的身體機能，方棟逐漸惡劣的目力事實上和他的言行息息相關，而他事後所做的一個關鍵舉動：懺悔並持誦，進而讓他聽見身體內在的小人，最後這兩個小人無意間幫助他獲得重瞳，且擁有異於常人的視力，因為方棟之所以起眼翳，便是因偷窺美色，因此這個故事本身便可視為疾病隱喻和去病之藥，正如評點者馮氏以為「世多色障，作者為欲金蓖括之」，換言之，方棟的眼疾具有濃厚的教育意味，作者透過他的眼翳讓讀者省思「窺色」的最終下場，而唯一的解脫之道便是誠心懺悔持誦，而方棟持誦一年、萬緣俱淨的結果便是他具有重瞳——作者不讓他痊癒並恢復成一般人，而是讓他仍舊是異人，只不過是具有超凡的特質，因為他所見已非一般人所見，他的身心已處於另一個更高深的境界了。

《續金》中雖沒有重瞳異者，卻有出生便兩眼不開、不住地流紅淚的西門慶轉世，雖然他在《續金》中並不重要，但是原先在《金瓶》中最濫用身體、最享耳目之歡的西門

慶，在轉世後竟然成了瞎子，這本身便是意義明顯的譬喻，他的瞎眼和《續金》中的佳人身體形成了某種平行對照，當讀者仍舊陷溺於佳人身體時，他的眼疾時不時地警醒讀者，就像方棟眼疾所具有的警世與勸世意涵，正因眼根與五色接觸便容易攀附美色，如《道德經》所言「五色令人目盲」，因此眼睛相較於其餘感官來說，似乎最容易被文人加以運用，同時也最容易附著隱喻和象徵，難怪丁耀亢會將眼疾視為因果報應，又難怪他也後悔曾撰《續金》了。

相較於令讀者歡愉而墮落的誘人身體，殘疾的身體促人思索身體的本質，進而透過宗教的途徑獲得救贖，從這個角度來看，書寫所兼具的醫療功效便在於指出身體的虛妄性，期盼（即便是某種程度的奢望）讀者能從閱讀的過程中獲得治療，除此之外，丁耀亢更帶領讀者往身體的核心探進，試圖逼視身體的「核心意義」。當丁耀亢以《太上感應篇》作為書寫框架時，他多少也限定了《續金》的基調，同時透過敘事中斷與持續干擾的方式，限制了讀者可看的範圍，即便仍有引逗讀者之處——如金桂勾引書生——皆很快地被化解了，藉由並置及錯置苦難與歡愉的身體，引導讀者從這身體風景中窺見虛無本質，然而，這似乎僅是消極的威嚇，試圖讓讀者畏懼，相較於此，筆者以為較為「積極」地呈現身體本質的部分表現在《續金》中描述了空（與月娘失散的兒子）與錦屏的成親一事上（五十七回），而這部分也是丁耀亢更為極端的敘事策略。錦屏的母親梨花鎗楊夫人看上具有天人之相的了空，於是了空被迫與錦屏成親，甚至對其錦屏開示起來。在古典小說的套式中，作者多半以「被翻紅浪」、「顛鸞倒鳳」、「釵橫鬢亂」等固定套語來描述新婚之夜，然而丁耀亢卻硬是將溫柔鄉變作禪林，先讓了空和錦屏的樣貌推翻古典小說「郎才女貌」或至少男風流女嬌豔的模樣，描述了空是「男相莊嚴」、「修眉碧眼，渾如淨土比丘」，錦屏則是「女容端肅」、「花貌雲裳，不亞帝宮天女」，而後讓了空先高聲唱誦《大悲觀音陀羅尼咒》、《金剛經》，繼而講《維摩詰經》中的〈觀眾生品第七〉，隨即錦屏要求了空講述女身轉男身、來世成佛之道，這個應令讀者屏息凝神的新婚之夜，在丁耀亢筆下，卻是莊嚴男女的說法之夜，尤其錦屏的提問更圍繞在宗教定義下的「身體」，目的要讓讀者超越男女相與男女身體，更清晰地照見身體的本質。

正如充斥於《續金》中的許多「次文本」經典，丁耀亢引用並詩化了《維摩詰經》中的〈觀眾生品第七〉裡天女與舍利佛的對話，這段「轉女身」的對話原文如下：

> 舍利佛言：「汝何以不轉女身？」天曰：「我從十二年來，求女人相了不可得，當何所轉？譬如幻師化作幻女，若有人問何以不轉女身，是人為正問不？」舍利佛言：「不也。幻無定相，當何所轉？」天曰：「一切諸法，亦復如是，無有定

相。云何乃問不轉女身？」[32]

天女與舍利佛的對話示範了佛教經典中常見的反問模式，透過反問，將問題拋回提問者，促發他們開悟的契機，而透過這一來一往的詰問和答覆，我們亦可知關鍵並不在於「女身」，而是要讀者了悟身體以及一切諸法之幻，並無定相，因此無須轉女身為男身，同時進而讓舍利佛（以及閱讀這個段落的讀者）醒悟女身色相同一切諸法「無在無不在」的真理。丁耀亢則將這段對話轉化成具有禪意的詩行：

> 天女說佛法，云何轉女身，參悟得菩提，女身已成幻。譬如傀儡匠，幻化原無相，非身於何轉，大身無分別，而況諸佛法，執相不可議。

「譬如傀儡降，幻化原無相」則對應著天女反問舍利佛倘若幻師化作幻女，旁人問幻師為何不轉女身一般，是個不恰當的問題，因為「幻無定相，當何所轉」，而我們以為堅實的身體事實上是「非身何轉」，因此不可「執相」。不可執相此一觀點成了一個說法的循環利器，丁耀亢一方面藉此提點讀者不應執著於《續金》中的相貌、身體等表象，一方面卻也自動消解了《續金》中的語言文字，因語言文字亦屬幻象，「執相不可議」。

在筆者眼中，了空與錦屏的說法似乎可以與天女和舍利佛的對話相互對讀，前者是小說式的，後者則典出佛經，然而丁耀亢卻試圖透過小說達到說法的高度，因此將這段與小說異質的說法段落嵌入文本。接著，錦屏詢問了空身體與身體相觸之「從觸得樂」之迷思，了空則引用了《楞嚴經》予以答覆，反覆辯證了「觸」與「身」之虛妄性，丁耀亢在此引用了佛與阿難討論「身」與「觸」的對話，目的在於回答錦屏的提問——「男女交觸，便有一種真樂從心中來」，而這身觸究竟是好或不好；又其身觸、身體的本質為何？事實上，錦屏的提問或許觸及了閱讀古典小說中裸露的、誘人的身體時所產生的身體感知，這種從心中蕩漾開來的「真樂」便是來自於書頁中的男女交觸，同時也形塑了閱讀歡愉，換言之，之所以令讀者產生真樂的是小說中男女交觸所產生的真樂，但也許錦屏／讀者要問，身觸／閱讀的歡愉是好還是不好呢？丁耀亢藉由了空為錦屏說法——而此種說法又隱隱映照著天女與舍利佛、佛與阿難的說法，試圖讓讀者凝視並醒悟身觸／歡愉之本質。了空與錦屏新婚之夜的最終，我們看見錦屏「聽經已畢，心大歡喜，向了空問訊」，接著「上了牙床，垂下鴛鴦帳，和衣而寢，彼此再無相觸」。在這段表面上應誘人的新婚牙床最終卻成為說法道場的描述背後，我們發現丁耀亢不僅欲以殘缺身體啟示讀者，更希望提供宗教角度的身體觀，讓讀者體會關於身體的「非身」之真相。

32　《新譯維摩詰經·觀眾生品第七》（臺北：三民書局，2005），頁 134。

筆者以為，這或許也是丁耀亢讓《續金》充斥著許多不愉悅的身體段落、或讀者不愉悅的說法段落原因了，他意圖藉由書寫逼視不淨身的本質，在歡愉的肉身場中植入因果輪迴下的身體感，進而洗滌讀者的心目，達到閱讀淨化的效果。

第三章 讀寫與身體：
作爲《金瓶》、《續金》的幾個參照

總之作者著此一書，以爲好色貪財之病，下一大大火艾也。

——張竹坡九十九回回評

作家把思想放在咖啡館的大理石桌上。長時間的觀察：因爲他在利用這段時間，還因爲眼睛——透鏡，他將病人在透鏡下面往前移動——不在他面前。然後，他慢慢地打開自己的手術器械：鋼筆、鉛筆和煙斗。大量的客人，圍成半圓，一個個成了他診治的對象。預先有準備地斟滿並且同樣享用過的咖啡，將思想放到氯仿下。他所思考的事情和事情本身不再有任何關係，就像被麻醉者的夢和外科手術沒有關係那樣。思想在謹慎的手跡線條中被裁剪，手術醫生在其內部將重點轉移，燒去詞彙的累贅，並將一個外來語當作銀質肋骨植入。終於，標點符號用細針密線爲他將整個思想縫合。

——班雅明（Walter Benjamin）〈作家寫作技巧的十三條論綱〉[1]

　　班雅明——這個在女讀者／作家／論者蘇珊桑塔格（Susan Sontag）眼中總是帶著深刻憂鬱氣質的男讀者／作家／論者，在討論作家技巧時巧妙地運用了醫療手術的象徵譬喻，來形容另一個精細的活動——寫作，他讓我們看到了兩種活動——手術與寫作——的高度相似性。事實上，早在中國十七世紀、同樣把「癖」、「狂」等「不正軌」的氣質穿戴在身體上的男性文人亦喜歡從事類似的活動，將文學「本草」化，並藉由擬仿《本草》來取得身體、情緒的發言權以及更重要的；遊戲的本色，例如李漁的《笠翁本草》，於是我們不難想像文人如湯顯祖、袁枚崇尚著「以書當藥」、以寫作爲治療的自治方法。

---

1 見班雅明（Walter Benjamin）著，李士勛、徐小青譯《班雅明作品選》（臺北：允晨文化公司，2003），頁92。

第一節　讀寫療病？：以李漁《笠翁本草》為參照

一、以意為醫：文人式的養生治療

　　在筆者對丁耀亢和張竹坡的討論裡，不斷地碰觸到一個核心的議題，即書寫、閱讀及身體的關係，無論選擇的方式各異（評點或續書），作為《金瓶》的讀者，他們皆透過再書寫、再創作的方式，限制了《金瓶》讀者的身體感知，要讓讀者明白《金瓶》裡身體老病、殘缺之過程，以及最終的虛無本質，更有趣的是這種身體的虛無性正隱隱對映著文字的虛幻性，當他們以「眼」之獨特性和身體感知之個人性為讀寫基石——明眼人所見《金瓶》皆是道學文字或史學氣象——之際，同時也有趣地消解了暴露、誘人、貪歡身體本身的罪惡。在他們眼中，身體需要鍛鍊，而閱讀正好也是鍛鍊及治療身體的過程，即便張竹坡難免「身」入於字裡行間進而操作「現淫婦身而說法」這套似是而非的身體／說法實踐；而丁耀亢似乎也從「遊戲品」與「正法品」之書寫機制中獲取快感——筆者懷疑，這種表面上似是而非卻又費心經營的書寫策略本身，是否已經滿足了創作者丁耀亢；同時也給予他創作的愉悅？（儘管讀者並不感到歡愉？）換言之，丁耀亢給予讀者書寫等同治療的暗示與啟示，將娛人耳目的小說形式作為明心見性的說法工具之本身，或許便已獲得愉悅的身體感了吧。

　　除了明眼人張竹坡與盲史丁耀亢，十七世紀文人也不乏對書寫／閱讀／文字與身體健康之間關係的討論，即便他們並不是以《金瓶》為討論對象，但他們對於這個問題的省思，相當有助於我們從較廣的角度重看張竹坡與丁耀亢的讀寫，然因學知有限，故筆者擬以李漁（1611-1680）的《笠翁本草》為例，欲藉由參照的方式來析論「閱讀——書寫——身體」之間的關係。李漁《笠翁本草》之構成大抵上是遵循「醫者意也」的觀點，進而發展出醫文共享、可資文人好好利用的「以意為醫」，而他所謂書寫和閱讀用以療病、有助於身體的說法，多少有助於我們參照丁耀亢晚年對疾病與書寫關係的思考，以及側面地思索張竹坡念茲在茲的閱讀與身體的關係。也許我們可以從另一個角度來探問：究竟書寫是否真有助於身體，還是僅是文人過於浪漫的想像？事實上，這個問題似乎不太高明，畢竟其中有一廂情願或個人因素夾雜其中，然而，對這一問題之釐清或許有助於我們從較廣的視野及不同的觀點來檢視閱讀與身體（感知）間的關係。

二、以書當藥：李漁《笠翁本草》之閱讀身體感

　　與丁耀亢一樣，在晚年亦患有眼疾的李漁在《閒情偶記》中深刻且獨特地提出他養

身療病的方法[2]，在〈頤養部〉卷六「療病第六」裡，李漁不斷提及李時珍的《本草綱目》，然而李漁並不信服《本草》，他僅藉由《本草》作為他的參照，同時以文人遊戲的方式重新定義「藥」和「方」之定義。在他眼中，「方」並非方書所載之方，而是「觸景生情，就事論事之方也」；所謂「藥」也並非《本草》所載之藥，而是「隨心所喜，信手拈來之藥也」，因為「藥不執方，醫無定格」，以同樣的藥治療相同的疾病不見得能見效，因此李漁自認為自己所提供的藥方適足以治療病人的疑難雜症，而這藥方是無形而針對個人而設的，例如他常見有人病入膏肓、命在旦夕，然藥方與針灸皆不靈驗，此時猛然見到一物，或因喜而病消，或因驚慌而疾退，由此可見良藥不見得完全出自《本草》。李漁表示這種說法並非自創，而是從古代醫書的一句話「醫者意也」獲得靈感。[3]事實上，醫家不僅鑽研醫理，有時亦須從哲理取得靈感，例如明朝醫家喻昌便「通禪理，其醫往往出於妙悟。」[4]中國傳統醫學的直觀性、意象泛化、類比法則和文學似有類似的底蘊，繼而期盼自己能「以拆字攝覆者改卜為醫」，既然「醫者意也」，他當然可以發揮文人對「意」之獨特詮釋與延伸之方法，這流動且變化無端的藥方或許更勝於僅載「物性之常」的《本草》[5]，因此他要「以意為醫」。

　　不斷地將自己的觀點與醫書《本草》相比，目的便在於凸顯「文人製藥」的創意和獨特性，尤其「醫者意也」的「意」所具有的「聯想與類比」，不僅給予了文人可資詮釋甚至渲染的空間，對「意」——如果容許我們將之擴充解釋為意象、意境等中國傳統批評常使用的語彙——的詮釋和運用，更是中國傳統文人的本領，相對於《本草》在醫藥以及當時人們身體領域所建立起來的權威，李漁自稱這些來自於他意想與異想的藥方為《笠翁本草》，同樣以「本草」兩字名之，明顯有和李時珍《本草》一較高下之意味，

2　李漁有詩〈抵漢陽十日，目疾未癒，不獲即登黃鶴樓〉及〈菊枕　內人置菊枕贈予，謂菊性與目力有裨，受而咏之〉，從詩題可見李漁晚年目力不佳，以具有顧眼療效的菊花保養眼睛。另有〈吳平與招集園亭，偕周伯衡觀察、紀子湘郡伯觀梅，時予病目初癒，未及終席而返〉中有「病餘始為花開眼，笑罷還驚雪滿頭。」一句。見《笠翁詩集》卷一，收入《李漁全集》（杭州：浙江古籍出版社，1991）第一卷，頁 191。

3　「醫者意也」的詮釋可見廖育群《醫者意也——認識中國傳統醫學》，他在此書中表示除了實踐經驗之外，模擬方式乃古代建立藥效之說的重要途徑之一，而「這種模擬（或稱比類）與聯想的思維方法」，古代醫家便稱為「意」。例如：方劑中的湯者，即「蕩」也；散者，散（ㄙㄢˋ）也；丸者，緩也，由此可知漢藥的模擬和聯想特質，這種「以意用藥」或「以意解藥」的表現，在廖氏看來，或可謂「感應論」在醫學中的具體應用。見廖育群著《醫者意也——認識中國傳統醫學》（臺北，東大圖書公司，2003），頁 50。

4　《清史稿》（臺北：國史館，1990），卷 509，列傳 289，藝術一，頁 11531。

5　李漁《閒情偶記》，收入《李漁全集》（杭州：浙江古籍出版社，1991）第三卷，頁 347-348。

然而，李漁的《笠翁本草》確實和李時珍的《本草綱目》大不同。在《笠翁本草》中羅列了許多藥物，例如「其人急需之藥」、「本性酷好之藥」、「一心鍾愛之藥」、「一生未見之藥」、「平時契慕之藥」、「素常樂為之藥」、「生平痛惡之藥」等，以下稍舉幾例說明這些「抽象藥方」之「成分」。在「本性酷好之藥」中，李漁便以親身經驗質疑《本草》之權威性，同時證明自己「以意為醫」的「本草」方更勝於前者。李漁以為，凡人酷好之物便是藥，「癖之所在，性與命通，劇病得此，皆稱良藥」，而後他分享了經驗談。庚午年之際，疫厲盛行，在家人之中他情況最為嚴重。李漁素喜楊梅，「每食必過一斗」，即便在病中仍酷嗜此物，當他向妻子索求楊梅時，妻子不知此藥是否適宜而謊稱尚未購得楊梅果，同時私下詢問醫生，醫者的回答聽起來頗嚇人：「其性極熱，適與症反，無論多食，即一二枚亦可喪命。」妻子聽了當然不肯給李漁楊梅果，於是以詭詞虛應故事，不知情的李漁仍舊渴盼此果，但始終無法如願。某天兜售花果的小販在門外叫賣，李漁急央家人購買，家人只好以醫者之言告知，李漁將之視為巫覡之言，仍請家人購買楊梅果，果子一到手，「才一沁齒而滿胸之鬱結俱開，咽入腹中則五臟皆合，四體盡適」，疾病很快就消除了，家人方才知曉醫者之言並不可靠，李漁也藉機對家人好好地機會教育一番：「無病不可自醫，無物不可當藥。」

不僅物可當藥，人亦可入藥，在「一心鍾愛之藥」裡，李漁提到倘若嬌妻美妾、至親密友思之不得或雖得卻不親，皆可能導致疾病，這可以從明清大量的戲曲和小說中因相思而罹病的情節中看出端倪。[6]即便他們並非因此罹病，然在患病之際必定思念此親愛之人，此刻讓他們見面親愛，如魚得水，「未有不耳清目明，精神陡健」，可見私愛之人對病者精神支持上所發揮的強力藥效。在此，李漁亦不忘再次駁斥醫者，提及不少父母謬聽醫士之言，以色為戒，不知「人為情死，而不以情藥之」之荒謬性。由此可見，笠翁心目中的《本草》和醫療方式，不僅與醫者之《本草》大不相同，更有趣的是其中有許多「藥方」甚至違背了醫道精神，《笠翁本草》所開列出的「藥方」不是重「情」便是重「物」，而這種貪戀、執著於情與物的過度行為正為醫者所嚴禁、排拒，不過李漁《笠翁本草》之獨特性便在於凸顯當時文人的性格，一者在於對情之崇尚與對物之眷戀，一者則致力於修辭遊戲和疾病隱喻，其「本草」之命名便將他們的治癒行徑和身體感知作了極大的發揮；換言之，李漁《本草》所標榜的文人式的、個殊性的身體感知經

---

6 例如馮夢龍所編《古今小說》（《喻世明言》初版本）中卷四〈閒雲菴阮三償冤債〉裡，阮三自從見了玉蘭小姐後，日夜相思，「漸覺四肢羸瘦，以致廢寢忘餐，忽經兩月有餘，懨懨成病」，其病狀包括「面黃肌瘦，咳嗽吐痰」、「七情所傷，身子虛弱」等，然而在阮三順利見到玉蘭之後，卻因「一時相逢，情興酷濃，不顧了性命」，片刻樂極生悲，魂歸陰府。見馮夢龍編《古今小說上冊》（臺北：里仁書局，1991），頁81-95。

驗，多少也平衡了儒者與醫者所強調之普世的、可被歸納的身體觀，正如李漁強調要以《笠翁本草》的「事理之變」來平衡並補充《本草綱目》的「物性之常」，相較於醫者試圖從個別經驗中提煉並歸納普世的治療法則，文人著重的的確是個人身體感知與個殊經驗。

除了人與物之外，身為文人最大的癖好及鍾愛之物便是文字、書寫和閱讀，正如李漁所言：「予生無他癖，惟好著書，憂藉以消，怒藉以釋，牢騷不平之氣藉以剷除」（353），這即是李漁所開列出的「素常樂為之藥」，李漁以個人經驗證明書寫能消憂釋怒，排遣牢騷與負面情緒，同時對中醫觀點下、疾病產生於七情的說法加以辯駁，他認為自己已備有「治情理性之藥」，當伏枕呻吟之際便是著書立言之始，若能起身坐臥則撰書，若不能則暫存於腹稿，如此一來，「迨沈疴將起之日，即新編告竣之時」，此乃「我輩文人之藥」。李漁從自己癖好書寫用以治療的經驗來說明為樂之事可以當藥，於是他建議天下之耽詩癖酒、慕樂嗜棋者無須加以禁止克制，而這或許會成為調理病人之良方。由此可見，李漁以為書寫有助於治療疾病，而將書寫過程中可以激發過多且過剩的七情拋諸一邊。

不僅是書寫，在「一生未見之藥」裡，李漁更強化了閱讀有助於身心的論點，他以為對文人而言，異書乃文人欲得而未得之物，所謂的異書則指：

> 所謂異書者，不必微言秘籍，搜藏破壁而後得之，凡屬新編，未經目睹者，即是異書，如陳琳之檄，枚乘之文，皆前人已試之藥也。須知奇文通神，鬼魅遇之無有不辟者。而予所謂文人，亦不必定指才士，凡系識字之人，即可以書當藥。

在此，李漁明顯將「凡屬新編、未經目睹」之異書視為良藥，凡是能識字之人皆可「以書當藥」，更有趣的是李漁接著闡釋傳奇野史最能袪除病魔，若請人誦讀，無異於持誦避邪，這種不僅將閱讀視為調養身心；更將閱讀提升至宗教修行層次的觀點，正是張竹坡和丁耀亢所極力推崇的。然而，李漁在另一篇文章〈《香草亭傳奇》序〉中提及康熙十六年丁巳（1677）當他「善病不起」之際，決定效法古人，取來枚乘的〈七發〉與陳琳的〈癒頭風檄〉輾轉讀之，沒想到疾病卻因此加劇。隔年春（1678），他在病中為徐冶公的《香草亭傳奇》作序，序中提到細讀此書，發現此「非書非詞，乃方與藥也」，同時又將此書與《本草》相比擬（「合《本草》一大部，鍛鍊成書」），令李漁「讀未竟而病退十舍」，最末則表示自己的疾病乃徐冶公所治療。湯顯祖（1550-1616）在〈沈氏弋說序〉中亦有類似的經驗，同時也從漢人對〈七發〉的讀後感——「頓屯之疾可要言妙道說而去也」開始論說，進而表示當初聽到這樣的說法乃「文士迂詭」，然而當他父母接連亡故、而他罹患大病，有人從臨安捎來沈幼宰的《弋說》，他閱讀其中踔絕瑋麗之處後便

恢復體力和精神，進而為其作序，推崇其「奇」、「正」之文乃「病夫為之解頤，況乎處世能言之士者乎？」[7]

由此可見，對李漁而言，與其服用實質的本草藥方，書寫和閱讀更是療病養生的良方，即便對傳統醫者而言，過多的七情六慾——當然有可能是在閱讀過程中所產生的——正是導致生病的根源，身為不斷地挑戰《本草》「物性之常」權威的文人李漁，以文人閱讀與書寫之癖為藉口，建立了屬於文人的《笠翁本草》，而此書的療癒觀念基本上是構築在醫學和理學的對立面；換言之，當醫學和理學強調過多的情感和情緒有礙於身心時，李漁逆向操作，偏將這些被禁止的情、色、愛、物視為藥方，同時為讀寫和身體建立良性而正面的關係，甚至將書寫浪漫化，從文人感性又偏執的角度來看書寫與身體的關係，例如他在〈病疫〉詩中則提到「苦吟為眩藥，讒語亦奇詩」（笠翁詩集卷一，84）將「苦吟」視為眼花、眼疾的藥方，同時將具瘋狂色彩的「讒語」視為書寫之奇，尤其在「苦吟」與「讒語」對照、「眩藥」與「奇詩」輝映之下，我們彷彿看到書寫者李漁的自傲與歡愉，同時也看到他試圖為溢出健康常軌的「苦吟」及「讒語」形塑積極正面的身體意涵，在這一般被視為過度投入的閱讀書寫過程中，卻飽含著療癒的契機及令人耳目一新的訊息，同時，這兩句詩行相當能體現文人徘徊在病與寫之間的心理狀態，並構成了文人觀點下的「書寫——身體觀」，這與丁耀亢省思是否應戒除苦吟而有益身心的觀點不同，不過，我們當然也不能忽略李漁亦有省思戒除苦吟的時刻（「從此吟詩須戒苦」，〈驚老〉，笠翁詩集卷一），只是身為創作者，他們不免時時掙扎於寫與不寫、病與不病之間。

總之，我們不妨將《笠翁本草》與十七世紀明清文人標榜之癲、狂、癖等「異常」體況合而觀之，無論是身體實踐抑或僅是紙上創意，十七世紀文人逐步建構起龐大的疾病隱喻。[8]事實上，從明末以來，社會逐漸失去儒學道德的精神規範，紛擾如王陽明口中的「病狂喪心」之沒落時代，在這種身心傾斜的年代裡，「病」、「藥」似乎特別容易成為文人的外顯服飾，其語言、行徑皆以身體受挫或療癒身體的方式展現，如王陽明（1472-1529）、王世貞（1526-1590）、李卓吾（1527-1602）、顧憲成（1550-1612）、錢謙益（1582-1664）、傅山（1660-1684）、方以智（1611-1671）、董說（1620-1686）等人，皆以藥、病之隱喻詮釋其學術觀，例如錢謙益便以為歷史類同於病史，且亦為藥方：「以興亡治亂為藥病，使

7　見《湯顯祖詩文集（下）‧沈氏弋說序》（上海：上海古籍出版社，1982），頁1480。
8　周志文從晚明小品文中，發現「癖」在晚明文人眼中不再是偏差和過失，而成為有個性、風格之代稱。見周志文《晚明學術與知識分子論叢》（臺北：大安出版社，1999），頁231-232。

其為方。」[9]又以病比喻天下之患，並以元氣、邪氣為喻，形容國族正遭逢危難，不僅如此，文學評論亦多見其蹤，以狂、翳熱論人論詩。[10]除錢氏之外，李贄的藥病敘述及隱喻常閃現於文本[11]，又「以儒學為醫學」的傅山，因其醫、儒之身分，故更能隨手拈來醫病隱喻。[12]

於是，我們不妨將「書寫／閱讀治病」視為廣大的醫病隱喻之一環，儘管書寫／閱讀治病可能是文人一廂情願的說法，但基本上它們皆共享了醫病隱喻的資源，只是所提或涉及國族之大或個人之私罷了。李漁喜以枚乘的〈七發〉、陳琳的〈癒頭風檄〉以及戲曲《香草亭傳奇》為藥方，並且以書寫作為情緒排解的管道：

> 文字之最豪宕，最風雅，作之最健人脾胃者，莫過填詞一種。若無此種，凡於悶殺才人，困死豪傑。予生憂患之中，處落魄之境，自幼至長，自長至老，總無一刻舒眉，惟於制曲填詞之頃，非但鬱藉以舒，慍為之解，且嘗作兩間最樂之人，覺富貴榮華，其受用不過如此。[13]

李漁特別指明，在所有的書寫格式中，他最偏愛填詞一項，因為填詞具有「健人脾胃」、「舒鬱解慍」般的助益身體之良效，是李漁自幼至長、至老相當倚賴的藥方，他將填詞或

9　錢謙益《牧齋有學集》（上海：上海古籍出版社，1996）中冊，卷 14，〈汲古閣毛氏新刻十七史序〉，頁 681。

10　以醫、病論國族天下者如〈明福建道監察御史贈通議大夫太僕寺卿諡忠毅李公墓誌銘〉：「論天下有三患，曰夷狄吭背之患、盜賊肘腋之患、小人腹心之患。三患不除，是生三病。邪氣生而元氣削，則病外；元氣削而神氣盡，則病內；庸醫側出，補瀉雜投，助客邪而伐真元，則病醫。」其文學觀或論人詩文者則如〈鼓吹新編序〉：「舊醫、新醫之所用者，皆乳藥也。王之初病也，新醫禁舊醫之乳藥，國中有欲服者，當斬其首，而王病愈。及王之復病也，新醫占王病仍應服舊醫之乳藥，而王病亦愈。今夫詩，亦若是而已矣。」〈唐詩英華序〉：「嚴氏之論詩，亦其翳熱之病耳。」〈范勛卿文集序〉：「旋觀先生之文，原本經術，貫穿古今，鑿鑿乎如五穀之療饑；藥石之治病。」〈讀宋玉叔文集題辭〉「昔學之病病于狂，今學之病病于瞽。獻吉之戒不讀後唐書也，于鱗之謂唐無五言古詩也……此如病狂之人，強陽僨驕，心易狂走耳。」同上註，分別見中冊卷 29、15、16，頁 1074、717、708、747，及下冊卷 49，頁 1589。

11　如〈童心說〉：「縱出自聖人，要亦有為而發，不過因病發藥，隨時處方，以救此一等懵懂弟子，迂闊門徒耳？藥醫假病，方難定執，是豈可遽以為萬世之至論乎？」又如〈忠義水滸傳序〉：「古之聖賢，不憤則不作矣。不憤而作，譬如不寒而顫，不病而呻吟也，雖作何觀乎？」見李贄《焚書／續焚書》（臺北：漢京文化公司，1984），〈焚書〉卷三，頁 99、109。

12　如〈敘靈感梓經〉：「僑黃之人亦嘗學醫，以醫喻之：之所苦而苦之者，尚活人也，醫得而救之者也；不知所苦而樂之者，既死之人也，醫安得而救之！大士即神醫，能見微于毫毛骨髓，安能為人亦已腐之心、續已斷之腸哉！」見《傅山全書》第一冊卷二十，頁 376。

13　見《閒情偶記·詞曲部下》之「語求肖似」，收入《李漁全集》第三卷，頁 47。

戲曲這種易被正統文人視為小道末流的書寫形式，賦予了嶄新的治病功能，同時在隱約之間重新衡量了諸種情緒價值，他所追求的「藥」所引發的情緒與好惡相當濃烈——端看他的藥名如「本性酷好之藥」、「一心鍾愛之藥」、「一生未見之藥」、「平時契慕之藥」、「素常樂為之藥」及「生平痛惡之藥」等，便是一種起伏但活潑、不穩定但充滿個人風格，他似乎不要「和平其心」，在忘疾的同時，他所追求的是「奇詩」、「奇文」、「奇症」這般更為奇詭尖新的藝術成就與價值。

　　從李漁的角度來看，閱讀詞曲甚至於小說，皆不應是其心平和的過程，相反地，這個過程可能更讓人經歷強烈的身體感與情緒起伏，因為其中的奇事奇文總令人拍案稱奇，正如湯顯祖在點校《虞初》時也表示閱讀此書「以奇僻荒誕、若滅若沒可喜可愕之事，讀之使人心開神釋，骨飛眉舞」[14]，「心開神釋」形象化地詮釋了閱讀小說的身心狀態，而湯顯祖這番言論正是針對那些「咄咄讀古，而不知此味」並以為閱讀稗官小說有害於人心的道學家而發的，這種閱讀小說的情緒起伏恰好也是金聖歎、張竹坡與丁耀亢在評點時不時觸及到的核心，作為小說讀者，他們時而大笑、時而大哭、時而憤怒又時而警醒，事實上，這種閱讀時的情緒和身體感知並非個案，另一位十七世紀的評點者毛宗崗也同樣指出：

　　　　讀書之樂，不大驚則不大喜，不大疑則不大快，不大急則不大慰。[15]

這種在閱讀或鑑賞之餘的情緒起伏如大驚、大喜、大疑、大快、大慰等應屬自然，而這種情緒的積極作用之一便在於映照作者「回環踢跳」的文字，而作者之健筆又適足以表現了評點者的眼力，然有趣的是，他們卻又同時提出閱讀有助於修鍊或閱讀就是修鍊這種看似矛盾混淆、似是而非的論點——即便筆者多少相信其中真有「治療病根」的文學效用在其中，例如另一位評點者李卓吾在閱讀《西遊》時也注重身體感知，因而有言：「批著眼處，非性命微旨，即身心要語。」他進一步提到：「碎評處，謔語什九，正言什一」，然而李氏也表示這些「令人捧腹，又可令人沁心」的評點，究竟是謔語還是正言也是「隨讀者之見」。[16]

　　我們還可以《聊齋》的評點者但明倫為例，卷三〈庚娘〉描述庚娘持刀與王搏鬥時，但氏讀來心驚動魄，不禁評道：

14　見《湯顯祖詩文集（下）·點校虞初志序》（上海：上海古籍出版社，1982），頁1482。

15　出於毛宗崗評《三國演義》第四十二回回評，見陳曦鍾、宋祥瑞、魯玉川輯校《三國演義會評本》（北京：北京大學出版社，1986），頁529。

16　見李卓吾評《西遊》之凡例，收入《西遊記（李卓吾評本）》（上海：上海古籍出版社，1994），頁1。

有膽有識，有心有手。讀至此，忽為之喜，忽為之驚，忽為之奮，忽為之懼；忽
而願其必能成功而欲助之，忽而料其未能成功而欲阻之。及觀暗中以手索項，則
為之寒噤，怕往下看；又極欲往下看。看至切之不死數句，強者拍案呼快，弱者
頸縮而不能伸，舌頭而不能縮，只有稱奇稱難而已。

這段評點充分地表現出讀者在轉瞬間經歷了喜、驚、奮、懼等情緒起伏，彷彿身歷其境，
站在角色的身邊，於是這位讀者徘徊在欲助和欲阻的矛盾之間，同時也點出不同的讀者
（強者或弱者）不同的閱讀反應。這段評點相當活潑生動，讓我們清楚地明瞭閱讀並非靜
態的過程，也不是純粹的精神交流，相反地，它充滿著動態與動感，讀者可能因情節而
不自覺地移動、擺動身體，變換不同的表情，讓我們清楚明白閱讀不是僅限於視覺活動，
而是充滿了「身體」性：活絡了感官、動作和表情。即便這段身體感知的描寫刻畫得相
當淋漓盡致，然而，但氏與張竹坡的評點仍處處充滿矛盾，他們偶爾情緒激昂，偶爾嚴
肅說教，相較於這些一面大談情緒起伏、一面又大論修行之道的評點者，宗教色彩不那
麼強烈、較偏重於文學本位的李漁觀點就不容易令人誤解[17]，他在《笠翁本草》便直接
將這些令人情緒激昂或痛恨的人事物入藥，並表示這的確有助於舒鬱解慍，當然，我們
亦可從李漁的說法中窺見文人——既非醫者也並非理學家——對身體、疾病的宣示，當
醫者和理學家對閱讀文學和身體提出較負面的說法之際，李漁以及至少承認自己在病與
寫之間艱難抉擇的丁耀亢，為我們勾勒出另一幅屬於十七世紀文人的身體圖像與想像。

第二節　讀寫修身？：
以十七世紀文人之閱讀法及《聊齋誌異》為參照

一、句句體貼：讀寫與身體實踐

　　相較於十七世紀文人李漁對讀書與身體抱持著浪漫想法，張竹坡所服膺的仍傾向於
道學家的讀書法。對於明清理學、道學家來說，讀書確實能平和其心，同時亦可視為整
個身體實踐的過程，陳立勝便從「行為境域」的角度，來看讀經者的身體行為或感知，
這個「行為境域」由「（傾）聽」、「（誦）讀」、「（抄）寫」、「（言）說」所構成的
身體行動，與「意義境域」共同交織成經典解讀者的「前理解狀態」，而解讀儒學經典

17　李漁〈問病答〉：「我病在腠理，易篤亦易差，但能節嗜欲，自不致顛危。鬼神能福善，惡則非可
　　私。天苟降之罰，調停安所施，死生一大數，豈為難豚移。予為孔子徒，敬神而遠之。」詩中略可
　　見他對疾病和宗教之間關係的觀點。見《笠翁詩集》卷一，收入《李漁全集》第一卷，頁6。

的最終目的則是達到自我解讀與自我理解。[18]明代早期理學家薛瑄（1389-1464）以為「讀書須虛心定氣，緩聲以誦之，則可密察其意」[19]，倘若心雜氣粗、急聲以誦，便如村學小兒僅知高聲誦讀而不識文之旨趣也，由此可見，「讀書」不僅依賴於視覺單一感官，更重要的是全身心的調和，例如虛心、定氣以及緩聲誦之，唯有透過各種感官的規範與協調，方能密察細審作者與文章之意。

事實上，理學家在使用藥病或身體隱喻時，多少彰顯了他們潛意識裡身體與閱讀之關係，因此總不自覺地使用這類修辭來說明讀書，例如上述的薛瑄便提及：「讀書以防檢此心，猶服藥以消磨此病，病雖未除，常使藥力勝，則病自衰」（卷五，85），而一向擅長使用疾病修辭來描述讀書方法的王陽明（1472-1529）[20]，在教導弟子之〈教約〉中，亦可見讀書與身體間的和諧關係：

> 凡授書不在徒多，但貴精熟。量其資稟，能二百字者，止可授以一百字。常使精神力量有餘，則無厭苦之患，而有自得之美。諷誦之際，務令專心一志，口誦心惟，字字句句紬繹反覆，抑揚其音節，寬虛其心意。久則義禮浹洽，聰明日開矣。[21]

上文告訴我們做學問之工夫不在於文字，甚至不在文字多寡，反而是當我們誦讀字字句句時，能透過抑揚音節而寬虛心意，因此，讀書不僅是單一感官如視覺的接受，而是多重感官的專注與開放——至少在這裡，我們看到聲音的參與。〈教約〉的另一則也涉及了聲音的專注：

> 凡歌詩，須要整容定氣，清朗其聲音，均審其節調；毋躁而急，毋蕩而囂，無餒而懾。久則精神宣暢，心氣和平矣。

這裡清楚可見歌詩不僅只是歌詩，而是在或歌或誦的過程中培養心平氣和的狀態，因此這是牽涉到全身的行為動作——整容定氣、清朗聲音，這麼看來，讀書是全身和諧的運動，整個過程可視為身體鍛鍊，由是，便不難理解丁耀亢和張竹坡透過續書和評點，要讀者時時觀照閱讀中的身體與身體感知，他們時不時插入用以提點讀者的道德說辭，或

18　見陳立勝《王陽明「萬物一體」論——以「身一體」的立場看》（上海：華東師範大學出版社，2007），頁 17。

19　薛瑄《薛文清公讀書錄》（北京：中華書局，1985），卷五，頁 85。

20　王陽明常以「喪心病狂」形容世之學者與淪喪本心之世人，形容他們「耳目眩瞀，精神恍惚，日夜邀遊淹息其間」之身心失衡狀態。王氏之「喪心病狂」說法可見〈答聶文蔚〉，收入《王陽明全集》卷二語錄二。

21　《王陽明全集》（上海：上海古籍出版社，1992）卷二語錄二，頁 88-89。

許可比擬為時時刻刻不離不棄的修養與「時習」工夫。[22]

另一位從事講學的十七世紀教育家張履祥（1611-1674）在《經正錄》中開宗明義地以為童蒙之學應從衣服冠履開始說起，其次是語言步趨，進而是灑掃清潔等雜項事宜：

> 大抵為人先要身體端正，自冠巾、衣服、鞋襪皆須收拾愛護，常令潔淨整齊。（「衣服冠履第一」）

> 凡行步趨須是端正，不可疾走跳躑，若父母長上有所喚召，卻當疾走而前不可舒緩。（「語言步趨第二」）

> 凡為人子弟當灑掃居處之地，拂拭几案，常令潔淨文字筆硯。（「灑掃涓潔第三」）

> 凡讀書需整頓几席，令潔淨端正，將書冊整齊頓放正身體，對書冊詳緩，看字仔細分明，讀字須是讀得字字響亮。（「讀書寫字」第四）[23]

表面上看來，這不過是指導兒童學習的教條，然倘若我們換上一副能細讀身體的眼光，不難發現儒家觀點下的讀書不僅是讀紙上文字而已，而是身體實踐的過程——從正衣冠、注意言語、行走端正、灑掃清潔以致於讀書寫字。以上摘引的段落清楚可見「身體」兩字，儒者不斷地告示弟子這種種涉及身體的動作和言語，不僅是讀書的準備工作，它本身便成就並完滿了「閱讀」兩字，於是我們不難想像張氏推崇「半日讀書與半日靜坐」的讀書方法，這種方法也為部分的宋明理學家所提倡，而此一充分結合靜坐修行的讀書方式，便體現了讀書與修行之間密切的關係。主張閱讀即體驗的觀點似乎普遍為明清之際的理學家所接受，例如潘平格（1610-1677）便以「玩味體驗」等四字來形容讀書，同時也用「句句沁入肺腑」這種具身體修辭的方法，來強調字句「沁入」身心的過程，同時以為讀書應「誦讀愈有味，體驗愈著實，躬行愈有力」。[24]正因為良好的讀書方式能平和紛擾的身心，因此陸世儀（1611-1672）才會以為讀書不但不費精神，反而能「長精神」，倘若費了精神者則不善學之人。此外，陸世儀也同樣提到看書必須「句句就自己身上體

---

22 王陽明解釋「時習」者：「坐如尸，非專習坐也，坐時習此心也；立如齋，非專習立也，立時習此心也。」這裡亦可見無論或坐或立，修行的工夫不僅靠身體實踐，也要時時觀照。《王陽明全集》卷一語錄一。

23 張履祥《楊園先生全集·經正錄》，收入《四庫全書存目叢書·子部一六五》（臺南：莊嚴文化事業公司，1995），頁 8-9。

24 潘平格《潘子求仁錄輯要》卷七，《續修四庫全書·子部九五〇·儒家類》（上海：上海古籍出版社，1995），頁 330。

貼」[25]，同時又要依照書中所說——躬行實踐，這種「句句從自己身上體貼」不禁讓筆者聯想到張竹坡「置身其中」的評點，「句句」展現了評點者善於細讀且樂於逐字解說的行徑；「從身上體貼」則具體而微地體現了評點、閱讀時的身體感知。

二、以謔為戒：聲音、言說與修行之關係

這種將身體修行植入評點；同時也將評點身體化的不僅張竹坡而已，《聊齋誌異》的評點更能體現閱讀即修行的觀點，而且更有趣也更具文人色彩的是：無論他們在某種程度上確實將閱讀視為修行，然而在另一方面仍不經意流露出文人樂於操作修辭與文字的本色。首先我們來看《聊齋》中的評點如何將文本中角色的舉止言行「修鍊化」。卷三〈翩翩〉裡，主人公羅子浮的每個身體細微動作，在評點者但明倫的「凝視」下皆被視為修身的過程，例如當女子翩翩要羅子浮沐浴於溪流以療癒膿瘡時，但氏將此看作「洗心」的過程；當羅子浮臥視翩翩以蕉葉裁製衣褲時，但氏則以為羅子浮的「臥視」乃「定念」；而後當羅子浮意欲與花城娘子調笑時，方動念卻發現身上衣服「悉成秋葉」，但氏則提醒：「一有妄心，即生幻境，既不定靜，如何能安」；好在羅子浮「危坐移時」——但氏將之詮釋為「轉定」的功夫；秋葉又立即變回衣褲。[26]如同張竹坡的步步指點，但氏細密地指出吾人從動念到舉手投足皆是修行。透過評點者的慧眼，羅子浮這些看似不起眼的舉止卻示現了大道，即便有仙緣的羅子浮最終仍是「俗骨」並眷戀紅塵，然從題目「翩翩」這象徵超脫凡胎、超越身體的纖巧動作，或也多少暗示著超脫於形體的可能，同時筆者也以為，「翩翩」似乎也將評點者高妙的解釋技巧形象化了。

回到張屢祥談誦讀的部分，他所提到的「讀得字字響亮」提醒我們讀書當然也涉及聲音，因此閱讀不僅是用眼，還須用口。對王陽明而言，誦讀也是對聲音的鍛鍊，換言之，清朗的誦讀聲適足以完整而圓滿地詮釋閱「讀」的意涵。倘若從更為「器官機能」的角度來看，劉宗周（1578-1645）的引述倒值得一提，他在《人譜類記》中有「記警妄語」一則，其中引述蔡虛齋之言：

> 昔人云造物生人，兩其耳目，兩其手足，而獨一其舌，意欲使之多聞，多見，多為而少言也。其舌又置之口中奧深，而以齒如城，唇如郭，鬚如戟，三重圍之，若恐其藏之不固而輕出者，故聖賢教人，惟以謹言為兢兢。[27]

---

25 陸世儀《六編筆記 思辯錄輯要（上）》（臺北：廣文書局，1977）卷四，頁 85、86。
26 蒲松齡《聊齋誌異會校會注會評本》（臺北：里仁書局，1983），頁 432-434。
27 劉宗周《人譜類記》（臺北：廣文書局，1971），卷五，頁 52。

上述的觀點是從身體構造之「用」與「不用」為開始，接著並使用有趣的譬喻來強化謹言之重要性，事實上，這種借用地理式的身體譬喻正是道家思想家善用的修辭工具[28]，然而對文人而言，聲音是可資好好利用的工具，例如金蓮的快人快語既被評點者所喜愛、又被評點者所痛恨，不過這似乎正顯示了「婦人長舌」這件事本身所具有的兩面性：一面是文人以文為戲、以筆代口具有的娛樂性，一面則是戲謔與「花言巧語」所帶來的對讀書／修行的障礙，而當評點者藉由指出金蓮敗德的舌頭時，巧妙地為自己這般理性的聲音而感到安心；換言之，這也好比一個區隔的手勢，在金蓮敗德的舌頭與自己道德的聲音之間加以劃分，好來凸顯自己發聲的清朗性與崇高性，因此，筆者以為應細膩地重新去看待、「傾聽」評點者參與文本時所發出的聲音，以及他們對聲音的關注與解釋，而此種對聲音的關注或許能為閱「讀」時的身體感知開闢新的面向。

　　事實上，聲音與說話在《聊齋》中亦有不少著墨，其背後所透露出來的不僅是聲音如何刺激並細分聽者的感官，更表現出作者如何透過敘事技法再現聲音予人的感知，例如〈口技〉和〈林四娘〉，故事中的女主角皆具備了高超的摹聲技巧或美好的音色，此外，小說中角色的聲音和評點者的聲音事實上是被遊戲化與娛樂化的，例如〈巧娘〉一篇。在這個故事裡，隱約和傅氏之子天閣敘事相平行與互補的似乎是巧娘的言說本領，而「巧」字在文中充滿饒富興味的意義，它不僅暗示了巧娘善於嘲謔——巧娘笑曰：「姊妹亦可」，用來嘲笑天閣的傅生簡直就是個「娘們」——同時概括了治療天閣之丸藥之妙，以及傅氏之子善於答辯之巧，相較於傅生的殘缺，他的妙答似乎彌補其尊嚴。因此，與其說評點者要讀者關注於身體的殘缺，不如說是聚焦於巧妙的答辯及靈活的文字應用。〈巧娘〉便是如此，全篇充斥著這類妙問趣答，評點者彷彿作文導師般地一一點出其精彩之處，作者與評點者的「一搭一唱」則擴充了「說話」與「敘說」的意義，他們間接地告訴讀者與作文者敘說的技巧——例如但評指出的「蛙怒二字新穎」以及「此極穢褻語，而偏出之雅馴，趣極。」——彷彿這不僅是故事而已，而是說故事的人的說／寫指南。

　　身為讀者，我們當然可以指出評點者在此並沒有加以指正作者溢出道德的聲音，反而在無意間訓練作者那巧滑的舌頭，然而，正如張竹坡和丁耀亢不時顯露出對溢出道德正軌的舉止之鍾情，《聊齋》的評點者也徘徊在節制和放縱邊緣。卷三的〈霍生〉則從相反的角度提醒讀者即便說／寫充滿趣味，說話和聲音仍應在道德的範圍內，故事中的

---

28 Kristofer Schipper提到道家以為人類的身體是家國的想像、投影，因此身體地表充滿著山、湖、溪流等符號，同時也有皇宮、塔樓、住所等，而這當中包含著某種超越隱喻的、不僅是隱喻的關係。見Kristofer Schipper *"Taoist Body"*（臺北：南天書局，1994），頁100-101。

霍生和嚴生「常相謔」；更巧妙的是，正如《金瓶》和其餘豔情小說作者樂於在角色的生殖器上嘲謔，故事裡最終導致嚴生之妻自縊的嘲謔亦和生殖器相關：霍妻的鄰嫗曾幫嚴妻導產，鄰嫗事後偶然告訴霍妻說嚴妻私處有兩贅疣，霍妻告訴霍生，後者則利用此捏造故事，以致於嚴生懷疑妻子，「不堪虐」的妻子自縊而亡。即便這篇故事的主旨在於因果報應；後來嚴妻頻頻出現於霍氏夫妻夢中，霍妻因此病卒，霍生則「脣際隱痛，捫之高起，三日而成雙疣，遂為痼疾」，作者間接明示讀者倘若濫用了「謔」（「謔」乃等同於「虐」），霍生脣上的雙疣（適足以對應了嚴妻私處的雙疣）則明顯地詮解了「謔」的下場。這篇充滿警告意味的短文彷彿為讀者、有志於作文者得留心於諧謔的底線，當說話不再僅是男女之間調情的工具時（如傳生與巧娘），恐怕會具有嚴重的破壞力及殺傷性，正如但評所言：「終日群居，言不及義，口給交綏，唯恐不工；至於戲弄成真，冤仇莫釋，以狎謔而致怨毒，是亦不可以已乎？好談人閨閫者，禍恆烈，即不然，亦將脣際突出雙疣，使其終身不敢言矣。」

卷七〈仙人島〉更為適切地將諧謔表達地淋漓盡致。「心氣頗高，善誚罵」的王勉偶遇仙人，同時在炫耀其才名的過程中不斷地被仙翁的兩個女子芳雲、綠雲恥笑，王勉大言不慚的舉止在評點者眼中無非是「處處謬妄，貽笑大方」、「妄男子，滿口胡柴，驕態可哂」，但卻頻頻遭受兩名妙齡女子的嘲弄，例如當王勉口誦八股文、最後言及「字字痛切」，兩女子說宜刪去「切」字，成為「字字痛」，因為「痛則不通」，此乃暗諷其胡言亂語，文句不通，以身體的狀態（呂氏註解在此：「言人身有痛處，則血脈不流通也」）比喻作文，可見文體與身體幽微的關連。其次，在評點者的詮釋下，王勉好誇耀的例子適足以作為作文者的反面教材，進而對諧謔者產生警示作用，尤其是芳雲給王勉誠懇的勸告：「從此不作詩，亦藏拙之一道也」更引起評點者的尊崇，如馮氏評到「奉勸世人，孽勿自作」，但氏評到：「千古良言，願自負為才子者，同俯伏皈依」、「真是良言，願普天下才子，俯首受教。」然而，作為莫測高深的作者，蒲松齡顯然善於編織故事，讓兩種不同的觀點並列於同一個故事中，令其真正的價值觀顯得模糊、不真切，因為當芳雲提出建議之後，這善於嘲謔、辯才無礙的女子卻再度展現其本事，用意在於管教並教育花心的丈夫；當王勉與婢女明璫歡愛卻不幸「前陰盡腫」、「數日不瘳，憂悶寡歡」之際：

> 芳雲知其意，亦不問訊，但凝視之，秋水盈盈，朗若曙星。王曰：「卿所謂『胸中正，則眸子瞭焉』。」芳雲笑曰：「卿所謂『胸中不正，則瞭子眸焉』」，蓋「沒有」之「沒」，俗讀似「眸」，故以此戲之也。

讀至此，前述稱讚蒲松齡的馮氏也不禁評到：「真是以文為戲，口孽哉！《聊齋》惡習，

當以為戒。」這句話相當關鍵地表明了當時部分讀者對《聊齋》的觀點，乃至於對於當時小說的看法，另一方面，馮氏的批評透露了寫作者應具備的良心，「當以（「以文為戲」、「口孽」）為戒」所針對的不僅是一般讀者，而是有志於寫作的讀者／作者之箴言。

再者，讓我們回過頭來琢磨這段落的意味，芳雲所「為戲」的部分不僅是文字諧音，更是身體器官：眼睛（眸）和男性生殖器（瞭），而讓這兩種漢字排列成不同組合、同時也造成不同下場的則是胸中（準確而言應是「心」）之正或不正，其中充滿的不僅是文人遊戲及漢字趣味，更重要的是身體作為文人嬉戲的工具。由此顯見了文本的開放性和詮釋者的讀者反應，作者蒲松齡讓「不作詩」和「以文為戲」兩種相反的觀點同時呈現於讀者面前，而嚴肅的道學者在贊同「藏拙」的同時，當然就會批判此乃《聊齋》惡習，然而對另一評點者但明倫來說，他在許多篇章明顯表現其「閱讀／寫作如同修行」的觀點，在此處卻不禁表露其文人「以文為戲」的本色，他對上一段落的看法則不像馮氏這般嚴格，僅提到「語亦巧合，特嫌其侮」，更有趣的是他也如法炮製，當他讀到王勉「前陰盡腫（青本作「縮」）」，則曰：「前日汗淫縮頸，此則淫汗縮陰」，這與眸子瞭焉／瞭子眸焉分明是如出一轍！

由此可見，戲謔的聲音無時不誘惑著書寫者，誘引他們不斷地發出嘲謔的聲音；即便在整體上被設計成符合因果框架並用以啟示讀者閱讀即修行的小說，也即便像〈霍生〉這個故事中將過度的聲音「謔」與虧損的身體「唇之雙疣」聯繫在一起，當時的文人在以謔為戒之前，似乎還是得以謔為戲一番。

三、借病好吟：藥病與書寫之關係

那麼，〈霍生〉所教導的「謔者，虐也」；以及謔與疣之間的因果關係，似乎不足以嚇阻好淫、好謔或好吟的寫作者。自稱「多愁多病」的顧起元（1565-1628）也常以客座友朋之驚奇怪誕故事相娛，其《客座贅語》便收「謔語」條目，記載「慧而滑稽」之瑣事。[29]袁枚（1716-1797）在〈借病〉詩中則言：「嫌忙翻愛病，借病好吟詩」[30]；又言「高臥客原宜小病」[31]，在此，我們不見袁枚對病的怨懟，反而縈繞著閒適的態度，因此不僅李漁對病和文章之間的因果關係加以著墨稱說一番，袁枚也有借病以吟詩的文人雅興，在〈病起六首〉裡，更見他將疾病視為寫作素材的從容氣度（「病起初拈筆一枝，笑將

---

29 顧起元《客座贅語》，收入《明代筆記小說大觀》第二冊（上海：上海古籍出版社，2005），頁1346。
30 袁枚《小倉山房詩文集》（上海：上海古籍出版社，1988），頁50。
31 見〈病起入謁相公夜歸有作〉，同上註，頁428。

病態入新詩」，234），同時也如同丁耀亢發展出聽書而非看書的習慣（「頗有談功偏損氣，新成耳學但聽書」），更巧合的是，如同丁耀亢與李漁，袁枚亦有病目的困擾[32]；當然，這只是老化的自然現象，本來無須過度詮釋，然當我們在討論閱讀時的身體感知時，在這些文人透過鑑賞與評點所建立以「眼」為核心的批評術語之同時，我們也看到在他們晚年罹患的眼疾或病目，或多或少影響並修正了他們原先對閱讀與文字之觀感，因此，筆者試圖將「眼」也視為某種文化隱喻，讓明眼人與盲目者藉由不同的人生經歷，進行一場關乎閱讀、寫作與文字之辯證。

接著，在傳統儒家學者的注視下，誦讀包含在閱讀當中，因此閱讀涉及聲音的參與，同樣也藉此過程來平心靜氣，這種閱讀即修行的觀點普遍為評點者所吸收，然而評點者和小說家畢竟無法完全免除以文為戲的習性，他們一面將道德的聲音傳播並浸入字裡行間，同時卻藉由滑稽或敗德之角色的聲音，發揮以文為戲、以謔為樂的本色，這兩種聲音看似矛盾卻彼此共存。從這個角度來看，即便是情節乏味枯燥或敘述不斷被干擾的故事裡，仍賦予我們另一層次的閱讀樂趣：也就是這兩種奇異的交響奏鳴本身便創造了一種獨特的閱讀歡愉，而這種矛盾所構成的創造性，正如李漁書寫屬於個人也代表文人性格的《笠翁本草》之核心價值；換言之，即便丁耀亢或張竹坡如何言之鑿鑿地藉由道德的聲線啟發讀者性靈、教導讀者善惡，也即便他們如何相信這種勸導與警示的手法是他們創作小說的使命，然從他們偶爾的置身其中與遊戲文字來看，整個矛盾被適切地容納在以創造為原則的書寫框架中，這些矛盾在暴露其自身缺點的同時，卻也奇妙地解決了他們遊戲與戲謔的元素，因為這整套說教是在小說之娛樂形式中進行的，也是在以終歸疾滅或照見自身的宗教指導原則中相互辯證的，它本身便是一個創意，一個創作，一個類似《笠翁本草》這般遊戲文字也遊戲治療觀點的軸線中行進的，而這正直指了書寫本質與閱讀歡愉之所在。

因此，李漁的《本草》確實提供相當多的想像素材，供文人發揮其苦吟、讔語、戲謔之機會，難怪小說也愛寫病說藥，因為一方面既具有警世勸誡之療效，另一方面卻有緩和這種沈重的宗教氛圍之娛樂效果，試看《姑妄言》中借用《本草》來為戲為謔的例

---

32 例如「初來頭岑岑，須臾眼矇矇」（〈瘧〉，267）、「但願無所苦，聾盲任所付」（〈齒痛〉，282）、「偶見先生閒病眼，教陪公子看秋山」（〈侍宮保遊棲霞作〉，311）更可以說明並可資作為明清文化物質研究一環之例子，則是袁枚對眼鏡的嘲弄與歌頌，先是〈嘲眼鏡〉：「眼光原自在，爭仗鏡能為？縱使窮千里，終嫌隔一層。有繩先繫鼻，無淚已成冰，徐偓不亡國，瞻焉便可憎。」（441），而後是〈頌眼鏡〉：「老眼忽還童，雙睛出匣中，春冰初照影，秋月已當空。細字黃昏得，孤花薄霧融，今主留盼處，敢不與君同。」（477）並特別註明「三年之中，忽嘲忽頌，傷老之速也。」

子：

> 婦人陰物一名牝。通稱曰屄。北人名曰巴子。閩人呼曰唧歪。川人謂之批。形如
> 淡菜，有肥瘦大小毛光不等。雖微有小異，其形總一。性鹹有微毒，少服令人陽
> 不充，常服則多嗽。多服則體弱成虛怯症。家產者良，□中產者雖比家產較美，
> 然多毒。誤服有毒者，生楊梅下疳諸惡瘡。野產者味極佳，有大毒，恐有殺身之
> 禍，病人不宜服。一切病後尤忌，服之必發，名曰色復，醉飽後服之，傷五臟，
> 生怪病，每服後忌一切冷物，恐成陰症，反涼水。[33]

相較於《笠翁本草》的敘事形式，這段描述又更貼近了《本草綱目》的敘事套式，換言之，李漁僅是借用並引伸了治療的概念，基本上仍以文人之口描述，然《姑妄言》則將女陰的性質中性化和藥理化，其中愈是看不到個人敘述特色；愈是好整以暇地持中性和理性口吻，愈是能達到娛樂效果，同時作者還刻意強調《本草》裡「不曾載的這種發物如此厲害」，故而在此添上一筆，「使後人見之好知避忌」，以看似權威性的方式來傳達一個娛樂而有趣的文字遊戲。此外，曹去晶甚至將女陰比擬於人參，說明此物美好、適度地品嚐有助於養生；若濫用則終會大病一場而骨髓枯。同樣是告誡男性縱慾和貪美色的下場，這裡並不搬出經典言說，而是借用《本草》來恐嚇同時娛樂讀者，這種天外飛來一筆多少也能平衡、緩解《姑妄言》中更為大量的性交場景，或者說，作者也有意地嘗試用不同創意的筆法來描寫性愛；當性愛場景已經大量地充斥於文本中時，作者藉此讓重複的性愛場景稍微顯得多變、有趣。

借用藥病和本草的素材不僅娛樂讀者，書寫者本身似乎也獲得了書寫的原始歡愉，例如上述提及的李漁和袁枚皆然。此外，文人喜好將藥名入詩詞的癖好亦可與此相互參酌，例如《金瓶》描寫潘金蓮與陳敬濟偷情時便有首藥名詩，形容彼此飽含慾望的身體及歡愛的過程[34]；《續金》中蔣竹山替金兵開藥時，其藥名中亦可見隱喻。[35]以藥入詩入詞的例子相當普遍，如清初文人褚人獲（約 1681 前後在世）於《堅瓠集》之〈藥名詩詞〉中引述宋人陳亞好用藥名，因此詞較長，故稍加節錄之：

> 地名京界足親 荊介，託借尋常無歇時 全蝎，但看車前牛領上 車前，十家皮沒五家

33　《姑妄言》第六回，頁 730-731。

34　見《金瓶梅詞話》八十二回：「當歸半夏紫紅石，可意檳榔招做女婿，浪蕩根插入蓽麻內，毋丁香左右偎，大麻花一陣昏迷，白水銀撲簇簇下，紅娘子心內喜，快活殺兩片陳皮。」

35　《續金》十七回裡，蔣竹山開一方驅寒薑桂飲，其中含有「砂仁」一味藥，諷寓了金兵「殺人」不眨眼的殘忍行徑。

　　皮 五加皮。他如風雨前湖近 前湖，軒窗半夏涼 半夏，棋為臘寒呵子下 呵子，衣嫌
春暖縮紗裁 縮砂，詠白髮云若是道人頭不白 道人頭，老君當日合烏頭 烏頭……[36]

以上的小字為褚人獲所標示，目的在於凸顯藥名，正如描述金蓮與敬濟歡愛的詩一般，
這首詩也表達了某些意涵，而不僅是借用藥名來遊戲文字而已。此詩的原始作者為陳亞，
其事蹟記載於北宋吳處厚《青箱雜記》中，據吳氏描述，陳亞乃「滑稽之雄也，嘗著藥
名詩百餘」，而此詩是陳亞因親故而欲借車牛所作，樂於將藥入詩的陳亞嘗言：「藥名
用於詩，無所不可」，並示範如何將「延胡索」這味藥轉化為別具意義、連貫於上下文
脈絡的書寫創意，藉此證明無藥不可用於詩，重點端在於人之智思。[37]

　　無論是借病好吟或借藥好吟；還是將閱讀等同修行，事實上，從「智思」創發的文
學書寫角度來看，這兩者皆是文人將身體與疾病轉化為書寫資糧的產物。表面上兩者看
似具衝突性；同時這種似是而非的說法也不具說服力，然而這正體現了文人以文為戲、
以謔為戲的精神，而我們亦可從兩種具矛盾與辯證的說辭中清楚逼視文人對閱讀、身體
及身體感知、藥病關係之想像與思考。或許我們不應該過分地將這個身體、疾病與閱讀
之間的關係看得過於重要，然而筆者之所以提出這個問題並詳加探究，便是因為受到身
體感知研究者所提出的「不應將身體視為理所當然」的觀點所啟發。

36　褚人獲《堅瓠集》（杭州：浙江人民出版社，1986）
37　吳處厚《青箱雜記》，收入《叢書集成新編 第八十六冊 文學類》（臺北：新文豐出版公司，1985），
　　頁 479。

下　編
感同身受：二十世紀八〇年代讀者
蒲安迪與田曉菲讀寫《金瓶梅》

　　金聖歎評點《西廂》與《水滸》成為張竹坡評點《金瓶》時可資依循的典範，因此不僅《水滸》與《金瓶》兩兩輝映承繼，金聖歎與張竹坡的評點亦有所映照，倘若依照金聖歎與張竹坡的觀點，《水滸》與《金瓶》不僅具有直接相繼的關係，更隱隱回照著歷史上著名的經典如《史記》、《左傳》，因此從更廣義的角度來看，《金瓶》的寫作成就輝映著《史記》、《左傳》和《水滸》，在漫長的時間長廊裡激盪出悠遠的回音。這種映照不僅發生在經典與經典、小說與續書之間；也不僅是金聖歎和張竹坡這兩位評點者之間，透過金氏與張氏的評點，我們得知小說中的人物似乎也遵循著這種映照的「章法」，成為彼此的鏡像；或者更具身體性的說法——替身或分身。金聖歎評點《水滸》不時提醒讀者文章「前掩後映」之妙，而張竹坡亦以「照」、「映」兩字化諸淫婦為一淫婦，彼此同聲同氣，互為穿針引線，由此可見，「照」、「映」的確是作者書寫技巧之一環，同時更是鑑別專業讀者眼力的方法，在十七世紀兩位專業評點者如金聖歎、張竹坡眼中不僅至為關鍵，從當代的角度來看，經典之間的互文與照映更能讓經典超越歷史，活在當下。

　　廣義地來看，蒲安迪與田曉菲的閱讀及「當代評點」多少也照映著金聖歎或張竹坡的評點，他們帶著當代眼光的閱讀豐富了《金瓶》，他們的評價多少仍在《金瓶》的河道裡流淌。既然金聖歎革命性地示範了如何鎔鑄經典身世與血統——他在《西廂》與《水滸》小說的體腔內填裝《史記》、《左傳》和《莊子》等富有歷史形式或哲理散文的骨肉——受到啟發的筆者或能更大膽一些，將蒲安迪和田曉菲體知《金瓶》的成果放在更廣闊的網絡中。

　　張竹坡評點對蒲安迪的細讀造成深刻影響，蒲氏在分析明代四大小說奇書時便提及

小說評點對其閱讀的影響，他在析論時也特別表明仰賴於張氏評點甚多，蒲氏發揮他對敘事、結構學的擅長，將張氏評點《金瓶》所使用的結構、章法和敘事技巧說得條理分明，他的儒式研讀法穿透了文本裡的身體與性愛場景，直視表象下的「修身」主題，再次實踐了閱讀即修身的理想途徑。再者，在當代女性讀者田曉菲的細讀下，張愛玲的作品中有許多受《金瓶》影響的痕跡，雖然她受《紅樓》的影響較深也較為明顯，然而受張竹坡對專業讀者「明眼人」之期待，筆者嘗試追索隱形的跡線，從張愛玲自認為筆下角色具有《金瓶》口吻的〈連環套〉說起，同時探看其「參差對照」的審美觀與寫作觀，這種參差對照無疑也體現於她面對個人記憶與廣大人生的態度──《對照記》便是不均等的、參差的個人記憶影像史；同時更隱約地契合了田曉菲對《金瓶》的獨特體知，此外，田曉菲對繡像本的體知與再創造；同情理解的慈悲閱讀皆是筆者進一步試圖探討的重點，由多元角度切入田曉菲的閱讀體知及感同身受。

第四章　修身與閱讀：
蒲安迪讀《金瓶梅》與身體感知

聖賢著書立言之意，固昭然於千古也。今夫《金瓶》一書，亦是將《褰裳》、《風
雨》、《子衿》諸詩細為摹仿耳……我的《金瓶》上，洗淫亂而存孝悌，變帳簿
以作文章，直使《金瓶》一書，冰消瓦解。

——張竹坡〈第一奇書非淫書論〉

自有《金瓶》以來，能看而悟其意者誰乎？今日被我抉其隱而發之也。

——張竹坡五十九回回評

坎伯雷西重建風俗習慣、情感、恐懼以及慾望，這些東西在我們看來似乎遙不可
及，但卻逼使我們「向內觀照自己」，逼使我們瞭解過去的神話儀式以及今天我
們的衝動兩者之間模糊而且曖昧的關係，逼使我們看見自己身體中住著的那個古
人，而我們就是那群使用網際網路，並且以為血液只與外科醫生有關、和那些研
究地球上新型傳染病的專家有關……或許閱讀坎伯雷西的作品必須像服用劑量該
用很少的藥品，因為如果我們把他的著作全部囫圇吞下，那麼我們必然會自問道：
「我們究竟是誰？我們這些文明人。」

——安伯托・艾可（Umberto Eco）〈論坎伯雷西：血液、身體、生活〉[1]

　　蘭陵笑笑生當然不是坎伯雷西，然而這位在艾可眼中相當注意身體細節的作家，卻
也令筆者想及張竹坡、蒲安迪想像中的《金瓶》作者，當張竹坡不乏破綻地宣示著《金
瓶》體現了「聖賢著書立言之意」，晚他三個多世紀的讀者蒲安迪卻也明眼地看穿了張
竹坡所謂的章法、對映，並以更加嚴密、更有系統的敘事結構來閱讀張竹坡所閱讀的《金

---

[1]　安伯托・艾可（Umberto Eco）〈論坎伯雷西：血液、身體、生活〉，《艾可談文學》（臺北：皇
　　冠文化出版公司，2008），頁170。

瓶》。蒲氏的儒家研讀法最終除了逼視寫作的本質之外，更重要的是他以那種也可以稱為「服用劑量很少」的細讀法「向內觀照自己」，和張竹坡一樣，他將《金瓶》看成「修身」的指南，當《金瓶》被他「抉其隱而發之」之際，我們也許也該在凝望《金瓶》中的婦人身體時想想：「我們究竟是誰？我們這些文明人。」

<h1 style="text-align:center">第一節　從世情到身體：
從魯迅到蒲安迪對《金瓶梅》的閱讀</h1>

一、世情與情緒

> 當神魔小說盛行時，記人事者亦突起，其取材猶宋市人小說之「銀字兒」，大率為離合悲歡及發跡變態之事，間雜因果報應，而不甚言靈怪，又緣描摹世態，見其炎涼，故或亦謂之「世情書」。[2]

　　魯迅以為描摹人世炎涼之《金瓶》乃世情小說之最著名者，「同時說部，無以上之」（189），確立了《金瓶》之藝術成就，在他看來，作者善於刻畫世情，「凡所形容，或條暢，或曲折，或刻露而盡相，或幽伏而含譏」（189），大大讚揚作者筆端靈活，細緻地呈現了世情之最幽微處。此後，「世情」便是後世讀者對《金瓶》的定位與分類，相較於「神魔小說」如《西遊》，《金瓶》成就並豐富了「世情」的定義。自魯迅以降，《金瓶》的讀者在「世情」的基礎上進行多元的閱讀及考察，無論是時代作者、思想藝術、版本評點、語詞史料或多元議題上皆有豐厚的成果，擴充了《金瓶》之藝術價值，這龐雜的閱讀接受史實在絕非三言兩語可以道盡，也絕非簡單的一個章節可以容納。於是，筆者僅能採取必要的捷徑，試圖從魯迅到蒲安迪——筆者所要論述的核心論者——摹畫一種選擇性的、實驗性的閱讀軌跡。為了更明確地導向核心論點，筆者以「身體」、「身體感知」作為關鍵字，來追蹤這條特殊的閱讀軌跡。

　　事實上，魯迅在談「世情」之外，對「身體」也特別注目，魯迅表示《金瓶》之「末流」在於「專在性交，又越常情，如有狂疾」（192），「狂疾」兩字清楚地點出西門慶與婦人專注於瘋狂性交的病態行為，凸顯西門的「有病」。除了這抽象的病之外，身體以另一種方式為魯迅所關注，他在〈談《金瓶梅》〉時已稍微觸及當時揣度作者的可能人選之一，「謂世貞造作此書，乃置毒於紙，以殺其仇嚴世藩」，雖然這種說法為後來

2　魯迅《中國小說史略》，《魯迅全集》（臺北：唐山出版社，1989）第三卷，頁187。

的不少讀者所駁斥，[3]然而這具有「苦孝」性質的傳說——張竹坡因而有〈苦孝說〉——卻給予我們閱讀與身體上的過度聯想：閱讀《金瓶》與復仇、懲罰之間的關係，以及讀者和死亡的關係，以上皆暗示著閱讀和（被毒害或引發憤怒情緒）的身體之浪漫關連。事實上，魯迅看文學是相當具有「身體性」的，最明顯的例子是他以為「在後人的心目中，實在飄逸太久了」的陶淵明，以為全集中的陶潛比詩行裡的他還要「摩登」，魯迅將「願在絲而為屨，附素足以周旋」等句想像成願化作愛人的鞋子如此「身體」、感官的畫面，另外又以陶潛其餘「金剛怒目」式的詩作，來證明陶潛「並非整天整夜的飄飄然」，魯迅更進一步地大膽宣言：「如果只取他末一點，畫起像來，掛在妓院裡，尊為性交大師，當然也不能說是毫無根據的。」[4]在一般人眼中飄逸的陶潛，卻被魯迅看出其本能的身體機能，可見魯迅確實不僅關心文學中的世情，或是形而上的抽象層次，更要觀照文學中的身體。

　　事實上，早在張竹坡闡述《金瓶》之作者乃「作穢言以洩其憤」之際，我們便可見「身體」以及包含在廣義身體範疇下的感情、情緒等議題隱藏其中，只不過身體、情緒是較具當代視野的角度，有助於我們瞭解張竹坡看似誇張或過度詮釋的說辭。同時，筆者發現蒲安迪閱讀《金瓶》的關鍵字也和身體有關（這部分的分析詳見下一節），因此筆者嘗試大膽地從魯迅的「世情」為起點，選擇性地——這部分當然和筆者的接受觀點有關——瀏覽注重身體、情緒的《金瓶》讀者。同樣是「情」，筆者所理解的世情是普遍性的社會觀照，即便作者能「條暢曲折」地描寫人物感情，不過個人的情感甚至情緒不是被（至少就魯迅而言）關注和強調的焦點。然而漸漸地，當愈來愈多專業讀者加入《金瓶》的閱讀、分析與建構之際，筆者發現與身體相關的「情緒」在他們的討論中隱現著，而筆者的工作便是試圖將這些不被注視或被視為理所當然的隱形線索挖掘出來，因為這些討論不僅展現了當代讀者對《金瓶》的多元詮釋，同時更有助於我們體會蒲安迪的觀點，甚至是張竹坡的評點。此外，不僅關注於文本中的身體和情緒，筆者更有興趣之處乃在於論者們（尤其是男性論者）面對《金瓶》大量暴露的身體與性愛場景時所採取的看法，因為這正是筆者在討論張竹坡、丁耀亢時的焦點之一，在經過了幾個世紀的接受與體諒之後，這些讀者又是如何看待《金瓶》中的身體，是相當值得追究的問題。

　　總之，本節所關心的《金瓶》現當代閱讀接受史將以「身體」為關鍵字，並試圖將魯迅的「世情」推得更廣、走得更深，探看現當代論者如何挖掘《金瓶》中的身體和「情

3　例如吳晗〈《金瓶梅》的著作時代及其社會背景〉，收入吳晗、鄭振鐸等著，胡文彬、張慶善選編《論金瓶梅》（北京：文化藝術出版社，1984），頁 11-47。

4　魯迅〈「題未定」草〉，《且介亭雜文二集》，《魯迅全集》第八卷，頁 200-201。

緒」——相較於「世情」來說更為當代、更跨文類、同時也更專注於「個人」的觀點——進而抽離文本，試圖探究這些論者是如何看《金瓶》中的身體和性愛場景，而這條閱讀的軌跡是我們在深入討論蒲安迪的閱讀之前必要的瀏覽與統整。

二、讀者看情色

(一)藉刪節本規範「奇快」之身體感知

　　彷彿對照著魯迅「如有狂疾」的觀點和身體修辭，當鄭振鐸（1898-1958）在討論《金瓶梅詞話》刻畫了病態的中國社會時，也以「憊憊一息的掙扎著」的「陳年的肺病患者」——一個相當富有身體隱喻的說法——來形容這個中國社會，因為在鄭氏眼中，《金瓶》所描畫的場景至今仍存在於我們的社會裡。[5]西門慶在蒲安迪眼中是「有毛病」的，[6]在鄭振鐸眼裡，有病的不僅是西門慶黑暗式的家庭，更是背後廣大的社會，而這個社會也可能是我們當今所處的社會，可見《金瓶》所指的社會跨越時空，包羅廣大。由此可見，身體隱喻的意象很容易成為《金瓶》讀者不自覺的慣用語，在筆者看來，這正是此經典相當能以「身體」之視角來閱讀的緣故，面對書中大量而廣義的身體隱喻，讀者似乎也在無形中借用了身體隱喻來觀照。

　　面對《金瓶》裡最為顯著的性愛場景，不僅引起十七世紀文人不同的看法，同時也激起二十世紀讀者的論辯，即便比起十七世紀張竹坡、丁耀亢的竭力辯護，二十世紀的讀者已顯出較多的寬容，他們不再像張竹坡、丁耀亢處處露出矛盾，也不需像他們那般必須聲嘶力竭地為《金瓶》辯護，然而細究不同讀者、論者的說法，仍可見《金瓶》予人不安的身體感受，最普遍也最起初的論點之一，便在於對小說中性愛細節的描繪是否該看作「穢書」或「淫書」。[7]鄭振鐸在〈談《金瓶梅詞話》〉裡用了一小節的篇幅來說明《金瓶》為什麼會成為一部「穢書」，即便鄭氏對《金瓶》寫實而深刻地揭露出墮落社會的景象而對其推崇備至，然而仍對其中的「穢褻描寫」感到不安，他在讚揚《金瓶》「實是一部了不起的好書」的同時，認為《金瓶梅》裡「不乾淨」的描寫何其多，「簡直

5　鄭振鐸嘗言：「《金瓶梅》的社會並不曾僵死；《金瓶梅》的人物們是至今還活躍於人間的，《金瓶梅》的時代，是至今還頑強的在生存著。」見鄭振鐸〈談《金瓶梅詞話》〉，收入吳晗、鄭振鐸等著，胡文彬、張慶善選編《論金瓶梅》（北京：文化藝術出版社，1984），頁50。

6　蒲安迪以為無論是「知」或「行」都違反了「四書」的核心教導，因此從這個角度來看，西門慶所經營的小天地是有「毛病」的。見蒲安迪〈《金瓶梅》：修身養性的反面文章〉，收入蒲安迪《明代小說四大奇書》（北京：生活·讀書·新知三聯書店，2006），頁133。

7　有關於明清到現當代讀者對《金瓶梅》是否為淫書的看法及論辯，胡衍南有完整而細緻的整理和論述。見胡衍南《金瓶梅到紅樓夢：明清長篇世情小說研究》（臺北：里仁書局，2009），頁47-81。

像夏天的蒼蠅似的，驅拂不盡」（58），同時也為此感到惋惜不已，然而他能同情理解並試圖找出作者在文本中夾雜著許多穢藝描寫的原因——受當時時代風氣影響，因此《金瓶》作者深受大環境影響而不自知，接著善於比喻的鄭氏又形容作者「當是一位變態的性慾的患者」，因此他以為若能除去那些淫穢的描寫，「《金瓶梅》仍不失為一部最偉大的名著，也許『瑕』去而『瑜』更顯」（59），「除淨了那些性交的描寫，卻仍不失為一部好書」[8]，進而希望有一部刪節本的《金瓶》，這種論點接著就發展出鄭氏對《真本金瓶梅》的討論，以及他對刪節本的期待和建議。他理想中的刪節本可以參照英國翻譯《愛經》——另一部性愛經典——的作法，若遇「不雅馴」之處便可考慮刪去不譯，或直接寫成拉丁文而不譯出來，會這般顧慮考量，是因為《金瓶》的描寫著實有力，「足夠使青年們蕩魂動魄地受誘惑」。（58）事實上，早在二〇年代末期的讀者便也表示《金瓶》的確不適合青少年，倘若能刪除淫穢部分，也不失為「社會小說中上品也。」[9]沈雁冰（1896-1981）接受魯迅的觀點，同樣將《金瓶》裡露骨的性描寫視為時代產物，雖然他並不直接斥責這個部分，然而也委婉間接地表示《金瓶》恐怕做了負面的示範，讓後來專注於描寫色情的淺薄小冊大行其道，此外，和鄭振鐸一樣也使用疾病隱喻來表達觀點，沈氏以為性慾描寫的目的在於表現「病的性慾」，同時指出此乃「社會的心理的病」，然而想達成這個目的似乎不需藉助著墨過多的性描寫或強調「房中術」，因為「粗魯的露骨的性交描寫是只能引人到不正當的性的觀念上」，間接散播「不健全的性觀念」。[10]類似的說法可見阿丁〈《金瓶梅》之意識及技巧〉之「追記」，阿丁在一番《金瓶》乃淫書或作者慈悲結晶之辯證後這麼說道：

> 《金瓶梅》一書，多描寫家庭瑣事，社會世故，最合於中年人的脾胃；在教育上說，青年人世故未深，恐不能發生多大興趣，且血氣方剛，對男女之事，易招衝動，

8　鄭振鐸〈長篇小說的進展〉，收入周鈞韜《金瓶梅資料續編 1919-1949》（北京：北京大學出版社，1991），頁 66。鄭氏的這篇論文原載於《插圖本中國文學史》（北京：樸社出版部，1932），而在這個段落中同時也引用到鄭振鐸〈談《金瓶梅詞話》〉這篇文章，原載於《文獻》第 7 輯（1981年 3 月）。兩篇文章相差幾近半個世紀，然而鄭氏的看法約略一致，尤其是對於《金瓶梅》裡的性愛描寫態度。

9　署名「水」的讀者嘗言：「《金瓶梅》之於少年，誠不應看，然其書之價值，實在《杏花天》、《燈草和尚》之上。用文學眼光看之，故不忍一筆抹煞也。」又云：「書中寫女性，均是一班淫蕩之人，而人各有其個性。……徒以寫淫蕩之處，太赤裸裸地，遂不能為文藝界公開之研究物，良可惜耳。」其中可見這位讀者替《金瓶梅》中描寫淫穢而感到惋惜。此文原載於 1929 年 8 月 13 日《世界日報・明珠・小說叢談》，收入周鈞韜《金瓶梅資料續編 1919-1949》（北京：北京大學出版社，1991），頁 31。

10　沈雁冰〈中國文學內的性慾描寫〉同上註，頁 30。

　　當以少看為妙，這也是我的一番慈悲心腸啊！一笑。[11]

在阿丁看來，血氣方剛的青少年看了容易「上火」，因此比較適合健壯的中年人。

　　由以上諸例可見，三〇年代的部分讀者仍擔憂《金瓶》會對讀者（尤其是青少年）造成負面影響，即便到了八〇年代，這種情況仍普遍可見，例如孫遜亦同意此經典在反映現實生活方面達到了前所未有的深度與廣度，然而這並非「主張讓那些淫穢色情的部分來毒害今天的青年。」[12]這種擔憂便牽涉到閱讀《金瓶》的身體感知，也就是閱讀此書極可能會產生過度而不必要的歡愉，論者甯宗一也說明自己曾因講說《金瓶》，而同樣遭到「毒害青年」的控訴。[13]讓我們遙想袁中郎便曾告訴沈德符「睹數卷，稱奇快」[14]，仔細分析，「奇」、「快」事實上分為兩種層次，「奇」乃文本之敘事佈局，「快」則是引發讀者的強烈感受；當然，「奇快」也可以一併理解為讀者的身體感知（或生理反應），無論如何解釋，「奇快」感看在不少論者眼中恐怕都是令人又愛又怕的。在筆者看來，施蟄存（1905-2003）在 1935 年由上海雜誌公司出版的《金瓶梅詞話》的跋裡的一段話，或可用來當作「奇快」的三〇年代註解：

> 凡以《金瓶梅》當作淫書者，從前看舊本《金瓶梅》時，專看其描寫男女狎媟，而情動，而心癢；聞說《詞話》是其祖本，總以為《詞話》中描寫男女狎殢處，必更有足以動其情、癢其心者。今《詞話》全書一百回出齊，吾之此人必大大失望也。[15]

「動情」、「心癢」應與「奇快」類同，皆反映了只看淫處的讀者的身體感知。緊接著這段話之後，施氏解釋這個版本會令讀者失望的原因乃此書遵從律法，已將淫穢處「刪除淨盡」，「故以淫書看《金瓶梅詞話》者，到此必叫冤枉也。」即便施氏就崇禎本與詞話本之優劣進行一番比較，以為後者優於前者，因前者將鄙俚改得文雅，失了原味；然

11　阿丁〈《金瓶梅》之意識及技巧〉，原載於《天地人半月刊》第 4 期（1936 年 4 月）。同註8，頁177。

12　孫遜〈論《金瓶梅》的思想意義〉，原載上海師範學院學報 1980 年第 3 期，同註8，頁185。

13　關於《金瓶梅》毒害青少年及之後被懲罰的當代例子，不妨參照甯宗一的描述，他坦言過去對《金瓶梅》的興趣讓他在 1958 年的「拔白旗」運動中受到了懲罰，因為他在課堂上倡導《金瓶梅》不可不讀，因而這項「罪名」被列上大字報，指責甯宗一「企圖用《金瓶梅》這樣的淫穢的壞小說毒害青年學生。」甯宗一《甯宗一講金瓶梅》（天津：天津古籍出版社，2008），頁 2。

14　沈德符《萬曆野獲編》：「袁中郎《觴政》以《金瓶梅》配《水滸傳》為外典，予恨未得見。丙午，遇中郎京邸，問曾有全帙否？曰：第睹數卷，甚奇快。」收入黃霖編《金瓶梅資料彙編》。

15　施蟄存〈《金瓶梅詞話》跋〉，同註8，頁 167。

而筆者關心的仍是由施氏所寫跋、出版於三〇年代的詞話本仍基於同樣的理由而將原本刪改，可見那些引起「動情」、「心癢」及「奇快」的身體感知仍需受到約束、規範，施氏最後甚至不無嘲諷地說倘若存心要看淫書，不如去看《性史》。

　　正如《金瓶》在傳布的十六、十七世紀，《金瓶》的情色描寫仍對讀者造成衝擊，於是當時才有張竹坡等人為《金瓶》非淫書作辯論，在二十世紀早期，《金瓶》仍舊考驗著讀者的接受與感知，二〇、三〇年代讀者（如鄭振鐸）的不安或許可以從周作人所謂的「上下半身說」進一步理解：以肚臍為界，分別出「體面紳士」的上半身，以及「該辦的下流社會」，[16]而處處充滿「下半身」的《金瓶》的確令讀者感到不淨不潔，因此發揮了「抽刀斷水」、「揮劍斬雲」的功夫，建議將《金瓶》的「下半身」敘述刪得乾淨。即便從當今的角度來看，已經很少論者還拘泥於《金瓶》是否為穢書的議題，大多數的讀者是在肯定其藝術成就和文學價值的基礎進一步分析探究，[17]然而當我們回顧《金瓶》的閱讀史時，不能不去重新檢視這個問題，因為直到八〇年代部分版本的《金瓶》，也會因考量到太暴露的性愛描寫而妄加刪除；[18]換言之，《金瓶》也形成了有趣的「當代版本」，不同於詞話本與崇禎本之間的差異，當今的《金瓶》版本映照出編選者面對赤裸身體與性愛描寫時的不安態度，因此，我們亦可將鄭振鐸所討論的刪節本之議題放入這個脈絡中，同時亦可和張竹坡的評點及丁耀亢的續書一併觀之，即便時代不同，他們的閱讀觀皆隱約地展現了讀者面對《金瓶》時不安、不穩定並試圖將之納入可被理解、可替作者找到合理說法的態度，相較於以為「瑕」去而「瑜」更顯的鄭振鐸，蒲安迪反而以為崇禎本的《金瓶》評點乃「瑕」中之「瑜」：當詞話本廣受論者青睞，蒲氏卻特別關注於崇禎本評點的重要性，談及小說中的性描寫時，蒲氏以為這位晚明的評點者表現了不偏不倚的中庸態度，既不對此嘖嘖稱賞，也不一味地加以譴責，這種不走極端的態度確實有助於我們重新看待這以往被曲解的部分。[19]也許正受到崇禎本評點者的影響，以及張竹坡評點的啟發，蒲氏不僅不切割《金瓶》裡的性愛描寫，反而將其視為展現作者創作自覺的敘事技巧之一，換言之，正如李安在電影《色戒》所加入張愛玲原典

16　周作人〈上下身〉，收入《周作人先生集‧雨天的書》（臺北：里仁書局，1982），頁105-108。

17　例如吳紅、胡邦煒便以為《金瓶》中的性描寫「往往具有豐富的社會內涵，在一定程度上可以說是小說刻畫人物、推進情節、反映生活、表現作家審美意識的需要。」見吳紅、胡邦煒《金瓶梅的思想藝術》（成都：巴蜀書社，1987），頁213。

18　如由王汝梅、李昭恂、于鳳樹點校之《張竹坡批評金瓶梅》（分上下兩冊），此書由山東齊魯書社於1987年初版、1991年再版，然此書因「淫話穢語……亦產生消極影響」而被刪去了性愛場景。

19　蒲安迪〈瑕中之瑜——論崇禎本《金瓶梅》的評注〉，收入徐朔方編選、沈亨壽譯《金瓶梅西方論文集》（上海：上海古籍出版社，1987），頁306。

〈色戒〉所沒有的性愛場景一般，這些性愛場景有其必要的功能性，以《色戒》而言，這些看起來高難度的性愛姿勢多少暗示了易先生內心的糾結和痛苦；就蒲安迪閱讀《金瓶》來看，不僅性愛場景次數不如論者強調得那麼頻繁，每場性愛多少也反映了西門慶、潘金蓮等人陷溺在重複動作所引發的趣味和無聊，同時強化了作者的「反諷」技巧，證明作者的創作自覺，這點容後細述。

由以上幾個例子可知，無論是在十七世紀或二十世紀早期，《金瓶》的專業讀者聚焦於文本中明顯的性愛場景及裸露的身體描繪，這些令他們感到不安的要素成為《金瓶》閱讀的重點所在，同時也讓《金瓶》的閱讀更具雙重性：文本中的身體以及閱讀中的身體。筆者以為，這交互影響的閱讀觀似乎已超越了接受美學或讀者反應理論，反而更貼近細緻的身體感知或「生理反應」。正因《金瓶》中特殊的「體質」，讓張竹坡以評點為其辯護，同時也讓二十世紀的早期讀者深感「刪節本」之必要，無論說法為何，我們皆隱約看見這些讀者充滿矛盾、不安情緒的閱讀之身體感知。

不過到了九〇年代，《金瓶》的專業讀者早已擺脫了這個癥結與情結，充分拓展《金瓶》中的身體元素，同時隱約發揮了張竹坡所使用的身體意象，讓「我的《金瓶梅》」本身也成為另一關乎身體的文本，例如丁乃非三篇發表於期刊上的中譯論文〈鞦韆、腳帶、紅睡鞋〉、〈非常貼近淫婦及惡女——如何閱讀《金瓶梅》(1695) 和《惡女書》(1995)〉以及〈淫母血崩——《金瓶梅》的慾望閱讀〉，即便發表時間已超過十年，然其關注的獨特視角仍對《金瓶》讀者產生關鍵性影響。在〈鞦韆、腳帶、紅睡鞋〉文中，丁乃非以關乎女體的物件來閱讀《金瓶》中的身體，除了關注於身體隱喻，並挖掘其中的性暗示和死亡意象，更別緻的是丁氏將焦點放在與身體有關的笑和聲音，她對聲音話語的觀照、對鞦韆形塑而成的「懸置」和「迷惑」便是從身體特性而創發的觀點，尤其是她將金蓮在玩鞦韆時發出的笑聲與處女膜相互連結，[20]讓整個身體輪廓浮現於《金瓶》的脈絡裡。彷彿為了更貼合身體研究的語境，丁氏將張竹坡主導的理想閱讀過程生理化、症狀化，[21]將閱讀過程具象化為身體反應與作用。相較於女性論者丁乃非擴大身體隱喻，

20　「在如此的家庭裡，女人最好別笑，或者是在未經許可時絕對不可笑，就像妓女一樣，女人只能將自己的身體轉化成愉悅的形式來取悅他人。這便是女人的笑和處女膜之間的關係；她們只能笑一次，而這一次便可決定她們的價值和『女性本質』。」見丁乃非〈鞦韆、腳帶、紅睡鞋〉，(《中外文學》22 卷 6 期，1993 年 11 月)，頁 38。

21　丁乃非將文本中的「淫慾世界」和「深省」的兩極擺動，視為文本所鼓勵、為張竹坡所導引的「標準讀法」和佛道結尾，而讓讀者「清淨（嘔吐出）他所閱讀的淫穢敘述。」在丁看來，「這種將讀者清淨化、道德化的過程，同時強化與否定了被嘔吐出來這些污物所具有的力量。」「是一種理想中會造成性厭食（sexual anorexia）的文學性狂食症（literary bulimia）。」同上註，頁 45。

胡衍南倒是對「口」的功能及隱喻有頗多體會，對筆者而言最新鮮也最有趣的分析在於胡氏對「口交」的細膩分析，由此可見《金瓶》著實存在著許多文本「縫隙」，提供讀者戲耍的空間，而胡氏介於醫文交界的分析方式，也展現了《金瓶》閱讀接受的多元面向。[22]

(二)看見《金瓶梅》中的「鮮血與肌肉」及性心理

在約略地掃瞄專業學者的論點之後，筆者欲以醫者的閱讀觀點作為參照系，因為談及身體感知，醫者所具備的視角與閱讀觀提供了我們另一向度的思考，審視兩種不同身分（讀者和醫者）的觀察更有助於我們從不同面向理解閱讀的身體感知。然而，相較於十七世紀醫者從漢醫的視角切入，二十世紀的醫生／讀者傾向以精神分析的方式解讀／解剖小說文本，最著名者乃王溢嘉。王溢嘉從醫者的角度來看《金瓶梅》中的性，而他也特別強調他所關注的絕非「秋月與春風」，而是「鮮血和肌肉」，因此比起「騷人墨客」仔細揣摩那「幽遠的意境」，他僅能談一些較為形而下的問題。[23]筆者之所以將王溢嘉這位《金瓶》的讀者納入討論，是因為通常學者皆著眼於「形而上」的問題，當我們面對如此「形而下」的身體之際，實需參酌「形而下」的觀點，而醫者的視角正好提供我們一條觀看的路徑。

王溢嘉從「本行」精神分析學說剖析潘金蓮的性生活，重點在於對「當事人」（包括書中人物及作者）的整個「人格」做「結構性的分析」，表面上看來極具有「臨床診斷性」。換言之，王氏是以一個醫者的角度來為小說中的人物診斷，以現代醫學的眼光審查書中人物癥候，而在醫者眼中看來，這些人都是有病的，有的是心理，有的則是生理，例如提到西門慶，王氏以為從現代醫學的角度來看，頻繁的性行為並不會造成「精盡繼之以血」，也不會「暗裡教君骨髓枯」，但作者（也可能包括多數中國男性）卻主觀地認為會如此的原因在於他們在性方面具有「盲目而執拗」的懼怖感。王溢嘉從瓢與棒槌、鞋與鑰匙等器物本身象徵著男女生殖器為起點，以西方的精神分析學說來分析中國古典小說，尤其凸顯了潘金蓮處於原我與超我、情慾與禮教的衝突狀態，進而探討潘金蓮作為「淫婦原型」的象徵，因而在定義「何謂淫婦」時，潘金蓮的眉眼便很快地浮現於讀者腦際，因此，王溢嘉以為蘭陵笑笑生所塑造的「潘金蓮」敏銳地勾畫出漢民族集體潛意識當中的「淫婦原型」。王氏以醫師的角度「名正言順」地談論《金瓶》中的淫與性[24]，

22　胡衍南從佛洛伊德的《性學三論》中的「性心理」角度，來看《金瓶》中幾個角色口交背後的性心理。見胡衍南《飲食情色金瓶梅》（臺北：里仁書局，2004），頁218-219。

23　王溢嘉，〈從精神分析觀點——看潘金蓮的性問題〉，《古典今看——從孔明到潘金蓮》（臺北：野鵝出版社，1989），頁185-198。

24　之所以說「名正言順」是因為王溢嘉以為他以醫師的身分來詮釋《金瓶》，無須像東吳弄珠客那樣

示範了從醫學角度「剖析」、「解剖」經典文本的案例，但同時也指出了「原型」的研究路徑，以及淫婦原型所揭露的男性文人懼怖感，這種介於醫學與文學的「文本」「分析」——既是文學鑑賞的、也是醫學診斷的——示範了一個以現今醫學角度解讀經典文本的路數，或許也提供了文學研究者一個從「鮮血和肌肉」而非「秋月與春風」的專業視角。[25]因此不難想見王氏會說出相當「政治不正確」、也相當沒有鑑賞力的話；他以為《金瓶》就是本淫書，潘金蓮則是一個不折不扣的淫婦，但是重點是作者的意圖並不僅是寫出一本淫穢的色情小說，而是如上所言揭露出男性整體的恐懼感。從當下的觀點來看，以精神分析來剖析文本；甚至為經典小說人物進行「臨床診斷」的作法並不少見，尤其比起《金瓶》，《紅樓》的醫病情節更被論者討論[26]，多少為醫學和人文搭起一座溝通橋樑，不過筆者卻以為這種分析方式「不可行」之處乃在於這種為三、四百年的小說人物診斷或開立藥方之不可能，當然創意十足，不過這種偏向「鮮血和肌肉」的閱讀方式可能多少破壞並犧牲了作品的藝術價值及文學成就；換言之，論者似乎傾向將整個文學文本「病歷化」，以技術性的層面逐一解剖各個人物，而後將之納入醫療檔案櫃，文學病歷成為跨學科合作的見證。當然，我們不能否認這條路徑的可行性，尤其在宣稱作者已死的年代，文本的再製和利用進入了龐大的操作系統，文本病歷化的好處不僅說明了跨學科合作被實踐的多種可能性之一，同時也提高文本了再度被閱讀、被咀嚼的機會。

將讀者分為菩薩、君子、小人、禽獸那樣冠冕堂皇的話，也無須像張竹坡為了「合理」詮釋而硬謅出「苦孝說」這類說詞，而這樣純粹「醫者」的角色也提供了時代距離所產生的閱讀辯證。同上註，頁 198。

25 王溢嘉表示自己乃醫學出身，「『慣看』並非『秋月與春風』，而是『鮮血和肌肉』」，同註23，頁 185。

26 例如胡衍南亦引佛洛伊德的《性學三論》來分析《金瓶》中婦人幫西門慶的口交行為，又如馬琇芬引用佛洛姆對「虐待症」行為的觀點（引用佛氏之論著為《人類破壞性的剖析》），來解釋金蓮對瓶兒的多重打擊，當然，馬氏也用了佛洛伊德關於「本能」的觀點，來分析人類食色的本能，見馬琇芬《從婚姻、嫉妒、性慾看《金瓶梅》中的女性》（國立中山大學，中國文學系研究所碩士論文，1996），頁 64、87。又如王寧以「力比多（libido）的投射過程」來分析由王婆安排、西門慶與潘金蓮的「挨光」，見王寧《文學與精神分析學》（臺北：洪葉文化事業公司，2003），頁 134-136。《紅樓夢》的部分則如許玫芳《紅樓夢人物之性格情感與醫病關係》，便以醫學角度重讀《紅樓夢》，包括精神醫學、內科學、皮膚科和婦科學，探究賈寶玉、林黛玉等人的「病情」，透過這種視角，每個角色似乎都有身心上的疾病和障礙。詳見《紅樓夢人物之性格情感與醫病關係》（臺北：臺灣學生書局，2007）。另外，《紅樓》的醫病關係可見張曼誠〈紅樓夢的醫藥描寫〉、章蘭〈八皇子的病〉、筠宇〈晴雯並非死於女兒癆〉等。詳參張曼誠〈紅樓夢的醫藥描寫〉，《紅樓夢研究集刊》8 期，1982，頁 431-434；章蘭〈八皇子的病〉，《紅樓夢研究集刊》12 期，1985，頁 74；筠宇〈晴雯並非死於女兒癆〉，《紅樓夢學刊》7 期，1981，頁 72-73。另外，專書則如陳存仁、宋淇《紅樓夢人物醫事考》（桂林：廣西師範大學出版社，2006）。

　　事實上，這也不是近十年來身體、疾病研究蔚為風潮下的產物，早在二十世紀初期佛洛伊德精神分析學說創始之際，希臘神話便作為他援用並說明其論點的最佳範本，而成為眾多人文論者的分析利器「伊底帕司情結」便是文本病歷化的臨床工具。然而，從另一種較為文本本位的立場來說，手持解剖刀割裂文本的做法簡直粗魯無文、無法忍受，法蘭克福學派的阿多諾（Theodor W. Adorno）便曾毫不留情地對心理醫生提出批判，他以為他們將藝術中的否定性事物都放逐到本能衝突裡，沈澱下來，結晶成一個個說明療程的工具，然藝術作品並不像心理醫生所想像，這些醫生只認識在沙發上的藝術家，而藝術的最大禁忌，便是「對於客體的動物性態度，慾望著佔有它們的軀體。」[27]即便筆者不盡同意這種解剖文本的作法，然而提到《金瓶》這部相當有「身體性」的經典，筆者仍希望將醫者的觀點置入討論脈絡，看《金瓶》如何分別成為不同專業、不同身分的「我的《金瓶梅》」。

　　相較於王溢嘉以醫者之眼並以精神分析的方法解剖《金瓶》，李建中則從性心理學的角度探究作者的創作意圖及小說人物的性心理，他所倚重的論述則是藹理士的《性心理學》，偶爾兼及佛洛伊德的《愛情心理學》。即便不是醫者，李氏仍像醫者那般為作者和小說人物的心理情結診斷一番，以一種性心理症狀「性感過敏」──對性相當敏感，要不是具強大的性能力，就是對性產生「畸形的憎惡」或「畸形的愛好」──來形容月娘、春梅等人[28]；同時又以「性變態」來闡述潘金蓮、西門慶等人的症狀，進而不免開始替兩人診斷病情，如金蓮是「性亢奮」，西門慶則是「性虐待」，事實上我們不乏見到以潛意識、「心理變態」來討論金蓮、西門等人的論者[29]，然而筆者以為較為特殊的還是李氏對「性感過敏」的看法，他認為這種對性產生敏感症狀不僅出現在小說人物當中，更反映了作者一面描繪性細節；一面又對性懷著強烈批判的好惡心理，因此李氏也用了病狀的修辭形容《金瓶》是「一份有關『性感過敏』的『病歷』」，作者則以藝術手法「記錄了『性感過敏』者的心理歷程。」[30]接著，李氏進一步的推論則涉及閱讀的身體感知與生理反應：當讀者閱讀《金瓶》的性描寫不僅不會喚起讀者的情慾，反而讓讀者倒盡胃口，甚至產生厭惡感，這點類似蒲安迪的觀點，蒲氏也以為這些隱藏寫作技

27　阿多諾（Theodor W. Adorno）《美學理論》（臺北：美學書房，2000），頁 26-31。

28　「畸形」、「病態」、「變態」是論者討論晚明文化和《金瓶》的常用關鍵字，例如尹恭弘便以「畸形」、「病態」來形容晚明文化，同時以為西門慶需要滿足其變態的精神需求。見尹恭弘《《金瓶梅》與晚明文化：《金瓶梅》作為「笑」書的文化考察》（北京：華文出版社，1997），頁 99。

29　例如周中明以為《金瓶》深刻地寫出了人物的潛在的變態心理，以人物的心靈深處來展現人物豐富而複雜的人格。見周中明《金瓶梅藝術論》（臺北：里仁書局，2001），頁 228。

30　李建中《瓶中審醜：金瓶梅「色」之批判》（臺北：文史哲出版社，1992），頁 72-75。

巧的、重複而機械式的性描寫最後不但澆熄讀者的慾望，更帶給讀者恐怖的感受（下一節詳論之），李氏則將這充滿厭惡感的閱讀心理視為「性感過敏」，這也是由作者本身的「性感過敏」所引起。李氏將作者、讀者、小說人物三種角色皆與以病患化，這種說法似乎是將鄭振鐸「作者大抵是一位性變態的性慾患者」加以擴張，進而從作者的層面擴充到讀者及閱讀過程，並將這兩個角色及閱讀行為性心理化，充分地觀照了閱讀時的身體感知。

相較於醫者王溢嘉看見《金瓶》中的「鮮血與肌肉」，李建中剖析「人物——作者——讀者」之性心理似乎較文學本位，姑且可稱之為「文學心理學」，無論出發點為何，也無論他們是否逐漸遠離了美學考量，他們的閱讀多少也彰顯出《金瓶》獨特的、內聚的身體、生理及心理質素，因此不難想見創作這部「大病歷」的作者心理，理所當然地成為更多論者試圖探究的議題。接著，筆者欲將重點轉向論者討論的另一核心；同時也涉及身體感知議題的作者創作動機，然而這部分的討論將排除作者為何人的考證——畢竟到目前為止尚未有定論，而是著重於作者創作時的情緒；換言之，作者為何人並非筆者的關注焦點，而是無論作者為何人，作為創作主體在生產、編織文本的當下所湧現的身體感知與複雜情緒方是筆者試圖觀照的重點。

三、創作與情緒：從評點者與作者論看「洩憤的世情書」

十七世紀的張竹坡受到可能的作者之一王世貞為父報仇之說影響，特別針對作者的創作情緒加以發揮一番，提出「作穢言以洩其憤」的說法，即便從現在的角度看來，這種說法過於武斷、同時也先受「作者論」所決定，然而我們若稍微跳脫《金瓶》的語境，試圖從「寫作」的觀點衡量，張竹坡關注的議題其實更牽涉到創作本質，試圖從文本中不明顯的、未被說出的諸種線索，反推至作者的創作情緒和動機。不僅張竹坡依循此種路徑閱讀《金瓶》，從阿英（1900-1977）對《新小說》的諸多評論中亦可見類似的觀點，就阿英看來，「作者抱屈無以發洩，不得以借小說而發洩」之說不免偏頗，「但能用一種『社會眼光』來讀小說仍不失為進步的觀點。」[31]筆者倒是以為，與其說是「社會眼光」，這似乎更貼近了創作時的情緒問題；或者更精確地說，這反映了讀者（評點者）的感受與情緒，因而這些讀者便一一地從《金瓶》裡細膩而深入地考掘出作者及書中人物的情緒，當然，這多少也可能映照出他們自己的感受與情緒。

作為張竹坡評點的閱讀者，蒲安迪對《金瓶》中角色身體的關注遠大於作者的創作

---

[31] 阿英〈《金瓶》辨〉，原載於《小說閒談》，上海良友圖書印刷公司，1933 年 6 月。收入周鈞韜《金瓶梅資料續編 1919-1949》，同註 8，頁 73。

情緒，不過另一位張竹坡評點與《金瓶》的讀者王汝梅則留意到這點——我們先姑且不論張竹坡以為王世貞報仇說的正確與否——王氏以「洩憤的世情書」來替張竹坡的《金瓶》下一註腳，認為張竹坡評點繼承、運用並發揮了李卓吾「發憤而作、不憤不作」的進步文學思想，正如筆者在討論張竹坡時所提及的：「憤」是張竹坡評點的關鍵字，張氏提供我們另一條與讀者身體感知相對的路徑，即寫作的情緒，而就《金瓶》這個案例而言，為了復仇而引發的憤怒是推動寫作的強壯臂膀，這讓《金瓶》具有更多重的身體性質，它啟示了我們無論是閱讀抑或寫作皆和身體息息相關，並皆傳達了作者與讀者的身體感知，因此《金瓶》是「很身體性」的文本。

　　論者除了點出張竹坡評點時關注的寫作情緒之外，更從細微處發揮此點，他們的想像力與特殊詮釋——正如蘊含無窮想像力的張竹坡——讓《金瓶》的「身體性」更為豐富。比起王汝梅從張竹坡評點建構作者的寫作情緒，田秉鍔走得更遠似乎也更具戲劇性，不過其分析倒也圍繞著漢字特質盡情發揮、聯想一番，這似乎也是張竹坡的特質之一，不僅張竹坡，部分論者也喜歡從欣欣子、笑笑生的形、音、義上聯想並發揮一番。[32]從其題目〈統治思想趨於崩潰及舊倫理的淪喪〉便可知他著重於《金瓶》中的政治部分，乍看之下不過是以統治的、新舊對抗的觀點閱讀《金瓶》[33]，但在行文當中卻隱約可見他對封建社會的強烈批判，基本上，這種閱讀和批評路數符合不少中國學者的看法，表面上看似並無特殊之處，然而其中一點卻令筆者感到相當有趣，那就是除此之外，田氏試圖從蘭陵笑笑生以「憂」為基調的心態來著眼，而為了瞭解蘭陵笑笑生的「憂」，田氏則從欣欣子一篇相當重要的說法中更進一步地探掘，摘引如下：

> 人有七情，憂鬱為甚。上智之士，與化俱生，霧散而冰裂，是故不必言矣。次焉者，亦知以理自排，不使為累。為下焉者，既不出了於心胸，又無詩書道腴可以撥遣，然則，不致於坐病者幾希！

這段話出自笑笑生的朋友欣欣子[34]，基本上確實可以視為創作與情緒（以憂為主）之間的

32　例如高明誠以為笑笑生乃金聖歎之化名，並以《說文》為欣欣子、笑笑生之「欣」、「笑」兩字釋義，而兩字為「雙聲同義字」，由此推論欣欣子乃笑笑生，這反映了文人取筆名喜與形、音、義相關，且「欣」、「笑」皆有遊戲人間之況味，至於高氏以為笑笑生乃金聖歎之原因在於「欣」、「金」兩字聲韻相近之故。由此可見以漢字進行聯想之閱讀觀點為不少論者之利器。見高明誠《金瓶梅與金聖歎》（臺北：水牛圖書出版事業公司，1988），頁 15-16。

33　田秉鍔，〈統治思想趨於崩潰及舊倫理的淪喪〉，收入王利器主編，《國際金瓶梅研究集刊》（成都：成都出版社，1991），頁 85-100。

34　欣欣子〈金瓶梅詞話序〉提及：「吾友笑笑生」，而田秉鍔也將欣欣子視為笑笑生的朋友，以為其必知其創作奧秘所在。

關連，簡單來說，就是如果無法透過書寫排解胸中鬱悶，則容易致病。田氏仔細將作者的「憂」分為兩種，其一為感於外而發，因感受同情下層人民的苦難而懷憂，其次則是憂患到下民的「坐病」，更精確地說是與「理」相對的「欲情」之病。無論是哪種說法，田氏的閱讀很明顯帶有關懷下層階級的色彩，即便筆者對他將欣欣子討論創作與情緒的「坐病」說擴大解釋持保留態度；因為在筆者看來，這種「憂」的情緒應該不是憂國憂民而是書寫者特有的、專屬的「憂」，這種情緒不單僅是個別的事件所引起的；不過與其去爭辯欣欣子對創作者「憂」的解釋，筆者倒是覺得田氏為書寫者及其創作行為找到了合理而深入的解釋，田氏從東吳弄珠客的《金瓶梅・序》和二十畫公的《金瓶梅・跋》中找出最能貼切詮釋「憂」之最好方法，同時彷彿適時呼應東吳弄珠客與二十畫公，對於孔子保留鄭衛淫聲的方式給予同情理解，主張孔子編詩以淫為戒，進一步地同意孔子此種獨特藝術觀，而正這與笑笑生著《金瓶》「以醜為戒」乃同一思路。（88）

　　為了更能展現創作者的「創作自覺」──我們將在下一節細論這個主題──田氏一開始就字面上進行了有趣的詮釋，他注意到笑笑生與欣欣子在命名上的雷同，而兩者皆可視為歡快情緒的展現，他們的名字恰好與這種「憂」、「憤」情緒形成了有趣的反差對照，而在筆者看來，這種反差對照也出現在田氏對作者矛盾的創作思維上，田氏以為作者既受了帶有「罪惡的歡愉色彩的新生活的吸引」，同時又感受到「鋪天而至的生活給予的精神創痛」，在激情與憂鬱的交雜揉合下，形成了「難以言喻的一部書」（99），藉由王汝梅以為《金瓶》乃「洩憤的世情書」之說法，這種「難以言喻」可能也在於作者之「憂」與文本之歡愉內容間的反差。無論是王汝梅體解了張竹坡所謂的作者之「憤」，還是田秉鍔試圖尋索笑笑生的「憂」與寫作間的矛盾關連，他們皆從情緒的端點出發，跳脫並超越文本情節，將焦點轉向作者的創作情緒，隱約指向了寫作的本質，而這更加深化了《金瓶》的「身體」質素。

　　然而，無論是憂還是憤，兩者皆隱約地替作者掩蓋了或忽略了情色細節描寫的事實，因此，是否還有別種創作情緒的可能？上述李建中提及作者有「性感過敏」，其觀點便有異於從張竹坡處獲得啟示的王汝梅或田秉鍔，即作者寫淫辭背後的沈重心情與負面情緒，相較於書寫者與文字保持距離甚至背道而馳，李建中以為當作者描寫性活動之際不僅處於性興奮的狀態中，同時共同體驗著「狂風驟雨似的情慾和性感」（76），沐浴在愛慾中的作者是欣喜而愉悅的，因此，李氏將小說中描寫性行為之後的詩詞看作讚美頌揚，因此李氏似乎是將寫作視為歡愉的表現，然而，這種歡愉當中卻又因作者離開角色情境、客觀地審視其對象時所破壞，其「性感過敏」轉而令作者產生厭惡感而不是憂與憤，因此基本上來說，書寫仍具有歡愉的成分，不全然是憂與憤這麼「冠冕堂皇」的結合。筆者將此納入討論的範疇是因為這種觀點明顯有異於張竹坡以來為《金瓶》辯護的

說法，或者說也更為誠實、更為人性的說法，尤其當包含張竹坡在內的論者皆試圖替《金瓶》的作者找出「層次較高」的、具有創造力的憂憤情緒時，李氏提及的創作歡愉提供了另一種可能；也就是書寫者同時藉由書寫貪戀歡愉，在刻畫性場景的同時貪戀著美好的高潮，而不是像張竹坡所謂的「善才化身」、「百千解脫」（讀法第五十七），當然他是「色色歷遍」、「身親歷而後知之」（讀法第六十），然而他不見得不能藉由書寫性愛享受歡愉，而這種歡愉與「憂」、「憤」可能並不互相衝突，相反地，諸種情緒共同構成了作者的圖像，這反而更貼近了真實的肉身，並非張竹坡一廂情願勾勒的「苦孝」、「奇冤」、「奇酸」、「悲憤」這類較能被讀者接受；同時也符合讀者（張氏）對作者（或創作精神）期待的肖像。創作歡愉的觀點讓我們知道，一面有所憂憤；一面卻能享受性愛書寫的作者正如你我，正如我們共同經歷的悲喜人生——讀／寫正如人生——因而我們也無須過度美化、合理化這種矛盾，從身體感知的角度來看，我們更該欣喜有這麼一部直指你我不同情緒反應的《金瓶》存在，正因如此，它能超越時空——七情六欲、情緒是普遍而不會因時空的轉換而有太大的差異，詮解了你我的情緒，成為你的、我的《金瓶梅》。

不過我們也能瞭解這些為《金瓶》辯護的讀者——無論是十七世紀的張竹坡，還是二十世紀的王汝梅、田秉鍔等人——在他們以一連串帶有積極作用及表徵的負面情緒（憂、憤）之說法中，也許看到了另一個關乎身體和書寫的可能，那便是隱隱揮之不去的惘惘威脅，這個威脅同時也是《金瓶梅》作者所使用的大框架：因果報應。

四、書寫與身體

> 蓋自羅貫中《水滸傳》、《三國傳》始也。羅氏生不逢時，才鬱而不得展，始作《水滸傳》，以抒其不平之鳴。其間描寫人情世態、宦況閨思種種，度越人表。迨其子孫三世皆啞，人以為口業之報。而後之作《金瓶梅》、《癡婆子》等傳者，天且未嘗報之，何羅氏之不幸至此極也。[35]

《金瓶梅》是一部不名譽的小說；歷來讀者們都公認它為「穢書」的代表。沒有人肯公然的說，他在讀《金瓶梅》。有一位在北平的著名學者，嘗對人說，他有一部《金瓶梅》，但始終不曾翻過；為的是客人們往來太多，不敢放在書房裡。相

---

35 尺蠖齋，〈東西兩晉演義序〉，收入黃霖編《金瓶梅資料彙編》（北京：中華書局，1987），頁232。

傳刻《金瓶梅》者，每罹家破人亡、天火燒店的慘禍。[36]

上述兩段乃出自不同時代的《金瓶》讀者之口，前者為尺蠖齋，後者則為鄭振鐸，即便兩人所屬年代不同，然而我們不難發現其中有個共通點，即業報和《金瓶》作者、刻者之關連，這種惘惘的威脅似乎長期以來攪住了《金瓶》的讀者。[37]雖然尺蠖齋上述言論的焦點並非《金瓶》而是《水滸》，但是我們仍舊能理解其觀點：他以為倘若《水滸》的作者子孫三代皆啞，那麼為何《金瓶》能逃過果報呢？再看另一評點《金瓶》的張竹坡，其暴斃亦予後人不少的想像空間，據道光二十九年稿本《族名錄·曙三公派雪客公系下》中提及張竹坡則云：「恃才傲物，曾批《金瓶梅》小說，隱寓譏刺，直犯家諱，非第誤用其才也，早逝而後嗣不昌，豈無故歟？」[38]當然我們有理由懷疑其真實性，畢竟以上的說法皆不乏帶有「傳說」和臆測之色彩，不過暫時撇開其真實性不提，我們隱約地觸及《金瓶》與身體的另一重關係：報應懲罰——當然是透過身體上的殘缺和折磨，正如同《續金瓶梅》裡轉世後的西門慶和潘金蓮之身體殘缺——與閱讀、書寫之關係。筆者在論張竹坡、丁耀亢時已觸及到閱讀和身體感知的關係，事實上，報應懲罰是這一「閱讀因果鏈」的「果」，正因閱讀性愛場景而本能地產生了身體歡愉，而這種「不正確而過度濫用」身體的方式應該受到相對的懲罰，正如西門慶過度濫用他的身體一般，因此在筆者看來，這裡出現了和文本情節重合的暗示：西門慶濫用身體這件事本身是個寓言，寓意同時用來警示讀者，倘若讀者過度「濫用」／利用《金瓶》，藉由「濫用」《金瓶》而讓自己達到類似西門慶在性愛過程中的歡愉，那麼下場可能跟西門慶一樣，會遭到報應的。我們很少在其餘文本中看到這樣的警告，它一方面是如何魅獲著讀者，另一方面卻也有效力地約束了讀者閱讀的歡愉，其間所運用的因果報應框架不僅囚制著小說人物，也隱約地規範了跨時空的讀者。

總的來說，《金瓶》是具有「身體意義」的文本，倘若我們能從「身體」的廣義面（任何與身體有關的解釋及說法）來重新檢視那些不同時代所生產的《金瓶》觀點，便不難發現《金瓶》已逐漸從最初「世情」——全面地反映世態人情——漸漸過渡到對「身體」議題的探究：可以是文本內部的人物角色之身體隱喻，也可以是文本外部的閱讀時的身

---

36 鄭振鐸，〈談《金瓶梅詞話》〉，收入吳晗、鄭振鐸等著，胡文彬、張慶善選編《論金瓶梅》，同註3，頁48。

37 例如林昌彝〈硯緒錄〉：「昌彝謂人見此書，當即焚毀，否則昏迷失性，疾病傷生，竊玉偷香，由此而起，身心瓦裂，視禽獸又何擇哉！」見朱一玄編《金瓶梅資料彙編》（天津：南開大學出版社，1985），頁363。

38 見〈張竹坡小傳〉，收入吳敢《張竹坡與金瓶梅》（天津：百花文藝出版社，1987），頁134。

體感知，更可以是創作過程中的複雜情緒，因此這部經典滿足了不同身分的讀者——學者或醫者，他們從專業之眼透視出《金瓶》的精彩所在，拓展並深化了《金瓶》研究的縱深。綜觀《金瓶》閱讀史關於「情」的與時推移——從世情到情緒，從情緒到身體，無疑是有效而經濟地架構起新的座標，接著，筆者欲將同樣關注於隱性身體的蒲安迪置入座標，不過，相較於以上提及的諸位論者，蒲氏所閱讀的身體面向不在於閱讀主體、創作主體與文本間的牽引關係，他所關注的是敘事、結構、章法，然而最巧妙地，究其極，我們仍舊看到身體的存在，同時也發現閱讀被期待的「實用性功能」——從敘事技巧上建立的修身圖譜。

第二節　從敘事到修身：
閱讀蒲安迪閱讀張竹坡的《金瓶梅》

一、創作自覺：蒲安迪論點的核心

> 對我們賞識個別章回的設計更為重要的是，我想稱它為內在「意象結構」的一面，那就是某些回的涵義意象和其他細節結合成為富有詩意的整體。為了不辜負小說家的這一方面藝術特點，我必須（在張竹坡的幫助下）花一點時間簡述一些回的內容，使我們至少可以看到其中某些因素是如何構成內在章法的。[39]

> 我將從這部小說藝術技巧的三個層面來闡述行文縝密的手法：第一、它注重意味深長的細節；第二，它對個別章回內在結構的明顯設計；第三，也就最重要的，它巧妙地運用可稱為「形象選用」的原則編成一套有反諷意味的交相映射的結構。
> （蒲安迪〈《金瓶梅》：修身養性的反面文章〉，70）

以上兩段話清楚而充分地表述了蒲安迪——身為一位專業的當代《金瓶》讀者——的閱讀取徑，包含他如何閱讀《金瓶》，以及又是要從當中讀出什麼，我們可以很快地為這兩個具有部分共通性的段落找到幾個關鍵字，諸如：細節、意象結構、藝術技巧（特點）、反諷、張竹坡等。這幾個關鍵字有助於筆者成為閱讀專業讀者蒲安迪的專業讀者，因為不僅這些關鍵字巧妙且精要地掌握了蒲氏閱讀的精髓，更重要的是它們或也成為筆者閱讀、理解、詮釋《金瓶》及其（經過筆者接受觀點所篩選而出的）閱讀／接受史之簡易

39　蒲安迪〈《金瓶梅》：修身養性的反面文章〉，收入蒲安迪《明代小說四大奇書》（北京：生活·讀書·新知三聯書店，2006），頁71。後文若引自此書，不再特別註明，僅標明頁碼。

工具，正如蒲安迪認為必須在張竹坡的幫助下看出《金瓶》如何構成其獨特的內在結構與章法，筆者多少也藉助了蒲氏閱讀張氏的閱讀章法來形塑屬於「我」（蒲安迪與筆者）的《金瓶梅》。

　　首先，在討論蒲安迪閱讀的同時，不能不注意張竹坡評點所形成的章法系統對蒲氏閱讀的深刻影響，例如在分析冷熱交錯的安排時，蒲氏便提到這種季節的交替變化與人事的冷疾熱絡形成了鮮明的反諷，「使小說涵義深遠，意味無窮」（67），而這也正好遙遙對應著張竹坡稱《金瓶》為「炎涼書」之用意。（68）事實上，蒲氏就曾直截了當地提及他在闡述「對小說的看法過程中，勢將著重依賴張竹坡的幫助。」（69）；而在〈《金瓶梅》：修身養性的反面文章〉的通篇討論中，亦可見蒲氏熟讀張竹坡之評點、同時以張氏評點為基礎[40]，進一步地提出自己的看法。即便張竹坡的評點有許多矛盾或充斥著過於濃厚的道學氣味，然而他對當代《金瓶》的專業讀者確實影響深遠，正如蒲氏在爬梳當代《金瓶》研究史之際，便提及對《金瓶》研究貢獻良多的魏子雲，「基本上與張站在同一陣線」；而另一位漢學家芮效衛亦以為張氏評點為我們提供了明清小說「詩論」最完備的評著之一。（69）在這些同意張竹坡、為張竹坡辯護——正如張竹坡費心地為《金瓶》及其作者文筆上的疏漏矛盾辯護那般——的論者之論點中，筆者隱約窺見了一個有趣的現象，那就是十七世紀的張竹坡與更早的「前輩師傅」金聖歎、毛宗崗及崇禎本評點者[41]；與二十世紀的魏子雲、蒲安迪這些論者基本上皆相信這是「作者的創作自覺」——這是筆者借用蒲氏自己所使用的現代語彙，進而對以上三位跨古跨今的閱讀者之理會；當然，這也是閱讀蒲安迪閱讀《金瓶》的又一關鍵字。蒲安迪將《金瓶》中對襯和相互呼應的結構理解為「作家自覺的文學創作手法」（62），我們不妨將此觀點與蒲氏如何看《金瓶》中的破綻相互參看：重點是究竟要如何判斷是作者無意失手還是有意揮毫？即便將張竹坡「特特錯亂年譜」的說法看作誇張之筆，蒲氏仍覺得作者在許多細微處故意埋下矛盾之筆，用以提醒讀者留神細玩其言外之音，例如五十六回稱西門慶「仗義疏才」及他對常時節的態度之間的落差；李瓶兒最初為蔡京女婿梁中書的侍

40　基本上，蒲安迪大致上同易張竹坡評點的貢獻，僅有幾點細微之處有不同看法，例如張竹坡在〈金瓶梅寓意說〉裡將人物與花卉聯繫在一起，蒲氏以為「張竹坡顯然在援引園藝花卉的比喻上做過了頭」，然而部分「漫無邊際地隨意臆度，有不少說法顯係望文生義的無稽之談。」即便如此，蒲氏仍以為只要從花的老套傳統意象聯想到紅顏難久、好景不長、虛度年華等主題時，「就覺得他的直覺並非全無根據了。」（103）

41　張竹坡受「前輩師傅」（蒲安迪語）金聖歎、毛宗崗等評點者的影響無須贅言，故筆者在此特別提及這幾位「前輩師傅」的名字，而蒲安迪也留意到張竹坡從兩位先行評點者的文筆中「提煉出現成的評論術語。」（78）

妾與後來西門慶拜蔡京為義父之間的微妙隱喻，而書中常混淆西門慶的生肖──時而為龍時而為虎──則影射了潘金蓮和西門慶兩人龍虎相剋的局面。[42]

　　由此可見，蒲氏的核心論點便是：在這些看似複雜紛繁、甚至前後矛盾、無趣乏味敘述、情節和框架下，隱藏著作者精心設計的佈局，而這些線索更精確地證明了《金瓶》乃「明心見性的文人才能達到的文學成就。」（〈《金瓶梅》敘事美學特徵〉，109）事實上，這種閱讀方法正是張竹坡解讀《金瓶》的重要基石之一，如此一來，小說內部的矛盾和混亂似乎都可以在「創作自覺」或「藝術技巧」的肯定下獲得解套，只不過比起張竹坡，蒲安迪更具說服力也更有「創作自覺」──重讀與重寫皆是某種創作自覺的展現，而這給予筆者一個啟示：倘若此論文也是筆者「自覺的文學創作手法」；當然在某種程度上，論文寫作也不乏創發的精神，那麼在結構安排上，筆者事實上是默默遵從並映照著《金瓶》這種精心佈局的審美結構，讓不同時空的文本和經典遙遙呼應、對照。

　　總之，本節欲扣緊上述提及的幾個關鍵字──細節、意象結構、藝術技巧（特點）、反諷、張竹坡──來閱讀蒲安迪對《金瓶》的閱讀；更正確地說，是筆者閱讀蒲安迪閱讀張竹坡的《金瓶梅》，除了釐清並分析蒲安迪的閱讀特徵之外，並試圖指出作為一位《金瓶》的當代讀者，蒲安迪指出了什麼，又給予我們何種啟示。

二、重複映照：體現《金瓶梅》作者的創作自覺

> 我希望上面這些例子能給《金瓶梅》不少章回的構思縝密程度說明一些問題。我可以繼續舉出很多這類例子來，因為實際上小說的幾乎每一回都經得起這樣精細研讀的。當然，那正是張竹坡的全部評注所要做成的事。張雖然在他的夾注中有時熱衷於抓住得意的題目，做一些別出心裁的發揮和諷刺，但在較長的回前總評中，還是清楚地堅持一貫的思想，說明小說每一回都服從於形成一個藝術的整體。（77）

　　何謂「小說每一回都服從於形成一個藝術的整體」？事實上這也牽涉到所謂的「作家自覺的文學創作手法」。蒲安迪閱讀的核心論點之一便在於結構安排，而「結構」兩字本身便足以體現了作者的巧思與創作自覺。談及結構，蒲氏首先建議讀者可從《金瓶》的佈局結構窺知一二。他注意到《金瓶》的兩種版本正如《三國》、《水滸》及《西遊記》的早期版本一樣，大致上可分為十卷、每卷十回；或是二十卷、每卷五回的單元和

42　蒲安迪〈《金瓶梅》敘事美學特徵〉，收入王利器主編《國際金瓶梅研究集刊（第一集）》（成都：成都出版社，1991），頁106。

敘事節奏，這種劃分方式相當有趣地體現了某種筆者簡稱為「敘事上的數學題」。蒲氏首先要讀者留意每十回中的第九、第十回在佈局結構中所具有的特定功能，包括眾人看相、預卜個人命運這類具有總結意義的第二十九回；西門慶事業到達高峰、同時為西門慶死亡埋下伏筆的胡僧贈藥則出現在第四十九回；出現病身弱體意象進而有大禍臨頭的第五十九回；以及七十九回西門慶暴斃而亡。除了以十回為敘事節奏的結構劃分之外，蒲氏也著眼於「對襯」、「對照」的章法，例如前八十回和後二十回的明顯分界、開頭和結尾各二十回；也就是一至二十回和八十至一百回的明顯對襯（61）；又如西門慶的京都之行安排在七十回（離結尾三十回），恰好對照於來保第三十回上東京一事；又如「作者挑選」在第八十二回（距離結尾十八回）細寫潘金蓮和陳敬濟的調情淫樂，遙遙對應著第十八回的初次邂逅；最後則是二十七回西門慶高舉金蓮雙腿以洩慾，對照著七十三回（距離結尾恰巧為二十七回）金蓮用綢帶去支撐著已瀕臨衰竭的西門慶。（163）在同樣也是「明眼人」的蒲安迪看來，此安排乃「一種意圖十分明白，絕非任意安排的首尾呼應」（71），此外，在這一大的敘述框架內，每逢三、逢五和逢九回皆會有特別的安排，例如當作者介紹「陰氣襲人」的王六兒時，便安排在第三十三回中。

　　蒲氏仔細觀察小說中的結構對襯和平行模式，說明這絕不同於說書人「信手拈來的口頭藝術」，並以這樣清晰的架構來詮釋張竹坡所謂的「一百回是一回」的意思（〈《金瓶梅》敘事美學特徵〉，105），這種從結構與敘事層面切入文本的方式，乃蒲氏閱讀明代四大奇書慣用的方法學。[43]當然，我們無從也無須得知所謂的「作者意圖」，然而這種類似於張竹坡評點時所藉助的「明眼人／專業讀者」之詮釋，確實也強化了蒲氏閱讀法的說服力。這種敘事的數學題不禁讓筆者想及張竹坡依循著金聖歎所示範的「敘事數學」，無論一一點出是潘金蓮呼喊武松「叔叔」的次數；或是一一數算鞋、簾子、後門的次數，蒲安迪與張竹坡皆在閱讀的同時著眼於數字的對襯或遞增[44]，即便為了整體佈

43　這種分析方式不僅見於明代四大奇書，更普遍地表現在蒲氏分析其餘明清小說上，例如論及《醒世姻緣傳》時，蒲氏表示即便比起《金瓶》，《醒世》的結構顯得鬆散，然而卻可粗略地將十回劃分為一個單元，而如同《金瓶》，每個單元也在第九回達到高潮。附帶一提地，蒲氏亦留意到《醒世》作者同樣使用與《金瓶》類同的表現技法——反諷應用、主題重複、人物形象的循環——由此可見此乃蒲氏閱讀明清小說的重要方法學。

44　趙莎莎〈張竹坡數理批評淺論〉中以「數」作為天數、天道觀念在文本中的作用及意義，而張氏由「數」生「理」，評點中頗有「易」可循，其中提到張竹坡對「數字敘事」的關注，從他對「帘子」、「鞋」的一一點出而不厭繁瑣，可見他「對數字的敏感和執著」。「張評中處處皆『數』，他對《金瓶梅》的數理現象做了近乎全面的評點與分析，舉凡命意、結構、情節、語言、人物等等，皆有倚數。」而在趙氏看來，張氏的一百零八條讀法的「一百零八」在古人眼中也是個神秘數字。此文收入黃霖、杜明德編《金瓶梅與臨清——第六屆國際《金瓶梅》學術討論會論文集》（濟南：齊

局所設計的數字功能可能與此不盡相同——蒲氏體現了佈局結構之美，張氏的數算則具饒富趣味的反諷功能，無論如何，兩者多少展現了以美學為基礎的「作者創作自覺」，就筆者來看，這兩種「發現數字」的閱讀法也相互輝映，相互對照，而這也體現了上述引文中蒲氏所謂《金瓶》的「構思縝密」之處。

> 《金瓶梅》和它的三部姊妹小說行文中明顯出現重複現象遠非作者所掌握的素材有限或想像力貧乏所致，而是反映一種深思熟慮的構思，試圖通過互相映照的手法烘托出種種意蘊，最後形成一種深刻的反諷層面。（79）

另一種同樣體現出「作家自覺的文學創作手法」的是蒲安迪注意到《金瓶》裡大量重複的瑣碎細節，這便是蒲氏在上述引文中所說的「幾乎每一回都經得起這樣精細研讀」之真正含意。對「細節」的關照當然不獨是蒲安迪閱讀的特色，楊玉成也留意到《金瓶梅》裡反覆出現的細節[45]，因此，細節成為專業讀者議論發想的關鍵，同時也是作者與讀者彼此角力又相互合作的重要線索——作者藉由細節選擇能讀出他文本深意的專業讀者；讀者則藉此逐步延展文本的豐富性。

蒲安迪以為一般讀者一定能注意到《金瓶》裡的敘事常充斥著「沒完沒了的一系列偷情鬧事和家庭爭吵或是循環不息的請酒吃飯伴隨著不可或缺的彈唱、玩笑、暗示性的談話」（77），蒲氏在閱讀其餘三部明代奇書時也發現了類似的現象，然而《金瓶》較為特殊之處便在於：相對而言，此書獨立於早先的說書故事，因此蒲氏更將這種有層次的選用視為「作者文藝構思的原始成分」（84-85），尤其是在「作者已死」（尤其是連作者仍未有定論的《金瓶》）的讀者詮釋年代，這種對細節的關照不僅提升了經典之所以為經典的價值，同時也拉抬了「明眼」讀者的專業地位，成為一種評判優劣、一般與專業讀者的權威手勢。倘若我們走得更遠，筆者倒以為我們不妨從敘事的角度來重看小說中大量重複的細節，這種重複正和「因果報應」相互合拍，換言之，如果重複的細節也是敘事的一部分而有其意義的話，那麼這種重複不正應對著在因果報應的驅使下、人類不斷重複的錯誤？

蒲安迪將可能被一般讀者所厭倦的、毫無特色可言的機械式重複細節，賦予了新價值與新意義，他舉出兩例加以說明，一例是發生在西門慶花園中的丟失物件與失而復得

魯書社，2008），頁 495-513。

[45] 楊玉成將《金瓶梅》中的細節意義闡述得相當精闢，他以為細節、寫實、世情的結合構成了《金瓶梅》的特色，不僅如此，「細節」也「透露了小說對世俗的注目與渴望，在評點者看來，這正是《金瓶梅》的精華所在。」見楊玉成〈閱讀世情：崇禎本《金瓶梅》評點〉，《國文學誌》第5期（2001年12月），頁15。

事件，這類事件接二連三地出現於二十八、三十三、四十二和四十三回裡，丟失的物件包含鞋子、鑰匙、簪子和鐲子，而丟失的物件造成了比原先價值還要大、後果還要嚴重的分崩離析，這種一連串的丟失細節在蒲安迪眼中則寓意著西門慶所經營的世界出現裂痕的徵兆。另外的例子則是小說中重複出現的認義子義女情節，這些重複事件則讓西門慶陷入了亂倫和悖德的複雜關係中，諷寓意味十足。（84）更進一步地，蒲氏甚至將登場人物的高度重複累贅納入討論範圍，這些公式化的樣版人物——甜言蜜語的媒婆、不學無術的江湖醫生等——卻被蒲氏視為是重複細節模式中最為複雜的情況。（85）此外，可能令一般讀者深感重複性極高、與塑造人物的相關細節：愛好的服裝款式、擅於彈奏樂器、技藝、個人財產；甚至房事中的習慣性表現，皆搭配著作者在人物命名、角色形塑上的相互映照。（86）

正如張竹坡對蕙蓮與金蓮相似度的分析，蒲安迪也著眼於作者特意使用對照輝映的方式，將蕙蓮、金蓮與瓶兒間的異同進行細緻的對比剖析，在蒲氏看來，當金蓮、瓶兒最後害死自己丈夫、投奔到西門慶懷裡時，與她們倆有部分相似點的蕙蓮即便與西門慶歡愛，卻仍舊掛念著丈夫，這點產生了「反諷意味的尖銳對立。」（87）和張竹坡類似，蒲氏專注於身體的評論體現於分析瓶兒和金蓮的外貌和體態上，金蓮的黝黑粗壯對照於瓶兒的白晰纖細不獨為蒲安迪所注目，他更進一步地審視這兩個婦人膚色所隱含的深意，蒲氏特別舉六十七回西門慶夢見李瓶兒穿著飄逸的白衣白裙現身於夢境之際，戴孝的金蓮一身黑衣地撞進房內，驚擾了西門慶的美夢，在此蒲氏要我們凝視這種從膚色到服飾的色彩暗示，它不應該僅是「肖像學上潔白和有瑕疵的品行標識」。（89）蒲氏更進一步地要我們從目光移至另一本奇書《水滸》的「黑旋風」李逵身上——當然，蒲氏也提醒李逵或也脫胎自《三國演義》裡的張飛——而後，蒲氏似乎像金聖歎那樣留意到宋江的體態膚色與性格間的反諷暗示，蒲氏將李逵的身體與金蓮的身體疊合在一起——造成了極為特殊卻又奇特的疊影——以為金蓮盛氣凌人、敢做敢為、動輒罵街、甚至動手打人的諸種舉動，與李逵有驚人的相似度；尤其更巧妙地是，金蓮不時誇耀自己為「不戴頭巾的男子漢」，以上種種「相當清楚地把這一粗野的傳統好漢形象描繪得活龍活現。」（88）將金蓮與李逵相互對照著實獨特特別，同時展現了多層次的對照：女與男、巾幗與英雄、《金瓶》與《水滸》（甚至與《三國演義》），這種對照確實令人耳目一新，同時能見人之所未見。

基本上，對人物形象與身體的注意是張竹坡這類明眼人細讀時的焦點，這點同樣影響了蒲安迪對金蓮、瓶兒以及其餘婦人的閱讀，基本上他接收了崇禎本與張竹坡對金蓮、瓶兒相似處的分析，並進一步地從細瑣處著眼著手。當張氏另外指出王六兒和賁四老婆葉氏之共通點——兩人皆以數字命名，且都是五短身材——時，蒲安迪試圖將這種形象

選用的相似網絡擴大化，他將王六兒、葉氏、金蓮（「六姐」與身材）、瓶兒（以上皆是西門慶朋友之妻）；更進一步地再擴及西門慶的家奴妻妾與朋友妻妾，如此一來，這張網包羅了更多同質性的婦人，例如金蓮與林太太（金蓮幼時在王招宣府裡學藝）、瓶兒與藍氏……蒲氏以為這種藉由一組組「配對式人物」所呈現的既相像又不太相像；既對襯又對立的寫法，成就了「文人小說體裁的一個主要特徵」。（93）再者，如同張竹坡已經注意到的、與「眼」有關的比喻和映照，蒲安迪也注目於小說人物的眼睛，例如金蓮的偷窺和西門慶的眼睛，前者大致上已受到許多論者的關注，而蒲氏則在後者提供了新鮮的觀點，他一路追索西門慶貪婪飢渴的雙眼，進而將此敘事與讀者的感知醒悟結合在一起[46]，由此可知，蒲安迪的讀書方法接近張竹坡甚至更早的評點者金聖歎，他所觀照的不僅僅是敘事，而是背後更深層的美學概念，這種美學觀可從細節處加以琢磨，例如《金瓶》以十回為一單元的寫作節奏便反映出作者自覺創作的痕跡，而此敘事結構便微妙地形成了一種平衡；又如蒲氏特別強調詞話本和崇禎本兩種修訂本的開場白「都保留了同樣的美學功能」。（63）由此可見，蒲氏總試圖從敘事的細微處尋繹作者的美學觀，而這種美學觀又適足反映了作者的創作自覺。

　　筆者以為，最值得一提的莫過於眼尖的蒲安迪同樣對小說中的人物身體和性愛姿勢的注目與對照，當他談及金蓮與春梅的相似性時，特別指出兩人「在臥室裡結合為一」（96）；又金蓮為了討好西門慶而將春梅送給西門慶，西門慶死後，金蓮亦要春梅將身子給了陳敬濟，蒲安迪發現金蓮要了西門慶命的那個性愛姿勢，正如同春梅最後喪命的姿勢一般。（96）即便形象的重合已為張竹坡詳盡地討論，蒲安迪仍能發現新的重合形象，例如西門大姊與迎兒受虐的悲慘形象之疊合；又如西門大姊與一味忍氣吞聲的瓶兒之聯結。（147）令筆者感到相當有趣的是：如同張竹坡仔細觀察未被文本所描述的瓶兒懷孕的肚腹（張氏的說法是此乃用以凸顯西門慶的昏昧），眼明且眼尖蒲安迪為了精準地詮釋文本，也推測未被文本特寫的金蓮月經[47]，他們這些舉措彷彿化身為醫生式的讀者，欲仔細「檢查」文本中婦人的生理和身體狀況。

　　這種形象選用的疊合、身體的類同處是蒲安迪閱讀的重點所在，不僅適用於眾婦人，在西門慶身上亦可看出端倪，因此蒲氏也試圖從其餘人物身上尋找西門慶的「身影」，

46　蒲氏在分析金蓮和西門慶的眼睛之後，提到了窺春背後的意涵，也就是對讀者可能產生的效用：「用誘使讀者感受別人苦樂而確認幻想境界為實際存在的方法，作者終於把現實和虛構之間原來極為抽象的相互暗通關係具體化了，而且向張竹坡暗指的『不空』意境前進了一步。」（127）

47　蒲氏在第 170 個註釋提到：「見 85 回。同一回裡，十月初，我們得悉金蓮腰肢兒漸漸粗大。她最後一次來月經是在三月間。陳經濟和金蓮之間明確第一次體交成功顯然是在四月間（見 82 回）。」（168）

即便由於五十三回到五十七回原文脫稿多少影響了苗青這位忘恩負義的人物的細節塑造,但蒲氏仍以為苗青主要的輪廓「簡直就像是一幅描摩西門慶最下流敗德一面的諷刺畫」(97)。另外一個較不受到學者重視的、影子般的幕後人物喬洪則特別受到蒲安迪的青睞,從蒲氏對喬洪的分析中更可看出蒲氏閱讀的特點。蒲安迪之所以重視喬洪的原因在於:即便這號人物幾乎難得親自露面,但他的名字與書中許多重要場景皆有所關聯:先是月娘造訪喬府不慎受傷流產(三十三回);之後兩家結為親家,在喬太太來訪的同時,西門慶家丟失了金鐲(四十三回);當兩家正籌辦官哥與喬家女嗣的婚事時,暗地裡進行的是放走苗青的幕後交易(四十七回);而更關鍵的是當喬洪終於露面時,竟是出面為瓶兒籌措棺材板,經過這一連串的反覆暗示,讓喬洪的身分帶有兩種尖銳的矛盾:一方面映襯了西門慶發達的身影,一方面又暗示著西門慶家即將崩解的結局。更進一步地,蒲氏顯示了他對漢字的獨特分析,這點亦從張竹坡的評點汲取靈感。張竹坡以為喬乃「樹」,喬木的形象不僅充分說明了喬家顯赫的權勢,更多少暗示了西門慶盜取皇木之類的不法勾當,因此當喬洪適時地出現於棺木製作之處也並不令人意外了。接著,蒲安迪表明他是從語義學上剖析「喬」之意涵,「喬」字具有傲慢、炫耀、輕佻等含意,而這些字眼可以從文本中與「喬」大量的詞彙分佈中窺知一二,例如「喬做作」(五十三回)、「喬樣」(三十七回、六十八回、七十八回)、「喬模喬樣」(第一回、三十三、三十七回)等,蒲氏以為,從語義學上,「喬」與「驕」、「蹻」有關連。(160)姑且先不論這類從語義學角度的詮釋是否走得太遠,套用蒲氏批評張竹坡的用語則是「漫無邊際地隨意臆度」、「望文生義的無稽之談」(103);我們單就蒲氏閱讀的特點來看,這種特質事實上也映照並延續著張竹坡的評點特色,張竹坡習慣藉由漢字形音義相似這點加以發揮,蒲安迪亦從人物命名的漢字特質上進行充分聯想。

除了「喬」字所提供的其餘可能詮釋之外,又如鄭愛月的「月」便讓蒲氏不禁想及中國傳說中的另一經典女神形象:嫦娥,因此愛月的形象不僅與嫦娥具有的「私奔」象徵連在一起,更隱隱地交搭上月娘——尤其月娘與鄭愛月很少令論者產生聯想——除了「月」之外,蒲氏更將「愛」字拿來撫玩一番,他以為「愛」令人自然地想及另一個在小說末尾至關重要的角色愛姐。(95)又如西門慶在七十一回即將步入精盡髓竭的悲慘結局時,「王經」的出現在蒲氏眼中也別有深意:王經,亡精也;更細微且蒲安迪也表明他無法肯定作者是否藉此暗示的則是「心」字,他特別挑出小說中隨處可見的「心」——包括心邪、心毒、放心、心上慾火等——來說明這些大量出現的字眼扣和著「心學」的線索,而這點恰好能體現《金瓶》正是透過龐大而細緻的身體隱喻總結了「修身」的命題,從對單一漢字的解釋再度回過頭來扣合著蒲氏以為《金瓶》作者的核心論點,這一巧妙且具結構組織的論點,似乎正是蒲氏閱讀的特質之一。

如同張竹坡不願放過任何細節；甚至能將小說中彼此矛盾、看起來像是作者失誤的瑣碎處自圓其說，作為一位專業讀者，蒲安迪亦將現在看起來像是固定套式的、易被視為理所當然的細節視為作者的有意安排，同時將此標舉為《金瓶》作者創發的藝術成就，簡單來說，蒲氏以當代的語彙稱呼這些看起來是套式的種種為「寫作技巧」。例如小說中常見的套語「請聽下回分解」和「話分兩頭」，「不應該看作僅僅是可有可無的點綴品，而是對整體故事分段以及造型方面扮演著重要角色的東西」（100），在蒲安迪的分析下，作者之所以使用這些在說書人口中常見的用語乃「有意為之」，然而蒲氏在此並未進一步說明，因此我們不太明白這類用語的目的和實際功能為何。不過相較於此，蒲氏倒是稍微解釋了小說中常出現的「看官聽說」，在蒲氏眼中，於小說中出現高達四十次的「看官聽說」確實是作者有意為之的修辭技巧，因為它們不僅具有行文頓挫之功能，同時具有其餘有效的功用，包括提供必要的背景資料、預告情節的最後結局，對令人費解的行動或言論提供解釋，讓這些被「看官聽說」框架起來的上下文頓時產生了戲劇性的效果。（100-101）正因如此，蒲安迪並不同意《金瓶》是與街頭說書傳統有關的「通俗小說」，而是經過設計、修飾、安排的文人小說，只不過，作者相當有意識地「模仿口頭說書人的音韻姿勢」，而這種運用敘述修辭手段的最起碼效果，「就是隨時提醒讀者在他和故事之間的某個地方存在著一個講述故事的人。」（101）這個隱含的說故事的人便是要替讀者指出表裡不一、口是心非的敘事特質，蒲安迪進一步指出，這便是文人小說的重要特質之一。

　　和「看官聽說」同樣容易將讀者引入歧途的是小說中大量引用當時流行的劇作歌曲，蒲安迪以為當然可以將這些突然插入的、富有暗示性的韻文看成作者為了讓敘述有所停頓變化、重述情節之需要以及增強感情所徵引，然而蒲氏以為如此一來僅僅反映出《金瓶》如同當時其餘的通俗小說；然而《金瓶》並非如此，它更強化、證明了作者的創作自覺，尤其是這些曲牌和內容都同樣地指向作者的創作核心：反諷。蒲安迪發現作者有意安排小說中的人物並不懂得自己哼唱的是什麼，因而將歌唱者與歌曲間所傳達的情感往兩個詞意相反的方向走去，蒲氏以金蓮在雪夜裡（三十八回）彈琵琶所唱的歌為例，這首聽起來哀怨婉轉的歌曲起初確實充分表達了金蓮失寵之心情，但後來蒲氏注意到當金蓮反覆地吟唱「誤了我青春年少，你撇的人有上稍來沒下稍」此一疊句時，歌曲彷彿走了味，情感也漸次流失，最後在蒲氏眼中變成了一幕鬧劇。（108-109）接著，眼明又眼尖的蒲氏緊跟著這條歌唱的線索，他發現這首歌在武松殺金蓮前夕又被金蓮哼唱了一次，在他看來，這種重複絕非偶然巧合，反而證明了作者利用重複的細節來強化反諷手法，試圖藉由這些線索帶領讀者走向一個荒謬的、充滿嘲諷意涵的世界。

　　於是在蒲安迪的解釋下，那些備受爭議的情色細節同樣也只證明了作者的藝術抉

擇。從《金瓶》出版的十六世紀至今，書中大膽露骨的性場景描寫始終備受讀者討論，蒲安迪先是從《金瓶梅》與《肉蒲團》之類的色情小說之不同——如同鄭振鐸所言，前者刪掉與性相關之細節仍不太影響全局；相對而言，後者則會全然改觀——來看出作者對性細節寫作的克制，這「應該看作是一種審慎的藝術抉擇。」（115）提及性描寫，我們再度看到筆者討論張竹坡對閱讀時的身體感知之辯證，面對書中充滿誘惑力的性細節，我們發現張竹坡充滿矛盾、曖昧的觀點給予了讀者揣摩他評點時那令人想入非非的身體動作，但是經過三個世紀以來專業讀者所累積的閱讀成果，有助於蒲安迪清楚而明眼地洞悉性描寫與讀者反應之間的微妙關係。首先，蒲氏舉出幾個例子說明相較於純粹獵豔的性描寫，作者也著眼於男歡女愛式的、由衷之情的性歡愉（115），再者，也是筆者以為相當重要也深表贊同的、可以和丁耀亢書寫技巧相互參看的「性愛書寫中斷法」：作者先是成功地挑逗起讀者對熱烈情慾的期待，又很快地利用巧妙的轉移方法壓制讀者期待，這種中斷法又是透過極有層次、極為多元的方式加以呈現，例如突然「插入」嘲弄男女生殖器、性愛過程的詩行，藉此緩和讀者的慾望；以及（又是一個可能容易被華人讀者視為理所當然、容易「瞞過」華人讀者的）大量使用諸如「顛鸞倒鳳」、「如魚嬉水」等老套的性愛比喻沖淡色情想像，這些皆是削弱讀者閱讀情色事件時強烈的身體感知之巧妙設計。（116）筆者以為真正名副其實地體現了「性交書寫中斷法」的正是小說中的「性交中斷法」：文本中不斷有人闖入、驚擾了交歡中的男女，甚至最後作者還「降格以求」，以狗或貓在旁瞪視代為監視。在蒲氏充滿說服力的分析下，這些由具有高度創作自覺的作者所進行的寫作技巧擾亂了讀者的期待，以及被熱烈地挑逗起來的身體感知，蒲氏稱此為「遮斷性行為」。（118）[48]

不僅性愛如此，由性愛導致死亡結局更是如此，蒲氏亦從西門慶因縱欲而油盡燈枯、精髓乾涸，連結到最後春梅也是同樣地因縱欲而死，作者在描繪兩人死前的症狀皆提到了「沒精神」（164）；而西門慶在七十九回與王六兒經歷一場「淫蕩狂熱」的交合之後，回家的路上一個黑影從眼前閃過，讓他不禁打了個冷顫，正好映照著短命的官哥曾有的冷顫。（125）這麼看來，蒲安迪和張竹坡皆留心於細微的身體動作之重複性；或者更正確地說，是他們的明眼引導他們注意極小處的細節，其中當然包括身體姿勢、動作的重複性，而對這種身體姿勢；尤其是逼視性愛動作的重複性之目的，便在於指出蒲氏——同

---

48 蒲安迪在《中國敘事學》亦提及此點，他以為《金瓶梅》的作者用幽默的筆法寫性行為，或是遭到中斷的性行為，乃試圖挫折讀者對性產生的熱烈反應，此外，接連著性場景出現的往往是暴力與敗德，足以讓讀者產生消極聯想，抵銷閱讀的娛樂，關於這種描寫，蒲氏稱之為「橫雲斷山」的遮斷性技巧。見蒲安迪《中國敘事學》（北京：北京大學出版社，1995年），頁135-136。

時也是蒲氏接受張竹坡、崇禎本評點者的觀點，不過他更清晰有條理地建構作者創作自覺下的驚人工程——以為作者要讀者明瞭的核心：對過度逾常的恐怖（128），對此蒲氏使用了相當具有調侃與反諷意味的詞語來形容西門慶最後一連串的性愛追逐：「西門慶最後日子裡一味走馬燈式的與人交媾」，所要明白表述的便是這種過度所造成的戕害與自我毀滅。（128）更重要的是這「對縱欲無度必然招致戕害身體這一後果的反覆強調給說教性的因果報應框架注入了新的意義。」（131）這裡，我們不妨從更擴大的視角來看所謂的「新的意義」，蒲安迪在《中國敘事學》裡將小說慣用的因果報應框架，視為形塑並成就美學目標的手勢之一，他以為「將佛學說教編入小說文體的美學輪廓，已成為約定俗成的格式，醉翁之意已不在於說教本身。」（《中國敘事學》，134）筆者以為，以「美學輪廓」來形容因果報應框架，正是蒲氏自己從美學、敘事的角度為此注入新的意義。

　　由以上諸種例證可見，蒲氏相當關注於細節的重複，這些理所當然甚至索然無味的重複細節，在明眼人眼中卻不斷強化並鍛鑄成反諷的核心，而這些皆形塑了作者的創作自覺，用這種當代的視野和手勢，將《金瓶》與通俗小說或繼承於傳統說唱質素的類別區分開來，他的用意便在證明《金瓶》的高度藝術成就。再者，從讀者這端來看，蒲氏以為作者有意且有序地引逗讀者去發現隱藏在表象下的事物的真正含意。筆者以為，蒲安迪的說法確實具有迷人魅力，尤其是將這些表面上令人厭煩或形成漏洞的敘事缺陷歸納於作者的寫作技巧、甚至文人小說的特色，因此，蒲氏的閱讀方式彷彿是張竹坡評點的當代版本：不僅表明以張竹坡的評點為閱讀參照，在漢字之特質（音、義）進行深入聯想，同時也從當代的寫作技巧——敘事與修辭——深化了《金瓶梅》的豐富肌里，並像十七世紀的閱讀者張竹坡、丁耀亢那樣，「明眼」地指出那些可能被一般讀者視為雜冗、繁瑣、重複、理所當然敘述的深層意涵。

三、經典對照：將《金瓶梅》與世界文學對讀

　　　　事實上，整部小說好多處像是可以當作《大學》上這一簡短詞語的註釋來閱讀。
　　（140）

　　類似的觀點常出現於張竹坡的評點當中，他不斷地提醒讀者若能讀懂《金瓶》，方能去讀《左》、《國》、《莊》、《騷》、史、子（讀法六十八）；同時也在多回的總評以《大學》批駁西門慶不知修身齊家。乍看之下，在評點時與經典對照可能是拉抬《金瓶》經典地位所運用的策略，或是從金聖歎評點《水滸》所繼承的特色，然而從蒲安迪將導致西門慶淫慾無度終究自取滅亡的諸種細節與「修身」的精闢分析裡，再回過頭來審視張竹坡的評點，便發現蒲氏又將張竹坡的評點加以深化、具體化，從這個角度來看，

蒲氏也許不僅懂得《金瓶》，更懂得張竹坡，他是雙重閱讀觀點下的「明眼人」。之所以認為蒲安迪閱讀《金瓶》可視為張竹坡評點《金瓶》的當代版本，不僅是因為蒲氏以「映照」、「重複」等關鍵字詮釋之，更重要的是蒲氏在經典對照這點上走得更遠，也更有創意。在他眼中，《金瓶》時時與許多經典相互輝映，例如當蒲氏說明狗的形象在小說中顯得不堪，因此小說中多次提到明劇《殺狗記》似乎並非偶然；應有「更深的意義」（82）；其後又提及作者偏愛〈山坡羊〉這一曲牌的原因也許不僅因為它恰好流行於小說成書時代，這首「如此出奇地經常演唱」、「似乎是整部作品的主題歌」的〈山坡羊〉或也「諷刺挖苦西門慶庭院裡混跡於一群婦女中間那幾隻迷路的小綿羊。」（108）我們彷彿看到蒲氏凝視著這些出現於《金瓶》中的多元文本，在他眼中，這正如那些反覆出現的細節，皆有其深意所在。以上這些僅是《金瓶》所提供的線索，接著，蒲氏試圖走得更遠，從思想總體和獨特的閱讀經驗層面，將《金瓶》的閱讀置於更寬廣的脈絡裡，這點將在此節最後詳論。

以《大學》觀點詮釋《金瓶》尚不足以彰顯蒲氏獨具慧眼，筆者以為更能充分彰顯蒲氏「明眼」與獨特之處的例子是：身為一位熟知並喜好東西方文學的漢學家，蒲氏隱約將《金瓶》置於世界文學之列，這也是筆者在選擇當代《金瓶》的專業讀者時以蒲安迪為代表人物之一的原因：將「我」的《金瓶梅》進行最大程度、最有特殊性的個人展演與發揮。在此，筆者想舉一個蒲氏值得深究的見解說明之。蒲氏以為西門慶與潘金蓮剛開始的偷情以及接下來發生的殘殺事件，並不引起（至少對蒲氏而言）震驚或恐怖，「相反，它使人讀起來好像是一個古老而且妙趣橫生的使人做『烏龜』的故事。」（117）令這位博通東西方文學的漢學家想及了薄伽丘和其他歐洲文學的許多故事，即便不同讀者對姦淫和兇殺有不同看法，然而它卻只使讀者感到有趣。事實上，讓筆者感到更有興趣的是蒲氏將七十九回金蓮騎在西門慶身上的「最後一場較量」形容為：「出現了世界文學中一幅無與倫比的性恐怖圖景。」（117）

更令筆者眼睛一亮的是，蒲氏相當留心潘金蓮騎在西門慶身上的這個性交動作，筆者也不禁揣想「明眼」的蒲氏緊緊跟隨、緊緊咬住這個性交動作在文本裡出現的場景與次數，在他看來，這個在文本開頭就已經出現的動作，其目的不僅是性交動作的變形，也不僅是為了讓金蓮與瓶兒再度關連，更重要的是它冷靜且正確地導引讀者看到第七十九回這個令蒲氏感到「毛骨悚然」的畫面：

> 使人毛骨悚然地想到她不是別的而是一個正在無情地吮吸對手軀體裡精血的吸血鬼（幾乎是同時代出現於斯賓賽史詩第二集中亞克雷夏Acrasia姿勢的一個驚人的翻版）。（121）

這個恐怖又惱人的性愛姿勢顯然令蒲安迪感覺震驚且「無法忘懷」，於是才在〈《金瓶

梅》：修身養性的反面文章〉裡反覆提及。吸血鬼（vampire）乃為東西方人所知的形象，在西方文學、文化發展史中也一直被閱讀、接受、重寫，例如西方經典的詩人拜倫（George Gordon Byron, 1788-1824）曾寫過〈吸血鬼〉；而幾乎是同一時代的大詩人濟慈（1795-1821）也曾以〈無情的美人〉來形容吸血鬼。當蒲氏談及混亂的夫婦關係時又重申了一次，而這次他帶領我們航向英國文學史，將金蓮跨騎於西門慶身上的這個舉動聯想到喬叟的巴斯婦形象，「她那顛鸞倒鳳姿勢與西門慶故事首尾兩端都有婦人跨騎在上、男的暴死於下的情景恰好不謀而合。」（144）同樣有趣的部分則是蒲氏將胡僧形象、陽具與西門慶與「普里阿普斯」（Priapus）形象的多重疊影；當然，胡僧與陽具形象的重合早在崇禎本評點者和張竹坡評點中皆已提及，然蒲氏將西門慶與「普里阿普斯」（Priapus）這一僅由眼睛和陽具所構成的身體形象重合（113），則相當具有跨文本／文化閱讀的視野。普里阿普斯是希臘神話中的神祇，被視為畜牧之神及保護園藝之神，然而他身體上最顯著的莫過於那根巨大的陽具，因此他也具有旺盛的生殖力之象徵，他的名字後來也與崇拜男性生殖器的、雄壯的、很有男子氣概的（priapic）聯想在一起，在此蒲氏所使用的當然絕非普里阿普斯身為畜牧之神之意義，而是用來諷刺西門慶的整體形象宛如放大的陽具，這同時又令我們想及胡僧的形象。

　　不僅蒲安迪，孫遜亦曾將《金瓶》放置於世界文學的脈絡中，他發現《金瓶》比近代現實主義大師巴爾札克的作品早兩個多世紀，比另一現實主義大師托爾斯泰早了近三個世紀，因此孫氏認為《金瓶》在中國及世界小說發展史上「稱得上是一個奇蹟，而小說本身堪稱是一部名副其實的『奇書』。」[49]又如當孫述宇提及《金瓶》中的「死亡」議題時，同樣將視角擴充至西方文學經典如《戰爭與和平》、《伊凡伊里奇》，因為這兩者皆圍繞著「死亡」，孫氏以為，在西方基督教傳統中，「死亡」的確是重要的主題，反而是中國文學裡忌諱談死，要不就是美化了、避過了死亡，無論是《三言》、《二拍》、《聊齋》、《紅樓》，皆「看不見死亡的醜臉，也聞不到腐爛的惡味」，而以為在中國小說家中，真正「關心死亡所反映的人生終極意義」的唯有《金瓶梅》，尤其是此作細緻地寫出了李瓶兒死前污穢惡臭的疾病，確實一反中國小說中將死亡詩化、美化的常態。[50]此外，孫述宇將李瓶兒用那「銀條兒」細的手臂緊扯著西門慶，體現了「中國小說裡未見過的熱情」，尤其將這兩個「欲海裡的痴魂」比喻成《神曲》中的 Paolo 和 Francesca 之糾纏。（73）當他提及金蓮、瓶兒、春梅這三個「強烈的情慾」之化身，最後卻都一

49　孫遜〈論《金瓶梅》的思想意義〉，收入吳晗、鄭振鐸等著，胡文彬、張慶善選編《論金瓶梅》，同註3，頁170。
50　孫述宇《金瓶梅的藝術》（臺北：時報文化出版公司，1978），頁70。

一慘死於情慾之手，因而推測作者以三位婦人之名命名，「或許也是向人生的苦致意。」（93-94）[51]基於此，孫氏以為作者的態度與《卡拉馬助夫兄弟們》的作者杜斯妥也夫司基相近。（93）

除了引述西方的經典大師之外，西方的希臘悲劇常成為論者分析文本時的對照經典，孫氏也不例外。談及宋惠蓮，他的對照確實出人意表，他先是將惠蓮與《紅樓》裡的晴雯相比；當然，孫氏也自知這兩人在紅迷眼中實在無法相提並論，但孫氏以為兩人皆愛美、聰慧，然而《紅樓》描寫晴雯臨終咬下指甲送給寶玉的舉止，「幼稚得像十多歲情竇初開的少男編來講給十多歲的少女聽的」，無法比得上惠蓮故事所反映出的複雜人生，類似的觀點也見於接下來要討論的另一位當代女性讀者田曉菲。接著，孫氏將對照從中國古典轉向西方希臘悲劇，以為惠蓮與阿芙羅黛蒂極為相似，兩者外表是明豔動人，內心則不時湧現著壓抑不住的青春與熱情，更有趣的是以下一段將經典生活化、當代化的描述：

> 試想，若把阿芙羅黛蒂丟進西門慶在清河縣的宅裡去做婢女，她難道不會說一口山東土話，做那些骯髒事？（46）

這段描述相當生動也令人莞爾，一方面將惠蓮的生命連結到美艷的女神；凸顯並提高了惠蓮的價值，另一方面則延續並拓展了《金瓶》之版圖，從這個角度來看，我們也不意外張竹坡為了替他所喜愛的《金瓶》辯護，要將此小說與其餘重要經典如《史記》等相互對照了。

事實上，我們可以將這種經典對照的網絡拓延得更廣更大，然而，相較於將《金瓶》與世界文學接軌，蒲氏做得更多的反而是試圖連結中國傳統的思想脈絡，讓經學與小說具有更強烈的聚合力，而這種強韌的聚合也適時將我們帶往閱讀與身體的另一重關係：修身，要說明此點，還必須先從蒲氏「儒家研讀法」說起，也就是從理學來闡釋明代小說四大奇書。是的，蒲安迪不僅找出《金瓶》的結構章法和敘事美學，同時也將視角適時地移至明代小說的其餘三部作品《水滸》、《西遊》及《三國》上，甚至我們可以這麼說，蒲氏藉由「相當詳盡，也許過分繁瑣」的「現代評點」方式，尋繹並歸納出這四部通稱為「四大奇書」的、具有通俗色彩的十六世紀作品事實上相當具有文人本色，這可以從百回的結構安排、敘事修辭（包括雙關語和文字遊戲）中窺見，更重要的是蒲氏一再

---

51 並非所有論者皆以為如此，甯宗一便以為《金瓶梅》用三個婦人命名，是「一切被男性玩弄的美艷的女性的象徵。」同註8，頁20。

提及的書寫技巧「反諷」，而這點便是蒲氏用來闡釋這四大奇書的路徑。[52] 在蒲氏的分析下，四大奇書的反諷性質和功能有些差異，在《金瓶》裡，蒲氏專注於不同性質話語和聲音的並陳，卑劣與真誠、傷風敗俗與冠冕堂皇，在蒲氏看來，不同的聲音——舞臺中主人翁小丑的聲音、感傷的通俗小令、挖苦的引文及經文格言隱喻——構成了「幕後音」，形成了巧妙的對位映補。（502-503）其餘三部作品所使用的反諷方式雖不盡相同，然而它們基本上共享著「表裡不一」的修辭基礎，目的在於讓讀者自己悟出未被文本說出的、隱藏在反諷文理下的正面價值和「修身」意涵。

　　蒲氏的貢獻也在於點出這四大奇書的相互參照，包括情節、人物塑造等，例如《金瓶》首回的兄弟熱結對映著《三國》的桃園結義；《水滸》的李逵和《三國》的張飛之形象；甚至將《金瓶》中的金蓮、《西遊》中的孫悟空也納入此對照之奇想；進而將其看作同一的文學體裁和整體，讓不同主題的、十六世紀的四部小說共同指向一個核心：由文人所創造的敘事與結構。從這相互映照、對襯的角度看來，這種閱讀模式中隱含著張竹坡的閱讀法則，這些作品無論主題差異多大，也無論個別的情節為何，說穿了它們皆強調著寫作的議題，像是教導並啟發書寫者的「寫作指南」，這是張竹坡和蒲安迪所共同關心的。然而，蒲安迪的注目又顯得更加深邃，當他將論點導向四大奇書具有文句襲用甚至滑稽模仿時，他要我們超脫故事，從更高也更嚴厲的角度來看這種接近抄襲的寫作現象，這種專業讀者的視角讓「反諷」這原先屬於文本內部的元素浮出紙頁，上升至書寫者寫作應有的態度，這形成了雙重的反諷。因而不像張竹坡對《金瓶》作者的百般稱讚，蒲安迪從各個角度（可能也更為嚴格）檢視作者的寫作，換言之，「寫作」成為蒲氏關注的核心，站在讀者的位置，蒲氏其實要逼視的是寫作——寫作技巧、寫作本質。

四、寫作本身：凝視寫作的本質

> 我們一旦領會到《金瓶梅》這部作品的高超技巧時，就會覺得他不只是說故事取樂，而是別具匠心、另有某種重要意圖這樣一種可能性大大增加了。而且，經過反覆認真閱讀之後，《金瓶梅》儘管現存的最早版本都有著這樣那樣的《金瓶梅》內容脫節或前後矛盾之處，人們還是會得到幾乎一切均非信手拈來、每一條線索都是事先仔細伏下的印象。這顯然就是張竹坡在提醒讀者們不要被文本的表面文字「瞞過」時想要告訴他們的話。（110）

52　蒲安迪：「根據每部作品的表面文字與其潛在含義之間的反諷性脫節來研讀這四部小說，一直是我用來闡釋它們文學構思的指導原則。」〈對「四大奇書」的理學闡釋〉，收入《明代小說四大奇書》。

> 我們有足夠的證據反對那種認為《金瓶梅》是一部意在誨淫的作品的看法。為了
> 使大家對我的這一論點確信無疑，有必要對本書的某些最不堪入目的性行為作一
> 番相當詳盡的探討。關於這一點，我請求讀者鑒諒。（119）

上述引文第一段裡的「一切均非信手拈來、每一條線索都是事先仔細伏下的印象」
正可說明蒲氏的核心論點：一方面充分詮釋了作者透過章法、結構、漢字特質的多重應
用、敘事框架等角度體現其「創作自覺」，另一方面也給予蒲安迪及張竹坡這類專業讀
者合理閱讀的正當性；換言之，這是作者與讀者默契所在：作者嫻熟地「操縱他的敘事
角度」（119-120），動員所有意味深長的諷刺線索提醒讀者。這種方法事實上早為張竹
坡所採用了，到了蒲安迪更具當代性和完整的敘事架構，換言之，以上這兩個段落看起
來並不特別陌生，它們不僅是蒲安迪的看法，在筆者眼中，它們或可用來解釋張竹坡、
丁耀亢的閱讀觀和寫作觀，尤其是第二段，這個段落以當代的視角再現了為《金瓶》非
淫書的具體辯護：為了證明「我」（可以是張竹坡、丁耀亢；當然也是蒲安迪）的「《金瓶》
非淫書」，「我」必須「深入」文本最不堪之處並詳細探討（於是張竹坡以「身體力行」評
點之；丁耀亢以遊戲品「穿插」寫作）——這點不禁令人會心一笑，或者說，至少令筆者這
個女性讀者會心一笑：男性讀者在面對《金瓶》時試圖義正嚴詞時的姿態、那曖昧矛盾
的姿態，反更造就了《金瓶》的魅力所在，同時成就了《金瓶》殊異的閱讀風景。

倘若我們試圖將蒲安迪閱讀《金瓶》作仔細分析，不難發現事實上所謂的「《金瓶》
非淫書」並非他的閱讀重點所在，而他請求讀者鑒諒的姿態事實上也說明他的閱讀當然
是超越情色細節之上——正因要超越，所以先得深入體會方才有超越之可能——比起張
竹坡，他更冷靜且更超然地專注於那些紛雜情節（包含性愛場景）背後蘊含的敘事、結構、
技巧、章法，因此我們不妨這麼說，蒲安迪的閱讀彷彿嘗試將我們帶回寫作現場，試圖
「重建」寫作的過程，進而逼視寫作這件事是如何進行與產生的：

> 作者從《水滸傳》取來一段富有啟發性的插曲提筆鋪寫他的小說時，還沒有充分
> 意識到這一層道理是完全有可能的。但是，當他深入小說的虛構天地，他的反諷
> 對象開始具體化時，浮現在他腦海的就只會是對孔孟之道在一個瓦解時代裡的意
> 義進行探索的念頭。（133）

以上這段是蒲氏揣想作者創作時的歷程，當然，這或許也是古今中外許多作者創作的歷
程：首先由接受觀點試圖從其餘經典獲得靈感來源，然而一開始尚未清楚地意識到該如
何加以組織運行，直到他「深入小說的虛構天地」——這句話形容得真精準，將小說、
文字那種魅惑作者的力量；同時將故事引導作者的神秘交流經驗貼切地表現出來——他

才意識到身為一個作者，他可以更為具體地延展主題（在這個例子裡是「反諷」），進而具有作者可以改變、鬆動、瓦解與革命的強大力量。更能反映作者創作自覺的是：蒲氏一直以為作者以儒家的概念為當時流行的因果報應框架注入了新的泉源，換言之，作者成功地「一反那種毫無說服力的呆板框框，把一個天理人道的問題在肉體現世的生活動態裡做出生動可信的闡釋。」（151）

　　以活躍的思維替傳統與現有的刻板概念注入新鮮活力，不正是古今中外許多著名的創作者企圖達到的終極理想嗎？緊接著，蒲氏也特別指出作者在最後一回裡描寫眾人各自轉世投胎的情景，是「有意留給未來補寫續集精心設計的一個綱要而已」（151），這種精彩的說法正點出了創作者構思的原委以及強烈的企圖心——有自信讓此作品為後人續寫，同時藉此為自己的作品找到位置。之所以引這個段落不僅是因蒲氏藉此為他始終念茲在茲的「作者創作自覺」找到了一個合理且具說服力的說法，同時更本質地將超越時空的「寫作」一事找到了普同意義，這點頗能引起筆者強烈的共鳴，正如蘇珊桑塔格（Susan Sontag）對羅蘭巴特的頌揚一樣：「巴特的作品書寫主題異常多樣，最終探討的只是一個偉大的主題：寫作本身。」[53]蒲安迪閱讀張竹坡所閱讀的《金瓶》——這種多重交響更深化了《金瓶》——讓筆者從「寫作」的角度理解了張竹坡的閱讀；當然，寫作與閱讀相互成就、相互生產，因此當張竹坡與蒲安迪兩人從閱讀《金瓶》的結論中指向了更為本質的寫作命題時，相當能引起筆者共鳴，令筆者「感同身受」。當然，蒲安迪比張竹坡走得更遠也更踏實，他所建構的「閱讀——寫作——修身」圖譜顯然更為明朗清晰，於是當筆者閱讀蒲安迪閱讀張竹坡閱讀《金瓶梅》時，不僅是感同身受，更看出了從敘事到修身的軌跡，而關於「修身」——蒲安迪承繼著張竹坡的觀點，以為《金瓶》關乎著「修身」命題——則是寫作的終極目的。

五、理學闡釋：儒家研讀法的實踐

　　是的，即便寫作具有羅蘭巴特所謂的極度嬉遊本質，然而對許多書寫者而言，寫作仍包含了「微言大義」這種宏大功能，或者從閱讀的端點來看，讀者也期待書寫者提供「微言大義」，於是在分析《金瓶》的細節、敘事、結構與修辭之後；在凝視寫作本身之後，蒲氏接著問，寫作究竟要引領讀者走向何處？在蒲氏看來，寫作的目的即是「修身」，因而像前述提及的種種重複、過度、興味全失的性愛場景以及大量出現的「心」字皆是為此而設。這種情況也出現在其餘三部奇書中，例如《西遊》，即便其作者使用了「煉

53　蘇珊桑塔格（Susan Sontag）〈寫作本身：論羅蘭·巴特〉，收入蘇珊桑塔格《重點所在》（臺北：大田出版公司，2008），頁85。

丹」、「定心猿」、「成正果」這些表面看似佛、道的術語，然最終仍舊訴諸於孟子的「求其放心」；更遑論總是推動《三國》敘事的「動心」、「心亂」等關鍵因素了，而這些難道不正對應著晚明理學範圍內「心學」一語所包含的全盤思想嗎？（〈對四大奇書的理學闡釋〉，509）

　　事實上，蒲氏清楚表明他在研讀四大奇書時，著重並依賴一組儒家的研讀法，以《金瓶》為例，蒲氏便引述《大學》開宗明義的「修身、齊家、治國、平天下」之道，用以說明《金瓶》乃「修身養性的反面文章」（其論文副標題），換言之，也就是《金瓶》可以作為《大學》的反面教材。更進一步地，蒲氏從張竹坡一連串對於西門慶不知修身齊家的責罵中找到了一個關鍵字——「亂」，就他看來，這個字的頻繁出現絕非毫無緣故，在小說中，這個字從「熱鬧」深化到家中發生的那些既混亂又不祥的事件，隨後，蒲氏特別要我們注意這種觀點並不只拿「語言文字中的通用詞彙」大作文章——在此又可見他對漢字的琢磨與體會——而是這些詞語的誇張用法確實具有一種「發人深省的隱喻」（141-142），小說中的亂象對應著《大學》所給予的警語。談及「亂」，蒲安迪同樣要讀者注意這個字在其餘三部奇書的典型意義[54]，因而這些「亂」「心」的過度逾越成為「理學修身概念的一種反向修改」（511），由此更能徹底體現「反諷」的意涵，顯示「反諷」不僅是修辭策略與敘事手段，更是文本的根源意旨所在，同時也是筆者以為蒲氏理學闡釋最精彩之處：蒲氏扣緊「反諷」議題，從敘事層次過渡到修身層面，同時隱約地指出書寫時的心理狀態，而這種心理狀態不單純是文藝心理學的範疇，更能用來詮解常為論者爭辯的、看似徒具形式的因果報應框架：

> 在所有這四大小說中我們都看到一系列虛擺神諭架子的說教代言人所提出的答案還是只有在故事情節中以人類行為及其後果的運動規律才能演繹完成。……正是這種預定的因果關係本身將故事重心轉移到人類行為的必然後果……小說慣用因果報應框架的寫法也許可以重新解釋為不是屬於十足的宿命論，而只是執意認為人類活動固有其廣大天地這種前呼後應的必然性。（515）

不直接、執意將因果框架視為似是而非或徒具形式，是蒲安迪「不將……視為理所當然」的又一「明眼人」例證，我們可以看到他試圖找出一個可能的、符合心理原則的解釋，

54　蒲氏以為，「亂」可以具像化為「四貪」，體現小說人物過度沈湎於酒、色、財、氣中。「亂」在《水滸》表現為對女性的挑逗；在《三國》則是耽溺女色或其他形式的縱情享樂；在《西遊》則是取經途上的性誘惑、人物的恐懼、煩惱與怒氣等「多心」現象中。見〈對四大奇書的理學闡釋〉，510。

因此緊接著上述這段引文後，他舉例說明這個因果框架與人類行為的彼此抗衡如何出現於四大奇書當中，然而這種說法卻無法合理地解釋四部小說中反覆強調的人力渺小與事多徒勞，這種人事與因果隱約地帶領我們走向另一個老調與老套：色與空的相互辯證和滲透，然而蒲安迪的說法與其說是宗教學的，無疑更能深入書寫者的心理層次。

在他看來，色空具有同一性，因此與其處於對抗，不如說更相互滲透，因而從廣義的角度觀之，耽溺於聲色的時刻可能很接近於真實與虛幻交界的境界，這種人類經驗——在筆者看來，這當然是身體經驗，尤其在《金瓶》這麼「身體性」的文本裡——正是四大奇書的核心，然而，蒲氏從這特殊的視角衡量，「所有四部小說都沒有把具有迷人吸引力的『空』描寫成能解決一切有關『色』的種種難題。」相反地，作者都僅在「設法跨越現實和虛幻的微妙界線」（518），正因這種試探性的、對虛空懷有的敬畏感終究無法避免地削弱了對「人類活動的有條件肯定」，而這正是蒲安迪閱讀時的重點所在：「我在論及四大奇書中儒學本義的範圍時，心裡想的正是這類對現實世界中人類活動的有條件肯定」，蒲氏並未詳細說明所謂「人類活動的有條件肯定」所指為何，然而筆者的詮釋即是蒲氏提及的「色與空的同一與滲透」，這種在聲色歡愉之片刻清醒而自在地遊走於真實和虛幻的境界，究其極，筆者也可以這麼大膽假設，這種情況不也是書寫者書寫的當下？當《金瓶》的作者刻畫那些露骨的性愛場景時，他不正走在真實與虛幻的邊界？他是否也在清醒和夢幻的邊際，像西門慶夢到死去的李瓶兒那樣；在一晌貪歡的瞬間便驚覺殘酷的夢醒時分？因此，套用蒲安迪將「反諷」加以擴充，筆者也試圖發揮「修身」的概念：「修身」不僅是《金瓶》人物反面示範的終極目標；不僅是給讀者的啟示，更可能是作者對自身經驗的探究，從此一角度切入，似乎更能圓滿詮解張竹坡看似誇大的「色色歷遍」、「待身親歷而後知之」（讀法六十），而這應該不單純是身體經驗，在儒家的觀點裡，確實是「專在一心」（讀法六十）。

或許筆者想得太多了，正如蒲氏在《明代小說四大奇書》結論的最後一段提到的「談得太多了」。總之，我們看到蒲氏閱讀最重要也最強力、遠較張竹坡讀法來得更細緻也更影響深遠的儒學研讀實踐，這種儒學研讀法是靈活而廣義的，它將敘事、因果框架包括在其中，即便在一般讀者眼裡，四大奇書的宗教性框架明顯大於理學框架，因而蒲氏才特別說明儒學研讀法的危險性和不被讀者接受的可能，尤其在論及《西遊》及《金瓶》時。在筆者看來，蒲氏的儒學研讀法不僅在因果報應與性愛書寫的衝突矛盾中殺出一條血路，最後更指向了寫作、閱讀的終極意義：修身，這是張竹坡讀法試圖示範但卻充滿漏隙和矛盾的地方，而作為張竹坡與《金瓶》的讀者，蒲安迪盡責地填補空隙，像安伯托·艾可（Umberto Eco）建議的那樣：「每一個文本，就像我以前寫過的，都是部疏懶的

機器,要求讀者也分擔部分工作。」[55]當我們也像蒲安迪這樣試圖填補張竹坡讀法的空隙的同時,也不能不注意張竹坡表示其評點「成於十數天之內,又非十年精思」,這正有助於我們理解艾可上述那句話的前半段:「任何虛構的敘事體都必須是、而且註定是快速的,因為建構一個由無數事件與人物組成的世界,無法鉅細靡遺,面面俱到,只能提示,然後由讀者自行去填滿所有的縫隙。」當張竹坡藉由評點創作出「我的《金瓶梅》」時無法面面俱到,因此留待蒲安迪及後來的讀者填補所有的縫隙,於是深諳閱讀之道的蒲安迪下了一結論:

> 我從一開始就承認,這些十六世紀的作者和編撰者不必一定是當時最有深刻見解的思想家……他們有權隨意操縱小說的結構,任意安排開頭、結尾以及佈局章法來表述自己對勸善懲惡與道義的見解。但是與此同時,他們也無可否認地必然受到讀者們的邏輯合理觀和審美觀所期待的束縛——且不說還受到他們所賴以創作的原先故事素材另一層次預期效果的掣肘。(518)

這段話可以為蒲安迪及所有「過度詮釋」讀者(包括筆者)的說辭解套,讓世情到身體、讓敘事到修身的《金瓶》閱讀成為可能。最後,筆者想附帶一提蒲氏閱讀的「影響」,而這種影響有助於我們更加理解蒲氏從敘事到修身的軌跡;同時也藉由閱讀來觀照身體、修煉身心——從中國理學的角度來看,身體包括身與心——的閱讀法。為了瞭解這點,筆者選擇蒲安迪的女弟子艾梅蘭——女性觀點下的理學閱讀實踐者——作為參照。

受《金瓶》影響的《醒世姻緣傳》成為蒲安迪女弟子艾梅蘭(Epstein Maram)的閱讀焦點[56],如同蒲氏將《金瓶》視為「修身養性的反面文章」,艾梅蘭則以「正統的顛倒」、「失敗的修身」來為《醒世》下一註腳,同時也在分析《醒世》的過程中不斷地對照、呼應《金瓶》。在她眼中,《醒世》如同《金瓶》,同樣「可以被解讀成用小說來詮釋修身過程的作品之一。」(99)然而,相較於《金瓶》透過西門慶一連串過度的性冒險來體現修身反例,《醒世》則藉由狄希陳與素姐的衝突細緻地暗示狄希陳應終結自己的慾

---

55 見安伯托·艾可(Umberto Eco)著,黃寤蘭譯《悠遊小說林》(臺北:時報文化出版公司,2000),頁4-5。事實上,筆者在此提到的「空隙」(blank)是讀者反應理論相當重要的關鍵字,如伊瑟爾(Wolfgang Iser)所言:「一旦讀者彌合了空隙,交流便即刻發生。空隙的功能就像一個樞軸,整個文本——讀者的關係都圍繞它轉動。」見〈文本與讀者的交互作用〉,收入張庭編《接受理論》(成都:四川文藝出版社,1989年5月),頁51。

56 許多論者皆同意《醒世姻緣傳》受《金瓶梅》影響很深,例如上述便曾提及蒲安迪從結構、內容來看,《醒世姻緣傳》的作者應該對《金瓶梅》很熟悉;艾梅蘭也以為從主題上來看,「《醒世姻緣傳》在模仿《金瓶梅》」。見艾梅蘭〈《醒世姻緣傳》:正統與潑婦的塑造〉,《競爭的話語:明清小說中的正統性、本真性及所生成之意義》(南京:江蘇人民出版社,2005),頁98。

望；因為在艾氏眼中，在他們充斥著暴戾與血腥的關係裡實際上體現了多重的「性隱喻」與性暗示，於是便不難理解最後狄希陳通過誦讀《金剛經》來控制慾望和終結災難的安排了。更接近蒲氏觀點的是艾梅蘭也注意到動物意象與隱喻，例如素姐乃狐狸精轉世，為了報復狄希陳而出現種種獸性的作為；又如小說中大量出現的「猴」不僅作為名詞、更作為動詞使用：素姐、寄姐等眾婦女終日「猴」在鞦韆上；而猴所象徵的正是過於充沛的精力（與性相關）、蒙昧的心智，如「心猿意馬」，而我們則必須藉由「修身」這一理性而實際的作為來穩定「心猿」，這也正是蒲安迪在析論《西遊》時的著重點之一[57]，由此可見，艾氏的閱讀方法基本上也是某種理學實踐。

　　然而，筆者以為她和蒲安迪的論析魅力不僅在於理學實踐——即便這的確是師徒兩者對閱讀的終極目標——更在於對文本美學層面的凝視與詮釋，因而她使用了兩個關鍵詞語：「正統修辭」與「圖釋法」（iconography）來討論數本明清小說，在她看來，不少明清小說作者使用了這兩種修辭策略來宣揚儒家的價值觀，換言之，小說中用來彰顯儒家價值的修辭都取自理學的象徵符號與道德邏輯（13），例如《醒世》的作者可能是運用了一套象徵「陰」的圖釋法，巧妙地讓難以管束的、有漏隙的（leaking）、「作為社會越軌的象徵」的女性身體被凸顯出來（104），正如蒲氏緊跟著《金瓶》中大量而繁複的身體隱喻，艾梅蘭同樣留心於《醒世》中過剩的陰與象徵逾越的女體之符碼所揭露的意涵，尤其陰陽象徵主義的類比與聯繫，因此艾梅蘭將素姐的身體象徵化，清晰地建構出女體、陰性、洪水、淫亂之間的關係，試圖說明充斥於文本中氣勢凌人的潑婦、女體排泄物、自然災害、殘暴的破壞行為等細節皆是導向了違反儒家修身法則的嚴重後果：陰陽失序，於是身體化約為陰陽的符碼，女體成為鬆動儒家修身價值的符號，而整部《醒世》便意在揭露陰陽對抗、顛倒的警示作用，這種由婦人、女體所形塑的；具僭越性、破壞力的「陰」，成為明清小說中正統修辭的核心，作者使用大量且具聯想與象徵之豐富詞彙，將陰與各種否定性事件相連（29）；換言之，無論作者如何以遊戲的方式或基於美學考量來凝視女體，女體基本上是服務並體現了敘事修辭之精妙，同時也直指修身命題的重要性，在筆者看來，這種由敘事擴延到修身的閱讀模式展現了理學與文學的雙贏互惠價值，蒲安迪與艾梅蘭並沒有犧牲美學而偏重理之傾向，相反地，敘事美學最終適當地鎔鑄在理學分析裡，相互輝映，彼此精彩。

57　蒲氏在〈《西遊記》：「空」的超越〉中費了不少篇幅來討論「心猿」在《西遊記》的操作，以及由此延伸出的諸種關於「心」的理學詮釋與儒家命題；如孟子的「求其放心」以及一連串關乎「心」字的修養工夫：「存心」、「求心」、「收心」、「靜心」、「安心」、「洗心」等，而小說中出現的「亂心」、「心蔽」則是它的反面範例。見《明代四大奇書》頁223-225。

　　比起蒲安迪，艾梅蘭更偏重於婦人形象在小說中的積極作用，以及婦人地位在儒家世界中所扮演的主動角色，由此可見女性讀者對經典——無論是儒家典籍抑或明清小說——的詮釋及影響。將女體視為「陰」之美學與理學符號的方法，不禁令筆者想及另一位《金瓶》的女性讀者費俠莉，即便費俠莉將焦點放在《金瓶》中的女醫，將小說中的劉婆子參照明代的醫婆與女醫[58]，是社會、歷史的考察而非文學、敘事的剖析；然而彷彿呼應著艾梅蘭從文學觀點的凝視（「素姐正產生自於過盛的陰。」《競爭的話語》，114），費俠莉在考察歷史之際，仍關切著醫學語言的重要性：在她眼中，中醫學的建構基本上遵從著龐大的隱喻系統，因此「黃帝的身體」便是一種隱喻，其陰陽同體的內蘊性暗示了所謂的健康便是保持陰陽調和(41)，其論著《繁盛之陰：中國醫學史中的性（960-1665）》便在建構一套語言學式的身體圖示，例如傳統內丹術的語言便讓一般人對身體產生了「奇異而充滿詩意世界的想像」（177），費氏關注於身體與疾病語言，尤其是以隱喻等修辭來體現身體感知，這點在費氏〈再現與感知——身體史研究的兩種取向〉一文中，有更清楚的解釋。在這篇文章中，費氏傾向將身體史視為再現與感知的歷史，而在建構身體史的過程中，必須仰賴語言令其被理解、被感知，因此費氏特別以血／氣、陰／陽、虛／實、寒／熱等隱喻，傳達宋明醫學的歷史的身體經驗，這種透過語言文字形塑而成的身體、身體感觀點，在我們看待中國傳統醫學時，提供了重要的切入視角。[59]因此我們可以這麼說：與其說費俠莉注重的是歷史層面的性、中醫、身體主題，不如說是更為文學的、語言的、詩意的身體表述及修辭，這種研究路徑似乎和蒲安迪、艾梅蘭看待文本身體的眼光不謀而合，在他們眼中，敘事／語言凝塑身體，女體則可化約為敘事／語言。在稍微瀏覽了兩位《金瓶》的讀者艾梅蘭、費俠莉的接受觀點之後，在下一章裡，我們

---

[58] 費俠莉作為《金瓶梅》的讀者可以從她探討明代女醫和醫婆上窺見，在她分析作為治療專家的明代婦女之研究中，她費了不少篇幅描述《金瓶》中的劉婆子之作為，她的醫婆與產婆形象成為當今研究者理解、想像明代女醫的縮影。費氏以劉婆子的例子作為 17 世紀醫婆形象的對照。見費俠莉《繁盛之陰：中國醫學史中的性（960-1665）》（南京：江蘇人民出版社，2006），頁 245-250。

[59] 費氏提及身體隱喻、醫學語言的部分相當多，例如：「當談到疾病的語言時，我們不能簡單地把它當作『外部的』存在；我們也必須讀懂自己的身體所能感知的領域，並且設想身體的經驗可以構造出超越我們自己以外的其他詞彙。」又如「案例敘述將醫學語言的每一種維度——正常的、經驗的和隱喻的——用在故事的描述中。這些故事揭示了疾病作為傳記碎片而體現的社會性。在此文化概念上的身體分類和性別的社會關係作為個人史的部分可匯聚到一起」「「黃帝的身體」是一種隱喻，藉以喚起我們的注意」見《繁盛之陰：中國醫學史中的性（960-1665）》，頁 14、15、18。另如〈再現與感知〉中亦提及：「我們看到人體在許多層面上作為隱喻（metaphor）的強大力量。在這些歷史中，身體成為符號，闡明了原來隱晦及不易見的宗教、政治、性別歷史的特點。」見費俠莉〈再現與感知——身體史研究的兩種取向〉（《新史學》十卷四期，1999 年 12 月），頁 132。

要看另一位女性讀者田曉菲如何看待《金瓶》中的女體與身體；在她眼中，女體不再是抽象的陰之符號，而更接近當今女性生存的當下，並試圖召喚你我閱讀《金瓶》、閱讀身體的重要情感；以及除了憤怒、奇酸之外的重要情緒——慈悲。

第五章　慈悲與閱讀：
田曉菲讀《金瓶梅》與性別辯證

今看他亦不寫敬濟到府，先又插入春梅一重遊，便使千古傷心，一朝得意，俱迴
然言表。是好稱手文字，是好結局，不致一味敗壞，又見此成彼敗，興亡靡定，
真是哭殺人，嘆殺人！

——張竹坡九十六回回評

小說是唯一最有自覺意識的新「人道主義敘事」。病歷和解剖驗屍同時發展，而
且分享了小說技巧及其有關能動性（agency）的假設。……再者，小說和醫學報告
要求讀者，同情病人／主人翁的身體，身歷其境地體驗病人／主人翁的身體。
——湯馮斯・拉夸爾（Thomas W, Laqueur）〈身體、細部呈現與人道主義敘事〉[1]

即便《金瓶》不是醫學報告，然而在當代女性讀者田曉菲的詮釋下，它似乎也期待
讀者「同情並身歷其境地體驗病人／主人翁的身體」，尤其是潘金蓮。讀完《金瓶》感
覺過了一生一世的田曉菲走在文字的迴廊裡，始終注視著、體知金蓮，因為她「真正懂
得女人與女人好處」，當然也瞭解女人的幽微心事，因此她能欣賞男性讀者夏志清所不
能理解的「不漂亮醉人」的孟玉樓，也能從潘金蓮那雙殘酷的「纖手」中看出一個有別
於古典詩詞的立體佳人。於是，當田曉菲讀罷掩卷，不禁也有「哭殺人，嘆殺人」之感
受，因此也像張竹坡那般；認定《金瓶》之讀者非得「大智大勇」、「健全」、「健壯」
與「成熟」不可，然而從閱讀的感知來說，田曉菲勝過張竹坡的是那真正的同情慈悲，
而慈悲，或許正是蘊含「人道主義敘事」之《金瓶》所期待讀者的。

---

[1] 湯馮斯・拉夸爾（Thomas W, Laqueur）〈身體、細部呈現與人道主義敘事〉，收入林・亨特（Lynn
Hunt）、江政寬譯《新文化史》（臺北：麥田出版社，2002），頁 253-254。

第一節　性別辯證：
田曉菲與夏志清如何體知《金瓶梅》之中年婦人身

一、理想讀者：健全、健壯、成熟

> 與就連不更世事的少男少女也能夠愛不釋手的《紅樓夢》相反，《金瓶梅》是完全意義上的「成人小說」：一個讀者必須有健壯的脾胃、健全的精神、成熟的頭腦，才能夠真正欣賞與理解《金瓶梅》，能夠直面其中因為極端寫實而格外驚心動魄的暴力。
>
> ——無論是語言的，是身體的，還是感情的。[2]

田曉菲（1971-）這個八歲就開始讀《紅樓夢》、每隔一兩年便重讀《紅樓》的「徹底的紅迷」如是說，而在十九歲之際，她的個人生活經歷與閱讀之間產生「某種奇妙的接軌」期間，她始終沒有耐心閱讀《金瓶》，而對《金瓶》較完整的閱讀是在田氏二十三歲於哈佛唸書時，「為了準備博士資格考而勉強為之的」（1）。然而，五年之後的某個夏天，田曉菲偶然重讀此書，當讀罷奇書，「竟覺得《金瓶梅》實在比《紅樓夢》更好」，而田曉菲坦承這段說詞應會引來許多紅學熱愛者的白眼。細究田氏的說法，不難發現她鍾情於《金瓶》的原因和「身體」有很大的關連，首先是對照於少年少女的《紅樓》，《金瓶》顯然是屬於成人的，少年與成人的區分不僅是時間上的，更重要的是身體與精神的，因為少年與成人不僅對審美的體會不同，更重要的是他們的身體經驗與感知也大不相同，相較於讀者年齡所產生的閱讀喜好、理解之差異，《紅樓》的作者顯然偏好青春正盛、靈肉豐美的「寶玉和他眼中的一般『頭一等』女孩兒」（1），對趙姨娘、賈璉、賈芹以及下一等的婆子這般人物沒什麼「耐心與同情」，而《金瓶》主要刻畫的卻是《紅樓》裡暗示、嘲弄的「醜態畢露」的成人世界。因此，無論是作者抑或讀者，皆隱含了少年與老年的身心狀態，而這點倒是許多紅學論者並未指出的，反而從一般的人物刻畫上判定《金瓶》不如《紅樓》。[3]

上述這段引文接下來更明顯地指出了讀者應該具備的「理想身體」——健壯的脾胃、

---

[2]　田曉菲《秋水堂論金瓶梅・序言》（天津：天津人民出版社，2002），頁1。

[3]　例如孫遜在比較兩部小說時，即便稱讚《金瓶》裡的人物不帶任何的「神」或「半神」的性質，仍舊以為從典型人物的刻畫上，將《金瓶》「同《紅樓》姿態萬千、燦若群星的文學典型畫廊相比，實在不知要遜色多少！」見孫遜、陳詔《紅樓夢與金瓶梅》（銀川：寧夏人民出版社，1982），頁14。

健全的精神、成熟的頭腦——具備如此健全而成熟的身心，方是能欣賞並理解《金瓶》的理想讀者。換言之，田曉菲所定義的理想讀者似乎是以「身體」之健全來體現的，她所使用的關鍵字皆具有明顯的「身體」特徵：「脾胃」、「精神」、「頭腦」，這側面地告訴我們：讀者的身體、身體感知似乎成為是否有「資格」閱讀《金瓶》這類「極端寫實而格外驚心動魄的暴力」經典之條件，畢竟《金瓶》明顯具有語言、身體與感情的暴力。事實上，我們很少看到論者使用「暴力」兩字來形容《金瓶》，與其說「暴力」適合《金瓶》，不如說較貼合《水滸傳》的基調。然經由仔細琢磨，這兩字確實傳神地刻畫出《金瓶》給予讀者的衝擊，尤其是語言、身體和感情；相較於少年少女沈浸於《紅樓》的詩意世界，《金瓶》延伸出的多重暴力似乎唯有成人能抵禦；或更精確地說，唯有具備健壯的脾胃、健全的精神、成熟的頭腦的讀者方能感受與「承受」，這表達的方式完全是身體感的。因此，「理想身體」有時可成為定義「理想讀者」的指標之一，換言之，從閱讀身體感知的層面觀之，「理想讀者」可以理解為「理想身體」，尤其當我們閱讀的經典為《金瓶》時更是如此。倘若從這個角度回過頭去審視張竹坡對讀者閱讀歡愉的限制；以及如何規範理想讀者的身體感知，似乎就能有較多同情的理解，張竹坡之所以將讀者分為不可讀、不可不讀似乎有其原因，因為他所期待的讀者不是全部的成人，而是「真正聖賢」、「真正和尚」。由此可見，討論《金瓶》的論者在無意間皆將閱讀之身體感納入計算與考量中，同時也證明了讓讀者產生諸種複雜、彼此矛盾感受的《金瓶》，確實足以作為探究閱讀之身體感的、具指標意義的經典。

　　不少二十世紀的論者、專業讀者同樣注意到《金瓶》中的「身體」，這裡所提及的「身體」事實上不僅是出現於文本中的、處於各種情境和各種狀態的身體，更重要的是讀者閱讀時的身體感，這正是張竹坡、丁耀亢試圖約束讀者的部分。在眾多二十世紀的專業讀者當中，夏志清（1921-）的〈《金瓶梅》新論〉的確具有指標性，即便歷經幾十年來《金瓶》專業讀者的研討，他提及的諸多觀點恐怕已非「新論」，然而從「身體」這一關鍵字切入，《金瓶》裡描述中年婦女身體以及讀者閱讀感知的部分，仍舊能給予我們新鮮的感受。即便夏志清沒有特別針對「理想讀者」作一番象徵「身體」的闡發，但他亦從讀者之身體感的角度，議論《金瓶》裡那一干中年男子與婦女，因此或可作為田曉菲「體知」中年婦人身的參照，藉由這種參照而非等質等量的比較，更能凸顯田曉菲身為女性讀者閱讀《金瓶》的特殊感受，以及她獨特的閱讀觀、世代觀和身體感。

二、立體佳人：「三十七歲的、臉上有麻子的、兩度守寡的」中年婦人

　　對《金瓶梅》中大量暴露、兼具誘惑和威脅的身體之詮釋，似乎在無形之中形塑了論者的身體觀或身體感，換言之，文本中的身體因論者的觀看和定調，具有異質的光澤。

然而，論者究竟看到文本中何種身體狀態？哪些人物及哪些部位被論者聚焦並放大，似乎是個值得進一步探究的問題。首先，筆者想先從田曉菲、夏志清看到了《金瓶梅》中誰的身體、誰的身體動作或細部表情切入。

田曉菲對潘金蓮身體的注目多半和身體動作有關，其中最有趣、亦最能凸顯田曉菲「明眼」的即是她在第三回裡、潘金蓮面對西門慶的低頭舉動，且更特殊的是田曉菲從這細微的身體動作關聯至她對版本的評價與定位。對比於《水滸》、《金瓶》詞話本和繡像本，田氏發現繡像本在金蓮與西門慶彼此調情的動作裡，加入了「低頭」，顯示金蓮與西門慶初次偷情時，並不像《水滸》將之描繪成「久慣牢成」，而是較符合人情地顯示出女子的羞怯：「詞話本與繡像本的不同，也正在於描寫金蓮初見西門慶時，詞話本無那許多嫵媚的低頭。」（13）據她約略統計，繡像本中的金蓮自從初次見西門慶後，一共低了七次頭，這低頭的舉動在崇禎本評點者眼中確實「妖情欲絕」，不僅如此，田曉菲以為以《紅樓》、《金瓶》為創作養分的張愛玲，「其《傾城之戀》的女主角白流蘇便正是『善於低頭』」，這種以「低頭」如此細微的身體動作來討論《金瓶》或《傾城之戀》者著實少見。此外，田氏在十七回、十九回中將李瓶兒對西門慶言「你是醫奴的藥」遙遙呼應於范柳原說白流蘇是「醫他的藥」，由此凸顯張愛玲受《金瓶》；更準確地說應是《金瓶》繡像本之影響，「一般人都只注意《紅樓夢》的影響，忽略了張氏作品中無數《金瓶梅》的痕跡。」這亦是慧眼讀者田曉菲和十七世紀的「明眼人」張竹坡類同之處，因為兩人皆專注於人物的表情動作，即便田曉菲「回評」的方式不像張竹坡利用「夾批」、「眉批」這般如此貼近文本──讀者與作者的文字在版面結構上共同形塑了「肌膚之親」的隱喻──但是田曉菲對「低頭」的注視不禁令筆者想及張竹坡對人物細微動作的揣摩，張竹坡應萬萬沒料到當初為他所判定、忽視的「不可讀」《金瓶》的婦人女子（當然包括田曉菲在內），居然亦能明眼窺視身體奧妙。

更值得進一步推敲的是，田曉菲將潘金蓮初見西門慶的低頭舉動，暗暗對應於武松見到嫂子金蓮時同樣低了三次頭，例如當金蓮注目著武松時，「武松吃他看不過，只得倒低了頭。」（9）將兩種不同情境、被賦予不同道德判準的低頭聯繫在一起，似乎想重新檢討武松這個被一般人視為正直、誠實、有情義的角色，因此田曉菲以為武松的低頭「正好說明武松不是天真未泯的淳樸之人」，進而重新思索《水滸》中武松的種種行徑無疑是個「壞小子」，田氏從武松和金蓮的行為言語之「對襯」及「呼應」──對這兩種敘事技巧與結構的關注，不正是金聖歎、張竹坡評點以及蒲安迪分析的重要模式嗎？──判斷金蓮和武松事實上「是一個硬幣的兩面」（8），藉由武松問金蓮的話以及兩人之間的身體動作，顯示兩人的對襯，例如武松「把手只一推」金蓮正好映襯著金蓮「一只手便去武松肩上只一捏」；而金蓮「匹手就來奪武松的火箸」也暗暗地映照著武松「匹

手奪過來」金蓮的酒杯，田氏確實觀察／體察入微，從容易被一般讀者視為理所當然以及陳腔濫調的「身」之表述中，讀出充滿挑逗、能用來質疑武松本性的關鍵動作，這和關注於《金瓶》性別政治的丁乃非之觀點相似，可見這兩位當代女讀者皆從細緻的身體行為和舉止中想像文本的、同時也是人物表情的、身體的空隙。

　　相較於田氏關注潘金蓮、武松的細部身體動作──這細緻的身體互動暗示了彼此關係的曖昧和情慾的游離；夏志清在〈《金瓶梅》新論〉中所注目的「身體」細節主要是潘金蓮和西門慶具體及抽象的身體。在這篇論文中，夏氏反覆表示他不喜歡《金瓶》作者採用了「某種諷刺的滑稽」敘事手法，它們「毀掉了寫實場面的可信性」，而夏志清用以證明的例子卻巧合地與身體相關。首先他談到小說第四回中潘金蓮的身體，他以為西門慶以手撫摸潘金蓮的身體之簡短描述，不同於緊接著敘事之後、讚美金蓮私處的詩，夏志清批評「作者為了引用一首諧詩以陪襯他的散文描寫，他竟不想一想這兩種敘述是否符合」，正因這種矛盾，「使讀者對這位小說家失去信心」（144-145）。筆者感到好奇的不完全是夏志清對於「諷刺滑稽之敘事」與「毀掉了現實場面的可信性」之間的關連性──再說用潘金蓮身體的例子說明似乎亦顯得不太具說服力；以此來批判「讀者會因此對作者失去信心」好像也過於跨大、嚴格──而是夏志清用潘金蓮身體來證明其觀點本身的有趣之處，細心眼尖的讀者理當不放過所有文本的細節，包括角色的身體私處，而夏志清的說詞──「我們看出作者對金蓮的身體是什麼樣子未作預定構思，雖然他曾以極大篇幅描寫她的性活動時把它重複地暴露出來」──側面地「暴露」出眼尖的夏志清如何注目並揣想潘金蓮的身體及私處，因此能立即發現散文與詩的不一致之處。

　　這或許有些過度詮釋，遠離了夏志清的本意，但既然筆者的討論焦點在於「身體感知」，對於讀者如何看、又看出了《金瓶梅》中身體的「什麼」不免特別敏感，這點類似於張竹坡評點西門慶時居然能夠忽略即將臨盆的李瓶兒之孕婦身一樣，在張竹坡以此證明西門慶粗心大意的背後，讀者或也悄悄窺視到眼尖的張竹坡如何專注地觀看李瓶兒的肚子。同理，夏志清用來說明諷刺敘事之破壞力時引用了潘金蓮身體的例子，似乎也讓讀者揣想了如同張竹坡那般揣想著婦人身體的情景。夏志清所舉出的另一個例子也值得討論，他發現西門慶托生為孝哥這件事和後來普靜老和尚超渡西門慶亡靈之間的矛盾：倘若西門慶在死時立即托生為孝哥，那麼何須等待普靜多年後的超渡？這個問題指出了作者邏輯上的錯誤，夏志清為之解套的說法是小說家同時考慮了兩種可能：通過兒子苦修以洗清罪惡；或是經過托生而獲得拯救，無論何者為是，皆同樣顯示出夏志清關注於角色之身體───一是潘金蓮、一是西門慶（145），前者則較屬於具體而物質性的身體，後者則偏向抽象而靈性的身體。

　　此外，相較於夏志清對西門慶這個「信得過」的人的同情，他對於引誘西門慶的淫

婦們就沒有同等的寬容了，當他提及王六兒、林太太、宋蕙蓮等淫婦時，便以為他們全都出身不正，同時早在和西門慶勾搭上之前便已背負了淫婦的罪名（154）。但筆者覺得有趣之處也在於閱讀時那種若有似無的身體感，無形中藉由論者的解釋與揣摩而獲得了強化，如同張竹坡在緊湊而細密地評點《金瓶》性愛場景背後隱約透露出來的、曖昧游離的慾望。夏志清在討論西門慶鞭打赤裸的潘金蓮時，便提到西門慶將春梅摟在懷中的動作解讀成「他（西門慶）那種摟抱春梅的毫無尊嚴的態度指明潘金蓮的光條條赤裸激起他的性慾（所以他需要抱著春梅撫摸）」，尤其是括弧中的引文「所以他需要抱著春梅撫摸」讓我們不禁也跟著「遐想」著男性的慾望如何被引逗起；又如必須通過撫摸另一名女子而暫時滿足他被赤裸女子喚醒的生猛慾望，這種細緻而紛雜的慾望分類與命名，似乎必須通過男性詮釋者對文本的「體知」得到進一步的確定。

　　雖然夏志清與田曉菲皆對《金瓶》的身體感興趣，然而兩人的觀點確實有不少歧異，最明顯之處則是兩人對小說中的婦人或「淫婦」形象。夏志清無法理解為什麼西門慶的遺孀突然之間成了眾男子物色妻妾的對象，因為他以為在中國社會裡，寡婦習慣上不是被追求娶為妻妾的對象，況且西門慶的遺孀「都染有他的醜名」（150）；更令他難以置信的是李嬌兒與孟玉樓居然可以順利地找到第二春。談及李知縣看上孟玉樓時，夏志清表示懷疑：

> 為什麼一個知縣的三十幾歲公子會對三十七歲的孟玉樓有那麼強烈的感情使他心搖目蕩？──她曾兩度守寡，臉上還有些麻子，不可能是漂亮醉人的。（151）

夏志清從當代（八〇年代）男性（讀者）的觀點來看幾個世紀前的婦人孟玉樓，讓他覺得「不合邏輯」之處遂在於孟玉樓這個三十七歲的、臉上有麻子的、兩度守寡的、「不可能是漂亮醉人的」中年婦人如何能吸引小他七歲的風流子弟？這是個有趣且值得深入討論的細節。但在更進一步地討論之前，讓我們看田曉菲如何閱讀這段「姊弟戀」：

> 作者最了不起的地方，是寫玉樓嫁給李衙內時已經三十七歲──在以女子十五歲為成年的時代，居然有一個男性作者公然寫他筆下的美人是三十七歲，還不能不視為一個革命──也說明作者是一個真正懂得女人與女人好處的人。（272）

同樣是閱讀孟玉樓嫁李衙內，此處卻出現了完全相反的觀點和評價。男性讀者夏志清所不能理解之處，在小他半世紀的女性讀者田曉菲眼中，卻適足以證明了作者偉大之處。

　　對於張竹坡情有獨鍾、且認為是作者「替身」的孟玉樓，田曉菲關注的不僅為大多數論者所討論的個性和命運（畢竟個性和命運較為抽象），而是實質的「身體」──包括其表情、動作和言語，例如第七回玉樓偷眼瞧見了風流的西門慶，心下已十分中意，但不

便說什麼，反而回過頭問薛嫂「官人貴庚、沒了娘子多少時了？」關於這個細節，詞話本僅作「那婦人問到」而已，因此田氏以為「繡像本寫女人，每每寫得婉轉而綺旎，玉樓不直接問西門慶而轉臉問薛嫂，更得男女初次見面交言的神理。」（26）事實上，這個身體動作充分洩漏了女人心事，而這便是田氏以為繡像本比詞話本更為「豐滿」之處，因為繡像本顯然是懂得女人的，由此可見，田曉菲不僅關注於身體動作和細節，更高明的是以身體描寫評價版本高下。回到田曉菲和夏志清的觀點，其中存在的歧異似乎可以回歸於夏志清、田曉菲（或男讀者與女讀者）對中年婦女容貌與身體的認知上，他們似乎皆間接地同意中年婦人的姿色不會是「漂亮醉人」的，因此夏志清──或許也是部分男性讀者──便由此推測李衙內對他的感情令人質疑；而田曉菲──或許也是部分女性讀者──卻認為正因孟玉樓不是「漂亮醉人」的，更由此凸顯了作者「懂得女人好處」，尤其能體知並欣賞中年婦人之美；換言之，相較於僅欣賞《紅樓》中那群十幾歲的女孩兒之外，田曉菲更懂得欣賞中年婦人，尤其是多慾、脆弱、充滿矛盾和醜惡面的婦人，甚至在她眼中，連王婆都有極為詩意的一面，筆者以為，這恐怕是夏志清難以想像的。在第六回裡，田曉菲以為作者用「雨」作為散文敘事中的抒情工具，但在此處卻落在邪惡奸險的王婆身上，尤其是王婆「等了一歇，那雨腳慢了些，大步雲飛來家」；「雲飛」兩字的確是作者的神來之筆，同時也是身體動作的詩意化，再次顯見詩人田曉菲對身體動作的關注，以及對漢字的「體會」，據她斟酌，「雲飛」兩字充分顯示了「雨腳慢而王婆之步子大」，作者文筆因此「何等優美而靈動」，「將王婆寫得饒富詩意，是《金瓶梅》『令人心回』之處。」（22）相較於王婆的「雲飛」，武大捉姦時則有「飛雲」之動態，當時武大為了提早回家捉姦，先得「飛雲也似地去賣了一遭」，據田曉菲對漢字的琢磨體會，她說：

> 「飛雲」是散文式的語言──飛翔的雲，飛翔由動詞變成了形容詞，於是二字顯得遲滯而固定；雲飛則是雲彩之飛，在句子裡面二字又合作動詞用，富有動感。（23）

即便是對文字有著高度敏感、以致於善於「過度詮釋」的張竹坡，恐怕都沒有如此「明眼」關注到武大之「飛雲」和王婆之「雲飛」之差異。

　　由上述段落中不難發現兩個層次：首先是田曉菲對人物角色身體動作之關注，以及作者用以表現此動態行為所安置的漢字，而事實上這兩種層次是彼此緊密相關地；因為無論是身體感知和動作皆傾向於當下和暫時，為了要讓這種動態而活躍的身體感知準確地傳達給跨時空的看官，漢字的斟酌與琢磨的確重要。相信在哈佛大學教書的田曉菲，確實體察了外國學生對漢字結構的摸索，因為對他們而言，必先得細心地撫摸漢字的肌理和紋路，方能接受並體解漢字的奧妙，因此，我們在這個引文中發現身為詩人、身為

哈佛教授的她對漢字詞性和意蘊的抽絲剝繭，試圖從簡單的字彙中發現其中的差異，田氏順便提及「飛雲」和「雲飛」正如宇文所安所謂的「紅花」和「花紅」一般，各具有特殊的意義。既然提及田曉菲對漢字細緻而獨特的體知和體解，筆者想舉另外一個例子來進一步說明，試看第十二回裡「潘金蓮私僕受辱」時，詞話本中的金蓮不禁叫了一聲「我的傻冤家」，繡像本則作「我的俊冤家」，表面上看起來僅是「傻」、「俊」的一字之差，但田曉菲卻坦言倘若「細細品味這一字之差，其味道不同處，確有雲泥力判的感覺。」（41）從她的角度觀之，詞話本作「傻冤家」，田氏以為繡像本的「俊冤家」較為貼切，尤其能表現金蓮對西門慶的感情，並非以妻妾自居，也並非為了覬覦其錢財和貪圖其肉慾一句情不自禁的「俊冤家」，似乎比較符合金蓮以「情人」看待她和西門慶關係的態度。（41）

從這個飽含詩意角度來看，田曉菲難道不正是真正「懂得女人與女人好處」的理想讀者嗎？如果說張竹坡樹立了符合儒家傳統的男性文人的「理想讀者／理想身體」標準，田曉菲則示範了屬於當代女性讀者的「理想讀者／理想身體」之讀法，她能發掘出被一般讀者視為奸險貪婪的王婆中那詩意的片刻與身體動作，難道不也是她了不起的地方嗎？王婆如是，潘金蓮亦如是，更遑論孟玉樓了，或許正因田曉菲具有「健壯的脾胃、健全的精神、成熟的頭腦」，她不會只懂得欣賞「漂亮醉人」的女孩兒而忽略像玉樓這個三十七歲的中年婦人，反而從這個不漂亮醉人的中年婦人身上看出她細緻而深刻的美——你看田曉菲能在第七回西門慶相看玉樓時、婦人「用纖手抹去盞邊水漬，遞予西門慶」這個細微動作琢磨、猜度出崇禎無名評點者批「俏甚」的原因，便知田曉菲也懂得欣賞中年婦人舉止動作間的風流——反而覺得這更凸顯了作者「懂得女人與女人好處」，因為田曉菲正是一個「懂得女人與女人好處」的女性讀者。

琢磨「抹去盞邊水漬」舉措中隱含之「俏甚」的田曉菲，似乎特別注意到婦人的手而非只是婦人的臉，在那個不是欣賞女子臉蛋便是小腳的賞玩氛圍中；以及在這個女人臉蛋仍成為審美重點的年代，田曉菲專注於婦人的手以及手的動作不也「不能不視為一個革命」，不妨讓我們看看她如何欣賞潘金蓮的手。潘金蓮這個角色隱然地成為「檢驗」論者閱讀寬容度的指標，正如夏志清所言；現代的趨向是同情她，但夏氏亦坦言「她的性格中罕有值得人同情的東西」（157），例如當西門慶冷落她時，她便抓破迎兒的臉洩憤，雖即這點確實暴露出金蓮的殘酷和不夠慈悲；尤其她時常打秋菊洩憤或打狗驚官哥，魏子雲也同樣表示與其要他同情金蓮，他倒同情秋菊[4]，確實，被金蓮虐待的秋菊和迎兒應當更值得令人同情，然而正因金蓮的堪憐際遇所造就的侷限性，卻也同時讓我們感覺

4　見魏子雲《金瓶梅研究二十年》（臺北：臺灣商務印書館，1993），頁265。

不夠慈悲、容易受激烈情緒控制的金蓮令人同情，而這正是《金瓶》喚醒讀者慈悲之處，正如張竹坡讀到此不禁批到：「總是淫婦未有不悍者，又是淫婦相思中苦境」（第八回夾批），在批金蓮之「悍」的同時，也能體知此乃金蓮受相思折磨的緣故。然而除了對故事角色產生的同情慈悲，田曉菲則以另一種審美角度來看金蓮的「纖手」，她發現潘金蓮是用她那雙「纖手」抓破迎兒的臉，適足以照映著她脫下繡鞋打相思卦時的「纖手」，由此凸顯了一個「立體的佳人」，而非古典詩詞裡「平面的佳人」（27），此一說和康正果的觀點似乎不謀而合。[5]而「纖手」無非也是美人的身體之局部，眼尖的田曉菲注意到了潘金蓮這個「散文式的」舉動中飛揚而靈動的詩意，以及這個不被關注到的、細緻而生動的女子肢體末端，卻飽含著偶發的詩興與俏皮。

　　當「淫婦」潘金蓮身體成為讀者的閱讀焦點時，田曉菲卻留意到了被一般讀者忽略的身體動作，或許正因這些身體動作非關於淫、也無涉於她姣好的肉身，所以容易被忽視。但身為「明眼」的當代女性讀者，她卻從潘金蓮身上讀出了新意，她那雙「纖手」除了打相思卦、抓破迎兒臉頰之外，田氏提醒讀者別忘了她如何「激打孫雪娥」，而這種將古典詩所形塑的佳人之另一面傳達給讀者，則是《金瓶》的獨到之處，因為當詩、詞、曲這種片段而瞬間、用以表述心境的體裁與小說敘事的文體交互使用時，我們看到了立體的佳人，也看到了佳人內心更為複雜的層次。簡單來說，「還不能不視為一個革命」的是田曉菲將淫婦潘金蓮與古典詩詞中的佳人相互襯托：「金蓮的舉止，往往與古典詩詞中的佳人形象吻合無間，也就是繡像本評點者所謂的『事事俱堪入畫』。」（34）包括筆者在內，很多讀者在閱讀古典詩詞的美人時應該很難與潘金蓮聯想在一起，但是「懂得女人與女人好處」田曉菲卻示範了創意的跨文本連結：古典詩詞與明清小說，（淫婦）潘金蓮與古典佳人，後者尤其具有「革命性」。

　　關於敘事體和角色的形塑，夏志清則有不同看法，他以為作者用散文和詩詞敘述潘金蓮時不甚協調，並以此證明作者諷刺過度以致於破壞了寫實風貌的另一個例子。夏氏以為當作者使用小說敘事口吻時，潘金蓮就成了「毫無道德觀念的人物」，但用詩詞文體時，潘金蓮突然變得「很嫻雅，很美，能有女性的柔順優美」，夏志清假設倘若作者是將「放肆的邪惡和詩的優美」兩種意象協調起來，潘金蓮的人格就更為複雜；而作者也的確了不起，但夏氏否定這種假設，他認為作者「抱定宗旨不寫連貫性、一氣呵成的

5　康正果提及《金瓶》「可謂初次突破了傳統文學單調的美人程式」，詩意與感傷情調因此毫不客氣地被抹除了，相較之下，文言傳奇小說中有關女性美的寫意傳神之筆反而顯得空洞而蒼白，話本小說中半文半白的簡短對話也讓人覺得比較呆板，因此康氏也以為作者將這些女人們寫得「精力彌滿」。見康正果《重審風月鑑：性與中國古典社會》（臺北：麥田出版社，1996），頁263。

小說」，而用以暗示潘金蓮詩意性格與幽微感情的詩詞，在夏志清眼中不過是「犧牲了寫實主義的邏輯以滿足介紹詞曲的慾望」（149）。但在女性讀者田曉菲眼中，「金蓮是一個合於詩與散文於一身的人物，也是全書最有神采的中心人物」，可見田曉菲將這種矛盾性、不協調性視為潘金蓮複雜人格和多元面貌的部分，她以為《金瓶》之佳，「正在於詩與散文、抒情與寫實的穿插，這種穿插，是《金瓶梅》的創舉，充滿諷刺的張力，對於熟悉古典詩歌（包括詞與散曲）的明代讀者來說，應該既眼熟，又新鮮。」（27）在夏志清認為詩詞表露潘金蓮感情勝於她「實際性格」的觀點之後，我們看到田曉菲寬容且一視同仁地理解潘金蓮的詩性格與散文性格，更進一步地，將這種安排與《金瓶》的關鍵──「反諷」成就疊合在一起，在田氏眼中，詩文交錯正是「對古典詩詞之境界的諷刺摹擬和揭露。」（149）田曉菲從詩與文、新與舊的層面剖析金蓮，而金蓮這種複雜個性也正「體現」了全書一貫的、同時也為張竹坡、蒲安迪所推崇的反諷精神。

三、閱讀感知：不安與慈悲

> 《金瓶梅》裡面的生與旦，卻往往充滿驚心動魄的明與暗，他們所需要的，不是一般讀者所習慣給予的涇渭分明的價值判斷，甚至不是同情，而是強而有力的理解與慈悲。（3）

> 《金瓶梅》的作者──尤其是繡像本的作者──對人生百態更多的是同情，是慈悲，是理解，而不是簡單的、黑白分明的褒揚或指責。（49）

田曉菲對金蓮的寬厚正表現了作為讀者的慈悲，即便她並非是以慈悲解讀《金瓶梅》的第一人，但卻鮮少有論者以深廣而全面的慈悲來同情地理解《金瓶》中的眾生，同時以慈悲作為評量詞話本和繡像本美學價值之關鍵字。事實上，從繡像本對金蓮的描述以及田曉菲解碼繡像本中的金蓮便隱約可知她對金蓮這類「淫婦」的慈悲，此種由細讀所萌發的慈悲，不禁令我們想及同樣作為繡像本讀者的張竹坡，卻在此「盲目」地忽略了繡像本傳達慈悲襟懷的可能之一，張竹坡所選擇的儒者風範而非慈悲襟懷的結果清楚地告訴我們，即便兩人皆閱讀繡像本，也皆讚揚《金瓶》的獨特和偉大，但兩人的體知卻如此不同，或許正因張竹坡欠缺了慈悲，其餘諸種閱讀的感覺──無論是恐懼、罪惡、不安、憤怒──方才先後湧現，讓他只能忌恨、嘲諷金蓮，而看不到「淫婦」的真實面目。上述的引文說明了田曉菲所謂的「慈悲」一方面點出了作者的寫作心境──相較於張竹坡以為作者懷著必須發洩的憤怒──另一方面則展現了（她設想中的）《金瓶》繡像本作者對讀者的期待，以後者來說，慈悲應與健全、健壯、成熟的理想讀者並置同觀，正因《金瓶》不像《紅樓》，我們需要更大的慈悲方能體知，方能接受。

　　何謂慈悲？從佛教典籍的角度來看，《大智度論》卷二十提及：「慈名愛念眾生，常求安穩樂事以饒益之。悲名愍念眾生，受五道中種種身苦心苦。」二十七則云：「大慈與一切眾生樂，大悲拔一切眾生苦。大慈以喜樂因緣與眾生，大悲以離苦因緣與眾生。」[6]簡單來說，慈為「與樂」，悲為「拔苦」，從閱讀的層面來看，「與樂」不難理解，然而「拔苦」則較為困難，畢竟閱讀者無法改變故事中主角的命運，但是至少能「愍念眾生」所受的「種種身苦心苦」；從作者的寫作立場來看，作者的慈悲或許也在於能憐憫所有角色的身苦心苦，進而藉由書寫的方式提點讀者，讓讀者意識到這點進而自我「拔苦」。然而作者如何憐憫？又何以慈悲？筆者以為這必須要像田曉菲那般細讀文本方能體會所謂的作者慈悲是怎麼一回事。例如在七十八回中，當潘金蓮不願為其母親潘姥姥出轎子錢，春梅在安慰潘姥姥的同時也替金蓮辯護，田曉菲同時也對金蓮產生了憐憫同情，並解釋金蓮並非對母親狠心，「只是自己生活中的艱難與不如意使她變得越來越狠心和刻薄」，田氏由此更進一步地申論「作者為摹寫人心的複雜之處，探入『人性深不可測的地方』，這正是《金瓶梅》的一貫手法。」筆者以為，將金蓮的不孝之行並置於春梅為金蓮的辯護，其中便依稀展現了作者的慈悲，倘若作者所傳達的真如張竹坡所謂的「苦孝說」，大可刪去春梅的辯護，正因她的辯護可能也代表了作者某些觀點──女兒的委屈與母親的指責並置，提供了辯證的空間──同時也包含了作者慈悲以及具有讀者應給予慈悲的敘事功能。難怪田氏對張竹坡「痛詆金蓮不孝」加以批評，因後者看不出金蓮的可憐與委屈；相較於作者不僅體會到父母的用心，也體會到女兒的委屈與複雜，張竹坡一味地強調「苦孝」，凸顯他「道德上的狹隘與嚴厲」。（234）

　　筆者以為，細讀醞釀了同情，讓慈悲成為可能，因此作者的慈悲似乎也必須在日常瑣事和家常對話中覓得蹤跡。在同一事件上，《金瓶》的作者提供給我們雙重甚至多重的訊息，彷彿讓讀者全面地窺視、竊聽、參與了事件，並從不同的角色中多方地拼湊可能的「事實」，藉由宛若置身現場進而能感同身受，上述潘姥姥的抱怨和春梅的辯護便是一例。這些告訴我們細讀方能玩味並思索《金瓶》裡瑣碎家常所代表的全面意義，從時代角度觀之，這是貼近人生的寫實筆法，然而這些細節同樣給了我們體知角色人物的全面性，這便是前述所謂的意思：亦即美與惡的並行，《金瓶梅》中的美是真正的美、真正的惡，而不是像林黛玉、薛寶釵在令人讚賞其美之餘，仍能接受、同情、甚至賞玩並琢磨他們個性中的瑕疵，相較之下，能夠真正地憐憫像潘金蓮、王六兒、宋蕙蓮、西門慶等人的讀者，或許正是細讀繡像本的讀者，因為《金瓶梅》所刻畫的或許正是《紅樓夢》裡常常輕描淡寫且總以厭惡的筆調描寫的中年男子與婦女的世界，是賈璉、賈政、

6　龍樹菩薩著、鳩摩羅什譯《大智度論》（上冊）（臺北：新文豐出版公司，1985），頁302、390。

晴雯嫂子、鮑二家的和趙姨娘的世界（2），而能同情憐憫這些中年男子與婦女，或許正是讀者的功課。

我們應將田曉菲所謂的「慈悲」置於更大的框架來看，即便體知和解讀文本具有很大的自由度，多少有各說各話的成分，然而田氏的說法不能說不具有說服力。田氏以為，《金瓶梅》中的人物常在熱鬧的場合裡聆聽具有警示、教育意味的詞曲，然而卻沒有一人具有反省的能力，又如吳月娘等人聽幾個姑子演唱佛曲、唸誦佛經，然而在這些熱鬧而後歸於寂靜的家庭宗教場合當中，男男女女依舊「深深地沈溺於紅塵世界的喜怒哀樂」，沒有能力反觀自身，因而這些人物都缺乏自省的能力，即便面對瓶兒的死亡，田曉菲以為除了小說敘事者之外，沒有任何一個書中角色從死亡事件中看待生，因為「書中人物是如何努力地集中注意力在他們眼前的人生之熱鬧——哪怕這熱鬧是出喪時吹打的鼓樂、敲動的鑼鈸」（185-186）在這種情況下，「作者唯一寄予希望的，就是讀者或能做到這一點」。這裡最有趣之處、也最能展現文本說教、喚醒讀者慈悲心的便在於雙重的觀看和傾聽：劇中人物的觀看和傾聽以及讀者的觀看。事實上，書中人物距離作者欲傳達和教化的「真理」較近，他們直接地體知戲曲、佛曲的無常與短暫，然而作者設定這群人的大多數仍舊是無知而盲目的，但與他們保持一段距離的讀者卻具備了這種感悟與體知的能力，這因此也讓讀者的慈悲心油然生起：當我們看著一群不知死之將至、不悟生命無常的人們仍舊貪戀著物質與官能享受時，不免也開始「愍念眾生」，因為從佛教的觀點來看，對這幻象所產生的強大執著正是「種種身苦心苦」之來源。順此脈絡回頭審視田曉菲在序言中對《紅樓》和《金瓶》讀者群的期待，便可理解為何後者的讀者群必須非常成熟與健全，因為相較於西門慶、吳月娘等一干深深沈溺於塵俗的人而言，《紅樓》裡的甄士隱、賈寶玉便已具有「醒悟」能力（231），而《金瓶》人物的自誤則更容易帶動未悟之癡兒、未悟之讀者。

慈悲、同情與憐憫這些抽象的閱讀感受，必須放在文本特殊的敘事模式中理解，尤其是以諷刺筆調揭露現實社會之特質，更有助於我們理解「慈悲」的深層意涵，因為諷刺筆觸是許多論者讚賞《金瓶梅》寫實藝術的部分，而具辯證意味的是諷刺多半令讀者發笑，何以令其慈悲？諷刺與慈悲難道不是對立、矛盾的嗎？例如當李瓶兒病入膏肓時，作者趁機諷刺了趙龍岡這個庸醫形象，夏志清頗不認同地表示，作者描述趙庸醫滑稽的文字之後，「如何能希望讀者再同情垂死的李瓶兒和她那心煩意亂的丈夫呢？」（148）夏志清的觀點傳達了一個重要的訊息，這極可能也代表了部分讀者的觀點：諷刺、滑稽、嘲弄的筆法如何令讀者產生同情與慈悲？難道它不會反而強化了讀者的隔岸觀火及落井下石心態？

對此，田曉菲的看法則是：

有些論者以為這段滑稽文字和瓶兒病重的悲哀氣氛不太協調，減低了小說內在的統一性，然而這種逼視現實生活的摹寫手法正是《金瓶梅》複雜與寬廣之所在。在「呵呵」笑過趙太醫之後，讀者當然還是可以同情消瘦得「體似銀條」的瓶兒，可以同情因為瓶兒的重病而心煩意亂的西門慶，不然，也就未免太狹隘和單純了。（183）

即便並未直接點名，然而夏志清正好是田氏此處所謂的「有些論者」，對此田曉菲反而以為趙太醫插科打諢的形象暫時緩和了瓶兒病勢加重予人的沈重感受，並將趙太醫對照於莎士比亞筆下的福斯塔夫，認為這種「眾聲喧嘩」的熱鬧場景似乎比較貼近我們的現實生活，能為藝術作品增加立體感與厚度。因此，在夏志清看來《金瓶》「過度表現的諷刺和誇張」、以及倘若「保持一貫的鬧劇風格會比較好」，在田曉菲眼中卻是「它的諷世不排除抒情，而它的抒情也不排除鬧劇的低俗」，堪稱「第一部多維的長篇小說」，因為相較於氛圍、情境都比較單一的《水滸傳》與《三國演義》，《金瓶》的格局更為細膩複雜，敘事也較為全面多元，彼此之間構成富於反諷與張力的對照或對比。不同的讀者對諷刺有不同的觀感，在上述引文中，我們看到田曉菲並不認為滑稽文字影響了讀者對瓶兒的同情，反而更能呈現作者的寫實功力。

　　事實上，比起趙庸醫這段敘事更為滑稽、嘲諷力道更為強烈的是李瓶兒病中及死後的場景，例如六十一回的「西門慶趁醉燒陰戶，李瓶兒帶病宴重陽」，回目中明顯可見「乘醉燒陰戶」與「帶病宴重陽」彼此的高度反差及其透露的強烈諷刺意味，然而田曉菲的解釋不禁令筆者對西門慶產生同情，她以為西門慶的「醉」不僅是肉體的，也是精神的和感情的，正因他如此狂醉於熱烈的情慾，更反襯出他如何盲目於情人的苦痛，尤其作者在西門慶與王六兒、潘金蓮兩番極其不堪的放浪雲雨間，夾寫他與愛人瓶兒的對話，不少讀者或因此痛恨西門慶的麻木無情，然而田曉菲卻以為這不僅是作者翔實刻畫西門慶罪孽之處，也是「對他感嘆悲憫的地方」，因為西門慶展現了人性中自私、軟弱、不能抗拒享樂的誘惑的一面。（181-182）筆者以為，田曉菲理解西門慶所代表的正是身為「人」的無奈與痛苦，同時暗示了身為「人」必須時時刻刻與自我的貪嗔痴搏鬥對抗，總行走於道德與放縱的危險邊緣，令人不禁有「身不由己」之感。又如李瓶兒死後，西門慶在房裡與奶媽如意兒偷情、隔天又尋出李瓶兒的四根簪兒賞她時，田曉菲不禁嘆到：

唉，《金瓶梅》的作者是怎樣的一個人，才能有膽力，有胸懷面對這樣複雜的人間世，才能寫出這樣巨力的文字！這樣的文字，又怎麼允許以輕薄的、淺陋的、淫邪的、狹隘的、道貌岸然、自以為是的眼光讀它、看它！有感情的人，往往流於感傷，極力地描寫悼亡深情之後，斷不許夾雜情色慾望；又或者那對世界充滿

> 諷刺的人，便只能看到一切都是假，一切都是破敗，於是又會放手描寫情色慾望，諷刺西門慶的庸俗、勢利、淺薄。然而《金瓶梅》的作者，他深深知道這個世界不存在純粹單一的東西。（192）

所謂的「輕薄的、淺陋的、淫邪的、狹隘的、道貌岸然、自以為是」等一連串形容詞，或許可以作為「健全、健壯、成熟、慈悲」的理想讀者的最佳對照，然而田曉菲以為作者最有膽識、也最挑戰讀者之處便在於作者指出了這世界「不存在純粹單一」，尤其是在讓讀者開始相信西門慶對瓶兒的深情之際，卻立即打破了少男少女的純愛癡情，讓我們目睹西門慶的複雜人格和人性，而其後西門慶在夢中與死去的瓶兒雲雨，醒來時發現「精流滿席，餘香在被，殘唾猶甜」，對夢遺的實寫，是《金瓶梅》「混雜抒情與諷刺」又一例證，由此可見作者絕不墮入「小市民的傷感惡趣」。（210）

再者，西門慶夢及瓶兒，作者隨即描寫金蓮為西門慶「品蕭」，田曉菲揣想很多讀者看讀到相思夢與品蕭連在一起，「一定會覺得西門慶毫無心肝」，然而田氏以為這正是《金瓶》的深厚之處，因為它描寫的並非經過了理想化和浪漫誇張化的感情，而是人生的本來面目。事實上，我們在此處看到的正是書寫身體與精神之難題：當讀者幾乎要相信西門慶的動物性、感官性之際──讀者先前對他的印象正如那放大的陽具般的胡僧形象，然瓶兒的死卻讓讀者突然感受到西門慶細緻的情感（而相較於身體，這顯然較為高貴），不過正當西門慶以情感讀者時，他活絡而強烈的慾望又讓讀者看到真實的血肉，因此，西門慶示現了看似衝突實則並存的人性，他不過是個人，「一個軟弱的、完全被情感與情慾的旋風所支配操縱的人罷了。」（192）「那似乎是淫蕩的，只不過是軟弱而已。」（191）這正是慈悲的展現；正因《金瓶梅》是「充滿驚心動魄的明與暗」的經典，而不斷挑戰讀者承受限度的也正是「極端寫實而格外驚心動魄的暴力──無論是語言的，是身體的，還是感情的。」這些暴力所挑戰的正是讀者的心──嗔恨或憐憫的心。

和田曉菲將這種諷刺與自然彼此融合、更彰顯了人生真實性的看法不同，夏志清不贊同作者這種過於諷刺的誇張敘事，他以為倘若《金瓶》的作者能在作品中保持一貫的鬧劇風格會比較好，因為作者顯然是「有板有眼注意細微末節的自然主義者」，因此「每次他不加警告，強調滑稽，寫進那些相當討厭的笑話時，讀者便會感到不安。」（147）尤其有趣的是，夏志清提到作者不加警告便寫進那些「相當討厭的笑話」時，讓讀者──當然主要是夏志清──感到不安，這種不安感受難道不正是閱讀身體感的一部分嗎？事實上，「不安感」或許可以籠統地概括許多讀者讀《金瓶梅》時的主體感受，這種不安感不僅是道德教化與偷窺本能彼此角力之產物，在夏志清的例子中，我們似乎看到一個不喜歡作者突如其來插入「相當討厭的笑話」的讀者，也許因為這太遠離現實，

彼此跳躍性太強，太讓讀者感到不安。談及此，筆者不得不長篇引述夏志清談西門慶死亡的觀點，因為這足以證明作者如何讓讀者產生不安的身體感：

> 西門慶之死是整部小說中最可怕的一景。但他死後，他那些酒肉朋友竟討論他們該花多少錢以表示對死者的崇敬。最後決定每人出一錢銀子，總共湊了七錢。作者顯然很喜歡這一類型的低級喜劇，但是加了這些穿插，他必須暫時停止這部世態小說，必須破壞西門之死這一件事中所保留的寫實主義的真實感。為了進一步表現他對西門的輕視，他讓這群朋友委託一個秀才做了篇祭文。這篇祭文讀來像是一篇荒唐的諷刺文章，因為其中有一半是以明顯的文字贊頌死者的生殖器官，作者的玩笑實在開得太大。但他們嘲弄他的主角，同時他也是在嘲弄自己，因為他已費了很大氣力把西門慶寫成一個我們信得過的人物。（147）

之所以引述這一大段說法，是因為這段引文中包含了多種訊息，而這多種訊息豐富的層次也給了我們對閱讀身體感知的多重(過度)詮釋。我們先是看到夏志清對作者的批評（「作者顯然很喜歡這一類型的低級喜劇」），接著是他所提供的「書寫建議」；或應該說是稍微夾帶威脅口吻的「寫作規範」：作者必須暫時停止這部世態小說、必須破壞死亡事件中的真實感，原因是玩笑開得太大的作者恐怕會讓讀者也掉進了嘲弄死亡的漩渦裡，然而筆者要問：為什麼不能嘲弄西門慶的死亡呢？

夏志清在此文稍後提出他對西門慶的看法，他說：

> 大體說來，他（西門慶）不是作者嘲罵的對象。我們對他最後印象是：他是個討人喜歡的人物，脾氣好、慷慨，能有真正的感情。他經常從事無法無天的交易，但同時他也給我們慷慨好施的印象。他誠然是個臭名遠揚的誘奸者，但作者也明白表示受他誘騙的婦女都是自願上鉤。（154）

這段引文充分說明了西門慶不是那樣的壞、那樣的負面，也因此「我們」（以夏志清為核心的、同情西門慶的讀者們）對西門慶的最後印象是好的，而這或許也能說明為什麼夏志清認為西門慶最後成為我們信得過的人物。正因如此，當作者費盡力氣把西門慶寫成我們信得過的人物時，而「我們讀者」（以夏志清為主）也費盡力氣漸漸去相信、接受或同情西門慶這個有缺點的人物，但作者最終如何能夠如此嘲弄他——夏志清因此批評作者嘲弄西門慶就是嘲弄自己——特別是用贊頌其生殖器的方式嘲弄他，將西門慶寫得如此不堪？在這段推論當中，沒有明說的似乎是微妙的嘲弄邏輯背後的最主要被嘲弄者——就是讀者；認為西門慶是個「信得過」的讀者最後居然發現他信得過的角色又被無情地羞辱一番；換言之，作者費盡筆墨讓讀者相信西門慶值得信賴和同情的人格部分，最終卻

被作者的嘲弄給嘲弄了或甚至惹惱了，這點讓夏志清無法苟同。然而正是這點微詞，讓我們看到了當代讀者閱讀時諸種感受：閱讀《金瓶梅》的身體感知不僅限於道德化的身體和本能慾望的身體之角力，尚有被作者欺騙或嘲弄的感受。回到閱讀的諸種情緒、情感與感受紛紛雜雜升起的現場，不難理解當讀者之所以沈浸於字裡行間、一步步建立起價值觀，這一切皆出於作者引導，他就像森林的嚮導，而讀者跟隨其敘事節奏、視角而有不同感受，但按照夏志清的說法（當然也可能是筆者的過度詮釋），他不喜歡作者過度而刻意的諷刺與嘲弄，因為彷彿讀者緊緊跟隨後卻發現作者開始對我們逐漸產生信賴的人物背棄與嘲弄，因為那似乎也可類比成作者對讀者的背棄與嘲弄。

然而，從另一個角度來說，這種對讀者的背棄與嘲弄、讓讀者不安甚至憤怒情緒的現象背後，我們似乎也看到躲在帷幕後竊喜的作者。套用一個通俗的說法：倘若作者（無論作者是誰）地下有知，他會作何感想？倘若這是書寫策略之一，他會因為完全操控了讀者情緒與感知而竊喜嗎？而這些究竟是疏忽、破綻還是書寫策略與敘事技巧呢？無論是書寫策略抑或偶然巧合，從閱讀的身體感知來看，這些有趣的感受難道不是當時《金瓶》的讀者與現當代的讀者所共同經歷與感受的嗎？在此，筆者欲從個人、當代的視角出發來類比與之類似的閱讀感。電影《大快人心》便給予視聽者特殊的身體感，尤其當讀者同情一路被兩個怪異的陌生男子殘酷迫害的無辜夫妻時，看到妻子突然開槍、讓迫害者之一的保羅斃命時，方有「大快人心」、「一吐怒氣」之身體感，但沒想到這竟然是電影導演讓讀者情緒劇烈轉換的作法；因為讀者馬上被告知，保羅被一槍斃命無非只是敘事上的「錯誤」和讀者的妄想，最後，當無辜夫妻被殘酷殺害，迫害者繼續對另一個無辜家庭伸出魔爪時，讀者／觀眾簡直怒不可抑，因為我們不能理解為什麼導演最終不滿足我們對「正義的制裁」之期待，這唐突的閱讀經驗破壞了我們對善惡的認知，但從另一個角度來說，這難道不是導演的企圖嗎？導演難道不是也趁機示現了（我們以為的）部分的「現實人生」——惡不見得有惡報？

這種對報應說的省思，事實上也是《金瓶》的成功之處，當張竹坡和丁耀亢（尤其是後者）斤斤計較於閱讀和書寫的因果數學題時，當代讀者如田曉菲對人生有更大的包容和憐憫，她從王六兒和孟玉樓兩個女人的命運中讀出了因果律、必然律背後的偶然。首先是兩個六兒的相似經歷與不同結局，田氏以為從作者的角度來看，偷情者最終不一定會得到報應，這必須由人的性格、行事動機與機緣來決定。（258）其次以玉樓的例子說明「作者明書處事之險」，尤其當陳敬濟企圖以簪子讓玉樓身陷危險時，玉樓亦以邪道還之，「通常以毒攻毒總是可以克敵致勝的，誰想人事以變為常」，最後仍受辱被逐，「作者通過玉樓的命運告訴讀者：為人處世，德行、智慧缺一不可，但最後歸宿還是要看緣分，看機會，因為人所不能控制與扭轉的一種力，叫做偶然。」（274）這種命運的偶

然構成現當代文學藝術的血肉，它指示我們人生往往是複雜與充滿無奈，絕非善惡二元等價值觀能歸納演算的，然這反而更貼近無常的核心，順此脈絡，我們不難發現「慈悲」在這樣模糊流轉的人生舞臺中隱約升起了，正因人生無法演算，悲喜沒有絕對，讀者對書中人物的命運不免嘆息與憐憫，「即使那遭受不幸的人粗陋如雪娥，也正因為這遭受不幸的人即是粗陋如雪娥」（268）[7]，這身不由己的人生著實令人同情。

　　總之，夏志清以為《金瓶》中過度而破壞力強大的諷刺筆法，恰好是田曉菲以為《金瓶》偉大之處，因為嘲弄與慈悲不是對立面，兩者間微妙的平衡令《金瓶》不流於濫情與感傷，而這正是它符合現實人生之處。

四、一生一世：小說與人生

> 讀此書，猶如春水波瀾，一環接一環，一浪推一浪，往往牽一髮而動全局，藕斷絲連，絕有韻致。想人生本來就是如此縱橫相關、前後相映，有許多剪不斷、理還亂的因果關係，有許多毫無邏輯可言的事件，有許多「沒有意義」的細節，雜亂無章而缺乏「秩序」。（88-89）

> 《金瓶梅》，只是一部書而已。一部書，只是文字而已。然而讀到後來，竟有過了一生一世的感覺。（295）

　　閱讀常令人有一生一世之錯覺，尤其當讀者透過閱讀而「親身」經歷了故事主角的一生時；而「只是一部書」、「只是文字」的《金瓶》著實令田曉菲及許多讀者掩卷嘆息，因為讀者彷彿目睹了身為人的歡愉和苦難，如同他們一起嚐遍並歷盡了那些看似雜亂無章、沒有意義實則環環相扣、因果報應的事件與細節，從這個角度來看，筆者同意田曉菲的看法，認為像《金瓶》這部悲喜充滿的大書著實具有警示、提點與教育的意義，即便這種警示的方式過於迂迴、含蓄；或許正因這種警示的方式過於迂迴、含蓄，唯有成熟、健壯、健全、慈悲的讀者能體解這部大書，進而應用於自身，拔除或避免貪嗔痴所帶來的苦難，例如當讀者在「看」潘金蓮的一生時。

　　田曉菲對潘金蓮懷有絕對的同情與慈悲，同時亦用她的一生來「開示」，促成讀者

---

[7] 田曉菲讀到九十回的句子：「孫雪娥到此地步，只得摘了鬢兒，換了豔服，滿臉悲慟，往廚下去了。」認為「這實在是十分感哀的句子」，筆者以為對所有角色的同情慈悲正是田曉菲閱讀觀點的最主要特質。相關例子不少，如田曉菲在第三十五回應伯爵以快人快嘴嚇唬、刺激賁四，僅是出於「夠孩子們冬衣了」如此粗淺的物質需求，「令人覺得伯爵也只是可憐。」（114）以及第五十二回應伯爵以言語諷刺李桂姐時，田曉菲也不禁嘆到：「然而就連厚顏無情如桂姐，也有此說不出的苦楚！這是《金瓶梅》的大慈悲之處。」

醒悟。當田氏看到第八十六回「這潘金蓮，次日依舊打扮喬眉喬眼在帘下看人」時，不由得要感嘆「《金瓶梅》的確是中國的小說！」，細讀並細細掛酌漢字意蘊的田曉菲，從「依舊」兩字以及「帘下看人」四字，讀出作者如何將潘金蓮前後起伏的一生「蘊含在不動聲色之間」，她的細讀值得筆者逐字逐句摘述：

> 我們讀者，必須從這「依舊」兩字之中，看出一部《金瓶梅》八十八回、數十萬字，看出潘金蓮這個婦人從毛青布大袖衫到貂鼠皮襖到月娘夢中所見的「大紅絨袍兒」再到臨行前月娘容她帶走的「四套衣服、幾件簪梳釵環」之間的全部歷程。我們又必須從那「帘下看人」四字看「這潘金蓮」，這依舊在看人的癡心婦人，雖然被造化如此播弄，但是依然不能從夢中驚醒，依然深深地沈溺於紅塵，沒有自省，沒有覺悟，被貪、嗔、痴、愛所糾纏。（256）

「看」！田曉菲始終留心於人物的肢體動作，包括言語和眼神，而這細緻處須從對漢字、文本的敏感「體知」方能成就。讀至此，筆者腦海中不禁浮現：當潘金蓮「依舊」「帘下看人」，包括田曉菲在內的千千萬萬的「我們讀者」也當凝神「看」這潘金蓮，看這潘金蓮的癡心，看這些深深沈溺於紅塵、沒有自省能力的潘金蓮如何邁向她悽慘的下場，這是田曉菲、張竹坡、丁耀亢等人以為作者要我們「看」的重點，「繡像本作者未曾有一時一刻是不睜著眼睛看現實的」。可喜的是，相較於她、西門慶以及《金瓶梅》中被貪嗔痴所綑綁、身不由己的可憐人，「我們讀者」被期待成具有「健壯的脾胃、健全的精神、成熟的頭腦」，他們的一生一世已被敘說、被流傳、被記憶，經歷了「一代一代生死，一代一代歌哭」的讀者如張竹坡、丁耀亢，然而此刻當下的我們的、「我們讀者」的一生一世尚未開始、正要開始，如果我們讀者領悟作者用意──「作者以一部極是聲色紅塵的書，喚醒那沈迷於聲色紅塵的人」──也許便能重讀、改寫個人生命史中每個細節和故事。

第二節　看圖說書：《金瓶梅》繡像的體知與接受

一、說美人圖：田曉菲說《金瓶梅》圖

> 好在有《金瓶梅》，我們得以窺視到在安靜而富麗的氛圍下面，這三個女子所真正生活著的世界。（《秋水堂論金瓶梅》，94）

比起《金瓶梅》詞話本，田曉菲較喜愛《金瓶梅》繡像本，繡像本之所以名為繡像，當

然和其中有一百多幅繡像有關，而彷彿是與繡像本致敬、對話，《秋水堂論金瓶梅》中安插了不少的繪圖，而更凸顯田曉菲「創作自覺」——彷彿她也自作「我的《金瓶梅》」——的是這些圖片多半既非《金瓶梅》繡像本中的繡像，亦非當代插畫者為《秋水堂論金瓶梅》特別繪製的圖像，其中的畫像在本質上和《金瓶》並沒有太大關係，但在田曉菲的閱讀與闡釋下，這些繪圖便和《金瓶梅》密切相關，換言之，這是田曉菲接受觀點下的《金瓶梅》人物譜或風俗卷，極佳地示範了「我自作我的《金瓶梅》」之跨文本成果，因而讓《秋水堂論金瓶梅》具有更獨特的層次，這些本具獨立生命、又極有機地與其觀點繫連起來的閱讀筆記／當代評點，給予了讀者觀念上的啟發、鮮活的視覺刺激和思想衝擊，讓讀者確切地體知《金瓶》中的人物和情景，生動地關連於我們生活的此刻，當下。

　　除了在十一回後附錄的圖片屬於《金瓶梅》，書中其餘的圖片多半是田曉菲接受觀點的看圖說書，例如在十九回後，田曉菲用了一張現代照片《麻辣蓮藕》（見附圖一），補襯《金瓶》中金蓮以纖手拿了個鮮蓮蓬子給西門慶吃的情狀，而在《麻辣蓮藕》的圖說中，田曉菲表示她鍾愛於潘金蓮與西門慶的這段對話，她喜歡西門慶打破世人拿腔作態的「俗」，同時也愛潘金蓮「搖曳生姿的嫵媚」，田曉菲甚至說道：「我若作了男人，那真是……怎樣也要得到她的（然而想必為此一念，又要墮入輪迴了）」，這種說法彷彿崇禎本評點者對金蓮的讚美，只是慾望更加強烈。在這幅圖中，田曉菲用現代照片試圖「參與」潘金蓮與西門慶的這段對話，圖中一盤蓮藕被放置於一宛如月份牌的美貌女子圖片上，蓮藕的「蓮」和美麗女子共同隱喻了金蓮，尤其又加上「麻辣」兩字，更妥貼地將金蓮的人格特質表露無遺，尤其是田曉菲在此引用的這段對話——婦人道：「我的兒，你就吊了造化了！娘手裡拿的東西兒，你不吃？」——更凸顯在妻妾群中潘金蓮總是較不畏西門威勢，是個膽敢羞辱他、以言語口舌嘲弄他的「麻辣熟女」，因此這盤麻辣蓮藕和貌美的女子彷彿共同奏鳴著屬於金蓮的曲譜。事實上，田曉菲在圖說中也特別強調在《金瓶》中，蓮是「慾望之花，情色之花」，聖潔、優雅的「蓮」之形象的轉化似乎表達出某種接受觀點，然而即便金蓮渾身充滿了慾望和情色的元素，田曉菲這裡提及的南朝樂府常用「蓮」、「憐」諧音作為隱喻的概念——再見田氏宛若張竹坡那般的微觀漢字，似乎也可以用在金蓮身上，因為田曉菲對金蓮也充滿憐憫與同情，從這個角度再來看這張「麻辣蓮藕」，或許也可以這般理解：即便外表是麻辣的「蓮」藕，刺激人的胃蕾和食慾，然而在骨子或許還是那擁有眼神幽幽、心事重重的女子，需要戀人的呵護寵愛。

　　和「麻辣蓮藕」同樣將美人與食物一起觀之的尚有置於三十八回後的「琵琶蝦」（圖二，頁273），在這張現代照片裡的主要焦點有二：美食琵琶蝦以及墊在碗盤下的那張美

女月份牌。田曉菲用這張照片的理由也相當有趣，她用「一粒一粒金黃的蝦子」來比擬潘金蓮於孤寂冷夜所彈的琵琶，兩者形似且具有漢字上的巧妙關連，田氏同時也注意到這張美人圖與琵琶蝦之間隱隱的對話：「一個典型的二十世紀三十年代的小家碧玉，躲躲藏藏地從淡青瓷盤下面向外窺望著。」（125）通過田曉菲的想像，這三〇年代的小家碧玉與琵琶蝦、潘金蓮產生了若有似無的連結，更有「滋味」的是，田曉菲解釋圖中那碟碗兒裡的醬料——一碟醬油、一碟醋正好比女人的心事和情緒——乃是「鹹的是眼淚，酸的是醋意」，整體地將這幅琵琶蝦和「潘金蓮雪夜弄琵琶」巧妙地疊合在一起，以身體感知的角度觀之，田曉菲似乎鼓勵讀者藉由一鹹一酸的味道「體知」潘金蓮弄琵琶的複雜心緒，這在饗客舌尖躍動的酸鹹滋味，因為有躲藏在碟碗下的美人注視——彷彿潘金蓮，要讀者去「品嚐」那眼淚和醋意——而更增添了一層屬於文學的況味和品味。此外，田曉菲提及這三〇年代的小家碧玉事實上和明朝、宋朝在雪夜中彈琵琶的美人並無不同，因為她們在撥弄琴弦時的心情似乎是相近的，她們共享了那一鹹一酸的複雜情思與相思，從這個角度來看，「跨文本」更加具有了溫度與情感：不同時空、文本的美人兒都在相思的剎那品嚐到眼淚的鹹、醋與妒的酸，可見田曉菲仍舊是憐憫、理解金蓮的，尤其一般讀者讀到瓶兒要西門慶去潘金蓮屋裡睡時、通常會稱讚瓶兒的善解人意，田曉菲則寫到金蓮與瓶兒皆值得同情，「翡翠衾寒的孤寂是可憐的，受人施捨與分惠的滋味也是難堪的。」（125）

正因為像田曉菲這樣的女詩人，她才能夠從多個角度去揣摩並想像婦人的幽微心事，以及更重要的：以詩意的靈光去織就文本沒有書寫到的婦人的另一個時刻與臉譜，正如田氏會去揣想春梅、玉簫等人平日玩在一塊的情景那般，田曉菲彷彿「化身」為《金瓶》裡婦人的「知己」，「聽聞」並「感受」了她們不同時刻的歡愉和憂傷，又如當瓶兒受金蓮的悶氣而種下病因時，一般讀者多半同情瓶兒而痛惡金蓮，忘了瓶兒從前對花子虛和蔣竹山的無情，但田曉菲既能憐憫憂鬱的瓶兒；同時亦想及她「眉黛低橫、秋波斜視」的嬌態以及「醉態顛狂、情眸眷戀」的春意，這和上述提及的「纖手」所具有的效果一般，田氏總是能想像一個立體的佳人而非扁平而毫無溫度的美人，而這美人有善與惡、雅與俗、美與醜的多種面容和體質。

以下這段話更清楚地表現了她體知美人的跨文本示範：

> 照片裡是一個年輕美麗的貴婦，身後站著她的小丫鬟。這個年輕婦人深黑的眼睛，隔著一百多年的歲月凝視著前方，有一種欲言又止的鬱鬱的神情，讓我想到瓶兒。（180）（見圖三，頁 274）

透過跨文本的繫連，瓶兒與照片中不知名的年輕婦人，彷彿有了共同的身世。田曉菲在

二十三回後所用的附圖則是唐朝著名畫家周昉的《內人雙陸圖》（圖四，頁 274），雙陸的「陸」事實上是「六」，在田氏眼中，「雙陸」實則隱喻了《金瓶》中兩個陰氣重而不祥的女人——王六兒、潘六兒——但是在《金瓶》中的婦人藉以消遣的賭棋，下的應仍是象棋。在此圖說中，田曉菲以周昉的《內人雙陸圖》來描摩《金瓶》中的美人賭局是相當有趣的，因為《金瓶》中的美人除了李嬌兒之外，應該不會具有唐代婦人這般豐腴的體態，然而田曉菲的觀點相當特殊，她以為在二十三回中幾個美人一同商量著吃豬頭的精神，「卻是和嬌健婀娜的唐美女並無不同」，美人吃豬頭本身便有種奇異的反差和對比，因此田曉菲特別提到這些吃豬頭的美人是「商人家庭的美人」，而非「士大夫家庭的美人」，而能夠細細寫出美人下棋後享用豬頭，也正是《金瓶》的可愛之處。（72）

　　筆者以為，能欣賞、談論紅燒豬頭同時又享用豬頭的美人們，正是田曉菲獨特的美人觀，她總能看出一般人不以為美甚至視為醜態的舉止，其目的也在於讀出一個「立體的佳人」。因此，田曉菲之所以用這群豐滿美人下棋的場景比擬金蓮、玉樓、瓶兒等人的消遣，重點不在於外在體態而在於骨子精神，因為她看出她們健美而豪氣的一面，尤其是從眾美人下棋後一塊兒吃金華酒與豬頭這點上。除了下棋之外，另外還有以《仕女圖》比喻金蓮、玉樓、瓶兒一塊繡鞋的情景，以及以清代禹之鼎的《攬鏡簪花圖》中兩個細眉細眼的女人來遙想金蓮攬鏡、春梅幫忙簪花的淘氣模樣，這些原非《金瓶》繡像圖而在此作為田曉菲看圖說書的圖卷，多少也補充了當今讀者對《金瓶》婦人之想像，藉由這些「借來的圖卷」以及田曉菲的解說，我們真切地窺見了一個更立體的美人，這些身段、姿態、動作、微笑也許是《金瓶》作者沒有進一步描摩與經營之處；或是為粗心的讀者所忽略的部分，但這些借來的美人姿態與微笑，彷彿為讀者提供了一個理解《金瓶》婦人——尤其是惡名昭彰的淫婦潘金蓮——的機會，讓我們從不同朝代的美人體態、身段中觸摸「立體」金蓮的可能，她們可能是潘金蓮某個片刻的化身或分身，無論是豪氣麻辣，還是嫵媚哀愁，皆補足了文本所遺漏的、可能屬於潘金蓮特質的「空隙」，就筆者理解，這些空隙多半是正面而細緻的——也許必得細細地撫觸，方能瞭解潘金蓮的美好——同時這細緻的美好也回頭映照了當代女性讀者田曉菲的慈悲。

　　金蓮、玉樓、瓶兒等美人是令看官著眼的焦點所在，然而田曉菲也會將目光停駐於其餘眾美的臉上、身上。例如第三十一回後安插的近代「樂伎」照片，便是田曉菲想像春梅、玉簫、迎春、蘭香四個丫嬛的模樣，這四個女子為西門慶的家樂，每逢賓客上門歡宴，她們便盛妝出席，而照片中四個彈唱女子或可與西門慶的家樂「差相彷彿」。（100）（圖五，頁 275）田曉菲仔細觀察她們的樣貌和裝飾，發現她們紮得緊緊、梳得高高的兩個髻頗為可笑，而最右邊拉胡琴的女子是一雙大腳，左邊第二個彈琵琶的女子則頗為清秀，而這幾個和春梅、玉簫等人年紀相仿的四個女子「在不供唱的時候，也可以想像她們玩

笑成一團的樣子」。在《金瓶》中，即便作者描繪她們平常相處的模樣，相較於金、瓶等婦人，她們四人的互動顯得較不清晰，然而作為一位當代女性讀者，田曉菲從這張照片延伸想像「她們玩笑成一團的樣子」，這便是跨文本最有溫度、也是將經典最適度地裁切為具自身時代感、自身尺寸的範例。

我們如何想像金蓮、玉樓、瓶兒等人一同遊戲消遣的模樣呢？在田曉菲眼中，她們的身影穿越時空、徘徊古今，因此我們可以從不同時代的圖景裡想像她們若身處中古的模樣，也能描摩她們化身成現代的、當代摩登婦人的模樣。照片「樂伎」便是一例，類似的例子又如附在七十二回後的近代照片「孩子與奶媽」，這張照片令田曉菲想及了奶媽如意兒，不過她腦海中的如意兒較照片中的奶媽要年輕、秀氣，也沒有這般溫柔敦厚，但倒能解釋何謂「生得乾淨」。（215）（圖六，頁 275）此外還有八十回後的近代照片「鳳冠霞帔的貴婦」（240）（圖七，頁 276），不禁令田曉菲想起臉若銀盆、容貌端莊、儀容嫻雅的月娘，然而照片中對自己的美德帶著三分得意的女人，讓田曉菲有些心寒，我們不難知曉，相較於月娘，田曉菲應該還是喜歡血肉飽滿、更為真實的金蓮吧。另外一張近代照片則是附於九十三回之後的「貧兒」（圖八，頁 276），田氏以這張照片理解陳敬濟被逐出西門慶家後淪落街頭、窮困潦倒的模樣，她以為須將這張衣衫藍縷、滿面憂愁的貧兒照與金粉美人並置觀之，方能理解《金瓶》的「廣大與悲哀」，而筆者以為能將兩者一併觀照則顯示了田曉菲善於體知文本之廣大與悲哀。（283）

從書籍的整體編排上來理解，這些零散附於田曉菲「回評」後的圖片，其作用或也不同於十七世紀《金瓶》的繡像，那逐回安插的繡像基本上必須跟隨著文本情節發展而刻畫；即便有繪圖者特別的巧思在其中，基本上仍是跟隨著文本內容，用以具現故事情境，然而《秋水堂論金瓶梅》卻不然，這些「借來的美人圖」既展現了當代「評點者」田曉菲的閱讀觀點和女性體知，同時又獨立於文本而存在，補足了田曉菲對潘金蓮等婦人多元面目的闡釋；換言之，與其說這些借來的美人圖亦步亦趨地遵從著《秋水堂論金瓶梅》的「回評」脈絡，不如說這些看似無機、零散的圖片和圖說自成被閱讀的主題與主體，她們傳達了文字無從捕捉的、潘金蓮等人可能存在的另一個「身體」。

綜合看來，《秋水堂論金瓶梅》中的圖像已非十七世紀《金瓶》繡像那樣附屬且遵從於文本情節發展，前者中的「附圖」絕不僅是「附圖」而已，它們可獨立觀之，每個借來的美人、借來的時空不僅是田曉菲「體知」《金瓶》及其中的美人兒的想像產物，或許更側面、間接地鼓勵讀者以自身處境與時空去體知和感受《金瓶》創造的廣大世界，這種具實驗趣味的形式既可視為讀者的閱讀接受，亦符合了創作的基本精神，展現了自由的、遊戲的「我自作我的《金瓶梅》」。

二、拼圖遊戲：田曉菲與西西說圖

我追溯她的足跡，好比讀者，細讀一行書。[8]

正如田曉菲善於利用跨時空、跨文本的素材作為說故事的原料，並本著「我自作我的《金瓶梅》」譜系的精神，來解讀、詮釋《秋水堂論金瓶梅》中的圖像接受與體知，筆者以為田曉菲的創作集或許有助於我們瞭解她的圖／文闡釋與接受。她的旅行散文《赭城》便是圖文並茂的作品，她在前言便明白地指出她在旅行西班牙時不慎按錯數位相機的按鈕，因而丟失了六十多張照片，而這本書則是「對照片的遺失所做的補償」。（11）在此書中，田曉菲以優美、詩意的文字去觸摸西班牙及阿拉伯的建築、詩行及歷史，尤其當她在旅行接近尾聲時，於機場購買了美國作家華盛頓歐文的《大食故宮紀聞》，方才意識到「真正的旅程其實才剛剛開始。」（13）接著，她的閱讀與寫作構成了另一趟旅程，而這書寫之旅交織著西班牙、阿拉伯等地的史料以及幾個世紀前的畫冊、手抄本冊頁。在圖說的部分，田氏同樣發揮了獨特的創意，凝視遙遠的繪圖與史料，敘說著彷彿和自己切身相關的故事，讓這些埋藏在歷史或厚重畫冊的繪圖再生。例如在前言中安插的一幅「十三世紀早期手抄本冊頁」圖中，「在一座摩爾塔樓中，兩個書手在謄寫」，而在田曉菲的深情注目下，「這象徵了文字的赭城」。（12）何謂「文字的赭城」呢？田氏解釋說歷經幾個世紀作家與藝術家的讚嘆與刻畫，赭城早已無法脫離圍繞著它而產生的詩文獨立存在，這即是此城的魅力之一，由此可知詩文的潛在力量：它們形塑了觀者的記憶。而這兩個在塔樓中謄寫的人是否也正符合了敘寫「文字的赭城」或「赭城的文字」的田曉菲的形象呢？藉由書寫，田氏也讓這座城被不同文化、背景的讀者所閱讀、記憶。此外，田氏在書中用了許多十六、十七世紀的畫冊圖片，這些圖配上田曉菲摘引自不同世紀、國家的作家詩句確實饒富興味，同時展現了通過想像的羽翅，圖與文彼此有機共生，卻亦具獨立生命，套用田曉菲在《赭城》中對想像的著墨：「它（想像）把世界變得不那麼大，不那麼異己，不那麼生硬。」（112）

於是，當田曉菲在《赭城》中引用十二世紀詩人伊賁·薩法爾·阿爾瑪瑞尼的詩之際，似乎亦展現了她——是閱讀者、詮釋者也是詩人——的閱讀與接受；與更為「切身」的體知觀點：「我追溯她的足跡，好比讀者，細讀一行書。」在這行詩句中，「追溯」與「閱讀」這兩個富有身體實踐與動態的詞彙相互對照，讓閱讀本身有了行動與前行的力量；而就書籍的編輯結構——現代的「編輯」觀念便是讓作者能依據某種足跡的有機排列而追溯、閱讀——而言，在引述這「借來的詩句」背後，我們看見了田曉菲引用了

8　田曉菲《赭城》（南京：江蘇人民出版社，2006），頁135。

一幅十六世紀的波斯畫頁，畫頁中是一個波斯女子，但實際上這名女子和詩句本身並沒有直接關連，而是田曉菲獨特的閱讀感知令兩者發生關連，此舉著實具有高度的詩之躍動性，她使用十二世紀的詩行來詮釋十六世紀的畫頁，尤其摘引了阿爾瑪瑞尼的詩之段落「貼合」與「著墨」這名女子：「夜睡了，／愛醒著，／她有蘆葦的腰枝，／沙丘的臀圍，／明月的臉龐。」在此，田曉菲示範的是她對圖／文的閱讀與體知，正如在《秋水堂論金瓶梅》中田氏穿插了不同時代與主題的圖像和攝影，目的在於跨時空地詮釋《金瓶》，或者，以身體感知的角度來說，她從那些女子的身體與表情裡體會、辨識出屬於《金瓶》婦人的身段及氣味，而在《赭城》裡，藉由田曉菲敏銳而特殊的體知，不同時代的圖像與詩行悄悄駛離了原先的歷史軌道，彼此呼應、相互詮釋，因此裱褙於十六世紀畫頁中的不知名女子被追蹤、被細讀，被遙遠的詩句銘刻出新的身世。這種跨時空的解讀似乎也超越東西方界限，例如當田氏在閱讀阿部‧哈法樂‧阿哈默德‧伊賈‧薩義德的詩作時，便將情境置換於中國古典場景。薩義德的詩描摩了一個女人：「她擅長卜卦算命，／也會符水治病，／她伶牙俐齒，／能說得水火相容。」（127）這個女人令田曉菲想及中國古典白話小說裡常常見到的媒人形象。

影像與文字的搭配成為當今出版書籍的重要特點與賣點，不少作者常將個人的攝影或繪畫作品置入文本，讓圖文彼此輝映、交響，同時給予讀者新鮮的閱讀感受，再者，近年來圖文書也蔚為風潮，不過圖文書的重點通常在於「圖」，文字僅作為陪襯之用。對於不少有創作自覺的作者而言，圖文搭配不再遵循彼此「互詮」的傳統模式，更多反映出作者強烈的創作意識、接受觀點及顛覆企圖，例如一向具顛覆性格的香港女作家西西在具小說面目的病誌《哀悼乳房》裡的附圖便可作為範例之一，她將美神維納斯雕像上缺失乳房的左胸，意味深長地鑿畫一道傷口，比擬於乳房切除後的疤痕[9]，此舉無疑挑戰並質問著一般人對美的期待視域，西西進而以這張「拼貼」後的圖片作為封面，可見這幅圖本身可獨立於文字之外，飽含豐富的象徵意義。然而，這僅是個起點而已，西西真正「遊戲」圖文可見其《拼圖遊戲》，其中，西西不完全是忠誠地看圖說故事，而是剪下各式各樣的圖，進而拼貼，賦予其新意。例如在〈中國套盒〉中，西西呈現給讀者一個玻璃製的藝術品，結構有如套盒，畫面的右方則剪貼了一個當今日常生活使用的保鮮盒，似乎在仿擬藝術品，兩者形成了有趣的雅／俗、精品／家常物的「對話」，更豐富的是不僅藉由拼貼讓畫面具有某種幽默、滑稽感，更細緻的是西西在這篇文章中將焦點放在「中國套盒」、「俄國木偶」式的小說敘事結構上；換言之，在容器彼此包含、堆疊的圖片之外，我們被告知的訊息其實很貼近閱讀與創作核心：即西西所謂的「套盒

9　西西《哀悼乳房》（臺北：洪範書店，1992），頁330。

式小說」，而〈一千零一夜〉正是其中的經典之一。[10]正如書名所展現出的手工藝般的技巧和特質——拼圖、遊戲——西西的《拼圖遊戲》實可作為有創作自覺的當代女作家的圖文展演，圖與文各有生命，文字不再是傳統而機械的圖說，繪圖也不是文字的附庸，在西西眼中，這些圖片是「包圍作品的邊界，而非作品的一部分」，更重要的是圖片「把作品『括弧』起來，卻也同時『與外界相通』」（《拼圖遊戲·序》，頁9），讓圖與文更有機也更鮮活地交互形成被閱讀的主體。

　　筆者以西西的《拼圖遊戲》作為田曉菲圖文接受的參照，表面上似乎顯得唐突，然而在筆者眼中，田曉菲在《秋水堂論金瓶梅》、《赭城》中的圖文對照，不也是另一種形式的「拼圖」「遊戲」？當田曉菲在文本中置入圖像時，圖片難道不也是「把作品『括弧』起來，卻也同時『與外界相通』」？就前者而言，圖片讓讀者理解當時的歷史脈絡，讓讀者藉由影像依稀地「玩味」畫面中的氛圍及時代感，其本身便是意義充足的小宇宙，但同時又「與外界相通」，歡迎後世讀者以其生命、身體感再次閱讀並體知，於是，「麻辣蓮藕」和「琵琶蝦」覆寫了潘金蓮的氣質及人格特質，而十二世紀的詩行也為十六世紀的執扇仕女銘寫身世，於是，田曉菲充分挖掘文本——不只有文字，還包含往昔作為註腳的、次要的圖像——「空隙」，「解放」了文本，當她閱讀到十一世紀詩人伊賁·阿瑪爾的詩「我的眼睛，解放了書頁的囚徒：白色解放了白色，黑解放了黑」時，她說：

　　　　這是一首關於閱讀的詩，詩人把書比作監牢，閱讀使得到自由。（99）

其中，「閱讀使書得到自由」這句話詩意地表現了同情、理解或憐憫等身體感知所構成的接受與體知觀點，當田曉菲以眼睛解放了囚禁於各歷史時空的圖像與文字，令其再生，我們似乎也能體會閱讀（同時也是書寫）的自由。

三、看圖說書：陳平原說《金瓶梅》圖

　　正因閱讀充滿了解放的自由，作為閱讀再生產者如田曉菲、西西皆示範了閱讀的愉悅與逾越：圖像與文字主客不分，彼此逾越傳統的界限，這正給予了她們、或者正在閱讀她們作品的我們閱讀的愉悅和趣味。相較於《秋水堂論金瓶梅》逾越且愉悅地談《金瓶梅》，陳平原的《看圖說書》則展現了另一向度的逾越，同樣亦可作為跨時空與跨文本之示範。陳平原所謂的「看圖」與「說書」；看的是中國古典小說《紅樓夢》、《金瓶梅》、《聊齋誌異》、《劍俠傳》及《淞隱漫錄》等當時的繡像圖，說的則是以現代讀者的角度所詮釋的故事，在命題上頗具與古人對話的特質，然而陳平原的「說書」並

10　西西《拼圖遊戲》（臺北：洪範書店，2001），頁118。

非中國傳統的「看官聽說」之口耳傳布[11]，而是透過報章印刷的刊布，進行當代的說書與說圖，無論是在形式上抑或方法上皆具有當代性，亦可視為跨文本的表現之一。更有趣的是，這個現代說書者特別在〈後記〉中提及這新的傳布場域「專欄」之難——相較於當時「看官聽說」時代的「勾欄」，現代的故事流布載體倒顯得說、聽者之間疏離許多——最難之處尤其是「時間一到，非提筆——不，開機——不可」。筆者感興趣之處在於作為中國古典小說（包含《金瓶》）的讀者，陳平原巧合地選擇了「現代說書」的方式，說的不全是故事，而是看圖說故事。圖文兼顧的結果，不僅讓現代說書立刻有了屬於當代的「眼光」，同時更強化了始終為中國傳統讀書人所忽略的「圖譜」。即便《金瓶》、《紅樓》在當代已是眾人閱讀的經典，專業讀書人和研究者亦從多元角度探看與剖析，然而我們仍較少看到以小說繡像為主題的討論，即便《看圖說書》的副標題——小說繡像閱讀札記——特別標誌了這本書的類別，然而仍提供了不少閱讀繡像的當代個人觀點，值得我們進一步琢磨。

事實上，陳平原長期以來對中國文學的出版和傳播展現高度興趣與成就，因此其「看圖」與「說書」之「身體實踐」，著實是以當代出版與傳播之角度，再次地敘說經典，我們可從其「小引」中窺出端倪：

> 「說書」作為一種表演，與文學體式「小說」之形成與發展，關係極為密切。這點，不必唸文學史，也都能猜個八九不離十。本專欄之開設，希望不但可以「看圖」，而且能夠「說書」——評述已經成書的小說。中國古代小說的創作與傳播，與說書藝術有千絲萬縷的關係。即便像《儒林外史》那樣已經相當文人化的寫作，也都要擺出一副說書場中面對聽眾講故事的架勢。與此相適應，我也不準備宣講什麼大道理，而只經由一個小小故事，讓讀者理解文學生產的途徑及圖文配合的方式。（11）

陳平原採用「現代說書」的方式，同時加上令讀者賞心悅目的繡像圖讓經典再生，在延續《紅樓》、《金瓶》等經典生命的同時，亦能理解「文學生產的途徑及圖文配合的方式」。這種符合當代出版生態的說書方式，雖然取代了口、耳相傳之身體感或勾欄說書的身歷其境感，然而這種「好玩的」（「之所以如此膽大妄為，一是覺得這是好玩」，12）閱讀札記，著實又可視為另一種當代的「評點」，不僅是針對文本，更同時針對繡像圖；

11　《看圖說書》原為陳平原為《書評週刊》所撰寫的專欄，這也是陳平原首次開專欄。見〈我希望學問做的有趣——訪北大中文系教授陳平原先生〉，收入陳平原《看圖說書——小說繡像閱讀札記》（北京：生活・讀書・新知三聯書店，2003），頁133-137。

而後者的確是《金瓶》在接受過程中較不被重視的。

　　此外，陳平原這位當代讀者／說書人確實也注意到「讀者」的重要性，他關心的不僅是畫家的筆法與刀工是否嫻熟、畫面構圖是否飽滿，而是讀者閱讀時能否體察畫家經營的苦心，同時也好奇於讀者將並置的圖像與文字對照閱讀時所產生的效果。陳氏聽說無論是在寺廟的講經、或者是瓦肆的說書，在講述時亦配合著圖捲，「掛一彩繪的立軸，然後憑藉著三寸不爛之舌，讓聽眾的聽覺與視覺得到最大程度的享受」，陳平原以為此情此景確實令人神往。（10-11）經由陳氏的描述，我們依稀可見說書與說經的場景充滿著諸種特殊的身體感，有趣的是，倘若說的是《金瓶》這般充滿鮮活感官的書，更有多層次的視聽感受，尤其是《金瓶》中以吳月娘為首的聽經場景亦是聽覺與視覺之奢華饗宴，在此我們不禁可揣度一個同樣令人神往的多層次閱聽場景：《金瓶》裡描述的聽經是最核心層，其次是作為聽經的閱聽者，再其次是跨越時空的讀者／說書人陳平原，最外圍則是這時代的《金瓶》閱聽者，在多重而跨時空的傳遞間，我們彷彿能感受到這種閱聽的身體感逐漸擴大與變化。

　　那麼，陳平原是如何閱讀充滿細緻感官與身體描述的《金瓶》呢？他以為相較《金瓶》之前的三大奇書，這部經典摹寫了「真實的生活」、「瑣碎的筆墨」及「完整的結構」，倘若從「圖像與文字之轉化與互相發明」的觀點上，陳氏更著重於前兩者。（57）當張竹坡及現當代論者著重於《金瓶梅》中的結構和章法時，陳平原發現這些技法不僅針對文字，在繡像圖中亦有「反補」、「聚焦」或「嘲諷」等作用，這些皆反映了繡像作者的立場及趣味，例如其樂融融的「妻妾玩賞芙蓉亭」補襯了怒目金剛式的「義士充配孟州道」，而「逞豪華門前放煙火」的情景則是完全符合西門慶從高處俯視、聚焦的視角。（59、64）基本上，陳平原這位當代說書人的部分觀點和十七世紀的看官張竹坡有類似處，例如陳氏在分析吳月娘春畫鞦韆一繡像圖時，表示張竹坡的分析「實在精彩」，似乎陳氏也贊同張氏對吳月娘的評斷。重點是陳平原注意到陳敬濟在這回中的關鍵位置，而畫師顯然也注意到這點，因此將陳敬濟置於畫面中央，凸顯其「這邊摸一下、那邊捏一把」調戲婦人動作，因此讓這幅畫除了具有風俗畫之情調外，「還倒成了諷刺的目標」。「諷刺」這一敘事技巧是張竹坡與蒲安迪共同指出的關鍵字，而陳平原則從繡像中試圖揣摩其諷刺意涵，用以佐證圖／文作者有志一同的創作觀。然而，陳平原也指出繪圖者偶爾會基於審美要求而自作主張，例如第四十六回吳月娘一行人在「元夜遊行遇雨雪」，圖文間便頗多縫隙，彼此顯然不太貼合，這或許也暗示了繡像多少也是跨文本的創作，而繪者似乎也「我自作我的《金瓶梅》」了。從這種角度來看，繪者多少也具有創作自覺，即便在當時圖像多半是配合、依附於文字，但陳平原也觀察從「淫書」問題來看小說插圖，不難發現正如同小說家；繪者似乎也避免將其定調為「性學教科書」，

幾個明顯的例證便是全部插圖仍舊緊扣小說情節，沒有過多的發揮，也沒有「特寫鏡頭」，即便在二百幅圖像中仍有不少性描寫，但也「頗為講究章法」，例如在第十三回裡，西門慶與李瓶兒歡愛時共同賞玩的道具春宮畫並沒有受到繪者青睞，反而強調了西門慶翻牆的場景，陳平原不無幽默地說：「單看翻牆幽會，你還以為是張生呢。」（55）會誤將西門慶錯看成張生，正足以顯示了繡像圖繪者的觀點：與其凸顯色情，他聚焦於出更有趣的西門慶翻牆。

相較於凸顯田曉菲接受觀點的說圖示範；以及陳平原的看圖說書，由北京中華書局出版的一系列的小說經典圖文本則是較為中規中矩的、較為普遍的圖文配置。以黃霖的《說金瓶梅圖文本》為例[12]，內有包含的圖大致上包含《金瓶》詞話本、繡像本、竹坡本的內頁、目錄、圖片以及插畫，相對於文字而言，《說金瓶梅圖文本》的圖片則較為次要，主要功能仍是傳統對插畫的期待：作為文字內容的補充，或是讓版面較為生動，同時有助於舒緩閱者疲憊的雙眼，然而，這並不代表插圖本身乏善可陳，事實上，繪畫和文字一般，皆是繪者／作者心像的折射，而這些圖正是插圖者（同時也是讀者）對《金瓶》人物的理解與闡釋，兼具歷史想像與反映當代的成分在內。在《說金瓶梅圖文本》中，潘金蓮的外表與體態最明顯之處便在於那對暴露的乳房，然而有趣的是，潘金蓮並非赤裸，而是有外衣包裹與妝點，然而那對不聽話的乳房仍活繃繃地跳在讀者視線中，換言之，插畫家似乎是用「透視」的方法來描繪金蓮，即便她打扮地花枝招展，讀者仍可飽覽她那對勾情的乳房。相較於乳房，她的下半身似乎偶爾也是近乎透明的，讀者可以明顯望進她的裙褲，凝視她的屁股與白白的腿兒，以及那「纏得一雙好小腳兒」（《金瓶梅》繡像本一回）。

潘金蓮幾乎透明的衣裳和曲線畢露的身體，一方面頗符合潘金蓮在《金瓶》中常見的形象，另一方面似乎也是讀者的想像或意淫的產物，例如在〈原欲的膨脹與人性的扭曲——剖析潘金蓮之二〉文章一開始所搭配的潘金蓮午睡圖，便充分地表露出金蓮令人勾魂、心癢的模樣，因此，類似繡像本中每逢性愛場景便於牆上挖一個大圓洞；滿足讀者窺視春宮的技法，透明的衣裳和曲線畢露的身體似乎也象徵著讀者喜歡窺視的眼睛。然而，更巧合也更有趣的是，筆者發現這種象徵讀者透視的技法並非一致地表現在每個《金瓶》的人物中，似乎是幾個關鍵的「淫婦」方能享有通體透明的「特權」，例如金蓮、春梅、蕙蓮等，倘若著墨到吳月娘、孟玉樓等人，便是衣官楚楚的正經模樣，最特殊的反差或許是〈「蠢」婢秋菊〉一文中的插圖，潘金蓮和春梅即便身著衣衫但卻展現了一絲不掛的效果，立在一旁的秋菊可能因為賣相不佳或天性愚蠢，因此插圖者在處理時並

12　黃霖《說金瓶梅圖文本》（北京：中華書局，2005）。

沒有加以特寫其女性性徵。

　　另外，潘金蓮在圖中的身體比例有時亦顯得過於高大而唐突，例如在圖說「潘金蓮尚『每日門兒倚遍，眼兒望穿』」的圖中，潘金蓮的面部顯然佔了較大的比例，她喬模喬樣、做張做致的姿態在筆者眼中似乎不那麼嫵媚，反而有種滑稽與恐怖交雜的感受。事實上，她坐在椅子上的動作也不符合把「門兒倚遍」的狀態，而掀簾子進門的人——應該是王潮兒，同樣也開啟了窺探的契機，讓整個樸素畫面（王婆的家似乎無足觀也）有了挑逗讀者視線的焦點。再者，王潮兒身軀之小更加「補襯」出金蓮那相較而言顯然胖大許多的身軀，讓筆者在想像潘金蓮解渴王潮兒時，似乎多了某種死亡般的恐怖感，正如讓蒲安迪渾身發顫的取走西門慶小命的潘金蓮的坐騎姿勢。當然，這極有可能是筆者作為《說金瓶梅圖文本》圖像接受的想像，插圖者並無此意，然正因如此，這種看圖說書的方式更符合本節所要表達的旨意：《金瓶》圖像的解讀與接受，而尤其論文關鍵字之一在於身體感知，因此圖像中的身體也是筆者欲加以「體知」的部分。

四、圓滿照見

> 文字，圖像，也不過只是遺跡而已吧。「遺跡」是一個悖論：它是所愛的人曾經在場的見證，然而卻又指向永遠的缺席。在這些支離破碎的遺跡中，我們追尋某種東西：所愛的人，一個縹緲的影子，神明。我們用想像重新構築那曾經圓滿的存在，我們最後發現的，卻常常是自己的面容。[13]

張竹坡在《金瓶梅》讀法中有這麼一條：「讀《金瓶》必須懸明鏡於前，庶能圓滿照見。」（讀法第九十六），這為我們勾勒出一幅特殊的圖景：讀者坐在明鏡前展閱《金瓶》，候乎抬頭便照見了自己的面容；換言之，讀者的面容和《金瓶》中角色的臉譜相互輝映、形成了「互文」的空間；當讀者或哭或笑、或痛或快而從扉頁中抬眼時，看見的卻是自己悲喜的表情，我們從這樣的抬眼、照見與張望中，看見了自己的故事與《金瓶》細密地編織在一起，這或許更有助於讀者體解《金瓶》的箇中滋味，而這便是田曉菲試圖傳達給讀者的；當她說「我曾經親眼見到過他們（《金瓶》的男男女女）」之際，其深層意涵事實上便是經典與個人生命的相互輝映、彼此圓滿。

　　從此角度來看，閱讀理當更行自由，田曉菲示範了讀者如何能說美人圖、拼圖遊戲與看圖說書，在她的閱讀與詮釋下，《金瓶》的圖像世界版圖遠大於十七世紀的刻本繡像，而兼容不同質地的圖像——跨時代的攝影和繪圖——則有助於讀者「用想像重新構

13　田曉菲《赭城》（南京：江蘇人民出版社，2006），頁 14。

築那曾經圓滿的存在」，從不同時代的臉譜眉眼中照見了《金瓶》的男男女女，同時多少也照見了不少讀者「自己的面容」，而這種圖文並重、圖文互詮的呈現形式多少也反映了當代出版生態與傾向性，隱約地遙遙呼應著出版業發達、故事以此形式傳播流通的晚明社會，因此這是雙重的照見：《秋水堂論金瓶梅》的圖像映照著《金瓶》繡像，而當今的「看圖說書」出版生態則映現著晚明的出版環境，時下的讀者再也不需懸明鏡於前，因為我們擁有許多向《金瓶》及其繡像致敬、對話的文本，而這些文本便是明鏡，容許我們自行照見，構築圓滿。透過文字與圖像的追索與照見，在《赭城》裡那幅源自十七世紀波斯畫頁的〈情人的擁抱〉，彼此纏綿溫存的不僅是十七世紀的情人，當然有可能是十六、十七世紀的西門慶與潘金蓮，可能是當下的讀者曾有過的感受，而這些，田曉菲皆有所體知。

附圖：《秋水堂論金瓶梅》內圖

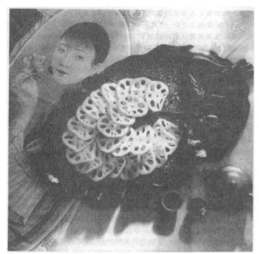

圖一：麻辣蓮藕

圖二：琵琶蝦

圖三：貴婦與仕女

圖四：周昉「內人雙陸圖」

圖五：樂伎

圖六：孩子與奶媽

圖七：鳳冠霞帔的貴婦

圖八：貧兒

第三節　參差對照：
從張愛玲到田曉菲對《金瓶梅》之女性體知

一、對照記：從張愛玲說起

　　田曉菲在《秋水堂論金瓶梅》第十七回中提到《金瓶梅》與《紅樓夢》對張愛玲（1920-1995）的影響，然而一般僅著眼於後者對張愛玲的影響，忽略了張氏作品中「無數《金瓶梅》的痕跡」。在此田氏給了我們一個絕佳的題目，即《金瓶》對張愛玲的影響。如同《金瓶》成為跨世紀的經典，張愛玲的作品亦可視為經典，不僅擁有廣大的讀者群，也成為不少當代兩岸三地知名作家的寫作的源頭，其影響力可見一斑。倘若細讀張愛玲作品，不難發現《金瓶》確實是張愛玲寫作的根源，然而相較於她對《紅樓》直截而頻繁的稱讚，《金瓶》顯得較為間接而隱性，然正因彼此間的聯繫較為含蓄，反而給予讀者更大的挑戰，同時凸顯了論述之必要。不妨讓我們先從 2009 年皇冠所出版的張愛玲「最後、也最神秘的小說遺作」《小團圓》談起，在這本小說中，我們先是看到當女主角九莉被韓媽喚作「大姊」時，張愛玲便不經意地提到「只有《金瓶梅》裡有這稱呼」[14]，不僅如此，更值得注意的是田曉菲觀察到白流蘇與《金瓶》繡像本中的金蓮在初見情郎時皆頻繁而嫵媚地低頭。不但〈傾城之戀〉如此，在《小團圓》裡亦有「仿擬」的影子，張愛玲將這低頭用在男女主角盛九莉和邵之雍的會面上：

> 她忽然注意到她孔雀藍喇叭袖裡的手腕十分瘦削，見他也在看，不禁自衛的說：「其實我平常不是這麼瘦。」
> 他略怔了怔，方道：「是為了我嗎？」
> 她紅了臉低下頭去，立刻想起舊小說裡那句濫調：「怎麼樣也抬不起頭來，有千斤重。」也是抬不起頭來。是真的還是在演戲？（170）

既然田曉菲擅長於「對照」——白流蘇與潘金蓮的低頭——筆者遂將盛九莉的低頭也納入「舊小說」的氛圍與範疇裡，然而這絕非「舊小說的那句濫調」，因為張愛玲的對照總是能在舊底中襯出新花樣，正如她對衣飾的迷戀。

　　張愛玲在散文〈童言無忌〉中提及中國人從西洋人那兒學會了「對照」與「和諧」兩種穿衣規矩，並引述兒歌中的兩句——「紅配綠，看不足；紅配紫，一泡屎」——來說明穿衣的「對照」，接著便提到《金瓶梅》中的宋蕙蓮身穿大紅襖卻搭配紫裙，西門

14　張愛玲《小團圓》（臺北：皇冠文化出版公司，2009）。

慶覺得她怪模怪樣，兩人第一次雲雨後便要玉蕭找了一匹藍綢與她做裙子（二十二回），張愛玲以為古人在穿衣上的對照不是絕對的，而是參差的對照，例如「寶藍配蘋果綠，松花色配大紅，蔥綠配桃紅。」[15]無論是配色、寫作抑或人生，張愛玲偏愛「參差對照」，她喜愛參差對照的寫法，因為這較接近事實與現實人生，而「蒼涼之所以有更深更長的回味，就因為它像蔥綠配桃紅，是一種參差的對照。」（《流言》，18）由此看來，張愛玲的作品之所以予人蒼涼之感，正在於她善於參差對照的寫法，而此種參差對照，難道不也是田曉菲以為《金瓶》的偉大與深厚之處麼？而這符合現實人生之處，正也是田曉菲與夏志清閱讀觀點之不同。當田曉菲從《傾城之戀》白流蘇的低頭追溯到到繡像本《金瓶》中潘金蓮的低頭時，筆者欲將《秋水堂論金瓶梅》放在更廣的置高點上；將田曉菲閱讀《金瓶》放置於《金瓶》接受史中知名的女作家和論者之網絡，探看田曉菲在《金瓶》的體知譜系中之座標，當然，這絕非作家、作品之間等質等量的比較，比起「比較」，筆者無疑偏愛張愛玲的「參差對照」，多少希望「在亂紋中可以依稀看得出一個自畫像來」[16]，從參差對照中尋出更多田曉菲——她不僅是《金瓶》的讀者，也是張愛玲的讀者——《秋水堂論金瓶梅》之價值。因此，本節的重點在於「參差對照」，藉由更有彈性地閱讀《金瓶》與《秋水堂論金瓶梅》，繫聯出更多跨時代的、與《金瓶》有所關連的跨文本。

二、潘金蓮、霓喜、白流蘇：張愛玲讀寫《金瓶梅》

張愛玲曾表示她在出國以前，每隔幾年都會看一次《紅樓夢》與《金瓶梅》[17]，對她而言，這兩本經典是「一切的泉源」，尤其是《紅樓》[18]。張愛玲對《紅樓》的熱愛與精讀自是無庸贅言，其《紅樓夢魘》遂可見她比較各個版本差異之細膩，張愛玲在詳論《紅樓》的專著《紅樓夢魘》裡，仍不忘提及《金瓶》。當她細究《紅樓》的版本與前後四十回的差距時，說起她原本以為《金瓶》至少是完整的，但後來看韓南的研究，方知第五十三回到五十七回出自於不同的作者之手，因此當時非常震撼。她的描述相當有趣，充分地勾勒出一個善於細讀的、相較於專業研究學者而言的專業讀者之形象，值得在此引述出來：

---

15 張愛玲〈自己的文章〉，《流言》（臺北：皇冠文化出版公司，1991 典藏版初版），頁 11。

16 張愛玲《對照記——看老照相簿》（臺北：皇冠文化出版公司，1994 年初版），頁 88。

17 張愛玲〈國語本《海上花》譯後記〉，《續集》（臺北：皇冠文化出版公司，1993 典藏版初版），頁 62。

18 張愛玲《紅樓夢魘》（臺北：皇冠文化出版公司，1994），頁 10。

回想起來，也立刻記起當時看書的時候有那麼一塊灰色的一截，枯燥乏味而不大清楚——其實那就是驢頭不對馬嘴的地方使人迷惑。遊東京，送歌僮，送十五歲的歌女楚雲，結果都沒有戲，使人毫無印象，心裡想「怎麼回事？這書怎麼了？」正納悶，另一回開始了，忽然眼前一亮，像鑽出了隧道。

我看見我捧著厚厚一大冊的小字石印本坐在那熟悉的房間裡。

「喂，是假的。」我伸手去碰碰那十來歲的人的肩膀。（《紅樓夢魘》，頁9-10。）

在散文〈存稿〉裡，張愛玲也透露少女時代之前便寫了「長篇的純粹的鴛蝴派的章回小說，《摩登紅樓夢》」，想像賈寶玉等人生在摩登「當下」之情景。相較於直接提及《紅樓》，張愛玲受《金瓶》的影響在文本中顯得較不彰顯，須得從細節中發現。散文〈道路以目〉描述路上看人的點滴，談到觀察路人，她隨手拈來一句：「世上很少『從頭看到腳，風流往下落；從腳看到頭，風流往上流』的人物。」這段引文不正是《金瓶》第九回裡吳月娘看潘金蓮的模樣嗎？可見《金瓶》著實是深植於張愛玲心中的。此外，張愛玲的〈「嗄？」？〉更是篇有趣的文章，她從自己的舊作電影劇本《太太萬歲》被抄手改動許多語助詞說起，尤其是劇本中出現了原先沒有的「嗄」字，接著，張愛玲將焦點轉向《金瓶梅詞話》中「嗄飯」／「下飯」的用法，進而舉出《金瓶梅詞話》中的許多詞彙方言，如「囂」、「停當」、「投到（及至）」，而後彷彿試圖找出「參差對照」的例子，談及《水滸》、《海上花列傳》中的「嗄」字，兼論《金瓶梅詞話》與說書市場、明代的語助詞等……看似雜亂無章地說了許多，張愛玲在文末才表示因為自己劇本中的語助詞被大改特改，看得令其「傷心慘目」，方耗費筆墨補上這般說明。

更值得舉的例子是張愛玲的〈論寫作〉一文，張愛玲在此聚焦於「如何寫作」一事，進而著重於讀者反應與心理：「作文的時候最忌自說自話，時時刻刻都得顧及讀者的反應。」為了掌握、迎合讀者，須得遵守兩條原則，包括「說人家所要說的」以及「說人家所要聽的」，以後者而言，她舉《紅樓》與《金瓶》為例，問了一個問題：暫時不論兩者的文學價值，為何前者較後者通俗？——「只聽見有熟讀《紅樓夢》的，而不大有熟讀《金瓶梅》的？」[19]——張愛玲認為這或許是因為溫婉而感傷的愛情故事如《紅樓夢》較香豔熱情的《金瓶梅》更符合市場需求，接著則就「低級趣味」和「色情趣味」與作者和讀者之間的關係作番申論。雖然相較於《金瓶》，張愛玲仍然更鍾愛「要一奉十」的《紅樓》，不過筆者以為〈論寫作〉之所以值得提出來說明的原因是：《金瓶》的讀者多半喜歡扮演著教導者的角色，當張愛玲以此文「教導」有志於寫作的人如何寫

---

[19]　張愛玲〈論寫作〉，收入《張看》（臺北：皇冠文化出版公司，1992典藏版二刷），頁235。

作並掌握讀者心理時，筆者想及張竹坡、丁耀亢這兩位十七世紀文人如何在評點、續寫《金瓶》的同時傳授寫作秘訣，即便時代各異，這些閱讀《金瓶》的讀者不僅是簡單的讀者，他們皆在詮解經典的過程中展現了多方面的才華，以及讓經典再生的企圖心。

雖然以上所舉的諸篇散文之重點並不在於《金瓶》，然而我們亦可從側面得知張愛玲必然熟讀《金瓶》，尤其鑽研並琢磨其文字用語。不過很遺憾地，熟讀《金瓶》的張愛玲並沒有撰寫「摩登金瓶梅」以饗讀者，否則必定讓時下摩登的「張迷」和「金迷」爭相閱讀。然而，作為明目眼尖的讀者，與其為既往的歷史事實嘆息感傷，不如從張愛玲文本的細微處發現可資玩味與嬉戲的「摩登金瓶梅」。張愛玲曾於〈自己的文章〉中討論舊作《連環套》，在分析中國社會中的「姘居」與霓喜這個角色之後，張愛玲說了一句意味深長的話：「至於《連環套》裡有許多地方襲用舊小說的詞句──五十年前的廣東人與外國人，語氣像《金瓶梅》中的人物。」（24）為了描寫上海人心中五十年前的香港，張愛玲「特定採用一種過了時的詞彙來代表這種雙重距離。」（24）此處所謂的雙重距離是指「上海人心目中的浪漫氣氛的香港」以及五十年前的香港，無論在心理期待或時間上皆形成了距離，而更有趣的是雖然說是襲用舊小說，但張愛玲卻在何其多的舊小說當中選定了《金瓶》，而非《紅樓》。的確，筆者在閱讀〈連環套〉時確實發現許多細節明顯繼承《金瓶》而來，尤其是語氣──霓喜的語氣多麼像潘金蓮的口吻，即便張愛玲坦承這篇小說有「欠注意到主題」、「未免刻意造作」的毛病（〈自己的文章〉，22、24）；在完稿後三十年重新出版時表示這篇小說寫得非常壞，「通篇胡扯」，令她「不禁駭笑」，然而作為讀者（或曾經在寫作這條路上踽踽而行的作者），我們須知對作家而言，閱讀自己過去的文章可能本來就是件驚心動魄的事，不免感覺陌生、羞赧甚至加以否定，不過作家自己所摒棄或厭惡的舊作不等於其中毫無價值，對讀者來說，反而能從中獲取靈光、甚至能推想作者厭惡的原由。善於細緻描繪感知與物事的張愛玲，重讀三十年前的〈連環套〉，「不由得齜牙咧嘴作鬼臉，皺著眉咬著牙笑，從齒縫裡迸出一聲拖長的"Eeeeee!"」[20]這彷彿也能令我們想及作者閱讀「自己的文章」前後不同的觀點。儘管〈連環套〉重新出版的 1976 年時的張愛玲不喜歡也不希望將此篇收入集子中，但至少在《流言》（其中收錄了〈自己的文章〉）出版的 1968 年時，她曾表明「希望這故事本身有人喜歡」（22）。事實上，筆者正是喜歡這故事的讀者之一，因為它如此類似《金瓶》，在這強悍又美麗的霓喜身上，筆者依稀看見潘金蓮的影子，更準確地說，霓喜與金蓮皆具有相似的脾氣與口吻。

談及口吻，就牽涉到張愛玲使用的字詞。張愛玲對於文字當然是敏感的，對她而言

20　張愛玲《張看·自序》，頁 10。

每個文字似乎皆有特殊的感受[21]，因此作為《金瓶》讀者時，她不意外地會著眼於作者如何使用文字。正是基於張愛玲對文字的敏感——她在《紅樓夢魘》裡展現了專業讀者／作者對字詞極度的留意——筆者之所用以「參差對照」的方式便是從〈連環套〉裡挑出字詞使用類似於《金瓶》的片段，畢竟張愛玲自己也表明此篇小說的語氣著實像《金瓶》中的人物，因此這番對照多少可避免筆者一廂情願地過度詮釋，同時也正巧符合本書使用「漢字」的多重含意，而這也有別於論者將〈連環套〉與《金瓶》的對讀和聯繫。[22]霓喜常罵將他買來的印度人雅赫雅為「賊囚根子」、「賊砍頭」，這確實是《金瓶》中潘金蓮和諸婦人的慣用口吻，而雅赫雅最怕的莫過於霓喜的那張嘴，「淮洪似的，嚷得盡人皆知，只得有的沒的另找碴兒」[23]，霓喜的這張嘴莫不也像潘金蓮？孫雪娥遭金蓮搶白時，便對月娘說道：「娘你看他嘴似淮洪也一般，隨問誰也辯他不過！」（十一回）霓喜不斷向雅赫雅逼婚，免得自己的地位不穩固，然而雅赫雅怕娶了霓喜反而更讓她「上頭上臉」，因此遲遲不肯答應，霓喜不禁感嘆「趕明兒你有了太太，把我打到贅字號裡去了」（24），「贅字號」正巧也是官哥兒寄法名、穿道服時，金蓮瞥見紅紙袋上僅有月娘和瓶兒的名字，心中不是滋味，便拿與眾人瞧：「這上頭只寫著生孩子的，把俺每都是不在數的，都打到贅字號裡去了。」（三十九回）又；雅赫雅認為自己慣壞了霓喜，霓喜則冷笑說出雅赫雅心中的話，說霓喜剛來的時節「三分像人，七分像鬼」（24），這句話正巧是金蓮初見武松，不禁心下比較武大「三分似人，七分似鬼」（一回）；霓喜與雅赫雅後來經常爭執吵鬧，「一來家便烏眼雞似的」（43），則同金蓮作舌讓西門慶打罵孫雪娥後，金蓮偷聽到雪娥說她「弄得漢子烏眼雞一般」（十一回）。後來霓喜被雅赫雅攆出門，不得已先暫住修道院，霓喜因寄人籬下、須看人臉色，只得多獻殷勤，幫

---

[21] 張愛玲〈我的天才夢〉：「對於色彩，音符，字眼，我極為敏感。當我彈奏鋼琴時，我想像那八個音符有不同的個性，穿戴了鮮豔的衣帽攜手舞蹈。我學寫文章，愛用色彩濃厚，音韻鏗鏘的字眼，如『珠灰』，『黃昏』，『婉妙』，『splendour』，『melancholy』，因此常犯了堆砌的毛病。直到現在，我仍然愛看聊齋誌異與俗氣的巴黎時裝報告，便是為了這種有吸引力的字眼。」收入張愛玲《張看》，頁 241。這種對字詞的高度敏感不禁令筆者想及另一位經典大師納博科夫的「共感覺」，他可以在聽的同時感覺到字母的顏色，例如「a」讓他想及枯木的顏色，「o」則是白色的象牙框手鏡，而法語中的「on」則像「小玻璃杯裡的酒滿得快要溢出、表面張力緊繃的樣子」，他稱這種感覺為「有色聽覺」，雖然這是種病症，但總讓筆者聯想到張愛玲對字詞的高度敏感。見納博可夫（Vladimir Nabokov）著，廖月娟譯《說吧，記憶》（臺北：大塊文化出版公司，2007），頁 43。

[22] 林幸謙在〈重讀〈連環套〉〉裡，並沒有將〈連環套〉與《金瓶》作大量的對讀分析，唯一提及《金瓶》的部分是將雅赫雅對待霓喜的沙文態度，比擬於「由性別歧視到厭女症」的《金瓶》。見林幸謙〈重讀〈連環套〉〉，《歷史、女性與性別政治——重讀張愛玲》（臺北：城邦文化事業公司，2000），頁 156。

[23] 〈連環套〉，收入《張看》，頁 27。

忙作點細活，「不拿強拿，不動強動」（47）；這兩句話正巧也是《金瓶》第九回金蓮初到西門慶家，每日清晨便到月娘房中做鞋腳和針活，「不拿強拿，不動強動」；後來霓喜嫁給藥鋪同春堂老闆竇堯芳，堯芳死後，他鄉下一干子親戚趁著上城辦後事時要教訓霓喜，彼此大打出手，當婦人們嘲笑霓喜不過是私妍上的，霓喜辯護到：「我便是趁了來的二婚頭，秋胡戲，我替姓竇的添了兩個孩子了……」（63），其中「秋胡戲」正是《金瓶》第二十三回裡，宋蕙蓮與西門慶偷情時悄聲問他「你家第五個的秋胡戲，你娶她來家多少時了？」「秋胡戲」原是蕙蓮私下稱呼金蓮的，張愛玲偏讓霓喜自己說出；而原先金蓮對著春梅嘲諷西門慶「他進來我這屋裡，只怕有鍋鑊吃了他似的」，在張愛玲筆下則轉化成霓喜倒在堯芳身上邊哭邊說「誰都恨我，恨不得拿長鍋煮吃了我。」（55）除了口吻和性子酷似金蓮之外，霓喜最像金蓮之處還在於出身貧窮，正因極度害怕貧窮，常為了錢與人爭執到「一點紅從耳邊起，紫脹了面皮」，即便在與店裡伙計崔玉銘打得火熱的時分，仍不會過於放縱情人，「要十回只與他一回，在霓喜已是慷慨萬分了。」（52）

筆者以為〈連環套〉與《金瓶》的隱性相似處在於：霓喜與外國人湯姆生之所以會搭在一起，得歸功於湯姆生的幫傭阿媽要霓喜幫湯姆生織件絨線衫，這種女主角親手織綴衣衫的方式讓她順利勾搭上男人的方式，則類似當初王婆為金蓮和西門慶的穿針引線，雖然在細節上不盡相同。倘若我們更進一步地來看，那些形容霓喜姿態的句子「在色情的圈子裡她是個強者，一出了那範圍，她便是人家腳底下的泥」（27）、「渾身熟極而流的扭捏挑撥也帶點悍然之氣」（71），不也正適用於金蓮身上，雖然金蓮與霓喜是不能等同而論的。不過，兩人最明顯的不同還是在「身體」──金蓮無論如何無法為西門慶懷胎；霓喜卻是「拖著四個孩子，肚裡又懷著胎」的多產女人。因此，當田曉菲從香港和紐約的酒店見過那些存在於《金瓶》裡的、鮮衣亮衫的人物時，張愛玲則在〈連環套〉中細細雕琢那些說出《金瓶》時代口吻的、半新半舊的人物，因為《金瓶》是屬於任何時代的，而這種參差對照於當下時代、社會生活的閱讀與創作觀點，正體現了張愛玲與田曉菲細膩的體知。

田曉菲認為張愛玲作品中留有《金瓶》無數的痕跡，不過她僅以〈傾城之戀〉為例，最明顯之處莫過於范柳原對白流蘇說「你是醫我的藥」正源自於李瓶兒對西門慶說「你就是醫奴的藥」；同時發現善於低頭的流蘇原型來自於繡像本《金瓶》中初見西門慶而頻頻低頭的金蓮。張愛玲認為這小說史上的經典女人白流蘇廣受讀者喜愛的原因，便在於她的「得意緣」與後來人生之種種，皆為許多寄人籬下或年紀大的女人出了一口氣，正如田曉菲注意到孟玉樓的年齡超出當時文人的審美趣味，張愛玲也以為「向來中國故

事裡的美女總是二八佳人，二九年華，而流蘇已經近三十了。」[24]從這個角度來參差對照一番，不難發現（田曉菲眼中的）《金瓶》作者以及張愛玲皆有膽識，將對當時而言「高齡」的女子塑造成具魅力、能讓風流公子（李衙內、范柳原）定下心來的迷人女人，由此可見張愛玲也是「懂得女人的」。她說：「我希望〈傾城之戀〉的觀眾不拿它當個遙遠的傳奇，它是你貼身的人與事」[25]，此處若將〈傾城之戀〉換成《金瓶》也同樣恰當，對田曉菲而言，《金瓶》也不是個遙遠的傳奇，反倒適足以貼合時下、「摩登」的看官的感受與體知。

事實上早在田曉菲之前，高全之也做過類似嘗試，高氏曾比較張愛玲〈第一爐香〉與《金瓶》的相似處，他從女子的「飛蛾投火」來看葛薇龍與瓶兒、金蓮的相似處，她們都願意為了愛情而犧牲自己，《金瓶》裡的女子跳入情愛火坑的自願性與現實性，在〈第一爐香〉中清楚可見，尤其葛薇龍自願從娼的行徑類似出賣身體養家的王六兒，而〈色戒〉中的王佳芝也為了情人而喪生，高氏試圖指出早在〈連環套〉之前的〈第一爐香〉，張愛玲已讀過並深受《金瓶》影響，只是基於形象與社會風氣而不敢言明。[26]其實從高氏「飛蛾投火」的分析看來，很多小說中為愛奉獻的女子可能都符合這個條件，不盡然能完全說明〈第一爐香〉受《金瓶》影響，然而高氏卻也利用這點，說明〈第一爐香〉對《金瓶》的仿效並非「粗糙膚淺」，而是有深層意蘊的，彷彿高氏也默默遵循著張愛玲所謂的「參差對照」，從這一角度來看，除了霓喜、葛薇龍和王佳芝，我們也許能找出更多與《金瓶》女子眉眼相似的更多例子。

從傳統而嚴謹的比較觀點來看，潘金蓮、霓喜與白流蘇當然不能等質等量地比較，然而從「參差對照」此一較符合現實人生的角度來看，這些女子的表情、口吻或眉眼多少有隱約的重疊。田曉菲稱潘金蓮為「立體佳人」，並以為作者善於將佳人的另一面呈現給讀者，張愛玲又何嘗不是如此？她筆下的霓喜和流蘇有不同的美，但她們多少是善於算計的，甚至像霓喜也懂得哭鬧爭奪，在文人與才女的筆下，這些小說史上經典的女人接連繼承著血脈與骨肉，不過二十世紀的張愛玲早已不同於十七世紀的丁耀亢；以因果輪迴的寫作框架讓金、瓶、梅在普遍可以接受的宗教觀點下還魂與再生，張愛玲要更摩登更當下，她讓霓喜與白流蘇間接地流著古典淫婦的血，正像她形容霓喜「有一肚子的兇殘的古典」；熱愛並熟讀「舊小說」如《紅樓》、《金瓶》、《醒世姻緣傳》及《海

24　張愛玲〈關於〈傾城之戀〉的老實話〉，《對照記》，頁102。

25　張愛玲〈羅蘭觀感〉，《對照記》，頁96。

26　高全之〈飛蛾投火的盲目與清醒──比較閱讀「金瓶梅」與「第一爐香」〉，《當代》128期（1998年4月），頁134-143。

上花列傳》的張愛玲何嘗不也擁滿腹「兇殘的古典」，用她的「張看」，向那裱褙於古典語境中潑辣、飛揚且兇殘的女子予以深情回眸。

三、女鬼、淫婦、閨閣：李昂讀寫《金瓶梅》

　　另一個若有似無的回眸則是臺灣女作家李昂（1952-），在她小說集《看得見的鬼》中，潘金蓮的名字與魂魄被這個以叛逆、勇於挑戰權威的女性小說家李昂一度召喚。如果說〈連環套〉、〈傾城之戀〉是張愛玲對新舊時空之交、戰亂流離的香港與上海的歷史張望，《看得見的鬼》則是李昂對明清以降臺灣與鹿港開發史的凝視；如果張愛玲筆下的霓喜潑辣、陰險等個性重演潘金蓮，那麼李昂則藉由島國女鬼的出沒遙祭潘金蓮，無論是何種女人，這些逾越性強、難以控制的女人（女鬼、淫婦）皆被當時社會視為同一族類，僅能在女性作家再度招魂時相互取暖。然而，筆者必須承認相較於張愛玲直接表明《金瓶》是她一切的源頭，李昂與《金瓶》的關係恐怕更令人質疑，然而，筆者仍舊維持一貫「參差對照」的基調，將李昂置入這個曖昧而流動的譜系中。

　　《看得見的鬼》中的〈不見天的鬼〉描寫乾嘉年間的鹿港，女子月紅／月玄為大家閨秀，自幼便纏得一雙較三寸還小的金蓮，長大後嫁給來自唐山的男子，但卻慘遭對方兇殘地殺害，淪落為鬼魂，在地理師的幫助下成功渡海報仇，其後不願重新輪迴，始終在鹿港城特有的「不見天」上徘徊近百年，看盡鹿城興衰。為了不斷裂文義，在此大幅度地摘引原文，且看其中充滿饒富意味的細節：

> 便是月紅，在昏熱的暑天午後，小睡醒來，閣樓上的繡房實在燠熱難當，昏昏然的，居然移步向及長後從不曾到抵的臨街二樓廳堂，透過木製格扇窗，尋得有點涼風。且禁不住誘惑的，月紅還憑窗站立。
>
> 即便木製格扇窗葉遮去視線，她原也不能如此「拋頭露面」地鄰近街道窗戶。
>
> （那近街道的閣樓，原就是出了名的奸夫淫婦、才子佳人故事的緣起。
>
> 然人們永遠記得的，只有淫婦潘金蓮故意失手打落支開窗扇的木棍，正巧打中西門慶。
>
> 事實上，才子佳人的故事也源起於此，或是俏佳人不小心失落一樣信物：
>
> 一幅繡上名姓的羅帕？一枝上題詩句的團扇？一方家傳玉珮？
>
> 翩翩公子則因此拾獲此信物，展開一段追尋，中途當然還要為奸所害、受苦遇難，最後，終會有團圓的美好結局。
>
> 然人們永遠不斷訴說，有興趣轉述的是：
>
> 淫婦潘金蓮故意失手打落奸夫西門慶頭上的那一根撐開窗扇的棍子。

　　那鄰街閣樓原就是出了名的奸夫淫婦故事的緣起。

　　從天而降的當然還會是招親的彩球。在高高的繡樓上、在閨閣女子手中，拋出、落下，打中的，便是命定的夫婿，不管是乞丐、不管是天子。

　　拋繡球招親。

　　是誰讓閨閣女子能如此拋頭露面？讓閨閣女子的手，拋出了她的將來，然落下的，豈真會是她的願望？

　　然人們永遠不斷訴說，有興趣轉述的是：

　　淫婦潘金蓮故意失手打落奸夫西門慶頭上的那一根撐開窗扇的棍子。）[27]

刮號內的文字乃李昂藉由想像「親身參與」了潘金蓮與西門慶對彼此動情的事發現場，當它適足地嵌在月紅的故事當中，便形成了有趣的「參差對照」，彷彿同時開啟兩扇不同時空的窗，將月紅的當下與潘金蓮的片刻並置於讀者眼前。上述段落中值得注意的是作者的猜想、推敲與流言的傳布彼此之間的微妙平衡，以及兩兩參差對照所構成的張力。重複敘說淫婦潘金蓮與西門慶邂逅的段落（「淫婦潘金蓮故意失手打落奸夫西門慶頭上的那一根撐開窗扇的棍子。」）代表了流言被傳佈、故事被編織的敘事，而李昂的猜度與設想則是參與《金瓶》及其他古典小說空隙後的同情與慈悲，她歧異的聲音與引導賦予了古典小說中的女子（尤其是金蓮）嶄新的肉身；而這點正是筆者以為具有強烈女性意識的李昂的創作自覺：她將代表經典被流傳、表述、尤其是被「污名」的聲音——「淫婦潘金蓮故意失手打落奸夫西門慶頭上的那一根撐開窗扇的棍子」——混同於身為當代女性作家的聲音。

　　更巧妙地是，李昂將淫婦與閨閣混為一談，對於許多讀者（尤其是男性讀者）而言，恐怕具有強大的威脅和破壞力，而讓淫婦與閨閣混血難辨的機制則是李昂使用的「木製格扇窗」此一物件，鄰街的木製格窗扇令她想及旺盛的危險慾望之經典——淫婦潘金蓮與奸夫西門慶的邂逅，而李昂讓〈不見天的鬼〉中的月紅／月玄站在這文學書寫史的重要據點，暗示了「閨閣／佳人」月紅／月玄與「淫婦」潘金蓮的血脈繼承，這樣的混血不能說不具有戰鬥性格，因為它在淡化「閨閣」與「淫婦」的同時，暗示了才子佳人亦有強烈而旺盛的慾望，進而巧妙且細膩地理解了奸夫淫婦動情的瞬間；換言之，佳人與淫婦極有可能存在於同一個身體裡，當田曉菲剖析潘金蓮對西門慶強烈的情愛時，便清楚地指出了這一點，而這具有多重能量的身體，方是立體佳人的身體。

　　另外值得注意的是李昂在《看得見的鬼》中，頻頻使用了人稱並置與模糊的方式，

27　李昂《看得見的鬼》（臺北：聯合文學出版社，2004），頁77。

例如〈頂番婆的鬼〉中的月珍／月珠與〈不見天的鬼〉中的月紅／月玄，在小說中，她們當然不是同一人，但卻具有高度類似的身世與命運，當李昂交錯敘述（便是月紅……／便是月玄……）時，令讀者有不辨其身分之感，如果不加細讀留意，很容易月珍／月珠、月紅／月玄不分，事實上作者有意地並置、模糊主角身分之技法，或可視為一種清楚的宣示，彷彿要告訴讀者，所有的女性皆是命運共同體，她們有相同的身體和心事，因此她們在某個時刻可能是閨閣，可能是淫婦，當然也有可能是女鬼，無論是潘金蓮還是月紅、月玄、月珍、月珠，即便時空各異，她們，至少都是女人；或至少都曾經是女鬼，幽幽地飄盪徘徊於讀者閱讀的當下。在筆者看來，李昂有意地打破世俗對女人的分類，尤其將閨閣、淫婦與女鬼混為一談，因此在她敘說的女人故事裡，人鬼不分，淫婦閨閣難辨，最貼近的描述便是她們（月紅、月玄、月珍、月珠）皆是月亮的女兒——女人與月亮的週期吻合，因而在古時傳說中便將女人神秘、邪惡化——皆是虛渺卻自由的魂身，穿梭於情慾和死亡的丘壑。

在〈不見天的鬼〉中，閨閣成了自由的女鬼，她開始了宛如淫婦般的身體實驗，當月紅／月玄從家族男性長輩的藏經閣中意外發現書夾頁中的春宮圖文時，她的身體感受到前所未有的快感，李昂安排女鬼從書架夾層裡發現《洞玄子》、《素女經》、《玉房指要》、《攝生總要》等等，還有《金瓶梅》與《肉蒲團》。原以為隨著故事發展，潘金蓮與西門慶會迅即消逝在文本中，沒想到李昂又再度讓女鬼翻尋並研讀《金瓶》以及採戰書冊，隨後，女鬼彷彿受到啟發，已經失去身體的她竟開始比照春宮圖揣摩各式性愛姿勢——就像西門慶與潘金蓮邊看瓶兒送的春宮手卷邊實地操作——正因他的女體已經消失，她既可男可女，又可非男非女，陰陽同體或不陰不陽的身體反而具有更大的彈性與自由，不僅是對傳統奸夫淫婦或才子佳人身體的反思，更側面地展示了當代女作家的身體書寫業已跨越了陰陽與性別界限。在《看得見的鬼》裡的五個甚至更多的女鬼，李昂皆安排她們忘我似地扭動身體，而她們也都享受了前所未有的、既與身體相關又似乎與身體無涉的高潮，她這舉動不正是張竹坡、丁耀亢等文人所批判的「不正當」作為嗎？這種將《金瓶》當作性愛實戰指南並實地演練的作法正是張竹坡、丁耀亢所極力駁斥的，而身為「淫婦」潘金蓮的讀者；同時亦為當代作家的李昂，偏要以關乎女性身體的書寫來演繹性愛，不乏暗中嘲諷張竹坡、丁耀亢等男性文人的意味，從這個角度看來，這難道不是也跨時空的「性別辯證」嗎？

在面對清乾嘉時期的鹿港題材時，李昂也不忘從女子的腳上著眼，女子的腳確實是當時的人所注目的焦點與李昂書寫的重點，這強調腳之大小的著墨，若有似無地對照著潘金蓮的三寸「金蓮」。〈頂番婆的鬼〉中的女子鬼魂生前並未纏小腳，死後她卻眼見自己的腳掌不斷地幻化、植物化，如：玉米、絲瓜、冬瓜、茄子等，而這拖行著蔬果的

身體行走起來仍十分穩當，同時在快樂地遊走鹿港街弄的漫長歲月中，看著女子們漸漸不時興纏腳、開始騎腳踏車等革命性的身體進化。著眼於女鬼的天足以及她自在流動的身軀，隱隱對照著裹小腳的有限制的身體，的確是李昂女性意識的詩意具現，雖然恐怕離《金瓶》太遠，然從筆者──身為《金瓶》也是李昂作品的女性讀者──的視角來看，這適足以作為參差對照的樣本，並能顯示當代女作家對《金瓶》的閱讀感知，同時隱隱映現《秋水堂論金瓶梅》體知女子身體的輪廓。

四、金蓮、時尚、愉悅：高彥頤讀寫《金瓶梅》

金蓮那「尖趫趫金蓮小腳」不僅是西門慶和當時男性文人注目的焦點，也是現當代女作家凝視的所在：張愛玲在《紅樓夢魘》中表示她注意到《紅樓》中纏足天足之別「故意模糊」，尤其藉由寫尤二姐小腳而造成「大家都是三寸金蓮的幻覺」（21）；李昂則是藉由特寫女子的天足與幻化女子的腳掌對照著金蓮的限制，而兩位女作家對《金瓶》的體知與轉化，多少能與身為詩人身分的田曉菲之讀寫《金瓶》相互參看，然從國際女學者的角度來看，高彥頤《纏足》裡對《金瓶》的體解亦能相互參照。

相較於田曉菲鍾情於《金瓶》繡像本；並感同身受、同情理解金蓮的處境，高彥頤則是從《金瓶梅詞話》中考究當時婦人的「金蓮」，試圖藉由小說文本的細緻描述再現婦人的身體感知。高氏特別留心於「鞋事」所引發的婦人爭寵，更重要的是婦人的勞動；特別是製作鞋面與細節設計上，因此高氏以《金瓶梅詞話》第二十九回金蓮、瓶兒與玉樓共同製作鞋兒為例，她對細節的敏感及濃厚的興趣則表現在玉樓對金蓮關於「木底包氈」鞋的建議，高氏以為這是「一種唯有女人才會想到的妙招」，這點不僅表達出高底鞋具有的華麗感，更重要的是《金瓶》這本小說說明了一個「事實」：

> 高底時尚的締造，正是那些設計、製造和穿著它們的女人。她們對於布料選擇、色彩搭配，以及鞋面設計的關注，一方面訴說出鞋屐在她們整體服飾中的重要地位，另一方面也反映出做鞋帶給她們的愉悅感。[28]

是的，「愉悅感」應可視為高彥頤幾年來關注婦人議題的關鍵字，在她編織、回溯長期以來成為千夫所指的纏足及其歷史之際，高氏觀照、反思另一個可能被忽略的層面：亦即愉悅感，這種愉悅感不僅完全是滿足男性文人極致的感官體驗，同時也可能是婦人對時尚的追求與貪戀，這種對婦人細緻的、正面的、充滿能量和靈活性的身體感知之關懷，似乎成為高氏研究的重點所在。例如她同樣重新檢視五四時期的婦女史觀，以為當時許

---

28 見高彥頤《纏足：「金蓮崇拜」盛極而衰的演變》（臺北：左岸文化事業公司，2007），頁309。

多學者將婦女與丈夫的權力關係過分簡單化了，在她實際考察個案之下，發現事實上「各種階層、地區和年齡的女性，都在實踐層面享受著生活的樂趣。」[29]也許所謂的「愉悅感」和「生活樂趣」對五四男性文人或甚至當今許多男性讀者、學者來說，是難以想像和揣摩之事，因此無論是閱讀婦女史、纏足與《金瓶》時，看到的不是男女的愉悅／逾越，而是男上女下的壓迫和威脅[30]，然而對時尚、女性休閒及勞動表現懷有濃厚興趣的高彥頤卻能以個人座標──當代的、女性的──來閱讀《金瓶》中幾個婦人討論鞋面的段落，在她看來，這不僅是婦人間的爭寵競逐，更關乎誰能有效地掌握時尚；成為時尚流行的「教主」，於是具有創造精神的玉樓僅僅在兩天之內就替自己多添了一雙新鞋，因為西門慶答應惠蓮要從外購置一雙鞋面，「必然給了家中女子一種想要在式樣上求新求變的動力」；而高氏彷彿也能體知金蓮急於縫製一雙新的紅睡鞋的心情，因為「在時尚暴政之下，沒有緩衝期這回事，不捨晝夜，無分內外」（310）。

是的，在時尚暴政之下，沒有緩衝期這回事，筆者以為高氏這句貼切且精準的形容著實體現了當下追求時尚流行的女子的心聲，這種對時尚的渴求與焦慮正是普世不少女性的心事，因此可以既是潘金蓮、孟玉樓、宋蕙蓮的競逐，當然也可是高彥頤的、張小虹（1961-）的、許舜英（1972-）的不安[31]，這種超越時空、跨越文本的精神以及從當今的、女性的角度來閱讀、體知經典，是高彥頤也是田曉菲的閱讀特色，由此可見高彥頤也是另外一個「真正懂得女人與女人好處」的讀者，她能從纏足這「既美麗又醜陋，既非自願亦非強迫」（327）的舉措中，揭示出細膩而不可數算的身體感知遠超越於文字之外、時空之外，同時打破了「黑與白」、「男凌女」、「善或惡」這簡陋二分法下的價值判準；田曉菲也才能在金蓮看似潑辣、充滿妒忌以致最後以暴力終結官哥、西門慶的「不是人」（張竹坡讀法第三十二）之作為中，慈悲地體知金蓮身為女子的複雜心事。

29　見高彥頤《閨塾師：明末清初江南的才女文化》（南京：江蘇人民出版社，2004），頁7。

30　李志宏從女性「身體言語化」的現象，看出《金瓶》裡的女性總是成為被審視的對象，只能處於歷史與敘事的邊緣，處於封閉性的生活空間裡，無緣進入歷史與敘事的中心：「在《金瓶梅》的敘事過程中，西門慶有意無意地忽視潘金蓮存在的一種事實，直接反映出父權體制如何借助性別差異的基礎把女性置於從屬的位置，以維護男性自身性別的利益與權威，並由此強化最基本的性別政治與權力觀念。」而「女性人物想要進入歷史與敘事的中心，則必須以自己的身體做為交換的工具。」李志宏〈論金瓶梅的情色書寫及其文化意味──以潘金蓮的情慾表現為論述中心〉，《臺北師院語文集刊》第7期（2002年6月），頁24、26-27、32-33。

31　張小虹與許舜英兩位女性作者長期關注於流行時尚、消費文化與時髦商品，兩人的著作大多是對時尚商品的觀察、剖析與論述，例如張小虹的《穿衣與不穿衣的城市》（臺北：聯合文學出版社，2007）、《膚淺》（臺北：聯合文學出版社，2005）、《在百貨公司遇見狼》（臺北：聯合文學出版社，2002）；許舜英的《我不是一本型錄》（臺北：漫遊者文化，2008）、《大量流出》（臺北：紅色文化，1999）。

　　事實上，在《金瓶》的主題研究愈趨多元活潑的當今，愈多學者開始對《金瓶》中的時尚感到興趣並紛紛考究，除了高彥頤對鞋子的鍾情之外，《金瓶》中的服飾、髮飾皆為論者所喜愛，然而在筆者看來，這些論者並未真正從時尚競逐與身體感知如此摩登且當代的層面探究，相較於此，「真正懂得女人與女人好處」的高彥頤確實展演並示範了學術摩登化的範例，換言之，在眾多研究《金瓶》服飾、髮飾、鞋腳的論者中[32]，高氏從身體感知的角度出發確實相當鮮明，這也是筆者將高彥頤對金蓮的討論也納入參照系之原因：不僅因為她是《金瓶》的讀者；也不僅因為她從時尚的角度這一新鮮的女性議題切入《金瓶》；而是因為她在建構婦人纏足史的過程中，透過鞋子、襪子、裹腳布、爽足粉、藥方以及繡樣等「以文字形式存在的物質印記和蹤跡」來召喚「切膚之感」(282)，試圖體知纏足婦人的身體感，她對物質的敏感正如同田曉菲對文字的敏銳，而她們兩位身為當今的、國際的、女性的讀者，對「金蓮」——既是物質，又是「淫婦」——著實展現了殊異的審美觀和「明眼」燭照，讓「金蓮」的肉身活躍於紙頁之間、顧盼之間。

　　關於金蓮——這個女子、這雙纏得「尖趫趫」的小腳；正如一支流轉於歷史扉頁的長長幽歌，令人遐想、令人憤怒、令人同情，於是當今的讀者一再地改寫、傳唱這支美麗的歌，不僅張愛玲，不僅李昂，不僅田曉菲，也不僅高彥頤。從《水滸》到《金瓶》，再從《金瓶梅》到《續金瓶梅》，潘金蓮在《金瓶》跨時空的跨文本裡生了又死，死了又生，正因她的身體和人格，她不斷地輪迴於讀者的眼眸和筆尖。因此接下來，筆者試圖探看這個充滿爭議性的經典女人如何在當代讀寫者的文字中還魂，骨肉再現。

32　研究《金瓶》服飾之論者以張金蘭的《金瓶梅女性服飾文化》（臺北：萬卷樓圖書公司，2001）為例，此書主要探討《金瓶》女性服飾的外在表現與內在意涵，藉此歸納明代女性服飾的文化脈絡。至於髮型研究者則以孟暉《潘金蓮的髮型》（南京：江蘇人民出版社，2005）為例，事實上此書並非以《金瓶》為核心，全書和《金瓶》有關的章節僅有〈潘金蓮與髻〉一節，然而有趣的是此書卻以「潘金蓮的髮型」為書名，或許是因這樣的命題較為吸引人或較有賣點，此文從潘金蓮的「頭上風光」切入，進而追索當時婦人的髮型樣式。

第六章　慈悲「修身」：
當代男女讀者重讀《金瓶》、重寫金蓮

此回單狀金蓮之惡，故惟以鞋字撥弄盡情。直至後三十回，以春梅納鞋，足完鞋
字神理。細數凡八十個鞋字，如一線穿去，卻斷斷續續，遮遮掩掩。而瓶兒、玉
樓、春梅身分中，莫不各有一金蓮，以補金蓮之金蓮，且補蕙蓮之金蓮，則金蓮
至此已爛漫不堪甚矣。

——張竹坡二十八回回評

這些種類的敘事，明顯有誘發憐憫的能力。任何人讀過《瘟疫年代的官方每日記
載》（Journal of a Plague Year）中的黑死病，左拉的《芽月》（Germinal）中的礦坑爆
炸……都會受到這些有關他者死亡的敘述的影響。一種共同的軀體，一種共享的
有機體特質，將讀者和角色結合在一起。我們相信，而且感動著我們的傳記／故
事的各種結局出現了。而且，儘管這些情節之中的每一段，其修辭目的都是不同
的，然而，其所共享的敘述技巧，皆強化了對於人類苦難之真實狀況及其同情之
主張的奉獻。

——湯馮斯・拉夸爾（Thomas W, Laqueur）〈身體、細部呈現與人道主義敘事〉[1]

套用舊故事寫新作品，這種作法值得我們注意。當早先的作品既吸引讀者，又使
讀者不安時，這種現象就出現了；通過增補、刪節和修改，後世的作家重新編寫
了原來的故事，使得它不至於再那樣讓他焦慮不安。

——宇文所安（Stephen Owen）〈骨骸〉[2]

---

[1] 湯馮斯・拉夸爾（Thomas W, Laqueur）〈身體、細部呈現與人道主義敘事〉，林・亨特（Lynn Hunt）、
江政寬譯《新文化史》（臺北：麥田出版社，2002），頁 252-253。

[2] 宇文所安〈骨骸〉，收入《追憶：中國古典文學中的往事再現》（臺北：聯經出版事業公司，2006），
頁 53。

金蓮,這個爭議性的人物在被創造出來的三個多世紀後,被部分讀者重新賦予、延續其生命,而由於這些讀寫者充滿了同情憐憫,金蓮的心事形諸於白紙黑字,甚至變成了忠貞、軟弱、溫柔卻備受欺壓的小女子,出於慈悲(亦或焦慮不安?),這些讀寫者重拾她的命運骨骸,試圖誘發讀者憐憫的能力,以致於金蓮行過三個世紀,一路上「斷斷續續,遮遮掩掩」,許多女子之肉身中「莫不各有一金蓮」,於是「金蓮至此已爛漫不堪甚矣」。

第一節　慈悲:重讀《金瓶》

一、原諒寬容

田曉菲以為閱讀《金瓶梅》的重點在於同情慈悲,正由於她的同情慈悲,《金瓶》繡像本也充滿了作者的慈悲,說得更精準一些,這種慈悲並非屬於道德教誨的慈悲,而是文學的慈悲,正如宇文所安所言:「即使是那些最墮落的角色,也被賦予了一種詩意的人情。」[3]因而田曉菲讀來,《金瓶》繡像本具有宗教精神,要求讀者給予那些《金瓶》中類似《紅樓》的趙姨娘、賈璉等角色同情慈悲,關於這點,宇文所安這個總是以特殊體知與感受詮釋中國古典詩的論者,似乎也能深切地體知田曉菲的慈悲,他以為比起《紅樓》展現的無情自信,《金瓶》讓讀者產生既熟悉又陌生的不安感,因為我們在「不贊成的同時原諒和寬容」,而《金瓶》所刻畫的「成人世界」恐怕也是我們身處其中的,於是「我們可以痛快地原諒,正因我們變成了同謀。」(2)

提及閱讀的慈悲與慈悲地閱讀,孫述宇閱讀《金瓶》則可作為田曉菲的參照,一則是田氏也是孫述宇的讀者[4];再者則是孫氏在閱讀《金瓶》時也特別強調了慈悲的重要性,這種慈悲不僅來自於作者,同樣也是作者對讀者的期待,他在描述李瓶兒時便特別提到《金瓶》中的苦,尤其在瓶兒死後,「無邊苦海的濤聲就隱隱約約成了小說的配樂」,因此,孫氏以為倘若讀者能將《金瓶》中的苦看得真切,便會覺得那些自尊心、勇氣、英雄氣概皆不著邊際,唯一有意義的只是慈悲。[5]

---

[3]　宇文所安〈序〉,收入田曉菲《秋水堂論金瓶梅》(天津:天津人民出版社,2002),頁1。

[4]　田曉菲曾對孫述宇以為金蓮「稍欠真實感」而有所回應,田氏並不同意孫氏的說法,她以為孫氏所謂「欠自然」,「是以更加平庸的人物出發來判斷的,其實金蓮只是一個最自然不過的充滿了激情的女人而已。」同上註,頁259。

[5]　孫述宇《金瓶梅的藝術》(臺北:時報文化出版事業公司,1978),頁77。

二、閱讀淨化

當然，早在張竹坡評點《金瓶》之際就曾提及作者的慈悲，然而我們卻可從他為數不少的批語中大罵金、瓶、梅甚至其餘男女之行徑如同妓者的行徑中（「氣味聲息，已全通娼家」，讀法二十二），瞭解閱讀「慈悲」不是這般容易長養，也絕非張氏以為「靜坐三月」便能「激射得到」（讀法七十二）；或是即便廿公在〈金瓶梅跋〉裡也提到：「（《金瓶》）中間處處埋伏因果，作者亦大慈悲矣」，同時也像丁耀亢等文人那樣特別藉由佛家語彙「功德無量」這種「流行觀點」來讚揚流布《金瓶》一舉，然而他們的觀點似乎沒有得到進一步地詮釋與發揮；又或者如張竹坡在多處評點顯得矛盾，以致於當代許多論者才會對這種說法嗤之以鼻，認為這不過只是「似是而非」、「以淫止淫」的荒唐觀點罷了。[6]筆者以為，當代讀者如田曉菲、孫述宇從佛教語彙中「借來」的慈悲觀；但又不僅拘泥於佛家語彙的限制，反而更能賦予「慈悲」當代及普世的意涵，將書寫與閱讀慈悲詮釋得更加圓融。

田曉菲將《金瓶》看成饒富宗教啟示的經典，孫述宇也以宗教觀點品評《金瓶》人物，例如他以「痴愛」來形容李瓶兒，以「嗔惡」來為金蓮的個性定調，而《金瓶》的主題便是揭示人心中的「貪嗔痴」三毒，以故事來體現這破壞人心的三毒，正因瓶兒的痴愛讓她一生受盡痛苦折磨，她不但吃過鞭子、上過吊，背著淫婦的罪名，最後甚至染上了骯髒臭惡的疾病，她曲折的命運「讓讀者簡直要惻然下淚」，比起張竹坡看西門慶打瓶兒時以為「瓶兒良心廉恥俱無，皆狗彘不若之人也」（十九回回評）來說，孫氏展現了更大的諒解與同情，他認為作者對瓶兒並不完全地貶責，也從來沒有站在高處批判所有的罪人，因此最後所有罪人方能重新等候發落，重新投胎成人。孫氏的一段話說得好：「他若不同情瓶兒，我們不會這麼容易同情瓶兒的。」（75）這裡值得我們思考的是所謂的同情由何而來，在孫氏看來，必須作者先同情瓶兒，並透過文字的力量加以渲染、感化，我們方能對瓶兒產生同情心，由此觀之，閱讀的同情與慈悲顯示了作者文字與敘事的力量，進而召喚、引發讀者的情感與情緒，而這點並非所有的作者皆能達到。和田曉菲一樣，孫述宇也以《紅樓》作為對照組，加以凸顯《金瓶》作者的慈悲同情：「什麼

---

6 不少中國的研究學者皆以為豔情小說最末的說教過於似是而非，例如吳存存以「似是而非的說教」為晚明色情小說定位，指出這些作品中存在著內在矛盾，認為《金瓶》似乎以「自欺欺人的說教」讓作者感到安慰，對《肉蒲團》的批判更為犀利，追問此書到底是「借法宣淫」還是「借淫宣法」？此外更存在著某些「只不過是欺世盜名瞞天過海的一種手段而已」之類的作品。又如李明軍以為豔情小說這種「曲終奏雅」的結局和當時佛教的盛行有關，然而佛教的色空觀念「對豔情小說的影響實際上是似是而非的。」詳參《明清社會性愛風氣》（北京：人民文學出版社，2006），頁 103-107；李明軍《禁忌與放縱————明清豔情小說文化研究》（濟南：齊魯書社，2005），頁 139。

讀者能夠同情紅樓夢裡的賈環、趙姨娘，或者是那些欺負少女的年長婦人呢？」這句話雖然是以讀者為主體，然而事實上孫氏的意思和田曉菲的觀點十分雷同：《紅樓》的作者只是一味地批判成人世界，彷彿成人世界是沒有深度、膚淺和骯髒的，因此「成人世界在寶玉與作者眼中，都是可怕、可厭、可惱的，沒有什麼容忍與同情。」（田曉菲《秋水堂論金瓶梅》，2）然而，田曉菲和孫述宇皆同意作者對《金瓶》裡的「淫婦」抱持著理解與同情，即便譴責她們的淫行，「仍有很深的慈悲」（《金瓶梅的藝術》，93）於是作者才會適時地點出瓶兒的仁厚、春梅的天生尊貴以及金蓮的聰明和伶牙俐齒，讓每個人物顯得立體、複雜與矛盾，而筆者以為正因這種複雜與矛盾，方更貼近現實人生的你我，才更容易喚起讀者的同情。

在田曉菲眼中，《金瓶》繡像本包含了佛教思想，這種觀點也和孫述宇的觀點不謀而合，孫氏以為《金瓶》的慈悲來自於佛教，不過孫氏走得更遠，他以為作者的態度與杜斯妥也夫斯基類似，因為《卡拉馬助夫兄弟們》裡有一段神父向卡家老大致敬，正因為神父知道卡家老大的情慾很強，人生將會走得很辛苦，如此看來，神父的慈悲屬於基督教的慈悲，來源雖不同，但表現方式卻很類似。事實上，與其說孫述宇關注的是宗教，不如說他想為作者的慈悲找到參照系，確立閱讀慈悲是超越宗教、國族與文化的。筆者以為，閱讀慈悲是普世價值，是可貴且進步的閱讀觀，這種境界遠遠超越十七世紀張竹坡所謂的「憂」、「憤」、「酸」等較為個人性的情緒，這種從宗教定義的慈悲給予了閱讀者從高處；甚至從上帝、上天的角度來俯瞰眾生的苦難，也許要具備這種胸襟方能閱讀《金瓶》。比起十七世紀的張竹坡和丁耀亢，二十世紀八〇年代的讀者孫述宇、田曉菲反而更慈悲、更「進步」，或許閱讀的慈悲也有時代性；是時代進步、進化的指標與表徵，甚至是較為「高等」的表現——弄珠客不就將《金瓶》的讀者區分為四等級，最高等及的便是能「生憐憫心」的菩薩？——因為與其痛恨並嘲弄金、瓶、梅三個「淫婦」，同情她們是相當不容易的。

接著，孫氏試圖將「慈悲」闡釋得更為透徹。在一般人眼中，金、瓶、梅的悲慘下場是他們咎由自取、罪有應得，孫氏以為讀者通常不會去同情小說中罪有應得的人物，多半拍手稱快；對於《紅樓》、《竇娥冤》中受委屈之人則感到怨憤不平，而怨憤不平並非「淨化了的情感」，然而讀畢《金瓶》卻能淨化心境，因為既不會有怨憤不平，也不會產生輕佻的優越感，「較多的是看到了人生盡頭的難過，而且多少有些好像什麼話也不想說」（94）筆者以為這句話或可作為閱讀慈悲的注腳，這種心情大抵上可能也道盡了張竹坡讀到金蓮被武松剜心時的感嘆，即便金蓮在張氏眼中根本「不是人」，但在紅顏送命的時刻仍舊令人無話可說。使用「淨化」兩字，彷彿將閱讀視為療程，讀者藉由控制、掌握閱讀的情緒來提昇、沈澱自我，閱讀的過程可能會升起諸種複雜的情緒（如

不安、憤怒、痛恨），然而最後當淫婦一一死去，讀者卻不會因此鼓掌叫好——當然也有拍手稱妙的讀者，如文龍[7]——反而哀衿且默默地認清人生虛幻，筆者以為這種「淨化」過程便是長養慈悲的過程，讀者學會去寬恕那些罪有應得的人物，如此看來，在當代讀者孫述宇眼中，閱讀的確是身心鍛鍊，藉由體知小人物的悲喜來面對自身。換言之，閱讀的確是修身與長養慈悲心的過程，進而有足夠的準備來解決人生困境。為了有效地達成這個目標，孫氏以為作者特別模糊《金瓶》中充滿瑕疵、令人厭惡的人物與自身的界線，例如西門慶。

　　如何讓閱讀成為「感同身受」的過程，或可以孫述宇詮釋西門慶這點作為範例，而這同時也牽涉到作者的敘事功力。在孫的觀點下，西門慶被作者塑造成不被人敬佩的、平庸的暴發戶，將《水滸》中具有拳腳功夫的西門慶「廢武功」（作者的說法是「去爪除牙」），而這種不用「英雄尺度」來描摹西門慶的筆法，恰恰凸顯了作者濃厚的警世用意：「這是一個講人怎麼生活怎麼死亡的警世小說，主題既普遍性，主角應當具有普遍的性質。」（105）如何讓主角具有普遍性呢？那就是寫出西門慶所具備的可能是每個人都有的、程度不一的根源性的惡，孫氏從讀者的角度去想像作者創造西門慶時的心情，如果角色太完美，讀者容易將自身想成他；但倘若角色太醜惡時，讀者根本不願意設身處地揣想，因此太好或太壞都會妨礙讀者進行認同的自省，因此孫氏將《金瓶》定義為「平凡人的宗教劇」。是的，西門慶只是平凡人，即便他作惡多端，但仍具有人情味及深情的片刻，許多論者皆曾指出這點，尤其是他對瓶兒真摯的感情常被拿來當最佳例證，而孫氏以為作者刻意不用「英雄尺度」這樣具有超凡的身體氣力和人格特質的規格來形塑西門慶，目的便在於盡量消弭這個充滿缺陷的人與我們的距離，而究其極，我們皆只是平凡人罷了，而最令人不願意承認的是，我們和西門慶的差異「主要是在境遇上的」：「他做的事都不是不可理解不可想像的，若有機緣，我們難保不做。」（106）當然，孫氏也特別強調我們和西門慶作為可能表現的程度之差，但並不能確保我們不會犯下貪、嗔、痴這三種罪過。將西門慶塑造成缺陷很多、受貪嗔痴所苦惱的平凡人；那遊走在我們之中、與我們並無太大差別的平凡人，是孫氏以為作者的敘事策略，目的在於提策讀者自我反省，我們倘若從這個角度重新解讀、擴大解釋張竹坡所謂的「瓶兒、玉樓、春梅身分中，莫不各有一金蓮」（二十八回回評）；或是「作者心頭固有一西門慶在內，不曾忘記，而讀者眼底不幾半日冷落西門氏耶？朦朧雙眼，疑帘外現身之西門」（第三回回評）張氏原

7　文龍在八十七回多次表示武松殺金蓮、王婆一事乃「痛快人心之筆」、「看到此而不眉飛色舞、歡笑異常者，是亦一全無血性之男子也。」見黃霖《金瓶梅資料彙編》（北京：中華書局，1987），頁498。

先的意涵是《金瓶》作者故意將金蓮與西門慶的「精髓」擴充並浸潤於不同的物件（如金蓮之金蓮、如西門慶的金扇）與不同的角色裡，讓我們處處皆感受到這兩個「惡人」事實上游走於文本之中，並讓「諸人與諸妓皆是同聲同氣」；然而在筆者的解讀與「誤讀」之下，張竹坡的這兩句批語亦可理解為金蓮與西門不僅大量而重複地行走於字裡行間；也不僅「化身」為、「現身」成金扇金蓮以及同聲同氣的「諸妓」當中，更游離出文本之外，讓讀者朦朧雙眼，疑西門與金蓮成為我們身邊的人之一，或是成為我們的骨和血，化身為閱讀他們的我們。是的，成為我們，金蓮、西門慶成為我們的一部分——他們的貪嗔痴和我們的貪嗔痴並無不同，不同的可能只是程度上或形式上的，因此我們能感同身受，並在閱讀的同時展現同情、寬容及慈悲。

這便是孫述宇和宇文所安以為《金瓶》會令人不安的緣故了[8]，這在我們討論夏志清的觀點時也提過，倘若清楚地分析，我們不難發現不安的源頭在於當讀者在閱讀充滿瑕疵的角色時無法產生的認同感——我們比較容易認同並將自身「投身」、「化身」為正面人物——如果發現淫惡的西門慶竟然有與自身類同之處，就會想盡辦法否認它，藉由「切割」自身與西門慶等惡人來定義自身，同時也讓自己置身於「安全」——正義、道德、良善、勇敢等正面價值——的所在。這種隔離的手勢最常出現在定義健康與疾病、正常與非常的語境中，論者已經充分地討論這種強制地區分是權力表述最常見的途徑之一[9]，而不少讀者在批判金蓮與西門慶的同時，是否也存在著彼此眉眼類似、以鏡自照的不安與恐懼？而這種恐懼深藏在潛意識當中，不太容易覺察，而孫述宇、田曉菲皆點出了這令人不安的事實，相對於不安以及與角色對抗的姿態，慈悲反而化解了這種閱讀的距離，慈悲的閱讀既讓人「降格」為金蓮與西門慶，嘗試用他們平凡人的侷限來看待《金瓶》中令人難堪和不安的處境，但同時這種閱讀心態同時又讓讀者「昇華」為注目眾生的神祇，從非凡的目光中憐憫同情眾生的缺憾，原諒他們的不完美，因為這些崎嶇而複雜的人生行旅是每個人的必經之路。因此，筆者最能認同的是慈悲的閱讀法：憐憫、同情、寬容、理解與感同身受，慈悲的閱讀不會有張竹坡以儒學之眼所形成的犀利與無情穿透，但卻可能真正達到張竹坡讀法所致力達成的「轉身」目標之一——「必能轉身，證菩薩

8　孫述宇表示當他點出西門慶與一般人沒有太大的不同時，他提到這令中國學者李希凡等人很不安，見《金瓶梅的藝術》，頁106。宇文所安也表示我們可以將《金瓶》視為一部解讀文化中種種不安因素的小說，同註5，頁2。

9　傅柯（Michel Foucault）以十八世紀的受監者為例，以為當時社會產生了所謂「適應不良分子的人物」，而這樣的人物之所以出現，便是來自隔離這個手勢本身。在討論瘋狂、瘋人時，也強調了隔離的手勢加強了對他者的異化，因此隔離手勢便是「異化」的創造者。見米歇爾·傅柯著，林志明譯《古典時代瘋狂史》（臺北：時報文化出版公司，1998），頁111、140。

果」（讀法五十八）——因此，慈悲的閱讀不再有張竹坡那般高蹈的姿態與理想因而矛盾畢現、漏洞百出的情況；慈悲的閱讀也能讓讀者從體解書中人物到體解自身——因為無法認同，所以必須體解，也唯有體解、體知方能化解與《金瓶》對立、劃清界限的境況，真正從書中人物的作為和下場去省思自身，達到修身、淨化的目的，這是孫述宇的看法，同時也是筆者認知中的閱讀意義，而當代讀者孫述宇、田曉菲成功之處也在於他們掌握到了一個很好的發言位置——不是指他們的社會地位，而是閱讀者的座標，比起張竹坡時而嚴肅、時而嬉戲、不夠細緻且過於高調的閱讀觀，他們倒是能感同身受作者與讀者的處境，站在「平等」（這也是佛教的觀點之一）的立場將作者、讀者與書中要角的角色「色色歷遍」（張竹坡語），正因如此才更具有說服力。

　　由此看來，閱讀確實能淨化人心，而閱讀也是淨化和沈澱的過程，而《金瓶》給予「病患／讀者」的考驗便在於它被「不正當」使用的危險，倘若「錯看」、「誤讀」，恐怕會導致更致命的「感染」——例如時下的電玩遊戲和三級片往往以《金瓶》當作題材，聚焦、特寫色情的部分，在養眼的同時傷身損心，而正也因為它們，只會讓《金瓶》的臭名更臭，也更加深一般人對《金瓶》的負面觀感。因此正如田曉菲所言，我們必須具有健全、健壯、成熟的體魄和人格，方能從《金瓶》裡的情慾遊戲中清醒並解脫，從《金瓶》獲得完整而綿密的「淨化療程」，而這種閱讀淨化，似乎也對映到張竹坡、丁耀亢以為的閱讀及修行。

第二節　修身：重塑金蓮

一、讀寫：《金瓶梅》的兩位男性看官與讀寫者

　　許多學者皆同意從《水滸傳》到《金瓶梅》，金蓮的角色有了更細緻的琢磨與發揮，而在當代讀者如孫述宇、田曉菲等人的詮釋下，潘金蓮有了多重的眉眼與形象，在他們慈悲之眼的觀照下，讀者更能同情共感金蓮的處境與心事[10]；又如暢銷作家侯文詠在閱

10　當代論者對金蓮尤其寄予深厚的同情並替其打抱不平，例如沈天佑以為像金蓮一個這樣「好端端的、聰明、伶俐又漂亮的窮家女子，就這樣遭社會的肆意踐踏、侮辱……心底裡為她鳴不平。」並試圖探索一個窮家女如何走向墮落的過程。見沈天佑《金瓶梅紅樓夢縱橫談》（北京：北京大學出版社，1990），頁51。另外一個有趣的分析法則來自於黃吉昌將一般人對潘金蓮所持的三種態度：非議、褒貶雜之與同情，試看「同情」部分，黃氏以為同情潘金蓮者主要是「書生氣較重的讀書人和一些受人擺佈欺凌的女人。」這種對站在「同情」立場的讀者之分析著實有趣。見黃吉昌《《金瓶梅》新論》（北京：中國社會科學出版社，2007），頁121。

讀金蓮時，仍以為她是個壞女人，然也同意《金瓶梅》的作者藉由描述金蓮墮落成壞女人的過程，引發讀者對潘金蓮施予更多同情，[11]不過也有不同的情況，例如與其要魏子雲同情金蓮，他倒同情秋菊，因此他還是一一數落著金蓮的罪狀[12]，可見潘金蓮在閱讀接受史上始終是爭議性的、且多半是負面形象的人物，然而即便魏氏對金蓮有所責備，但提及金蓮背負著「淫婦」的「罪名」，他也不免為金蓮抱屈。[13]正因金蓮具有爭議性，便提供了讀者從女性的、當代的視角重新形塑她的骨肉，比起十七世紀丁耀亢與張竹坡的讀寫，當代讀者展現了更大的包容與更活潑的創意；比起十七世紀文人以文嬉戲的書寫氛圍，當代讀寫者走得更遠、「遊戲」地更加盡興，然而回歸到書寫基本面，這種重寫金蓮的動機不僅在於創造，更是慈悲與同情。

　　《金瓶》曾經以「看官聽說」那般視聽皆即興即時的形式存在，而在當代，劇場賦予了「看官聽說」更具時代感也更有設計感的價值，相較於紙本式的文本閱讀，又多了許多臨場感與立體感，因此筆者欲將魏明倫的劇本〈潘金蓮——一個女人的沈淪史〉納入討論範圍，這部劇作寫於 1985 年，當年在自貢上演之後，引起一陣熱潮，甚至開始了小規模的筆戰。[14]雖然魏氏特別表明「他的」金蓮血統並非源出自《金瓶》，而是《水滸》，然而筆者以為仍可作為很好的參照，故納入討論。（123）此外，以創作歷史小說著名的南宮搏（1924-1983），亦曾以潘金蓮為對象，改寫其命運圖譜，在其長篇小說《潘金蓮》的開場，南氏以「傳說」、「聽說」切入，彷彿試圖顛覆既定印象中金蓮的淫婦形象。在討論過「閱讀慈悲」後，筆者將選擇以上兩個重塑金蓮的創作案例，來看有創造性的讀者如何在重讀《金瓶》後重塑金蓮。

二、看官：魏明倫的〈潘金蓮——一個女人的沈淪史〉

　　　　呂莎莎：「翻案」兩字，太簡單化了！我是站在八十年代的角度，重新認識潘金

11　侯文詠《沒有神的所在——私房閱讀《金瓶梅》》（臺北：皇冠文化出版公司，2009），頁 526-527。

12　見魏子雲《金瓶梅研究二十年》（臺北：臺灣商務印書館，1993），頁 265。

13　魏子雲以為所有西門慶佔有的女人當中，唯有金蓮是經過王婆「挨光」的設計，像孟玉樓、李瓶兒、王六兒與宋惠蓮幾乎都是主動獻上風情或一說點頭，「她們那淫邪的性行，何嘗遜乎潘氏！獨潘金蓮享淫婦之名於後世，怪哉！」見魏子雲《金瓶梅箚記》（臺北：巨流圖書公司，1983），頁 197。

14　魏明倫表示當時上演之際不僅引發了熱潮和相繼而來的論戰，演出後「其爭論之多，在戲劇當中是少見的。」後來的電視連續劇《水滸傳》其中有三十五集是根據施耐庵的觀點，潘金蓮的部分則是根據魏明倫筆下的潘金蓮。此外，魏氏也以為李碧華的《潘金蓮的前世今生》也可能受其影響。見魏明倫〈"我"的潘金蓮〉，收入傅光明主編《插圖本點評金瓶梅》（濟南：山東畫報出版社，2007），頁 130、142。

蓮，思考這一個無辜弱女是怎樣一步一步走向沈淪……[15]

　　魏明倫在〈潘金蓮———一個女人的沈淪史〉一開始，便先標明這齣劇的時代背景乃「跨朝越代，不分時間」，地點則是「跨國越洲，不拘地點」，這種超越時間與地點限制的想法，則體現了跨文本的精神，同時也表現了現當代讀者對《金瓶》的接受與體知。也許正因跨朝越代、跨國越洲的背景設定，魏在角色選取上有了更彈性的空間與更獨特的創意，除了為一般讀者所熟知的《水滸》角色如潘金蓮、武大郎、武松、西門慶與王婆等「劇中人」之外，魏安插了屬於各個時代的經典與經典人物，例如《水滸》的作者施耐庵、《紅樓》裡的賈寶玉、唐朝的武則天和上官琬兒，《西廂》裡的紅娘；尚有李國文《花園街五號》中的呂莎莎，還有列夫‧托爾斯泰筆下的安娜‧卡列尼娜，最後則是幾個當代電影裡眾所周知的角色，如芝麻官、現代阿飛，以及作者設定加以仲裁並審理法律案件的人民法院女庭長。讓這些跨朝越代、跨國越州的人物遊走於舞臺，不僅鮮活地促發了經典與經典人物間彼此的互文和對話，更重要的是藉由併置不同時間點，讓潘金蓮藥死武大一事成為跨時代與跨時空的公案，藉此喚醒更多的同情、寬容與理解。

　　魏明倫將此劇設定為「荒誕川劇」，透過新鮮的設計挑戰並擴張了一般觀眾「看」劇的習性與期待。首先，遊走於劇中的「劇外人」如賈寶玉、呂莎莎、安娜等人的隨時插話評論，遂能適時、有效地提醒觀眾，讓他們明瞭這不是傳統潘金蓮的戲碼，而是跨古跨今的現實「事件」，每個人皆有參與及評論的權利，包括正在閱讀觀賞的看官聽眾們。此外，這種跨古跨今的人物在同一場景相互穿梭、彼此評價，在某種程度上似乎也模糊了觀眾與故事的界線，在觀眾視聽的當下，提供了一個觀眾與故事同處的空間，促使觀眾將遙遠的潘金蓮召喚至身邊，如此一來，她不再是遙遠經典裡的虛幻存在，而是「存活」於讀者當下與現實處境的血肉之軀，如此一來，遂能對她產生更多的同情理解。例如在劇本的一開始，我們便看到現代女郎和古代文人的對話，而這段有趣的對話安排在武松殺金蓮、古代文人品評金蓮「最毒婦人心」之後，兩者間形成了有趣的辯證。

　　　現代女郎：「誰在說書？」
　　　古代文人：「誰在問話？」
　　　現代女郎：「誰？雲遮霧障……」
　　　古代文人：「欲窮千里目？」
　　　現代女郎：「借助望遠鏡！」
　　　二人：看——

15　魏明倫《苦吟成戲》（上海：上海文藝出版社，1989），頁287。

「看」是筆者討論張竹坡、丁耀亢的關鍵字，試著藉由兩位十七世紀文人之眼，尋繹閱讀、寫作與身體的關係；「看——」當然也是蒲安迪與田曉菲試圖詮解幾個世紀前的《金瓶》作者創作技巧之關鍵詞，而魏明倫將這種作者與讀者的、古與今的對話以「看」字繫聯在一起，讓兩個不同時代的人同臺演出、彼此張望，此舉便相當具有作者的時代屬性，尤其當我們知道現代女子乃李國文《花園街五號》中的呂莎莎[16]；而古代文人乃《水滸》的作者施耐庵之後，男與女、古與今所產生的辯證意味更加濃厚。

是的，安排現代女人／女性讀者（呂莎莎）與古代文人／男性作者（施耐庵）同臺對話，本身即具有強烈的時代接受與性別辯證，這種對話不禁讓我們想及田曉菲、張愛玲、李昂或許多閱讀金蓮的當代（女性或男性）讀者對性別、對時代的質疑與詰問，而我們亦可將這個說書的古代文人視作笑笑生或張竹坡，因為他們也參與了形塑金蓮肉身與品格的工程。更進一步地，作者藉由兩人的身體碰觸和詰問對話，反映了不同時代對性別的認知，例如當呂莎莎要跟施耐庵握手表示友好時，則被施耐庵斥為放浪；又當呂莎莎情不自禁地牽著施耐庵跳舞之際，再度被施耐庵視為荒唐之舉，兩人之間的肢體互動多少傳達了不同時代的閱讀觀點——呂莎莎若有似無的「挑逗」正好呼應著被施耐庵貶斥的蕩婦淫娃：包括施筆下的閻惜姣、潘巧雲等「淫婦」；換言之，作者有意讓呂莎莎在無形中也成為這些施耐庵眼中、與潘金蓮同格調的淫婦，而後藉由呂莎莎之眼來嘲諷調侃施耐庵狹窄的眼界，例如當施耐庵看到舞臺上出現了上述幾個壞女人時，便歎道「唯女子與小人難養也！」呂莎莎則適時地介入，提醒施耐庵：「老先生，這是你的主觀鏡頭／傳統偏見」（287），施耐庵則為此辯道他的「看」並非傳統偏見而是「正統高見」，於是身為看官聽眾的我們在兩種牽涉到性別、時代的「見識」下，更能清楚地掌握魏明倫這齣荒謬川劇的重點：透過不同觀點、視界的交互辯證，找到以潘金蓮為核心的女子沈淪之思考，而這種觀點、視界透過較為具體的、以「眼」為核心的譬喻——無論是一開始呂莎莎使用的望遠鏡，還是呂莎莎所謂的「主觀鏡頭」；抑或武松出場時、莎莎手持相機將此英雄定格成劇照——呈現出來，這時隱時顯的「眼睛」或許旨在激發更多「看官」聽眾嶄新的觀點與視界，換言之，每一個當代讀者皆可透過自己的視線打量、審視潘金蓮、施耐庵和呂莎莎。

施耐庵和呂莎莎僅是個起頭，隨著故事展開，愈來愈多跨朝跨國的人物加入他們觀看的視角，讓整個潘金蓮殺夫事件鮮活了起來，也更具備跨朝越代、跨國越洲之「看官聽說」之規模。當潘金蓮被張大戶刁難欺負時，賈寶玉登場，與呂莎莎對話，且一如施

16　據魏明倫的說法，李國文《花園街五號》是他當時寫作《潘金蓮》時有名的小說，也曾拍過電影，魏氏以為呂莎莎是「現代潘金蓮」，她不幸的婚姻適足以作為潘金蓮的對照。同註14，頁126-127。

耐庵與呂莎莎的對話，寶玉和莎莎的互動相當有趣，魏明倫似乎也在有意無意之間不斷提醒人們戲裡戲外之分界，例如金蓮「看到」、「碰到」寶玉與莎莎；誤認兩人是情侶之際，莎莎則慌忙地拉寶玉離開這齣不屬於他們的「戲」（莎莎：「你我誤入『戲』中，跳出『戲』去，走！」，296），兩人誤入戲中的片段似乎也暗示了觀眾切莫誤入戲中，畢竟我們身處不同時代與語境裡，這種刻意設計的隔離感表面上區分了戲與現實的界限，但卻弔詭地直指戲裡戲外實難分難解[17]，一方面讓觀眾感同身受、體解金蓮命運，一方面卻也同時強化了金蓮令人堪憐的處境：她是一個生錯時代的悲劇人物，而「悲劇」兩字，也是黃霖看待金蓮的關鍵詞。[18]事實上，金蓮的扭曲人格常被歸咎於時代環境，然而比起部分論者斬釘截鐵地咬定此乃「封建社會」的迫害[19]，魏明倫倒是從跨國越洲的寬廣角度予以剖析，並具體落實為當代的舞臺劇，此一形式有助於讓看官「設身處地」替金蓮著想，正如上一節所言，要喚醒慈悲的最佳方式也許並非高高在上進行教誨叮嚀，而是設法讓角色活生生地遊走在你我之間，魏明倫讓一群命運雷同的女子置身於我們之中，同時刻意模糊了戲與真實的邊境，為的就是強化金蓮的實在感與實體感，我們涉入了戲中金蓮的人生，戲中金蓮則同時涉入了我們的當下。由是，魏明倫表示不僅劇中人物彼此辯論，在實際演出的休息時間，他特別派出呂莎莎來採訪觀眾，成為當時的創舉，「當時現場不用我答辯，觀眾與觀眾之間，來賓與來賓之間產生辯論，這就是氣氛。」（〈"我"的潘金蓮〉，129）隨之而來的座談宛若「街談巷議」——據魏氏表示，從當時的報刊到三言兩語皆有不同看法——更大幅度地擴增了辯論的格局，由此可見，八〇年代的看官已非十七世紀的看官了，新一代的看官擁有發言權和利器，讓潘金蓮再度成為街談巷議、小道八卦的當紅人物。

　　此外，更具設計感的乃是此劇一再體現了「當代評點」；在潘金蓮受辱於張大戶悲

17　據魏崇新的說法，他以為魏明倫借鑑了德國戲劇家布萊希特的角色「間離法」，其功能在於既可讓演員與角色共鳴，又能有意識地與角色間離，隨時可以自由地進出角色。見魏崇新《說不盡的潘金蓮》（臺北：業強出版社，1997），頁126。

18　黃霖以「悲劇」來看待《金瓶梅》中的女性意識萌動，金蓮的有所覺醒釀成了悲劇，瓶兒與春梅則是尚未覺醒的悲劇，孟玉樓則能走出悲劇，而黃氏以為金蓮的下場則是女性意識的覺醒與封建婚姻制度尖銳衝突下的犧牲品。黃霖〈晚明女性主體意識的萌動及其悲劇命運——以《金瓶梅》為中心〉，收入王瓊玲主編《明清文學與思想中之主體意識與社會——文學篇》（臺北：中央研究院中國文哲研究所，2004），頁253-276。

19　例如石昌瑜、尹恭弘便以為潘金蓮為了在西門慶家中取得寵愛的地位，的確費盡不少心思，他們認為「一個人的聰明才智竟然花費在這庸碌小事上，這是封建社會必然結出的苦果！」此外，同時也以為金蓮愛上武松並非什麼滔天大罪，「錯就錯在封建社會沒有婦女的戀愛自由的權利。」石昌瑜、尹恭弘《金瓶梅人物譜》（南京：江蘇古籍出版社，1988），頁21、28。

慘的劇幕之後，寶玉和莎莎適時地介入劇中，緩和氣氛，呂莎莎先是笑寶玉走錯了劇碼
——因寶玉來自於《紅樓》而非《水滸》——其後卻又要寶玉品評這「小作者的習作」，
他們適時的現身不僅讓觀眾突然從金蓮受辱的陰暗氛圍中醒轉，同時提醒過於入戲的讀
者應適時抽身，進而使用呂莎莎、寶玉或當代人的目光加以審視並批判劇中不合理之處。
筆者以為這種效果類似於小說評點，無論是就嵌入性的形式或是他人聲音的參與來說，
呂莎莎和賈寶玉事實上扮演了當代評點者的角色；然而有趣的是，無論是呂莎莎抑或賈
寶玉皆非當代人物，他們只是魏明倫的傳聲筒，他們適時的中斷與插入性評斷具象了魏
明倫的評點，換言之，魏明倫以跨文本（巴金《家》、曹雪芹《紅樓》）的形式進行評點，
他的評論聲音則化入呂莎莎與賈寶玉，除了「看」，他要以「聲」參與，介入經典。

　　果然，鍾情女子而厭惡男子的寶玉先將金蓮比擬為抗婚的鴛鴦、投井的金釧（「抗婚
的鴛鴦沈苦海，投井的金釧魂歸來」，295）　，進而表示若潘金蓮能被寫入《紅樓》，她必定
能入十二金釵冊簿中，這種說法鐵定不能被紅迷所接受，尤其將性格剛烈的鴛鴦對比於
「淫婦」金蓮，恐怕會讓紅迷氣得跳腳，然而，魏氏隱約也在暗示我們金蓮的本性中也許
具備了像鴛鴦、金釧那樣剛烈性格。在這多少淡化金蓮罪過的舉止中，我們不難理解對
魏而言，與其說是金蓮犯下淫婦般的滔天大罪，不如說她只是錯生了時代。相較於寶玉
對女子的同情，呂莎莎提出的是男子跨古越今的惡習，她將《家》中的馮樂山與張大戶
並置，將鳴鳳參照於金蓮，試圖提出跨古越今的共通案例，這麼一來，金蓮的罪惡便被
金蓮的苦難所稀釋。其後，更因托爾斯泰筆下安娜的介入，金蓮不幸的命運找到更多參
照組。完稿於十九世紀（1877 年）的《安娜·卡列尼娜》中的女主角安娜，也是個傷心而
不幸的女子，在嫁給卡列寧之後與年輕軍官佛倫斯基陷入瘋狂熱戀，其後甚至懷了他的
兒子，分娩之際幾近死亡。痊癒之後，安娜不斷地私會情人，最終甚至離家，和情人遊
走義大利，然而這為愛奔走的女性無法間容於當時的俄國社會，人們紛紛指責安娜為放
蕩而墮落的女人，最後安娜甚至不被佛倫斯基和兒子所接受，痛苦之餘跳火車身亡。事
實上，金蓮的遭遇不同於安娜，然魏明倫卻有意將兩者繫連在一起，透過安娜之口，鼓
勵金蓮反抗反叛，逃離不幸的家庭，而呂莎莎在此卻稍作平衡，她瞭解安娜的叛逆不容
於中國傳統社會，而金蓮的時代既不能像安娜那般狂熱而浪漫，更不能像呂莎莎選擇離
婚，藉由不同的時代座標凸顯了金蓮活在一個手鐐腳銬的傳統家庭與社會環境裡。更隱
微的設計是將托爾斯泰的《安娜·卡列尼娜》並置於看官的視域裡，此一經典的開場白
乃「幸福的家庭很相似，不幸的家庭卻各有其不幸」[20]，無論是安娜、呂莎莎亦或金蓮，
她們不幸的命運乃肇因於不幸的家庭，而他們不幸的家庭各有各的苦難及故事。事實上，

20　見托爾斯泰的《安娜·卡列寧娜》（臺北：光復書局，1998），頁 7。

魏氏解釋會將安娜列入筆下作為對照並非偶然，因為他在寫作當時，央視剛好播出這一電視劇，播出後引發許多爭議，不少人以為此劇「不符合」中國國情而加以反對，然而魏氏卻也表明上世紀的八〇年代氣氛是最好、最朝氣蓬勃的，大家「愛國、愛民主，追求德先生賽先生」（不禁讓筆者想及五四時代），於是，「他的」潘金蓮「才有可能在那個時代產生出來。」（〈 "我" 的潘金蓮〉，125）

　　除了安娜、呂莎莎介入金蓮的故事之外，魏明倫也讓《西廂》裡的紅娘以及武則天「入鏡」，目的在於參酌更多元的視角與觀點。紅娘的角色意在凸顯這位經典才子佳人的媒人，再怎麼樣也無法打破叔嫂之間的輩分框架，讓英雄美人終成眷屬；武則天則扮演著替金蓮出口怨氣的角色，當她下令芝麻官這個不同時代、不同性別的下官審理金蓮「勾引」小叔一事時，芝麻官的判決（「此婦敢向小叔子露情，實屬大逆不道！」，319）令她失望透頂，繼而批判自古帝王將相可三妻四妾，金蓮卻不能向武松表白愛慕之情（「帝王荒淫有理，民女懷春有罪嗎？」，319），然後更從情愛的角度同情理解金蓮對英雄由敬生愛的心緒，側面鼓勵金蓮模倣她的離經叛道、情愛自主。魏氏點出女性普遍共有的情愛痴迷，為金蓮愛上西門慶（「錯把西門當武松」，327）找到合理的藉口，讓不同時代的女性遊走於故事及舞臺上，目的是為了凸顯金蓮「生錯了時代」，得不到愛慾的她對英雄產生渴慕，事實上這屬於古今中外普遍的女性心理，這份情慾悸動既是呂莎莎、安娜、也是武則天的，甚至是觀眾的，魏氏就表示當時有女性觀眾在休息時間表達她心中的謝意，「說著說著兩眼掉淚啊。」（〈 "我" 的潘金蓮〉，129）正因所屬時代不同，這些女人也擁有了不同的結局，因此與其批判金蓮是個淫婦，不如從較寬容的角度——在情愛殿堂下，很難定義何者有罪——尋找金蓮墮落的原因。

　　在魏明倫眼中，時代是個便捷的理由，為了進一步申論此點，魏創發了新的女性角色——女庭長，藉由女庭長與呂莎莎的互動，強化金蓮錯生時代的觀點。魏透過女庭長的審判，將金蓮此一文藝課題轉至法律課題，祭出法律，讓觀眾明白莎莎可以離婚但金蓮無法自由選擇夫婿的悲哀，在女庭長的審理下，金蓮的婚姻是個頑固難治的「婦女病」：

> 重觀悲劇，查病源，
> 源在千年經典裡，
> 病發百姓家庭間，
> 誰導致鮮血淋淋奇婚案？
> 怎造成複雜女性潘金蓮？（329）

「重觀悲劇，查病源」可以用來詮解魏明倫重塑金蓮的動機，在他眼中，金蓮之所以成為淫婦，原因在於古時「看官」——可能包括了施耐庵、笑笑生、丁耀亢、張竹坡——的

傳統偏見，而這種偏見普遍見於千年經典、百姓家庭，然而在當代看官魏明倫的眼中，金蓮的委屈也見於千年經典、百姓家庭之中，於是他藉由幾個善辯的女子來替自己的觀點發聲，為了達到顛覆目的，他動手修正潘金蓮的個性，正如田曉菲等許多讀者一樣，由於對潘金蓮的慈悲讓「淫婦」金蓮有了新的面目。在魏明倫眼裡，潘金蓮先是被張大戶欺壓和蹂躪，硬要金蓮在武大和張大戶之間擇一婚嫁，金蓮最後寧願選擇醜陋、誠實的武大，亦不願留在大戶身邊被踐踏羞辱。

正如不少讀者感嘆金蓮下嫁給愚蠢矮胖的武大，魏氏亦同情金蓮所受的委屈，更進一步修正金蓮的個性，於是，金蓮不但不嫌武大痴醜，反而不時激勵他的志氣，然而武大終究甘願被無賴——潑皮的角色則由幾個「現代阿飛」式的、「長捲髮、花襯衫、小褲腳、港氣十足」的人物詮釋——欺凌，方讓金蓮心灰意冷，在西門慶的刺激下殺害武大。和《水滸傳》、《金瓶》的金蓮不同的正是魏明倫細膩地描繪了金蓮心事：被惡勢力欺壓、以致委身於其貌不揚的武大；隨後又受武松吸引的複雜情感，讓金蓮與各個時空的女子對話，凸顯了金蓮生錯時代的悲哀，同時藉由幾個不同文本之女主人翁／看官的視角——這種呈現方式彷彿張竹坡、蒲安迪慣用的經典對照，只不過相較於祭出儒家經典，魏明倫則鎖定幾部女性「墮落」、出走的經典——揭示了跨洲越國、跨朝越代的女子心緒，讓「淫婦」金蓮的女性心事更能被當代讀者體知與感同身受。

三、聽說：南宮搏的《潘金蓮》[21]

> 人們傳說：武大是因為有一個美艷的妻子而死的，人們把種種從小說書上看得來的字眼，來形容她的淫蕩，使她悲愴的心神，受到幾乎是致命的打擊。

> 陳敬濟也從自己家聽到一些金蓮的生活，西門大姊從孫雪娥等人口中得來的消息，自是把她形容成一個史無前例的淫婦，這許多傳言，印在陳敬濟腦中……[22]

同情並試圖揣想、體知金蓮心事，構成許多「看官」的閱讀主軸，為了觀照金蓮的沈淪墮落，魏明倫略動手腳，凸顯金蓮身不由己、最終無法獲得情愛的悲哀，相較於魏的細微「修身」，著名的歷史小說家南宮搏則對潘金蓮施予更大的同情理解，將金蓮做了更大幅度的改造，同時也對《金瓶》進行大工程的改寫，不過比起時下坊間三級片或

---

21 南宮搏（1924-1983），本名馬彬，曾任「掃蕩報」編輯、重慶「和平日報」編輯主任，上海「和平時報」總編輯，「中國時報」社長，評論撰述委員，並曾在香港主持南天出版社，其創作以歷史小說為主。

22 南宮搏《潘金蓮》（臺北：時報文化出版公司，1987），頁5、111。

成人電玩聚焦於《金瓶》的色情片段，甚至大大竄改原作；讓文本淪為供讀者縱情享樂的「情趣用品」[23]，南宮搏（1924-1983）卻刻意淡化色情描寫，刪去淫婦般的行為，著重於金蓮的曲折心事，甚而將金蓮塑造成賢能良善的節婦。

在南宮搏的《潘金蓮》一開始，作者便巧妙地敘述一段關於金蓮被誤認為淫婦的不幸遭遇：「人們把種種從小說書上看得來的字眼，來形容她的淫盪」，這種描述有些類似上一章提及的李昂對金蓮的形容，這句看起來毫不起眼的句子著實相當具有顛覆性，作者刻意倒因為果，讓原先的因（潘金蓮在小說中的縱慾）成為果（潘金蓮乃淫盪的淫婦），無意之間賦予了金蓮新的生命與身體，好像《潘金蓮》中的金蓮是輪迴轉世後的新生，但她卻要背負歷來小說中淫婦之罪，成了替代羔羊；換言之，作者刻意製造出《潘金蓮》中的金蓮乃重生／新身之幻覺，而「人們傳說」、「從小說書上看得來的字眼」則用來強化這種後設感與距離感，讓南宮搏筆下的金蓮絕對不同於《金瓶》中的金蓮；當然也不會是丁耀亢筆下金蓮的後身金桂，她從一開始就被塑造成命運坎坷的柔弱少女，被富翁（南氏並未提及其名姓，但推測此角色應源於張大戶）欺壓，不像《金瓶》中金蓮在張大戶家習得萬般魅惑男人的本領。南氏刻意凸顯她在富翁家如何辛酸、如何忍受打罵，最後竟懷了身孕（即便最後仍舊流產了）：我們要知道《金瓶》中的金蓮是無法輕易懷孕的，即便她很快地懷孕也是懷了她的女婿陳敬濟的種，這是男性道德家給淫婦的懲罰，強化了金蓮身體因愉悅／逾越所帶來的破壞及報應。因此讓金蓮受欺壓而懷孕這一小細節，事實上是南宮搏為金蓮「修身」的第一步，他凸顯了金蓮的身不由己，讓金蓮被迫懷孕有助於沖淡她在《金瓶》中主動淫亂的行徑，因此她的懷孕不再是也不該放在道德度量之下，因為她不是主動地追尋享樂，而是被迫接受命運的安排。

相較於魏明倫以現代川劇的形式讓不同接受視域的看官參與，南宮搏在一開始便隱約地以「傳說」、「聽說」這種遙遠而浪漫的說書傳統改造讀者，上述提及的「人們傳說」、「從小說書上看得來的字眼」便些微透露了這種可能，事實上小說的第一段便展現了「傳說」、「聽說」的影響力：

> 清河縣中轟傳著景陽岡上打虎的英雄——像所有的傳說一樣，人們並未清楚事件的真相，只知道景陽岡上有一頭老虎被人打死了，於是人們恣意渲染，說這個打虎的英雄有一丈多高，力舉千斤，只三拳兩腳，便把大老虎的頭蓋骨打碎，至於打老虎英雄是什麼人，叫什麼名字，大家都茫然了。有人說：打虎英雄就要到清

23　這類例子不勝枚舉，例如 2008 年 12 月由香港導演錢文琦所拍攝的《金瓶梅》（*Sex & Chopsticks*）便邀集許多日本的女優來演出，內容煽情裸露，也大幅度地修改原文，強調性愛片段，已是另一個完全不同的文本。

河縣來領賞……

小說的一開頭便提到武松打虎的「傳說」，這早在《金瓶》已提及，乍看之下並無創新之處，然而細究其中巧妙，便不難發現南宮搏刻意地以這則消息作為開場，目的並不完全在於敘事、推動故事開展，而在於說明傳說的本質：「像所有的傳說一樣，人們並未清楚事件的真相」；因此南氏以武松作為起頭與其說要開展的是武松打虎一事，不如說是藉此來逼視傳說的渲染力與影響力。在這個段落中，打虎的細節被掩蓋在「眾說」的意象之下，換言之，「說」是一個關鍵字──無論是「轟傳」、「傳說」、「恣意渲染」還是「有人說」，人們傳布消息的畫面被強調，緊接著這則打虎英雄傳說的則是金蓮的「聽」：「這個消息潘金蓮也聽到了」，其後，「聽說」構成了南氏敘述金蓮命運的關鍵字，例如「人們告訴她（金蓮）」武大如何「有名」；又如她「從人們的談話中」知道自己被公認的美麗，在筆者看來之所以這麼細密地使用「聽說」的意象，是為了強化金蓮的淫婦行為是種「傳說」、「從小說看來」的印象，而南氏在一開始業已清楚描繪了所有傳說的本質：真相未明，可以確定的僅是人們的誇大渲染，因此，南宮搏似乎也有意藉由相互對照武松打虎與金蓮「淫行」，顯示兩者的相同之處乃口耳相傳、不可確知的「聽說」，這些消息有可能是真的，當然也有可能只是「從小說看來的」，更巧妙的是，金蓮原本就是南宮搏「從小說看來的」人物，如今他卻為這個虛幻但卻備受爭議的人物辯駁，本身便饒富興味，將虛與實、傳說與真相置於多重的層次裡，這點在前一章討論李昂讀寫《金瓶》時已略有討論。

讓武松的傳說被金蓮聽到並非隨意的安排，正如田曉菲特別留意於武松與金蓮的相似性，小說開頭兩個並置的消息與「傳說人物」很快便有了初次相會。一反《金瓶》裡金蓮挑逗武松的姿態，南宮搏反而讓正直的武松調戲金蓮──正如武松在《水滸傳》裡調戲孫大娘那般；在這場「叔叔」、「嫂嫂」聲此起彼落的會面中，不再是張竹坡數算「叔叔」那般地強調金蓮設局，而是武松不斷地接近這個美貌年輕的嫂子，而為了展現嫂子的聖潔，南宮搏更先讓武大「毫無原因」地死了（金蓮的主要罪狀之一在此被淡化了），因而給予武松欲強迫金蓮再嫁的機會，從這點可知，南氏有意要讓金蓮成為無辜且被動的女子。和《金瓶》裡快人快語、步步逼近武松的金蓮不同，南宮搏讓武松主動接近金蓮，將原先金蓮單方面的愛戀改寫成雙方面的傾慕與渴念，將非禮勿視的武松描寫成「貪婪的眼睛發出野獸似地火焰」的武松，當兩人不意觸碰而發生關係，南宮搏特別用詩意的筆法美化這段「不倫戀」，同時將愛與悔之間的掙扎描寫得淋漓盡致。最後，兩人的「叔叔」、「嫂嫂」叫喚聲充滿了深情與溫情，而不是淫盪張狂的引誘。南宮搏將金蓮、武松描寫成真心相愛、自然也對彼此身體有所慾望的戀人，更進一步地，「竄改」武松

打死李外傳的情節：李外傳到處散播金蓮的淫惡，武松一氣之下將李打死——另一個與「真相」不符的傳說，同時另一個重要角色王婆也像「親眼看到一樣，繪聲繪影地講述著這個故事」（19），這些「聽說」、「傳說」是隱微但關鍵的元素，埋伏在小說脈絡中[24]。

　　接著，南更進一步地將金蓮塑造成為愛犧牲的形象，讓金蓮為了替武松籌錢脫罪，極不情願地下嫁給能提供百兩銀子的西門慶，在彼此初見及嫁入西門慶家的期間，金蓮完全處於被迫的姿態，她不但沒有縱情地享受魚水之歡，反而有憎恨、痛苦與受羞辱等諸種負面感受，尤其是在西門慶家中，她成了眾婦嫉妒和仇視的對象，完全不符合金蓮原先的潑辣形象，因此南氏才順理成章地將金蓮、春梅描寫成為了報復西門慶及幾個婦人才犯下淫行，尤其金蓮被「修身」成表裡不一：表面上奉承西門慶，骨子裡卻痛恨其惡行，因此金蓮放蕩的目的就是要耗竭西門的精血（「我就拼著我自己的身子……拖倒他」，61）。在蒲安迪的詮解下，《金瓶》應作為修身的反面文章來讀，書中的種種淫穢描寫只是用來告誡讀者縱慾的下場，警惕讀者修身的重要性；而在南宮搏筆下，金蓮讓西門慶精盡人亡卻是報復計畫的結果，他替金蓮「修身」用以強調金蓮的身不由己，這種身不由己的極致便是最末金蓮淪落為賣笑的妓女，備受羞辱與嘲笑。

　　看在另一位女性讀寫者李碧華的眼中，金蓮也是身不由己的，她的身不由己表現在她因想復仇而再度墮入輪迴中，投胎為單玉蓮，從這點來看，李碧華的《潘金蓮之前世今生》無疑更接近於丁耀亢的《續金瓶梅》，續寫金蓮的「後身」。單玉蓮出生於文化大革命的時代，她從小學芭蕾，少女時期的她不幸被獸性大發的章院長（有張大戶的影子）強姦，而後轉入鞋廠車鞋，愛戀上武松轉世的武龍，因贈他一雙白球鞋而遭到批鬥，接著姻緣湊巧，嫁給有錢的武汝大（武大的後身），婚後才發現武龍乃武汝大的弟弟，後來碰上模特兒 SIMON，促成兩人相遇的定情物也從叉竿變成了長鍊，兩人初次雲雨竟甚至「借用」了《紅樓》裡秦可卿充滿春意的房間。然而李氏筆下的玉蓮終究是命運多舛的女子，而非人們傳說中的淫婦（這點跟南宮搏筆下的金蓮有異曲同工之妙），最末李碧華也安排玉蓮看到《金瓶梅》，這本藏在經史子集後的書散發著女性誘人的香氣，而這點則類似李昂筆下、闖進文人書房進而發現暗藏淫書的女鬼。

　　比起金蓮的身不由己，魏子雲改寫的《潘金蓮——金瓶梅的娘兒們》相較之下忠於

24　例如後來金蓮嫁入西門慶家後，金蓮的傳說又被敘述一次，而這次傳說的對象又加入西門慶：「武大郎的妻子，自然是卑微不足道的，何況加在她身上，還有不少傳說，西門慶的那些女人，對於一切有關女人的傳言都感到興趣，也都樂於加添些枝葉再來傳佈。」（50）而後，武松托人送進西門府中、用血寫在衣物上的「情書」一事也在西門府中傳開了，加油添醋的傳說讓金蓮遭到西門一番鞭打，因此原典中金蓮因與琴童有染而遭鞭笞的情節被改成金蓮因武松傳情而被打，原先的因淫受罰變成因愛受罰。

原著許多，不過還是可以從幾處窺見他對金蓮的同情，其一是當大夥兒去玉皇廟為官哥兒寄法名、穿道服、忙亂了一天之後，魏子雲特別將焦點轉向這天生日、卻為大家所忽略冷落的金蓮的酸楚心事，她回到冷清的房內還特別使喚春梅將她仔細打扮一番，當打扮停妥、滿頭珠翠、像個新嫁娘一般時，春梅讚嘆金蓮比崔鶯鶯還俏，金蓮卻哀怨地嘆道：「可惜你這紅娘請不來張生」，接著又一樣一樣地拆下滿頭珠翠，鑽回被窩睡了，魏氏特別用春梅的視角來看金蓮戴戴拆拆的舉動，告知讀者金蓮此番作為令人心酸，而這段強調金蓮淒涼處境和心境的段落是原先《金瓶梅詞話》裡所沒有的部分。另外，當西門慶為失金一事而打罵金蓮時，魏子雲將原作中「把金蓮按在月娘炕上，提起拳來」此一小部分大大發揮一番，原先西門只是作勢打金蓮、拳頭並未落下，就被金蓮「假做喬張」哭起來的態勢和「刁嘴」弄得發笑，然而在魏氏筆下，西門慶不但「提起了拳頭，便沒頭沒腦地向下打去」，讓金蓮覺得在月娘面前被痛打頗失顏面、倍感屈辱，更添加了月娘勸西門住手的情節，一方面讓被打得嘴角流血、髮亂眼腫的金蓮更能博人同情，一方面則強調了月娘的賢和，可謂同時替兩婦人「修身」。（239-240、248）另外一個例子也像是為金蓮脫罪，在《金瓶梅》詞話本、崇禎本皆提及金蓮蓄意以紅絹裹肉令雪獅子撲食，以致穿紅衣的官哥被嚇唬最終身亡，但在魏氏筆下，這隻貓原是陳敬濟抓來的，後來被金蓮扣住玩耍，但其中並沒有金蓮刻意訓練雪獅子抓咬紅絹肉的部分，而是改成雪獅子將官哥誤以為平日玩耍的紅絨線球因而撲抓，看起來全是出於巧合，而非金蓮平日有意計畫。這些對金蓮的同情不禁令筆者想及蘇童筆下的悲劇人物「頌蓮」——這個和金蓮也有類似眉眼的女子：原先受寵後來失寵的小妾，暗戀著自己老爺的兒子飛浦（彷彿金蓮與陳敬濟，只不過飛浦怕女人）、對下屬雁兒的殘虐行為（正如金蓮對待秋菊那般）、和大太太的敵對緊張以及和其餘小妾亦敵亦友的關係……一再地讓筆者聯想起金蓮，只不過沒有金蓮的張狂跋扈。蘇童無疑是用同情的角度來看「妻妾成群」的大家庭悲劇，頌蓮的命名不禁令人聯想起（歌頌）金蓮，雖然事實上這與其說是歌頌，不如說是悲歎與悼亡，對那些「浮在悵然之上，悲哀之下」的女子表示感同身受[25]，讀罷確實令人傷心慘目。

雖即南宮搏對金蓮也抱持著類似態度，然而比起魏明倫的《潘金蓮》卻顯得不夠顛覆和辯證，即便兩人皆同情金蓮的境遇，也試圖將金蓮由充滿慾望、主動追求情慾的「淫婦」改寫成身不由己、被男性及大環境欺壓的弱女子，然而魏的《潘金蓮》卻因納入了跨國越洲、跨朝越代的數名「經典女性」而具有較大的張力，同時讓不同的觀點（男與女、古與今、中國與西方）相互對照、相互辯證，魏明倫也表示他筆下的潘金蓮和二〇年代歐

25　蘇童《妻妾成群》（臺北：遠流出版事業公司，2003），頁166。

陽于倩的《潘金蓮》最大的不同便在於：歐陽目的在於「抬高叛逆女性的高大」，魏氏則是適時地給予同情、讚美、惋惜與譴責。（〈"我"的潘金蓮〉，126）相較於此，南宮搏的《潘金蓮》的觀點則顯得單一、偏狹，作者一味地將金蓮塑造成被許多男子欺壓的婦人，就連與陳敬濟的感情和委身也充滿了被迫的意味，而金蓮原先純淨的性格也因這些男人而逐漸扭曲，和春梅兩個開始學會作賤自己、向男人展開報復，為了實踐她的復仇計畫，她在有意無意之間也扮演著加害者的角色：幫助西門慶成功獵取更多婦人，這種一而再、再而三的復仇計畫著實削弱了創意和辯證意味，突然淪為另一種令人啼笑皆非的荒謬劇。再者，陳述金蓮複雜心情的段落也因一再重覆而對讀者漸漸失去了衝擊，讓讀者（至少筆者）對金蓮也失去了（作者原先可能希望讀者施予的）同情。然而後來當金蓮學會了忍氣吞聲，整部小說反而變成了春梅的復仇與墮落，這樣的設計也令人略感唐突。最可惜的是南宮搏一開始欲探討之「傳說」、「聽說」本質、進而藉此洗清「金蓮是淫婦」的策略沒有一以貫之，若從張竹坡評點《金瓶》的觀點來看，這樣的設計則不夠細密，也沒有前後對映，因此無法深入剖析「傳說」的本質。不過，比起說服讀者金蓮並非傳說中的淫婦，讀者可以輕易地從金蓮的復仇計畫中看出南宮搏真正痛恨的是西門慶，作者多次在小說中藉由金蓮、春梅的敘事觀點批判西門慶的淫行與暴行，然金蓮因復仇而間接傷害其他人（如李瓶兒）的舉動卻被忽略也不被批判，不禁令人感覺作者對金蓮盲目的偏袒，這種毫無道理的偏袒——唯一的理由可能就是南宮搏想替金蓮翻案——使得南氏最後安排西門慶死在春梅身上，而非金蓮身上；換言之，相較於金蓮，南宮搏筆下的春梅「承擔」起淫婦的角色，彷彿為了讓小說「好看」，讓小說有令人沈醉的情色描寫——不過比起《金瓶》，南宮搏的性描寫相當詩意，多半是以情境與感知描寫來取代身體器官細節的描述——她本身具有的野性與魅惑力多少能滿足部分讀者對《潘金蓮》的期待。

談及此，筆者以為有一點倒值得一提，那就是南宮搏所描繪的性場景。他用流暢、洗鍊而詩意的筆法來摹寫抽象的身體感知，比起直接刻畫、睜眼凝視性器官，他更感興趣（同時也更讓筆者感興趣）的便是細膩的身體感知：

> 西門慶並未聽到任何聲響，他的身體崩脫，有一種狂放的快感，空虛而激烈的豪暢，他好像覺得整個宇宙都從他的身體內流洩出來，日月星辰，山川河流，都在一瞬息間奔突而出；時間是那樣短促，歡樂底輝煌是那樣地快速，他連滋味都來不及辨別；接著，就是渺渺的一陣空茫……（270-271）

上述這段是描寫西門慶即將油盡燈枯的情景，喝了藥酒、藥性大發的西門慶正處於性歡愉和死亡的邊緣，南氏則將抽象的身體具像化，使用自然景物的意象來捕捉虛幻的身體

感知。作為《金瓶》的讀者與再創作者，南宮搏除了極力為潘金蓮洗刷淫婦罪名之外，充分發揮了想像力試圖填補、擴充原典所沒有的細膩而幽微的身體感知，比起原典承襲慣用的性愛描寫——戰爭譬喻、器官特寫及用以比擬性愛姿勢的套語——當代讀／寫者南宮搏創造了特殊的身體感書寫，以詩意、美化的方式形容整體氛圍、意境及人物感受，從創作的角度來看，其中不但沒有令讀者容易生厭的陳舊套語——當然，《金瓶》中的套語與重覆在蒲安迪眼中則是敘事技巧之一——反而銘刻了每一種特殊的感官經驗，相同地，南氏亦擅長於情緒的描摹，這點也擴充了《金瓶》作者的「情緒語彙」，尤其將金蓮複雜的心事進行了相當大的發揮，這點田曉菲也嘗試實踐過，例如她用「麻辣蓮藕」與「琵琶蝦」的滋味來比擬金蓮複雜心事，南宮搏也娓娓道出金蓮幽微而變化無窮的心事，例如當金蓮初次被迫與西門慶交歡之後，南氏細緻地寫出她心情的激烈震盪——情緒起伏與百感交集。[26]

　　這不禁令筆者想及陳遼的觀點，陳氏以為小說中的女子形體描寫可以作為藝術水平的指標，而《金瓶梅》驚人的表現與成就，反映了高度的藝術水平，他將《金瓶梅》與《十日談》、《查泰萊夫人的情人》等西方文學經典相比，指出《金瓶》從描述女子乳房到陰部，皆是兩部作品所難以企及的，從此角度來看，《金瓶》的女體描述確實具有正面價值和意義[27]，由是，如何表述身體和身體感知，或可作為書寫是否與時俱進的指標。從身體感知被體現、敘說的層面來看，南氏將《金瓶》中身體與情緒敘寫細緻化了，讓我們從南氏詩意的語言中想像身體的諸種神秘經驗，而這正是我們在閱讀《金瓶梅》時較缺乏的部分。

　　南宮搏詩化的描繪令筆者想及光泰（1946-）的《金瓶新傳》[28]，此書當初由工商時報

26　「在這短短的時間中，她的心情起了激烈的變化，她從急怒到幻滅的悲哀，而從悲哀之中，又萌生了自虐式的發洩的情感，她不再羞澀了，在這樣的人面前，她何必要尊嚴？又何必要羞澀？她思想中的反動的怒潮澎湃，她想：我為什麼不能和你們一樣？於是，她忽然騷蕩起來了，她不再扭捏，她走上樓，她走進房，她發出輕盪的、挑逗性的笑，她不再是過去的她，她在一瞬間變了。」（46）又例如喝了藥酒的西門慶讓金蓮「心頭癢癢地，好像有無數螞蟻在她心房中爬行」之後，卻由心底緩緩生出異樣的、多端的、流動的情緒：「她回味，生平所未受到過的一種滋味，但又不是發自內心的，她疑惑，不安，然而，她又覺得那種滋味是稀有的，罕見的，是她生命中偶然遇到的。於是她在遙遠的回憶中記起了武松來。……這些思念在她心中似潮汐起伏，困倦，悠悠，歡笑，悠悠，而生命的波折，坎坷，又使她泛起了空洞的傷心。」（179）由此可見南宮搏試圖使用多種形容詞擴充了身體感知的、情緒的語言文字庫。

27　陳遼〈談《金瓶梅》中的女子形體描寫〉，《書目季刊》27 卷 3 期（1993 年 12 月），頁 34-38。

28　光泰，本名宋光泰，曾任職於法務部，並主編電視周刊等，作品以小說為主，多為反應社會現實的都會男女生活。

所連載，從出版的形式來看，這更接近於「看官聽說」時代的「且聽下回分解」形式。光泰顯然不是張竹坡、蒲安迪、田曉菲這類關切細節的讀者[29]，難怪他的《金瓶新傳》仍舊僅從金蓮與西門慶的「淫亂」發揮，他的興趣只在重說一次「去蕪存菁」的故事主軸，因而筆下的金蓮並不像魏明倫、南宮搏筆下的金蓮，他大抵忠於原著，即便如此，他的筆法仍可作為南宮搏的對照。簡單來說，忠於原著的光泰在處理金蓮等婦人身體和性愛場景時，可說相當簡潔、流暢，彷彿一個隱形而微型的鏡頭遊走於金蓮的肉身，當金蓮與西門慶初次勾搭上時，光泰的「文字攝影機」先從「屋裡的一盆炭火」、「乾爽的床褥」等物件漸次地遊移到金蓮的面貌體態，相當具有影像視覺效果。（116）不過比起南氏的詩化筆觸，光泰彷彿承襲了《金瓶》的敘事套式，因此讀者仍舊看到了「堅挺飽滿」的乳房、「玲瓏剔透」的身材以及「如凝脂般」的肌膚這種老套的陳述，同時由於金蓮仍舊是金蓮——唯一不同的是他也讓武松對金蓮有所慾念——她那美妙的身段仍有勾引讀者的「騷」、「浪」本領。究其極，這個本領其實是光泰的本領；更精準地說，是具有表述的本領，讓他的《金瓶新傳》在承繼《金瓶梅》性描寫的同時，又創造了出新穎而具當代性的視覺效果，讓讀者看到被《金瓶》作者及再創作者重複多次的身體與性描寫中，仍有新的表述方式，於是，即便《金瓶新傳》的角色、情節是舊的，但表述卻是新的。

四、表述：如何用語言文字「修身」

從金蓮的「修身」結果而論，筆者以為魏明倫無疑較具有顛覆和辯證性，藉由與不同時代、出現於不同文本的女性對話與對照——此乃另一種不同於張竹坡式、蒲安迪式的、更從男性所具有的「女性觀點」出發——凸顯了金蓮錯生時代、罪不全在金蓮的悲劇，同時展開了男與女、古與今、中國與西方的多重辯證。魏氏將屬於他的當代評點鎔鑄在角色彼此的對話裡，讀者則能從這具有張力也不乏幽默趣味的當代評點中同情金蓮處境；相較於此，南宮搏則一味而盲目地將金蓮塑造成「值得同情」的人物：在種種男性的強迫、欺壓與嘲弄下人格扭曲，似乎除了金蓮之外，其餘人皆不值得同情；同時將男女關係簡化為強凌弱，或將所有淫婦的罪過全都歸咎於男性[30]，這種單方面的同情反

---

29 光泰提到：「由於古代章回小說，動不動就詩詞歌賦、文學性多於故事性，再加上人物繁多，當時的小說作者又缺乏現代人的剪裁工夫，所以整部書看起來相當累人。」可見通常一般為論者所關切的詩詞歌賦與文學性在光泰看來，都過於瑣碎而不必要。見光泰《金瓶新傳》（臺北：自立晚報，1987），頁9。

30 黃霖在討論潘金蓮時也有類似看法，他以為潘金蓮性慾的惡性膨脹以及扭曲的人格與男人有密不可分的關係，「男人們的淫，從正面或反面逼著她一步一步地成為被男人們詛咒的『淫婦』。」黃霖

而削弱了小說的可看性，讓原先可能的錯綜複雜變得過於簡單。然而撇開情節不論，南宮搏在身體感知如何被表述這點則值得一讀，他詩化的語言擴充了《金瓶》的語言文字庫，比起十七世紀文人張竹坡的文字遊戲，他的敘事聲音更「雅」也更細緻，將複雜的金蓮心事、不同處境的身體感知表述出來。

　　由於慈悲，當代看官／讀者重讀《金瓶》；也由於慈悲，當代讀寫者重塑金蓮品格，或試圖尋找成為離經叛道的女人之背後動機（魏明倫），或竭力為她洗刷淫婦罪名（南宮搏），身為男性讀者，他們的讀寫實可作為女性讀者田曉菲之參照，由此更能清楚明白，所謂的性別辯證可以是（女讀者）田曉菲與（男讀者）夏志清的觀點差異；當然也可以是超越性別、非關男女的感同身受——因此魏明倫、南宮搏、田曉菲等許多具創造性的當代讀寫者能共享觀點、相互參照，雖然他們的觀點與十七世紀的張竹坡不盡相同（至少就「金蓮不是人」這點來看）；然而相同的是他們皆以自己所熟悉的語言漢字、所獨具的文字魅力講述金蓮的、《金瓶》的故事，而在陳述的同時，《金瓶梅》所蘊含的各個層面被詩化、理學化、細緻化、女性化了，《金瓶》中諸種紛雜的主題則因個人的接受視域而被強調或忽略，作為《金瓶》不同時代、性別的讀寫者，他們希望《金瓶》的「真諦」、「真理」、「作者動機」被明朗表述，無論他們的主張與見解為何，作為《金瓶》以及這些《金瓶》讀寫者的讀寫者，筆者以為被表述出來的不僅僅是所謂的「真諦」、「真理」及「作者動機」，更是他們對身體、對女性、對宗教的複雜觀點，可能也包含他們讀寫當下的身體感知與心理狀態——憂、憤、喜、同情或者慈悲，換言之，他們以及他們的讀寫最終也成為作品，期待被理解、被表述、被感同身受。

《說金瓶梅圖文本》（北京：中華書局，2005），頁49。然而有趣的是，黃霖在早期的《金瓶梅考論》中，曾形容金蓮是個「肉慾狂」，《金瓶》則是「淫婦」的列傳，而其中當然屬金蓮最「淫」，雖然他還是以為是社會造就了金蓮的「淫」，不過在此文中黃氏仍不加思索地視金蓮為「淫婦」。見黃霖《金瓶梅考論》（瀋陽：遼寧人民出版社，1989），頁92。

結論：讀寫輪迴與嚴肅遊戲

看官今後，方不被作者之哄。然吾恐作者，罪我以此，而知我亦以此矣。

——張竹坡八十八回回評

生命的全部事業都是從這一點開始被具體化的，這證明了這種時刻具有異常的強度。所有的深思、思索、寫作、交談、後來的結果等等，都是從這個時刻產生的。用比喻來說，這是肚臍，是胎盤……肉體在為系統和詞語的出現作準備。但語言不是肉體表達的手段，它無法明確傳達這種感悟的含義。……肉體在語言之外，將正在成形的思想的顫抖，記錄在純粹的激動之中。語言在肉體前消失了，人們甚至可以說肉體將變為語言。肉體在說話，肉體通過對其活力結果的拆解在說話。

——Michel Onfray《享樂的藝術》[1]

讀書也可以達到同樣的效果，只要你肯暫時拋卻自我，加入它的唱詩班。如果你的目標是要研究、教學，或以其他方式把書本當成僕役，它的效果不彰，你就不能享受到龐大沈重的自我留在岸邊，涉入別人的意識之溪，直到雙足沁涼直入雙膝，只覺渾然忘我甜美感受。

——Diana Ackerman《氣味、記憶與愛慾——艾克曼的大腦詩篇》[2]

　　所有身體的細緻感知必須透過語言來體現、被感知，這點 Ackerman 一向做得很好，她將大腦、記憶及所有細微的身體感知譜成詩篇，動員所有隱喻、修辭貼近身體，彷彿肉體在說話。即便張竹坡的讀寫不比 Ackerman 的讀寫細膩而迷人，然而他竟也讓我們窺見並省思所謂閱讀時的身體感知，因而筆者藉由這樣的視角試圖加入《金瓶》讀寫的「唱詩班」。不過，身體感知當然永遠在語言之外，因此不難理解詩人總是忙碌地為世界

---

[1] Michel Onfray 著，劉漢全譯《享樂的藝術》（臺北：邊城・城邦文化事業公司，2005），頁 46、68。

[2] Diana Ackerman 著，莊安祺譯《氣味、記憶與愛慾——艾克曼的大腦詩篇》（臺北：時報文化出版公司，2004），頁 175。

命名，當然，《金瓶》的讀寫也永遠在擴張、在放大，作者地下有知，或也罪我以此，知我以此。

一、他們自做他們的《金瓶梅》：
張竹坡、丁耀亢、蒲安迪、田曉菲讀《金瓶梅》

> 事實上，一個人能給另一個人提出的關於閱讀的唯一建議，就是不要聽取任何建議，只須依據自己的直覺，運用自己的理智，得出屬於你自己的結論。[3]

關於如何閱讀，吳爾芙（Virginia Woolf）如是說。我們不知道說出「我自做我之《金瓶梅》」的張竹坡是否同意這句話，然而作為張竹坡的讀者，筆者以為即便張氏看似側面鼓勵讀者「我自做我之《金瓶梅》」；同時也得出了屬於自己的結論（「以悌字起，以孝字結」，第一百回回評），但他恐怕不能寬容讀者「不要聽取任何建議」，畢竟，他之所以為《金瓶》進行數萬言的滔滔辯護，便是要找到（他以為的）作者的創作初衷：「憂」、「憤」、「奇酸」諸種情緒，因而我們也不難想像他不斷地用評點這種「插入」、「侵入」的方式，來導正「無目者」、「腎虧陽痿」者的錯誤閱讀，他具權威性的聲音「插入」，目的在於中斷讀者因錯誤閱讀所引起的錯誤身體感知：愉悅，尤其是身體的歡愉更應被禁止。在張竹坡（1670-1698）出生的前一年，另一位《金瓶》的讀者丁耀亢（1599-1669）剛剛成為歷史，即便身為「理智」、「理想」讀者的我們不能擅自將丁耀亢與張竹坡的生命交替視作官哥與西門慶的輪迴轉世，我們卻能從「讀寫輪迴」的角度來看丁、張讀寫《金瓶》之異同。是的，我們都在「讀寫輪迴」的生死之流裡——《金瓶》出自《水滸》、《續金》出自《金瓶》；而無論是張竹坡的評點、蒲安迪的儒家研讀法、田曉菲的慈悲閱讀以及眾讀者的讀寫皆然——比起小說「因果輪迴」框架對當代讀者的接受度與影響力，由讀寫所形塑的跨時空、跨文本的讀寫輪迴應更能說服讀者[4]，鼓勵這些讀者「依據自己的直覺，運用自己的理智，得出屬於你自己的結論」，進而「我自做我之《金瓶梅》」。

然而，對十七世紀的丁耀亢、張竹坡及更多的文人如李漁、蒲松齡而言，因果輪迴的觀念仍舊成為寫作的主題或包袱：成為主題，讓張竹坡的評點與丁耀亢的續寫充滿了

---

3 吳爾芙（Virginia Woolf）〈我們應當怎樣讀書？〉，收入《普通讀者》（臺北：遠流出版事業公司，2004），頁603。

4 筆者在討論金聖歎的評點時，也分析了一段金氏對閱讀和「轉身」的觀點，熱愛讀寫的他希望自己能化身、轉身為書與書寫，以此方式「輪迴」至後世讀者的案前燈下，受到金聖歎的鼓勵，筆者大膽且浪漫地將此想像並命名為「書寫輪迴」。

道學氣息和勸世意味；成為包袱，讓兩者的「再創作」（評點和續書）充滿矛盾與障礙，年輕氣盛的張竹坡於是在評點情色場景中不自覺地操弄並演練他的身體，讓同樣「明眼」的後世讀者不免從那洩漏情色機關的評點中，揣摩他閱讀時的身體動作和感知，證明了閱讀果然是「體證」的過程（「必待身親歷而後知之」，讀法六十）；丁耀亢則是緊張而謹慎的讀寫者，擅用蒲安迪所謂的「遮斷性行為」之敘事技巧，藉由「熱一回、冷一回」的書寫策略，有效地讓讀者產生「癢一陣、酸一陣」這般經過計算的「正確」的「身體感知」，他始終監控著讀者的閱讀行為，唯恐讀者因過度歡愉而「濫用」身體，讓讀者從「使人動起火來」的身體狀態，進入「使人動心而生悔懼」的境界。而在《續金》被焚後，自稱為「盲史」的他則從眼疾中「看」／悟出身體的深層意涵。由此看來，閱讀已經不是「讀者反應」、「接受美學」這麼無關身體、無涉痛癢的過程，而是時時關切著讀者「生理反應」之歷程，即便《金瓶》已經脫離了「看官聽說」的說故事情境；進入文字印刷與文人遊戲的場域裡，讀者閱讀時的身體仍是說故事的人——無論是明眼人張竹坡，還是盲史丁耀亢——所關注的焦點。然而，當故事以文字印刷的形式流傳，作為《金瓶》、張竹坡評點、丁耀亢續書的當代讀者，我們累積了更多資源、擁有更多利器來審視他們的讀寫，探看讀寫輪迴如何能再進步、再進化。

　　即便張竹坡滿口仁義道德的評點充滿矛盾，當代讀者蒲安迪倒能體知張竹坡的閱讀（難道也出於同情慈悲？），身為另一明眼人，他以《大學》的修身之說作為《金瓶》的參照系，同時從敘事、結構、章法的角度來面對小說中大量的細節與暴露的身體，從「反諷」和表裡不一的敘事特質理出作者欲傳達的修身意涵，即便他原先以英文書寫，但事實上他摩挲漢字紋理、質感的態度與張竹坡不相上下；又即便當今部分論者對張氏「索隱」式、「寓意」式的解讀感到頗不以為然[5]，然而蒲氏反而同樣以這種「荒唐」的觀點來解讀《金瓶》，也許是華語、漢字並非蒲安迪的母語文化，因此他對漢字有更多的熱情，這點同樣也能在田曉菲身上約略看到，她長期在國外接觸外國學生的好處之一，也在於對被我們視為理所當然的漢字有更為細緻的「撫摩」與感知，而這也是本書之所以使用「漢字」的雙重意義所在：其一是張氏評點對漢字的玩味琢磨也由當代讀者蒲安迪、田曉菲有不同程度的繼承與轉化，其二則是身體感知必須由文字來體現，而這點在中國傳統文人筆下便可窺知，這點容後再述。整體來看，蒲安迪徹底發揮了張氏評點中的「對照」與「映照」：小說經典與儒家經典，中國小說與西方小說，他的「寓意」、「索隱」

5　例如王汝梅便以為張竹坡的「寓意說」「單以小說人物名字上探求微言大義，是荒唐的，實開小說研究中索隱派之先河」。王汝梅，〈評張竹坡的《金瓶梅》評論〉，收入吳晗、鄭振鐸等著，胡文彬、張慶善選編《論金瓶梅》（北京：文化藝術出版社，1984），頁 321。

與張氏的「寓意」、「索隱」，最後則是蒲安迪閱讀與張竹坡評點的相互輝映，比起小說中的身體，他更關心讀者閱讀當下的身體：我們能從西門慶自取滅亡的過度濫用身體中習得何種教訓？進而凝視寫作的本質和意義，從閱讀行為中探究書寫、甚至靈光湧現的過程，這種凝視確乎讓儒式研讀法多了絲毫的美學色溫，比起張竹坡，蒲安迪顯然更有條理也更具備敘事技巧與言說章法，浪漫地想像，他對張竹坡讀《金瓶》特有的體知，彷彿也是某種神秘的書寫輪迴與思想感召。

丁耀亢讓金蓮重入輪迴，以金桂這一嶄新身分重演金蓮的貪嗔癡，直到化為石女之身的金桂頓悟，方能以嶄新肉身成就嶄新故事，然而從書寫、創造的角度來看，這解脫的新局倒成了千篇一律，因此書寫難免淪為為道學、宗教服務的工具，成為勸善書的註腳；也正因如此，當蒲安迪觀察明代小說四大奇書時能不費力地找到彼此的重複和映照，而我們也可以從不同的角度來評價這種映照：一方面體現了文人小說的資源共享，一方面則是缺乏創意的疏懶表現。相較於此，魏明倫與南宮搏這兩位當代讀者的同情慈悲反而有助於他們的創作，重為金蓮形塑嶄新肉身；嶄新的不僅是金蓮品行及命運，更是書寫與創造的嶄新，在數個世紀以來《金瓶》的閱讀與重寫輪迴裡，真正的同情慈悲方能讓金蓮脫胎換骨；換言之，當十七世紀文人張竹坡、丁耀亢、東吳弄珠客以及寫〈金瓶梅跋〉的廿公口口聲聲提及《金瓶》作者的大慈悲時，他們反而忘卻了（作者期待）讀者應有的慈悲，也許因為他們活在「看官聽說」這般聽、說故事的年代；而究其極他們關心且傳遞的與其說是《金瓶》作者的「真正」寫作動機和訊息，不如說是閱讀和寫作這兩件事，於是我們看到承繼金聖歎的張竹坡穿透身體表象下的敘事結構，在限制讀者閱讀時的身體感知——尤其是錯誤而不當的歡愉——之同時，取得「理想讀者」和作文教導的美名。

更進一步地，他們能嬉遊於文本之中（且看張竹坡模擬、揣測金蓮與西門慶歡愛的各種體位），他們男性的宏大聲音要「進出」、「插入」原典，適時規範並導正錯誤的閱讀歡愉，最終取得既是文本也是身體的發言權。比起這些大談慈悲事實上卻不屑小說中奸夫淫婦的男性文人，田曉菲及孫述宇展現了真正的寬容、同情與慈悲，因此我們從田曉菲的詮釋下知曉金蓮也有絕對抒情的時刻，田氏用食物滋味（「麻辣蓮藕」與「琵琶蝦」）、美女月份牌的女子眉眼來遙想金蓮受冷落的夜晚，因此，比起丁耀亢續寫《金瓶》，田曉菲採用了更為女性、當代、感知（味覺與情緒）也更加慈悲的方式讓金蓮再活一次；從書寫即創造、「我自做我之《金瓶》」的層面來看，當代讀寫者田曉菲、魏明倫、南宮搏發揮得更淋漓盡致——暫且不論魏明倫、南宮搏是否過於「慈悲」（或盲目）而有偏祖金蓮之嫌——尤其是田曉菲和魏明倫以「當代評點」的形式挑戰十七世紀文人張竹坡以儒家男性思考為中心的評點，同時又隱約質疑丁耀亢續寫所保留的重複性；再說丁耀亢

筆下的輪迴再生不過是《金瓶》重複的註腳；只是更為精緻、更有結構章法也更具遊戲性（可從「遊戲品」、「正法品」的穿插設計中窺見其巧思）。

是的，我們別忘了書寫與創作具有的遊戲本質，無論採取的是評點、續書還是所謂的翻案文章、改寫或重寫，也無論是十七世紀還是二十世紀的八〇年代，那些《金瓶》的讀寫者們普遍地活在遊戲時代裡：「遊戲」、「嬉遊」的態度影響了晚明的書寫風尚，文人處在賞玩的、品鑑的、分類的遊戲語境中，大大地滿足、實驗並擴張身體的各種感官；當代讀者則透過不同媒材重讀、重詮與重寫《金瓶》，例如田曉菲在逐回評點《金瓶》的同時發揮跨文本的精神，從別處取來幾張不屬於《金瓶》、但卻同樣能貼切地詮解《金瓶》的圖像，隱約對照、呼應著她所喜愛的繡像本，套用蒲安迪描述《金瓶》作者的話，田曉菲也確實有「創作自覺」，且正如張竹坡藉由評點進行再創作的行徑，田曉菲更具野心，以圖文搭配的方式向《金瓶》繡像本致敬，不僅文字對照，似乎也要圖像對照；又如魏明倫以劇場、南宮搏以小說的形式，遙想並試圖重建「看官聽說」的年代，然而作為當代的看官聽眾，他們不滿足於純粹的接收故事，而以不同的媒材遊戲《金瓶》；更別提真正「玩弄」、遊戲《金瓶》的部分當代讀者了，他們基於某些理由改寫《金瓶》——也許是遊戲，也許是牟利；但張竹坡不也是如此嗎？他坦承：「況小子年始二十有六，素與人全無恩怨，本非不律以泄憤滿，又非囊有餘錢，借梨棗以博虛名，不過為餬口計。」[6]——讓《金瓶》以電影、電玩的方式全面滿足讀者所有感官，成為（丁耀亢所極力厭惡的）「宣淫導慾」的工具，強化了這些當代讀者／玩家的多元感官：視覺、聽覺以及靈活的手指運動（敲擊鍵盤或移動滑鼠），將《金瓶》閱讀的身體感知和身體動作擴大再擴大，比起修行與鍛鍊，他們的身體更貪戀遊戲，當然，他們不也是自做他們的《金瓶梅》嗎？

從十七世紀張竹坡的「作文之法」、丁耀亢的「作注之法」，到了二十世紀八〇、九〇年代的《金瓶》讀寫者田曉菲、南宮搏、孫述宇，遊戲的、後設的性質更為濃厚，《金瓶》也從被專注的主體漸次淪為補充的註腳；換言之，讀寫者原先從「我為《金瓶梅》作注」的姿態逐漸演變為「《金瓶梅》為我（的觀點、說法）作注」，讀寫者的姿態也從「讀大於寫」轉變成「寫大於讀」，對於不同時代的看官聽眾來說，《金瓶》從被論述的主角淪為「跑龍套」的次要角色，當代讀寫者體貼入微的「感同身受」卻在無形中為「我」的觀點（或許還有「我」的故事、我的人生）所背書、服務，而這整個讀寫史的演變正體現了遊戲的歷程。

6　張竹坡〈第一奇書非淫書論〉，收入王汝梅、李昭恂、于鳳樹點校《張竹坡批評金瓶梅上冊》（濟南：齊魯書社，1991），頁 21。

二、我自做我的《金瓶梅》：
我讀張竹坡、丁耀亢、蒲安迪、田曉菲讀《金瓶梅》

> 當約翰·多恩要求他的妻子脫衣的時候，他在遊戲：遊戲於理念、慾望和文字。
> 詩歌和遊戲在歐洲傳統裡總是緊密相連。如我在書的前言裡所說，詩的遊戲使思
> 考困難的問題成為可能，也使我們把事物歸納進熟悉的範疇，作出司空見慣的尋
> 常區分；詩歌則允許我們看到在「嚴肅」話語裡被壓抑的各種關係。在西方傳統
> 中，詩歌有時被視為「嚴肅的遊戲」。《迷樓》一書，旨在成為「嚴肅的遊戲」。[7]

宇文所安（Stephen Owen）如是說。不知道倘若《金瓶》作者知道筆者在讀到西門慶
要求金蓮、瓶兒脫衣的時候，聯想到了（宇文所安所聯想的）約翰·多恩要求妻子脫衣的
遊戲時會作何感想，畢竟這是跨時空、跨文本的諸多實驗，然而，我們卻從張竹坡那些
「親臨」文本性愛場景的曖昧評點中，同樣「體會」了宇文所安所謂的「遊戲於理念、慾
望和文字」究竟是怎麼一回事。即便張竹坡的讀寫如何關乎道學、關乎敘事、關乎寫作
章法，我們仍舊從那令人想入非非的評點與「身體操作」中窺見了歡愉與遊戲的可能，
而這美好的「呻吟」——「插入」性愛描寫的評點顯得過分頻繁而連續，張氏無形中「模
擬」、「重現」了歡愉的喘息與口吻——事實上與道德的聲音並存，換言之，在他亦步
亦趨地提醒我們修身的同時，我們也看到他的視線緊緊跟隨著金蓮和西門慶的歡愛與喘
息，看來自詡為「明眼人」的他似乎明眼得過頭了，筆者不禁揣測，可能是女讀者的過
分明眼和敏感，讓不安的張竹坡將婦人（如筆者）納入「不可看」《金瓶》的行列中吧。
然而，與其點破張竹坡的矛盾，筆者倒傾向以「嚴肅的遊戲」形容張竹坡的評點與丁耀
亢的續書，無論他們是祭出《詩經》、《左傳》、《史記》還是〈太上感應篇〉，在他
們試圖對照經典的同時，已不自覺地進行著「嚴肅的遊戲」了；即便張、丁兩人的「再
創作」不能視為嚴肅定義下的詩歌，然而寬泛地來看，他們的「再創作」與詩歌之間共
享著修辭上的類同：意象、隱喻和聯想——經典對照和張竹坡的〈寓意說〉難道不也是
靈光躍動下的產物？於是，「嚴肅的遊戲」竟也能貼切地為張、丁兩人的再創作下一簡
單註腳，他們的不安與矛盾在遊戲的話語中得到抒解，「允許我們看到在『嚴肅』話語
裡被壓抑的各種關係。」

從「遊戲」這一彈性的角度審視，如果張竹坡將《金瓶》、《史記》的對讀對照可
成立、被接受，那麼筆者應可借用《迷樓》的說法和方法來「自做我的《金瓶梅》」。

7　宇文所安（Stephen Owen）著、程章燦譯《迷樓：詩與慾望的迷宮》（北京：生活·讀書·新知三
　　聯書店，2003），頁2。

「迷樓」乃宇文所安借用並轉化隋煬帝在七世紀建造的享樂宮殿之概念，讓讀者進出不同文化、歷史時期的詩歌殿堂，最終在詩歌的迷宮裡感受歡快愉悅，筆者以為，這種獨特的比較詩學似乎為閱讀與寫作找到了普世價值與終極意義，對筆者有不少啟發。於是，筆者首先傾向以個案選擇來取代普遍論述，在時代與個案的選取上也盡可能地「遊戲」一番：十七世紀與二十世紀八〇年代，張竹坡的評點、丁耀亢的續書、蒲安迪（閱讀甚至仿擬張竹坡）的論述、田曉菲的「當代評點」與「當代繡像」，進而擴充視野，將較少被注意到的、閱讀《金瓶》的「再創作」納入「對照」與「映照」中：張愛玲筆下的霓喜、李昂筆下的女鬼、魏明倫形塑的潘金蓮、南宮搏想像中的潘金蓮……比起學者細究《金瓶》中的人物，這些書寫者的再創作更加活潑迷人，他們的讀寫適足以對照了丁耀亢的續書，同時也映照了張竹坡、蒲安迪、田曉菲追索與示現的閱讀與創作本質。《迷樓》的內頁介紹說得精準：「作為一種比較詩學，本書不侷限於歐洲傳統中那些人人耳熟能詳的作品，而是突破常規，將生的與熟的，古的與今的作品結合起來。」因此，「我自做我的《金瓶梅》」也意在將「生與熟的、古與今的作品結合起來」，比起耙梳《金瓶》浩瀚的閱讀接受史，筆者從身體感知輔以性別辯證之雙重視角建構：以身體感知為主，性別辯證為輔；閱讀的身體感知為顯，性別辯證則為隱——除了田曉菲的女性讀者身分之外，別忘了論文的整體框架都在筆者這位當代女性讀者之眼中被構築成「迷樓」，而在建築這棟迷樓的過程中，筆者試圖使用廣義的文本細讀以及「歷史的想像力」[8]，其次，筆者採用張竹坡擅長的「對照」、「映照」、「呼應」等技法，刻意讓古今文本與本書章節架構形成「對照」，即便筆者「仿擬」得不像，至少也符合張愛玲感性而女性的「參差對照」。

是的，倘若無論是張竹坡、丁耀亢、蒲安迪與田曉菲皆善用經典對照的方式，身為他們的讀者，怎麼不以經典對照的方式向他們致敬呢？倘若張竹坡、丁耀亢、蒲安迪皆深諳敘事之道與章法之妙，身為他們的讀者，怎麼不該將「我的《金瓶》」建築成「貫通氣脈」（張竹坡《金瓶》讀法五十二）、「關鎖照應」（讀法六十九）的「迷樓」呢？不過，「迷樓」將會成為「危樓」，如果缺乏清楚的圖示和指引，由此可見清楚圖示之必要：（見下頁）

---

8 這段話出自於田曉菲對宇文所安的一段描述，這段精闢的敘述同時也是筆者想像中的理想閱讀：「作者（宇文所安）曾經在各種場合不止一次地講到：在從事文學批評的時候，應該兼容並蓄，融會貫通，不為一門一派所侷限。我個人則以為，一個好的文學批評家與學者，應該首先是一個好的讀者。所謂閱讀，既指文本的細讀，也指一種以歷史主義精神和歷史想像力進行的閱讀。」田曉菲〈譯者跋〉，宇文所安著、田曉菲譯《他山的石頭記：宇文所安自選集》（南京：江蘇人民出版社，2006），頁295。

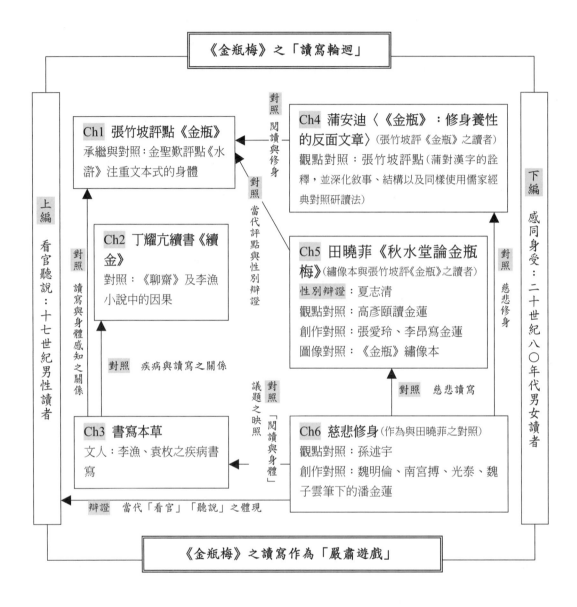

《金瓶梅》之「讀寫輪迴」

上編 看官聽說：十七世紀男性讀者

下編 感同身受：二十世紀八〇年代男女讀者

Ch1 張竹坡評點《金瓶》
承繼與對照：金聖歎評點《水滸》注重文本式的身體

Ch2 丁耀亢續書《續金》
對照：《聊齋》及李漁小說中的因果

Ch3 書寫本草
文人：李漁、袁枚之疾病書寫

Ch4 蒲安迪〈《金瓶》：修身養性的反面文章〉（張竹坡評《金瓶》之讀者）
觀點對照：張竹坡評點（蒲對漢字的詮釋，並深化敘事、結構以及同樣使用儒家經典對照研讀法）

Ch5 田曉菲《秋水堂論金瓶梅》（繡像本與張竹坡評《金瓶》之讀者）
性別辯證：夏志清
觀點對照：高彥頤讀金蓮
創作對照：張愛玲、李昂寫金蓮
圖像對照：《金瓶》繡像本

Ch6 慈悲修身（作為與田曉菲之對照）
觀點對照：孫述宇
創作對照：魏明倫、南宮搏、光泰、魏子雲筆下的潘金蓮

對照 閱讀與修身
對照 當代評點與性別辯證
對照 閱讀與身體
對照 讀寫與身體感知之關係
對照 疾病與讀寫之關係
議題之映照
對照 慈悲修身
對照 慈悲讀寫
辯證 當代「看官」「聽說」之體現

《金瓶梅》之讀寫作為「嚴肅遊戲」

上圖為本書簡要的完整架構，目的在於多重而細微的「對照」與「映照」，藉以體現著重章法的張竹坡評點之概念，其對照包含：古與今、男與女、論述與創作，文字與圖像……兩兩的關係並非完全對立，而是異同並存，如此一來，更有「辯證」之必要，筆者以這種對照方式來體現張竹坡所謂的「通身氣脈」，否則若按照《金瓶》的閱讀接受史瑣瑣敘來，恐怕會變成「老婆舌頭」，因此，張竹坡所謂的「放開眼光」著實必要，如此方能從讀寫輪迴中找出「同聲同氣」的閱讀者。除了對照，讀者的關係也多層次地展開：在《金瓶》問世之後，讀者張竹坡以評點、丁耀亢以續書再創作，三個世紀之後，蒲安

迪又作為張竹坡讀《金瓶》之讀者，從評點中窺視文人小說的共性，田曉菲同樣也作為《金瓶》繡像本以及張竹坡讀《金瓶》之讀者，身為當代女性讀者的筆者，則同時作為從更多《金瓶》獲得豐富養分的讀寫者之讀者，以筆者之視域特別凸顯身體感知與性別辯證議題，以「書寫輪迴」和「嚴肅遊戲」「自做我的《金瓶梅》」。

　　無論是十七世紀抑或二十世紀，書寫遊戲關乎漢字應用、詮釋與組合，我們可簡單稱之為表述，而當我們談及身體感知，表述更是相當重要的一環，表述讓細微而抽象的身體感知能被「體認」及「體現」，正因表述之不同，所引起的閱讀感知也會不同，以傳統醫學的語境為例，醫者們便共享了由「意」所建構的醫療語彙，相似地，發揮並創造「意」（意義、意象、意境）也是中國傳統文人的看家本領，尤其在批評時不自覺地運用身體意象、譬喻等，例如「手」、「眼」、「影」……這些援用自身體的批評修辭似乎已內化成中國文人批評的語彙資料庫裡，而張氏又特別喜愛以「作孽病根」來替小說中的人物行為下註腳，再者，金聖歎也擅長將《水滸》中的身體看作文學式的、敘事式的身體，因此武松的「轉身回刀」與作者的「轉筆回墨」輝映疊合，而形容鶯鶯的腳踪如「悄悄冥冥」、「潛潛等等」、「齊齊整整」、「嬝嬝婷婷」則被視為充滿疊字與音韻之美的妙文。從「意」的角度出發，張竹坡的〈寓意說〉不過是聯想之產物，讓「再創造」《金瓶》這一表述中洋溢著了「嬉遊」的況味，他將王六兒的身體詮釋成中空的「王蘆兒」、或是將愛姐看作具治療功能的「艾」，不僅體現了他充滿植物符號的寓意系統，同時也是文人利用漢字形、音、義特質的「嚴肅遊戲」，相較於此，李漁模擬《本草綱目》而自創的《笠翁本草》的嚴肅性大幅降低，遊戲性則高度攀升，他不滿於醫者以《本草》權威來規範人們的身體感知，特意站在醫者的對立面，偏要主張過度的「情緒」、「情感」才是解憂除病之良方，他率真的遊戲筆墨隱約地對照著張竹坡的嚴肅遊戲，然而晚年後悔撰寫《續金》的丁耀亢因罹患眼疾而開始思索讀寫與身體的關係，他和袁枚都發現讀寫與身體感知存在著曖昧的關係：雖說讀寫有損於目力、甚至耗費精神，然而他們卻相當有默契地耽溺於愈寫愈病、愈病愈寫之讀寫輪迴中，因為正如西門慶和金蓮耽溺於情慾苦海裡，對有「創作自覺」的文人而言，讀寫既像天堂，又是地獄，他們甘願以波動的情緒、澎湃的情感、虛弱的肉身作為抵押。

　　不僅十七世紀文人如此，當代創作者也在讀寫輪迴中遊戲（還是泅游？）於文字之海，作為《金瓶》的讀者，他們或以嚴肅遊戲的方式重新體知《金瓶》或張竹坡的《金瓶》：嚴肅的可能是形式，如蒲安迪以論文的體裁表述；遊戲的可能是精神；如田曉菲以「當代評點」來映照繡像《金瓶》的圖文和張竹坡的《金瓶》，其餘的「再創作者」也依照個人體知《金瓶》程度之不同，有不同方式的體現和表述，例如魏明倫以戲劇；張愛玲、李昂、南宮搏、光泰等人則以小說來召喚《金瓶》、還魂金蓮，皆各具個人的書寫魅力

與遊戲特質，其中，雖較諸於女性作者張愛玲和李昂，兩位男性作者南宮搏、光泰顯然較不具知名度，然而從「遊戲」身體感知的層面來看，他們的貢獻在於將《金瓶》原先赤裸的性描寫詩意化、簡潔化，運用更多當代的敘事與修辭元素，擴充《金瓶》中的身體感知（既是文本角色的、也是讀者的）與表述文字庫，更能為當代讀者所認同與體知。

　　表面上來看，詩意的性描寫與《金瓶》作者善用的滑稽性描寫相當不同；前者也許予人崇高般的昇華感受，後者則令人發笑，但倘若我們細究其敘事策略和效用，詩意的性描寫正如同那些滑稽的性描寫，目的在於減低讀者閱讀時高昇的慾望，因此無論是《金瓶》中擬戰爭場景的性描寫，或丁耀亢苦難與歡愛之景的間隔穿插，還是南宮搏詩化的歡愉場景，皆不同程度地要中斷讀者的閱讀慾望，避免因過度煽情或過度暴露而致使讀者走入危險的「腎虧陽衰」之悲劇，換言之，以上這些《金瓶》的再創作者雖即使用了不同的敘事手段，然而從「限制閱讀感知」的這點來看或許是類似的，在限制的同時，他們也許想要開發讀者有別於「滿足生理慾望」的另一種身體感覺：或是從滑稽逗趣的性場景中會心一笑；或是從詩化美化的性場景中感覺某種「昇華」的喜悅，因此，當我們覺得這種穿插的設計似是而非並造成閱讀障礙的同時，我們或也可以這麼思考：作為書寫者、再創作者（無論古今中外），當他們面對這麼令人不安的題材時，是否可能以這種不安而複雜的心緒為基礎，進而創造新的閱讀感受與感官詞彙？對性的愉悅不僅是生理的自然，也是吸引讀者前來閱讀的書寫策略，然而他們被教育、被鼓勵的「言以載道」卻又壓制不住書寫者天生的遊戲性格——無論古今中外，書寫者或許普遍承繼了遊戲的基因，正因遊戲才有創造，但是在「言以載道」的大框架下，他們只能進行「嚴肅的遊戲」，換言之，這種不安的躁動鼓舞著他們細究慾望被喚醒的時刻——就像佛陀那樣清醒地觀照著身體上細微的陣顫，而後他們發現，身體的所有陣顫竟是語言文字所喚醒的，「意淫」引發了身體的種種愉悅與逾越，從當今腦科學的角度來看，大腦正是最大的性器官，由語言文字和圖像所喚醒的衝動給我們高潮，因此即便張竹坡、丁耀亢、南宮搏等《金瓶》的再創作者尚未清楚慾望是如何發生之前，他們已經用書寫、表述的力量來消解原先由書寫、表述所引發的強烈慾望，他們試圖尋找新的詞彙適度地「導正」性的力量，更進一步地藉由規範讀者來約束自己對性的不安，比起《金瓶》和明清豔情小說過度濫用的性詞彙與套式，他們的嚴肅遊戲更加困難，因為那關乎創造，也關乎再創造，那關乎從既有的、限定的身體表述中琢磨、鍛鍊並鑄造新的感官字彙，而這些新的字彙要能適度地容納發生在讀者、也發生在他們本身的諸種身體感受。

　　正如對寫作產生狂熱的女作家莒哈絲而言，「打開的書也是漫漫長夜。」[9]對筆者而

9　瑪格麗特·莒哈絲（Marguerite Duras）《寫作》（臺北：聯經出版事業公司，2006），頁16。

言，無論是《金瓶梅》、張竹坡的《金瓶》、丁耀亢的《金瓶》抑或蒲安迪、田曉菲的《金瓶》，皆是一個「漫漫長夜」的開端，是個通往未來（也許也通往輪迴）的開端。是的，在十七世紀文人張竹坡、丁耀亢及二十世紀八〇年代蒲安迪、田曉菲「自做我的《金瓶》」之外，筆者以身體感知為主、性別辯證為輔所建構的《金瓶》閱讀接受史基本上也成就了「自做我的《金瓶》」，透過對照、映照、對比的方式最終達成卡爾維諾對「我的」經典之定義：「『你的』經典是你無法漠視的書籍，你透過自己與它的關係來定義自己，甚至是以與它對立的關係來定義自己。」既然《金瓶》作為一意義豐足的經典，代表猶有許多空間值得論者進一步探討。

最後，筆者欲稍加討論此論文之不足之處及研究困難。首先是最基本的「詮釋限度」課題，尤其當筆者以自己之眼來分析張竹坡評點中暗藏的情色意涵時，也許正遊走於「過度詮釋」的危險邊際上，對此，筆者仍抱持著讀者接受與個人體會之自由，自做筆者的《金瓶梅》。其次則是缺乏更多儒學經典的閱讀，若能更進一步地強化不同的儒者如何看待「讀書」這件事，以及讀書對修養身心工夫的深切影響，那麼或許更能普遍地看出儒者對讀書與身體關係之觀點或共識。此外，筆者應更為廣泛地閱讀明清小說評點，尤其是與《金瓶》同具經典地位的《西遊記》、《水滸傳》、《三國演義》，以及其後的《紅樓》，這些經典皆因重要的評點者而延續再生，因此，廣博地閱覽以上這些小說的評點是筆者未來欲進一步探求和努力的方向，如此方能更有系統地——如蒲安迪對儒家典籍之熟稔、同時藉由縱覽明代四大奇書建構起論述的堡壘——窺探閱讀與身體感知間的關係，同時也更能在具普遍意義和閱讀共性的背景彰顯出《金瓶》之異同；換言之，這種通盤的瞭解與體會的確有助於筆者釐清以下這個問題：究竟張竹坡的評點、丁耀亢的續寫所反映出來的心理狀態是因「淫書」而方有此特殊性；還是其實是普遍存在於明清小說的評點中？然而，筆者目前的閱讀量仍不足以回答上述問題，此乃筆者在分析過程中稍感不安及不足之處。

除了儒家典籍，在討論「慈悲」與閱讀之關係、以及「閱讀淨化」這種療程式的閱讀模式時，筆者坦言自己受過去研究（戰後臺灣、西方論述）的影響較大，因此無法就佛教典籍中的「慈悲」有深入的體知進而與閱讀進行密切的結合，筆者在行文中多以慈悲、憐憫、同情體會來描述閱讀時的同情共感，然而從佛教的觀點來看，慈悲的意涵應大過於筆者的理會。再者，從宗教的觀點來看第一二章提及的「轉身」概念、閱讀與身體之關係，也是筆者在寫作此論文時深感無法繼續挖掘之處，僅能從粗淺而字面的部分加以猜度、琢磨，倘若未來能就佛教觀點中的「慈悲」、「轉身」有更廣泛的閱讀和深入體知，應能就「慈悲」與閱讀之關係有更詳盡的說明，瞭解宗教在閱讀和身體之議題扮演的角色，以及對當時讀者潛移默化的重要影響。

　　最後則是研究上最大的困難、同時也是筆者力有未逮之處，便是對「身體感知」的明確指涉，即便筆者嘗試在緒論部分對「身體感知」的內涵加以廓清，然而在建構的過程中，發現事實上很難將筆者所討論的身體感知精確地定義，同時適切而完全地歸納於當初所討論的三個層次：體驗（experience）文本、以文字具象化（embody）與超越身體表象的經驗（beyond the body experience），換言之，筆者實際上分析文本所討論的身體與身體感知，其瑣碎紛雜似乎超過了原先設定的這三個討論層次，筆者希望能在未來的研究上繼續深化此議題，並就文學的角度精準而明確地定義之，並找出就身體感知此一議題筆者所能著手之處。此外，因筆者能力有限，僅能就目前臺灣研究學者的研究成果理解「身體感知」之意涵，並無詳盡閱讀並組織提出此概念的西方論者（如梅洛龐蒂等人）之原始論著，因此無法從第一手資料中「親身」體會之，不過，換另一個角度來看，我們（可能也包括蒲安迪、田曉菲）對《金瓶》的理解或也相當程度地以張竹坡的個人體知為基礎，換言之，這種透過多重視角對原典的體會或許更能激發出出人意表的觀點，倘若從「身體感知」這相當著重於個人殊異體會的層面來看更是如此。筆者所試圖探索的讀寫之身體感僅是一個切入視角，對於充滿「身體」意象的《金瓶》接受而言，猶有不夠完整與可進一步發揮之處，況且受限於筆者之審美、接受視域及論述方便之考量，即便是探究閱讀身體感，相信有更能完整體現此議題的案例選擇與參照，這些皆有待未來論者「自做我的《金瓶梅》」。

參考書目

本參考書目依書籍分為四大類，分別是「古籍文獻」、「今人專著」、「期刊及會議論文」和「學位論文」，其中「今人專著」以中文專著為先，其次方為翻譯著作與西文專著。

一、古籍文獻

(一)小說及評點

〔唐〕李復言《續玄怪錄》，《叢書集成初編 再生記（及其他三種）》，北京：中華書局，1985

〔明〕蘭陵笑笑生著，張竹坡批《第一奇書 竹坡本《金瓶梅》》（共五冊），臺北：里仁書局，1981

王汝梅、李昭恂、于鳳樹點校《張竹坡批評金瓶梅》（上下兩冊），濟南：齊魯書社，1991

梅節校訂，陳昭、黃霖註釋之《金瓶梅詞話重校本》，香港：啟文書局，1993

〔明〕施耐庵著、金聖歎批《金批水滸傳》，西安：三秦出版社，1998

〔明〕馮夢龍編《古今小說》，臺北：里仁書局，1991

〔明〕羅貫中撰、毛宗崗評、陳曦鍾、宋祥瑞、魯玉川輯校《三國演義會評本》，北京：北京大學出版社，1986

〔明〕吳承恩《西遊記（李卓吾評本）》，上海：上海古籍出版社，1994

〔明〕金聖歎《金聖歎全集》，臺北：長安出版社，1986

〔明〕芙蓉主人《癡婆子傳》，陳慶浩、王秋桂主編《思無邪匯寶》二十四冊，臺北：臺灣大英百科公司，1997

〔明〕西子湖伏雌教主《醋葫蘆》，侯忠義主編《明代小說輯刊》第二輯，成都：巴蜀書社，1995

〔清〕李　漁《十二樓》，臺北：長歌出版社，1975

〔清〕西周生《醒世姻緣傳》，臺北：聯經出版事業公司，1986

〔清〕曹去晶《姑妄言》，陳慶浩、王秋桂主編《思無邪匯寶》三十六～四十五冊，臺北：臺灣大英百科公司，1997

〔清〕丁耀亢《續金瓶梅》，《金瓶梅續書三種》，濟南：齊魯書社，1988

〔清〕紫陽道人《續金瓶梅》，陳慶浩、王秋桂主編《思無邪匯寶》三十一～三十三冊，臺北：臺灣大英百科公司，1997

〔清〕丁耀亢《逍遙遊二卷陸舫詩草五卷椒丘詩兩卷丁野鶴先生遺稿三卷家政須知一卷》，《四庫全

書存目叢書》集部二三五，臺南：莊嚴文化事業公司，1995

〔清〕丁耀亢《丁耀亢全集》，鄭州：中州古籍出版社，1999

〔清〕訥音居士《三續金瓶梅》，陳慶浩、王秋桂主編《思無邪匯寶》三十四～三十五冊，臺北：臺
　　　灣大英百科公司，1997

〔清〕蒲松齡《聊齋誌異會校會注會評本》，臺北：里仁書局，1983

(二)經籍、詩文

〔宋〕葉庭珪《海錄碎事》，《文淵閣四庫全書》子部二二五，臺北：臺灣商務印書館，1983

〔明〕薛　瑄《薛文清公讀書錄》，北京：中華書局，1985

〔明〕王陽明《王陽明全集》，上海：上海古籍出版社，1992

〔明〕李　贄《焚書／續焚書》，臺北：漢京文化公司，1984

〔明〕湯顯祖《湯顯祖詩文集》，上海：上海古籍出版社，1982

〔明〕劉宗周《人譜類記》，臺北：廣文書局，1971

〔明〕顧起元《客座贅語》，《明代筆記小說大觀》第二冊，上海：上海古籍出版社，2005

〔明〕沈德符《萬曆野獲編》，臺北：新興書局，1976

〔清〕張屢祥《楊園先生全集・經正錄》，《四庫全書存目叢書》子部一六五，臺南：莊嚴文化事業
　　　公司，1995

〔清〕錢謙益《牧齋有學集》，上海：上海古籍出版社，1996

〔清〕潘平格《潘子求仁錄輯要》，《續修四庫全書》子部九五〇・儒家類，上海：上海古籍出版社，
　　　1995

〔清〕陸世儀《六編筆記 思辯錄輯要（上）》，臺北：廣文書局，1977

〔清〕李　漁《李漁全集》，杭州：浙江古籍出版社，1991

〔清〕褚人獲《堅瓠集》，杭州：浙江人民出版社，1986

〔清〕袁　枚《小倉山房詩文集》，上海：上海古籍出版社，1988

龍樹菩薩著、鳩摩羅什譯《大智度論》，臺北：新文豐出版公司，1985

陳引馳、林曉光註譯《新譯維摩詰經》，臺北：三民書局，2005

二、今人專著

(一)中文專著

丁峰山《明清性愛小說論稿》，臺北：大安出版社，2007

王　瑤《中古文學史論》，北京：北京大學出版社，1998

王　寧《文學與精神分析學》，臺北：洪葉文化事業公司，2003

王先霈《明清小說理論批評史》，廣州：花城出版社，1988

王溢嘉《古典今看──從孔明到潘金蓮》，臺北：野鵝出版社，1989

王利器編《國際金瓶梅研究集刊（第一集）》，成都：成都出版社，1991

尹恭弘《《金瓶梅》與晚明文化：《金瓶梅》作為「笑」書的文化考察》，北京：華文出版社，1997

石昌瑜、尹恭弘，《金瓶梅人物譜》，南京：江蘇古籍出版社，1988

司馬長風《潘金蓮》，呼和浩特：遠方出版社，1999

田曉菲《赭城》，南京：江蘇人民出版社，2006

田曉菲《秋水堂論金瓶梅》，天津：天津人民出版社，2002

光　泰《金瓶新傳》，臺北：自立晚報，1987

西　西《拼圖遊戲》，臺北：洪範書店，2001

西　西《哀悼乳房》，臺北：洪範書店，1992

朱一玄編《金瓶梅資料彙編》，天津：南開大學出版社，1985

余國藩著，李奭學譯《余國藩西遊記論集》，臺北：聯經出版事業公司，1989

沈天佑《金瓶梅紅樓夢縱橫談》，北京：北京大學出版社，1990

李建民《方術　醫學　歷史》，臺北：南天書局，2000

李玉珍、林美玫《婦女與宗教：跨領域的視野》，臺北：里仁書局，2003

李貞德《性別‧身體與醫療》，臺北：聯經出版事業公司，2008

李增坡編《丁耀亢研究——海峽兩岸丁耀亢學術研討會論文集》，鄭州：中州古籍出版社，1998

李建中《瓶中審醜：金瓶梅「色」之批判》，臺北：文史哲出版社，1992

李明軍《禁忌與放縱——明清豔情小說文化研究》，濟南：齊魯書社，2005

李碧華《潘金蓮之前世今生》，臺北：皇冠文化出版公司，1989

李　昂《看得見的鬼》，臺北：聯合文學出版社，2004

何香久《《金瓶梅》傳播史話——一部奇書在全世界的奇遇》，北京：中國文聯出版公司，1997

林幸謙《歷史、女性與性別政治——重讀張愛玲》，臺北：城邦文化事業公司，2000

吳晗、鄭振鐸等著，胡文彬、張慶善選編，《論金瓶梅》，北京：文化藝術出版社，1984

吳紅、胡邦煒《金瓶梅的思想藝術》，成都：巴蜀書社，1987

吳　敢《20世紀金瓶梅研究史長編》，上海：文匯出版社，2003

吳　敢《張竹坡與金瓶梅》，天津：百花文藝出版社，1987

吳存存《明清社會性愛風氣》，北京：人民文學出版社，2000

周作人《周作人先生集‧雨天的書》，臺北：里仁書局，1982

周作人《周作人先生集‧夜讀抄》，臺北：里仁書局，1982

周鈞韜《金瓶梅資料續編1919-1949》，北京：北京大學出版社，1991

周　蕾《婦女與中國現代性：東西方之間閱讀記》，臺北：麥田出版社，1995

周中明《金瓶梅藝術論》，臺北：里仁書局，2001

南宮搏《潘金蓮》，臺北：時報文化出版公司，1987

孟　暉《潘金蓮的髮型》，南京：江蘇人民出版社，2005

侯文詠《沒有神的所在——私房閱讀《金瓶梅》》，臺北：皇冠文化出版公司，2009

侯忠義、王汝梅《《金瓶梅》資料彙編（增訂本）》，北京：北京大學出版社，1985

胡文彬編《金瓶梅書錄》，瀋陽：遼寧人民出版社，1986

胡衍南《金瓶梅到紅樓夢：明清長篇世情小說研究》，臺北：里仁書局，2009

胡衍南《飲食情色金瓶梅》，臺北：里仁書局，2004

孫述宇《金瓶梅的藝術》，臺北：時報文化出版公司，1978

孫遜、詹丹《金瓶梅概說》，上海：上海古籍出版社，1994

孫遜、陳詔《紅樓夢與金瓶梅》，銀川：寧夏人民出版社，1982

孫康宜《文學的聲音》，臺北：三民書局，2001

徐朔方《論金瓶梅的成書及其它》，濟南：齊魯書社，1988

高明誠《金瓶梅與金聖歎》，臺北：水牛圖書出版事業公司，1988

高桂惠《追蹤躡跡——中國小說的文化闡釋》，臺北：大安出版社，2005

陳昌明《沈迷與超越：六朝文學之感官辯證》，臺北：里仁書局，2005

陳立勝《王陽明「萬物一體」論——以「身－體」的立場看》，上海：華東師範大學出版社，2007

陳益源《古典小說與情色文學》，臺北：里仁書局，2001

陳平原《看圖說書——小說繡像閱讀札記》，北京：生活‧讀書‧新知三聯書店，2003

陳文新、魯小俊、王同舟《明清章回小說流派研究》，武漢：武漢大學出版社，2003

陳存仁、宋淇《紅樓夢人物醫事考》，桂林：廣西師範大學出版社，2006

康來新師《晚清小說理論研究》，臺北：大安出版社，1990

許仰民《《金瓶梅詞話》語法研究》，北京：中華書局，2006

許玫芳《紅樓夢人物之性格情感與醫病關係》，臺北：臺灣學生書局，2007

黃瓊慧《世變中的記憶與編寫：以丁耀亢為例的考察》，臺北：大安出版社，2009

黃　霖、杜明德編《《金瓶梅》與臨清——第六屆國際《金瓶梅》學術討論會論文集》，濟南：齊魯書社，2008

黃　霖《說金瓶梅圖文本》，北京：中華書局，2005

黃　霖《金瓶梅考論》，瀋陽：遼寧人民出版社，1989

黃　霖、王國安編譯《日本研究《金瓶梅》論文集》，濟南：齊魯書社，1989

黃　霖編《金瓶梅資料彙編》，北京：中華書局，1987

黃吉昌《《金瓶梅》新論》，北京：中國社會科學出版社，2007

黃金麟《歷史、身體、國家——近代中國的身體形成 1895-1937》，臺北：聯經出版公司，2001

曾慶雨、許建平等著《商風俗韻——金瓶梅中的女人們》，昆明：雲南大學出版社，2000

葉桂桐《論金瓶梅》，鄭州：中州古籍出版社，2005

張庭琛編《接受理論》，成都：四川文藝出版社，1989

張愛玲《小團圓》，臺北：皇冠文化出版公司，2009

張愛玲《對照記——看老照相簿》，臺北：皇冠文化出版公司，1994

張愛玲《紅樓夢魘》，臺北：皇冠文化出版公司，1994

張愛玲《續集》，臺北：皇冠文化出版公司，1993 典藏版初版

張愛玲《張看》，臺北：皇冠文化出版公司，1992 典藏版二刷

張愛玲《流言》，臺北：皇冠文化出版公司，1991 典藏版初版

張遠芬《金瓶梅新證》，濟南：齊魯書社，1984

張金蘭《《金瓶梅》女性服飾文化》，臺北：萬卷樓圖書公司，2001

程自信《金瓶梅人物新論》，合肥：黃山書社，2001

楊儒賓編《中國古代思想中的氣論和身體觀》，臺北：巨流圖書公司，1993

廖育群《醫者意也——認識中國傳統醫學》，臺北：東大圖書公司，2003

魯　迅《中國小說史略》，《魯迅全集》第三卷，臺北：唐山出版社，1989

魯　迅《且介亭雜文二集》，《魯迅全集》第八卷，臺北：唐山出版社，1989

鄭志明《佛教生死學》，臺北：文津出版社，2006

鄭慶山《金瓶梅論稿》，瀋陽：遼寧人民出版社，1987

蔡璧名《身體與自然——以《皇帝內經素問》為中心論古代思想傳統中的身體觀》，臺北：國立臺灣
　　　大學，1997

蔡國梁《明清小說探幽》，臺北：木鐸出版社，1987

蔡國梁《金瓶梅考證與研究》，西安：陝西人民出版社，1984

魏子雲《金瓶梅研究二十年》，臺北：臺灣商務印書館，1993

魏子雲《潘金蓮——金瓶梅的娘兒們》，臺北：皇冠文化出版公司，1991

魏子雲《吳月娘——金瓶梅的娘兒們》，臺北：皇冠文化出版公司，1991

魏子雲《金瓶梅散論》，臺北：臺灣商務印書館，1990

魏子雲《金瓶梅原貌探索》，臺北：臺灣學生書局，1985

魏子雲《金瓶梅的問世與演變》，臺北：時報文化出版公司，1983

魏子雲《金瓶梅劄記》，臺北：巨流圖書公司，1983

魏子雲《金瓶梅探源》，臺北：巨流圖書公司，1979

魏明倫《苦吟成戲》，上海：上海文藝出版社，1989

魏崇新《說不盡的潘金蓮》，臺北：業強出版社，1997

蘇　童《妻妾成群》，臺北：遠流出版事業公司，2003

龔卓軍《身體部屬：梅洛龐蒂與現象學之後》，臺北：心靈工坊，2006

(二)翻譯著作

徐朔方編選，沈亨壽譯《金瓶梅西方論文集》，上海：上海古籍出版社，1987

高彥頤著，苗廷威譯《纏足：「金蓮崇拜」盛極而衰的演變》，臺北：左岸文化事業公司，2007

高彥頤著，李志生譯《閨塾師——明末清初江南的才女文化》，南京：江蘇人民出版社，2004

川田洋一著，許洋主譯《佛法與醫學》，臺北：東大圖書公司，2002

栗山茂久著，陳信宏譯《身體的語言——從中西文化看身體之謎》，臺北：究竟出版社，2001

蒲安迪（Andrew H. Plaks）著，沈亨壽譯《明代小說四大奇書》，北京：生活·讀書·新知三聯書店，2006

蒲安迪（Andrew H.Plaks）《中國敘事學》，北京：北京大學出版社，1995

安德魯·斯特拉桑（Andrew J.Strathern）著，王業偉、趙國新譯《身體思想》，瀋陽：春風文藝出版社，1999

凱博文（Arthur Kleinman）、陳新綠譯，《談病說痛——人類的受苦經驗與痊癒之道》，臺北：桂冠圖書公司，1997

班寧頓（Bennington Geoffrey）著，何佩群譯《一種瘋狂守護著的思想——德里達訪談錄》上海：上海人民出版社，1997

費俠莉（Charlotte Furth）、甄橙主譯《繁盛之陰：中國醫學史中的性（960-1665）》，南京：江蘇人民出版社，2006

艾莉斯·馬利雍·楊（Iris Marion Young）著，何定照譯《像女孩那樣丟球》，臺北：商周出版社，2006

黛安·艾克曼（Diana Ackerman）著，莊安祺譯《氣味、記憶與愛慾——艾克曼的大腦詩篇》，臺北：時報文化出版公司，2004

艾梅蘭（Epstein Maram）著，羅琳譯《競爭的話語：明清小說中的正統性、本真性及所生成之意義》，南京：江蘇人民出版社，2005

雷可夫（George Lakoff）、詹森（Mark Johnson）著，周世箴譯《我們賴以生存的譬喻》，臺北：聯經出版事業公司，2006

伊塔羅·卡爾維諾（Italo Calvino）、李桂蜜譯《為什麼讀經典》，臺北：時報文化出版公司，2005

詹姆斯·施密特（James Schmidt）、尚新建、杜麗燕譯《梅洛龐蒂現象學與結構主義之間》，臺北：桂冠圖書公司，1992

凱·傑米森（Key Redfield Jamison）著，王雅茵、易之新譯《瘋狂天才——藝術家的躁鬱之心》，臺北：心靈工坊文化事業公司，2002

米樂（J . Hillis Miller）等著、單德興編譯《跨越邊界——翻譯·文學·批評》，臺北：書林出版公司，1995

林·亨特（Lynn Hunt）、江政寬譯《新文化史》，臺北：麥田出版社，2002

Michel Onfray、劉漢全譯《享樂的藝術》，臺北：邊城·城邦文化事業公司，2005

瑪格麗特·莒哈絲（Marguerite Duras）著，桂裕芳譯《寫作》，臺北：聯經出版事業公司，2006

米克·巴爾（Mieke Bal）著，譚君強譯《敘述學：敘述理論導論》，北京：中國社會科學出版社，1995

米蘭·昆德拉（Milan Kundera）著，孟湄譯《小說的藝術》，香港：牛津大學出版社，1993

米歇爾·傅柯（Michel Foucault）著，林志明譯《古典時代瘋狂史》，臺北：時報文化出版公司，1998

羅蘭巴特（Roland Barthes）著，劉森堯譯《羅蘭巴特論羅蘭巴特》，臺北：桂冠圖書公司，2002

宇文所安（Stephen Owen）著，田曉菲譯《他山的石頭記：宇文所安自選集》，南京：江蘇人民出版

社，2006

宇文所安（Stephen Owen）著，鄭學勤譯《追憶：中國古典文學中的往事再現》，臺北：聯經出版事
　　業公司，2006

宇文所安（Stephen Owen）著，程章燦譯《迷樓：詩與慾望的迷宮》，北京：生活‧讀書‧新知三聯
　　書店，2003

阿多諾（Theodor W. Adorno）著，林宏濤、王華君譯《美學理論》，臺北：美學書房，2000

曼素恩（Susan Mann）著，楊雅婷譯《蘭閨寶錄：晚明至盛清時的中國婦女》，臺北：左岸文化事業
　　公司，2005

蘇珊桑塔格（Susan Sontag）著《重點所在》，陳相如譯，臺北：大田出版公司，2008

安伯托‧艾可（Umberto Eco）著，翁德明譯《艾可談文學》，臺北：皇冠文化出版公司，2008

安伯托‧艾可（Umberto Eco）著，張定綺譯《誤讀》，臺北：皇冠文化出版公司，2001

安伯托‧艾可（Umberto Eco）著，黃寤蘭譯《悠遊小說林》，臺北：時報文化出版公司，2000

安伯托‧艾可（Umberto Eco）等著，柯里尼編、王宇根譯《詮釋與過度詮釋》，北京：三聯書店，1997

維吉尼亞‧吳爾芙（Virginia Woolf）著，阮江平、戚小倫譯《書與畫像：吳爾芙談書說人》，臺北：
　　遠流出版事業公司，2005

維吉尼亞‧吳爾芙（Virginia Woolf）著，劉炳善等譯《普通讀者：吳爾夫閱讀隨筆集》，臺北：遠流
　　出版事業公司，2004

維吉尼亞‧吳爾芙（Virginia Woolf）著，張秀亞譯《自己的房間》，臺北：天培文化出版社，2000

納博可夫（Vladimir Nabokov）著，廖月娟譯《說吧，記憶》，臺北：大塊文化出版公司，2007

班雅明（Walter Benjamin）著，李士勛、徐小青譯《班雅明作品選》，臺北：允晨文化公司，2003

(三)西文專書

David Tod Roy　*The Plum in the Golden Vase (Chin P'ing Mei)*, Princeton, N.J.：Princeton University Press,
　　1993

丁乃非　*Obscene Thing: Sexual Politics In Jin Ping Mei*, Durham and London: Duke University, 2002

Julia Kristeva　*Revolution in Poetic Language*, New York: Columbia University Press, 1984

Kristofer Schipper　*Taoist Body*，臺北：南天書局，1994

三、期刊及會議論文

(一)期刊論文

丁乃非〈淫母血崩──《金瓶梅》的慾望閱讀〉，《聯合文學》15：4，1999.2，頁 50-51。

丁乃非〈非常貼近淫婦及惡女──如何閱讀《金瓶梅》（1695）和《惡女書》（1995）〉，沃璟伶譯，
　　《中外文學》26：3，1997.8，頁 49-67。

丁乃非〈鞦韆、腳帶、紅睡鞋〉，蔡秀枝、奚修君合譯，《中外文學》22：6，1993.11，頁 26-54。

王邦雄〈人生真的是漂泊無依嗎？──水滸傳、金瓶梅與紅樓夢對存在意義的追尋〉，《鵝湖》6：6，

1984.1，頁 30-33。

王君澤〈《續金瓶梅》的主體精神探析〉，《赤峰學院學報》27:3，頁 42-44。

王　瑾〈《續金瓶梅》主旨解讀〉，《廣州大學學報》3:2，2004.2，頁 11-13。

史小軍，〈偷窺與竊聽——《金瓶梅》趣話之一〉，《國文天地》28:6，330 期，2012.11，頁 29-35。

伍振勳〈荀子的「身、禮一體」觀——從「自然的身體」到「禮義的身體」〉，《中國文哲研究集刊》
　　　19 期，2001.9，頁 317-344。

杜維明〈身體與體知〉，《當代》35 期，1989.3，頁 46-52。

余舜德〈物與身體感的歷史：一個研究取向之探索〉，《思與言》44:1，2006.3，頁 5-47。

朱俊飛、冷松〈才女田曉菲〉，《文化交流》，2008.3，頁 20-23。

里　正〈論金瓶梅的妒態與心態描寫——兼談潘金蓮性格的心理依據〉，《學習與探索》總第 95 期，
　　　1994.06，頁 116-119。

李曉萍〈婦人媚道研究——以潘金蓮、吳月娘為例〉，《靜宜人文社會學報》5:1，2011.1，頁 65-80。

李志宏〈論金瓶梅的情色書寫及其文化意味——以潘金蓮的情慾表現為論述中心〉，《臺北師院語文
　　　集刊》第 7 期，2002.6，頁 1-54。

李　菁〈明代人情小說的果報思想〉，《杭州教育學院學報》第 2 期，2002.3，頁 18-20。

李亦園〈和諧與超越的身體實踐——中國傳統氣與內在修鍊文化的個人觀察〉，《氣的文化研究：文
　　　化、氣與傳統醫學學術研討會》，臺北：中央研究院民族所，2000

李永熾〈身體與日本思想史〉，《當代》35 期，1989.3，頁 18-34。

沈心潔〈《金瓶梅》中西門慶妻妾的服飾表現〉，《問學集》17 期，2010.5，頁 39-68。

林慈君、何兆華、鄭靜宜〈《金瓶梅》中書寫服裝的時代性探討〉，《輔仁民生學誌》，2011.3，頁
　　　65-81。

林幸謙〈張愛玲的「閨閣政治論述」：女性身體、慾望與權力的文本〉，《文史哲學報》第 47 期，1997.12，
　　　頁 43-76。

苗懷明〈20 世紀以詞話本為中心的《金瓶梅》研究縱述〉，《中華文化論壇》第 1 期，2002，頁 75-81。

胡曉真〈《經典轉化與明清敘事文學》導言二：在《金瓶梅》與《紅樓夢》的魅影下——敘事藝術與
　　　作者關懷的轉化〉，《中國文哲研究通訊》19：2，74 期，2009.6，頁 17-23。

胡曉真〈《續金瓶梅》——丁耀亢閱讀《金瓶梅》〉，《中外文學》23:10，頁 84-101。

胡衍南〈世情小說大不同——論《續金瓶梅》對原書的悖離〉，《淡江人文社會學刊》15 期，2003.12，
　　　頁 1-26。

柯慶明〈98 高中國文課綱修訂要點及其理念〉（精簡版），《文訊》266 期，2007.11。

高桂惠〈《金瓶梅》「禮物」書寫初探〉，《國文天地》28:6，330 期，2012.11，頁 23-28。

高桂惠〈情慾變色——試論丁耀亢《續金瓶梅》的德色問題〉，《中國古典文學研究》第 1 期，1999.6，
　　　頁 163-184。

高全之〈飛蛾投火的盲目與清醒——比較閱讀「金瓶梅」與「第一爐香」〉，《當代》128 期，1998.4，

頁 134-143。

章　蘭〈八皇子的病〉，《紅樓夢研究集刊》12 輯，1985.10，頁 74。

康來新師〈淚眼先知──評《重讀石頭記》第五章〈悲劇〉〉，《中國文哲研究通訊》15:4，2005.12，
　　　頁 35-40。

陳　遼〈談《金瓶梅》中的女子形體描寫〉，《書目季刊》27：3，1993.12，頁 34-38。

曾慕雅〈由「悟色入空」的宗教意識談《金瓶梅》之生命觀〉，《止善》6 期，2009.6，頁 111-136。

單德興〈試論小說評點與美學反應理論〉，《中外文學》，12：3，頁 73-101。

彭維杰〈朱熹「淫詩說」理學釋義〉，《彰化師大國文學誌》第 11 期，2005.12，頁 1-21。

張曼誠〈紅樓夢的醫藥描寫〉，《紅樓夢研究集刊》8 輯，1982.5，頁 431-434。

張振國〈《續金瓶梅》續書研究世紀回眸〉，《徐州師範大學學報》30:5，2004.9，頁 24-28。

張振國〈《續金瓶梅》的人物塑造藝術〉，《太原師範學院學報》4:2，2004.6，頁 90-93。

筠　宇〈晴雯並非死於女兒癆〉，《紅樓夢學刊》7 期，1981，頁 72-73。

黃錦珠〈《金瓶梅》的女性人物書寫──以二「蓮」為例〉，《國文天地》28:6，330 期，2012.11，頁
　　　36-41。

黃俊傑〈中國思想史中「身體觀」研究的新視野〉，《中國文哲研究集刊》20 期，2002.3，頁 541-564。

楊玉成〈閱讀世情：崇禎本《金瓶梅》評點〉，《國文學誌》第 5 期，2001.12，頁 32-43。

楊玉成〈小眾讀者：康熙時期的文學傳播與文學批評〉，《中國文哲研究集刊》第 19 期，2001.9，頁
　　　55-108。

蔡璧名〈身外之身：《黃庭內景經》注中的兩種真身圖像〉，《思與言》44:1，2006.3，頁 131-196。

蔡璧名〈疾病場域與知覺現象：《傷寒論》中「煩」證的身體感〉，《臺大中文學報》第 23 期，2005.12，
　　　頁 61-104。

鄭金川〈梅洛‧龐蒂論身體與空間性〉，《當代》第 35 期，1989.3，頁 34-46。

潘麗珠〈從荒誕劇潘金蓮談戲曲研究的另一些方向〉，《古典文學》第 13 期，1995.9，頁 433-446。

樂蘅軍〈從水滸潘金蓮故事到金瓶梅的風格變易〉，《純文學》7:3，1970.3，頁 11-24。

劉淑娟〈古今第一淫婦？──從父權凝視與身體權力談潘金蓮的情欲〉，《國文天地》28:6，330 期，
　　　2012.11，頁 42-48。

劉勇強〈《金瓶梅》文本與接受分析〉，《北京大學學報》（哲學社會科學版）第 4 期，1996，頁 68-76。

劉承炫〈金聖歎《水滸傳》評點之敘事話語的探究〉，《中國文化大學中文學報》第 13 期，2006，頁
　　　113-130。

鍾雲星〈論金瓶梅的諷刺藝術〉，《中國文化研究》總第 5 期，1994.5，頁 43-48。

魏子雲〈潘金蓮這個女人〉，《聯合文學》4:11，1988.9，頁 45-52。

魏子雲〈論明代的「金瓶梅」史料〉，《中外文學》6:6，1977.11，頁 18-41。

龔卓軍〈身體感與時間性：以梅洛龐蒂解讀柏格森為線索〉，《思與言》44:1，2006.3，頁 49-100。

栗山茂久〈身體觀與身體感〉，《古今論衡》第 3 期，1999.12，頁 147-154。

費俠莉著，蔣竹山譯〈再現與感知──身體史研究的兩種取向〉，《新史學》10:4，1999.12，頁 129-141。

Koss Nicholas、謝蕙英譯〈唐三藏和余國藩──評余國藩英譯本《西遊記》〉，《中國文哲研究通訊》15:4，2005.12，頁 55-69。

Koss Nicholas, "Exploring the Matter and Minds of Late Ming Dynasty Readers",《中國文哲研究集刊》21 期，2002.9，頁 427-439。

Koss Nicholas, Naifei Ding, "Obscene Things: Sexual Politics in Jin Ping Mei",《中國文哲研究集刊》25 期，2004.9，頁 349-352。

(二)會議論文

陳翠英〈今昔相映：《金瓶梅》評點的情色關懷〉，熊秉真、余安邦編《情欲明清──遂欲篇》，臺北：麥田出版社，2004，頁 67-103。

黃霖〈晚明女性主體意識的萌動及其悲劇命運──以《金瓶梅》為中心〉，王璦玲主編《明清文學與思想中之主體意識與社會──文學篇》，臺北：中央研究院中國文哲研究所，2004，頁 253-276。

四、學位論文

朴炫玡《張竹坡評點《金瓶梅》之小說理論》，國立政治大學，中國文學研究所碩士論文，1995

李梁淑《金瓶梅詮評史研究──以萬曆到民初為範圍》，國立臺灣大學，中國文學研究所博士論文，2002

李曉萍《《金瓶梅》鞋腳情色與文化研究》，靜宜大學，中國文學研究所碩士論文，2002

馬琇芬《從婚姻、嫉妒、性慾看《金瓶梅》中的女性》，國立中山大學，中國文學系研究所碩士論文，1996

游千慧《張竹坡評點《金瓶梅》脂硯齋評點《紅樓夢》之比較研究》，國立成功大學，中國文學研究所碩士論文，2005

楊晉綺《晚明文化論述中「倫理」與「審美」論題之交涉及審美意識之開展》，國立臺灣師範大學，國文學系博士論文，2005

國家圖書館出版品預行編目資料

《金瓶梅》之身體感知與性別辯證
：一個漢字閱讀觀點的建構

李欣倫著. – 初版. – 臺北市：臺灣學生，2014.09
面；公分（金學叢書第1輯；第11冊）

ISBN 978-957-15-1626-4 (精裝)

1. 金瓶梅 2. 研究考訂

857.48   103011448

《金瓶梅》之身體感知與性別辯證
：一個漢字閱讀觀點的建構

著　作　者：李　　　欣　　　倫
主　　　編：吳　敢　、　胡　衍　南　、　霍　現　俊
出　版　者：臺　灣　學　生　書　局　有　限　公　司
發　行　人：楊　　　雲　　　龍
發　行　所：臺　灣　學　生　書　局　有　限　公　司
　　　　　　臺北市和平東路一段七十五巷十一號
　　　　　　郵 政 劃 撥 帳 號：0 0 0 2 4 6 6 8
　　　　　　電　話：（0 2）2 3 9 2 8 1 8 5
　　　　　　傳　眞：（0 2）2 3 9 2 8 1 0 5
　　　　　　E-mail：student.book@msa.hinet.net
　　　　　　http://www.studentbook.com.tw

定價：精裝 16 冊不分售
　　　新臺幣 20000 元

二 ○ 一 四 年 九 月 初 版

金學叢書 第一輯